Las aguas del Miljacka

Ion Gil Fuentetaja

La muerte de un hombre: eso es una catástrofe.
Cientos de miles de muertes: ¡eso es una estadística!
(Kurt Tucholsky)

21 DE FEBRERO DE 1974

Višegrad, 21 de febrero de 1974

La mañana había despuntado fría, como era habitual en aquella ciudad. A través de la ventana se podía ver una ligera cortina de agua cayendo sobre las calles de Višegrad. Los ojos de Miloš estaban clavados en el Drina. Veía su corriente pasar sin descanso alguno desde antes de que cualquiera de los que ahora lo admiraban estuviera allí. Cuántas veces no habría jugado él cuando era joven en las cercanías del puente de Mehmed Paša Sokolović, que unía ambas partes de la ciudad que otrora dividían a los habitantes de Višegrad entre cristianos y musulmanes. Miloš estaba absorto en sus pensamientos mientras veía la corriente pasar sin descanso. Gota tras gota, el río cambiaba constantemente, pero a los ojos de cualquiera continuaba siendo el mismo que el segundo anterior.

Lo mismo le parecía a él que ocurría a su alrededor. Aquel día, sin embargo, estaba convencido de que todo iba a cambiar para siempre. Intentaba distraer su mente leyendo el viejo ejemplar que aún conservaba de 'Un puente sobre el Drina'. Era una vieja costumbre que tenía desde hacía tiempo. Cada vez que algo le inquietaba, se refugiaba en las páginas escritas por Ivo Andrić e intentaba abstraerse de todo lo que le rodeaba. Desde que su madre le regalara ese libro cuando era aún joven, esa historia rondaba su cabeza constantemente, recordándole que el puente que estaba mirando fijamente había sido testigo mudo de tensiones, odios y reencuentros de las

1

diferentes comunidades que conformaba no sólo aquella pequeña ciudad, sino también todo aquél entorno. Ese puente había sido testigo del encuentro de dos culturas destinadas a convivir en un mismo espacio, pero que continuaban mirándose con recelo.

Sus pensamientos, sin embargo, volaban más allá de la historia del puente sobre el Drina. Ese mismo día se iba a promulgar la nueva Constitución de la República Socialista Federal de Yugoslavia, en la que se iba a otorgar mayor poder a cada una de las Repúblicas Socialistas que la componían. Miloš sabía, sin embargo, que ese paso que iba a adoptar el gobierno de Tito no podía traer nada bueno para su país. Iban a renacer los antiguos nacionalismos, dormidos durante tiempo bajo la mano firme de Josip Broz. Y, cada vez que esto sucedía, los Balcanes se desangraban. Su indiferencia y desconfianza hacia la figura de Tito no podían ser mayores, ya que lo consideraba un afortunado que se encontró en el lugar adecuado en el momento en que las potencias occidentales lo necesitaron, pero que no había demostrado demasiada habilidad a la hora de manejar a la propia Yugoslavia. Además, tampoco se fiaba del resto de los políticos de su país. De hecho, era de los que opinaban que estos políticos iban a traer más de un disgusto a sus gentes.

Esto no era, en cambio, lo que más le preocupaba en ese momento. Ya tendría tiempo para ocuparse de los asuntos más mundanos en otro momento. Su esposa Božidarka se había despertado con grandes dolores y estaba a punto de dar a luz a su primer hijo. Aquello que había sido siempre el objetivo máximo de su vida estaba a punto de suceder. Había construido una familia feliz con Božidarka hacía escasamente tres años y ahora la iban a ampliar con un niño, al que quería ver crecer en aquella su ciudad. No cabía de gozo en sí, pero le preocupaba que el devenir de los acontecimientos que estaban teniendo lugar pudiera perturbar la felicidad de su hijo.

Miloš miraba impaciente el reloj. La comadrona había llegado a casa a eso de las siete de la mañana y ya eran casi las nueve. ¿Estaba todo en orden? ¿Podría ser que algo ajeno a ellos mismos fuera a convertir en tragedia aquel acontecimiento con el que tanto había soñado? De pronto se dio cuenta de que llevaba largo tiempo pasando las hojas del libro sin tan siquiera prestar atención a lo que ahí estaba escrito. Miró sus manos temblorosas y decidió que iba a entrar en la habitación para ver lo que estaba sucediendo.

Cuando se dispuso a levantarse del sillón, oyó a su mujer gritar y se quedó paralizado. Los gritos se iban repitiendo cada poco tiempo y cada uno de ellos se le estaba clavando en el alma, como si se tratara de una espada que lo traspasara. No sabía qué hacer. Hasta ese momento había sentido que tenía el control total de su vida y todo lo que acontecía en ella, pero de pronto se veía incapaz de poder hacer nada. De hecho, su intención era avanzar hasta la puerta y abrirla para ver qué ocurría allí dentro. Božidarka era una mujer fuerte y esos lamentos no podían significar nada bueno. Pero por más que intentara avanzar, los músculos de su cuerpo estaban agarrotados y no le permitían moverse del lugar en que se encontraba.

De pronto, los gritos cesaron y se hizo el silencio absoluto. Un escalofrío recorrió el cuerpo de Miloš y los ojos se le llenaron de lágrimas. Tenía un mal presentimiento. Temía que todo hubiera ido mal. Y en el momento en que se preparaba para maldecir a su propio destino, la puerta de la habitación se abrió y la voz cálida de la comadrona le dijo suavemente:

—Ya puede pasar el padre de la criatura.

¿Había oído bien? ¿Había dicho padre de la criatura o es lo que él había querido entender? Notó que los músculos de su cuerpo se relajaban y que, sin que él mismo lo hubiera siquiera pensado, las piernas comenzaron a moverse en dirección a la habitación que tanto temor le había infundido las últimas horas.

Al llegar al umbral de la puerta, las lágrimas que había estado conteniendo los últimos momentos brotaron sin cesar. Desde hacía nueve meses llevaba soñando con esa estampa. Vio a su mujer, con gesto cansado y su pequeño en los brazos. Hasta entonces no se había dado cuenta, pero el pequeño lloraba a pleno pulmón. Los pensamientos se arremolinaron en su mente y tardó unos segundo en asimilar lo que estaba viendo. Ésa era su familia, la familia que tanto había deseado tener. Él, que perdió a su padre en la posguerra mundial a manos de los partisanos tras haber sido acusado de fidelidad al depuesto antiguo rey, estaba decidido a darle a su hijo todo el cariño que había echado de menos durante su infancia.

—Puede usted cogerlo, señor Župan —oyó a su espalda. Se giró y vio a la comadrona con una sonrisa amable hacerle un gesto para que se acercara a la cama y cogiera a su hijo recién nacido. Avanzó unos pasos y pudo contemplar la cara sonriente de Božidarka, agotada por el esfuerzo.

Cogió al niño en brazos y, entre la manta que tenía alrededor del cuerpo, pudo contemplar la cara de su hijo por primera vez. Era una criatura preciosa. Tenía los ojos cerrados y se estaba llevando la mano a la boca. Aquel gesto le pareció tan tierno que rompió a llorar de nuevo. De pronto, a través de los cristales de la ventana, pudo contemplar que se abría un claro en el cielo y un rayo de luz entraba en la habitación iluminándolos a los dos. Sus manos, antes temblorosas, ahora se mostraban fuertes y firmes con su hijo entre ellas.

—¿Qué nombre le van a poner? —preguntó la comadrona.

—Stjepan. Se llamará Stjepan Župan —contestó Miloš, mientras sonreía ligeramente a su mujer. En ese mismo momento, se sorprendió a sí mismo dando gracias a Dios por haberlo bendecido con ese regalo en vida. Él, que era un agnóstico convencido, daba gracias al poder divino de manera natural. Al instante se dio cuenta de que su vida iba a tener desde entonces el objetivo de proteger a su hijo Stjepan por encima de cualquier otra cosa en este mundo.

—Lo siento, señor Župan, pero ahora debe retirarse para que madre e hijo puedan descansar. La última parte del parto ha sido más complicada de lo normal y ambos tienen que estar muy cansados. No se preocupe, porque todo está en orden y dentro de unas horas podrá volver a estar con ellos. Yo me quedaré hasta el anochecer con ustedes para ayudarles en todo lo que pueda.

—Es usted una buena mujer, Marija. No voy a poder agradecérselo lo suficiente a lo largo de mi vida.

—No se preocupe, señor Župan, su madre fue muy amable con mi familia y yo sí que estoy en deuda con ustedes por habernos acogido cuando los partisanos nos desahuciaron de nuestra antigua casa. Ahora es mi turno para hacer algo por ustedes.

—Muchas gracias, Marija —dijo mientras se acercaba a la cama muy despacio. Se inclinó sobre ella y besó a Božidarka en la frente—. Descansa, *ljubavi*, mi amor. No te preocupes que para cualquier cosa que necesites yo estoy a tu lado —luego se inclinó sobre la pequeña cuna que había al lado de la cama y susurró—. Stjepan, hijo mío, no te preocupes por nada. Tu padre va a cuidar de ti y estará siempre a tu lado hagas lo que hagas.

Tras ello, Miloš se retiró de nuevo al pequeño salón y encendió la chimenea de piedra que tenían para templar algo la estancia. De pronto, sentía frío. Una vez que ya había encendido el fuego, volvió a tomar asiento en su sillón, entrecerró los ojos y se sumergió en sus pensamientos nuevamente. No podía esperar a ver desde esa misma ventana cómo su hijo Stjepan iba a zambullirse en el Drina desde la orilla cercana al puente, tal y como él había hecho tiempo atrás. Se juró a sí mismo que su hijo iba a tener una vida feliz en que nada ni nadie pudieran perturbar su tranquilidad. E inmerso en esos pensamientos, notó que el cansancio se estaba apoderando de sus párpados y dejó que el sueño se apoderara de él.

*****

Sarajevo, 21 de febrero de 1974

En la pequeña casa familiar se notaba el frío de la calle. La ciudad había amanecido fría, húmeda y cubierta de una capa de niebla. Las calles de la ciudad vieja, Baščarsija, estaban vacías y apenas se oía ruido en el exterior. En la planta baja, en la pequeña estancia que utilizaban como salón, Omer intentaba distraerse mientras esperaba el nacimiento de su hijo. Desde el día anterior por la noche, Lamija estaba sufriendo unas contracciones terribles, que no le dejaban descansar. Por eso habían llamado a la comadrona. Pero todo se estaba prolongando más de lo que el propio Omer hubiera deseado. Los nervios se estaban apoderando de él. Sentía, sobre sus propios hombros, el peso de la habitación que tenía justo encima, donde su mujer gritaba de dolor cada poco tiempo.

De pronto, algo le sobresaltó. Alguien llamaba a la puerta. Realmente no esperaba a nadie, por lo que se acercó sigilosamente a la puerta para preguntar quién era antes de abrir.

—Soy yo, Ajdin —contestó una voz grave desde el otro lado de la puerta. Tras oír la respuesta, Omer abrió la puerta sin vacilar y ambos se saludaron efusivamente—. Querido amigo, no podía dejarte solo en un momento como éste.

—Gracias por venir. La verdad es que se me está haciendo muy dura la espera. Yo pensaba que todo iba a ser cuestión de unas pocas horas. De todos modos, no deberías haber venido. ¿Y si alguien acude ahora a la mezquita y pregunta por ti, el imán? —contestó nervioso Omer.

—No te preocupes. Si Gazi Husrev-Beg ha sobrevivido durante siglos sin mi presencia, podrá volver a hacerlo durante unas pocas horas. Además, he dejado la mezquita a cargo de uno de los mejores ayudantes que tengo. En verdad que ese pequeño granuja tiene futuro como imán.

Los dos entraron en silencio al salón de la casa, mientras en la planta superior se oían los lastimeros gritos de Lamija. Cuando tomaron asiento, Omer volvió a levantarse como un resorte.

—Perdona Ajdin, no te he ofrecido nada. ¿Quieres un café turco o algo para comer?

—Un café me vendría bien. Ya sabes cómo me gusta. Negro, fuerte y sin nada de azúcar. Hace que mis sentidos estén más despiertos.

Omer se dirigió hacia la cocina y, mientras preparaba los cafés, conversó con su amigo Ajdin de diversos temas que, por momentos, hacían que se olvidara de la situación que estaban viviendo él y su mujer. Definitivamente, Ajdin era un buen amigo. Le había ayudado siempre, incluso en los momentos más difíciles. Como cuando perdió a su padre y a su madre y tuvo que hacerse con la panadería familiar.

Con los cafés ya preparados, volvió a tomar asiento frente a su amigo y continuaron conversando. Al cabo del rato, Ajdin dijo:

—Bueno, Omer, voy a tener que regresar porque tengo unos asuntos pendientes en la mezquita. Los jueves suelen ser días más o menos tranquilos que aprovecho para supervisar el buen funcionamiento de todo. Ha sido un placer verte amigo mío.

—El placer ha sido mío. No todos los días tenemos el honor de tener a nuestro imán en esta humilde casa. Además, se agradece la compañía de una cara amiga en estos momentos tan tensos.

Los dos se dirigieron a la puerta y, cuando Omer la abrió para que Ajdin pudiera salir, oyeron en la planta superior un grito y unos pasos rápidos hacia la puerta de la habitación. El corazón de Omer por poco se paró y todos los músculos de su cuerpo parecieron cobrar vida propia, porque se agarrotaron de tal manera que le imposibilitaron moverse tan rápido como él quisiera. De hecho, lo único que pudo hacer fue girar su cabeza y mirar con ojos aterrados a su amigo que se encontraba en el umbral de la puerta.

—Señor, por favor, suba cuanto antes. Necesito ayuda urgente. Algo no va bien.

Tan pronto como escucharon eso, Omer y Ajdin se dirigieron rápidamente al piso superior. Las pocas escaleras que separaban un piso del otro se le hicieron eternas a Omer. Parecía que estuviera ascendiendo a la torre más alta del mundo y no llegara nunca a la cima. Cuando llegó a la estancia, la comadrona le dijo:

—El niño tiene el cordón umbilical enrollado alrededor del cuello y necesito ayuda para poder cortarlo antes de que suceda algo malo.

Al ver que Omer temblaba y que sus ojos se habían llenado de lágrima, Ajdin tomó entre sus manos al pequeño mientras la comadrona conseguía cortar el cordón enrollado. Omer, mientras tanto, había acudido al lado de Lamija para intentar consolarla en la medida en que pudiera.

—No te preocupes, querida, Ajdin está aquí. Alá nos lo ha mandado para que nos ayude.

—Lo siento, Omer, lo siento muchísimo —dijo Lamija con voz entrecortada—. Mi deseo era poder darte un hijo sano que viéramos crecer los dos. Pero te he fallado. Lo primero que he hecho por nuestro hijo ha sido un fracaso.

—No digas eso, cariño. La señora Hasanović está cuidando que al pequeño no le pase nada. Pero tú debes relajarte ahora y descansar.

De repente, ambos escucharon el llanto del pequeño. Omer sintió relajarse todo su cuerpo y miró tiernamente a los ojos a su mujer. Pudo ver que su cara estaba perlada de sudor y el cansancio y el dolor se reflejaban en su expresión. Se giró hacia Ajdin y pudo comprobar que el imán sostenía entre sus manos al pequeño recién nacido que la comadrona acababa de tapar con una toalla que tenía allí.

—Señor —dijo la comadrona con un tono de voz lleno de preocupación—, necesito que me traiga cuantos trapos y toallas tenga en la casa.

—Ahora voy. Déjame…

—No, señor, las necesito cuanto antes. Su mujer está sufriendo una hemorragia y necesito cortarla lo antes posible.

Como si un rayo hubiera impactado en él, Omer sintió que el corazón le daba un vuelco. No podía ser verdad. Había estado a punto de perder a su hijo y ahora Alá quería poner a prueba a su mujer. ¿Qué había hecho él de malo para merecer semejante castigo?

Un segundo después, tras haberse recuperado, Omer corrió por toda la casa y cogió todo aquello que pudiera servir para el cometido que le había dicho la señora Hasanović. En menos de un minuto ya tenía suficientes y se apresuró a volver a la habitación que estaban iluminando unos tímidos rayos de sol que acababan de salir en el cielo. Una buena señal, pensó Omer al entrar.

Tras darle las toallas a la comadrona, volvió al lado de su mujer y la cogió de la mano. Vio cómo ésta entrecerraba los ojos mientras miraba hacia el lugar donde se encontraba Ajdin con el recién nacido. Lamija y Omer pudieron ver al imán mecer suavemente al bebé después de haber calmado su llanto. Se agarraron fuertemente la mano y continuaron así durante unos segundos que a Omer le ayudaron a calmarse.

De pronto, sin embargo, notó que la fuerza con que su mujer le agarraba la mano disminuía y gritó hacia la comadrona con los ojos totalmente húmedos:

—¿Qué pasa? Dígame, por favor, qué está pasando.

—Señor, he intentado todo lo que he podido, pero…

—No, no, no, no. Esto no es cierto. Lamija, amor, mírame. Contéstame. Di algo, por lo que más quieras.

Lamija le miró sonriente y le susurró:

—Sólo te pido que quieras a este niño tanto como me has querido a mí a lo largo de todos estos años. Ningún pequeño del mundo va a tener un padre mejor que tú. Por favor, cuida de nuestro pequeño y no olvides nunca lo muchísimo que te he querido.

A la vez que iba pronunciando estas palabras, los ojos de Lamija comenzaban a ceder al peso de los párpados. Omer la miraba fijamente y pudo ver que su mujer dirigió su última mirada a su hijo recién nacido. En ese momento, mientras la sonrisa de Lamija iba haciéndose más amplia, los ojos se le cerraron por completo y expiró.

Omer cayó de rodillas al lado de la cama de su mujer y hundió su cabeza entre los pechos de la fallecida intentando ahogar un llanto mudo. Las lágrimas que brotaban de sus ojos empaparon las sábanas. Tras unos segundos que a Omer se le hicieron eternos, notó en su hombro una mano.

—Amigo mío, lo siento muchísimo. Era una buena mujer. Y tú un hombre justo. No te mereces tanto sufrimiento, pero a veces los humanos no podemos llegar a comprender los designios de Alá. Debes ser fuerte por tu hijo.

Haciendo un gran esfuerzo, Omer consiguió levantarse y se fundió en un sentido abrazo con su amigo. Entonces más que nunca necesitaba sentir que podía apoyarse en Ajdin para lo que necesitara. Tras separarse, Omer se dirigió hacia la comadrona y tomó al pequeño entre sus brazos. Lo miró tiernamente y, al ver su cara inocente, el terrible dolor que sentía disminuyó ligeramente. Ése era su hijo, un hijo al que iba a tener que cuidar él solo. Al mirar su carita, pudo ver que el pequeño era el fiel reflejo de su recién fallecida madre. Una ligera sonrisa se dibujó en los labios de padre e hijo y las lágrimas de dolor fueron convirtiéndose poco a poco en lágrimas de felicidad.

—Señor, lo siento mucho. Yo lo he intentado, pero no he podido salvar a su mujer.

—No se preocupe, señora Hasanović —dijo Omer tristemente—. Sólo puedo agradecerle todo lo que ha hecho por nosotros. Yo también hubiera preferido no haberle hecho pasar este mal trago, pero no ha podido ser. Muchas gracias, de verdad.

Cuando la comadrona abandonó la estancia, el imán volvió a acercarse a Omer para consolarlo.

—No te preocupes, Ajdin. Soy fuerte y me sobrepondré a todo esto. Lo haré por Lamija. Lo haré por mi hijo —dijo mientras las lágrimas brotaban de sus ojos.

—Sabes que para todo lo que necesites puedes contar conmigo y la mezquita. Eres un buen fiel. ¿Habíais pensado que nombre le ibais a poner al niño? —preguntó.

—Había varios nombres que me gustaban a mí, pero Lamija, desde que supo que íbamos a tener un niño, dijo que ella sentía que el nombre tenía que ser Enes. Por lo tanto, no existe duda de que mi pequeño hijo se llama Enes.

—Enes Salihović —pronunció el imán de manera solemne—. Este niño tiene la suerte de tenerte como padre, Omer. A pesar de haber perdido a su madre, estoy seguro de que nunca le sucederá nada malo, porque tu bondad debe tener recompensa en este mundo.

—Que Alá te oiga —dijo Omer, mientras mecía al niño, que se frotaba los ojos con sus pequeñas manitas. Tras eso, el imán tapó el cuerpo fallecido de Lamija y dijo que se iba a encargar de todo para su traslado y sepultura.

Los dos hombres y el recién nacido Enes abandonaron en ese momento la estancia y se dirigieron hacia el piso inferior. Omer tomó asiento con el niño todavía en brazos.

—En mis oraciones vespertinas voy a pedir por el alma de Lamija y por el pequeño Enes.

—Me reconforta oír eso de los labios del hombre más pío que conozco —respondió Omer mientras jugueteaba con las manos del pequeño.

—Ahora debo irme, pero volveré más tarde. Sé que una mujer que acude a la mezquita está en busca de trabajo. Hablaré con ella para que venga a ayudarte.

—Te lo agradezco, pero no tengo con qué pagarle. La panadería no da para demasiado y ahora con un niño…

—No te preocupes, querido amigo. Yo personalmente me haré cargo de todos los gastos del niño. Por eso no te preocupes.

—Que Alá te bendiga —dijo Omer con los ojos bañados por las lágrimas otra vez.

Ajdin posó su mano sobre la cabeza de su amigo y tras ello se dirigió hacia la salida. Al llegar a la puerta se giró una vez más y pudo ver al todavía apesadumbrado padre con su hijo en brazos. Gracias, musitó Omer. El imán cerró la puerta de la vivienda y dejó allí dentro a padre e hijo, una familia que iba a tener que superar la desgracia para poder seguir adelante. Mientras se dirigía hacia la vecina mezquita, entre la niebla, lo último que escuchó antes de alejarse lo suficiente fue el llanto del bebé y el suave arrullo del devoto padre.

4 DE MAYO DE 1980

Višegrad, 4 de mayo de 1980

Nada más despertarse, corrió a abrir la ventana tal y como venía haciendo cada día desde que tenía uso de razón. Le encantaba que al abrir la ventana la luz inundara de repente la habitación y el dulce frescor del Drina pudiera sentirse también allí dentro. Abrió las contraventanas y los cristales de la ventana y aspiró hondo. Se había convertido en una tradición desde que un día cuando era más joven su padre le despertó y lo retó para ver quién era el primero en poder llegar a la ventana. Desde ese día, repitieron el ritual durante un par de años. Curiosamente, pensó, no recordaba ningún día en que el vencedor de esa carrera fuera su padre. Hacía ya un par de años que no se producía ninguna carrera, porque fue el propio Stjepan el que le pidió a su padre que no fuera a despertarlo, que no se trataba ya de un crio.

Cuando sacó la cabeza por la ventana, volvió a aspirar. Ese día no hacía demasiado frío y era agradable sentir el aire en la cara. Durante los duros días de invierno el frío le hacía espabilarse de golpe y poder llegar a tiempo al colegio. Pero los días más cálidos le gustaba apoyarse en la ventana y contemplar los alrededores. Desde su ventana en el piso superior de la casa podía ver el Drina correr debajo de los arcos del puente. De hecho, ahí mismo su padre, Miloš, durante años le había contado mientras lo tenía en su regazo las historias del Árabe Negro que vivía encerrado en el puente o

11

del héroe Radisav, que se levantaría de su tumba para defender a los serbios de Višegrad cuando fuera necesario. Esas historias habían marcado su infancia y había pasado largas tardes imaginando aventuras con esos personajes.

Antes de cerrar la ventana, echó una rápida ojeada a la calle Nikola Tesla a la que daba su habitación, aspiró una última vez y gritó a pleno pulmón como todos los días:

— ¡Buenos días, Višegrad! ¡Buenos días, Drina! ¡Buenos días, Nikola!

Siempre le había parecido divertido saludar a su calle, aunque sabía que ese tal señor Tesla era alguien famoso que había vivido hacía mucho tiempo. Después de cerrar a duras penas la ventana, se vistió y bajó corriendo a la cocina, donde ya le esperaban su madre y un buen desayuno. Al entrar a la cocina vio con sorpresa que su padre también estaba sentado a la mesa.

—Buenos días, hijo. ¿Has descansado bien? —dijo Miloš sonriente.

—Esto… Sí. ¿Por qué no estás trabajando, papá? —preguntó Stjepan mientras se sentaba en su silla. Justo ante él tenía una taza de cacao caliente y al lado un plato con una rebanada de pan de cereales tostado con fiambre. Nada más acabar de hacerle la pregunta a su padre, una sombra de tristeza se apoderó de la cara del pequeño Stjepan. Acababa de recordar por qué su padre no estaba en el trabajo.

— Hijo mío, es domingo y, además, acuérdate de que hoy nos mudamos. La Universidad de Sarajevo quiere que papá trabaje de profesor allí. Es una gran oportunidad. Tú podrás ir a los mejores colegios, harás nuevos amigos. Vas a vivir en una ciudad preciosa y llena de historia.

—Yo quiero quedarme aquí. Con Radisav. Con el Árabe Negro —protestó Stjepan aun a sabiendas de que sus protestas no iban a servir para nada.

—También Sarajevo tiene bellas historias que te encantarán, Stjepan. Ya verás. Yo te contaré todas y cada una de ellas.

—Pero no será lo mismo…

—No te preocupes, hijo —agregó su madre—. En Sarajevo también hay un río.

—Sí. Puede que el Miljacka no sea precisamente un río tan bonito y espectacular como nuestro Drina, pero te puedo asegurar que te voy a enseñar un puente que ha marcado nuestra historia casi tanto o más que el de Mehmed Paša Sokolović —dijo Miloš al ver que los ojos de su hijo se llenaban de lágrimas. Lo agarró de la mano y se la acarició suavemente hasta ver que Stjepan se tranquilizaba—. Que nos vayamos a Sarajevo no quiere decir que vayamos a dejar atrás todo esto. La señora Marija se va a hacer cargo de la casa y siempre que volvamos la encontrarás tal como está ahora. Piensa que Sarajevo no está tan lejos de Višegrad.

—Está bien, papá —replicó Stjepan soltando un sollozo—. Pero voy a echar de menos todo esto…

Se preguntó cómo no se podía haber acordado de qué día era nada más levantarse. Tenía marcado en la mente ese maldito día desde el momento en que su padre le comunicó que se tenían que trasladar a Sarajevo. Desayunó con calma, intentando postergar el momento de tener que subir a su habitación a recoger las cosas que se iban a llevar.

Cuando terminó el desayuno ayudó a su padre a recoger la pequeña mesa cuadrada de la cocina y llevó los utensilios a la fregadera. Su madre, que estaba fregando en aquel momento, le dio un beso en la mejilla y le dijo:

—Sube a la habitación, cariño. Cuando acabe con todo esto te ayudaré a hacerte la maleta.

Stjepan se dirigió otra vez hacia su habitación, pero mientras subía pudo escuchar que su madre le decía a su padre:

—Intenta ser comprensivo, Miloš. El pobre es un niño y no puede entender que lo vayamos a sacar de su hogar para llevarlo a una ciudad extraña.

—Lo sé, Božidarka, lo sé. Pero tú sabes tan bien como yo que este cambio nos va a permitir vivir con menos agobios que ahora mismo. Si pudiera, yo tampoco os haría moveros de aquí… —dijo con aire de resignación Miloš.

Tras escuchar eso, Stjepan subió las últimas escaleras y entró en su cuarto. Miró alrededor. Todo lo que le rodeaba ya no iba a volver a verlo en mucho tiempo. Su cama, sobre la que cuando sus padres no lo veían saltaba como si fuera a coger las estrellas del cielo. Su rincón entre el armario y la pared, donde le gustaba acurrucarse los días de viento y frío. Todos esos muebles que habían estado allí desde siempre iban a desaparecer ese mismo día.

De repente, Stjepan se estremeció y se acercó corriendo a la ventana. Quería disfrutar de las últimas horas con su río y su puente. Se quedó absorto mirando hacia el puente y empezó a recordar una historia que había repetido mil veces en su cabeza desde que era pequeño.

El Árabe Negro que estaba encerrado en el puente conseguía salir de su estancia y emitía unos gruñidos temibles que hacían temblar a todos cuantos se encontraban en esos momentos en las inmediaciones de Mehmed Paša Sokolović. De pronto, el Árabe Negro se dirigía hacia la orilla del río en que se encontraba su casa y notaba que su pequeño cuerpo empezaba a tiritar de miedo. Pero en el momento en que parecía que nadie iba a poder pararlo y se acercaba ya al final de puente, una luz iluminaba el montículo en que estaba enterrado Radisav y la tierra se abría.

Aunque alguna vez su padre le dijera que Radisav era un campesino, un simple hombre del pueblo llano como ellos mismos, a Stjepan siempre le había gustado imaginárselo como un caballero de armadura reluciente. Cuando Radisav desenfundaba su espada, el resplandor cegaba momentáneamente a todos y así conseguí acercarse lo suficiente al Árabe Negro como para comenzar el ataque. Incluso a veces, en sus sueños, había imaginado que Radisav llamaba a su dragón, que aparecía entre las montañas de Višegrad. Era un dragón dorado, capaz de destruir todo lo que se le interpusiera con su poderosa llamarada. Pero ahora que ya era más mayor, sabía que no era posible que existieran dragones en aquel lugar y se avergonzaba de haber creído en ellos cuando era más joven.

Cuando el Árabe Negro y Radisav se encontraban en el puente, comenzaba una lucha encarnizada en que sólo podía quedar uno. Por supuesto, él estaba a favor de Radisav, pero el Árabe solía ser más corpulento que su héroe. Por eso, normalmente al principio Radisav solía recibir fuertes golpes que le hacían retorcerse de dolor. Es más, el momento crucial solía ser cuando, tras un golpe del Árabe, Radisav veía caer su espada lejos de su alcance. En ese instante, caía sobre su querido héroe serbio todo el peso de su adversario y, por más que lo intentara, no podía recoger su espada. Pero, cuando todo parecía perdido, Radisav gritaba de desesperación y todo cambiaba en un momento. Conseguía deshacerse de su contrincante y rápidamente se abalanzaba sobre su espada. Entonces la empuñaba en dirección al Árabe Negro y le decía que dejara en paz a todos los suyos y se volviera a su oscura estancia. Al negarse el sarraceno a rendirse, Radisav tenía que embestir contra él. En ese momento, el serbio solía girarse y gritar en dirección a la ventana "¡va por ti, Stevo!". Y cuando parecía que le iba a asestar un golpe mortal con su espada, solía despertarse, henchido de orgullo por la gesta de su compatriota.

Aquel día, en cambio, un ruido le sobresaltó en el momento crucial de la lucha. Oyó a sus espaldas unos golpes secos y temió que fuera el Árabe Negro que había logrado escapar e iba a por él. Tras darse cuenta de que eso no era posible, se giró y pudo ver que se trataba simplemente de su padre llamando a la puerta para entrar en su habitación.

—¿Puedo entrar, hijo mío? —preguntó Miloš desde el umbral de la puerta.

—Sí, papá. Sólo estaba mirando un rato por la ventana para despedirme del Drina —omitió la parte en que había estado fantaseando con los personajes que habían marcado su infancia para no parecer demasiado infantil a ojos de su padre.

—Tu madre está acabando de preparar la comida. Ha cocinado tu plato preferido, *ćevapčći*.

—Pero si acabo de desayunar —dijo extrañado Stjepan.

—No, hemos desayunado hace más de cuatro horas, hijo. Son las doce y media pasadas.

Cuando Stjepan comprobó la hora en el reloj que tenía en la mesilla al lado de la cama, se dio cuenta de que su padre tenía razón. Lo que a él le había parecido cosa de unos minutos había sido en realidad un largo periodo de tiempo. Se le había pasado la mañana con sus luchas fantásticas en el puente sobre el Drina. Y no había podido tan siquiera empezar a preparar la maleta. Al darse cuenta de que su padre también se había percatado de ese hecho, intentó explicárselo.

—No importa, hijo —le dijo Miloš con voz tranquilizadora—. Te ayudaremos tu madre y yo después de comer. Quiero intentar salir sobre las cuatro de la tarde para aprovechar los últimos rayos de luz del día. Sabes que no me suele gustar conducir de noche a pesar de que el trayecto hasta Sarajevo no vaya a ser demasiado largo.

—A las cuatro… —sollozó Stjepan al darse cuenta de que realmente el momento de su partida estaba realmente cerca.

Tras sacar del armario y meter en la maleta toda la muda que tenía para llevarse, Stjepan bajó con su padre a la cocina. Allí les esperaba su madre, con los últimos preparativos de la comida. Stjepan se afanó en poner la mesa de manera elegante. Era la última vez que iba a ponerla en esa mesa tan familiar para él. Al sentarse a la mesa, su madre le hizo bendecir los alimentos. Pero él lo que estaba era impaciente por poder empezar a degustar el plato a base de carne picada preparado por ella. Al acabar con la bendición de los alimentos, dijo en voz alta:

—¡¡¡Mmmmm!!! ¡¡¡*Ćevapčići*!!! Me encanta esta comida —y se sirvió tres piezas.

—¿A que no sabías que en el centro de Sarajevo hacen unas de las mejores que puedas encontrar a lo largo de todos los Balcanes? —apostilló Miloš intentando dar a su hijo una razón para pensar de manera diferente acerca de su traslado—. Si te portas bien, te prometo que la semana que viene te llevaré a comer allí. Además, en Baščarsija suelen servirlas con una deliciosa bebida láctea.

—No creo que las preparen mejor que mamá —dijo Stjepan guiñándole un ojo a su madre. Sabía que esos halagos le hacían sentirse incómoda, pero a él le encantaba ver cómo se sonrojaba—. Pero bueno… Si es verdad que en Sarajevo preparan buenas ćevapčići, ya me va gustando más esa ciudad.

Ese comentario arrancó una carcajada de Miloš. Por fin, había conseguido que la expresión de su hijo cambiara. Tras ello, estuvieron hablando de temas prácticamente intrascendentes durante el resto de la comida. Al acabar de comer y recoger la mesa, Božidarka comenzó a limpiar los platos y los dos hombres de la casa se dirigieron a la habitación de Stjepan para preparar la maleta.

Miloš estuvo contando a su hijo muchas cosas de su nueva ciudad. Le dijo que, al igual que Višegrad, Sarajevo era una ciudad en que Oriente se encontraba con Occidente. Allí convivía una gran multitud de gente de distintos orígenes y se la consideraba una de las ciudades más bellas de Yugoslavia y los Balcanes. Además, tendría la suerte de poder asistir en unos años a uno de los grandes espectáculos deportivos del mundo, ya que Sarajevo había sido elegida sede de los Juegos Olímpicos de Invierno que se iban a celebrar en cuatro años. Al ver que a su hijo se le encendía la mirada, Miloš le prometió que le llevaría a la inauguración de los juegos para que pudiera ver cuánta gente de todo el mundo iba a reunirse en su nueva ciudad.

Entonces entró en la habitación Božidarka y les dijo que ya había terminado de limpiar la cocina y preparar sus maletas para el viaje. Así, los tres continuaron preparando la maleta de Stjepan mientras conversaban de las cosas maravillosas que dejaban atrás, pero también de las no menos maravillosas que se iban a encontrar en su nuevo hogar. Al cabo de un rato, cuando ya únicamente quedaba por cerrar la maleta y dejar las cosas ordenadas en la habitación para cuando fuera la señora Marija, Miloš le dijo a Božidarka:

—Voy abajo a prepararme un café antes de partir, cariño. Quiero tener todos los sentidos despiertos a lo largo del viaje. Bajo nuestras maletas y os espero en la planta de abajo.

Tras recoger las maletas de la que había sido su habitación durante muchos años, se dirigió a la cocina y puso a calentar un cazo con agua para prepararse un café negro. Encendió el viejo transistor e intentó sintonizar alguna cadena de radio que pudiera distraerle. Al final consiguió sintonizar una cadena donde emitían música tranquila de los Balcanes y cuando acabó de prepararse la taza de café, se recostó en la silla de madera de la mesa y se dispuso a disfrutar del momento. Eran cerca de las tres y media y en breve emprenderían el camino hacia una nueva vida. De repente, mientras escuchaba una canción instrumental, la radio emitió un sonido extraño y escuchó la voz de un locutor.

—Estimados camaradas yugoslavos. Conectamos con Belgrado para la emisión de un boletín informativo.

Miloš se preguntó qué podía haber ocurrido para que conectaran de urgencia con Belgrado. Al instante se dio cuenta de lo que sucedía y las palabras del locutor de la radio confirmaron sus sospechas.

—El camarada Tito ha fallecido en Ljubljana a las 15:05 de esta misma tarde. El Padre de la patria yugoslava nos ha dejado a causa de la enfermedad que llevaba tiempo padeciendo…

—¡Božidarka! —gritó Miloš—. Baja rápidamente, por favor. Ha sucedido algo.

Él sabía que Josip Broz llevaba ingresado unos días en el Hospital Universitario de Ljubljana por la gangrena que sufría en la pierna, pero el desenlace, por otra parte esperado, le pilló de improviso.

—¿Qué pasa, Miloš? Me has asustado —dijo ella nada más entrar en la cocina.

—Acaban de decir en la radio que Tito ha muerto —comentó.

Él mismo se dio cuenta de que el tono de su voz denotaba cierta alegría que, por supuesto, no iba a ser comprendida ni por sus compatriotas, ni tan siquiera por su propia mujer. Mientras Božidarka y él escuchaban al locutor relatar las supuestas grandezas de Tito por la radio, Miloš sabía que la inmensa mayoría de los yugoslavos se iban a sumergir en un estado depresivo por cierto tiempo. Pero él no. Él nunca se había fiado de Tito. Su opinión como historiador nunca la había podido expresar por temor a las represalias. No estaba seguro tan siquiera de que a Tito le hubiera preocupado nunca el futuro de Yugoslavia. Era un simple ególatra que había tenido la fortuna de cara al enfrentarse a los nazis en la contienda mundial. Y cuando alcanzó el poder, silenció a todos aquellos que pudieran hacerle frente. Incluso no mostró reparo alguno ante las atrocidades que sus propios partisanos cometían contra sus conciudadanos. Nunca podría perdonarles que hubieran asesinado a su padre por el simple hecho de no comulgar con sus ideas. Tito era, en su opinión, el responsable de que, tras la guerra contra las potencias extranjeras, Yugoslavia hubiera seguido desangrándose durante largo tiempo. Toda la sangre vertida por aquellos que decían defender su supuesto paraíso socialista debía pesar ahora sobre su conciencia.

Pero al fin, tras largos años de espera, ese hombre que había hecho sufrir a una parte importante de sus conciudadanos había pasado a mejor vida.

—No me parece bien que sonrías de esa manera —le reprochó Božidarka—. Era un gran hombre que ha dedicado toda su vida al bienestar del pueblo yugoslavo. Y nosotros deberíamos estarle agradecidos.

—No me alegro, cariño —mintió descaradamente Miloš. No quería discutir con su mujer en un día tan señalado—. Simplemente recordaba con cariño a mi madre, a la que le hubiera gustado poder estar presente en este momento. Sabes que la pobre nunca se recuperó de la pérdida de mi padre a manos de los partisanos de Tito. De todos modos, parece que todo estuviera escrito de antemano para que nosotros empecemos una vida totalmente nueva a partir de hoy. Nos trasladamos a Sarajevo y comenzaremos una vida sin el camarada Tito.

Inconscientemente había pronunciado estas últimas palabras con cierta ironía. Lo único que esperaba era que su mujer no se hubiera percatado de ese detalle. Al comprobar que o no lo había hecho, o había decidido pasarlo por alto, Miloš le dijo que saldrían de camino a su nueva casa en un rato.

Cuando al cabo de unos minutos su mujer y su hijo bajaron las escaleras, se lo encontraron en la puerta de la calle. Ya había llevado sus pesadas maletas hasta el coche, que estaba aparcado unas calles más abajo. Tras coger la pequeña maleta de Stjepan, todos salieron y Miloš cerró la puerta de la casa tras de sí.

Avanzaron lentamente por la calle y se dirigieron hacia el lugar donde estaba aparcado el viejo utilitario que tenían. Como él mismo había imaginado, de dentro de las casas se oían grandes lamentos. Todos sus antiguos vecinos estaban llorando la muerte del que hasta entonces había sido su líder indiscutible. Miloš, en cambio, únicamente podía sentir desasosiego al pensar en qué les podía deparar el futuro con cualquiera que fuera a ser el sucesor de Tito.

—Papá, ¿los vecinos lloran porque nos vamos de la ciudad? —preguntó Stjepan con la inocencia infantil de un niño que apenas había cumplido seis años hacía pocos meses.

—¿Eso crees, Stevo? —preguntó cariñosamente a su hijo.

—Sí, papá. Seguro que mis amigos les han dicho a sus padres que me voy a ir y todos están apenados. Yo creo que todos en esta ciudad nos quieren bastante — añadió Stjepan.

—La verdad es que sería una razón bastante más apropiada para llorar que…

—¡Miloš! —interrumpió enojada su mujer—. Es un crio, ¡por el amor de Dios! No le hagas la vida más difícil de lo que es.

—Está bien —dijo él resignado—. No, hijo mío. No es por nosotros. Acaba de morir Tito, el que era el líder de los yugoslavos. La gente está mostrando públicamente su dolor por la pérdida del que consideran padre ideológico de nuestro país.

—Entonces ese tal Tito era un buen hombre. Porque si tanta gente llora su muerte, será porque ha hecho algo bueno por nosotros —afirmó convencido Stjepan.

—Yo prefiero que tú mismo descubras más adelante qué tipo de hombre era, Stjepan. No seré yo quien te lo diga… —dijo Miloš al tiempo que sentía la mirada condenatoria de su mujer.

Antes de doblar la esquina de su calle por última vez, Stjepan, que avanzaba agarrado a la mano de su padre y su madre se paró en seco y les dijo:

—Esperad, tengo que hacer algo —en ese momento se giró y gritó a pleno pulmón—. ¡Adiós, Nikola!

Cuando su padre se dio cuenta de que lo que estaba haciendo era despedirse de su calle, no pudo evitar soltar una lágrima de emoción. Su hijo, aquél al que estaba arrancando de su hogar, no dejaba de ser un niño en plena edad de la inocencia. Pero enseguida comenzó a sonreír otra vez por la ternura del gesto del pequeño Stjepan, que le había cogido la mano de nuevo. Entonces, aprovechando que parecía que su hijo estaba de buen humor, Miloš le pasó la maleta del pequeño a su mujer y dijo:

—¡Stjepan, a que no me ganas en una carrera hacia el coche! Preparados, listos, ya.

Stjepan salió disparado hacia el lugar del aparcamiento. Su padre salió detrás, a un paso obviamente más lento para dejarle ganar. Siempre le había hecho gracia la manera de correr de su hijo. Se asemejaba a un pequeño cervatillo saltando por la pradera.

Lógicamente, Stjepan saltó de alegría al llegar hasta donde estaba el coche antes que su padre. Pensaba que era rápido como el viento, porque su padre nunca había sido capaz de ganarle en ninguna carrera y eso que tenía piernas más largas que él.

—Te gané, papá —gritó.

Cuando su padre abrió el coche, Stjepan se subió de un salto en la parte trasera y se arrodilló para poder mirar por la luna trasera del coche. Una vez cargada su maleta, su madre y su padre se montaron en el coche y arrancaron. El recorrido de salida hacia Sarajevo les llevó por al lado del río y al pasar cerca del puente, Stjepan despidió mentalmente a sus dos compañeros de la infancia, el Drina y el puente Mehmed Paša Sokolović.

Mientras se alejaban, veía que el puente se hacía cada vez más pequeño, hasta que poco a poco fue confundiéndose con el resto del horizonte. En ese mismo instante, fue consciente otra vez de cuánto estaba dejando atrás. Se sentó en el asiento mirando hacia delante e intento contener su llanto.

—Papá, ¿volveremos a ver el puente? —preguntó Stjepan con una voz casi inaudible entre lágrimas.

—Sí, hijo mío, te prometo que volverás a ver este puente —dijo mientras se alejaban paulatinamente del que hasta entonces había sido su hogar—. Muchas cosas pueden cambiar, pero el puente sobre el Drina se mantendrá en pie y nos sobrevivirá a todos nosotros.

8 DE FEBRERO DE 1984

Sarajevo, 8 de febrero de 1984

No podía creer que ya hubiera llegado el día en que su padre iba a cumplir la promesa que le había hecho hacía tiempo. Desde que se había despertado, el día se le estaba haciendo más largo de lo normal. La mañana había transcurrido como un miércoles cualquiera. Al levantarse se había encontrado con el desayuno encima de la mesa. Cuando ya estuvo preparado, su padre le acompañó hasta las cercanías del colegio, donde pasó el resto de la mañana.

Pero ese día era especial y a mediodía se habían suspendido las clases en todo Sarajevo para que las familias pudieran acudir a uno de los mayores espectáculos que se iban a poder contemplar en la ciudad. Había por las calles gente de muy diferentes procedencias, incluso de países que nunca antes había oído tan siquiera que existieran.

Aquél día su padre no pudo acompañarle durante la comida, porque le fue imposible escaparse del trabajo. Le daba lo mismo. Iba a acabar de comer lo antes que pudiera para poder disfrutar de la tarde.

La temperatura era agradable para lo que podía esperarse en aquella época del año. Se puso su mejor abrigo y comenzó a buscar la bufanda de lana que tanto le gustaba. Últimamente le había dolido la garganta y no quería ponerse enfermo precisamente aquel día. Cuando encontró la bufanda en tonos negros y grises, se la puso alrededor del cuello y comenzó a bajar a la planta baja saltando las escaleras de dos en dos. Sabía que a su padre no le gustaba eso, pero ahora no se encontraba en casa. Cuando llegó al piso de abajo, sonrió de manera pícara por lo que acababa de hacer. Se giró hacia la cocina y gritó:

—Me voy a la calle.

—Está bien —contestaron desde dentro—. Pero recuerda que tu padre irá a buscarte más tarde. No te alejes demasiado.

—Ya sabéis dónde voy a estar —contestó él antes de cerrar la puerta.

Estaba claro que iba a ir al lugar que más le gustaba de todo Sarajevo. Iba a ir al que él llamaba su puente. Ese puente había marcado la historia de la ciudad desde que fuera construido y por eso le gustaba ir allí a imaginar historias de tiempos pasados.

No tardó demasiado en llegar al Puente Latino y vio con alegría que su esquina estaba libre. Le gustaba sentarse en el pretil y poder ver el mundo moviéndose a su alrededor. Se sentó y cerró los ojos para poder oír las aguas del Miljacka correr. Disfrutar de ese sonido era una de las cosas que más le gustaba de Sarajevo. Además, a esas horas de la tarde no había demasiada gente paseando por allí, por lo que se pudo entretener con sus pensamientos.

No fue hasta que escuchó el traqueteo del tranvía cuando abrió los ojos. Vio bajar del mismo a un par de señoras que solían pasear juntas los días de buen tiempo y saludó educadamente. Ellas le correspondieron, porque ya se habían acostumbrado a la presencia de ese jovenzuelo en las inmediaciones del puente. Al principio, recordó él, le solían mirar con la desconfianza propia de los años. Era lógico. No era lo más corriente ver a un joven de su edad merodeando las paradas del tranvía, a no ser que estuviera mendigando o algo peor. Pero ahora ya era una parte más del paisaje para ellas.

Cuando se alejó el tranvía, giró su cabeza hacia el río. Le gustaba pensar que cada vez que mirara se iba a encontrar unas aguas puras y cristalinas corriendo por debajo de los arcos del puente, pero muchas veces se desilusionaba al ver que el nivel del Miljacka no daba tan siquiera para poder sumergirse hasta la cintura. Le hubiera gustado que el río fuera tan amplio y profundo como para poder nadar o al menos jugar en él, pero su padre le había contado que era un río bastante corto y cuyo torrente variaba bastante dependiendo de la época del año en que se encontraran. Incluso él mismo se había dado cuenta de que en verano el río se tornaba verdoso y marronuzco, porque el poco agua que corría se mezclaba con otros vertidos que arrojaban los ciudadanos al río.

Ese día, en cambio, el Miljacka llevaba bastante agua y en la corriente se reflejaban tanto el puente como todos los se encontraran sobre él. El invierno había sido lluvioso y las nevadas habían sido bastante frecuentes y eso se notaba en la corriente del río. Otro tranvía lo sacó de sus pensamientos y se preguntó cuánto tiempo faltaría para que su padre apareciera para poder acudir a Koševo.

Entre el aburrimiento y los nervios por que llegara el momento que tanto esperaba, empezó a pensar en que ese mismo punto donde se encontraba se había convertido hacía muchos años en el lugar donde saltó la chispa que hizo volar por los aires el polvorín europeo. Era curioso cómo una pequeña ciudad como Sarajevo podía haber dividido a un continente de la manera que lo hizo. De hecho, la propia ciudad se encontraba todavía mentalmente dividida en cuanto a la interpretación de lo que allí había sucedido. Para algunos, el asesinato de archiduque de Austria y Hungría era algo para olvidar y por eso intentaban conservar el nombre tradicional del puente. Para otros, sin embargo, ese evento había marcado el inicio de su lucha por la libertad y por ello se referían al puente con el nombre de su supuesto héroe y mártir. De esta manera, no era difícil escuchar conversaciones en que se entremezclaran los nombres Puente Latino y Puente de Princip para referirse a un mismo elemento. A él, en cambio, le daba lo mismo cómo lo llamaran el resto. Para él, nunca dejaría de ser su puente.

De pronto, se sobresaltó cuando justo en el momento en que iba a llegar otro tranvía escuchó desde la esquina de la calle que desembocaba en el puente:

—¡Enes, es hora de irse!

Era su padre, que acababa de cerrar la panadería y había ido a recogerle.

—Ya voy, papá —respondió él por encima del traqueteo del tranvía que acababa de frenar en la parada adyacente al puente.

Se levantó de un salto del pretil y esperó a que el semáforo le diera paso para cruzar corriendo la carretera y abrazar fuertemente a su padre. Cuando llegó al otro lado de la calle, se abrazó a su cintura con toda la fuerza que tenía. Últimamente le notaba más triste de lo normal y hacía poco que se había dado cuenta de que en unos días se iba a cumplir el décimo aniversario de la muerte de su madre durante el parto.

Ver así a su padre le rompía el corazón y por eso trataba de abrazarlo todas las veces que pudiera a lo largo del día. Porque sabía que su padre intentaba que él no escuchara sus llantos por la noche para no preocuparle. A pesar de que él no había conocido a su madre, nunca le había faltado el cariño que cualquier niño necesitaba para crecer, ya que su padre se volcaba en él cada vez que llegaba a casa de la panadería familiar. Por eso él lo quería tanto.

—Hola, papá. Te he echado de menos durante todo el día —dijo sonriente Enes mientras levantaba su mirada para encontrarse con la de su padre.

—Hola, hijo. Yo sí que te he echado de menos. Pero venga, dejémonos ahora de carantoñas y vayamos poco a poco hacia el estadio, que a este paso no llegamos —dijo Omer, mientras pasaba su mano cariñosamente por la cabeza de Enes.

Los dos se agarraron de la mano y se encaminaron Baščaršija adentro hacia el norte. Les esperaban tres kilómetros largos de camino hasta llegar al estadio donde se iban a inaugurar los Juegos Olímpicos de Invierno de aquel año. Pero a Enes no le importaba, ya que su padre le había contado maravillas de lo que iba a suceder. Incluso cuando empezó a nevar, al igual que había hecho intermitentemente a lo largo del día, ambos se miraron de manera cómplice y sonrieron.

Cuando llegaron a la calle Maršala Tita, se encontraron con numerosas personas que cogían la misma dirección que ellos. Omer miró a los ojos de su hijo y pudo ver el asombro con que éste observaba el gentío que avanzaba lentamente con expresión de orgullo por que su pequeña ciudad yugoslava hubiera sido la elegida para celebrar los Juegos.

Al doblar la esquina con la calle Koševo, Omer pudo percibir de manera clara cómo el asombro de Enes se iba convirtiendo poco a poco en fascinación. Allí estaban ellos, en medio de una multitud que avanzaba lentamente hacia el estadio como si se tratara de una interminable procesión humana. Enes se aferró más fuertemente a la mano de su padre, temiendo que en algún momento éste pudiera despistarse y soltarle. Por nada del mundo quería perderse entre toda esa gente. No tendría ningún problema para poder volver solo a casa, pero se perdería todo el espectáculo que se suponía que iban a poder ver en breve.

Cuando pasaron por al lado del parque Koševo, pudieron ver familias enteras que habían ido a pasar la tarde allí, gente cantando alegremente mientras caminaban y algún que otro niño jugando al fútbol con sus amigos. La verdad es que la estampa no difería demasiado de cualquier otro día normal en Sarajevo. De no ser por la multitud que avanzaba imparable y por la fecha tan señalada en el calendario de todos los yugoslavos, nadie podría distinguir ese día del anterior o del siguiente. Todo transcurría dentro de la normalidad de la vida cotidiana de la ciudad.

Cuando al fin estaban llegando a su objetivo, Enes abrió los ojos de par en par al contemplar aquél estadio totalmente engalanado. Nunca había ido tan lejos en la ciudad y, por supuesto, nunca había visto aquella construcción.

—¿Has visto, papá? Es inmenso… —dijo lleno de asombro el pequeño al mirar hacia arriba cuando ya se encontraban a escasos metros del estadio.

—Sí, hijo. Es un estadio magnífico. Y debes recordar que este tipo de eventos probablemente pasen una vez en la vida en esta ciudad. Estos Juegos Olímpicos deben servir para honrar la memoria del gran hombre que consiguió traerlos aquí, el camarada Tito.

—¿Y todas esas banderas? —preguntó extrañado Enes al ver una extraña bandera blanca que nunca antes había visto.

—Ésa es la bandera olímpica, simboliza la fraternidad entre los cinco continentes. Y al otro lado del estadio, cuando entremos, vas a ver las banderas de todos los países que participan. E incluso habrá un desfile de todas ellas por delante de todos nosotros —dijo Omer haciendo un gesto como si portara una bandera entre las manos.

Ese gesto hizo que Enes comenzará a reírse, porque le pareció gracioso ver a su padre intentando imitar un desfile. Siempre había sido un poco torpe, pero le encantaba imitar los gestos más extraños. Y a su hijo le encantaba verlo hacer eso.

Mientras Enes todavía no había terminado de reír, se colocaron a la cola para poder entrar al estadio. Omer comentó que esperaba que delante no se les sentaran personas demasiado altas, ya que, si no, no podrían ver lo que pasaba en el acto inaugural. Tras acomodarse en sus respectivos asientos, los dos respiraron aliviados al ver que delante tenían sentada una familia con hijos que no les iba a entorpecer para nada la visión del espectáculo.

Al cabo de un buen rato, el número de gente que accedía al estadio comenzó a disminuir paulatinamente. De pronto, cuando la iluminación del estadio bajó de intensidad, se hizo el silencio absoluto. Con el corazón en un puño, Enes estuvo conteniendo la respiración hasta que vio salir a los primeros voluntarios que iban a dar comienzo al espectáculo de inauguración.

Se veía moverse a todo el mundo en el césped como si fueran pequeñas hormiguitas sincronizando sus movimientos. A Enes le resultaba fascinante ver todos esos movimientos y cuando se formaron los anillos olímpicos humanos, no pudo más que exclamar:

—¡Mira, papá! Los anillos

—Ya te había dicho yo que ése era el símbolo de la bandera olímpica. Durante los próximos días, la veremos por doquier. Pero estate atento, Enes, que va a comenzar el desfile inaugural.

No pasó excesivo tiempo hasta que por megafonía se anunciara que el desfile de los estados participantes iba a comenzar. Enes pudo sentir, sin entender muy bien, que la gente empezaba a excitarse más y más. De repente, escuchó que por la megafonía sonaba "Hej, Sloveni", el himno oficial de la República Federal Socialista de Yugoslavia. Todos se pusieron de pie para escuchar ese canto a la unión de todos los eslavos del sur. Enes pudo ver cómo en los ojos de la gente se arremolinaban lágrima de emoción al cantar el himno a pleno pulmón. Al finalizar la interpretación, la multitud prorrumpió en un sonoro e interminable aplauso. En ese momento, Enes fijó su mirada en el tartán y vio salir una bandera azul y blanca con una cruz, que no había visto hasta aquel momento. Viendo que la gente aplaudió enfervorizada esa aparición, le preguntó a su padre:

—¿Por qué aplaudimos a esos señores, papá?

—Son la delegación griega. En todos los Juegos Olímpicos ellos abren el desfile, porque fueron los que los inventaron en la antigüedad. O sea que, en parte, les debemos a ellos que esta ceremonia vuelva a poner Sarajevo en el mapa mundial. Pero espera a que aparezca la última delegación y verás… —finalizó el padre mientras clavaba la mirada otra vez en el desfile. Le llenaba de satisfacción ver los ojos destellantes de su hijo.

Entretanto, Enes empezó a notar que tenía que ir al baño urgentemente. Había estado tan ensimismado que no había ido a mear antes de sentarse en su sitio y ahora cada segundo que pasaba era más urgente. Pero pensó que podría aguantar hasta el final del espectáculo.

Sin embargo, el número de países que salían uno detrás de otro parecía interminable. Empezó a ver incluso países de los que ni había oído hablar. Mónaco, Liechtenstein o Islas Vírgenes fueron nombres que se le quedaron grabados en su mente porque le parecía que todos ellos tenían que ser lugares muy exóticos. Las ganas de ir al baño, sin embargo, iban en aumento.

Su padre le había dicho que los países desfilaban en orden alfabético, por lo que según se iba acercando el final sintió que ya no iba a poder aguantar más. Miró a su alrededor y vio que podrían salir tranquilamente, pero su padre estaba totalmente volcado con el desfile.

De pronto, sin que se lo esperara, todo el mundo se pudo de pie de nuevo y comenzaron los vítores. Acababa de aparecer en el estadio la bandera yugoslava seguida de sus deportistas. Enes quiso saltar de la emoción, pero sus ganas de ir al baño no se lo permitían. Esperó un poco para ver si podía aguantar hasta el final de la vuelta al estadio, pero cuando habían recorrido poco más de un cuarto de la distancia, vio que era imposible.

—Papá —dijo con voz muy queda para no molestar a la gente de alrededor—, necesito ir al baño urgentemente. ¿Me acompañas?

—Sí, sí, hijo. Después —contestó su padre sin tan siquiera mirarle.

Realmente no había escuchado lo que Enes le había dicho, por lo que éste decidió que ya era lo suficientemente mayor como para ir al baño y poder volver tan tranquilo a su sitio. Pasó por delante de los pocos espectadores que tenía a su izquierda hasta las escaleras y las bajó a todo correr hasta llegar al vomitorio. Desde allí salió sin pararse a pensar al espacio que quedaba debajo de las gradas y se dirigió al primer baño que encontró.

Al llegar comprobó que estaba fuera de servicio y tuvo que correr todo lo que pudo para encontrar algún otro. No sabía cuánto había corrido ya cuando llegó a un baño que estaba libre y pudo entrar en él. Se desabrochó el pantalón y, por fin, pudo relajar su vejiga. Cuando terminó, se volvió a abrochar el pantalón y se dispuso a salir.

Llegó otra vez al espacio exterior, pero de pronto se paró en seco. No se había fijado en qué puerta estaban situados su padre y él. Avanzó un poco hacia la derecha, intentando encontrar algo que le recordara de dónde había venido. Mientras en el interior del estadio se oían las palabras de los discursos oficiales, Enes empezó a sentir un desasosiego interior que le decía que no había sido una buena idea separarse de su padre. Sabía que no le iba a pasar nada, porque había memorizado el camino que habían hecho desde el Puente Latino hasta el estadio Koševo, pero, más que tener que hacer ese camino de noche, le preocupaba la inquietud que tenía que haber provocado en su padre el descubrir que no estaba a su lado. Finalmente, tras probar en varios sitios y ya al borde del llanto, Enes se paró en seco, mirando hacia el pasillo circular que parecía no acabar nunca.

De repente, sintió que alguien le tocaba la espalda. Se giró con la esperanza de que fuera su padre, que había ido a buscarle. Pero se encontró con algo que no esperaba en absoluto. Se trataba de un niño de más o menos su edad que lo miraba a través de sus ojos claros. Ambos se quedaron totalmente inmóviles, como si se tratara de dos pequeñas estatuas, mirándose fijamente a los ojos. Ninguno de los dos hizo gesto alguno durante un tiempo que a Enes le pareció una eternidad. Allí estaba, totalmente inmóvil delante de un chico desconocido, mientras su padre probablemente estuviera buscándole por todo el estadio. Pero algo le decía que no se moviera de delante de aquel chaval. Entonces, Enes comenzó a reír.

—Has perdido —exclamó con voz triunfalista el otro chico.

—¿Cómo? —preguntó Enes incrédulo, porque nunca había oído hablar de esa regla.

—Es un viejo juego que tengo con mi padre. El primero que ríe pierde.

En ese momento, al darse cuenta de lo absurdo de la situación, los dos jóvenes empezaron a reír a mandíbula batiente. Por un momento, Enes olvidó que se había perdido en el estadio.

—Me llamo Enes, Enes Salihović.

—Yo soy Stjepan Župan. Estaba dando una vuelta por el estadio porque me aburría con tanto discurso que no entiendo. Y te he visto mirando para todos los lados como si estuvieras perdido.

—La verdad es que no sé en qué puerta estaba sentado con mi padre y estaba un poco angustiado. ¿Tú cómo puedes estar tan tranquilo?

—Bah, no hay problema. Ya le he dicho a mi padre que iba a dar una vuelta y lo único que me ha dicho es que no tardara demasiado, porque pronto van a encender un gran fuego con una antorcha traída desde Grecia. Según me ha dicho mi padre, la antorcha ha recorrido en manos de un montón de corredores toda Yugoslavia, pasando por cada una de las capitales de nuestras repúblicas. ¿No te parece maravilloso?

—Yo… Es que nunca he salido de Sarajevo y me parece imposible que alguien pueda correr tanto.

—¿Nunca has salido de Sarajevo? Yo antes vivía en Višegrad, pero contrataron a mi padre en la Universidad de Sarajevo y toda la familia nos trasladamos aquí. ¿Dónde vives?

—En el centro de Sarajevo, en Baščarsija. Cerca de Gazi Husrev-Beg.

—Eso está cerca del puente de Princip, ¿no? Yo vivo en Lukavica. No está muy cerca del centro, pero mi padre y yo solemos coger el tranvía para ir a comer ćevapčići en Baščarsija. Me encantan. Cuando nos trasladamos de Višegrad mi padre me dijo que las preparaban muy ricas aquí, pero no le creí hasta que un día me llevo a comer allí.

Los dos jóvenes habían entablado una conversación casi sin darse cuenta y poco a poco se dirigieron hacia una de las puertas que daban al interior del estadio.

—Me has dicho que te llamas Enes, pero ¿qué significa ese nombre? No lo había oído nunca —preguntó Stjepan cuando entraron a las gradas.

—Es un nombre proveniente del turco. Mi padre me dijo una vez que significa amigo.

—¡Qué gracioso! —dijo Stjepan entre carcajadas—. Acabo de hacerme amigo de un niño que se llama amigo.

En ese momento, los dos empezaron a reír nuevamente. Se quedaron de pie al final de vomitorio y Enes vio que se acercaba un hombre con aire serio. Al principio le dio algo de miedo, pero, al ver que la expresión del señor se suavizaba según se acercaba a ellos, fue tranquilizándose.

—Has llegado justo a tiempo —dijo el señor—. Los discursos están a punto de finalizar. ¿No me presentas a tu nuevo amiguito, Stjepan?

—Éste es Enes, papá. Creo que está perdido. Enes, éste es mi padre.

—Encantado, Enes. Me llamo Miloš. ¿Estás realmente perdido? —preguntó y al ver que Enes afirmaba tímidamente con la cabeza, añadió— Quédate aquí con Stjepan y conmigo y luego te ayudaremos a encontrar a tus padres.

—Gracias, señor. Pero he venido únicamente con mi padre. Mi madre murió cuando nací yo. Si me ayudaran a encontrarlo, se lo agradecería de corazón.

Miloš notó un deje de tristeza en las palabras del pequeño y le acarició la cabeza para intentar consolarlo un poco. En ese mismo momento, se hizo un silencio sepulcral en todo el estadio. A pesar de que duró únicamente unos segundos, a todos los presentes se les encogió el corazón. De pronto, todos giraron sus cabezas hacia la puerta de entrada del estadio y, al ver entrar la llama olímpica en manos de un esquiador, la multitud comenzó a vitorearlos.

—Estad atentos ahora, el esquiador le va a pasar la llama a la última relevista y ella subirá las escaleras hasta el pebetero para encenderlo e inaugurar oficialmente los Juegos.

Stjepan y Enes asistieron entusiasmados al momento en que el esquiador que recorría la pista artificial sobre el tartán entregaba la antorcha olímpica a la joven atleta yugoslava. Según ésta iba ascendiendo los peldaños del pebetero gigante, los latidos de los dos niños se aceleraban cada vez más. Al ver que la atleta acercaba la llama al pebetero, los dos contuvieron la respiración como si cualquier hálito fuera a apagarla. Cuando el pebetero se encendió y el estadio se llenó de gritos de júbilo y aplausos, Stjepan y Enes tardaron unos segundos en reaccionar. Pero de un momento a otro pasaron a gritar de la emoción y a abrazarse mientras daban saltos de alegría.

Miloš, entretanto, observaba orgulloso a su hijo y a ese pequeño niño obviamente musulmán que se fundían en abrazos como si se conocieran de toda la vida.

—Al menos algo hiciste bien en esta vida, maldito partisano —musitó en voz baja para que nadie pudiera oírle.

De pronto, pudo observar que un hombre se acercaba corriendo hacia ellos con los ojos arrasados en lágrimas. No tardó en comprender que se trataba del padre del pequeño Enes y se hizo a un lado para que pudiera llegar hasta el niño sin problemas.

—Al fin te he encontrado, hijo —susurró Omer cayendo de rodillas y abrazando a Enes con todas sus fuerzas—. Te llevo buscando un rato. No puedo creer que te perdiera de vista. Creía que te había perdido. Lo siento, hijo mío, lo siento tanto.

Stjepan se alejó de su nuevo compañero y se acercó a su padre. Ambos contemplaron el enternecedor reencuentro entre padre e hijo sin decir una sola palabra.

—Papá, ha sido muy emocionante... Había un esquiador... Y una llama... Y le ha dado la antorcha a la atleta, que ha subido corriendo y... —empezó a contarle Enes a su padre de manera atropellada. Al ver que su padre estaba a punto de empezar a llorar, dijo—. No te preocupes, papá. No he pasado miedo. He conocido a mi amigo Stjepan y hemos estado con su padre viendo cómo encendían el fuego.

—Muchísimas gracias, señor. No sé cómo podré agradecérselo. No entiendo qué ha podido pasar. Estábamos viendo el desfile de las naciones y me he debido despistar un momento, porque cuando he mirado durante los discursos hacia donde estaba Enes, no lo he encontrado. Que el cielo lo bendiga —Omer eligió estas últimas palabras conscientemente para no herir la sensibilidad de aquel hombre que había cuidado de su hijo.

—No debe preocuparse, buen hombre. No he hecho nada del otro mundo. Usted mismo en mi caso hubiera actuado de la misma manera. Se nota que tiene buen corazón.

—Papá, es una pena que te hayas perdido lo de la atleta y el fuego. Ha sido memorable.

De pronto, Miloš se acordó de que no se había presentado al padre de Enes y dijo:

—Perdón por la descortesía. No me he presentado. Mi nombre es Miloš Župan y éste es mi hijo Stjepan.

—Usted ya conoce a mi hijo Enes. Mi nombre es Omer Salihović.

—Papá —interrumpió Stjepan—, ¿podemos invitar a Enes a mi fiesta de cumpleaños? Creo que nunca ha estado en Lukavica y quiero enseñarle nuestra casa y el parque.

—Por supuesto, hijo, si el señor Salihović y Enes quieren, puede venir sin problemas.

—Se lo agradezco mucho, señor Župan, pero no quisiéramos ser una molestia para ustedes.

—No diga tonterías. Son totalmente bienvenidos a la fiesta de mi hijo. No se cumplen diez años todos los días, ¿verdad Stjepan?

—Es usted muy amable —prosiguió Omer—. La verdad es que Enes no tiene demasiados amigos porque soy excesivamente sobreprotector por la falta de su madre.

—Sí, por favor, papá. Déjame ir.

—Está bien, Enes. ¿Qué día es el cumpleaños de su hijo Stjepan?

—El 21 de febrero. Espero que no tengáis ningún problema en acudir.

—¿El 21 de febrero? —preguntó Enes extrañado.

—Sí —respondió Stjepan sonriente—. Es el mejor día del año.

—Y que lo digas —contestó Omer entre carcajadas. Al momento, se le unió Enes. Cuando vieron que Miloš y Stjepan los observaban con asombro, aclaró Omer—. Ese día es también el cumpleaños de Enes.

—¿Cumples años el mismo día que yo? —preguntó Stjepan divertido—. Eso es genial. Podremos celebrar nuestros cumpleaños juntos siempre.

—Bien. Entonces nos veremos en Lukavica —dijo Enes abrazando fuertemente a Stjepan.

Los dos padres se estrecharon la mano y Miloš le dio la dirección de su casa a Omer para que pudieran acudir a la fiesta que estaban celebrando.

—Una vez más gracias, señor Župan. Enes no tiene amigos y me parece que Stjepan le ha caído muy bien — dijo Omer agradecido.

—No es nada —insistió Miloš—. A Stjepan le vendrá bien tener un amigo como Enes —girándose hacia los dos niños añadió—. Además, podemos invitar a nuestra vecina Jelena. Tiene vuestra misma edad. Es una chica muy simpática…

—¡No, papá, no! ¡Jelena no! —gritó Stjepan—. Esa niña estúpida me cae muy mal. Siempre intenta hacerse la simpática, pero yo no quiero jugar con ella…

—No seas crío, Stjepan —dijo Miloš mientras lo agarraba de la mano para irse.

Cuando todos se despidieron, Miloš y Stjepan comenzaron a alejarse. Omer y Enes se quedaron mirando hacia el interior del estadio, donde el pebetero llameante brillaba en el horizonte. Enes sonreía mientras escuchaba a Stjepan decirle a su padre:

—Papá, no quiero que venga Jelena. Sabes que siempre me acabo peleando con ella. Además… Espera —en ese momento se soltó de la mano de su padre y recorrió rápidamente los pocos metros que habían andado alejándose del vomitorio. Cuando llegó donde estaban Omer y Enes, tocó la espalda de este último y le dijo—. Recuerda. El primero que ríe pierde.

Tras eso, Stjepan se alejó alegremente hacia donde estaba su padre, mientras Enes apenas podía contener una sonrisa. Al ver esa sonrisa dibujada en los labios de su hijo, Omer suspiró aliviado por el inesperado giro que habían tomado los acontecimientos. Agarró fuertemente la mano de Enes y ambos se quedaron mirando la llama olímpica durante unos minutos más antes de emprender el camino a casa.

19 DE SEPTIEMBRE DE 1987

Sarajevo, 19 de septiembre de 1987

Como era de costumbre a aquella hora de la tarde, el tranvía estaba abarrotado de gente que acudía al centro de la ciudad. No por algo era uno de los medios de transporte favorito de los sarajevitas. Aquel sistema de tranvías, que había cumplido ya cien años y que se había construido para probarlo antes de su instalación en Viena cuando aún eran parte del Imperio Austrohúngaro, se había convertido en uno de los símbolos de la ciudad, al igual que el riachuelo junto al que transcurría en muchos tramos.

A pesar de que de un tiempo a esa parte se había mejorado el sistema bastante, todavía los frenazos y arrancadas en cada una de las paradas eran lo suficientemente bruscos como para que todos los pasajeros de los vagones tuvieran que agarrarse a cualquier cosa que tuvieran a mano. De hecho, una mujer casi cayó al suelo cuando el conductor frenó bruscamente a la altura de Skenderija para que otro pasajero subiera. Dos chiquillas, que jugaban a intentar no caerse sin agarrarse, comenzaron a reír cuando la señora maldijo al conductor y a toda su familia por eso. El juego de las pequeñas le hizo recordar que todos pensaban que era invencible cuando solían jugar ellos de jóvenes. Pero pensó que no podía entretenerse demasiado en sus pensamientos, porque únicamente faltaban dos paradas para su destino.

En realidad, habían quedado en el puente de Princip, pero le gustaba pasear un poco siempre antes de llegar al lugar acordado. La época de frío y lluvias iba a comenzar en poco tiempo y pensaba aprovechar todos los días que pudiera para andar y respirar el aire fresco de esos últimos días de verano. Cuando el tranvía paró en la parada del puente Drvenija, bajó y aspiró profundamente. Se notaba el olor del río, que bajaba con bastante agua para la época del año en que se encontraban.

Se asomó sobre el pretil para observar su reflejo en la corriente de agua y pensó que le encantaba aquel río. Tal vez no tuviera la fuerza y el esplendor de otros que había visto a lo largo de su vida, pero tenía algo especial que hacía que todos los habitantes de la ciudad se identificaran con él. Tras ello, comenzó a caminar en dirección hacia su verdadero destino, donde más que probablemente ya le esperara Enes. Siempre le había sorprendido que Enes fuera una de esas personas que siempre aparecía cinco minutos antes de la hora acordada en el lugar convenido.

Al pensar eso, aceleró el paso para intentar llegar cuanto antes al viejo puente sobre el Miljacka. A lo lejos pudo distinguir los cuatro arcos que conformaban el puente y se preguntó, como hacía habitualmente, por qué habrían construido un puente que no era simétrico, con su punto más alto justo encima del segundo arco empezando desde la ciudad vieja de Sarajevo. Lo curioso es que nunca nadie de su entorno supo dar una respuesta a dicha interrogante. Tras avanzar unos cientos de metros, pudo observar en la esquina del puente dos figuras inmóviles. Suspiró profundamente antes de acelerar el paso y encaminarse hacia aquel preciso lugar. Normalmente le gustaba disfrutar de las vistas y pararse unos segundos para contemplar el pequeño parque que se encontraba al otro lado del río poco antes de llegar al puente, pero ese día no se iba a demorar más de lo necesario en llegar.

—Ya vale, chicos —dijo Jelena cuando apenas le quedaban unos metros para llegar al puente—. ¿No sois lo suficientemente mayorcitos para seguir con esto?

Al no obtener respuesta, la joven se subió de un salto al pretil del puente y, apoyando la cabeza entre sus manos, suspiró de nuevo. No sabía cuánto tiempo iba a tener que esperar hasta que alguno de los dos sonriera y se acabara el juego. Pero esa vez tuvo suerte. Apenas había transcurrido un minuto cuando Enes dibujó una ligera sonrisa en sus labios y Stjepan gritó eufórico:

—¡Te gané otra vez! Nunca deberías enfrentarte a un maestro de este juego, mi pequeño aprendiz —al acabar de decir eso, los dos chicos comenzaron a reír y se dieron un fuerte abrazo.

Jelena no sabía cuánto tiempo habían podido estar inmóviles antes de que ella llegara. Además, le parecía un juego de críos que ya tendrían que haber superado sus dos amigos. Es más, ella estaba convencida de que Enes la mayoría de las veces se dejaba vencer para poder observar la satisfacción en el rostro de Stjepan. Jelena era consciente de que la admiración que aquel joven musulmán sentía por su mejor amigo significaba que era capaz de cualquier cosa con tal de verlo feliz.

—Hola, Jelena —dijo Enes con la voz suave que siempre utilizaba al hablar con ella.

—Hola, chicos —añadió ella, mientras ambos se sentaban a su lado en el pretil—. ¿Cómo puede ser que hayas llegado antes que yo, Stjepan? Tu madre me ha dicho que te estabas preparando todavía cuando yo ya salía hacia aquí.

—Me ha traído mi padre en coche. Tenía que hacer algún tipo de recado aquí en el centro y se ha ofrecido a acercarme.

—Ya decía yo que no era normal que tú llegaras antes que Jelena —apostilló Enes de manera socarrona. Al ver que Stjepan torcía el gesto, Enes le pasó un brazo por el hombro y se acercó a él. Ese gesto hizo que Stjepan sonriera.

—¿Os acordáis del día en que nos conocimos los tres? Parece mentira que hace escasamente tres años, tú, Stjepan, me evitaras a toda costa en el parque y que ni tan siquiera hubiera oído hablar de ti, Enes. Es curioso cómo el destino a veces cruza vidas que en principio nada tienen que ver entre sí.

—Es cierto —agregó Enes con un deje de tristeza—. Si no llego a perderme en el estadio, nunca os hubiera conocido. Y hubiera seguido sin apenas amigos, como hasta entonces. Solía pasarme tardes enteras imaginando historias en este mismo puente…

—Por lo visto, hay cosas que no cambian —interrumpió Stjepan—. Porque sigues teniendo la cabeza llena de historietas. ¿No crees que ya va siendo hora de que dejes de pensar en dragones y caballeros de brillante armadura?

Enes sabía que tenía razón, pero sabía, del mismo modo, que el propio Stjepan solía escuchar con gusto las historias que él mismo le contaba. Le gustaba aparentar que era mayor delante de Jelena, pero cuando se quedaban a solas se convertían en compañeros inseparables de relatos imaginarios. Sin ir más allá, hacía escasamente dos días habían estado imaginando que en la calle Zmaja od Bosne, como su nombre indicaba, vivía un dragón malvado que intentaba que nadie entrara en sus dominios.

—Puede que sí, pero me gusta intentar imaginar que hay un mundo maravilloso más allá de lo que todos los que sois mayores veis —dijo con ironía.

Tras eso, continuaron hablando durante un buen rato sobre los planes que tenían para la siguiente semana. Los tres se habían convertido en amigos inseparables desde que coincidieran en la fiesta de cumpleaños que Stjepan celebró en Lukavica unos años atrás. Jelena inmediatamente se hizo amiga de Enes y poco a poco Stjepan se fue acercando a ella. El lazo que habían tejido los dos chicos desde el primer instante era tan fuerte que parecía que se conocieran desde su nacimiento. Incluso resultaba más chocante comprobar que, a pesar de la diferencia de caracteres, era prácticamente imposible verlos discutir por nada.

De pronto, Jelena propuso:

—¿Sabéis qué deberíamos hacer? Irnos de viaje a algún sitio no muy lejano los tres. En un par de años seremos lo suficientemente mayores como para que nuestros padres no pongan pegas a que vayamos unos días a algún lugar cercano.

—¡Vayamos a Višegrad! —exclamó exaltado Stjepan—. Desde que nos mudamos de allí, no he vuelto a nuestra casa. Mi padre me dijo que íbamos a ir a menudo, pero los veranos ahora los solemos pasar en la casa familiar de Sveti Stefan, porque mi padre dice que es mejor aprovechar esa época para bañarse en el Adriático.

—Esto... yo no sé si podré... —farfulló Enes—. Sabéis que suelo ayudar a mi padre en el negocio familiar. No me gustaría dejarlo una semana solo atendiendo a nuestros clientes. El pobre tiene suficiente con llevar todo el peso de la panadería y la casa sobre sus hombros y necesita ayuda de vez en cuando...

—Tranquilo, Enes. Yo voy a convencer a tu padre para que no haya ningún problema. Sabes que me adora —señaló Stjepan a la vez que guiñaba un ojo a su amigo.

—Si mi padre no pone ningún impedimento, yo iré encantado. Sabéis que lo más lejos que he ido del centro de Sarajevo es a vuestra casa en Lukavica.

—No te preocupes, Enes. No va a pasar nada aunque te ausentes unos días de la panadería de tu padre —comentó Jelena con un tono de voz totalmente convincente.

—Está bien —admitió Enes—. Puede ser divertido salir de la ciudad.

—¿Damos una vuelta? —propuso Jelena—. Está empezando a refrescar y la brisa del Miljacka se me está empezando a meter en los huesos. Parece que el verano ya nos va a durar muy poco.

Se levantaron los tres de un salto y se encaminaron hacia Baščarsija, la ciudad vieja peatonalizada de Sarajevo. Charlaron animadamente mientras avanzaban por las calles adoquinadas del centro entre puestos de recuerdos para turistas y menaje tradicional. Cuando llegaron a Sebilj, decidieron comprar algo para comer y sentarse a observar a la gente que pasaba a toda prisa por delante de ellos. Se acomodaron en los escalones de aquella fuente morisca y se entretuvieron viendo a parejas que paseaban de la mano, familias de turistas que sacaban fotografías sin cesar y señoras mayores que se apresuraban de un lado para otro con las compras recién hechas.

Al cabo de un rato, decidieron que ya iba siendo hora de volver a casa y emprendieron el camino de vuelta entre las calles de la ciudad vieja de Sarajevo. Se encaminaron hacia la panadería del padre de Enes y cuando estaban a punto de llegar, Stjepan se paró de golpe.

—¡Casi lo olvido! He aprendido a hacer unas pulseras de cuero. El fin de semana pasado estuve con mi padre haciendo algunas y he traído una para ti, Enes —dijo mientras rebuscaba en el bolsillo de su pantalón—. Aquí está.

Enes cogió de las manos de Stjepan una tira de cuero con dos nudos que servían para ajustar el tamaño de la misma a su muñeca. Cuando por fin consiguió ajustarse la pulsera, dijo con voz entrecortada:

—Gracias, Stjepan. No me voy a quitar esta pulsera en toda mi vida. Pero yo no tengo nada para ti…

—No hace falta, tonto. Te la he regalado porque es la primera que me había salido bien y quería dársela a alguien especial.

—Muchísimas gracias —dijo Enes mientras abrazaba a Stjepan fuertemente.

En ese mismo momento, Omer salió a la puerta de la panadería y llamó a su hijo para que fuera a ayudar con un pedido que tenían que llevar a casa de un cliente habitual. Antes de entrar a la panadería, Enes se giró para saludar con la mano a sus amigos. Éstos respondieron a su saludo antes de encaminarse hacia el río nuevamente.

—La verdad es que os lleváis muy bien.

—Este pequeño granuja se hace querer —dijo Stjepan.

Continuaron caminando durante unos minutos más hasta llegar otra vez al puente de Princip. Cuando llegaron, esperaron a que se aproximara el siguiente tranvía para montarse en él y dirigirse hacia sus casas.

—Oye, ha sido una buena idea lo del viaje. No puedo esperar para volver a la ciudad donde pase mi niñez.

—Bueno, primero habrá que convencer al padre de Enes.

—Ya os he dicho antes a los dos que de eso me encargo yo. El señor Salihović no me va a poner pegas a mí, ya lo conoces. Y podremos ir los tres a Višegrad a que os enseñe mi puente.

—Tengo muchas ganas de poder pasar unos días con vosotros… Creo que va a ser bueno para todos.

El tranvía siguió su recorrido de vuelta y cuando se bajaron en la última parada, anduvieron un rato el uno junto al otro mientras el sol empezaba a descender tras las montañas que rodeaban Sarajevo. El frío comenzaba a hacerse notar en las calles de Lukavica y, al ver que Jelena empezaba a tiritar, Stjepan le pasó un brazo por encima del hombro y continuaron hasta llegar a casa.

16 DE MARZO DE 1989

Sarajevo, 16 de marzo de 1989

A esas horas de la mañana, como era habitual, hacía frío en pleno centro de Sarajevo. Había salido de casa con tiempo, porque tenía miedo de perder el tren. Y ahora se encontraba allí, esperando a la puerta de la estación, cuando todavía no había rayado el alba. Se suponía que Stjepan y Jelena llegarían en cualquier momento, pero la espera se le estaba haciendo eterna.

No podía creer que su padre hubiera estado tan predispuesto a que él se fuera una semana con sus amigos de viaje, lejos de su casa. Durante ese tiempo tendría que hacerse cargo de la panadería sin ningún tipo de ayuda. Pero Omer le había insistido en que ese viaje sería muy beneficioso para él, porque le iba a abrir un horizonte más allá de Baščarsija.

Lo más curioso, sin embargo, era que, a pesar de que Stjepan, Jelena y él llevaban ya casi dos años ahorrando para poder pagarse ellos el viaje, todo lo habían pagado entre el señor Župan y su padre. Era obvio que su padre poco habría podido aportar a ese pago, pero el sacrificio que eso le suponía no lo iba a olvidar fácilmente. Habían querido regalarles ese viaje como celebración de su decimoquinto cumpleaños. Era la primera vez en quince años que se iba a alejar de su ciudad natal y se sentía extrañamente nervioso.

Mientras estaba enfrascado en sus pensamientos, vio aparecer un coche que paró en la explanada frente a la estación. Al identificar que era el coche del señor Župan, se desperezó y se encaminó hacia allí. Por fin, la espera había tocado a su fin y todavía les quedaba algo de tiempo para localizar el andén en que tenían que coger el tren.

—Buenos días, señor Župan —dijo educadamente Enes—. Hola, Stjepan. Hola, Jelena. ¿Habéis traído los billetes? ¿Habéis traído ropa suficiente? ¿Habéis…?

—Tranquilo, Enes. Tenemos todo —interrumpió de manera brusca Stjepan. Tras decir eso, se encaminó hacia la entrada de la estación de trenes con paso decidido.

—Buenos días, Enes. No le hagas caso. Ya sabes cómo está desde que compramos los billetes —dijo Miloš intentando disculpar la actitud de su hijo—. Intentad pasarlo lo mejor que podáis, porque una experiencia así no se vive todos los días.

—Lo intentaremos, señor Župan. Muchas gracias por todo lo que ha hecho por nosotros.

—Sabes que no ha sido nada, Enes. Tenéis que disfrutar de la vida antes de haceros demasiado mayores. Y creo que ésta es una oportunidad inigualable. Ahora debo irme, porque dentro de un rato entro a trabajar. Bueno, a ver si entre los dos podéis cuidarme a ése hijo tan cabeza loca que tengo. Espero que no os estropee el viaje con su cabezonería.

—Tranquilo, señor Župan, nosotros le haremos entrar en razón —apuntó Jelena al tiempo que cogía su equipaje y hacía un gesto a Enes—. Vamos, Enes, o al final perderemos el tren.

—Hasta la vuelta, chicos. Cuando volváis avisadme para que pueda venir a recogeros.

—Hasta la vuelta, señor Župan —dijeron los dos al unísono.

Cuando Miloš arrancó el coche y se dirigió hacia la salida de la explanada, Jelena y Enes se encaminaron hacia la entrada principal de la estación, donde les esperaba Stjepan con expresión seria. Era la primera vez desde que se conocían que Enes y Stjepan no habían iniciado el juego que tenían entre los dos cada vez que se juntaban por primera vez. Al darse cuenta de ello, Enes sintió una punzada de tristeza en el corazón, porque sentía que había traicionado a su amigo. Sin embargo, no podía entretenerse demasiado en sus pensamientos, porque tenían el tiempo justo para llegar al tren sin problemas. Tras comprobar el andén al que debían dirigirse, se sentaron en un banco del mismo, esperando que el tren no se demorara demasiado.

—Siempre tiene que llevarme la contraria… Y lo peor es que parece que vosotros estáis de acuerdo con él… —rompió el silencio Stjepan.

—No, Stjepan, sabes tan bien como nosotros que no tenemos nada que ver en el cambio — intentó explicar Jelena. — A nosotros nos daba lo mismo dónde ir, pero tu padre insistió en que esto sería mejor idea.

—Lo siento, Stjepan —añadió Enes con tono de arrepentimiento—. Sabía que te hacía muchísima ilusión volver a Višegrad, pero…

—Ya lo sé, Enes, ya lo sé… Mi padre se ha metido en todo esto y al final, mira… Mi ilusión era volver a los lugares de mi infancia, pero parece ser que él no quiere que pueda volver.

De pronto, vieron que un tren se acercaba a la estación y se prepararon para subir a él. Localizaron el vagón de segunda clase y, cuando se montaron en él, tuvieron suficiente suerte como para poder hacerse con una mesa. Stjepan se sentó en una de las plazas de la ventana, mientras Enes tomaba asiento a su lado. Jelena, en cambio, se sentó enfrente de Stjepan. Al cabo de unos pocos minutos el tren comenzó a andar en dirección opuesta al centro de la ciudad y poco a poco fueron alejándose de Sarajevo. El sol aparecía ya tras las montañas que rodeaban la ciudad y estaba empezando a alumbrar el día.

—No entiendo por qué tuvo mi padre que comprar los billetes sin decirnos nada. Sabía perfectamente que habíamos decidido ir todos a Višegrad. Pero él no, él tenía que tener la última palabra incluso sobre este tema en el que no tiene absolutamente nada que ver… —protestó Stjepan.

—Tampoco seas injusto, Stjepan —intervino Jelena—. Tu padre ha pagado parte de los billetes y creo que podía opinar sobre ello.

Enes, entre tanto, estaba totalmente absorto en sus pensamientos. Miraba a través de la ventana y veía el paisaje pasar a una velocidad increíble. Se entretenía pensando para sí mismo cómo era posible que todos aquellos parajes hubieran estado tan cerca durante tantos años y ni tan siquiera hubiera sabido de su existencia.

—Lo que está claro es que ya no hay marcha atrás… Ahora ya me tenéis encerrado en este tren en dirección opuesta a Višegrad. Porque creo que no sería fácil encontrar una ciudad en Bosnia que estuviera tan alejada de nuestro destino elegido como Mostar. Pero bueno… Dejemos el tema. Ya se me pasará. No estoy enfadado con vosotros, sino con mi padre.

Tras esas palabras, se hizo el silencio y Jelena y Stjepan se acomodaron en sus asientos. Enes, sin embargo, permanecía casi inmóvil, como si todo aquello escapara de su comprensión. El único gesto mínimamente perceptible que hacía era jugar con la pulsera de cuero que Stjepan le regaló hacía unos años. De un tiempo a esa parte había cogido la manía de girar de manera inconsciente esa tira de cuero en su muñeca cuando estaba nervioso. Por ello, mientras observaba con detenimiento las montañas que parecían moverse a su alrededor, ese regalo que para él tan valioso era no paraba de girar en su muñeca izquierda.

Stjepan cerró los ojos para intentar descansar un poco. Jelena invitó en ese momento a Enes a que se sentara a su lado. Cuando éste cambió de asiento y se puso a su lado, apenas se dirigieron una somera mirada, porque los ojos de Enes continuaron clavados en las vistas que podían observarse a través de las ventanas del tren. Las montañas, algunas más altas que otras, pasaban de manera incesante ante la mirada atónita de Enes. En los márgenes de la vía férrea se intercalaban pequeños núcleos habitados con grandes extensiones de vegetación. De pronto, un gran lago apareció ante sus ojos y el asombro de Enes creció por momentos. Nunca había visto tanta agua junta en un único sitio. Le parecía imposible que todo eso existiera tan cerca de donde él vivía con su padre y no lo hubiera visto hasta entonces.

Al cabo de un rato, el tren comenzó a frenar porque se acercaban a Jablanica. En ese momento Stjepan se espabiló y se estiró para intentar desentumecer el cuerpo. Tras dirigirse unas breves palabras, Enes se levantó y se dirigió al servicio.

—Creo que después de Jablanica deberíamos cambiar las posiciones de los asientos. Con tu permiso, me sentaré a tu lado y dejaré que Enes se siente aquí al lado de la ventana — dijo Jelena.

—No entiendo por qué, pero bueno… Si tú lo dices.

—Yo ya hice este trayecto en tren hacia Dubrovnik con mis padres hace un par de años. Luego entenderás por qué te lo digo —apostilló Jelena justo en el momento en que Enes salía del baño.

Antes de que llegara Enes a su sitio, el tren paró por fin en Jablanica para que subieran y bajaran los pasajeros que fueran a hacerlo. Cuando éste llegó a la altura de la mesa dijo Jelena:

—Creo que el sitio de la ventana es algo más frío que el del pasillo. Enes, ¿te importaría cambiarme de sitio?

—Por supuesto que no, Jelena. Llevo suficiente ropa de abrigo encima como para no pasar frío —replicó Enes intentando poner alguna excusa que no hiciera a su amiga pensar que cedía su asiento por compasión—. Stjepan, no sabes lo que te has perdido en este trayecto. Los paisajes son magníficos. Montañas verdes, pequeños pueblos e, incluso, un lago tremendo.

—Querido amigo, —dijo Stjepan con un deje de sarcasmo— Yugoslavia está llena de sitios maravillosos como esos que me describes. Sin ir más lejos, Višegrad te hubiera podido gustar tanto o más que todo esto.

—Basta ya, Stjepan. Nosotros no tenemos la culpa de que tu padre comprara los billetes para Mostar en vez de para Višegrad. Él te dijo que creía que era mejor que viniéramos aquí para abrir nuestros horizontes. No sé a qué se estaría refiriendo, pero ni Enes ni yo tenemos nada que ver en esto.

—Tienes razón, Jelena. Estoy siendo injusto. Pero todavía sigo sin entender el porqué del cambio de destino de mi padre sin tan siquiera consultárnoslo.

—Tu padre es un hombre sabio, Stjepan —interrumpió Enes que hasta ese momento no había podido reaccionar después de la contestación de su amigo—. A mí me dijo que era como una Yugoslavia a pequeña escala.

—Está bien, tenéis razón. Tal vez deba tomarme las cosas de otra manera, pero no me gusta que intente controlar mi vida. Y menos que lo haga sin consultarme. De todos modos, Enes, tengo que pedirte perdón. No te mereces la respuesta que te acabo de dar.

—No pasa nada —dijo Enes mientras tomaba asiento en el lugar en que antes se había sentado Jelena.

Escucharon la señal de salida y justo en aquel momento su tren se dirigió lentamente hacia las afueras de Jablanica, camino a Mostar. Enes parecía haber asimilado ya todas las nuevas sensaciones. De hecho, se mostró bastante más tranquilo cuando dejaron atrás la ciudad y aparecieron las extensiones de hierba intercaladas con montañas.

Stjepan, por su parte, parecía seguir sumido en un estado de enfado disimulado. Todavía no podía creer que su padre se hubiera tomado la libertad de cambiar todos sus planes. Lo que sentía era una mezcla entre rabia e impotencia, que se había dado cuenta de que estaba pagando con quienes menos lo merecían. Pero había decidido que iba a superar ese estado de ánimo. En ese mismo momento, Stjepan observó estupefacto cómo los ojos y la boca de su amigo se abrían de par en par.

—Ya te lo había avisado —le susurró Jelena mientras le guiñaba un ojo.

Stjepan no pudo más que girar la cabeza para intentar adivinar por qué Enes estaba tan sorprendido. Según se giró, no pudo evitar soltar un breve ruido de sorpresa.

Ante ellos se abría un paisaje que minutos antes ninguno de ellos hubiera podido imaginar que existía. La vía del tren transcurría paralela al río Neretva, casi pegada a su orilla. Justo al otro lado de la vía se alzaba una pared de roca cuyo final no se podía divisar. Parecía casi imposible que los trenes pudieran circular por tan estrecho paso. En la orilla contraria del río se podía ver que ocurría exactamente lo mismo con la carretera. Hacia el horizonte se extendía una interminable garganta entre las escarpadas montañas. Las aguas cristalinas del Neretva corrían sin cesar a gran velocidad por ese valle angosto.

—Me siento tan... diminuto —es lo único que acertó a decir Enes, asombrado.

Stjepan dejó de mirar por la ventana y comenzó a observar a su amigo. El brillo de los ojos de Enes crecía según avanzaba el tren. Esa expresión entre la admiración y la incredulidad que en aquel instante mismo mostraba hizo que Stjepan perdiera por completo todo sentimiento de enfado que albergaba. A pesar de que seguía prefiriendo haber ido a Višegrad, únicamente el poder disfrutar de esa expresión de su amigo ya hacía que el viaje mereciera la pena. Cada segundo que pasaba la expresión de Enes le parecía más conmovedora.

Pasó algo de tiempo sin que ninguno de los tres pronunciara una sola palabra. Cada uno disfrutaba de cosas diferentes. Enes saboreaba el paisaje que los rodeaba. Stjepan, en cambio, se complacía del asombro de su mejor amigo. Jelena, por último, se sentía satisfecha de que al fin todo volviera a la normalidad y de que Stjepan ya se mostrara bastante más relajado que antes de comenzar el viaje. Al cabo de un rato, el tren disminuyó una vez más su velocidad y Jelena comentó:

—Estamos llegando. Será mejor que nos preparemos.

Cuando el tren detuvo por completo su marcha, los tres se levantaron de los asientos y cogieron su equipaje. Stjepan ayudó a Jelena a bajar su equipaje y se adentraron en la estación de Mostar. Era un edificio gris, de cemento, como muchos de los edificios modernos que abundaban por toda Yugoslavia.

Bajaron las escaleras y salieron a la calle. A pesar de que llevaban suficiente ropa de abrigo, notaron el frío de aquella época del año. El sol lucía en el cielo, pero la temperatura parecía ser menor que en Sarajevo. Cuando dejaron atrás la estación de trenes, la primera impresión que se llevaron de la ciudad fue algo decepcionante, porque no encontraron más que edificios más o menos modernos a su alrededor, así como un puente que les conducía al otro lado de la ciudad, justo en la orilla contraria del Neretva.

—Vaya, esto es lo que mi padre quería que viera —dijo de repente Stjepan justo antes de echarse a reír.

Enes respiró aliviado al ver que el enfado de Stjepan había desaparecido por completo. Siguieron avanzando hasta el puente y los tres se pararon de golpe para poder observar el río bajo sus pies. Allí estaba el Neretva, aquel río que hacía poco tiempo les había dejado boquiabiertos. El ruido de la corriente de agua fluyendo bajo sus pies era tremendo, debido a que a esas horas de la mañana el tráfico no era excesivo. Se quedaron los tres mirando el agua pasar, como si la fuerza del río los hubiera hipnotizado por completo.

Tras unos minutos, continuaron la marcha hasta llegar a una pequeña plaza que había al otro lado del río. Su hostal era algo modesto, pero suficiente para pasar una semana en aquella ciudad. Dejaron su equipaje en la habitación y salieron a intentar desayunar en algún sitio. Huyendo de los sitios más turísticos, se alejaron todavía más del río y encontraron un lugar donde se sentaron a tomar una bebida caliente.

—Tengo la sensación de que lo vamos a pasar muy bien en este viaje —dijo de pronto Jelena, mientras los chicos saboreaban el café que les acababan de servir.

—Puede que al final no esté tan mal como pensaba. El café con leche que me acaban de servir es de los mejores que he tomado en mi vida —comentó Stjepan.

—Yo estoy preocupado por mi padre —añadió Enes—. Se ha quedado solo en la panadería y me temo que el trabajo le puede desbordar. De hecho, no os lo había dicho, pero creo que el año que viene, cuando termine el curso, voy a tener que dejar el colegio para ponerme a trabajar con él. Todo Baščarsija viene a comprar a la tienda y hay días en que no puede parar tan siquiera para comer...

—¿Cómo? —preguntó totalmente sorprendido Stjepan—. ¿No vas a continuar con tu educación? Pero si pensaba que iríamos los dos a la universidad juntos… Yo estudiaría medicina y tú… Bueno, tú lo que sea que estudiéis los musulmanes.

—No pasa nada, Stjepan. Sabes que lo de estudiar no se me da demasiado bien. Además, creo que mi padre puede enseñarme más cosas de las que pudiera aprender en cualquier lugar. Él me enseñó a ser duro en esta vida, a amar las pequeñas cosas, a amar a nuestro Dios sobre todas las cosas, a amar y respetar a mis iguales… —de pronto, Enes se dio cuenta de que estaba empezando a sonar todo demasiado serio y para quitarle hierro al asunto, comentó—. Y entre mis iguales también estás tú Stjepan. O sea que no te creas que te vas a librar tan fácilmente de mí.

—Yo pensaba que íbamos a ir los dos a estudiar juntos a alguna universidad. Podíamos haber ido a Belgrado. Tengo muchísimas ganas de visitar la capital de nuestro gran país.

—No te preocupes, Stjepan —interrumpió Jelena—. Siempre podríamos ir Enes y yo a visitarte a Belgrado si te fueras a estudiar allí. El viaje en tren será más largo que el que hemos hecho hoy, pero no es tan difícil llegar.

Jelena pudo comprobar que en la mirada de Enes se encendía un brillo especial. Sabía que estaba pensando en ese viaje del que acababan de hablar, pero ella también era consciente de que, si su amigo empezaba a trabajar con su padre, sería más difícil poder llevar a cabo escapadas como ésa que estaban viviendo.

Continuaron hablando de temas intrascendentes durante un buen rato. Aun habiendo acabado el desayuno, estuvieron un rato más sentados, ya que fuera había empezado a caer una leve llovizna. Se habían dejado los paraguas en el hostal y ninguno tenía la más mínima gana de mojarse. A través de la cristalera de la cafetería, estuvieron observando a la gente que se resguardaba en sus paraguas para poder avanzar por la calle sin mojarse. Cuando por fin paró de llover, sacaron unos dinares para poder pagar la cuenta y, tras despedirse, salieron de la cafetería.

Fuera el olor a mojado lo impregnaba todo. Era un olor agradable bastante diferente al que solían disfrutar en Sarajevo. A pesar de tratarse de una de las ciudades más grandes de la República Socialista de Bosnia—Herzegovina, Mostar distaba mucho de las dimensiones y el barullo que siempre había en la capital. Esa sensación era nueva para Enes, pero le gustaba.

Tras caminar un rato y ver que el tiempo parecía mejorar, decidieron que aquél día lo iban a pasar en el monte, desde donde podían tener una panorámica de toda la ciudad. Tras andar unas pocas calles, llegaron a una panadería y entraron a comprar algo para la hora de comer. Cada uno cogió un bocadillo de todos los que había expuestos en la vitrina y salieron. Cuando se encaminaron hacia el monte, Stjepan les pidió que esperaran un momento porque quería comprar algún periódico para leer. Hacía cosa de un año que se había acostumbrado a leer a diario el periódico que su padre llevaba a casa. Además, luego solía comentar con Enes las noticias que creía más interesantes, aun a sabiendas de que su amigo muchas veces no entendía de qué le estaba hablando. Pero en el fondo Stjepan sentía la necesidad de enseñar a Enes cómo era el mundo que los rodeaba. Una vez que salió de comprar la prensa, continuaron su camino hacia el monte.

Anduvieron durante algo más de una hora hasta llegar a una explanada desde donde se podía divisar toda la ciudad. Intentaron buscar algún lugar que no estuviera excesivamente húmedo por la lluvia caída con anterioridad. Pero hacía un buen rato que lucía un sol radiante y no les costó mucho hallarlo. Se sentaron en la hierba a poca distancia de un árbol, cuya sombra pensaban aprovechar después para tumbarse a descansar. Aunque pareciera mentira, estaban hambrientos y eso que apenas habían pasado un par de horas desde que habían desayunado. Pero el camino les había abierto el apetito y se dispusieron a comer cada uno su bocadillo.

Cuando hubieron terminado de comer, decidieron echarse a la sombra del árbol que habían visto antes para intentar descansar un poco del viaje. Jelena y Stjepan pronto sucumbieron al sueño que tenían, pero Enes se mantuvo despierto, admirando el paisaje que tenía ante sí. En la distancia podía distinguir algunos de los edificios de Mostar, pero todo parecía de una escala mucho menor desde donde estaban. Se entretuvo pensando en numerosas cosas. Todavía seguía sin poder creer que estuviera allí, pasando una semana con sus amigos. Le preocupaba haber dejado a su padre solo, pero esa idea era eclipsada por el entusiasmo que sentía. Al darse cuenta de ello, de inmediato le invadía una sensación de angustia y desasosiego pensando que estaba traicionando a su padre. Al rato se calmó y se recostó a la sombra del árbol para intentar descansar.

De pronto, abrió de nuevo los ojos, pensando que únicamente había parpadeado, pero para su sorpresa se encontró con Stjepan sentado en la hierba leyendo el periódico.

—¿Has descansado bien? —preguntó Stjepan sin apenas levantar la mirada del diario.

—Creía que no me había dormido, pero por lo que parece no ha sido así.

—La verdad es que cuando me he despertado yo os he visto a los dos durmiendo tan a gusto que he decidido no hacer demasiado ruido para no despertaros. ¿Has visto esta noticia? —dijo de manera retórica, porque sabía perfectamente que Enes apenas leía nada—. Pone que se están tomando medidas especiales en Kosovo. Que el presidente de la Liga de los Comunistas de Serbia, Slobodan Milošević, decidió hace algunos días que pase a formar parte de la Provincia Autónoma de Kosovo i Metohija bajo un más férreo control serbio. Dicen que los albaneses no deben estar muy contentos, pero yo creo que deberían estar agradecidos de que Serbia les haya dejado formar parte de su República Socialista. No hay nada como sentir el orgullo de poder decir que uno es serbio.

—Yo creo que al final lo que importa son las personas, Stjepan. No debería importar si son serbias, albanesas, musulmanas o croatas. Todos deberíamos vivir tranquilamente juntos. Tengo miedo de que los políticos intenten estropearlo todo con sus ansias de poder. No me gusta ninguno…

—No deberías juzgar a todos por igual, Enes. Hay algunos que sí que miran por el bien de nuestro gran pueblo yugoslavo. Y a esos deberíamos honrarlos. Porque debería de ser un orgullo para todos nosotros poder llamarnos camaradas yugoslavos…

Al ver que la conversación podía tornarse algo más seria, Enes decidió intentar cambiar de tema.

—Tienes razón. Por cierto, he estado observando la ciudad desde aquí antes de caer dormido y creo que esta tarde, cuando bajemos, deberíamos visitar la parte antigua de la ciudad. Desde aquí se ve como un lugar lleno de callejuelas pequeñas en comparación con las grandes calles del resto de la ciudad.

En ese mismo momento se despertó Jelena y, cuando ya se espabiló por completo, Stjepan le contó que cuando bajaran iban a ir a la ciudad vieja a pasear antes de la cena. Decidió no contarle la conversación sobre Kosovo que habían tenido, porque sabía que Jelena no aprobaba que se hablara de esos temas, argumentando que todavía eran demasiado jóvenes para preocuparse de esos problemas.

Antes de bajar, estuvieron hablando sobre los planes que tenían para los siguientes días. Al día siguiente irían a visitar el monumento a los partisanos que había en Mostar, pero se querían tomar los días con cierta calma, por lo que no hicieron planes demasiado concienzudos. Cuando se acercaban las cuatro de la tarde, decidieron que era hora de empezar a bajar a la ciudad antes de la luz del día desapareciera del todo.

El descenso hacia la ciudad se les hizo más ameno, porque la temperatura había aumentado un poco. Cuando llegaron otra vez abajo, se encaminaron de manera intuitiva hacia la parte vieja de la ciudad, tal como habían acordado. Tras pasar por edificios de viviendas que podrían encontrarse en cualquier parte de Yugoslavia, el paisaje cambió por completo al llegar a la ciudad vieja. Las callejuelas empedradas tomaron el lugar de las amplias calles asfaltadas. Los edificios de cemento fueron sustituidos por pequeñas casas antiguas construidas parcialmente en madera. De pronto se podía incluso sentir el olor del agua del Neretva. Los tres se sintieron repentinamente transportados a algún tiempo lejano en que todo lo que les rodeaba parecía sacado de alguna de las historias que solían imaginar de jóvenes.

Llegaron al río Neretva y ante ellos apareció, imponente, el Stari Most. El famoso puente viejo de Mostar era incluso más impresionante de lo que habían imaginado. Su único arco sobre la corriente del río se alzaba majestuoso para unir las dos orillas del mismo y permitir el paso de los ciudadanos de una parte de la ciudad a la otra. Los tres se miraron perplejos ante tal visión.

—¡Vaya! —es lo único que acertó a decir Stjepan.

Se acercaron al puente y un grupo de jóvenes se les acercó pidiendo alguna moneda. Tras decirles que no tenían nada que poder darles, los tres se disponían a cruzar hacia el otro lado cuando otro joven les cortó el paso. Vieron que uno de los del grupo que se había dirigido a ellos se subía al pretil del puente con un bañador y, cuando ya estaba arriba, otra persona salía corriendo hacia él con un cubo de agua que le echaba por encima. A los pocos segundos, el intrépido joven saltó desde lo alto del puente y se zambulló en las límpidas aguas del Neretva ante el asombro de todos los presentes. Cuando tras unos segundos el saltador emergió de las aguas del río, el público allí congregado prorrumpió en un sonoro aplauso.

Sin apenas poder reaccionar todavía con lo que acababan de presenciar, los tres cruzaron el puente en silencio. Entraron en el barrio musulmán de

Mostar y anduvieron durante un buen rato, comentando el salto desde el puente del que habían sido testigos.

—Ha sido increíble… Un auténtico valiente —dijo Jelena con gran emoción—. Todavía no entiendo cómo se ha podido atrever a saltar de cabeza desde esa altura al río.

—En Višegrad contaban historias de gente que había saltado desde el puente, pero en todas ellas la persona en cuestión moría. Pero ese chico ha salido del agua sin un solo rasguño.

—¿Os imagináis que alguien intentara saltar al Miljacka? —dijo Enes provocando una sonora carcajada en sus compañeros de paseo.

Tras haber paseado un rato, entraron en un pequeño establecimiento a tomar algo caliente. Enes y Jelena pidieron un té, mientras Stjepan se decantó por degustar un café turco. Pagaron las consumiciones y salieron para seguir paseando. Tras callejear por Kujundžiluc, decidieron volver a acercarse al río para contemplar el puente de nuevo. Comenzaron a descender por la calle empedrada y, cuando encontraron una vista que les gustó, Stjepan dijo:

—Sentémonos aquí un rato antes de ir a cenar.

Los tres se subieron de un salto al pretil y comenzaron a hablar animadamente. De pronto, Enes giró la cabeza y miró hacia las casas que tenían a su espalda. Sentía algo extraño, pero no pudo ver nada más que una ventana entreabierta en una de ellas.

—¿Qué pasa, Enes? — preguntó Jelena a su amigo.

—Nada, Jelena, nada. Me había parecido sentir algo, pero no es nada.

Tras eso, los tres volvieron a mirar hacia el puente mientras el sonido del Neretva les llenaba los oídos. Pero Enes no dejaba de notar esa sensación extraña y volvió de nuevo la cabeza. Aquella vez, en cambio, en el hueco de la ventana entreabierta pudo entrever la figura de una muchacha que miraba hacia donde ellos estaban. Era una joven de una edad parecida a la suya, que, cuando se percató de que Enes le había descubierto, sonrió dulcemente. En un acto reflejo, él también le devolvió la sonrisa para acto seguido volver su mirada hacia el río. No quería que sus amigos vieran que estaba mirando a esa chica con cara de bobalicón.

De todos modos, no pudo resistir la tentación de volver a mirar hacia atrás. Al principio se sintió un tanto decepcionado porque ella ya no estaba en el hueco de la ventana, pero a los segundos la figura volvió a emerger de la oscuridad. Cuando sus miradas se cruzaron, volvieron a sonreír de manera inocente. Se mantuvieron así durante unos instantes que a Enes le parecieron una eternidad. En ese escaso tiempo, pudo ver la morena tez de la joven, sus ojos abiertos y un cabello oscuro que le caía sobre los hombros a la vez que le sobresalía por debajo del pañuelo de colores que portaba.

—Antes de que se nos haga demasiado tarde, creo que deberíamos volver —dijo de pronto Stjepan a la vez que bajaba de un salto del pretil. Estaba algo desilusionado por no haber visto ningún otro salto desde el puente en el rato que habían estado allí.

—Tienes razón —añadió Jelena—. Pero déjame medio minuto más para poder cerrar los ojos y que este sonido se me grabe en la mente. Es una vista preciosa ésta.

Enes bajó del pretil y, mientras Jelena cerraba los ojos, volvió a mirar hacia la ventana donde estaba la chica, pero esta vez no encontró a nadie. Se quedó mirando unos segundos más, pero nadie apareció.

—Vamos —dijo Jelena al bajar.

Los tres se dirigieron hacia el puente y cuando estaban a punto de cruzarlo, Enes dirigió una mirada furtiva al lugar donde habían estado. No vio nada y continuó andando sin poder quitarse de la cabeza a aquella muchacha.

Una vez estuvieron en la parte nueva de la ciudad, cenaron algo antes de dirigirse al hostal. Cuando hubieron cenado, se fueron al hostal para intentar descansar del largo día que habían tenido. Se metieron los tres a la cama y, en unos pocos minutos, Enes notó que sus dos amigos se habían dormido profundamente.

Él, en cambio, no podía dormir. No podía quitarse de la cabeza la imagen de aquella joven con aspecto oriental que les había estado observando desde la ventana. Le dio vueltas a las continuas sonrisas que le había brindado. Tras un buen rato de desvelo, Enes consiguió calmar sus pensamientos y cerró los ojos para dormir. Al día siguiente iban a visitar la ciudad otra vez y tenía que estar descansado.

Cuando volvió a abrir los ojos, Stjepan seguía dormido, pero Jelena se encontraba leyendo el periódico del día anterior al lado de la ventana de la habitación.

—No me gusta el cariz que están tomando los acontecimientos. Estos políticos no piensan más que en su poder... Menos mal que no está despierto Stjepan, porque empezaría a hablarnos de que hay que estar agradecidos de ser yugoslavos y de que todo lo que sea por defenderla está bien hecho. ¡Menuda diferencia con su padre!

—Tampoco tenemos que ser tan duros con él. Se siente orgulloso de su procedencia y eso no hace daño a nadie. Su familia tiene ascendencia serbia y es lógico que…

—Pero su padre también es serbio y no mantiene su misma posición. Él es más crítico con todas las cosas y no se cree fácilmente las cosas que le cuentan. Más le valdría haber heredado un poco de ese temperamento a Stjepan, porque a veces temo que se vuelva un poco lelo en estos temas. Su madre, en cambio…

—Os llevo un rato oyendo —dijo Stjepan con voz de dormido—. Lo que yo no entiendo es vuestra actitud pasmada. No sois capaces de defender a vuestros compatriotas.

—Stjepan, ya sabes que eso no es verdad —dijo Enes—. Lo que pasa que a mí no me parece que ningún trozo de tierra merezca ni una sola gota de sangre.

—Bueno —interrumpió Jelena—, creo que no vamos a llegar a ninguna conclusión, o sea que más nos valdría aparcar el tema…

Stjepan asintió y se levantó para dirigirse al baño. Le gustaba ser el primero en ducharse, porque así podía disfrutar del agua caliente antes de que fallara la caldera como era habitual en los hostales de toda Yugoslavia. Sabía que Enes siempre se sacrificaba y se duchaba el último, porque ya estaba acostumbrado a ducharse con agua fría en su casa de Sarajevo. Cuando todos se hubieron preparado, acudieron a la misma cafetería del día anterior a desayunar. Tras eso, se dirigieron hacia el monumento a los partisanos. Les costó un rato llegar, porque no estaba del todo bien señalizado. Al alcanzar su destino, se encontraron con un complejo cementerio construido con piedras para honrar la memoria de los partisanos caídos en la Segunda Guerra Mundial defendiendo la libertad de Yugoslavia. Aunque el monumento era impresionante, Stjepan dijo:

—Pues vaya, yo me esperaba algo más espectacular para honrar a nuestros mártires. Sin ellos a saber en qué nos hubiéramos convertido. Habríamos sido carne de cañón de los fascistas croatas de la Ustaša o algo parecido.

—Lo importante no es el aspecto del monumento, Stjepan —expresó Enes—. Lo más importante es que no olvidemos que estos hombres lucharon por nuestra libertad —realmente no sentía lo que decía, pero sabía que después de la conversación de la mañana era una buena idea hacer oír a su amigo lo que realmente quería escuchar.

Jelena propuso sentarse en alguna parte para poder disfrutar de los rayos de sol que calentaban aquel día. Encontraron un lugar justo enfrente de la parte principal del monumento. Comenzaron a hablar, pero Jelena se percató de que Enes apenas participaba en la conversación y preguntó:

—¿Qué te ocurre, Enes? ¿Por qué estás tan callado?

—No me pasa nada —replicó él intentando sonar convincente—. Simplemente estaba pensando en mi padre y en el negocio familiar.

—No te preocupes —dijo con tono tranquilizador Stjepan—. Tu padre se las arregla perfectamente sin ti.

—Espero que así sea.

Ciertamente Enes sí que estaba algo distraído, pero no quería que sus amigos supieran la verdadera razón por la que estaba tan abstraído. Desde el día anterior no había podido dejar de pensar en la muchacha de la ventana de Kujundžiluc. Aquella figura le había acompañado esa noche y no había conseguido sacarla de su cabeza. Estaba deseando volver a verla para intentar hablar con ella, pero no sabía cómo decírselo a sus amigos. Se armó de valor y dijo:

—Cuando nos vayamos de aquí, tal vez estaría bien volver al puente a ver si hay algún saltador. Podríamos sentarnos otra vez en el pretil como ayer y esperar el espectáculo. Podemos hacerlo antes de comer…

—Es una buena idea —dijo Jelena con una sonrisa complaciente.

Tras una mirada asombrada de Enes, Jelena se levantó y conminó a sus amigos a que hicieran lo mismo. A pesar de que Stjepan no entendía nada, Enes de pronto comprendió que su amiga se había dado cuenta de lo que había ocurrido el día anterior a pesar de no haber dicho nada. Cuando salieron del monumento a los partisanos, recorrieron el camino de vuelta hacia Kujundžiluc. Pero antes de llegar, Stjepan quiso comprar el periódico un día más. No esperaba que apareciera gran cosa en el mismo, pero era una costumbre que no estaba dispuesto a cambiar. Por ello, al tiempo que Stjepan entraba en la pequeña tienda a comprar la prensa, Enes le dijo a Jelena:

—Muchas gracias.

—¿Gracias por qué? — dijo ella con una sonrisa dibujada en sus labios.

—Ya sé lo que has hecho. Sé que ayer tú también viste a aquella muchacha y no has dicho nada.

—¿Qué muchacha? —preguntó mientras guiñaba un ojo.

—No quiero que Stjepan se entere, porque se va a meter conmigo y va a pensar que estoy loco. Sólo quisiera poder volver a ver a esa joven tan misteriosa. Será difícil, pero algo me dice que tenía que volver allí. Lo que no esperaba era que me ayudaras a ello, porque estaba convencido de que sólo la había visto yo.

—No, tonto. Yo también la vi, pero al darme cuenta de que no querías decir nada, callé. Y ahora hablemos de cualquier otra cosa, porque Stjepan ya sale… Se ha quedado un buen día para la época del año que es, ¿no creéis?

—Yo esperaba que hiciera más frío, la verdad. Pero mejor así, porque podemos aprovechar más el tiempo que nos queda aquí —comentó Stjepan.

Avanzaron lentamente por las calles de Mostar y al llegar al Stari Most vieron que en ese momento no había prácticamente nadie, por lo que los saltadores guardarían su espectáculo para cuando tuvieran más espectadores a los que pedir algunas monedas a cambio. Cruzaron hacia la parte este antigua de la ciudad y se dirigieron hacia el pretil del día anterior. Tal como sucediera la víspera, Stjepan se sentó en la parte más cercana al puente, Jelena en medio y Enes en la parte más alejada. Jelena se sentó de tal modo que, aunque Stjepan se girara, no podría ver si Enes miraba hacia la ventana o no.

Enes se giró hacia la ventana y la vio entreabierta. El corazón le dio un vuelco pensando en la figura que esperaba que apareciera de un momento a otro. Pero el tiempo pasó y ella no aparecía. La decepción se fue apoderando poco a poco de su ser y notó que Jelena le cogía la mano cariñosamente y se la acariciaba. Ese gesto enternecedor de su amiga lo consoló durante un rato.

De pronto, cuando ya había perdido toda esperanza de ver a su joven misteriosa, observó que un papel caía suavemente desde la ventana hasta el empedrado del suelo. Al principio dudó un poco porque no quería que Stjepan sospechara de su conducta. Pero tenía que ir a mirar lo que ponía en aquella nota. ¿Sería para él? Y si era para él, ¿qué quería decirle? ¿Por qué no había aparecido en la ventana como el día anterior? Se le ocurrió una idea para poder bajar del pretil sin levantar ninguna sospecha. Lanzó la cartera que llevaba en el bolsillo al centro de la calle.

—Se me acaba de caer la cartera.

—Deberías tener más cuidado, amigo —agregó Stjepan sin tan siquiera girarse—. Sería un gran inconveniente que nos quedáramos sin blanca antes de lo previsto. ¿Por qué no saltaran de una vez esos malditos jóvenes?

Enes había aprovechado para bajarse del pretil de un salto y correr a recoger la cartera y el papel que estaba un par de metros más alejado. Volvió a su lugar rápidamente para averiguar lo que ahí estaba escrito. Abrió el papel y comenzó a leer. La letra era pequeña pero legible, por lo que no tardó demasiado en descifrar el mensaje escrito en alfabeto latino.

'Querido chico de los ojos oscuros. Ahora mismo tengo que ayudar a mi madre. Por la tarde debo acudir a ayudarle en otros quehaceres, pero te dejaré una señal en caso de que podamos vernos. Acude a media tarde a la mezquita más antigua de Mostar, la de Cejvan Cehaj. En el patio encontrarás una fuente. Si ves que en la fuente hay una flor, querrá decir que a las diez de la noche podré escabullirme de casa y juntarme contigo en Kriva Ćuprija. Es el pequeño puente inclinado que es una copia del Stari Most y que se encuentra en la orilla occidental del Neretva. Espero poder verte esta noche. L.'

Con cada palabra que leía el corazón se le aceleraba un poco más. Pero no quería hacer ningún ademán de satisfacción para que Stjepan no sospechara nada. Se guardó la nota en el bolsillo y comenzó a mirar hacia el puente. No cabía de gozo. En ningún momento desde el día anterior se le había pasado por la cabeza que los acontecimientos fueran a ser tal como eran en ese momento. Si había suerte, volvería a verla por la noche.

Cuando Stjepan propuso que fueran a comer, pensó que iba a tener que contarle todo. Decidió no pensar más en el tema hasta la hora de tener que acudir a la mezquita. Mientras comían, charlaron animadamente, haciendo que la mente de Enes se despejara por momentos. Al finalizar, decidieron ir a descansar un rato al hostal. Enes aprovechó la ocasión y dijo que quería acudir a la mezquita a rezar un rato.

—¿A la mezquita? ¿Tú? —preguntó extrañado Stjepan—. Pero si no vas nunca. Si creo que eres el único musulmán del mundo que no he visto nunca dentro de una mezquita. Muchas veces me has dicho que tú crees más en las personas que en los poderes celestiales.

—Bueno… Esto… Puede que haya cambiado y ahora esté intentando acercarme a Alá.

—Stjepan —interrumpió Jelena—, déjale que vaya adonde necesite para encontrarse a sí mismo. Nadie suele pedirte explicaciones cuando a veces acudes con tu madre a la iglesia. Y tú tampoco es que seas un dechado de fe.

—Está bien —protestó Stjepan—. Pero espero que no tardes mucho. No podemos estar toda la tarde esperándote.

—No te preocupes, Stjepan, antes de que te des cuenta estaré de vuelta. Sólo voy a hablar un rato con mi mundo interior.

Tras decir estas palabras, Enes se dirigió hacia la otra orilla del río. Jelena había vuelto a ayudarle. Aquella chica era una verdadera amiga. Nunca le había hecho un mal gesto o dicho una palabra más alta que otra.

Sacó del bolsillo la nota para volver a leer el nombre de la mezquita. Cejvan Cehaj, ése era el nombre. Pero no sabía dónde estaba. Preguntó por la localización de la mezquita y un señor entrado en años le indicó cómo llegar. Aceleró el paso para llegar cuanto antes. De pronto se dio cuenta de que realmente tampoco sabía a qué hora tenía que acudir a la mezquita. Paseó una media hora por las calles de la ciudad vieja y, cuando hizo acopio de fuerzas, se acercó lentamente hasta Cejvan Cehaj. Entró al recinto y localizó la fuente en medio del patio. Los nervios iban creciendo en su interior, pero según se acercaba pudo identificar una flor compuesta de preciosos pétalos blancos. Llegó a la fuente y cogió la flor entre sus manos. Aspiró profundo para poder captar su olor.

Había quedado por la noche con la chica misteriosa, pero ahora debía volver al hostal a descansar un rato. Esperaba que Stjepan no le preguntara por su visita a la mezquita. Se le daba muy mal mentir. De repente, una letra surgió en su mente. L. Así es como la muchacha había firmado la nota, pero todavía no sabía su nombre. Esa noche lo averiguaría, pero por el momento debía mantenerse entretenido en otras cosas.

Por suerte, cuando llegó al hostal, Stjepan y Jelena dormían. Aprovechó para acostarse él también. Esa vez, al contrario de lo que había sucedido la noche anterior, cayó rendido. El descanso le iba a venir bien para poder despejar la mente.

No durmió demasiado, ya que al abrir los ojos Stjepan y Jelena todavía seguían en sus respectivas camas. Pero se levantó bastante más despejado. Al poco sus dos amigos también despertaron y decidieron ir a pasear antes de cenar. Cuando llegó la hora de la cena, Enes tenía un nudo en el estómago, pero se obligó a comer algo para no levantar sospechas en sus amigos. Sobre las nueve de la noche decidieron que era hora de retirarse otra vez al hostal, ya que al día siguiente tenían planeado ir al santuario de Međugorje donde años atrás se habían producido unas apariciones marianas a unos niños croatas. Ninguno de los tres era católico, pero les producía extrema curiosidad lo que pudieran encontrarse allí. Entraron al hostal y comenzaron a conversar. A Enes se le estaba haciendo eterna la espera, sobre todo porque debía pensar un modo en que poder salir sin levantar sospechas entre sus dos amigos. En el momento en que el reloj marcó las diez menos cuarto de la noche, se levantó y apuntó:

—Me duele un poco la cabeza, creo que voy a dar una vuelta para intentar despejarme.

—¿A estas horas? —preguntó extrañado Stjepan.

—Em… Sí —replicó Enes intentando parecer convincente.

—Si te duele la cabeza, lo mejor es pasear un rato antes de meterte a la cama para tomar un poco de aire fresco —intervino Jelena—. Nosotros nos quedaremos aquí esperando a que vuelvas.

—No tardaré mucho —concluyó Enes antes de ponerse el abrigo y levantarse.

—Pero ¿dónde irá éste? —escuchó Enes que decía Stjepan según cerraba la puerta.

Al salir del hostal, se dirigió a toda prisa hacia el río para llegar al Kriva Ćuprija cuanto antes. A los pocos minutos divisó el Stari Most, por lo que le quedaba ya poco para llegar a su destino. Tomó una de las pequeñas calles y se dirigió al pequeño puente que había identificado aquella misma tarde. Se acercó y consiguió vislumbrar una figura en la distancia. Aceleró el paso y llegó hasta allí.

—Hola —consiguió musitar Enes al acercarse donde la joven.

—Me alegro de que hayas venido. Ha habido un momento en que creía que no vendrías. No sabía si habrías visto la flor o tan siquiera si habrías podido pasar por la mezquita.

—He conseguido despistar a mis amigos y acudir a la mezquita. Por cierto, me llamo Enes —dijo a la vez que estiraba una mano para estrechársela a la joven.

—Encantada, Enes. Yo me llamo Lejla Hasanović —respondió ella.

—Lejla… Claro, L. Bueno, he venido a pasar unos días con mis amigos desde Sarajevo. He visto que tú vives aquí al lado del río, ¿no?

—¡Sarajevo! Nunca he estado tan lejos. Mis padres dicen que es una gran ciudad, con mucha gente y muchísimas cosas por hacer.

—Sí, es verdad. A mí me encanta la ciudad, pero he de decir que la tuya también es preciosa.

En ese mismo momento Enes comenzó a escrutar la figura de Lejla. Tendría más o menos su edad, aunque era un poco más baja que él. El pelo largo le caía sobre los hombros por debajo del pañuelo. Los ojos abiertos de Lejla tenían un color marrón oscuro casi negro que la luz de la luna hacía resaltar. Su hermosa sonrisa dotaba a su cara de un brillo especial. La conjunción de todos sus rasgos hizo que dentro de Enes se despertara una sensación hasta entonces desconocida. Se le secó la boca, el corazón se le aceleró y le empezaron a sudar las manos. Enes aspiró profundamente, porque notó un olor agradablemente suave.

—¿Te gusta? —preguntó divertida Lejla—. Es aroma de romero. Mi madre prepara en casa una solución olorosa a base de romero con la que me perfumo el cabello y los pañuelos.

—Me encanta este olor. Es tan agradable. En Sarajevo es difícil poder oler este tipo de cosas, porque la contaminación lo apesta todo.

Ella rió ante tal comentario. A Enes le pareció una estampa encantadora y se contagió de su risa. Continuaron hablando durante un rato más hasta que Lejla señaló:

—Se me va a hacer tarde y tengo que volver a casa antes de que nadie me eche en falta.

—¿Tan pronto? —preguntó Enes sin darse cuenta de que habían estado media hora en el puente.

—Sí, en casa no saben que he venido. Y espero que mi hermano no se dé cuenta o se lo contará a mi padre. No puedo con ese crío.

—¿Volveré a verte?

—Espero poder volver a verte, sí. Si te parece bien, mañana volvemos a hacerlo como hoy. Si veo que puedo acudir, te dejaré una flor en la fuente de Cejvan Cehaj y nos vemos aquí a la misma hora.

—No puedo esperar al momento de volver a verte... Lejla —aseguró Enes.

—Que pases buena noche, Enes.

—Que pases buena noche, Lejla.

Ella se dio la vuelta y se encaminó hacia Kujundžiluc. Tenía una manera muy delicada de andar. A Enes le recordó a una grácil paloma en pleno vuelo.

—Lejla, la del romero en el pelo y la flor en la fuente —susurró Enes de manera que ella no le oyera—. *Moj golube*, mi paloma.

Cuando perdió de vista a Lejla, se dirigió hacia el hostal a toda prisa. Esperaba que Stjepan no hubiera sospechado nada durante su ausencia. Abrió la puerta de la habitación y se encontró a sus dos amigos conversando tranquilamente sobre el futuro.

—Hola, Enes. Estábamos hablando sobre la universidad y los estudios que queremos cursar. ¿Te ha venido bien el paseo? —preguntó Jelena a la par que guiñaba un ojo de manera casi imperceptible.

—Sí, ahora ya me encuentro mejor. Lo único es que estoy un poco cansado ahora mismo. Con vuestro permiso me voy a meter a la cama.

—Nosotros también, yo estoy algo cansado y mañana tenemos que coger el autobús hacia Međugorje pronto por la mañana —añadió Stjepan mientras se levantaba y caminaba hacia la cama que compartía con Enes.

—Hasta mañana, chicos.

—Hasta mañana, Jelena —contestaron los dos a la vez.

Tras apagar las luces de la habitación, Enes se quedó a oscuras solo con su mente y la imagen de aquella joven que le había cautivado esa misma noche. El suave olor a romero todavía persistía en su memoria. Se durmió pensando en que al día siguiente esperaba tener oportunidad de volver a ver a Lejla.

Unas cuantas horas más tarde los tres se levantaron con la alarma del despertador de Stjepan con el objetivo de tener tiempo suficiente para poder coger uno de los primeros autobuses hacia Međugorje. El recorrido no era excesivamente largo hasta allí, por lo que decidieron desayunar una vez llegaran a su destino. El pueblo no era excesivamente grande y encontraron enseguida un lugar donde poder entonar el cuerpo con un café caliente. Tras eso, se dirigieron al lugar donde se suponía habían tenido lugar las apariciones marianas. Se llevaron una desilusión, ya que el paraje no tenía prácticamente nada de especial. El estado no veía con buenos ojos ese tipo de prácticas y la adoración se hacía sin gran ostentación. Decidieron pasar unas horas más en aquel pueblo y comer antes de tomar otro autobús de vuelta a Mostar.

Llegaron a media tarde y Enes decidió que iba a pasar por la mezquita antes de volver al hostal. Esta vez no le importaba que le acompañaran sus amigos, porque únicamente debía comprobar si había una flor en el lugar convenido.

—Antes de ir al hostal me gustaría pasar por la mezquita. Si queréis, podéis acompañarme, porque no voy a tardar demasiado.

Jelena se mostró sorprendida, pero asintió con la cabeza.

—Nunca he estado en una mezquita —señaló Stjepan—. O sea que puede que sea una buena oportunidad para ver lo que hacéis allí dentro. No te preocupes, Enes, seremos respetuosos.

—No lo he dudado ni un solo momento —afirmó él.

Juntos se encaminaron hacia la mezquita Cejvan Cehaj, que Enes les contó era la más antigua de Mostar. Cuando llegaron, Stjepan y Jelena se quedaron maravillados de lo hermoso que era el complejo. Stjepan, tan curioso como siempre, comenzó a preguntar:

—¿Para qué tenéis una fuente en medio del patio?

—Ahí es donde solemos llevar a cabo las abluciones para purificarnos —de pronto, Enes se dio cuenta de que ésa era una oportunidad para acercarse a la fuente sin levantar sospechas—. Acerquémonos para que la veáis más de cerca.

Los tres se aproximaron a la fuente, donde estaban unos señores mayores realizando las tareas de purificación previas a la oración. En ese momento Enes pudo distinguir una pequeña flor en la fuente y su corazón dio un vuelco. No debía mostrar ninguna expresión exagerada para que Stjepan no sospechara, pero cada vez se le hacía más difícil. Fingió que realmente iba a rezar y siguió todo el ritual musulmán. Entró solo en la mezquita y comenzó sus oraciones, pero su mente no dejaba de viajar constantemente al pequeño puente. Sintió que estaba ofendiendo a Dios e intentó concentrarse verdaderamente en las oraciones. Hacía tiempo que no lo hacía, pero no porque no creyera en ello, sino porque en su cabeza había demasiadas cosas y no conseguía centrarse. Por fin pudo centrarse y se enfrascó en sus rezos. Al finalizar, sintió que se encontraba más en paz consigo mismo de lo que lo había estado últimamente y decidió que dedicaría más tiempo a la oración desde aquel momento.

Salió y se encontró a sus amigos esperándole en la salida del recinto mientras charlaban de manera distendida. Emprendieron el camino de vuelta al hostal y Stjepan entró en un establecimiento a comprar el periódico.

—Bonita flor la que había en la fuente, ¿no crees? —afirmó Jelena.

—¿Cómo?

—No te hagas el loco, Enes. En cuanto la he visto, he entendido lo que estaba pasando. Anoche sabes que yo era consciente de adónde ibas y hoy me ha extrañado que quisieras ir a la mezquita. Hasta que he visto la flor y he comprendido todo.

—No se lo digas a Stjepan, por favor. Hoy otra vez voy a ver a Lejla y no quisiera que pudiera estropearlo.

—Lejla. Bonito nombre. Y no te preocupes, que yo me encargo de que Stjepan no se entere de nada hasta que tú no quieras.

En ese momento Stjepan salió del establecimiento con un periódico bajo el brazo y se dirigieron al hostal. Entraron en la habitación y Stjepan se pudo a leer en voz alta las noticias. Les comentó que parecía que las aguas bajaban un poco revueltas en Kosovo, pero que los dirigentes serbios tenían un plan bien trazado. Estuvieron en el cuarto hasta la hora de la cena. Volvieron al lugar del día anterior y, al finalizar, se dispusieron a ir hacia el hostal. Cuando estaban a punto de llegar al hostal, comenzó a llover ligeramente, por lo que aceleraron el paso para llegar cuanto antes. Entraron al hostal, subieron a la habitación y se cambiaron de ropa.

Enes suplicó en su interior que la lluvia parara antes de tener que salir al encuentro de Lejla, pero la hora se acercaba y cada vez parecía menos probable que fuera a escampar. Visto que el tiempo no le iba a ayudar, decidió armarse de valor y dijo:

—Creo que hoy también me apetece pasear un poco antes de dormir. Ayer me vino muy bien despejar la mente un poco.

Esperó haber sonado convincente, porque no se le ocurría ninguna excusa que poder contar a Stjepan para justificar su paseo nocturno.

—¿Estás loco o qué? —respondió Stjepan—. Pero si está lloviendo. Lo único que vas a conseguir es resfriarte.

—Llevaré un paraguas. Tampoco es para tanto.

—Tú mismo… Yo, desde luego, no pienso acompañarte. Y supongo que Jelena tampoco.

Enes respiró aliviado al ver que no iba a tener que insistir más. Se preparó para salir mientras decía:

—Como veáis. El aire de la noche me hace bien. Volveré en un rato.

Cogió un pequeño paraguas que había llevado en el equipaje y salió de la habitación. Aquel día tenía más tiempo que el anterior, por lo que no tuvo que apresurarse demasiado. De hecho, llegó antes de tiempo y esperó un rato antes de que Lejla apareciera al otro lado del puente.

—Hola, Lejla. Ha habido un momento en que he dudado de si vendrías o no por el tiempo.

—Claro que iba a aparecer. Tampoco llueve tanto y mi casa está realmente cerca. Además, con este tiempo ha sido más fácil poder escabullirme de casa, porque todos estaban reunidos alrededor de la chimenea y yo les he dicho que me iba a mi habitación.

—Ayer por la noche no podía quitarme de la cabeza el olor a romero de tu cabello.

—A mi madre le encantaría saber que te gusta. Tal vez alguno de estos días deberías conocerla —comentó sonriendo.

—Esto… No sé… Yo soy muy vergonzoso y no sé…

—Anda, no seas tontorrón —dijo Lejla mientras le acariciaba la mano.

Continuaron hablando durante un rato hasta que ella señaló que debería irse a casa antes de que nadie sospechara. El tiempo se le había pasado volando a Enes, pero sabía que ella tenía razón y que debían volver. Antes de marcharse, Lejla se acercó y besó a Enes en la mejilla. Éste se quedó paralizado y cuando ella se iba a alejar, le susurró al oído:

—*Moj golube*, conocerte ha sido lo mejor que me ha pasado en mi vida.

—Para mí también.

Tras ello, se alejó camino a su casa, dejando a Enes con su paraguas bajo una lluvia que poco a poco amainaba. Al verla desaparecer en la oscuridad de la noche, regresó al hostal, donde encontró a Stjepan y a Jelena durmiendo. Se metió en la cama y se durmió al instante.

Al día siguiente continuó lloviendo, por lo que decidieron que lo más lógico sería quedarse en el hostal. Stjepan bajó a recepción para preguntar por algún lugar cercano donde comprar prensa. Visto que no paraba de llover, la mujer de la recepción le dio el suyo y Stjepan volvió a subir a la habitación. Estuvieron allí hasta la hora de la comida, en que salieron a comer algo al restaurante que había al lado del hostal. A la vista de que el mal tiempo no remitía, volvieron al hostal.

Enes se dio cuenta de que iba a tener que actuar rápido si quería ir a la mezquita sin levantar sospechas. Dijo que iba a ir a comprar algo para preparar unos sándwiches por la noche a un supermercado que había visto cerca de la mezquita y luego aprovechar para acudir a ella. Stjepan se prestó voluntario a acompañar a su amigo, porque se sentía como un gato encerrado en esa habitación. Pero Enes le insistió que no era necesario, ya que no iba a tener donde guarecerse mientras él estuviera dentro de la mezquita. Tras unos minutos, Stjepan pareció entrar en razón y decidió quedarse allí con Jelena.

Enes cogió el paraguas y se dirigió a la mezquita a toda prisa para comprobar la fuente. Esta vez, sin embargo, se encontró una fuente vacía, sin flor alguna. De pronto la desesperanza se apoderó de su cuerpo. ¿Por qué no había ninguna flor? ¿Qué podía haber pasado? ¿Había hecho él algo mal la noche anterior?

La lluvia comenzaba a caer con más fuerza, por lo que corrió hacia el supermercado, donde entró y compró algo de pan, embutidos y fruta para la noche. Cuando volvió al hostal, dejó las cosas encima del pequeño escritorio que había en la habitación y pasó a ducharse para entrar en calor. Al salir, Stjepan le preguntó por la mezquita con un tono inquisitivo que le preocupó bastante. Tras un par de preguntas, cambiaron de tema de conversación y se mantuvieron entretenidos. Después de unas horas, se prepararon algo para comer con lo que había comprado Enes y se dispusieron a irse a dormir.

—¿Hoy no vas a pasear bajo la lluvia, Enes? —se burló Stjepan al ver que su amigo se ponía el pijama.

—No, con este tiempo ya he tenido suficiente paseo al ir a por las compras. Además, me empieza a doler un poco la garganta. Prefiero descansar hoy.

—Sí, ya… —concluyó Stjepan al tiempo que abría la cama.

Durmieron más de lo normal, pero, al ver que la lluvia no remitía, se quedaron un rato más en la cama. A media mañana, justo a tiempo para ir a desayunar, la lluvia cesó y el sol salió más resplandeciente que los días anteriores. Por fin podían salir a pasear, por lo que aprovecharon el momento.

Caminaron por la ciudad vieja y Enes pudo ver la ventana entreabierta de Lejla. Miró hacia arriba y pudo ver dos figuras que se movían por la habitación. Pudo distinguir que una de ellas era Lejla, mientras que la otra era una mujer de mayor edad por cuyos rasgos pudo adivinar que era su madre. Sintió una punzada en el corazón al pensar que él nunca había podido disfrutar de esa figura. De repente, pudo ver que Lejla se acercaba al alfeizar y lanzaba una flor hacia donde se encontraba él. Por fin, después de la ausencia del día anterior, iba a poder volver a ver a Lejla.

Pasaron el resto del día paseando por la ciudad, comiendo y cenando en unos establecimientos de la parte antigua de la ciudad. La gente se mostraba más contenta que días anteriores, porque tras dos días de lluvia el buen tiempo había vuelto. Cuando la noche cayó, se retiraron al hostal y, una vez más, Enes comentó que quería salir a tomar el aire. Aquella noche Stjepan no hizo comentario alguno y Enes salió del hostal.

—Yo creo que éste se trae algo entre manos —dijo Stjepan a los pocos minutos de que Enes se hubiera marchado.

Se levantó y comenzó a vestirse.

—¿Pero qué haces, Stjepan?

—Prepararme para ir a buscarle. No quiero que se meta en problemas. O si se mete, por lo menos, que pueda contar con mi ayuda.

—Anda, no digas tonterías —agregó Jelena temiéndose lo que iba a ocurrir—. Es suficientemente mayorcito como para saber no meterse en problemas y no necesitar nuestra ayuda. Además, ni tan siquiera sabemos dónde ha podido ir.

—Yo sí. Estoy convencido de que ha acudido a esa mezquita a la que fuimos. Allí a saber en qué están pensando.

—Stjepan, por favor…

—Ni Stjepan, ni nada. Estoy decidido a ir e iré con tu compañía o solo.

Jelena suspiró porque estaba claro que no iba a poder hacer entrar en razón a Stjepan. Se preparó ella también, intentando ganar tiempo para Enes. La impaciencia de Stjepan, sin embargo, hizo que finalmente tuviera que prepararse en menos de cinco minutos. La única esperanza que le quedaba era que no lo encontraran. Salieron a la calle y Stjepan aceleró el paso para llegar a la mezquita cuanto antes.

Pero al acercarse al Stari Most, se pararon en seco. Vieron a dos figuras en el pequeño puente vecino y enseguida consiguieron vislumbrar que uno de ellos era Enes. Stjepan se quedó boquiabierto al darse cuenta de lo que estaba pasando y se propuso ir hacia donde se encontraban. Notó que Jelena le agarraba del brazo.

—No, Stjepan, no lo hagas. Déjalo.

—Pero… Enes está… No entiendo…

—Es una joven que conoció en Kujundžiluc el día que llegamos. Es la misma que le ha estado dejando flores en la fuente de la mezquita los días que podían quedar.

—Entonces, tú…

—Sí. Lo sé todo.

—Pero, ¿cómo ha podido contártelo a ti y no a mí? Es mi amigo. ¡Qué pensaba que iba a decir o hacer!

—No ha hecho falta que me lo contara, Stjepan. Yo lo descubrí todo desde el principio, pero le prometí que no te iba a contar nada hasta que él no estuviera preparado.

—Dios mío —exclamó Stjepan asombrado—, Enes está viendo a una chica a escondidas y soy el único que no sabe nada. Bueno, da lo mismo. Terminemos con esta pantomima. Vayamos y veamos cómo es ella.

—No hagamos tonterías, Stjepan. Creo que lo mejor es retirarnos al hostal y dejar que todo siga su curso.

Stjepan refunfuñó, pero se dirigió hacia el hostal junto con Jelena. Entraron en la habitación y cada uno se sentó en su cama. Se mantuvieron en silencio durante un buen rato hasta que la puerta se abrió minutos más tarde y Enes entró del pasillo.

—Hola. ¿Todavía despiertos?

—Sí, hemos estado dando una vuelta nosotros también —replicó Stjepan con cierto enfado.

—¿Paseando? —Enes palideció al imaginar cómo iba a transcurrir la conversación. Miró a Jelena, pero ésta tenía la mirada fija en el suelo y no levantó la cabeza.

—Sí. Es un buen consejo lo de tomar el aire antes de irse a dormir. Mostar de noche in muy bonita. Hemos ido al Stari Most. El ruido del río era increíblemente relajante. E íbamos a seguir paseando hacia otro puentecito que hay cerca, pero al acercarnos...

—Lo siento —musitó Jelena dirigiéndose a Enes.

—Yo... —intentó hablar Enes.

—No, no me interrumpas. Que tengo que contarte la belleza de ese pequeño puente. Es una pena que no hayamos podido ir a él, porque había una pareja de jóvenes allí.

—Stjepan, yo... No quería ocultarte nada, pero no estaba preparado porque ni yo mismo sé lo que pasa.

—Me duele que me hayas ocultado algo así, Enes. Soy tu amigo. No sé qué pensabas que iba a pasar cuando me enterara. No soy ningún monstruo.

—Ya sé que no eres ningún monstruo, pero no quería confundirme. Y, al final, tengo la sensación de que te he fallado. Te he fallado por no contarte la verdad, por no haber confiado en ti, por...

Las lágrimas asomaron a los ojos de Enes. Aquello le partió el corazón a Stjepan y se preguntó si no habría sido demasiado duro con su amigo.

Estaba dolido porque se sentía ninguneado, pero sabía que no lo había hecho con esa intención. Aunque podía que Enes le hubiera hecho daño, ahora era él el que estaba castigándole. Realmente no había hecho nada malo. Se dio cuenta de que estaba pagando su frustración con una persona que le adoraba. No, Enes no se merecía aquello. Se levantó de la cama y se dirigió hacia él. Lo abrazó todo lo fuerte que pudo.

—Perdóname, Enes. No estoy siendo justo. Siento haberte hablado así. No sé qué me ha pasado —pudo decir ahogando unas lágrimas de culpa que querían salir de sus ojos.

Los dos chicos se separaron y Jelena se acercó donde Enes para decirle:

—He intentado que esto no ocurriera, pero no he podido.

—No pasa nada. La culpa es mía por no haberos contado todo antes.

—No digas tonterías —interrumpió Stjepan—. No pasa nada. ¡Bueno sí, que estás viendo a una chica! Quiero que me cuentes todos los detalles, granuja.

Todos se sentaron en la cama de Stjepan y Enes, donde este último les contó toda la historia desde el principio. Les habló de la ventana entreabierta, de la flor en la fuente, del olor a romero. Les enseñó la nota que le había lanzado el otro día. Pasaron cerca de una hora hablando del tema hasta que el cansancio hizo mella y decidieron descansar.

Todo resultó mucho más fácil al día siguiente, porque Enes pudo acudir a comprobar la fuente con sus dos amigos sin tener que buscar excusa alguna. Allí estaba una vez más la señal que le había dejado Lejla. Pasaron todo el día paseando y cuando se acercaba la hora de acudir a su cita, Enes les sorprendió diciendo:

—Tal vez podríais venir hoy a conocer a Lejla.

—¿En serio? —preguntó Stjepan emocionado.

—Creo que sería buena idea. Tarde o temprano deberíais conocerla. Y hoy hace buena noche para pasear. Esperad en el Stari Most y nosotros iremos a buscaros.

Todos se dirigieron hacia el río. Poco antes de llegar, Enes se separó del grupo y se encaminó hacia Kriva Ćuprija. Allí estaba ya Lejla, tan bella como el resto de días y con ese olor a romero que a él tanto le gustaba. Se acercó y la besó en la mejilla.

—Hola. Siento haber tardado tanto.

—Hoy era yo la que pensaba que no ibas a acudir. Me tenías preocupada.

—Quería decirte una cosa. Ayer mis amigos nos vieron desde lejos y les tuve que contar todo. Ahora mismo están en el Stari Most. Si quisieras podríamos ir a que los conozcas.

—¿Yo? Pero sabes que soy muy tímida. No sé…

—No te harán nada. Stjepan puede parecer un poco arrogante a veces, pero es un buen chico. Lo quiero con locura. Y Jelena es, tras él, mi mejor amiga. Aparte de mi padre, son las únicas personas que tengo en este mundo. Me hace mucha ilusión que los conozcas.

—Si es importante para ti, lo haré sin problemas.

Nada más decir esas palabras, ambos se agarraron de la mano y se dirigieron hacia el Stari Most. Allí encontraron a Stjepan y Jelena esperando apoyados en el pretil.

—No sé qué te habrá contado Enes de mí, pero seguro que ha exagerado. Suele hacerlo para que le caiga bien a la gente —guiñó un ojo Stjepan de manera cómplice.

Ese comentario provocó las carcajadas de todos los asistentes. Tras las presentaciones oportunas, los cuatro estuvieron hablando un buen rato. Al poco tiempo, Stjepan y Jelena se dirigieron al hostal, mientras Enes y Lejla se despedían. Cuando por fin todos volvieron al hostal, se metieron en la cama y se dispusieron a descansar.

Los siguientes dos días transcurrieron tranquilos. Los tres hacían sus planes durante el día y comprobaban que la flor estuviese en la fuente. Por la noche, antes de ir a dormir, Enes acudía a su cita con Lejla en su pequeño puente. Ambos sabían que él iba a tener que volver a Sarajevo, por lo que la última noche, antes de despedirse, Lejla metió su mano en un bolsillo y sacó un pañuelo y un pequeño frasco.

—Toma, Enes. Te he traído esto para que te acuerdes de mí allá en Sarajevo. Es uno de mis pañuelos favoritos. Le he dicho esta tarde a mi madre que lo había perdido, por lo que no lo echará de menos. Y este pequeño frasco es el aroma a romero que tanto te gusta.

—Lejla, me gustaría poder quedarme más tiempo, pero sabes que no es posible. Yo no te he traído nada.

—No hace falta, hombre. Yo siempre te recordaré cada vez que me asome por la ventana.

Se fundieron en un abrazo y Enes comenzó a llorar por la despedida. Intentó ocultar su llanto, pero Lejla le secó las lágrimas con sus manos.

—Te prometo que volveremos a cruzar nuestras vidas antes de lo que piensas.

Acabó de decir esas palabras y besó los labios de Enes antes de encaminarse lentamente hacia su casa.

—Hasta pronto, *moj golube*.

Se dirigió entre lágrimas al hostal. Al entrar en la habitación, Stjepan y Jelena estaban preparando la maleta. Sin mediar palabra él también empezó a preparar el equipaje para la vuelta. No tenía demasiadas ganas de hablar, por lo que terminó de prepararlo todo y se metió a la cama. El día siguiente iba a ser duro.

Al amanecer, los tres se levantaron para acudir con tiempo a la estación de trenes. En aquella ocasión, sin embargo, en vez de tomar el camino más corto, los tres decidieron atravesar la ciudad vieja de Mostar por última vez. Pasaron por Kujundžiluc, pero la ventana de Lejla estaba totalmente cerrada. Enes suspiró y sus amigos intentaron animarlo. Al llegar a la mezquita Cejvan Cehaj, Enes les pidió que le dejaran entrar solo unos minutos para poder hacer una cosa. Se acercó a la fuente y esa vez fue él el que depositó una flor en la fuente. Posteriormente cogió una piedra y bajo ella dejó una nota. *"Querida Lejla, te prometo que volveré a por ti. Espérame en la ventana con tu olor a romero. Y cada vez que veas una flor en nuestra fuente, piensa en mí. Te quiero, moj golube. E."*. Se secó las lágrimas de los ojos antes de salir. Antes de cruzar la puerta del recinto, se giró para mirar por última vez hacia la fuente.

Cuando salió, se dirigieron a la estación de trenes de Mostar, que no estaba ya excesivamente lejos. De camino, Stjepan repitió su ritual diario de comprar el periódico para leer las noticias. Una vez que hubieron llegado a la estación, comprobaron el andén de su tren y se sentaron a esperar. Stjepan abrió el periódico y leyó en voz alta.

—Escuchad lo que pone aquí. Es sobre Kosovo. *"Hoy, 23 de marzo de 1989, la Asamblea de la Provincia Autónoma de Kosovo i Metohija va a aceptar todas las medidas propuestas por el gobierno de la República Socialista de Serbia en relación a la disminución de sus poderes y funciones. Se prevé que los diputados albaneses de dicha Provincia Autónoma se abstengan. Con ello, el gobierno de Slobodan Milošević podrá sacar adelante sus propuestas"*. Vaya, al final parece que han entrado en razón estos albaneses.

—No sé yo si han entrado en razón o no, pero lo que está claro es que parece que no hay nada que pueda parar a ese Milošević. Miedo me da que pueda empezar a hacer locuras. No me fío de él —sentenció Jelena.

—Realmente, estos asuntos terrenales cada vez me aburren más. Que dejen en paz a cada uno vivir donde quiera sin necesidad de tener que enfrentarse a nadie. Como si no hubiera mayores problemas en este mundo —dijo Enes resignado.

—Yo creo que no ha hecho más que defender lo que es suyo por derecho. No se puede intentar robar la tierra a su dueño legítimo.

En aquel preciso momento los tres escucharon un silbido a lo lejos, por lo que se prepararon para subirse al tren que estaba a punto de llegar. El viaje a Mostar había llegado a su fin tras una semana y debían volver a la cotidianidad de Sarajevo.

29 DE JUNIO DE 1989

Sarajevo, 29 de junio de 1989

Las clases ya habían finalizado hacía algunos días, pero para él no había descanso. La celebración de San Vito el día anterior había supuesto un gran festejo para la comunidad serbia de Sarajevo y tenía que ayudar a su padre para que todo poco a poco volviera a la normalidad. El número de pedidos para el día anterior se había multiplicado y ahora debían reponer todo lo que se había gastado para poder hacer frente al día a día. Estuvo trabajando toda la mañana mientras su padre atendía a la clientela que acudía a la pequeña panadería familiar. Pero por la tarde su padre le dijo que saliera a pasear. Aprovechó para llamar a sus amigos y quedar con ellos en el Puente Latino.

Como cotidianamente, Enes fue el primero en llegar. Decidió sentarse en el pretil para poder disfrutar del día que hacía. El Miljacka no bajaba con demasiada agua, pero el ruido que hacía la corriente le reconfortaba. Era un sonido relajante que únicamente se veía interrumpido por el paso de algún vehículo o por la llegada del tranvía. A pesar de que brillara el sol y la temperatura fuera agradable, no había excesiva gente en la calle, por lo que pudo hundirse en sus pensamientos sin que nadie le molestara. Pasó así un buen rato hasta que escuchó:

—Hola, Enes. Sabía que ya habrías llegado.

Se giró y pudo ver los ojos de Jelena mirando fijamente hacia donde él se encontraba sentado.

—Hola, Jelena. He llegado hace nada. Estaba disfrutando del día con el sonido de fondo de nuestro río. ¿Qué tal el día de ayer?

—Bien, no hicimos nada especial en casa. No nos volvimos locos como toda esa gente celebrando el seiscientos aniversario de una derrota.

Comenzaron a reír los dos. De un salto Jelena se sentó al lado de Enes en el pretil del puente. Estuvieron callados un rato viendo pasear a la poca gente que había allí.

—Es increíble que en los periódicos se hable de tensiones entre los yugoslavos, cuando ninguno de nosotros tiene problemas con los que le rodean —afirmó extrañada Jelena.

—No intentes entender lo que dicen los periódicos, Jelena. Yo creo que muchas veces no saben qué contar y deciden hablar de cualquier cosa. ¡Mira, allá a lo lejos aparece Stjepan! ¿Pero con quién viene?

—Enes, no sigáis con ese jueguito que tenéis entre los dos. Hay gente extraña que puede pensar que no estáis bien de la cabeza…

—Lo siento, Jelena. Tengo que hacerlo. La única vez que no lo hice fue al comienzo del viaje a Mostar y me sentí mal durante bastante tiempo, porque creí que le fallé a nuestra amistad.

En ese mismo instante, Stjepan y su amigo llegaron hasta donde ellos se encontraban. Como no podía ser de otra manera, Stjepan se quedó totalmente quieto delante de Enes. Jelena vio que el otro chico miraba extrañado a esas dos figuras inmóviles, pero no intentó explicarle nada. De hecho, ella también se quedó observando fijamente a ese individuo. Había algo en él que le suscitaba desconfianza, pero no era capaz de descifrar de qué se trataba. Apenas habían transcurrido unos segundos cuando se giró para mirar a Enes y vio que éste le hacía un gesto prácticamente imperceptible. De pronto, Enes sonrió y Stjepan se regocijó en lo que denominó una victoria fácil.

—Hola, Jelena. ¿Qué tal ha ido el día? —preguntó Stjepan.

—No me puedo quejar. He estado descansando por la mañana, porque después de los últimos exámenes estoy exhausta. ¿Y tú qué tal?

—Pues me he despertado tarde, pero antes de comer he bajado a jugar al fútbol un rato. Ah, esperad, que no os he presentado. Éste es mi amigo Vukašin Crnčević. Vukašin, estos son mis amigos Enes y Jelena.

En ese momento Jelena se percató de por qué aquel joven no le inspiraba confianza alguna. Cuando habían llegado no miraba con extrañeza el juego de sus dos amigos, sino que estaba observando estupefacto que Enes en realidad tenía rasgos comunes entre los musulmanes. Aquel recién llegado estaba escrutando con la mirada a Enes y juzgándolo sin tan siquiera conocerlo.

—Acaba de llegar a la ciudad —explicó Stjepan— y esta mañana ha estado con nosotros jugando al fútbol en el parque. Su familia se ha mudado hace nada desde Trebinje. Su padre es militar y lo han destinado a Sarajevo. Como no tiene demasiados amigos, le he dicho que venga con nosotros.

—Bienvenido, Vukašin —Enes estiró la mano y estrechó la del recién llegado.

Jelena pudo observar que la mueca de la cara de Vukašin se torcía cuando su mano era agarrada por la de Enes. Definitivamente, aquel nuevo amigo de Stjepan no le gustaba nada de nada. Pero tuvo que disimular su desagrado y darle la bienvenida con un par de besos en la mejilla. Jelena pensó que tal vez de la misma manera en que había aparecido en sus vidas desaparecería dentro de poco. Al menos eso esperaba ella en lo más hondo de su corazón.

—Sois muy amables… todos —agradeció Vukašin constriñendo el gesto con la última palabra—. He llegado con mi familia a la ciudad tras finalizar el curso en Trebinje y llevo apenas un par de semanas aquí. No he tenido tiempo de conocer a demasiada gente, ni tan siquiera de poder visitar la parte antigua de la ciudad.

—Tal vez deberíamos enseñártela ahora nosotros —afirmó con entusiasmo Stjepan—. ¡Vamos!

Jelena y Enes se miraron y, a pesar de que a ella no le hacía ni pizca de gracia tener que acompañar a ese chico tan desagradable, se levantaron. Comenzaron a caminar hacia el interior de Baščaršija.

—Desde aquí es desde donde el gran Gavrilo Princip disparó el día de San Vito de hace setenta y cinco años al archiduque Francisco Fernando de Austria, dando comienzo a la liberación final de los serbios y sus hermanos eslavos del yugo de los extranjeros —explicó Stjepan con gran lujo de detalles.

Jelena se sorprendió al ver a su amigo hablar del tema con tanta efusividad. Nunca había pensado que le interesara tanto la historia o que simplemente hubiera prestado alguna vez atención a su padre cuando les hablaba de aquellos acontecimientos. Estaba presentando el hecho como un acto heroico cuando realmente fue el inicio de una masacre donde no sólo murieron miles de serbios y bosnios, sino millones de personas de todo el continente europeo. Era una locura. Nunca había entendido a aquellos que consideraban a Princip un mártir de la libertad y le aterrorizó escuchar a Stjepan hablar así de él. Siempre había sabido que por el influjo de su madre Stjepan se sentía serbio de los pies a la cabeza, pero pensaba que la mayor templanza y sabiduría de Miloš evitaría que su hijo afirmara estupideces como la que acababa de decir. Pero estaba claro que se equivocaba de manera radical.

—Es increíble poder estar tan cerca de un lugar tan importante... Es tan emocionante —exclamó Vukašin—. Cuando se lo cuente a mi padre se va a quedar sorprendido.

—No creo —dijo Jelena con cierto deje de desprecio hacia el joven—. Todo el mundo sabe realmente lo que ocurrió aquí y sólo los locos osan celebrarlo como una victoria de la libertad. Millones de muertes tuvieron su origen en este punto tan oscuro.

—Jelena, tienes que reconocer que fue un acto de valor inigualable que nos valió a todos los yugoslavos para luchar juntos y poder ser independientes al fin —afirmó Stjepan.

—¿Celebramos que muchos de los nuestros murieron bajo fuego enemigo? ¿O tal vez celebramos que gente normal como tú o como Enes tuvieran que mancharse las manos con sangre inocente por las ambiciones de personas que ni tan siquiera vieron de cerca el horror de la guerra? —inquirió Jelena enfadada.

—Yo creo que ninguna gota de sangre vale menos que el propio suelo sobre el que se derrama —añadió tímidamente Enes—. Ninguna vida humana debería ser desperdiciada por que un trozo de tierra pase de manos de unos gobernantes sin escrúpulos a las de otros igualmente perversos.

En ese momento todos notaron que los ojos de Vukašin se llenaban de un odio extremo y se clavaban fijamente en Enes. Este último, consciente de que había ofendido al amigo de Stjepan, recogió los hombros como si un frío intenso se hubiera apoderado de su cuerpo. Jelena se acercó a su lado y se quedó de pie junto a él tratando con ello de defender de algún modo a su amigo de la impertinencia del recién llegado. Viendo que la situación se estaba tornando más tensa de lo deseado, Stjepan rompió el silencio.

—Bueno, está claro que algunos lo considerarán un acto heroico y otros no. Lo único seguro es que, si aquello no hubiera tenido lugar, tal vez no estaríamos aquí nosotros, los yugoslavos. Pero prosigamos el paseo, Vukašin, porque tengo muchas cosas maravillosas que enseñarte. Como por ejemplo las deliciosas *ćevapčići* que hacen aquí —al terminar la frase, Vukašin y él rieron y comenzaron a andar hacia el corazón de la ciudad vieja.

Jelena seguía de pie al lado de Enes y le acarició cariñosamente el hombro. Ese gesto sacó a Enes del letargo en que parecía haberse sumergido y, tras agradecérselo a su amiga, empezaron a caminar algo más retrasados que los otros dos.

—No le hagas caso, Enes —le susurró al oído Jelena—. Es un imbécil.

A Enes no le gustaban demasiado los insultos, pero en ese caso consiguió dibujarle una sonrisa. Continuaron el camino hacia Sebilj pocos pasos detrás de Stjepan y Vukašin. Aquel día no se sentaron en la fuente, sino que volvieron hacia su puente lentamente. Llegaron y se sentaron en la esquina del puente más cercana a la parada del tranvía. Jelena se sentó en medio, al lado de Stjepan, dejando a Enes lo más alejado posible de Vukašin. No quería que volviera a repetirse una escena como la que había presenciado con anterioridad.

—Me encanta el verano… Sin clases, buen tiempo… Libertad para hacer muchas cosas… —manifestó Stjepan.

—Yo tendré que ayudar a mi padre con la pastelería. El pobre no da abasto y últimamente lo encuentro más cansado que nunca.

—Tú también deberías descansar un poco, Enes —afirmó Jelena—. Tu padre lo entendería perfectamente.

—Por cierto —interrumpió Stjepan—, hablando de padres. Cuéntales lo que hiciste ayer con tu padre, Vukašin. Nos lo ha empezado a contar antes, pero se nos ha hecho tarde y me he tenido que ir a comer.

—No sé yo… —respondió él.

—Vamos, hombre. Que no comemos —sentenció Stjepan.

—Bueno… Esto… Ayer estuve con mi padre en Kosovo Polje —confesó mientras miraba de reojo a Jelena. Al ver que ésta apenas variaba su expresión, se envalentonó y continuó su relato—. Fuimos a conmemorar el seiscientos aniversario de la Batalla de Kosovo en Gazimestán. Nos reunimos más de un millón de serbios para rendir un merecido homenaje a todos nuestros mártires de la libertad.

—¿Un millón? —preguntó Jelena escéptica—. Pfff, seguro que erais muchísimos menos…

—No sabes de qué hablas —expresó Vukašin de manera arrogante. La mirada de odio que dirigió tanto a Jelena, como sobre todo a Enes no pasó desapercibida a nadie—. En fin…

—Continúa, por favor. No hagas caso —exhortó Stjepan, que escuchaba lleno de admiración el relato de su amigo.

—Bueno, total que estábamos todos reunidos en torno al monumento erigido en conmemoración de la batalla cuando apareció el presidente de la República Socialista de Serbia. Mi padre me dijo que se llama Slobodan Milošević. Es un tipo carismático…

—¡Vaya! —exclamó asombrado Stjepan. Con cada palabra que escuchaba sus ojos se abrían más y más—. O sea que la celebración del aniversario debió de ser algo increíble. En nuestra casa apenas celebramos nada ese día. Según mi padre, pocas cosas deberíamos conmemorar en San Vito.

—¿En serio? —preguntó Vukašin asombrado—. Pensaba que vosotros sí lo habríais celebrado. De todas maneras, seguro que no eres el único que no celebró nada— concluyó mientras su mirada de desprecio se posaba en los ojos asustados de Enes—. Bueno, total, que apareció el tal Milošević y la gente se puso a vitorearle y a gritar. Estuvimos casi cinco minutos hasta que los ánimos se aplacaron y pudo empezar su discurso.

Jelena pudo presentir que la situación no se iba a tornar menos violenta y tensa de lo que ya estaba, por lo que se acercó un poco más a Enes y le apretó con fuerza la mano mientras parecía que Vukašin estuviera a punto de entrar en un estado de éxtasis. Stjepan, por su parte, observó el extraño gesto de Jelena y, al no entender por qué ocurría, se contrarió. Las palabras de su nuevo amigo, sin embargo, lo sacaron de sus pensamientos y pudo volver a sumergirse en la narración de los acontecimientos acaecidos el día anterior en Gazimestán.

—Cuando ese hombre se puso delante del micrófono y comenzó a hablar, todos los allí presentes nos quedamos totalmente embelesados con sus palabras. Se atrevió a decir cosas que todos pensamos, pero que los mayores no se atreven a expresar. Nos habló de la grandeza de nuestro pueblo serbio, de cómo hemos sufrido las veces que hemos dividido nuestras fuerzas, de los sacrificios que hemos hecho para poder ayudar a nuestros hermanos y vecinos. Pero una cosa es que les ayudemos y otra muy distinta que nos tomen por estúpidos.

Enes entendió perfectamente que esas palabras iban dirigidas contra todos aquellos que los serbios habían considerado sus enemigos últimamente. Sabía que el discurso que les iba a dar ahora aquel joven tenía como objetivo que él supiera lo que realmente pensaban los serbios de todos ellos. Los musulmanes de toda Yugoslavia se habían convertido repentinamente en un incómodo vecino, aunque la historia de ambos pueblos hubiera estado totalmente entrelazada desde hacía siglos. Pero ahora ya sólo molestaban. Y ese sentimiento se reflejaba en la mirada llena de ira que Vukašin había clavado en él hacía un buen rato. Aunque no mirara, sentía el odio que sus ojos retransmitían.

—Hace seis siglos aquellos campos fueron regados por la sangre de muchos serbios dispuestos a dar su vida para que sus conciudadanos pudieran vivir libres del yugo otomano. Pero parece que hemos olvidado el sacrificio heroico de aquellos hombres y que los serbios debemos vivir de rodillas sin honrar nuestro glorioso pasado. ¡Eso ya terminó! —una vez más, sus ojos se clavaron en Enes, dándole a entender que todo su desprecio se dirigía a él.

—¿Y cómo pensáis hacer para que los serbios recuperemos el sitio que según vosotros nos pertenece? —inquirió sarcástica Jelena—. Es demasiado fácil engañar a cuatro bobos con soflamas grandilocuentes…

—¿Acaso no estás de acuerdo con lo que dijo en ese discurso, Jelena? —preguntó sorprendido Stjepan—. A veces yo sí que tengo la sensación de tener que pedir perdón por pertenecer al gran pueblo serbio. Y si gente como ese tal Milošević puede hacer que veamos eso y retornemos a la senda del orgullo patrio, tal vez debamos escuchar lo que dice más atentamente.

—Pero el ser serbio, ¿en qué te diferencia de mí, Stjepan? —interrumpió tímidamente Enes.

Según terminó la frase, notó que el fulgor de los ojos de Vukašin había aumentado y se arrepintió de inmediato de haberla simplemente pronunciado. Se acercó imperceptiblemente a Jelena, intentando buscar un cobijo imaginario a lo que suponía iba a ocurrir a partir de entonces.

—Pues yo… No sé qué podría decirte, Enes… —intentó argumentar balbuceante Stjepan.

—Exacto, en nada —aseveró Jelena—. ¿No te das cuenta de que llevamos ya demasiado tiempo conviviendo todos en Yugoslavia como para empezar a echarnos en cara cosas los unos a los otros? Desde que conociste a Enes, no he visto personas que vivan más al margen de la diferente procedencia que vosotros dos. Y ahora ¿vas a dejar que cuatro palabras de un papanatas vayan a cambiar eso? No seas estúpido, Stjepan. Tú no eres así…

—Con palabras dulces no vamos a ninguna parte, chica —agregó Vukašin haciendo especial hincapié en la última palabra. Sintió que su frase había provocado el efecto que deseaba, porque notaba que la rabia iba en aumento en Jelena—. Hace ya seiscientos años, los serbios cometimos el error de dividir nuestras fuerzas ante el enemigo común y salimos derrotados. Hoy todos aquellos que temen una Serbia poderosa dentro de la propia Yugoslavia están intentando destrozarnos y, si no unimos nuestras fuerzas, sucumbiremos una vez más. Seis siglos atrás tuvo que ofrecer su vida en sacrificio Miloš Obilić para que los serbios pudieran aún conservar el orgullo por su libertad. No penséis que después de eso vamos a deshonrar su memoria. Lo único que se pide es que se reconozca la grandeza del pueblo serbio y que aquellos a los que hemos dejado habitar en nuestras tierras muestren un mínimo respeto por nosotros y no intenten desgajar partes de nuestra gran nación de la madre patria.

—¿Pero tú te oyes qué tonterías estás diciendo? —le reprochó de pronto Jelena—. Madre patria, gran nación, sacrificio heroico… Hablas como si alguien te hubiera ofendido por vivir armoniosamente contigo en Yugoslavia. Pues que sepas que los serbios no seríamos nada si no hubiéramos estado apoyados por eslovenos, croatas, musulmanes o, incluso, albaneses y húngaros. ¡Pero si hasta el mismísimo padre de la actual patria yugoslava era un croata!

—¡Basta ya! —gritó enardecido Vukašin—. No pienso permitir que nadie insulte a mi pueblo. Y menos una mujer pusilánime como tú, que reniegas de tus raíces. No eres más que aquellos que abandonaron a su suerte a los soldados serbios en Kosovo Polje. Eres una traidora a tu propia sangre. Los serbios siempre hemos ayudado a nuestros vecinos, pero no permitiremos que nadie nos ultraje ni nos intente humillar. Antes deberán hacernos desaparecer de la faz de la tierra que dejar que alguien pase por encima de nosotros —pronunció esas últimas palabras a la par que intentaba traspasar a Enes con su mirada furiosa. Tras eso, se giró hacia Stjepan y le dijo—. No pensaba que tus amigos fueran tan… tan… No sé… Me esperaba algo distinto después de ver lo buen patriota que eres tú.

Espero no haberme equivocado contigo. Creo que no ha sido una buena idea venir aquí. Bueno, por allá se acerca mi padre.

Un coche frenó unos metros más atrás y tras bajar la ventanilla, se escuchó la voz fuerte de un hombre que llamaba a su hijo por el diminutivo que utilizaban sus más allegados.

—Vuko, es hora de volver a casa. Anda despídete de tus amigos y marchémonos.

—Ya voy papá. Adiós, Stjepan. Nos vemos en Lukavica.

—Hasta mañana, Vukašin —contestó Stjepan estupefacto por todo lo que había vivido en los últimos minutos.

Vukašin entró en el coche y se marchó dejando solos a los tres amigos. Durante un par de minutos, que a ellos les parecieron una eternidad, ninguno abrió la boca. La situación se estaba volviendo tremendamente violenta cuando Stjepan dijo:

—Creo que no habéis sido nada justos con él. Simplemente estaba contándonos lo que sucedió ayer y vosotros no habéis hecho nada más que atacarle.

—Si yo no he dicho prácticamente nada —protestó Enes.

—Has dicho lo suficiente para intentar dejarlo en evidencia. No creo que haya sido muy cortés por tu parte, Enes —argumentó Stjepan.

—Stjepan, no tienes ninguna razón. Enes no ha dicho nada que pudiera ofender a tu amigo. En todo caso podrás echármelo en cara a mí, pero no a él. No pagues tu enfado con quien no debes.

—Tienes toda la razón, Jelena. Perdona, Enes, tú no tienes la culpa de nada. Tú, en cambio… —añadió dirigiéndose a Jelena.

—¿Yo qué? ¿Me vas a decir que estás de acuerdo con lo que decía ese tarado? No me puedo creer que pienses que estamos haciendo un favor a tanta y tanta gente dejándoles vivir con nosotros en tierras que ese personaje de ayer considera serbias.

—Puede que esté de acuerdo… O puede que no. Pero con tus continuos ataques lo único que has conseguido es espantar a un nuevo amigo que había hecho. ¿Qué no piensa igual que tú? ¡Acéptalo! No todo el mundo debe ser como tú quieres que sea.

—No diga sinsentidos, Stjepan. Sabes que el problema no es ése. Ha utilizado un lenguaje muy beligerante. Parecía que estuviera previniendo a alguien. Y tal vez tú no te hayas dado cuenta porque estabas embelesado con su discurso, pero con cada una de las palabras estaba mirando fijamente a tu amigo Enes.

—¿Qué dices? —replicó Stjepan.

—Ya sabía que no te habías percatado, pero a tu nuevo amigo no le ha gustado que estuvieras con alguien al que él considera inferior o indigno de vivir en tierras serbias. Sus palabras de menosprecio, más allá de un sujeto genérico como los musulmanes, tenían un objetivo que no era otro que despreciar y humillar a Enes. A este amigo tuyo que ha estado a tu lado desde que os conocisteis. ¡Si incluso se ha permitido el lujo de llamarme traidora a mí!

—Quizá tengas razón y tampoco él haya estado muy acertado. Pero no ha tenido que ser fácil para él venir a conocer a mis amigos y encontrarse con esta situación. Bueno, no le demos más vueltas. Supongo que, dentro de algún tiempo, todos habremos olvidado este incidente y reiremos juntos como si nada.

—Mucho me temo que esto puede que no sea más que el inicio de algo peor —sentenció Enes.

Ambos se giraron hacia Enes, porque el tono de pesimismo de su voz les resultó sumamente preocupante. De pronto, Stjepan se dio cuenta de que la tez morena de Enes se había tornado prácticamente blanca, como si alguien le hubiera dado un susto de muerte. Se percató de que la situación para su amigo no había sido tan llevadera como él había imaginado y de que le había afectado sobremanera. Estaba seguro de que Vukašin en ningún momento se había referido a Enes. Sabía que era su amigo desde hace años. No era posible, el discurso de Gazimestán únicamente se dirigía a los albaneses de Kosovo que estaban provocando disturbios desde hacía algún tiempo.

—Puede que ahora solamente sean palabras —prosiguió Enes—, pero mucho me temo que llegará el día en que todos estos discursos se conviertan en algo más. Sólo rezo para que gente como nosotros sepa parar a tiempo toda esta deriva de locos. No me gustaría tener que ver familias enteras odiándose entre sí por las ideas descabelladas de algunos de sus dirigentes.

—Tranquilo, Enes. Eso nunca ocurrirá —intentó calmarlo Stjepan, que se había levantado de un salto. Acto seguido abrazó a su amigo y le dijo—. Aunque esto ocurriera, nunca olvides que a mí me tendrás a tu lado para lo que necesites.

—Creo que me voy a ir a casa. No me siento demasiado bien. Lo siento, chicos.

—No pasa nada —respondió Jelena. Se acercó y le dio un beso en la mejilla acompañado de una caricia.

Stjepan presenció ese gesto cariñoso y una vez más no supo qué pensar. Cuando Enes desapareció en las calles de Baščarsija, se quedaron Jelena y él solos en su esquina del puente. No quería que la situación se volviera tan tensa como antes, pero tampoco sabía qué decir. De todos modos, Jelena no parecía para nada incómoda y se había sentado de manera relajada en el pretil del puente.

—San Vito… Un día que para algunos marca la gloria del pueblo serbio y que otros creemos que no es tan maravilloso como nos lo intentan vender —dijo ella con la mirada fija en el río.

—No te entiendo, Jelena.

—Algunos ven en la batalla de Kosovo, el asesinato llevado a cabo por Princip o el discurso de ayer la grandeza de un pueblo. Pero yo creo que los dos primeros generaron demasiado sufrimiento en el pueblo serbio y no fueron más que un instrumento de los poderosos para utilizar a su propia gente. Esperemos que el discurso de ayer no entre en la misma lista que esos dos.

—No veo razón para tanto pesimismo, Jelena. No creo que nadie sea tan estúpido como para arrojarse piedras contra su propio tejado.

—Ya se verá… Hace buena tarde. Tal vez podríamos caminar un poco ahora, coger el tranvía, bajarnos alguna parada antes de la nuestra y pasear un poco antes de volver a casa, ¿no te parece?

Stjepan no sabía qué contestar. Aquella joven lo descolocaba continuamente. Tan pronto se mostraba fiera como una leona, como se tornaba dulce como una inocente niña. De todos modos, la idea le pareció magnífica. Se levantaron y cruzaron el puente hacia la orilla opuesta a Baščarsija. Caminaron en paralelo al río y charlaron de los planes que tenían para el verano. Sin apenas darse cuenta, llegaron a la altura de Skenderija, un complejo reconstruido para los Juegos Olímpicos de Invierno de hacía unos años y que ahora se había convertido en una zona comercial muy apreciada entre la gente joven. Decidieron volver a cruzar el río para coger en la calle Zmaja od Bosne el tranvía que los llevara hacia su casa. Cuando apenas les faltaban unos cincuenta metros para llegar a la parada, vieron acercarse su tranvía.

—¡Corramos! —exclamó Stjepan—. Si nos damos prisa podemos alcanzarlo antes de que abandone la parada.

Sin mayor dilación, comenzó a correr hacia la parada. Pero Jelena, al ver la manera de correr de Stjepan, no pudo contener la risa y tuvo que parar. A pesar de que ya lo había visto numerosas veces, nunca se había fijado en la manera tan peculiar de correr de su amigo. Era como si no llegara a tocar el suelo, avanzando entre pequeños saltos. La risa no permitió avanzar a Jelena, que únicamente pudo ver cómo Stjepan llegaba a tiempo a la estación para girarse y mostrar su asombro por no estar acompañado por ella. Con el esfuerzo realizado para llegar a la parada a tiempo, Stjepan no pudo más que sentarse a esperar que llegara Jelena, que todavía no había parado de reír.

—Lo siento, Stjepan —balbuceó entre risas ella al llegar a la altura de la parada—. No he podido aguantarme la risa. No es que me esté riendo de ti, pero me ha parecido muy divertida tu manera de correr.

—¡Pero si he corrido igual que siempre! —protestó él todavía con la respiración entrecortada.

—Lo sé, lo sé. Pero es la primera vez que me fijo. Y me has recordado a un pequeño cervatillo saltando alegre en el campo, *lane moje*.

Esas palabras cogieron a Stjepan totalmente desprevenido. *Lane moje*, mi cervatillo. Así es como lo acababa de llamar Jelena. ¿Qué significaba aquello? Esas palabras no dejaban de resonar en su cabeza.

Ambos se sentaron a esperar a que llegara el siguiente tranvía. Ninguno dijo nada más y el silencio se convirtió en una tortura para Stjepan. Quería decir algo, pero no sabía el qué. De vez en cuando miraba de reojo a Jelena, pero ésta tenía los ojos entrecerrados, intentando captar la esencia de la luz vespertina del sol sobre Sarajevo. A Stjepan no le gustaban demasiado los sobrenombres. No le gustaba cuando alguno de sus compañeros de clase le llamaba Stjepo, pero aquella vez era diferente. Era Jelena. Ella le había puesto aquel sobrenombre. *Lane moje*. Dos palabras que retumbaban en sus pensamientos.

—Siento haberme reído de tu manera de correr, Stjepan —le comentó Jelena de repente.

—No te preocupes, Jelena. A mi padre también le resulta graciosa. Cuando era pequeño siempre me retaba a correr hasta el coche. Y siempre ganaba. Antes pensaba que era más rápido que él, pero ahora sé que me dejaba ganar.

—Tu padre es una gran persona, Stjepan. Tienes suerte de tenerlo siempre a tu lado.

—Tienes toda la razón. Aunque nunca se lo haya dicho, supongo que él ya sabrá que yo...

Tras unos segundos de silencio, vieron acercarse el tranvía y se incorporaron. Cuando hubo parado, subieron y observaron que había un par de asientos libres. Se encaminaron hacia ellos esquivando a los niños que jugaban a no caerse. Intercambiaron unas breves palabras acerca de aquel juego, pero Jelena cambió de tema y comenzó a hablar del incidente con Vukašin.

—Yo no pretendía ofenderte o ponerte en una situación incómoda, Stjepan. Me ha parecido que lo que tu amigo nos contaba era totalmente inapropiado. Ya has visto cómo se ha ido el pobre Enes. Y no me gustaría que algo como eso se interpusiera en vuestra relación.

Tal vez tuviera razón, pensaba Stjepan. Pero en esos momentos sus pensamientos no recordaban las palabras de Vukašin, sino otras dos que había escuchado algo más tarde.

—Me da miedo que alguien de tan buen corazón como tú pueda ser corrompido por discursos y palabras de personas vacías e insulsas, cuyo único objetivo en la vida parece ser amargar la existencia a los demás. Por eso me he puesto antes así. Tengo miedo a la deriva que pueda tomar todo esto.

—No te preocupes, Jelena. Todo esto pasará pronto. No creo que nadie le dé más importancia de la que pudiera tener al discurso de ayer de ese señor.

—Eso espero... ¿Nos bajamos en la siguiente y caminamos un poco?
—Perfecto.

Se prepararon para bajarse y, cuando el tranvía paró, descendieron. A pesar de que todavía hacía una temperatura agradable, Jelena recogió los hombros.

—Creo que me he destemplado. Tengo un poco de frío —comentó.

—Toma mi chaqueta si quieres. Mi madre se empeña en que la lleve al salir a la calle, pero nunca me la pongo.

Cogió la chaqueta que tenía atada alrededor de la cintura y se la puso sobre los hombros a Jelena. Ésta apoyó su mano derecha sobre la de Stjepan. No podía creer lo que estaba sucediendo. No entendía nada. ¿Era la misma persona que un rato antes había acariciado a Enes o que se había comportado tan duramente con Vukašin? Avanzaron así durante un trecho mientras él seguía inmerso en sus pensamientos intentando encontrar algún sentido a todo lo que estaba viviendo aquel día. Estaban llegando a Lukavica y notaba que tenía que decir algo, pero tampoco estaba seguro de qué era lo que quería saber.

—¿Te importa que nos sentemos un rato? —preguntó Jelena según llegaron a uno de los parques a la entrada de su barrio.

Stjepan comenzó a sentirse algo incómodo. La intimidad de aquel momento era nueva para él y no sabía cómo comportarse. Por eso respiró tranquilo cuando Jelena comenzó a hablar.

—Veo que no has cambiado nada, Stjepan. Sigues siendo el mismo niño inocente que no se entera de nada…

—¿Por qué dices eso, Jelena?

—Stjepan, ¿hace falta que te diga lo que siento por ti? —dijo acurrucándose contra su brazo.

Lane moje. Esas palabras volvían a resonar en su cabeza. Pero repentinamente le venían imágenes de las caricias a Enes en el puente.

—Pero si hace nada estabas acariciando a Enes, cogiéndole de la mano…

—¡No seas tonto! Claro que he acariciado a Enes, pero era simplemente para reconfortarle. Estaba pasándolo mal y quería que supiera que no tenía de qué preocuparse. ¿No habrás pensado que en realidad…? ¡Jajaja! —rio Jelena.

—Nunca me había parado a pensar que… tú y yo… No sé… —balbuceó él sin sentido alguno.

—Llevo intentando que me veas de la misma manera que yo te veo a ti desde el viaje a Mostar. Pero tú parecías totalmente ciego. Estabas tan ensimismado con todo lo que pasaba en el ámbito político que parecías no ver lo que pasaba delante de tus propias narices.

—Que te llevaras tan bien con Enes siempre me ha desconcertado. Pensaba que sentías algo por él…

—Está claro que siento algo por él, pero no es nada más que cariño. Me parece un chico de un corazón enorme, pero no puedo verlo tal como te veo a ti, *lane moje.*

—Cuando antes me has llamado así, no he sabido qué pensar. La verdad es que por un momento se me ha pasado por la cabeza que quisieras darme a entender que realmente te gusto, pero no podía llegar a creérmelo, porque… yo… también te quiero, Jelena. Hasta ahora he sido un cobarde y no he sabido decírtelo. Está visto que tú le has echado más valor que yo…

—Calla, tonto —dijo mientras le besaba en la mejilla—. No le des más vueltas. Creo que ya va siendo hora de volver a casa. Mi padre se estará empezando a preocupar ya. Y ya conoces al señor Željko…

Se levantaron del banco en que se habían sentado y se encaminaron hacia su casa. Jelena le agarró la mano a Stjepan y avanzaron mientras él todavía sentía el calor en la mejilla que ella había besado. El camino hasta su portal se le hizo extremadamente corto a Stjepan. No quería soltar la mano de Jelena, pero sabía que tenían que ir cada uno a su casa o sus padres empezarían a hacer preguntas incómodas. Subieron las escaleras hasta el piso de Jelena y allí, antes de llegar delante de la puerta, ella volvió a besarle en la mejilla y le susurró al oído:

—Hasta mañana.

—Hasta mañana, Jelena.

En el preciso instante en que Jelena cerró la puerta tras de sí, Stjepan subió corriendo las pocas escaleras que le quedaban hasta llegar al piso en que vivía con su familia. Abrió la puerta con las llaves que llevaba en el bolsillo y se encontró con la estampa habitual. Su madre estaba en la cocina preparando la cena y su padre en el pequeño estudio en que solía leer y trabajar cuando estaba en casa.

—¡Ya estoy aquí! —saludó desde el pasillo.

—¿Lo has pasado bien? —se escuchó desde la cocina.

—Sí, mamá. Hemos estado en el puente. He ido con Vukašin, el chico que os he dicho al mediodía que había conocido. Pero se ha marchado pronto —obviamente omitió la parte en que éste había discutido con sus dos amigos—. Supongo que mañana volveré a quedar con todos ellos.

Se dirigió hacia el estudio de su padre. Se quedó quieto en el umbral de la puerta y un escalofrío le recorrió la espalda cuando observó que entre las manos de su padre estaba el viejo ejemplar de 'Un puente sobre el Drina'. Hacía tiempo había aprendido que eso era sinónimo de desasosiego en su padre.

—Hola, papá.

—Hola, hijo. Ya he oído que lo has pasado bien. Me alegro.

—Nos ha estado contando Vukašin que ayer estuvo de excursión con su padre. Es militar y estuvieron celebrando el día de San Vito.

—¿En serio? —preguntó Miloš temiéndose lo peor.

—Fueron a un sitio llamado Gazimestán —dijo Stjepan. Pudo percibir claramente cómo la expresión de su padre adquiría tintes de pavor por momentos tras oír aquél nombre—. Debió ser una celebración por todo lo alto. Acudió hasta el presidente de Serbia a hablar a todos los que se habían concentrado allí.

—No creas todo lo que te cuenta, Stjepan. Ese hombre es un tipo peligroso. Y los que creen lo que les cuenta o son unos auténticos ingenuos, o están tan locos como él.

—Seguro que ni tan siquiera sabes lo que dijo. Habrás oído a alguno de esos amigos tuyos decir cualquier cosa. Y te lo crees a pie juntillas. ¿Creéis que el resto del mundo está equivocado y que sólo vosotros veis la realidad o qué?

—Hijo, no es una cuestión de creer que todo el mundo esté equivocado, pero estamos curados de espanto de personas que consiguen manipular a las masas con discursos grandilocuentes. Porque, déjame adivinar, seguro que habló de nuestro glorioso pasado como pueblo, de que más o menos hemos sido el faro de civilización de los Balcanes y demás tonterías.

—¡No son tonterías! —protestó Stjepan enérgicamente—. Puede que te parezca mentira, pero hay gente que realmente valora lo que hemos sido en el pasado y no se avergüenza de expresar que somos herederos del esfuerzo realizado por numerosas personas.

—¿Herederos de qué? Aquí hemos derramado tanta sangre entre hermanos que ya no sabemos distinguir al amigo del enemigo. Te recuerdo que tu propio abuelo murió a manos de los partisanos porque lo acusaron de monárquico. ¿Crees que ese loco de Milošević se está refiriendo a los que murieron como él a manos de otros yugoslavos?

—Esto…

—No, Stjepan, no. Ya va siendo hora de que dejes de ser un crío. Empieza a utilizar un poco esa cabeza que la naturaleza te ha dado. Eres más inteligente de lo que te crees, pero tu carácter maleable te convierte en presa fácil de gente como la de ayer en Gazimestán.

Stjepan se sintió profundamente ofendido. Su propio padre lo estaba tratando de estúpido, como si él no supiera discernir entre lo que estaba bien y lo que estaba mal. Y por muchos discursos que le echara, estaba convencido de que el orgullo de ser serbio no era algo que debiera esconder. Su madre a buen seguro estaría de acuerdo con él.

—Papá, no creo que hayas entendido el mensaje de ayer. Simplemente recalcaron que venimos de un pueblo que ha ayudado a sus vecinos y conciudadanos. Que ahora mismo está dispuesto a seguir ayudando a todos, pero sin dejar que nadie lo humille ni lo intente pisar. Todos los serbios deberíamos remar en la misma dirección, porque, si no, nunca llegaremos a buen puerto...

—Hijo, deberías escuchar lo que dices. Es un discurso de locos. No somos ni más ni menos que aquellos que nos rodean. Y de todo esto que se ha dicho últimamente a la proclamación de la necesidad de unir a todos en una Gran Serbia no hay más que un paso. Un paso que espero no intente dar nadie en nuestro país, porque las consecuencias serían nefastas no sólo para nosotros, sino para todos los que habitamos en él.

—¡Estás paranoico y lo sabes! Nadie habla de locuras como ésas. Ni tan siquiera en las mentes más enfermas de este país podrían anidar semejantes ideas.

—El mundo es mucho más complejo de lo que imaginas, Stjepan, y de lo que ayer se dijo a una auténtica catástrofe no existe gran distancia. Sobre todo teniendo en cuenta que no sólo los fervientes serbios tienen este discurso —sentenció Miloš justo antes de suspirar profundamente.

Stjepan notó que la ira iba adueñándose de él. ¿Lo estaba realmente su padre tratando como a un niño? No lo podía creer. Siempre hacía lo mismo, sin tan siquiera dejarle espacio para pensar lo que él quisiera. Lo que más inaudito le resultaba era la manera en que una tan gratificante tarde podía convertirse en la pesadilla que en aquel mismo instante estaba viviendo. Una lucha sin ninguna esperanza contra un muro que no iba a ceder.

—Creo que te equivocas totalmente, papá... —protestó Stjepan.

—Madura, hijo, madura.

Esas palabras hirieron profundamente a Stjepan. De pronto sintió que toda la felicidad que había sentido apenas unos minutos atrás había desaparecido por completo.

—Siempre lo estropeas todo —espetó antes de girarse para dirigirse a su habitación.

Al pasar por delante de la cocina, su madre dijo:

—Hijo, prepárate, porque la cena estará lista en un par de minutos...

—No tengo hambre. Me voy a la cama —alcanzó a decir él justo antes de cerrar su habitación con un portazo.

LAS AGUAS DEL MILJACKA

18 DE NOVIEMBRE DE 1990

Sarajevo, 18 de noviembre de 1990

Aquella vez había llegado el primero al puente. Llevaba toda la tarde deambulando con una sensación extraña. Tras la hora de comer había decidido salir de casa porque no aguantaba allí dentro. Caminó desde Lukavica hasta el centro de Sarajevo intentando despejar su mente, pero no le sirvió de mucho. Según se iba acercando al puente, percibía miradas extrañas de la gente que pasaba a su alrededor. Le daban ganas de gritarles "¿qué miráis?", pero sabía que no era una buena idea. No, allí no. En aquel momento se sentía un extraño en su propia ciudad. Y no le gustaba la sensación para nada. Durante el último año y medio se había dado cuenta de que las cosas estaban cambiando de manera radical y la propia velocidad vertiginosa de esos cambios le estaba descolocando.

Se sentó en el pretil del puente de Princip y se dedicó a mirar las caras de la gente que pasaba por su lado. Era gente que antes le hubiera podido parecer pintoresca, pero que de un tiempo a esa parte no le generaba nada más que desconfianza. Sentía que todos aquellos transeúntes le juzgaban con sus miradas inquisitivas. Era como si cuestionaran el mero hecho de que él pudiera estar allí. Se negaba a ello.

Intentó distraerse y comenzó a pensar en qué le iba a comprar a Jelena para Navidades. No tenía demasiado dinero ahorrado, pero algo se le ocurriría. Hacía algunos días había visto una bonita cadena de la que colgaba una cruz ortodoxa plateada. A él le había gustado mucho, pero Jelena era bastante agnóstica. En eso se parecía mucho a su padre, Miloš.

Se entretuvo un rato escuchando el murmullo del Miljacka. Cerró los ojos e intentó dejar la mente en blanco mientras escuchaba la corriente del río. Tras pasar un rato de esta manera, abrió los ojos justo a tiempo para ver aparecer a Enes en la esquina de la calle que desembocaba en el puente. Se sintió aliviado al verlo aparecer. Últimamente cuando estaba con su viejo amigo era de los pocos momentos del día en que se sentía relajado de verdad. Cada vez que estaba con Enes, le invadía una sensación de sosiego que hacía tiempo había perdido. A veces le daba la impresión de que, cuando estaba con él, el resto del mundo se paraba a su alrededor. Y en esos momentos era lo que necesitaba.

Como no podía ser de otra manera, cuando Enes llegó a su lado, ambos se quedaron quietos. Parecían dos estatuas recién colocadas al final del puente. Las personas que pasaban por su lado los miraban con un gesto de extrañeza. Los dos notaban esas miradas, mezcla de curiosidad y desaprobación, pero les daba igual. Era su momento, un momento íntimo entre los dos que no iban a permitir que nada, ni nadie estropeara. Stjepan llevaba gran parte del día sintiendo las miradas de la gente, pero en ese momento le daba exactamente lo mismo lo que los demás pudieran pensar de ellos. Sus ojos inmóviles únicamente veían a su amigo, con el que compartía esa conexión muda, pero en que se comunicaban sin necesidad de nada más.

Al cabo del rato, Stjepan sonrió para dar por finalizado su juego personal.

—Hacía tiempo que no te ganaba —dijo Enes mientras se acercó a su amigo. Lo abrazó fuertemente entre sus brazos. Había notado que últimamente Stjepan estaba más ausente y alicaído, por lo que estimó que tal vez una muestra de cariño pudiera ser reconfortante para él.

Al notar el abrazo de su amigo, Stjepan lo estrechó más fuertemente todavía, como si quisiera que nunca pudiera escapar de su lado. Le sorprendió el gesto de Enes, porque éste no era demasiado dado a ese tipo de expresiones afectuosas. Pero realmente ese simple gesto hizo que asomaran sendas lágrimas a sus ojos. Sabía que en el último tiempo se había mostrado más frío con Enes, pero él nunca le había fallado. De hecho, en sus peores días solía esperar ver aparecer la figura de su amigo en cualquier lugar para poder liberar un poco su mente de todos los cambios que se estaban dando a su alrededor. Cuando pudo controlar las lágrimas, Stjepan separó su cuerpo del de Enes y se dirigió hacia el sitio donde había estado sentado hasta aquel momento.

—Pues sí, la verdad. Hace tiempo que no conseguías que hincara la rodilla —respondió Stjepan intentando mostrarse tan orgulloso como solía estar siempre. En aquel momento, en cambio, le costaba bastante más, porque el abrazo de Enes le había conmovido profundamente.

—Por cierto, ¡tu equipo va bien, eh! —cambió de tema Enes.

—A ver si este año podemos volver a ganar la liga. Todos tendréis que postraros ante el poderío del Estrella Roja. Una vez más os vamos a demostrar quiénes son los más grandes.

—Bueno, el Željezničar tampoco es que esté haciendo mala temporada para las expectativas que teníamos.

—No entiendo cómo puedes ser de ese equipucho —dijo Stjepan. Pero enseguida se dio cuenta de que con ese comentario podía herir la sensibilidad de su amigo e intentó arreglarlo—. Me refiero a que a duras penas vais a ganar nada.

—Sabes que mi familia siempre ha sido del Željezničar. Era el equipo de los trabajadores ferroviarios y todavía es el de los obreros que vivimos aquí. Es lógico que mi padre y yo seamos de ese equipo. Claro que sería más fácil ser de uno que gane títulos, pero el equipo no lo puedes elegir tan fácilmente.

—Viéndolo así... Da igual, mi segundo equipo será el Željezničar por ti, Enes. Eso sí —añadió mientras le daba un empujón cariñoso con el hombro—, ni se os ocurra ganarnos.

Los dos rieron a mandíbula batiente con el comentario de Stjepan. En ese momento un tranvía se acercaba lentamente a la parada que había en el puente. Al abrirse las puertas. Jelena bajó con su paso grácil. Cuando se detuvo delante de los chicos, se acercó a Stjepan y le dio un beso en la mejilla que hizo que éste se sonrojara. A Enes le parecía divertido que su amigo se sintiera tan incómodo cuando Jelena mostraba su cariño en público. Con una sonrisa pintada en los labios saludó a su recién llegada amiga.

—¡Hola, Jelena! ¿Qué tal te ha ido el día?

—No me puedo quejar. He podido descansar y avanzar en los deberes que tenía para hacer. Por cierto, Stjepan, por la mañana he ido a tu casa a enseñarte un marco con una foto nuestra que me acaba de regalar mi padre y el tuyo me ha dicho que habías salido con tu madre. Recuérdame que luego te la enseñe.

—Esto… Sí, había salido con mi madre a hacer un recado —Stjepan no tenía ganas de confesar lo que había ido a hacer con su madre, porque sabía que la conversación no podía acabar bien—. Espero acordarme luego de recordártelo.

—¿De qué hablabais? —preguntó Jelena mientras se sentaba de un salto en el pretil junto a su novio.

—De fútbol —respondió rápidamente Stjepan—. De lo bueno que es mi equipo y lo malo que es el de Enes —añadió de manera socarrona intentando provocar la risa en sus amigos.

—¡Hombres! —exclamó Jelena desesperada—. ¿Es que no sabéis hablar de otra cosa que no sea fútbol o política?

Esa última palabra hizo que el corazón de Stjepan diera un vuelco. No, precisamente de eso no quería hablar hoy con sus amigos. No iban a entender su punto de vista y estaba cansado de luchar contra molinos de viento. En todo caso hubiera podido hablar libremente con Vukašin, pero, visto que sus dos amigos no es que se llevaran precisamente bien con éste, hacía tiempo que había decidido no juntar a todos ellos. Era una pena, porque Vukašin no era tan mal tipo como Jelena pensaba. Era verdad que a veces hacía comentarios no demasiado afortunados que podían herir a Enes, pero éste nunca se había mostrado hostil. Lo que estaba claro era que debía evitar que cualquiera de ellos hablara de política precisamente aquel día.

—Ya sabes, somos mucho menos complicados que las mujeres — agregó mientras guiñaba el ojo a Enes. Éste sonrió tímidamente al ver que su amigo no quería más que pinchar a su novia.

—No le hagas caso, Jelena. Será que a los hombres nos gusta discutir por todo para intentar demostrar que cada uno tiene la razón siempre.

—Sois incorregibles —continuó Jelena mientras reía.

—Oye, Jelena, ¿qué foto es la que ha enmarcado el señor Željko? —fue el intento desesperado de Stjepan por desviar definitivamente el peligro de una conversación sobre política.

—¿Te acuerdas de la foto que nos sacamos en el banco del parque el día de tu dieciséis cumpleaños?

—¿Cómo no me voy a acordar, *lutko moja*, mi muñeca? Es una de las pocas fotografías en las que salgo favorecido. Será que se me pegó algo de la persona que tenía al lado…

—Hombre, el fotógrafo también tendrá su parte de mérito, ¿no? —añadió Enes, recalcando que los había retratado él.

El comentario jocoso de Enes arrancó las risas de los tres. Stjepan creyó por fin haber evitado cualquier conversación incómoda. Lo que no esperaba era que al instante siguiente Jelena volviera a interesarse por lo que había hecho aquella mañana con su madre.

—Será que nos mirabas con buenos ojos, Enes. Por cierto, con lo que a ti te gusta dormir, ¿cómo así no estabas en casa a las diez de la mañana, *lane moje*?

Stjepan sintió que la tierra se abría bajo sus pies. No le gustaba mentir a Jelena. Sobre todo porque ella solía leer en su cara que no le estaba contando la verdad. Parecía como si unos nubarrones negros se estuvieran formando sobre ellos cual preludio de una tormenta a punto de estallar. Pero no iba a tener más remedio que admitir la verdad y afrontar lo que viniera después.

—Sí, bueno… He ido a acompañar a mi madre al colegio electoral.

—Es verdad —exclamó Enes—. Que hoy era día de elecciones.

El comentario de su amigo pilló por sorpresa a Stjepan, ya que no concebía que nadie pudiera incluso haber dudado un solo momento de qué día era aquél. Tal vez fueran unas de las elecciones más importantes en la historia de todo el país y Enes parecía haberse dado cuenta en aquel mismo momento. Era cierto que ninguno de ellos podía votar, pero ¿acaso no había acudido tampoco el padre de Enes a votar?

—Pues sí, he ido con mi madre a votar. Como no podía ser de otra manera, mi padre ha decidido quedarse en casa sin mover un solo dedo en esta situación.

—Anda, Stjepan, no seas injusto con tu padre —señaló Jelena—. Mi padre tampoco ha ido a votar y eso no quiere decir nada. Ni votar nos hace más patriotas, ni no hacerlo menos. A mí me parece que, se vote lo que se vote, al final hay cuatro personas que deciden por todos nosotros.

A esas alturas la discusión ya era prácticamente inevitable, por lo que Stjepan decidió armarse de valor.

—¡Pero qué dices! No ir a votar es la postura más cómoda. Luego seréis los primeros que criticaréis las decisiones que se tomen. Pero no tendréis ningún derecho.

—¿Estás seguro que los dirigentes del partido al que ha votado tu madre van a tener en cuenta lo que penséis vosotros? ¿O sólo van a mirar por su propio interés? No te engañes, Stjepan, tenemos un sistema podrido en que de un tiempo a esta parte los partidos no hacen más que enfrentarse los unos a los otros e intentar dividirnos a nosotros —replicó Jelena.

—Siempre estáis con lo mismo —protestó Stjepan—. Que si no nos tienen en cuenta, que si hacen lo que quieren, que si son cuatro personas las que dirigen todo. Vale, te lo acepto. Pero ¿qué hacéis vosotros para cambiar eso?

—¿En serio crees que vuestro voto sirve para cambiar algo? Tu ingenuidad me parece entrañable, pero…

—Ya empiezas como mi padre. Que no piense como vosotros no significa que sea estúpido. Yo creo en mi pueblo, creo en Serbia. Y ninguno de vuestros argumentos me va a hacer cambiar de parecer. ¿Por qué tiene que estar confundida mi madre y no mi padre?

Enes observaba sin apenas mover los músculos de la cara la discusión que estaban teniendo sus dos amigos.

—Stjepan, nadie dice que seas estúpido o que estés equivocado —intercedió Enes—. Yo creo que lo que Jelena quiere decir es que realmente da lo mismo quién esté en el poder. Al final todos nos cobran todos los impuestos que pueden y la diferencia entre unos y otros se desvanece.

—No todo en esta vida es el dinero, Enes. Existen otras cosas, como el orgullo de pertenecer a un pueblo milenario.

—Ese orgullo no paga las facturas, Stjepan. Mi padre y yo a duras penas sobrevivimos. Entenderás que a nosotros nos dé lo mismo quién gobierne. ¿Tú te crees que a nosotros nos va a cambiar la vida por que nos gobierne Izetbegović? ¿O seguiríamos malviviendo como lo haríamos bajo Karadžić o Boban?

—¡Pero qué corto de miras eres a veces, Enes! —se enervó Stjepan.

—Stjepan —intervino Jelena—, si hasta tu propio padre tampoco ha ido a votar…

—Es un pusilánime que no se atreve tan siquiera a levantar la voz contra aquellos que intentan destruir nuestro país. No me vale esa posición de ecuanimidad que intenta demostrar con todos como si él fuera el único que ve las cosas con objetividad. No. Y me irrita que intente convenceros no sólo a vosotros, sino a todo el mundo de que los que pensamos como mi madre y yo estamos en la senda incorrecta.

—No hay senda correcta ni incorrecta… —intentó mediar Enes.

—¡No necesito vuestra aprobación! —bramó Stjepan—. No dejaré que por gente como vosotros nuestra patria se vaya al garete. Menos mal que mi madre ha tenido el valor de ir a apoyar al Partido Democrático Serbio. Porque si estuviéramos esperando a que vosotros mováis un solo dedo por el futuro de Yugoslavia, estaríamos apañados.

—No estás siendo justo, Stjepan —respondió irritada Jelena.

—No puedo ser justo cuando hay gente que está intentando desmembrar mi país. ¿Acaso no lo veis?

—No dramatices, Stjepan. No te pega —dijo Jelena con aire digno.

—Sabes que no soporto que te muestres displicente… Creo que esta discusión no nos va a llevar a ninguna parte. Tal vez sea mejor dejarla —se resignó Stjepan.

—No, hombre, no. Tú intenta convencernos de que la política de trincheras que promulgan nuestros políticos de hoy en día es lo mejor que nos puede pasar. Que todos aquellos que no creemos en ellos somos poco menos que traidores.

—No quería decir eso, Jelena —agregó cabizbajo Stjepan—. Es que se me hace muy difícil entender que, ante la situación que estamos viviendo de un tiempo a esta parte, Enes y tú mostréis una actitud tan indiferente. Parece como si os diera lo mismo lo que pase con todos nosotros.

—Stjepan, no es que no dé igual —intervino Enes—. Pero ya te he dicho que hay muchos ciudadanos que tienen problemas mayores. Además, nadie va a ser tan estúpido como para levantarse en contra de sus propios vecinos. Sería de locos.

—Desgraciadamente de locos está lleno el mundo —musitó Jelena.

—Siento haber sido tan duro con vosotros. Lo siento mucho —profirió Stjepan arrepentido.

Tras eso, se hizo un silencio en que cada uno parecía estar dando vueltas en su cabeza a lo que acababa de acontecer. Stjepan sentía que había sido demasiado duro con sus amigos. Ellos ni tan siquiera podían votar. Pero no entendía que gente como su padre se quedara de brazos cruzados cuando podía empezar a desgajarse el país en que vivían. Su padre no le iba a convencer por muchas veces que le contara sus historias.

Enes parecía revuelto, por lo que Stjepan supuso que la conversación anterior le habría violentado. Se acercó más a él con el fin de mostrarle su arrepentimiento. De hecho, no quería tan siquiera mirar hacia el otro lado, porque sabía que Jelena no le iba a perdonar tan fácilmente los comentarios que había proferido antes.

Jelena, por su parte, no daba crédito a lo que su novio les acababa de contar. Era como si repitiera la cantinela de todos esos cabezas de chorlito que habitaban alrededor suyo en Lukavica. Le parecía haber escuchado al propio Vukašin hablando por boca de Stjepan. Enemigos de la patria, desmembrar el país, peligros inminentes. Había esgrimido todos los argumentos que utilizaban los exaltados nacionalistas serbios. ¿Se estaban idiotizando Stjepan a pasos agigantados? No, no podía ser. El señor Miloš no dejaría que eso ocurriera.

—Tengo que contaros algo —rompió el silencio Enes.

Stjepan y Jelena se sobrecogieron, porque su amigo parecía preocupado. Esperaban que no ocurriera nada.

—¿Qué pasa, Enes?

—¿Os acordáis del viaje que hicimos a Mostar?

—Ese viaje no lo olvidaré en mi vida. Y eso que tu queridísimo amigo no quiso darse por enterado de que intentaba hacerle que se fijara en mí.

—Ya estamos —protestó Stjepan—. Si es que las mujeres no sois nada claras...

—Bueno, no era eso lo que quería decir. Allí os presenté a Lejla.

—Sí, me acuerdo de aquella tímida chica que vivía cerca del puente. Aquella por la que te solías escapar por las noches para que no te viéramos con ella —recordó Jelena. Aquel comentario hizo que Enes se ruborizara recordando sus aventuras nocturnas.

—Desde entonces ya ha pasado algún tiempo, pero Lejla y yo... Esto... Lejla y yo hemos seguido viéndonos.

—¿Cómo? —preguntaron al unísono Stjepan y Jelena.

—Cuando nos fuimos le dejé una nota y estuvimos un tiempo escribiéndonos cartas el uno al otro. Pero hará cosa de algo más de un año, decidimos que teníamos que volver a vernos. Fui a Mostar a principios de septiembre del año pasado y desde entonces he vuelto unas cuantas veces más.

—Así que por eso había fines de semana en los que no podíamos dar contigo. ¿Tu padre ya lo sabe? Porque siempre nos decía que no sabía dónde estabas —comentó Stjepan.

—Mi padre ya lo sabe, lo que pasa es que le pedí por favor que no os contara nada hasta que yo estuviera preparado para decíroslo. Siento mucho haber tenido que ocultaros todo esto, pero prefería estar seguro antes de dar el paso.

—Bueno, da lo mismo, Enes —replicó Jelena—. Me alegro muchísimo por ti.

—Yo también me alegro —añadió Stjepan—. Pero yo quiero saber más.

—Tampoco es que haya mucho que contar. La he visitado unas cuantas veces y me ha presentado a su familia. El señor y la señora Hasanović son muy simpáticos. Al que creo que no le caigo demasiado bien es a su hermano Faris. Es comprensible. Es su hermano mayor y tiene miedo de que vaya a hacerle daño.

—¡Vaya! O sea que conoces a toda la familia. Esto es más serio de lo que me imaginaba —bromeó Stjepan mientras pasaba su brazo sobre los hombros de su amigo.

—Dentro de un par de semanas ella vendrá a visitarme aquí y quisiera que pudierais ayudarme. Quiero enseñarle todos los rincones de Sarajevo. Pero sobre todo me gustaría que os cayera bien. Es muy importante para mí…

—No te preocupes, Enes —dijo sonriente Jelena.

—Realmente no me esperaba esta noticia, Enes —afirmó Stjepan acercando todavía más a su amigo hacia sí mismo.

Volvió a hacerse el silencio entre los tres amigos. Pero aquella vez no era tan incómodo como apenas unos minutos antes. Los tres se sentían aliviados. Enes estaba aliviado porque definitivamente podía hablar abiertamente con sus amigos de Lejla. Jelena sentía que la vida por fin sonreía a su amigo y, aunque le preocupara la cabezonería de su novio respecto a los temas políticos, eso era un motivo de felicidad para ella. Stjepan, por último, pudo relajarse porque el estallido que había previsto con la conversación sobre política no había sido para tanto. Había podido sobrevivir, pero había decidido que iba a ser más inteligente en adelante no sacar esos temas delante de sus hijos. Suspiró aliviado y agarró de la mano a su novia.

El sol comenzó a descender lentamente tras los montes de Sarajevo, proyectando las sombras alargadas de los tres amigos en las aguas del Miljacka.

25 DE JUNIO DE 1991

Sarajevo, 25 de junio de 1991

Cuando abrió los ojos calculó que serían las diez pasadas. El colegio había finalizado hacía algunos días, pero la última semana estaba siendo realmente dura para él. Volvió la cabeza hacia el reloj que tenía en la mesilla izquierda y pudo comprobar que apenas eran las ocho y media pasadas.

—¡Mierda! —soltó entre dientes.

Esperaba que fuera bastante más tarde para que el día no se le hiciera tan largo como los anteriores. Lo único que quería era despertarse dos días más tarde y que todo fuera un simple mal sueño. Se giró y se volvió a acurrucar entre las sábanas con la esperanza de poder volver a dormir. A los pocos minutos, sin embargo, decidió desistir porque estaba totalmente espabilado y era improbable que el sueño se volviera a apoderar de él.

Se levantó de la cama y abrió la ventana. La brisa fresca de la mañana le golpeó la cara para acabar de espabilarlo definitivamente. Respiró profundamente y llenó sus pulmones de aire. En esa zona de la ciudad no había demasiada polución, por lo que se podía percibir el dulce olor de las montañas circundantes.

Se calzó las zapatillas de casa y, tras pasar por el baño para humedecerse la cara, se dirigió a la cocina. Supuso que su padre ya se habría ido a trabajar. Al entrar, pudo comprobar que estaba en lo cierto.

—Buenos días, mamá —dijo Stjepan.

—Buenos días, hijo mío. ¿Has dormido bien?

—Nah... —fue todo lo que pudo expresar.

Su madre se dirigió a la mesa con una taza de café con leche caliente entre las manos. Cuando depositó la taza en la mesa, Stjepan se sirvió el azúcar. Al igual que había hecho durante años, puso dos cucharaditas y media para obtener el dulzor que a él le gustaba. Cuando su madre se volvió a acercar con dos tostadas, Stjepan les puso mantequilla y mermelada y se dispuso a comer.

—Hijo, tienes mala cara. ¿Seguro que estás bien? —preguntó Božidarka.

—Sí... Bueno, llevo una semana durmiendo mal. Ha terminado el colegio, pero estoy más cansado que si todavía estuviera en clase.

—Stjepan, no deberías preocuparte por ese tipo de cosas con tu edad. Son asuntos de los mayores que no deben quitaros el sueño a vosotros... —intentó calmar a su hijo.

—No te crees ni tú lo que estás diciendo —protestó él.

No tenía ganas de discutir, por lo que optó por tomarse el desayuno en silencio. Terminó y ayudó a su madre a limpiar los utensilios de cocina. Se dio cuenta de que su madre estaba dándole vueltas a la conversación que habían tenido antes. En un intento de destensar la situación, le dio un beso en la mejilla y se encaminó hacia su habitación de nuevo. Antes de salir de la cocina, se giró y vio a su madre suspirar.

Cuando entró en su cuarto, se dirigió al escritorio y cogió el libro que había dejado el día anterior. Hacía algunos meses que le había pedido prestado el libro a su padre, pero él había insistido en comprarle su propia copia. Leyó el título en voz alta como si alguien pudiera escuchar lo que decía. 'Un puente sobre el Drina'. A pesar de que nunca había sido demasiado aficionado a la lectura, ese libro le despertaba una curiosidad creciente, ya que había identificado que era el lugar en que su padre solía refugiarse cuando quería evadirse de la realidad.

Al principio comenzó a leer el libro sin demasiado entusiasmo, sin esperar demasiado. Su padre le había contado mil veces que era un relato novelado de ciertos acontecimientos que habían marcado la historia de Višegrad y de las comunidades que allí vivían. No creía que el tal Andrić fuera a descubrirle nada que ya no supiera. Esa actitud de autosuficiencia era totalmente habitual en Stjepan. Sin embargo, tuvo que dar su brazo a torcer. A pesar de que hacía tiempo que había dejado de creer en héroes mágicos, de acuerdo con el libro tanto Radisav como el Árabe Negro eran leyendas que se basaban en personajes de verdad. De hecho, Radisav había sido un campesino que, en su lucha contra la construcción del puente por parte de los musulmanes, había sufrido las más terribles torturas hasta su muerte empalado. Puede que no fuera un héroe mágico que se fuera a levantar en defensa de los serbios en caso de necesidad, pero sí que era un héroe. Había dado su vida por su pueblo y se había mantenido impertérrito ante las torturas, sin delatar a sus cómplices.

Ese día comenzó a leer donde lo había dejado la última vez que cogió el libro. El relato comenzó a describir una serie de desavenencias cada vez mayores entre los serbios y los musulmanes de la ciudad. Continuó leyendo durante un rato más, pero su mente se distraía constantemente. Empezó a pensar en Enes, en los musulmanes de su propia época. Según Andrić, la convivencia entre las diferentes comunidades de Višegrad no fue siempre fácil y las escaramuzas violentas se sucedían.

Cerró el libro y se recostó sobre la silla. ¿Podía volver a romperse la convivencia entre ellos? ¿Serían capaces los musulmanes de tomar la actitud traidora que habían adoptado eslovenos y croatas? No lo creía. O más bien no lo quería ni tan siquiera pensar. No veía a Enes o a su padre levantándose contra gente como él, gente que siempre que lo habían necesitado había estado de su lado. Los múltiples problemas que habían vivido a lo largo de la historia ya no parecían más que un lejano recuerdo que habían superado gracias a la convivencia armoniosa en su patria yugoslava. Pero esos cerdos eslovenos y croatas parecían querer dinamitar todo el proyecto desde dentro. Y de ser verdad lo que estaba sucediendo, y si nadie le ponía remedio, todo el sistema se iba a empezar a desmoronar al día siguiente. El 26 de junio de 1991 iba a quedar marcado como un día negro en la historia yugoslava. Aunque todavía le quedaba la esperanza que el valeroso ejército yugoslavo pudiera frenar ese desafío. Aunque tal vez necesitaran ayuda.

Una idea comenzó a tomar forma en su cabeza. Al principio no había sido más que una idea peregrina, una simple conversación con Vukašin. Pero el transcurrir del tiempo había hecho que algo en su interior fuera despertando poco a poco.

De pronto, escuchó cómo unos nudillos golpeaban su puerta. Cuando se giró, se sorprendió al ver la figura de su padre en el umbral de la puerta. Se preguntó cuánto tiempo había estado inmerso en sus pensamientos. Miró el reloj de la mesilla y comprobó que ya era la una del mediodía. Su padre había vuelto de la universidad.

—Hola, papá. Me has sorprendido. Estaba perdido en mis pensamientos y no creía que fuera tan tarde.

—¿Puedo pasar, hijo? —preguntó Miloš.

Stjepan se percató de que su padre tenía cara de circunstancias. ¿Le estaría afectando también a él todo lo que sucedía? Se levantó de la silla y se sentó en el borde de la cama junto a su padre.

—'Un puente sobre el Drina' —indicó Miloš—. ¿Te está gustando el libro? Es curioso la de cosas que puede uno aprender en tan pocas páginas, ¿no es así, Stjepan?

—La verdad es que hace tiempo que había dejado de pensar en Radisav como alguien que hubiera existido en el mundo real, pero según este relato sí que existió alguien con ese nombre. Y no está muy lejos de la idea de héroe que he tenido durante años. Hombre, la armadura brillante y la espada no la tenía, pero el valor y el orgullo de defender a su pueblo sí.

—A veces las leyendas se basan en la realidad y nos la cuentan de manera más entretenida. Otras, en cambio, es la propia realidad que nos cuentan la que se disfraza tras una pátina de relatos místicos para legitimarse. El problema es no saber distinguir la una de la otra.

La frase le sonó totalmente enigmática a Stjepan. No había entendido lo que su padre había querido decir, pero estaba seguro de que había alguna especie de mensaje detrás de sus últimas palabras.

—Bueno, dejémonos de divagaciones —sentenció Miloš—. Creo que la comida ya está preparada. He dicho a tu madre que prepare pasta y ćevapčići.

Su comida favorita. Su padre le había pedido a su madre que preparara su comida favorita. Cualquier otro día hubiera sido una grata noticia, pero la expresión de pesadumbre que percibía en la cara de su padre le preocupaba bastante.

Ambos se levantaron y se dirigieron a la cocina. Allí les estaba esperando Božidarka con la comida en la mesa. Se sentaron y comenzaron a comer. Božidarka le preguntó a Miloš por su día en un intento de distender el ambiente. En un primer momento pareció que funcionaba, porque Miloš les explicó que en la universidad había estado con algunos compañeros preparando los contenidos del año siguiente. Los mayores parecían entretenidos con la conversación, pero Stjepan se había sumergido en su mundo una vez más. Comía sin prestar apenas atención a lo que sus padres decían y su mirada se perdía en un punto indefinido del plato que tenía delante.

—¿Te pasa algo, Stjepan? —preguntó Božidarka—. Estás muy callado hoy.

—No sé… —balbuceó él—. Tengo miedo a lo que pueda pasar mañana.

—No te preocupes, hijo —intervino Miloš con voz seria—. Pase lo que pase mañana, la vida debe seguir igual. No debemos volvernos locos por un pedazo de tierra.

—¿Un pedazo de tierra? —se exasperó Stjepan—. Pero ¿tú te estás oyendo?

—Stjepan, aunque no te guste, Eslovenia y Croacia no son más que unos trozos de tierra. Eran parte de Yugoslavia de la misma manera que podían haber sido parte de cualquier otro país. Se unieron a nosotros y juntos fuimos un gran país. Pero parece ser que ya no desean más ser arte de nuestro país y, del mismo modo que los acogimos con los brazos abiertos, deberíamos dejarlos marchar sin mayor problema.

—¿Estás loco? ¿Dejarlos marchar? Croacia y Eslovenia siempre han sido parte de Yugoslavia y no deberíamos ceder ante el primer amago de largarse de la federación. ¿Y qué si la semana pasada dijeron que se querían ir?

—Stjepan, escucha. Un país no es nada sin sus ciudadanos. Sería únicamente un trozo de tierra que no significaría nada. Eso es lo que quiero que veas. Si los eslovenos y los croatas han decidido que desde mañana no quieren formar parte de Yugoslavia, no somos quiénes para impedir que tomen las riendas de su propio futuro. Es mejor que entre todos fortalezcamos nuestros lazos en vez de construir muros que nos separen.

—¿Me estás diciendo que, además de dejarlos ir, debemos facilitar el proceso? ¡No me lo puedo creer! ¿Qué será lo siguiente? —protestó Stjepan encolerizado—. Siempre he sabido que no ibas a mover un solo dedo por defender a tu pueblo, pero de ahí a que apoyes una traición como la que se va a llevar a cabo mañana, va un trecho.

Božidarka cogió de la mano tanto a su marido como a su hijo. La expresión de pesadumbre de Miloš era cada vez más evidente. Él sabía que en su propia familia no iban a entender que no le supusiera excesivo problema que los croatas y los eslovenos quisieran separarse de la federación yugoslava, pero lo último que quería era discutir con su hijo. En esos temas Stjepan solía mostrarse terco y no atendía a razones. Le preocupaba que pudiera hacer cualquier estupidez y por eso quería que viera que la realidad podía interpretarse desde diferentes prismas.

—Chicos, creo que os estáis peleando por algo que escapa a vuestro alcance. Lo peor es que ninguno escucháis al otro y ambos tenéis parte de razón. Stjepan, tu padre no es ningún traidor. Recuerda que su familia ha sufrido mucho por las rencillas entre los propios yugoslavos y por eso quiere evitar cualquier posible derramamiento de sangre inútil. No creo que lo que quisiera decir era que debemos poner una alfombra roja para que se marchen, sino que deberíamos ser capaces de lograr un entendimiento por otros métodos distintos a la fuerza. ¿No es así, Miloš?

Miloš sabía que, aunque su opinión fuera otra, no debía discutir con su mujer y su hijo. A pesar de que ella tuviera un gran corazón y sus intenciones fueran buenas, siempre se mostraba muy cercana a las ideas de su hijo en cuanto a orgullo patrio se refería.

—Tienes toda la razón, Božidarka —asintió Miloš de mala gana.

—¿Lo ves, Stjepan? Tu padre tampoco aprueba la postura de fuerza adoptada por croatas y eslovenos. No quiere que Yugoslavia se parta. Pero lo que verdaderamente no quiere es que luchemos entre nosotros. Los serbios ya hemos sufrido demasiadas luchas fratricidas. Lo que debemos hacer es arreglar las cosas dialogando. Además, estoy convencida de que mañana no va a ocurrir nada porque todo se va a solucionar. Croacia y Eslovenia saben que no son nada sin el resto de Yugoslavia.

—Eso espero, mamá, eso espero… —agregó Stjepan—. Papá, siento haberte dicho eso, pero es que no soporto la idea de que nuestro país pueda romperse de un día para otro.

Tras eso se hizo el silencio. Cada uno se sumergió en sus pensamientos. Miloš no estaba nada tranquilo, porque había podido ver que en su propia familia estaban calando los mensajes radicales lanzados desde las altas esferas políticas. Se temía lo peor, pero no era capaz de hacer nada para evitarlo. Cuando al día siguiente se declarara la independencia de las dos repúblicas, el problema sería mayor y probablemente se enquistara sin que nadie pudiera aportar una solución satisfactoria para todos. De repente, comenzó a sentir en su interior una especie de agujero negro que le oprimía el pecho. La aflicción que sentía hizo que hundiera su mirada en el plato de comida y no dijera nada más a lo largo de toda la comida. Cuando hubieron acabado, Miloš se levantó para preparar el café.

—Si no os importa, voy a poner un poco de música en la radio —dijo mientras encendía el viejo transistor.

En ese momento sonaba Ederlezi de Goran Bregović. Stjepan empezó a silbar la canción. Habían visto la película en el colegio y la canción se le había metido en la cabeza. Ese simpático gesto hizo que Miloš sonriera. Se relajó mientras preparaba el café y pensó que tal vez hubiera dramatizado demasiado antes. Se puso a silbar él también y, al mirar hacia la mesa, pudo ver una expresión de inocencia en la cara de su hijo. Definitivamente, antes se había excedido. Stjepan no era más que un joven cariñoso incapaz de hacer daño a nadie.

—Disculpen por tener que cortar la transmisión —se escuchó de pronto por el altavoz—. Debemos comunicarles una noticia de última hora.

La expresión de Miloš cambió de repente. Una mueca de temor se dibujó en su cara y palideció por completo. No podía ser nada bueno.

—Hoy, veinticinco de junio de 1991 —prosiguió la voz masculina de la radio—, los parlamentos de las repúblicas socialistas de Croacia y Eslovenia han declarado su independencia de la República Socialista Federal de Yugoslavia de manera unilateral. A pesar de que se esperaba el comunicado para mañana, ambas repúblicas han adelantado el anuncio un día. Este adelanto ha sorprendido a la clase política de Belgrado. El Gobierno Federal se encuentra reunido en este mismo momento para tomar las decisiones pertinentes al respecto. Fuentes oficiales ha asegurado que no permitirán de ninguna de las maneras que cualquiera de las repúblicas socialistas constituyentes de Yugoslavia intente separarse de la federación. Les mantendremos informados.

Las manos temblorosas de Miloš apenas acertaban a apagar el transistor. Los dirigentes de Croacia y Eslovenia se habían adelantado con su declaración de independencia y habían pillado desprevenidos a todos. Era una maniobra muy inteligente si no fuera por el hecho de que podía suponer más sufrimiento para la población. Un nubarrón negro pareció cernirse sobre la cabeza de Miloš y el dolor que le producía el agujero que sentía en su interior se hizo más intenso. Volvió a girarse para mirar a su familia, pero esta vez las expresiones despreocupadas de unos segundos antes habían sido sustituidas por expresiones de incredulidad. Tras apagar el café, consiguió volver a la mesa y sentarse junto a su mujer. Enfrente tenía la cara de su hijo, que intentó escrutar para adivinar lo que pensaba. No quería imaginarse el tremendo mazazo que esas palabras habrían supuesto para él.

—¡Ya está bien! —gritó rojo de ira Stjepan—. No sé qué se han pensado esos croatas y eslovenos, pero no vamos a permitir que jueguen con nuestra patria de esta manera.

—Stjepan, cálmate... —intentó apaciguarlo su madre—. Tiene... tiene que haber habido algún error... No entiendo...

—No, mamá. El error ha sido suyo. Han querido aprovecharse de nosotros pero se van a encontrar con la horma de su zapato.

Según pronunció esas palabras, la idea que le rondaba la cabeza hace algunos días fue tomando cada vez más fuerza. Tal vez Vukašin tuviera razón y no fuera posible quedarse de brazos cruzados ante lo que estaban viviendo.

—Me pienso alistar en el ejército —exclamó Stjepan ante el estupor de sus progenitores—. Llevo algunos días dándole vueltas a la idea y creo que es lo que debo hacer.

—Pero... Stjepan... —murmuró Božidarka entre sollozos. No se esperaba esa reacción por parte de su hijo.

—A ver —dijo Miloš—, no digamos tonterías. Soseguémonos y pensemos con calma. Sé que nos ha pillado a todos por sorpresa pero...

—Ni peros ni nada, papá —interrumpió Stjepan—. No es algo que se me haya ocurrido de repente. Llevo días pensando en ello y creo que es lo mínimo que tengo que hacer por mi patria. Lo tengo decidido. Me voy a alistar en el Ejército Popular Yugoslavo. Y no hay más que hablar.

—Stjepan, descansa un poco ese ánimo guerrero, hijo. Piensa con la cabeza. ¿Tú crees que realmente tu presencia en el ejército serviría para algo? —sentenció Miloš mirando fijamente a los ojos a su hijo. La expresión de rabia que pudo percibir en ellos hizo que se estremeciera, porque le dio a entender que lo que acababa de decir su hijo no era fruto del momento.

—Lo que desde luego no serviría para nada es quedarme en casa, sentado delante de un libro y quejándome de todo sin mover un dedo. ¿No crees, papá? —respondió con un evidente deje de ironía Stjepan.

—No emplees ese tono conmigo, Stjepan. Por mucho que no estés de acuerdo con lo que digo, sigo siendo tu padre te guste o no. Veo que vas muy en serio con lo de alistarte, pero ¿has pensado en tus estudios? Apenas te queda un año para acabar el colegio y siempre decías que querías ser médico. Acaba los estudios y luego ya verás si de veras merece la pena que te enroles.

—¡No me vas a convencer! —le espetó—. Mi patria me necesita ahora, no dentro de cuatro o cinco años. Los estudios ya los completaré cuando vuelva si eso…

Miró por primera vez a su madre desde que había expresado su deseo de alistarse. Su expresión le partió el corazón. Era una mezcla entre incredulidad y temor lo que los ojos de Božidarka emanaban. Nunca había pretendido herir a su madre, pero aquella vez no le quedaba otro remedio. Debía hacer lo que su corazón le decía que hiciera. Ya no había marcha atrás.

—Bueno —intervino Miloš—, creo que hay un pequeño detalle que no has tenido en cuenta, Stjepan. No puedes alistarte si no eres mayor de edad. No por lo menos sin mi permiso.

—¿Realmente crees que no había pensado en eso? —respondió triunfante—. Me parece que se te ha olvidado dónde trabaja el padre de Vukašin. Por si no te acordabas, es un alto cargo militar y su hijo ya ha hablado con él. Dice que, si nos presentamos con una carta de recomendación suya, no habrá ningún problema para que nos acepten. O sea que inténtalo de nuevo, papá.

La mueca en la cara de Miloš expresaba un terror incontenible. Pensaba que podía haber hecho entrar en razón a su hijo o, como mal menor, impedir que llevara a cabo esa locura. Por segunda vez en su vida, se sorprendió a sí mismo pidiendo a Dios que por favor cuidara de su bien más preciado. No entendía qué le movía a ello, pero el miedo de perder a su único hijo era superior a sus propias fuerzas y necesitaba encontrar sentido a todo aquello. Estaba desesperado.

—Si tan listo te crees, opino que ya sabrás lo que va a suceder. Mientras vivas bajo este techo, tendrás que seguir nuestras normas. O sea que o te olvidas del ejército o…

—¡Miloš, no! —gritó Božidarka—. Puede que nuestro hijo no esté tomando la decisión más acertada del mundo, pero no voy a permitir que lo eches de casa. Si le obligas a irse, quiero que sepas que yo cerraré la puerta a la vez que él.

—No creo que sea el mejor momento para que le saques la cara, cariño. Va a arriesgar la vida por una tierra que ni tan siquiera ha pisado nunca. Es una locura, ¡una auténtica locura!

Nada más finalizar la frase, se levantó de la mesa y se apoyó sobre la fregadera con los ojos arrasados de lágrimas. No podía hacer nada por evitar que su hijo se alistara con esa panda de tarados del ejército y además su mujer no era capaz de entender el verdadero peligro de la situación. Salió de la cocina y se encerró en su estudio para poder pensar en todo lo que había ocurrido.

—Voy a ir a mi cuarto, mamá.

—Ve tranquilo, hijo —dijo Božidarka a la par que le besaba la frente. No quería mostrar la angustia que sentía en ese momento, por lo que se puso a fregar los utensilios de cocina para entretenerse.

Stjepan se encerró en su cuarto y se tumbó en la cama con la intención de poder dormir un poco. Los acontecimientos se habían precipitado y lo sucedido le había dejado exhausto. Cerró los ojos, pero no pudo dormir. Las palabras del locutor de la radio retumbaban una y otra vez en su cabeza.

—¡Maldita sea! —masculló—. Esos cerdos católicos… Nunca debimos fiarnos de ellos.

Giró un par de veces o tres sobre sí mismo con la esperanza que una postura más cómoda le permitiera conciliar el sueño. Al cabo de una media hora, decidió que estaba demasiado excitado como para poder echar una siesta. Se sentó en la cama y miró por la ventana. Pudo ver las montañas y oyó de fondo el repiqueteo de unas campanas. Se preparó y se dispuso para salir. Vio el libro que había estado leyendo sobre el escritorio. No podía creer que todas las luchas que allí se contaban fueran a tener lugar otra vez.

Salió al pasillo y escuchó que su padre hablaba por teléfono con alguien desde su estudio. Recorrió el pasillo y se dirigió hacia la cocina.

—Voy a dar una vuelta, mamá. Volveré a la hora de cenar.

—Pórtate bien, hijo mío. Y, por favor, recapacita sobre la locura de alistarte en el ejército. Hazlo por mí.

Se encaminó hacia el tranvía y llegó justo a tiempo para coger el que se acercaba en ese momento. Se sentó justo detrás del conductor y pudo ver cómo se dirigían hacia Baščarsija. Divisó los minaretes de las mezquitas a lo lejos y de pronto el Miljacka apareció ante sus ojos. Decidió bajarse del tranvía y caminó durante un rato por las calles de la ciudad vieja de Sarajevo. Esperaba que un poco de aire le despejara la cabeza. Llegó a Sebilj y se sentó mientras veía la gente pasar. Decidió ir al puente de Princip. Al llegar se sentó en el pretil y cerró los ojos. Le gustaba escuchar el sonido del

Miljacka. Aquella tarde no llevaba demasiada agua, pero la suficiente como para que su mente se distrajera.

Calculó que habría estado así cerca de una hora. A pesar de que seguía con el ánimo agitado, tenía las ideas mucho más claras que antes. Estiró los músculos que se le habían agarrotado y concluyó que volvería andando hasta casa. Tenía un buen trecho por delante, pero no había nada mejor que hacer. De hecho, Jelena se había ido a visitar a una tía suya de Sarajevo, por lo que incluso en Lukavica no tendría nada que lo entretuviera.

Cuando estaba a punto de levantarse para emprender la vuelta al hogar, pudo ver la figura de Enes apareciendo por la esquina de enfrente. Aquel día no tenía demasiadas ganas de jugar, pero sabía que ese pequeño gesto hacía más feliz a su amigo. Lo único que debía hacer era disimular su inquietud durante algunos minutos. De pronto se dio cuenta de que Enes parecía distraído. Miraba hacia todos los lados sin mirar a ninguno y le dio la impresión de que ni tan siquiera le había visto.

Al tiempo que se encontraba a escasos metros de Stjepan, Enes levantó la mirada del suelo y se sorprendió al ver a su amigo allí. Como si de un acto reflejo se tratara, se quedó totalmente inmóvil. No esperaba que Stjepan se encontrara allí solo. No habían quedado y sabía que tampoco Jelena iba a acudir aquella tarde. Con la mirada intentó descifrar el motivo de la presencia de su amigo en su puente. Últimamente se había mostrado algo distante, pero esperaba que no ocurriera nada grave. Los ojos de Stjepan, en cambio, mostraban una sombra de tristeza difícil de disimular. Enes suplicó en su interior que no hubiera ocurrido nada con Jelena o con los señores Miloš y Božidarka.

A Stjepan, por su parte, le estaba costando demasiado mantenerse inmóvil aquel día. La sangre le hervía tan sólo pensando el anuncio de la radio. Pero no quería que pareciera demasiado obvio que dejaba el juego. No quería herir también a Enes. De repente se dio cuenta de que su amigo también estaba inquieto. A pesar de estar totalmente inmóvil, el brillo de sus ojos translucía una pizca de desasosiego. ¿Podría ser que Enes también hubiera escuchado las noticias y mostrara preocupación por lo que estaba sucediendo? Su amigo siempre se había mostrado bastante indiferente con todas las cosas relacionadas con la política y el patriotismo, pero tal vez el devenir de los acontecimientos hubiera despertado en él el sentimiento patrio. Si eso era así, no estaba todo perdido, se dijo Stjepan a sí mismo.

Estaba a punto de desistir y moverse cuando pudo percibir que Enes movía su cabeza. Era increíble. Parecía que su amigo le hubiera leído la mente y hubiera decidido dar el paso antes.

—Te gané —se regocijó Stjepan intentando dar sensación de normalidad. Se acercó a Enes y lo abrazó con todas sus fuerzas. Notó que el pobre estaba temblando. No, no creía que eso fuera por la independencia de Croacia y Eslovenia. Podría llegar a entender cierta inquietud en su amigo, pero no tanto desasosiego. ¿Habría ocurrido algo que él desconocía?—. Como siempre, ha sido una victoria fácil.

—No sabía que estabas aquí, Stjepan. He salido a dar una vuelta para poder despejarme y he andado sin rumbo durante un buen rato. Al final he pensado que me vendría bien sentarme un rato para escuchar la corriente del Miljacka.

Evidentemente, algo le sucedía a Enes, pero probablemente no tuviera relación alguna con las disputas territoriales en la propia Yugoslavia.

—Yo tampoco pensaba que ibas a andar por aquí. De hecho, no tenía pensado venir aquí. He estado en casa, pero al final me aburría. —obviamente, Stjepan omitió la parte de la discusión con su padre, porque sabía que a Enes le entristecía cada vez que se enfadaban—. He cogido el tranvía y me he venido a pasear. Pero es una agradable sorpresa verte.

—¿Te apetece pasear un poco, Stjepan? —preguntó tímidamente Enes.

Stjepan se sorprendió, porque normalmente solían quedarse sentados en el puente. Pero parecía que la inquietud de Enes no le permitía estarse quieto. Asintió y se levantó de un salto del pretil.

—¿Hacia dónde quieres ir, Enes?

—¿Qué te parece si cruzamos el río y caminamos por el otro lado? Es curioso que nunca haya cruzado el puente y visto la ciudad desde esa parte.

Stjepan no puso ningún tipo de objeción, por lo que caminaron por los adoquines y llegaron al otro lado del río. La anchura del Miljacka no sería mayor que diez metros, pero desde allí les pareció que las cosas se veían de diferente manera. El río se convertía en la antesala de los edificios de la ciudad vieja de Sarajevo y les daba otro aspecto especial.

Caminaron charlando sobre cosas insustanciales durante un buen rato. Stjepan decidió que a su amigo le pasaba algo, porque se mostraba bastante más distraído de lo habitual. Sin darse cuenta, los problemas de su patria habían sido sustituidos por los problemas de su amigo. Quería ayudarle, pero aún no sabía lo que le ocurría. No sabía si debía preguntar o dejar que fuera el propio Enes el que le contara lo que sucedía. Cuando estaban llegando a la altura del puente Vrbanja, decidió que iba a preguntarle por su inquietud. Pero éste se le adelantó.

—Stjepan, llevo un buen rato queriendo decirte algo, pero no sé cómo hacerlo.

—No te preocupes, Enes. Dime lo que sea. Sabes que somos amigos.

—Es que llevo toda la tarde dando vueltas intentando aclarar mi mente. Tengo algo que contarte y vas a ser de las primeras personas en saberlo. No hace falta que te diga que eres muy especial para mí, eres el mejor amigo que haya tenido nunca.

Stjepan notó que estaba empezando a sonrojarse. Ya sabía que Enes sentía un cariño especial hacia él, pero la verbalización de esos sentimientos le hizo ser todavía más consciente de esa realidad. En aquel momento fue consciente de que su amigo haría lo imposible por él. Enes tenía un gran corazón y estaba decidido a ayudarle en todo lo que pudiera.

—Llevo ya mucho tiempo con Lejla. Jelena y tú mejor que nadie sabéis lo que siento por ella.

Stjepan empezó a pensar que algo había ocurrido entre él y Lejla De pronto, se dio cuenta de que la anterior vez en que estuvo paseando por la orilla del Miljacka, Jelena le había llamado *lane moje* y le había declarado su amor. Una ligera sonrisa se dibujó en los labios de Stjepan y se difuminaron los miedos a que algo hubiera sucedido en la relación de Enes.

—Lejla es una buena chica, Enes. Creo que es la adecuada para ti.

—De hecho de eso quería hablarte. Ya sabes que los musulmanes no solemos tardar mucho en crear nuestras propias familias. Yo ya he acabado mis estudios, no me hace falta saber nada más para poder ayudar a mi padre en la pastelería. Y la casa en que vivimos es suficientemente grande.

—No entiendo... —comenzó a decir Stjepan. Antes de terminar la frase, se dio cuenta de lo que su amigo le quería decir y tuvo que contener unas ganas locas de gritar y abrazarlo fuertemente.

—Como tú bien has dicho, Lejla es una chica idónea para mí. Y visto que mi vida ya está más o menos encarrilada, hemos decidido que venga a vivir aquí con mi padre y conmigo a Sarajevo. Lo que quiero decirte es que hemos decidido casarnos el próximo 18 de noviembre.

—¡Felicidades, Enes! —gritó lleno de júbilo Stjepan. Se abrazó tan fuertemente a su amigo que por un momento pensó que le iba a dejar sin respiración.

Los ojos de Stjepan se llenaron de lágrimas de alegría. Era el primer momento del día en que sentía verdadera felicidad. De pronto, se acordó de que probablemente en ese momento ya estuviera en el ejército, pero prefirió no decirle nada por el momento a Enes para no fastidiarle su día de gozo. Además, yendo con una recomendación del padre de Vukašin, seguro que para ese día le podrían dispensar un permiso especial o algo.

—Y ¿qué te ha dicho Jelena al enterarse? —preguntó Stjepan cuando consiguió relajarse un poco.

—Nada, no me ha dicho nada, porque todavía no se lo he contado. Sólo lo sabéis mi padre, la familia de Lejla y tú. Quería que fueras el primero en saberlo. Lo único… —una pizca de duda apareció en el tono de Enes—. Lo único es que la boda va a ser una boda por el rito musulmán. Espero que eso no sea problema para ti.

—No seas tonto —le salió del alma a Stjepan—. Lo importante es que se casa mi mejor amigo —las palabras le salieron sin pensar. Sonaron tan sinceras que los dos chicos se miraron a los ojos y empezaron a emocionarse—. Mientras estés tú, no me importa si es por el rito musulmán o en medio de una pista de circo.

Tal vez esas palabras no fueran las más adecuadas. Temió que Enes pudiera sentirse ofendido, cuando él no pretendía eso. Pero Enes lo conocía bien y comenzó a reírse a mandíbula batiente. Stjepan se le unió y estuvieron riendo durante un buen rato. Los transeúntes que pasaban a su lado los miraban extrañados, pero los dos amigos estaban tan ensimismados que apenas prestaban atención a lo que sucedía a su alrededor.

—Si no te importa, Stjepan, quisiera acompañarte a Lukavica a casa de Jelena para poder darle la noticia

—No, hombre, no seas tonto. ¿Cómo me va a importar? Además, así tengo compañía en el trayecto de vuelta.

Nada más acabar la frase, pasó su brazo izquierdo por encima del hombro de Enes y lo atrajo hacia sí. Continuaron caminando a la par que hablaban de la boda. Cuando estaban llegando a la estación del tranvía en Ulica Zmaja od Bosne, vieron que éste se alejaba. Lo acababan de perder. Pero aquel día les daba lo mismo y se sentaron a esperar al siguiente.

—¿Te acuerdas de que cuando éramos más jóvenes creíamos que en esta calle existía un dragón que atacaba a la gente, Stjepan?

—¿Cómo no me voy a acordar? Era una de nuestras historias preferidas. Historietas de dragones y caballeros que luchaban entre sí. Menos mal que parece que entre los dos conseguimos matar al dragón de Bosnia y ya no nos molesta nunca, ¿eh? —añadió Stjepan.

Guiñó el ojo a su amigo y el gesto de complicidad hizo que Enes sonriera. Hacía tiempo que no veía a su amigo tan feliz. La boda con Lejla le había devuelto el ánimo, por lo que parecía. Tal vez él también debiera planificar su boda con Jelena.

A los pocos minutos, apareció otro tranvía con dirección a Lukavica. Los dos amigos se levantaron y prepararon los dinares para pagar el billete. Subieron al tranvía y se quedaron de pie en el pasillo. Otra vez, Stjepan pasó su brazo sobre los hombros de Enes. Las puertas del vagón se cerraron y el tranvía comenzó a circular. Los dos amigos se perdían en el horizonte, en la calle del Dragón de Bosnia, rumbo a un futuro prometedor.

30 DE AGOSTO DE 1991

Sarajevo, 30 de agosto de 1991

Hacía ya prácticamente mes y medio que estaban recluidos en el centro de entrenamiento. Poco a poco se iba acostumbrando a la rutina del ejército. Con su físico las pruebas y los ejercicios no suponían un gran esfuerzo. De hecho, cada vez que se miraba al espejo, veía que su cuerpo iba tomando la forma de un hombre fornido. Para Vukašin, sin embargo, todo era más difícil. Era algo menos fuerte y resistente que Stjepan, pero suplía esas carencias con un gran ardor y amor patrio. Su relación de amistad se estaba fortaleciendo por las cosas que estaban viviendo juntos, pero no pasaba un día sin que Stjepan echara de menos a Jelena y Enes.

Todavía recordaba la cara de terror que puso su amigo cuando le dijo que se había alistado. Durante media hora Enes no fue capaz de pronunciar una sola palabra y de sus ojos manaban lágrimas de amargura. Era una imagen que no iba a olvidar nunca. Aquel día notó que el alma de su amigo se quebrantaba por el miedo a perderle a él.

Las cosas tampoco es que fueran mucho más fáciles el día en que tuvo que contárselo a Jelena. Ella, al contrario que Enes, tuvo una reacción mucho más airada. Al principio maldijo el nombre de Stjepan y sus locas decisiones. Lo insultó y lloró por la estupidez de su novio. Se preguntó por qué no habría heredado un poco de la cordura de su padre y mantenerse al margen de todas esas luchar fratricidas. Tras esos primeros ataques de rabia,

Jelena se derrumbó y se deshizo en lágrimas, suplicándole por favor que diera marcha atrás y que no siguiera a esa panda de locos a la guerra. Le dijo que su vida valía más que cualquier república que quisiera desgajarse de Yugoslavia y que no la malgastara con odios y rencores. Cuando comprendió que no iba a poder hacerle cambiar de opinión, sólo le hizo prometer que volvería en cuanto pudiera. Ella le estaría esperando, pero debía prometerle que volvería para poder retomar la vida que tenían antes.

Esos dos momentos los arrastraba todos los días como si se tratara de la roca de Sísifo. Cuando se acordaba de ellos, su ánimo se desmoronaba como si fuera un castillo de naipes. Y era entonces cuando tenía que acudir a Vukašin para que éste le recordara las razones por las que se habían enrolado en el ejército.

Los habían asignado al cuerpo de infantería, por lo que les estaban enseñando el manejo del fusil. No era demasiado complicado, pero le solía temblar el pulso cada vez que tenía que apuntar y disparar. Suponía que con el tiempo podría corregir ese pequeño detalle, porque no le gustaría fallar en el momento crucial.

Sin duda, lo que más le aburría eran todos esos seminarios de geografía y orografía yugoslava que les impartían. Parecía que estuvieran todavía en la escuela, pero aquella vez los detalles eran todavía mayores. Les hablaban de la altura de las montañas o de la anchura y la profundidad de los ríos, entre otras cosas. Le resultaba totalmente imposible memorizar todos esos datos, pero entendía que resultarían vitales cuando tuvieran que entrar en acción. La lección de aquel día le estaba pareciendo especialmente tediosa. Estaban explicándoles los detalles del Oblast Autónomo Serbio de Krajina en Croacia. Hacía unos pocos meses que esa región se había escindido de Croacia con la intención de seguir integrado en la federación yugoslava.

Miró a su alrededor y vio las caras de sus compañeros. Algunos parecían bastante más interesados que otros. A su lado pudo ver a Vukašin, que se esforzaba por mantener los ojos abiertos. Esa imagen le hizo soltar una pequeña risa.

—¿Le ocurre algo, soldado Župan? —preguntó con voz de pocos amigos el teniente Vuković.

—No, señor. Lo siento, señor —se disculpó Stjepan.

—Si no es usted capaz de concentrarse mientras les damos explicaciones sobre un potencial territorio de acción, tal vez no esté en el lugar adecuado, soldado. Cualquiera que crea que esto no es lo suyo, ya sabe dónde está la puerta. ¡Y el siguiente que se ría va a tragarse tres guardias nocturnas! —gritó el teniente.

Ese tal teniente Vuković no le caía nada bien. Desde el día en que se lo presentaron se creía alguien superior, como si fuera más que cualquiera de ellos. Y realmente lo único que le hacía tener ese rango era que llevaba más tiempo que ellos en el ejército. Ese inútil de Vuković. Goran, ése era su nombre según Vukašin. Goran Vuković. Esperaba poder perderlo de vista pronto.

Todavía quedaba algo así como una hora para que finalizara la clase de ese día, por lo que optó por distraerse con cualquier cosa que no llamara demasiado la atención. Comenzó a mirarse el uniforme. Si su madre lo viera, estaría orgullosa de él. Lo tenía recién planchado y no tenía ni un solo agujero. Había aprendido a lavar la ropa, planchar y remendar. Tenía que demostrárselo a su madre. De pronto vio que se le estaba descosiendo el parche del brazo. Lo tendría que arreglar después de comer. Le gustaba ese escudo. La estrella con las iniciales JNA en el centro del emblema circular le había fascinado desde el primer momento en que la vio. Jugoslovenska Narodna Armija, repitió para sí mismo. Era parte del Ejército Popular Yugoslavo y ese uniforme con su nombre así lo indicaba.

Por fin la sirena indicaba que ya habían acabado la clase. Si alguien le preguntaba por Krajina, no sabría qué responder, porque no había prestado apenas atención a las explicaciones. Tendría que pedirle las notas a alguien, pero estaba claro que a Vukašin no, ya que había estado dormitando todo el rato. Se encaminaron hacia los barracones y, al llegar, Stjepan se tumbó en la cama. Cerró los ojos para intentar descansar, pero al instante escuchó la voz de su compañero a su lado.

—Stjepan, deberíamos hacer algo especial. Estos últimos días lo he estado pensando y me voy a tatuar el brazo.

—¿Tatuarte? —preguntó Stjepan asombrado—. ¿Pero dónde piensas ir?

—Me han comentado que aquí en el extremo norte del cuartel hay un soldado que antes trabajaba como tatuador profesional y le han permitido seguir ejerciendo aquí dentro. ¿Me acompañas?

—La verdad es que no tengo nada que hacer. Te acompañaré. Pero no esperes ni por asomo que me haga un tatuaje yo, ¡eh!

—Está bien, está bien… Tú verás si quieres seguir siendo un flojeras.

Stjepan se levantó de un salto y ambos rieron de manera desenfadada. Se abrochó la chaqueta del uniforme y se ató los zapatos antes de dirigirse hacia la puerta. Cruzaron el cuartel y llegaron a un edificio que no se diferenciaba en nada del resto. Entraron y Vukašin se dirigió a un hombre de unos treinta y tantos años que estaba limpiando unos utensilios.

—¡Buenas! Soy el soldado Crnčević —a Stjepan todavía le resultaba extraño tener que presentarse por su apellido, pero para Vukašin parecía algo totalmente natural. Suponía que era porque en su casa su padre le habría ido acostumbrando a ello—. Quisiera hacerme un tatuaje en el brazo.

—Está bien, pero debes saber que no hago cualquier tipo de tatuajes. Tengo órdenes expresas de que lo que haga tiene que ceñirse a las reglas del ejército.

—No sé, no creo que haya demasiado problema en que me haga lo que tengo pensado. Además, no tendrá usted ningún problema. Mi padre responderá por mí.

De pronto, al reconocer el apellido, el tatuador se cuadró. Se había corrido la voz de que el hijo del teniente general Crnčević y un amigo suyo se habían alistado voluntariamente. Y ellos habían aprendido que si mencionaban al padre de Vukašin en el cuartel las cosas solían ser más fáciles. Aunque no siempre. El teniente Vuković parecía no inmutarse incluso ante ese hecho.

—De acuerdo. Te haré el tatuaje que me pidas. Además no te cobraré. Y a tu amigo tampoco. Pero estaría bien que recordaras mi nombre por si acaso.

Los dos amigos se dieron cuenta de que les estaba pidiendo que, si necesitaba ayuda alguna vez, ellos le ayudarían en contraprestación. Pero realmente no tenían muy claro cómo podrían ayudarle ellos.

Tras abrir una puerta que permitía el paso a la sala de tatuado, Vukašin entró, dejando a Stjepan solo donde estaban hace nada. Él tomó asiento para esperar a que a su amigo le terminaran el tatuaje. Se dio cuenta de que ni tan siquiera sabía lo que se iba a tatuar. ¿Qué narices tendría en la cabeza?

Flojeras. Ésa palabra volvió de repente a su cabeza. Vukašin había tenido la poca vergüenza de decir que era un flojeras. Él, que le daba mil vueltas en todas las pruebas. Él, que lo tumbaba en menos de un minuto cada vez que les tocaba enfrentarse en los entrenamientos de la lucha cuerpo a cuerpo. ¡Sería posible! Se le pasó la idea de hacerse un tatuaje él también, pero la desechó por completo. No iba a ser impulsivo por una vez. Tenía que meditarlo bien y no estaba preparado para hacerse algo que no podría borrarse nunca. Estaba apartando esa idea de su cabeza cuando la puerta volvió a abrirse y salió Vukašin sonriendo con un parche en el brazo.

—Tenlo un rato tapado para que no se te manche el uniforme. Intenta no tenerlo al sol durante algunas semanas y no habrá ningún problema.

—Ha hecho usted un buen trabajo —dijo agradecido Vukašin.

—Rubito, te toca.

—¿Yo? —preguntó aterrado Stjepan. No estaba preparado.

—¿No venías a hacerte un tatuaje tú también o qué? Pensaba que ya no quedaban nenazas en el ejército —añadió de manera socarrona el tatuador.

Stjepan se quedó sin palabras por un momento. Miró a Vukašin y pudo ver que estaba sonriendo descaradamente. Disfrutaba de ese momento, no cabía duda. Pero no iba a darle el gusto de hacer lo que él quería.

—¿Entonces, no te vas a hacer nada, rubito? Mi oferta de no cobraros nada finaliza según salgáis por esa puerta.

—Yo… —balbuceó Stjepan. Debía mantener la calma.

—¿Tú qué, Stjepan? ¿Tienes algo que decir? —expresó Vukašin antes de comenzar a reír en voz alta.

—No merece la pena, chico. Tu amigo no quiere estropear su preciosa piel. Como si en el ejército no se fuera a hacer cosas peores que un simple tatuaje. Además, esto no está hecho para cualquiera.

Stjepan notó que dentro de sí estaba encendiéndose un fuerte sentimiento de rabia. Ese estúpido se permitía hacer chistes sobre él. Una cosa es que los hiciera su amigo. Pero no podía aceptar que un completo desconocido le hablara de esa forma.

Miró alrededor. De repente le pareció que era un sitio algo lúgubre y pudo ver el instrumental a través de la puerta entreabierta. No quería hacerlo. Lo había decidido. Se levantó para marcharse y Vukašin hizo lo mismo.

—Vamos, nenita… Digo, Stjepan —añadió Vukašin.

Stjepan, rojo de ira, se volvió y miró fijamente a su amigo. Pudo comprobar que la situación le divertía. Giró y se dirigió hacia el cuarto de los tatuajes. Se paró en el umbral de la puerta.

—¿Viene de una vez o va a tomarse un cafecito antes de hacer su trabajo? —dirigió Stjepan al tatuador.

Comprobar que los había dejado atónitos le sirvió para regocijarse por un momento en su triunfo. Pero pasado el primer instante, cuando vio que el tatuador se dirigía hacia él, le entró un sentimiento de pánico atroz. ¿Qué podía hacer? Una vez más, su ímpetu le estaba jugando una mala pasada. Pero, para cuando se quiso dar cuenta, ya era demasiado tarde. Entró en la habitación y cerró la puerta tras de sí.

—Recuéstate aquí. ¿Has decidido qué y dónde te vas a tatuar? —preguntó el tatuador.

No tenía tiempo para pensar, pero tampoco quería hacer algo de lo que se fuera a arrepentir.

—¿Qué se ha hecho Vukašin?

—Pues le he tatuado un águila bicéfala rodeada por el lema de Serbia en cirílico.

—*Samo Sloga Srbina Spašava* —susurró Stjepan.

—Exacto. Sólo unidos los serbios sobreviven.

Le gustó la idea de tatuárselo él también. Pero no iba a repetir lo mismo que se había tatuado Vukašin. Tenía que pensar alguna otra cosa. Además, no quería que cuando fuera a visitar a sus padres pudieran ver el tatuaje, por lo que optó por tatuarse otra parte del cuerpo.

—Quiero tatuarme… El pectoral izquierdo —comentó decidido.

—¿Estás seguro? Puede doler más que en el brazo.

—Me da lo mismo —no le daba lo mismo, pero creía que era la parte que más fácilmente podría esconder a los ojos de su padre—. Y quiero que en el tatuaje ponga en cirílico… —se tomó dos segundos antes de responder— *vukovi umiru sami*. Los lobos mueren solos. Es algo que escuché una vez y se me quedó grabado.

—Creo que va a quedar muy bien. Ahora ábrete el uniforme y deja al descubierto el pectoral. Puede que te duela un poco, pero se pasa enseguida.

Stjepan se quitó la camisa y dejo al descubierto su torso. El tatuador pudo contemplar un cuerpo moldeado a la perfección. Los abdominales y los pectorales de Stjepan eran duros como una roca. Se recostó sobre la silla y decidió relajarse todo lo que pudiera.

—Vaya, y yo llamándote nenaza antes… Es una suerte que tengas esa musculatura. Me facilita mucho el trabajo.

Stjepan empezó a escuchar el zumbido de la pistola de tatuar. Cerró los ojos intentando no ver lo que pasaba. Ya no había marcha atrás. Pensó en todas las cosas que había hecho en su vida simplemente empujado por su ímpetu. Una vez se había rapado el pelo casi al cero y al instante se arrepintió. De repente se dio cuenta de que, a pesar de que él se hubiera convencido de que había sido una decisión largamente meditada, enrolarse en el ejército también había sido fruto de su impulsividad. Por enésima vez desde que se hubieran trasladado al cuartel dudó de la idoneidad de la misma. Pero no podía echarse atrás ya. Debió haber estado un buen rato pensando en todas esas cosas, porque la pistola de tatuar paró de emitir ese molesto ruido.

—Ya está. Terminado. Te he tatuado la frase y debajo un lobo aullando a la luna llena. Ha quedado muy bien. Espera que te limpie —cogió un paño y algo de alcohol y le quitó las gotas de sangre que aparecían en su pecho—. Levántate y mírate en el espejo antes de que te lo tape.

Stjepan se incorporó. Le empezó a doler un poco el pectoral, pero pensó que era totalmente normal. Se aproximó al espejo y pudo ver su figura reflejada en él. Era verdad. El tatuaje había quedado perfecto.

—Los lobos mueren solos... —susurró Stjepan.

Tras un par de minutos, se volvió a poner la chaqueta del uniforme y se sentó para la cura pertinente. El tatuador le puso un parche sobre el tatuaje y le dio las mismas instrucciones que a Vukašin. Cuando Stjepan se levantó y salió del cuarto de tatuaje, pasó por al lado de su amigo y le dijo de manera seca.

—Vámonos. Quiero descansar un rato antes de la cena.

Se dirigieron a su barracón en absoluto silencio. Stjepan sabía que Vukašin se arrepentía de haberle hostigado para que se hiciera el tatuaje. Estaba convencido de que quería pedirle perdón pero no sabía cómo. ¡Lo conocía tan bien! Desde que había visto su tatuaje en el espejo, cada segundo que pasaba le gustaba más. Pero no pensaba decírselo a Vukašin todavía para no ayudarle a relajar su remordimiento de conciencia. En ese instante, él era el que estaba en la posición de poder y no tenía intención alguna de ceder por el momento. Miró de reojo a Vukašin, que avanzaba medio metro más retrasado.

—Yo... Esto... —balbuceó de manera entrecortada su amigo mientras Stjepan saboreaba el triunfo.

—¿Tú qué? —interrumpió—. ¿Qué me vas a decir ahora? Yo creo que ya has hecho bastante gracia por hoy. ¿O no te lo parece?

—Quería decirte que lo siento. No pensaba que te iba a afectar tanto —expresó cabizbajo Vukašin.

—Pues creo que ya es un poco tarde para arrepentimientos —le espetó Stjepan simulando indignación. En su interior, sin embargo, se estaba regocijando del gusto—. A ver si así la próxima vez te lo piensas mejor antes de hacerte el bravucón.

Ya casi habían llegado al barracón, por lo que Stjepan decidió dar por concluida la conversación. Entraron y vieron que no había nadie. Supusieron que se habrían ido todos a la cantina, pero Stjepan dijo que él prefería quedarse descansando. Subió a su litera y se tumbó boca arriba. Vukašin también se tumbó en silencio en la litera de abajo, como si quisiera pasar desapercibido a los ojos de su amigo.

Stjepan se sumergió en sus pensamientos y comenzó a recordar pequeños momentos de su vida. Una de las primeras personas en aparecer fue su amigo Enes. Lo echaba de menos muchísimo. Desde que se había alistado era como si hubiera perdido parte de su infancia de golpe. Añoraba su juego íntimo de las estatuas inmóviles, pero lo que más echaba en falta era su compañía y complicidad. Su mera presencia le hacía sentirse reconfortado. Dio gracias a Dios por haber puesto a Enes en su vida y le pidió que cuidara de él hasta que pudieran volver a verse para la boda. ¡Debía de estar tan nervioso! Y él no podía ayudarle desde allí donde estaba. Sintió que estaba fallando a la amistad que los unía, pero ya no podía dar marcha atrás.

Obviamente, también echaba de menos a sus padres, pero de manera diferente. Notaba la falta del cariño de su madre, pero sorprendentemente lo que más extrañaba eran las peroratas de su padre. Tal vez fueran tan parecidos que eso fuera lo que hacía que chocaran tan a menudo. Pero en el fondo sabía que su padre lo adoraba. Y él también lo quería a pesar de no habérselo dicho nunca.

De pronto, se levantó de golpe de la litera. Aquel día no había escrito la carta diaria que solía enviar a Jelena. Era una costumbre que había adquirido el primer día y cumplía a rajatabla. Tampoco es que tuviera demasiado que contarle. El tatuaje se lo iba a guardar para cuando se vieran en persona. No solía escribir más de media página y siempre acababa con las mismas dos letras. L.T. Eran las dos iniciales del apodo cariñoso que ella le había puesto el día en que le declaró su amor. *Lane tvoje*, tu cervatillo. Eran dos palabras que siempre le hacían sonreír pensando en Jelena. Cuando recibía la carta de respuesta, también solía ir firmada con las dos mismas letras, porque a ella también le gustaba recordar que él la llamaba cariñosamente *lutko tvoja*.

Cuando aquel día estaba terminando de escribir la carta, la puerta del barracón se abrió de golpe y apareció una figura hostil en el umbral.

—Soldado Crnčević, soldado Župan. Son los dos únicos que faltan. ¿Dónde estaban? —preguntó furioso el teniente Vuković.

Stjepan y Vukašin se pusieron en pie de golpe y se cuadraron ante su teniente.

—Bueno, no me interesan sus excusas. Acudan sin más dilación al barracón Kosovo Polje para recibir instrucciones.

—Señor, ¿permiso para preguntar para qué, señor? —expresó temeroso Stjepan.

—Nuestra unidad es enviada a la SAO Krajina para apoyar de incógnito a la policía local contra los insurrectos croatas. Van a tener que aplicar todo lo que han aprendido durante estas semanas por primera vez. Espero que no me decepcionen y dejen en mal lugar.

Al decir eso, el teniente se dio la vuelta y se alejó dejando a Stjepan y Vukašin solos en el barracón. El silencio se adueñó por completo de la estancia y ambos quedaron totalmente inmóviles. De pronto, una sonrisa se dibujó en los labios de Vukašin.

—¡Por fin! Por fin vamos a poder defender a nuestra patria de esos indeseables. Se van a enterar de lo que es bueno —vociferó mientras daba una palmada en la espalda a Stjepan.

Éste vio cómo su amigo se dirigía con paso ligero hacia la puerta, pero a él una fuerza le impedía moverse. Los músculos de su cuerpo no le respondían y no podía más que observar a Vukašin dirigirse a la salida.

—¡Vamos! —le gritó desde el vano al girarse—. Sabes que al teniente Vuković no le gustan los retrasos. Y ya has visto que no estaba precisamente de muy buen humor...

Stjepan dio dos pasos hacia la puerta, pero se frenó de golpe. Miró hacia abajo y se llevó la mano al pecho. Le ardía por el tatuaje, pero el dolor que sentía dentro era todavía más intenso.

13 DE OCTUBRE DE 1991

Široka Kula, 13 de octubre de 1991

Llevaban ya varias semanas en Široka Kula, pero Stjepan no se acababa de acostumbrar a la situación. Desde que la Guardia Nacional Croata formada en mayo de ese mismo año les había expulsado de Gospić, no hacía más que preguntarse en qué momento podrían vengarse y volver a recuperar la ciudad. Se le estaba haciendo especialmente duro el tiempo allí. Todos parecían de mal humor desde la derrota ante los croatas y eso le estaba cansando mentalmente. Únicamente parecía alegrarse cuando escribía las cartas de Jelena. En ese momento del día, parecía que un pequeño rayo de luz iluminaba su mundo. Pero todo finalizaba nada más acabar esa tarea.

Por ello, tras mucho meditarlo, había decidido pedir unos días de permiso para poder descansar en casa, con toda la gente a la que tanto echaba de menos. El teniente Vuković le acaba de comunicar que le habían concedido el permiso, por lo que estaba preparando el petate para dirigirse al día siguiente a su Sarajevo natal con el convoy de la mañana. Se dio cuenta de que al teniente no le había hecho demasiada gracia, pero él lo necesitaba. Necesitaba alejarse unos días de todo aquello si quería seguir cuerdo.

—¿Estás seguro de lo que haces, Stjepan? —preguntó Vukašin mientras observaba a su amigo—. Tampoco es que hagamos demasiado aquí. Nos dedicamos a pasar el rato y poco más desde que nos expulsaron de Gospić.

—No es eso —declaró Stjepan abatido. Estaba cansado de tener que explicarle una y otra vez por qué había decidido cogerse unos días—. Necesito un poco de aire fresco, volver a ver a mi familia y a los amigos que dejé en Sarajevo. Poder volver a disfrutar de un día con Jelena, sin necesidad de tener que buscarla en mis pensamientos.

Cuando estaba a punto de cerrar la maleta, la puerta del barracón se abrió de golpe y les dio un susto de muerte. Stjepan se giró rápidamente para ver de quién se trataba. La sombra que pudo vislumbrar junto a la puerta no dejaba lugar a la duda. Era el ser más despreciable que se había encontrado en el ejército, el teniente Vuković. Esperaba que no fuera a fastidiarle el último día antes de su permiso. Porque últimamente tenía la sensación de que su objetivo no era otro que buscarle las cosquillas con cualquier asunto.

—Soldado Crnčević, soldado Župan. ¿Es que siempre voy a tener que andar buscándoles? —Stjepan sintió que le hervía la sangre. No soportaba la prepotencia con la que su teniente los trataba—. ¡Prepárense! Cojan sus fusiles y preséntese inmediatamente a la puerta del edificio principal de la policía de la Krajina.

No podía creerlo. El día antes de poder marcharse unos días. Estaba convencido de que todo había sido idea del teniente Vuković para que no pudiera estar tranquilo la víspera del viaje. ¡Odiaba tanto a aquel hombre!

Se giró para mirar a Vukašin y pudo vislumbrar una expresión de gozo incontenible. De pronto, le pareció no reconocer a su amigo. Tenía un brillo especial en los ojos y su macabra sonrisa le provocaba más miedo del que era capaz de reconocer.

—¡Por fin, Stjepan, por fin! —vociferó de manera incontrolada a la par que se dirigía a toda prisa al armario donde guardaban sus armas.

—No te precipites, Vukašin. Seguro que se trata de unas simples maniobras. No tiene demasiado sentido que vayamos a cargar hoy contra los insurgentes croatas de Gospić. Nos lo hubieran comunicado con mayor antelación, ¿no crees? —expresó Stjepan intentando convencerse a sí mismo de que ésa era la verdad. Pero algo dentro de sí le decía que estaba equivocado y que aquél no iba a ser el día apacible y tranquilo que tanto necesitaba.

—Ah, pues igual tienes razón… —balbuceó su amigo. La decepción era perceptible en su tono de voz.

Una vez se hubieron preparado, se dirigieron a la puerta. El día había amanecido gris y en aquel momento el cielo estaba totalmente encapotado. Stjepan miró hacia arriba como si intentara buscar algún tipo de respuesta. Pero sus ojos no consiguieron encontrar nada más que un triste horizonte infinito.

—¡Vamos, Stjepan! —exhortó Vukašin—. No te entretengas o llegaremos tarde como es habitual. No me gustaría que el teniente se enfadara con nosotros. Sobre todo cuando mañana me dejas solo…

—Lo siento. Pero sabes que necesito unos días para evadirme de todo esto. No soy tan fuerte como tú mentalmente.

—No pasa nada —le interrumpió Vukašin—. No te estaba echando nada en cara. Sólo quería decirte que… te voy a echar de menos, amigo.

Nunca le había oído hablar de esa manera. En el fondo parecía que Vukašin también tenía corazón. Siguieron caminando en silencio hasta llegar al cuartel general de la policía de la Krajina. Era un edificio de cemento gris que no hubiera llamado la atención en aquella pequeña ciudad si no fuera por la inmensa bandera yugoslava que ondeaba en su fachada. Stjepan sintió que su orgullo patrio renacía al ver aquella gran enseña nacional.

—¡Soldados! —se escuchó desde dentro del edificio—. Entren para recibir las instrucciones pertinentes. ¡Rápido!

Era aquel maldito teniente Vuković otra vez. Entraron en el edificio y se encontraron con un nutrido grupo de policías. Stjepan miró alrededor y pudo observar extrañado que allí no se encontraba ninguno de sus compañeros de unidad. Estaban solos con el teniente Vuković y ese grupo de desconocidos. Vukašin parecía no haberse dado cuenta, pero a Stjepan aquello le resultaba bastante extraño. Un montón de policías charlando distendidamente y riendo como si la situación no fuera con ellos. De hecho, pudo observar que en una esquina de la sala algunos hombres estaban brindando con šljivovica, la bebida nacional serbia.

—Soldado Crnčević, soldado Župan. Acérquense —ordenó el teniente Vuković desde el escritorio que había cerca de la ventana de la estancia—. Como habrán podido comprobar, ustedes son los únicos integrantes de mi unidad que están presentes aquí. No piensen que es por deseo mío. Me han ordenado que los convoque para que los tres tomemos parte en la maniobra que va a tener lugar hoy.

Stjepan sintió un escalofrío al escuchar la palabra maniobra. El tono con el que la había pronunciado su teniente tenía cierto tinte macabro.

—Está claro que su padre es alguien muy influyente en el ejército yugoslavo, soldado Crnčević —concluyó el teniente antes de hacerles un gesto para que se aproximaran más a la mesa.

Stjepan no quería acercarse más, pero intentó esconder su miedo y avanzó con paso decidido hacia el escritorio. Vukašin caminaba a su lado, con una sonrisa de oreja a oreja. No es que únicamente reconocieran el poder de su padre y su apellido familiar, sino que además ambos se habían dado cuenta de que no estaban ante un simple ejercicio de entrenamiento.

—Señor, esperamos órdenes, señor —exclamó Vukašin a pleno pulmón.

—Tranquilo, muchacho, tranquilo —le espetó un policía anciano que estaba al lado del teniente—. Lo importante hoy es no precipitarse. O arruinareis el plan establecido.

—¿El... el plan establecido? —titubeó Stjepan.

—Sí, soldado Župan —respondió el teniente Vuković—. La policía de la Krajina nos ha pedido ayuda en una pequeña misión. Debemos buscar a una familia de serbios que viven aquí. Se trata de unos traidores a la causa y los agentes quieren interrogarlos.

—Sí, señores —intervino de nuevo el policía anciano. Alzó la voz para que todos los congregados en la sala pudieran oír lo que iba a decir—. Estos tres miembros del Ejército Popular Yugoslavo se han ofrecido a ayudarnos en la búsqueda de la familia Rakić. Si alguno de ustedes tiene información sobre dónde se esconde Mane Rakić con sus hijos y su esposa, ruego se la haga llegar a estos caballeros. El resto, ya saben cuáles son las órdenes. Me han informado de que nuestros agentes de paisano ya han comenzado con su labor, por lo que no deberíamos retrasarnos nosotros. ¡Andando, señores!

Todos los policías se apresuraron hacia la salida. Stjepan pudo percibir un gran odio en sus miradas. Se preguntaba cuáles serían las órdenes que tenía aquella gente. Las suyas estaban claras. Tenían que buscar a esa familia y llevarla allí. Lo que le tenía preocupado era que los habían denominado traidores a la causa. No podía imaginar qué habrían hecho esos pobres diablos, pero aquél era el momento de que dieran explicaciones por ello.

—Soldados —se les acercó su teniente—, éstas son las fotos de nuestros objetivos. En caso de que los encontremos a todos juntos, reduzcan primero al padre. Los hijos no representarán excesivo problema tras ello.

Stjepan dirigió su mirada hacia las fotos que estaban encima del escritorio. En primer lugar pudo ver a una pareja de mediana edad que parecía feliz y totalmente ajena a cualquier cosa que pudiera estar pasando a su alrededor. En las otras fotos pudo ver a tres jóvenes, el mayor de los cuales tendría unos dieciséis años. La fotografía del segundo hijo le heló la sangre. Se trataba de un chico de unos nueve años, cuyo parecido con Enes era asombroso. Era un joven risueño. Su tez era obviamente más clara que la de Enes, pero la expresión de sus ojos era idéntica a la que él recordaba de cuando se conocieron.

—Por mucho que piensen que por ser serbios deberían tener un trato amable, les comunico que la esposa del señor Rakić es croata —la voz del teniente interrumpió sus pensamientos—. Ésa es la razón por la que la familia no quiere colaborar con nosotros. En marcha. ¡Y mantengan los ojos bien abiertos!

Los tres cogieron su fusil y se encaminaron a la puerta. Vukašin parecía no caber en sí de gozo, pero Stjepan avanzaba como si de un autómata se tratara. No prestaba atención a lo que pasaba a su alrededor, porque todavía no había reaccionado del estupor que le había creado el hecho de que el hijo de aquella familia se pareciera tanto a Enes. De pronto, volvió a echar de menos a su amigo.

Repentinamente, un grito de pavor sacó a Stjepan de sus reflexiones. Se sobresaltó y echó mano a su fusil. Apreció en la lejanía un grupo de gente que corría desbocada hacia ellos. Tras ellos, otro grupo mayor les perseguía con palos y otros enseres. Un pensamiento escalofriante comenzó a tomar forma en la mente de Stjepan. El agente anciano del cuartel general había hablado de agentes de paisano, pero no era posible que hubiera tantos. Era una auténtica turba que perseguía a otros seres humanos como si de animales salvajes se tratara. En el grupo de los perseguidos pudo distinguir a hombres de diferentes edades. Pero lo que más le impresionó fue ver que jóvenes, niños e incluso mujeres con sus bebés en brazos intentaban huir de un futuro oscuro. Los gritos de horror de la gente que huía despavorida se entremezclaban con los gritos eufóricos de los perseguidores. Stjepan comprendió que esa marabunta de gente furiosa la habrían provocado los agentes de paisano de los que les habían hablado. Lo único que esperaba era que la tarea de los policías fuera detener todo aquello y convertirse en héroes para sus conciudadanos croatas también. Pero algo en su interior le decía que se equivocaba.

—¡Avance, soldado Župan! —gritó el teniente Vuković mientras avanzaba junto a Vukašin un par de metros más adelantados que Stjepan—. La familia Rakić no va a esperar con los brazos cruzados sólo porque usted quiera contemplar lo que pasa en este pueblucho.

Stjepan intentó avanzar más rápidamente, pero su cuerpo le impedía acelerar el paso. Estaba agarrotado. Torcieron por la siguiente calle a la izquierda y se encontraron con un paisaje todavía más terrible. Vieron a ciudadanos serbios con antorchas avanzando hacia las casas de sus conciudadanos croatas. Stjepan quiso gritar para que pararan, pero dedujo que no sería una buena idea, ya que primero tendría que luchar contra sus propios compañeros de ejército. Una antorcha voló hacia una de las pequeñas casas que se encontraban en la acera derecha de la calle y rompió la ventana de la planta baja. Un rugido de placer salió de las gargantas de los atacantes, como si aquella antorcha fuera la señal de inicio para desatar sus más bajos instintos. Para cuando las cortinas de la casa atacada prendieron fuego, cientos de otras antorchas fueron lanzadas a numerosas edificaciones, que las llamas comenzaron a consumir repentinamente. Se abrieron las puertas de todos esos edificios y decenas de personas salieron despavoridas.

Stjepan aceleró el paso hasta llegar a la altura de sus dos acompañantes. Intentó seguir el rumbo sin inmutarse, pero le resultaba difícil mostrarse impertérrito ante las atrocidades que estaban teniendo lugar a su alrededor. Se abrieron paso entre el gentío y se dirigieron a la dirección donde se encontraba la casa de los Rakić. Dejaron atrás los disturbios al volver a girar y adentrarse en otra calle. Stjepan pensó que ojalá pudiera él también dejar atrás las escenas que acababa de presenciar. Pero temió que todo aquello le acompañaría de por vida.

Cuando estaban a punto de llegar a la dirección indicada, vieron que el grupo de policías con el que habían estado antes se encontraba en formación en una intersección de calles. Pudieron observar que se encaminaban hacia el lugar de los disturbios. Stjepan rogó al cielo que aquellos policías finalizaran con toda la sinrazón de la que habían sido testigos. No tuvo tiempo para dedicarse a sus pensamientos, porque el teniente les comunicó que estaban a punto de llegar.

—Soldados, prepárense. La casa de los Rakić se encuentra en Lički Osik, a unos pocos kilómetros de aquí. Al final de la calle nos espera un vehículo que nos llevará hasta allí. Una vez lleguemos, espero que se comporten como auténticos soldados y no me dejen en vergüenza ante el jefe de policía. Tienen una oportunidad de la que no gozan sus compañeros de unidad. No la desaprovechen.

—Señor, no, señor —gritaron Stjepan y Vukašin al unísono.

Aceleraron el paso hasta llegar a una pequeña furgoneta con el distintivo de la policía de la Krajina. Se subieron en la parte trasera y, tras golpear el techo de la cabina, el conductor arrancó el motor y condujo hasta la puerta de la casa de la familia Rakić. Los tres bajaron de un salto. El teniente golpeó la puerta con sus nudillos. Se escucharon pasos acelerados en el interior y el teniente ordenó.

—Tengan sus armas a punto. Creo que las necesitaremos.

Volvió a llamar a la puerta y ésa vez un señor de mediana edad apareció en el umbral. Al instante reconocieron a Mane Rakić, aunque su semblante mostraba más cansancio y hastío que la imagen de la fotografía que habían visto antes. El nerviosismo se reflejaba en la mirada de aquel hombre.

—Buenos días, señores —tartamudeó el señor Rakić—. ¿Puedo ayudarles en algo?

—Señor Rakić —intervino el teniente Vuković—, tenemos órdenes de acompañarle a usted y su familia a las dependencias de la policía de la Krajina. Por favor, llame a sus hijos y su esposa y no muestren oposición.

—Lo siento, señor. Pero mi familia no se encuentra aquí. Han ido a visitar a la familia en… Zagreb —titubeó el señor Rakić.

—Señor Rakić, se lo advierto —el tono de voz del teniente Vuković denotaba la ira que sentía en aquel momento—. No tenemos ganas de andarnos con rodeos. Diga a su familia que salga del lugar en que están escondidos y acompáñennos. Se les acusa de colaboración con los insurgentes croatas y de tenencia de una estación de radio por la que se les informa de los movimientos de la policía y el ejército yugoslavo.

—¡Eso no es cierto! —bramó enfurecido el padre de familia—. Lo único de lo que podrán acusarnos es de intentar convivir en paz con todos nuestros vecinos, independientemente de su nacionalidad. Llevamos muchos años viviendo en este pueblo y nunca hemos tenido problema alguno con ningún habitante. Y me niego ahora a pelearme con algunos de mis mejores amigos por el simple hecho de que los gobiernos de Zagreb y

Belgrado decidan enfrentarse. La gente corriente no debe sufrir por todo esto… —vociferó el señor Rakić.

—Tranquilícese, señor —interrumpió Stjepan—. No pretendemos…

—Silencio, soldado Župan —ordenó el teniente Vuković. Le lanzó una mirada de odio que Stjepan sintió que lo atravesaba por completo—. Señor Rakić, insisto. Haga salir a su familia y no nos haga perder el tiempo. Tenemos cosas bastante más importantes que hacer.

—Tendrán que pasar por encima de mi cadáver —contestó orgulloso el señor Rakić.

—Esté usted seguro de que nada me complacería en este mundo más que poder descargar mi cargador sobre usted, bastardo traidor —pronunció el teniente—. Pero mi encargo es llevarlo vivo ante el jefe de policía y lo voy a cumplir. De no ser así, válgame Dios, que cumpliría sus deseos con gusto. Soldado Crnčević, quédese aquí vigilando a este indeseable. No le permita mover ni un solo músculo de su cuerpo. Y en caso de que se resista, sea fuerte y no ceda a sus ganas de dispararle, pero golpéele tan fuerte que deseará no haberse cruzado en nuestro camino. Soldado Župan, usted acompáñeme a inspeccionar la casa en busca de los hijos y la mujer. Inspeccione la planta baja, mientras yo hago lo propio con la superior.

—Sí, señor —respondió Stjepan mientras se adentraba en la casa.

Se encontró en medio de un salón que le recordaba al que ellos solían tener en Višegrad. Miró alrededor y observó que, de no ser por la colaboración con los croatas que acaba de decir su teniente, se podría tratarse de una familia completamente normal. Le llamó la atención un bellísimo icono de San Sava, el santo patrono de Serbia, que presidía la estancia. No entendía cómo era posible que esa familia pudiera colaborar con los secesionistas croatas. Tal vez se tratara de un error que se esclarecería al volver a Široka Kula. Giró sobre sí mismo y se encontró de frente con un retrato de la familia. Allí estaban sonrientes, sin saber que el destino les deparaba un futuro incierto. Su mirada recorrió el cuadro. Distinguió en el centro de la escena la expresión risueña de la hija del matrimonio y la mirada granuja del hijo mayor. Por las fotos que les habían enseñado antes, creía recordar que se llamaban Radmila y Dragan. En la esquina de la imagen, más tímido, aparecía el segundo hijo de la familia. Milovan recordó Stjepan. La mirada reservada del joven le traía a la memoria la imagen de Enes una y otra vez. Eran tan parecidos.

—¿Ha encontrado algo, soldado? —indagó el teniente Vuković desde arriba—. En el piso superior parece no haber absolutamente nada.

—No, señor, todavía no los he encontrado, pero me quedan un par de sitios en los que mirar.

—¿A qué espera? No tenemos todo el día para esta misión.

Stjepan se apresuró a mirar por toda la planta baja. Reparó en un armario, del que parecían salir unos sollozos ahogados. Abrió la puerta y apuntó con su fusil hacia adentro. Allí estaban. Los tres hijos de la familia se habían escondido allí, intentando que nadie los encontrara. Los ojos llorosos de Milovan se encontraron con los suyos y, por un momento, le pareció que le estaba pidiendo ayuda ante el infierno que se les avecinaba. Dragan, antes de que Stjepan pudiera reaccionar, saltó de dentro del armario y forcejeó con él intentando quitarle el fusil. Tras unos segundos en que ambos se intercambiaron golpes, Stjepan consiguió echar al joven al suelo justo en el momento en que se escuchaba un disparo.

—Déjense de tonterías, niños. Hagan caso a mis órdenes y salgan con su padre. Si hacen todo lo que les diga, no sufrirán ningún daño por nuestra parte. Y usted, soldado Župan, intente que la próxima vez un joven de esa edad no le plante frente. ¡Sobre todo porque usted está armado y él no, por el amor de Dios! —gritó el teniente desde la escalera con el fusil todavía humeante. Había disparado al aire para que todos se calmaran.

Los tres jóvenes corrieron hacia el umbral, donde el señor Rakić lloraba desconsoladamente por la suerte que previsiblemente iban a correr sus hijos. Todos se abrazaron y Stjepan sintió que una espina se le clavaba en el corazón. Esperaba con todas sus fuerzas que la acusación de colaboración con las fuerzas croatas fuera falsa y no les sucediera nada.

—Ahora díganos, señor Rakić, ¿dónde se esconde su mujer? —preguntó a escasos centímetros de la cara del padre de familia Vukašin.

Stjepan se asustó al percibir el odio que destilaba su mirada. Su amigo parecía haberse convertido en un monstruo.

—Cálmese, soldado Crnčević, estoy seguro de que el señor Rakić va a colaborar con nosotros y nos va a decir ahora mismo dónde se encuentra su esposa. ¿No es así?

El teniente parecía estar disfrutando del sufrimiento de aquel pobre hombre en ese momento. A Stjepan le recordó a un buitre volando en círculos sobre un pobre animal moribundo.

—Créame, señor, no sé dónde está mi esposa. Hace algunos días le dije que abandonara nuestra casa, porque la situación se estaba volviendo demasiado tensa. Se lo juro, señor. No nos haga nada, no sé dónde está —suplicó el señor Rakić.

—Está bien. Por esta vez le creeré. Espero no enterarme después de que su mujer se escondía por aquí. Porque de lo contrario, estrangularé a todos y cada uno de los miembros de su familia con mis propias manos. Soldados, carguen a los prisioneros en la parte trasera de la furgoneta y marchémonos de vuelta al cuartel general.

Stjepan y Vukašin guiaron a los cuatro miembros de la familia Rakić a la furgoneta. Cuando todos hubieron subido, el teniente Vuković golpeó el techo de la cabina e indicó que cuando llegaran a Široka Kula condujeran más despacio para que sirviera de escarmiento a cualquiera que osara enfrentarse a las fuerzas yugoslavas. Deshicieron el camino que habían recorrido anteriormente y, al vislumbrar las primeras casas, la furgoneta redujo la velocidad.

Stjepan esperaba que la situación en aquel momento fuera más calmada que el infierno que habían dejado antes. Pero, al acercarse más, comprobó que estaba totalmente equivocado. Las casas seguían ardiendo y los gritos no habían cesado. Se toparon de frente con un grupo de policías que tenían encañonados a un grupo de jóvenes y mujeres. Para cuando Stjepan se quiso dar cuenta, los policías dispararon sus armas y los cuerpos sin vida cayeron al suelo entre los gritos de horror del resto de ciudadanos que esperaban su destino. Colocaron al siguiente grupo y volvieron a repetir la operación. Esa vez, sin embargo, uno de los policías falló el disparo y únicamente hirió a uno de los croatas. Al ver que el joven no había muerto, dos policías se acercaron y, cuando Stjepan pensaba que le iban a dar el tiro de gracia, se sorprendió al ver que lo cogían de brazos y piernas. Pensó que tal vez el pobre desgraciado hubiera corrido mejor suerte que sus compañeros de grupo y esos policías se apiadaran de él. Sin embargo, tardó pocos segundos en darse cuenta del error que había cometido. Los dos policías, lejos de ayudar al moribundo, lanzaron su cuerpo todavía con vida a una de las casas ardiendo que había allí. Los gritos de terror del pobre infeliz estremecieron a Stjepan, pero su horror fue en aumento al ver que los policías armados vitoreaban a sus dos compañeros.

Miró alrededor y se topó con las sonrisas socarronas del teniente y de Vukašin. Por un momento le pareció que su amigo se había convertido en una copia en pequeño de aquel militar al que tanto odiaba. Ambos estaban exultantes ante tanto ensañamiento y no parecía haber ni una pizca de humanidad en ellos.

Al mirar a la familia Rakić, se le encogió el corazón. Los cuatro miembros de la familia estaban abrazados fuertemente y entre los tres hombres habían conseguido que la pequeña Radmila no fuera testigo del horror que les rodeaba. El joven Milovan no pudo contener el miedo y empezó a llorar. Stjepan intuyó el terror en la mirada de aquel niño e intentó consolarlo con un gesto casi imperceptible.

—Soldado Župan, haga que se calle.

—Sí, señor. Pequeño, no temas. El teniente ya os ha dicho que mientras estéis con nosotros no os pasará nada. No temas…

El teniente descargó un golpe con la culata de su fusil sobre Milovan. Éste cayó al suelo, retorciéndose de dolor, pero ahogando los gritos.

—Así se hace callar a un prisionero. Espero no tener que enseñárselo ninguna otra vez. En el ejército yugoslavo no hay sitio para nenazas.

Vukašin rio a carcajadas y un escalofrío recorrió la espalda de Stjepan. Milovan se levantó y se limpió la sangre de la herida en la cabeza que le había provocado el teniente Vuković. Un silencio total se apoderó de la parte trasera de la furgoneta, un silencio sólo roto por los disparos cada vez más lejanos de la policía de la Krajina, por el crepitar de las llamas, por los gritos eufóricos de la turba de ciudadanos serbios que pululaba por la ciudad o por los gritos de terror de los ciudadanos croatas que asistían a la mayor de las torturas posibles. Llegaron al cuartel general de la policía de la Krajina y Stjepan ayudó a bajar a los miembros de la familia Rakić. El último en hacerlo, todavía dolorido, fue Milovan. Stjepan lo miró a los ojos e intentó decirle que lo sentía. Pero se detuvo antes de hacerlo, ya que ello le acarrearía mayores problemas que los que ya tenía con su superior.

—Aquí tiene a los colaboradores, capitán —dijo el teniente Vuković tras bajar de un salto de la parte trasera de la furgoneta—. Como ya le dije, mi equipo era capaz de hacerlo sin problema alguno.

—Han sido ustedes de mucha ayuda, teniente. Y ustedes —dijo girándose hacia la familia Rakić— han sido formalmente acusados de colaboracionismo con las fuerzas insurgentes croatas. Nos han asegurado que están en posesión de una estación de radio que utilizan para comunicarse con ellos. Por ello, deberán cumplir su condena sin mayor dilación.

—Miente usted y lo sabe —protestó el señor Rakić. Acto seguido escupió en la cara tanto al teniente como al capitán de policía mostrándoles su total desprecio—. Nos han condenado porque mis hijos y yo nos hemos negado a formar parte de sus despiadadas fuerzas paramilitares. Pero nunca asesinaré a sangre fría a ningún ser humano. Ni aunque me lo pida usted mil veces bajo amenaza. Sólo me arrepiento de que mis hijos sigan mi mismo destino. Aunque vivir en un mundo repleto de personas como ustedes no puede ser mejor que lo que nos espere.

A Stjepan le asombró la entereza de aquel hombre. Sus hijos también parecieron de pronto mucho más fuertes que anteriormente.

—Va a pagar por todo esto. Y no se preocupe, que cuando encontremos a su mujer van a arder ustedes juntos en el infierno. Átenles las manos a la espalda y pónganles cinta adhesiva en la boca. Pero los ojos déjenselos bien abiertos. Quiero que vean bien todo lo que va a pasar —ordenó el capitán de policía mientras se limpiaba la cara—. ¡Súbanlos a la furgoneta y diríjanse a Golubnjača!

—¿A… Golubnjača? —preguntó Stjepan. Sintió la mirada asesina de su teniente en su nuca.

—Sí, hijo, sí —contestó el capitán—. Allí es donde llevamos a todos los traidores.

Stjepan sabía que aquella era una sima a la que lanzaban los cadáveres de los asesinados por el ejército o la policía de la Krajina. El teniente les había dicho que no les iba a pasar nada, pero ahora los iban a fusilar. ¡Maldito mentiroso! Stjepan lanzó una última mirada a Milovan justo a tiempo antes de que la furgoneta arrancara y avanzara entre el tumulto.

—Soldado Crnčević, un gran trabajo el suyo en el día de hoy. Soldado Župan, puede irse usted tranquilo a su permiso. Total para lo que aporta usted en este ejército, maldito cobarde… Ahora volvamos a la base.

Vukašin y el teniente Vuković se encaminaron hacia la base. Pero Stjepan se quedó un rato viendo cómo la furgoneta se perdía en el horizonte. Notó que una lágrima ardiente le surcaba la mejilla cuando escuchó a Vukašin llamarle.

15 DE OCTUBRE DE 1991

Sarajevo, 15 de octubre de 1991

Llevaba ya más de dos horas caminando. Durante todo el paseo a veces optaba por acercarse al Miljacka para escuchar el susurro de sus aguas, pero otras decidía que prefería perderse en el bullicio de calles más concurridas. En los últimos minutos se adentró en las calles de Baščarsija. Pensaba que el ir y venir de la gente le iba a ayudar a despejar su mente, pero notó que el ambiente estaba enrarecido. Muchos transeúntes caminaban cabizbajos y la mayoría apenas hablaba. No acertaba a adivinar si era nerviosismo o se trataba de desesperanza ese sentimiento que se había adueñado de sus conciudadanos. Incluso las risas y juegos de los niños tan habituales en esas calles centrales de Sarajevo habían dejado paso a unas calles prácticamente desiertas. Con cierto desánimo, se dirigió hacia el río por entre las calles que le habían visto crecer. Llegó a él y se sentó en el pretil a la espera de que llegaran sus dos amigos.

Enes no tardó demasiado en aparecer al fondo de la calle de enfrente. En cuanto se pusieron el uno frente al otro, se quedaron completamente inmóviles. Stjepan se quedó totalmente helado. En los ojos de su amigo no podía ver otra cosa que la mirada aterrada del niño de Široka Kula, de Milovan Rakić. Dios sabría qué le había pasado a aquel pequeño niño. Sólo esperaba que no hubiera tenido que sufrir antes de que lo dejaran descansar en paz. Seguía sin entender cómo el padre de aquella familia se había alineado con los malditos traidores croatas, traicionando a su propio pueblo. Si no hubiera hecho aquello, Milovan y toda su familia seguirían vivos. Estaba a punto de ponerse a llorar, por lo que decidió forzar una sonrisa, dando por terminado el juego.

—¡Estás perdiendo la práctica! —se regocijó Enes, mientras abrazaba fuertemente a Stjepan—. No sabes cuánto te he echado de menos... Escuchaba las noticias y...

—No digas más, Enes. Ahora estoy aquí y tenemos que disfrutar cada segundo de mi permiso.

—Tienes razón. ¿Qué te apetece hacer? ¿Quieres que demos un paseo cuando llegue Jelena?

—Ba, no hace falta... He venido andando desde casa y ya he paseado lo suficiente por hoy.

—¿Desde Lukavica? Pero si está muy lejos... —preguntó sorprendido Enes.

—No es para tanto, Enes. En el ejército solemos caminar bastante más.

—Yo no aguantaría tanto. Mira, Jelena está en ese tranvía —dijo al mismo tiempo que el antiguo vagón frenaba y se detenía en la parada del puente.

—Hola, chicos. Perdón por el retraso, pero es que en el último momento mi padre me ha pedido ayuda en casa —se acercó y besó en la mejilla a Stjepan—. Te he echado de menos, *lane moje*. He ido a buscarte a casa, pero tu madre me ha dicho que habías salido hace tiempo.

Sentir los labios de Jelena en su mejilla hizo que Stjepan sintiera una sensación de alivio que hacía tiempo que no experimentaba. Estaba con sus dos mejores amigos en aquella ciudad que tan bien le había acogido cuando se trasladó a ella de pequeño. Por primera vez en muchas semanas se sentía feliz y relajado. Por un momento se olvidó por completo de que se había enrolado en el ejército en un arrebato del que ya se había arrepentido. Se olvidó de que ya no podía pasear con sus amigos cuando quisiera. Pero ese momento de placidez finalizó con rapidez.

—¿Stjepan, por qué no has pasado a visitarme desde que llegaste? Pensaba que podríamos pasar juntos todo el tiempo posible de tu permiso —señaló con cierta tristeza Jelena.

—Lo siento, *lutko moja*, lo siento muchísimo. Necesitaba algo de tiempo para descansar y estar solo. En el ejército no es que haya demasiados momentos de soledad y ahora quería aprovechar los pocos que se me presenten durante estos días. Es muy difícil que tu mente se relaje y desconecte si estás rodeado de la gente a la que quieres —respondió Stjepan a la par que cogía la mano de su novia entre las suyas.

Parecía mentira, pero echaba mucho de menos aquellas pequeñas cosas. Añoraba los paseos con Jelena agarrados de las manos, sus conversaciones sobre lo divino y lo humano, sus discusiones sobre cualquier cosa. Pero lo que más extrañaba era algo sorprendente. Echaba de menos a Enes y su juego de las estatuas inmóviles. El vínculo que se había creado entre ellos dos era más fuerte de lo que pudiera haber pensado nadie. Unos años atrás ni tan siquiera se conocían y en aquel momento eran uña y carne. Lo consideraba casi su hermano, pero nunca se lo había dicho por no parecer débil a sus ojos.

—Bueno, bueno… —interrumpió Enes con una amplia sonrisa—. Creo que yo sobro en este momento de empalagoso romanticismo —los tres rieron de manera sonora.

Continuaron hablando de cosas intrascendentes durante un largo rato. Enes les contó lo difícil que le resultaba tener que madrugar tanto para poder ayudar a su padre en la pastelería. Se levantaba pronto y le ayudaba a preparar la masa para todos los productos que vendían. Había aprendido muchísimas cosas sobre repostería y les prometió que, cuando volviera Stjepan de su aventura en el ejército, les prepararía una tarta especial.

Stjepan dejó su imaginación volar hacia aquel momento del que estaba hablando su amigo Enes. Imaginó cómo sería volver por fin a su vida normal en Sarajevo, con sus amigos y su familia. No pensaba reconocerlo nunca en público, pero por las noches, antes de dormir, solía rogar al cielo que cuidara de su madre y también de su padre. Porque, a pesar de que discutieran constantemente, lo quería con locura. En cierto modo, era su reflejo. Viendo que se estaba poniendo algo melancólico, decidió tomar el pelo a Enes.

—Una pregunta, Enes. ¿Cómo va tu querido equipillo, el Željezničar? Creo que ya habréis asimilado que nunca podréis hacer sombra al grandioso Estrella Roja, ¿no?

—Desde luego —intervino Jelena—, eres de lo que no hay, Stjepan. Sabes que no van demasiado bien. No seas cruel con el pobre Enes, hombre…

—Da lo mismo, Jelena. Sabemos que probablemente nunca hagamos grandes cosas, pero mi equipo siempre estará con los trabajadores de la ciudad. Es muy fácil ser del que prácticamente siempre gana…

—Por lo menos reconoces que somos los mejores —dijo Stjepan mientras guiñaba un ojo de manera burlona a Enes—. Algún día ya te llevaré a Belgrado a ver un partido de los de verdad.

En ese mismo momento, una caravana de coches se acercaba a lo lejos. Todos los vehículos hacían sonar las bocinas y por algunas ventanillas asomaban personas que portaban banderas de la República Socialista de Bosnia-Herzegovina.

—¿Pero qué...? —comenzó a decir Jelena.

—No lo sé, pero no me gusta ni una pizca —agregó con cierto enfado Stjepan. Miró a Enes y pudo ver en su expresión una mezcla de incredulidad y temor.

No pudieron continuar hablando porque con la proximidad de la caravana el sonido de los cláxones ahogaba cualquier palabra que pudieran pronunciar. Cuando los coches llegaron a su altura, una de las personas que asomaba por la ventanilla de uno de los vehículos ondeó la bandera en su dirección y gritó en favor de una Bosnia libre de opresiones. Esas palabras se clavaron en el alma de Stjepan como si se tratara de dardos envenenados. No podía creer lo que estaba escuchando. Aunque probablemente se tratara de algún malentendido y no fuera a suceder lo que estaba tomando forma en su mente. Los automóviles se alejaron del lugar donde se encontraban, pero la imagen del individuo con la bandera al viento se repetía una y otra vez en el subconsciente de Stjepan. Cuando el silencio se hizo, ninguno de los tres dijeron una sola palabra durante unos interminables minutos.

—¿Qué... qué narices ha sido eso? —balbuceó Enes con la tez todavía pálida de la impresión.

—No lo sé... —acertó a decir Stjepan incrédulo.

—No seáis tontos los dos, hombre —añadió Jelena de manera tranquila—. Sabéis tan bien como yo que aquí las celebraciones suelen dar como resultado bullosas caravanas de vehículos. No entiendo de qué os extrañáis. Será una boda o algo por el estilo, tontos.

—Eso espero, Jelena, eso espero —concluyó Stjepan—. Bueno... Entonces, ¿cuándo vamos a ir a Belgrado a ver fútbol del bueno, Enes? —dijo intentando desviar el tema de conversación hacia otro que volviera a despejarle la mente.

—No lo sé, Stjepan. Ahora que ayudo a mi padre en la pastelería no es tan fácil poder ausentarme unos días. Además, Lejla y yo estamos intentando poner a punto todo para la boda. No queremos dejar las cosas para el último momento, sobre todo teniendo en cuenta que los últimos días su familia estará aquí y tendré que ocuparme de ellos también.

—No pasa nada. Ya iremos más adelante a ver algún partido. Pero entonces también tendrás que pedirle permiso a tu futura mujer, eh —rio Stjepan.

En ese momento tres jóvenes doblaron la esquina de la calle de la ciudad vieja que desembocaba en el río. Se fijaron en que uno de ellos llevaba una bandera anudada al cuello, por lo que decidieron que, cuando pasaran por su lado, les preguntarían qué estaban celebrando. Stjepan empezó a impacientarse cuando vio que los jóvenes se paraban en el semáforo al otro lado de la calle. Parecían estar despidiéndose de uno de ellos. Tras abrazarse con sus compañeros, el que parecía el mayor de los tres chicos giró y comenzó a caminar hacia el este. Los otros dos esperaron a que el semáforo se pusiera en verde y cruzaron la carretera hacia el río.

—Buenas tardes, compañeros —intervino Jelena anticipándose a Stjepan. Quería evitar cualquier posible impertinencia de su novio—. Hemos visto antes una caravana de coches y ahora a vosotros con la bandera de nuestra república —en ese momento miró de reojo a Stjepan para ver su reacción ante la última parte de la frase. Se dio cuenta de que estaba demasiado absorto mirando de arriba abajo a los dos jóvenes como para haber prestado atención a su frase—. ¿Cuál es el motivo de tanta celebración? ¿Alguna boda? En ese caso les mandamos todos nuestros parabienes a los recién casados.

—¿Vivís en alguna cueva? —rieron los dos desconocidos—. ¿En serio que no os habéis enterado de la noticia? Me sorprende que todavía haya gente como vosotros, totalmente desconectada de la vida real.

—No estamos… —protestó Stjepan. Al notar que Jelena le agarraba la mano y la apretaba, supo que no era buena idea que prosiguiera con sus protestas.

—Nuestro parlamento acaba de aprobar hoy mismo el 'Memorando sobre la Soberanía de Bosnia-Herzegovina'. Es el primer paso para poder librarnos de la opresión de esos malditos serbios —interrumpió el segundo joven—. Dentro de poco podremos vivir en una Bosnia-Herzegovina libre. ¡Viva la libertad! ¡Viva Bosnia libre!

Stjepan notó cómo sus mejillas comenzaban a enrojecer de ira. ¿Cómo era posible que aquellos dos individuos se atrevieran a insultar de esa manera al pueblo serbio? ¿Con qué derecho? Intentó calmarse, para lo que puso toda su atención en el contacto con Jelena. Su mano cálida le resultaba reconfortante y la había echado de menos durante su estancia en el ejército. Pero ahora tenía claro que debía seguir en él para poder parar los pies a gente como esos dos jóvenes que se encontraban ante ellos.

Cuando los dos desconocidos cruzaron el río y se perdieron en las calles de enfrente, Stjepan se encendió.

—¡Pero cómo se atreven! Insultarnos en nuestra propia cara.

—Cálmate, Stjepan. No te precipites. Seguro que todo tiene una explicación… —intentó calmarlo Jelena.

—Pero cómo quieres que me calme, si acaban de decir que el parlamento quiere desmembrar nuestra patria. Quieren destrozar Yugoslavia y además se atreven a decir que el pueblo serbio les está oprimiendo.

—Yo… No sé qué decir… —dijo Enes temeroso de la reacción de su amigo.

—Tú no tienes que decir nada, Enes —medió Jelena—. Esos asuntos sólo preocupan a los políticos y a sus acólitos. Además, no creo que nadie vaya a hacer nada ahora viendo lo que está pasando en Croacia.

—Ya estás como siempre —se sulfuró Stjepan—. Que si estas cosas no interesan a la gente corriente, que si no va a pasar nada… ¡Basta ya!

La expresión de Stjepan atemorizó a sus amigos. Nunca lo habían visto tan enojado. Era como si estuviera poseído por una rabia incontenible. La celebración de aquellos jóvenes parecía haber encendido en él la mecha de su furia interna. Y parecía que iba a explotar en aquel mismo momento delante de ellos.

—Estoy harto de que nunca tomes partido. No se puede ser siempre equidistante en esta vida —prosiguió Stjepan—. No sabes lo que realmente está sucediendo.

—Stjepan, yo… —quiso intervenir Jelena para intentar calmarlo.

—¡Una vez! Sólo te he oído quejarte de los acontecimientos una vez en tu vida. Y casualmente fue cuando algunos seguidores del Estrella Roja crearon la Guardia Voluntaria Serbia. Lo que más te preocupaba era que Željko Ražnatović era demasiado nacionalista desde tu punto de vista. Pues que sepas que nos harían falta más personas como Arkan para intentar frenar esta locura secesionista. He visto mucha gente que apena muestra respeto por nosotros los serbios. Pero lo que no esperaba era que tú, Jelena, uno de nosotros, renegaras de todo lo que representas. ¡Es increíble!

—Stjepan —comentó Enes—, creo que Jelena no tiene la culpa de nada. La situación sabes que está empeorando día a día. Y lo que ha pasado hoy era una de las soluciones posibles. No era la deseada por la mayoría de nosotros, pero no debes pagarlo con nosotros. Ahora sólo cabe esperar que la solución que encuentren todos nuestros políticos sea diferente a la que decidieron los croatas. No nos merecemos una guerra.

—En eso tienes razón, Enes —respondió Stjepan—. En eso tienes razón. Es mejor que no haya una guerra aquí. La guerra en Eslovenia duro únicamente diez días. Pues la duración aquí será menor, pero no esperéis que el resultado sea el mismo.

—Stjepan, deja de decir sandeces —protestó Jelena—. En Eslovenia el ejército se tuvo que batir en retirada y en ningún momento tuvo siquiera la más mínima oportunidad de ganar esa guerra.

—Ya veo que conoces la historieta —contestó con ironía Stjepan—. Aunque creo que te vendría bien actualizar tus datos. ¿Sabes por qué duró tan poco la guerra en Eslovenia? En Eslovenia nunca ha habido gran cantidad de ciudadanos serbios. Yo creo que incluso fue un gran error incluirlos dentro de Yugoslavia.

—Déjate de historia, Stjepan, y reconoce la verdad —protestó Jelena. Enes se mantenía totalmente callado, como si temiera que al decir cualquier cosa la ira de Stjepan pudiera dirigirse contra él—. Estaban mejor preparados que vosotros y punto.

—Te equivocas una vez más, Jelena. Entre los altos mandos del ejército sabían que no merecía la pena derramar una sola gota de sangre por Eslovenia. Y aprovechamos la declaración de guerra eslovena como maniobra de distracción para poder colocar nuestras tropas en posiciones óptimas para el ataque a Croacia. Esos malditos desgraciados no sabían lo que les esperaba. Los rodeamos por todas partes y los dejamos casi sin poder de maniobra.

La confesión de Stjepan aterró a Enes y a Jelena. Cabía la posibilidad de que todo lo que les había contado su amigo fuera verdad. Había resultado extraño que el ejército yugoslavo se hubiera rendido con tanta facilidad. Resultaba plausible que todo fuera una maniobra envolvente para el verdadero objetivo, que no era otro que Croacia. La población de serbios en Eslovenia no era excesivamente grande, pero en territorio croata sí que existía una proporción significativa de serbios. Por eso estaban resultando tan cruentas las batallas de la guerra en Croacia.

—¿Os habéis quedado sin palabras, sabelotodos? —preguntó con voz triunfante Stjepan. Sabía positivamente que ninguno de los dos era consciente de la circunstancia que acababa de descubrirles—. ¿Tenéis algo que añadir?

Jelena se quedó totalmente conmocionada al ver aquella faceta de su novio. No lo había visto tan exaltado nunca antes. Temía que tras aquel estallido de ira incontrolada hubiera alguna razón más que no le había contado todavía. La expresión desencajada que había visto en Stjepan unos minutos antes le hizo temer por su cordura y templanza. Esperaba que no se convirtiera en uno de esos monstruos serbios que veían en las noticias cada dos por tres.

—*Lane moje*, me preocupas. Parece que estuvieras disfrutando de todo esto.

—Jelena tiene razón, Stjepan. Deberíamos ser más cautos todos ante esta situación. Si todos nos enrocamos, no conseguiremos nada positivo y estaremos abocando al país a un auténtico desastre —dijo Enes sacando fuerzas de flaqueza. Ni él mismo se creía que estuviera contestando de esa manera a su amigo—. Además, sería muy peligroso que el ejército estuviera dispuesto a comenzar una guerra en Bosnia.

—¿Ah, sí? —interpeló de manera socarrona Stjepan—. ¿Y por qué, mi querido amigo, si me lo puedes explicar, no deberíamos defender la unidad de Yugoslavia en esta nuestra República?

El hecho de que Stjepan hablara de primera persona refiriéndose sorprendió profundamente a Enes. Su amigo se consideraba ya una pieza más del engranaje militar yugoslavo y no parecía aceptar ninguna crítica al mismo. Tal vez lo más prudente fuera callar, pero no pudo contener las palabras que salían de sí.

—Stjepan, no creo que sea un tema para tomárnoslo a broma. Sabes tan bien como yo que el pueblo bosnio es demasiado voluble. Puede que los bosnios no estuvieran lo suficientemente preparados para afrontar una guerra con el ejército yugoslavo, pero deberíais atender a demasiados frentes. Y el orgullo bosnio no les permitiría rendirse. Stjepan, espero que ninguna de las partes cometa ninguna estupidez, porque el carácter impredecible de este pueblo y su tozudez, me temo, que alargaría la guerra más de lo que cualquiera de tus superiores pueden esperar.

—¡Deja de decir imbecilidades, Enes! —gritó Stjepan totalmente fuera de sí—. Me parece insultante que te refieras a los musulmanes que vivís aquí como bosnios. Además tenéis la desvergüenza de creeros superiores a los serbios e intentar darnos lecciones de moralidad y prudencia. Esto ya es el colmo. Vosotros, los musulmanes, que nunca debíais haber sido parte del proyecto nacional de nuestros abuelos.

—Stjepan, no sigas… —balbuceó Jelena con lágrimas en los ojos. Sabía que las palabras de Stjepan se le estaban clavando a su amigo Enes en el pecho como si fueran puñales envenenados. Pero él era incapaz de plantarle cara ante tal situación.

—Calla, Jelena. No intentes ayudar a esta gente. Seguro que en el momento en que más los necesites, te darán la espalda. O peor, te asestarán una puñalada trapera. Se hacen llamar bosnios, pero no se merecen ese apelativo. A veces incluso me avergüenzo de compartir este país con ellos.

—Somos tan bosnios como el que más, Stjepan. No te permito que hables así de nosotros —protestó Enes.

—Permíteme que me ría, por Dios —prosiguió Stjepan—. Vosotros, bosnios. ¡Pero si los musulmanes no sois más que unos advenedizos! Los únicos que deberían ser llamados bosnios son todos aquellos serbios que ya habitaban aquí y luchaban por la libertad de su pueblo antes de que llegara vuestra religión. Esta tierra siempre ha sido serbia y ahora no permitiremos que algunos intenten robárnosla. Llevamos demasiado tiempo aquí como para dejar que os adueñéis de ella.

—Es verdad — contestó con ironía Enes—. Los verdaderos bosnios son gente como tu amigo Vukašin. Curioso que incluso su apellido recuerde que su familia proviene de Montenegro.

—No te atrevas a hablar así de Vukašin —amenazó él—. Él está esforzándose por asegurar un futuro digno para nuestro país, mientras ninguno de vosotros dos movéis un solo dedo por mejorar la situación. Y sabéis tan bien como yo que si no hacemos nada, todo lo que hemos conocido hasta ahora se vendrá abajo…

—Tu amigo estará luchando por vuestra idea de país, pero eso no os da derecho a decidir quién es bosnio y quién no —protestó con contundencia Enes—. Creo que no hace falta que te recuerde que mi familia lleva en Sarajevo bastante más tiempo que muchas personas que ahora mismo me tachan de advenedizo. La familia Salihović estuvo entre los que combatieron por la libertad durante largo tiempo. Acogimos la fe musulmana y sólo por eso ahora pretendéis que nos escondamos en nuestra propia ciudad. No me intentes dar lecciones de patriotismo o de sentimiento bosnio, Stjepan. No tienes ningún derecho. Y además no te pega nada…

—¡Vete a la mierda! —gritó Stjepan con la cara totalmente desencajada. El enfado se reflejaba con total claridad en su gesto. Parecía a punto de estallar—. El gran error que cometimos fue aceptar vuestra religión entre nosotros. No aceptáis a los que no crean en lo mismo que vosotros y exigís que nosotros os respetemos. ¡Valiente hipocresía la vuestra! Vosotros, que no respetáis ni a vuestras propias mujeres, pretendéis que os tratemos como iguales. Los musulmanes nos tratáis como cerdos infieles y ahora queréis que respetemos vuestros deseos. ¿Os pensáis que somos imbéciles o qué? Lo único que venís haciendo últimamente es provocarnos. Pero no penséis que nos vamos a quedar de brazos cruzados. Vuestra maldita religión es un problema que deberíamos erradicar de raíz de nuestro país.

Esta última frase cayó como una auténtica losa sobre Jelena. Llevaba un buen rato con los ojos clavados en Enes y pudo distinguir la evolución de su expresión. De una calma tensa, había pasado a un enfado contenido, pero con las últimas frases de Stjepan su cara reflejada una tristeza infinita. Su amigo, su mejor amigo estaba insultando no sólo a su familia, sino a toda su religión. Stjepan había vejado a todo lo que creía en un arrebato de ira incontrolable. Y Jelena sintió una punzada en el corazón como si el ataque se hubiera dirigido contra su propia persona.

—Creo… —comenzó a decir de manera titubeante Enes—. Creo que es hora de que me vaya a casa. Probablemente mi padre necesite mi ayuda. Adiós, Stjepan. Jelena, cuídate. Nos vemos pronto.

Enes se acercó y besó a Jelena en la mejilla. Ésta pudo ver los ojos vidriosos de Enes y sintió que el dolor de su corazón se hacía prácticamente insoportable. Lo abrazó intentando que encontrara consuelo en unos brazos amigos. Sabía que en, cuanto desapareciera de su vista, lloraría desconsoladamente por las duras palabras de su amigo. Pero no quería que su debilidad fuera evidente para ellos.

—Hasta mañana, Enes —le susurró Jelena.

Cuando lo soltó, vio cómo cruzó la carretera y se perdió en las calles de Baščarsija. Jelena se giró e intentó mirar a los ojos a Stjepan. Al girarse, sin embargo, se encontró con la coronilla de su novio. Estaba mirando fijamente hacia el suelo. Conocía ese gesto de Stjepan. Lo adoptaba cuando no quería saber nada de todo cuanto le rodeaba, cuando se abstraía e intentaba esconderse del mundo.

—Yo también creo que es hora de irnos a casa, Stjepan —comentó Jelena al sentarse a su lado.

—Tienes razón. Si quieres, coge el tranvía. Yo voy a ir andando. Me duele un poco la cabeza y quiero despejarme.

Se levantaron y Jelena intentó cogerlo del brazo, pero Stjepan se alejó de su alcance. Pensó que no estaba de buen humor, por lo que no intentó acercarse otra vez.

—Está bien. Te acompaño. Me vendrá bien andar un poco —agregó Jelena.

Se colocaron el uno junto al otro y comenzaron a caminar en paralelo a la corriente del Miljacka. Stjepan caminaba cabizbajo y Jelena decidió no molestarle hasta que él mismo decidiera comenzar a hablar. Continuaron caminando y llegaron a la calle Zmaja od Bosne.

—Estoy un poco cansado. En el ejército estamos todo el día con ejercicios de preparación, prácticas de reconocimiento y cosas por el estilo —evidentemente, Stjepan ocultó que Vukašin y él habían tenido que entrar en acción en Široka Kula, porque no quería tener que dar explicaciones de todo el horror que había presenciado—. Los pocos días que me quedan de permiso los intentaré aprovechar para recuperarme del cansancio físico.

—Te vendrá bien algo de descanso… Estás un poco tenso —en ese momento fue el propio Stjepan el que la agarró de la mano—. Sabes que me tienes aquí para todo lo que necesites, *lane moje*.

—Lo sé, *lutko moja*, lo sé. Y te lo agradezco. Tal vez necesite tu ayuda para…

Stjepan no acabó la frase, pero Jelena sabía que le estaba pidiendo ayuda para pedir perdón a Enes por lo sucedido. Lo conocía mejor de lo que a él mismo le gustaría. No era mala persona, pero aquel día se había mostrado tan voluble, que durante unos minutos a la propia Jelena se le había hecho difícil reconocer a la persona que tanto amaba.

—No te preocupes, cariño, no te preocupes. Ya arreglaremos las cosas con Enes. Sabes que él te quiere con locura. Deberías explicarle lo que te pasa, porque le has ofendido profundamente.

—No era mi intención… —sollozó Stjepan. En esa ocasión, las lágrimas asomaron a los ojos de Stjepan. Miró a Jelena con ojos vidriosos—. Enes no tiene culpa de nada. Nunca ha hecho daño a nadie y sé que se desviviría por intentar ayudarme en todo lo que pudiera. Pero últimamente me cuesta mantener la calma.

—Tú mismo lo has dicho. Enes no tiene culpa de nada. Puede que la mayoría de los musulmanes de Bosnia estén a favor de marcharse de Yugoslavia, pero sabes que a Enes no le interesan esas cosas. Él sólo quiere ser feliz con su familia, con sus amigos, con sus conciudadanos...

—Pero, Jelena, entiende tú también que yo estoy enrolado en el ejército y lo que han hecho esos jóvenes antes ha sido una provocación en toda regla. Han optado por tomar el mismo camino que emprendieron croatas y eslovenos. Si no hacemos nada, ¿qué será lo siguiente?

—Me alegra que por lo menos seas consciente de que has sido injusto con nuestro amigo.

—No entiendo qué me ha pasado. El pobre ha tenido que sufrir mi enfado. Y ha sido incapaz de protestar como se merecía. Ni tan siquiera me ha insultado ni una décima parte de lo que yo he hecho con él. ¡Dios, pero qué imbécil he sido!

—Tampoco te tortures ahora. Lo que debes hacer es disculparte cuanto antes.

—Mañana por la mañana misma iré a la pastelería de su padre e intentaré que me perdone. Entendería que no quisiera volver verme... Tengo que hacerle ver que he sido un auténtico idiota. No se merece lo que le he hecho... —ahogó un sollozo.

—Tranquilo, Stjepan. Si le abres tu corazón como has hecho ahora, Enes no tardará ni un segundo en perdonarte. Es la mejor persona que he conocido... Además, con todos los preparativos de la boda, lo último que querrá es tener un problema más entre manos.

—¡Es verdad! —exclamó Stjepan—. La boda. Si me perdona, intentaré ayudarle en todo lo que pueda con los preparativos durante mi permiso. Aunque después de haber insultado a su religión...

—Déjalo ya, *lane moje*. No le des más vueltas. Lo mejor que puedes hacer es hablar luego con tu padre. Estoy segura de que él podrá aconsejarte mejor que yo lo que hacer.

Al comprobar que ya se había calmado, Jelena cambió de tema de conversación para despejar la mente de Stjepan. Hablaron de la boda de Enes, del regalo que le iban a comprar. Según avanzaban en el camino, ambos iban relajándose cada vez más. Anduvieron durante un buen rato hasta que llegaron a su portal en Lukavica. Entraron en él y subieron las escaleras. Jelena besó la mejilla de Stjepan y se despidió de él.

—Hasta mañana, *lane moje*. Descansa y hablamos mañana.

—Hasta mañana, Jelena. Y gracias por todo…

Se separaron y Stjepan sacó las llaves del bolsillo. Cuando estuvo delante de la puerta, se detuvo y pensó en lo que les iba a contar a sus padres. No quería discutir con su padre y por ello debía medir cada una de sus palabras. Abrió la puerta y saludó.

—Ya estoy aquí. Qué bien huele… ¡No me digáis que hay *ćevapčići* para cenar!

—Sí, cariño —respondió Božidarka desde la cocina—. Tu padre está en el estudio, como siempre.

—Está bien, mamá. Pasaré a saludarle antes de cambiarme de ropa.

Recorrió el pasillo y, al pasar por delante del estudio, empujó la puerta y se encontró a su padre con el libro de Andrić entre las manos. Tenía la mirada perdida, por lo que dedujo que no era un buen momento para interrumpirle.

—Hola, papá. Voy a cambiarme de ropa antes de cenar.

—Muy… bien, hijo. Yo seguiré aquí un rato más —contestó Miloš.

Stjepan continuó su camino y entró en su cuarto. Se quitó la ropa y se quedó de pie delante del espejo. *Vukovi umiru sami.* Se quedó observando el tatuaje del lobo, ese tatuaje que ninguno de su familia, ni de sus propios amigos sabía que existía. Era como si ese tatuaje formara parte del lado oscuro de la guerra que no quería que nadie viera. Cogió su ropa de casa y se vistió. Tras calzarse las zapatillas, abandonó su cuarto y volvió a dirigirse al estudio de su padre.

—¿Te preocupa algo, papá? —dijo a la par que se sentaba en la pequeña butaca que había en una esquina de la estancia.

—Nada y todo, Stjepan. Ya sabes cómo soy. Siempre estoy dándole vueltas a la cabeza. ¿Qué tal te ha ido el día a ti, hijo?

—Pues no demasiado bien… He discutido con Enes. He cometido una gran estupidez y he insultado a todo lo que le importa. Espero que mañana pueda perdonarme.

—¿Por qué habéis discutido?

—No creo que tenga demasiada importancia, papá. Es una cosa que queda entre él y yo al final.

—Espero que no hayas sido tan estúpido como para… —Miloš se calló, porque era consciente de que lo que había estado a punto de decir podía provocar una discusión entre su hijo y él.

—Tampoco ha sido para tanto —mintió Stjepan. No quería reconocer ante su padre lo sucedido porque sabía que él lo reprobaría—. Ha sido una chiquillada, pero estoy muy cansado mentalmente y me he enfadado más de la cuenta.

—Me alegra, porque ya hay suficientes problemas como para que tú vayas creándote otros más.

—Pues sí, tienes razón. Con la que está cayendo hoy, como para andarnos con otros problemas. Estábamos en el puente cuando hemos visto una caravana de coches que parecían celebrar la estupidez esa del memorando. Luego han venido un par de jóvenes y se han puesto a decir una serie de sandeces…

—Hijo, no habrás discutido con ellos… —se preocupó Miloš.

—No, he estado callado mientras estaban allí. Y, válgame Dios, que me ha costado bastante, porque se han sobrepasado.

—Espero que en cuanto se hayan marchado, no hayáis dado más vueltas al asunto —se hizo un silencio total en el estudio. Miloš empezó a temerse lo peor—. Stjepan, por favor, dime que no has discutido con Enes por la proclamación del memorando.

—Yo… —titubeó Stjepan—. No hemos discutido exactamente por eso…

—¿Es que eres estúpido? —espetó Miloš enfurecido—. A Enes no le interesan estos temas. Él sólo se preocupa por sobrevivir en esta situación de deterioro de toda normalidad en la convivencia. Sabe que tanto él como su padre no pueden permitirse enemistarse con nadie si quieren poder continuar con su negocio familiar. Son un par de personas humildes que no hacen daño a nadie, Stjepan. ¿Qué le has dicho? Y no te andes con rodeos. Conozco lo suficientemente bien a mi hijo como para saber cuándo me oculta algo.

—Los jóvenes de los que te he hablado han empezado a decir que iban a liberar a los bosnios de la opresión de los serbios y chorradas por el estilo —Stjepan sintió que se estaba poniendo tenso. La conversación había entrado en un campo que no le gustaba para nada—. Y yo luego he comentado que los verdaderos bosnios somos aquellos serbios que llevamos viviendo en estas tierras mucho antes de que llegara la religión musulmana. Enes me ha contestado que su familia lleva viviendo en Sarajevo desde hace mucho tiempo y que, aunque hayan abrazado la fe islámica, ellos son tan bosnios como nosotros. Sin más… Hemos discutido por esa tontería.

—¡Una tontería! ¿Realmente te parece que eso que le has dicho es una tontería? A veces eres bastante más estúpido de lo que creía, hijo —gritó Miloš.

—Él sabe que no intentaba insultarle —intentó disculparse Stjepan—. Pero, papá, estoy harto de escuchar bobadas sobre la opresión de los serbios y cosas por el estilo. ¡Con todo lo que hemos hecho nosotros por los pueblos de Yugoslavia! Y así es como nos lo agradecen… Tratándonos de crueles opresores.

—Puede que todas las cosas que dicen sobre la presunta opresión de los serbios no sea verdad, pero no debes creerte todo lo que te hayan contado las fuentes del poder.

—Siempre hablas de las mentiras del gobierno. Te oigo decir que lo que hacen trae sufrimiento. Pero la verdad es que los únicos que han forzado el sufrimiento de todo nuestro pueblo son aquellos que han querido separarlos de su patria. ¿O acaso han obrado bien los croatas?

—Yo no estoy diciendo que Tuđman y sus secuaces hayan obrado bien. Pero ¿alguien se ha parado a pensar por qué han decidido hacer todo eso?

—No hay nada que pensar… Simplemente se querían marchar del país y punto. Son unos egoístas de mierda que sólo piensan en mantener el poder a toda costa.

—Te dejas la parte de la historia en que Milošević decidió hacerse con la mayoría de los votos en el consejo yugoslavo. Esa maniobra, tan celebrada por muchos serbios, fue la que abrió la caja de los truenos.

—Sólo lo hizo para poder salvaguardar la integridad de todos los serbios, papá. ¿Cómo es posible que intentes negar eso? Sólo los insurgentes lo niegan.

—Te voy a contar una historia que la mayoría de nuestros conciudadanos niegan, porque desde siempre nos la han contado de diferente manera. Antes de la llegada de Tito y la conversión en repúblicas socialistas, el reino estaba dividido en *banovinas*. La mayor de todas ellas era Vardarska Banovina y estaba habitada en su mayoría por búlgaros y albaneses. Pero eso no era aceptable para el régimen y Tito y sus camaradas decidieron que era el momento de cambiarle de nombre. Aprovechando que se había granjeado las simpatías de algunas potencial occidentales, fue un paso más allá. Decidió que con el cambio de nombre iba a intentar anexionarse algún territorio más y obtener otra salida al mar.

—Pero si ya teníamos salida al mar por el Adriático, papá. Deja de contar historietas.

—Al Adriático sí, pero no al Egeo. Tito decidió rebautizar la Vardarska Banovina como República Socialista de Macedonia y, ya que se estaba dando una guerra civil allí, reclamar la parte norte de Grecia para Yugoslavia con el apoyo de los comunistas del lugar. Nunca antes nadie había conocido aquel territorio como Macedonia, pero Tito les convenció de que ése era el nombre adecuado, porque además les unía a su pasado glorioso. Un pasado robado a otra civilización extranjera. ¡Pero si únicamente tres ciudades de la República Socialista de Macedonia formaban parte del antiguo reino homónimo! Y ahora mismo todos los eslavos que viven allí se creen descendientes prácticamente directos de Alejandro Magno, cuando ni tan siquiera están remotamente relacionados con él o sus conciudadanos. Pero todos, serbios, croatas, eslovenos, montenegrinos, musulmanes, absolutamente todos, decidieron creer las palabras del gran líder. Y eso mismo, querido hijo, es lo que está pasando hoy en día. La gente se cree todo aquello que le es conveniente. Y por eso, los serbios cuentan una historia de los sucesos recientes y los croatas otra totalmente distinta. Lo que está claro es que la manipulación de los poderosos ha sido y sigue siendo una constante en nuestra maltrecha Yugoslavia desde su incipiente creación.

—Ya estoy harto de tus historias, papá. Nunca dices nada a favor de nuestra patria y además me cuentas milongas sin sentido sobre conspiraciones pasadas del fundador de la actual Yugoslavia. ¡Ya vale! —protestó Stjepan.

—¡Todo el esfuerzo puesto en educarte para que pensaras por ti mismo no ha servido de nada! —gritó Miloš totalmente fuera de sí. Al escuchar esos gritos, Božidarka acudió rápidamente al estudio—. Toda la vida he esperado a que maduraras y abrieras los ojos a la realidad, pero tú decides perderte en la multitud y no utilizar tu propio pensamiento.

—Siempre me has tratado como a un estúpido y sigues haciéndolo —se enfureció Stjepan—. Pero ya no puedes controlarme. Estoy harto. He venido unos días a descansar y me encuentro con que mi propio padre intenta crearme más problemas de los que ya tengo. Hazme un favor, déjame en paz.

Se levantó de la butaca y salió de la estancia con tal brusquedad que Božidarka tuvo que hacerse a un lado para no caer.

—Te agradecería que me trajeras la cena a mi cuarto, mamá. No estoy de humor... —rogó Stjepan.

Cerró la puerta de su habitación de un portazo tras de sí. Se tumbó en la cama e intentó abstraerse del mundo que le rodeaba Pero podía escuchar las voces de sus padres a lo lejos.

—¿Cómo se te ocurre hablarle así, Miloš?

—¿Y qué quieres que haga? —replicó él.

—No lo sé, pero desde luego no machacarlo de esa manera.

—No lo entiendes, Božidarka —se defendió Miloš—. No puedo dejar que mi hijo se convierta en una marioneta más de los políticos serbios. Están provocando una situación en la que todos nosotros vamos a sufrir más de lo deseado. Pero lo que no quiero es que me quiten a mi hijo. Eso sí que no.

—Pues como sigas así, no serán Milošević y compañía los que te lo arrebaten, porque él mismo va a acabar marchándose de tu lado. Espero que ambos recapacitéis y habléis de todo lo sucedido antes de que sea tarde. Y ahora ven a la cocina que la cena se va a quedar helada.

—Dentro de un rato iré —contestó de manera seca Miloš—. Quiero acabar una cosa antes. Cierra la puerta al salir, por favor.

Cuando escuchó que su madre cerraba la puerta del estudio, Stjepan pudo saber claramente lo que estaba pasando. Su padre había decidido quedarse un rato más solo para poder llorar y expresar su impotencia sin que nadie más se enterara. Era lo mismo que él había hecho ya varias veces en los últimos dos días. En ese mismo momento, una lágrima se deslizó por su propia mejilla y mojó la almohada sobre la que estaba apoyado.

LAS AGUAS DEL MILJACKA

18 DE NOVIEMBRE DE 1991

Sarajevo, 18 de noviembre de 1991

Había llegado el gran día. Tras todos los preparativos, el día de la boda ya estaba allí. Los nervios se habían apoderado de él desde que se había levantado. Ya se había probado cuatro corbatas cuando en la puerta de su habitación apareció su padre.

—Creo que con la roja estás muy bien, hijo.

Había pasado algo más de un mes desde la discusión que había tenido con su padre y tanto Stjepan, como Miloš ya lo habían olvidado. Pocos días después había tenido que reintegrarse a las filas del ejército y allí se dio cuenta de que existían mayores problemas que la diferencia de opiniones con su padre.

Tras su vuelta a la rutina del ejército, su unidad había sido trasladada a Banja Luka y en aquel momento estaban en una calma tensa, a la espera de los acontecimientos. Todos temían que tarde o temprano la guerra se iba a extender a Bosnia y por eso tenían que estar preparados. En un principio, el traslado a Banja Luka había servido a Stjepan para despejarse un poco, ya que se trataba de una gran ciudad donde podía hacer gran cantidad de cosas durante su tiempo libre. Pero cuando la noche caía y se metían en la cama, las imágenes de Široka Kula volvían una y otra vez a su mente.

—Gracias, papá —dijo Stepan mientras intentaba cerrarse rápidamente el chaleco. No quería que su padre viera el tatuaje.

—No hace falta que te preocupes, Stjepan. Te lo vi hace tiempo. El día que discutimos por la noche no podía dormir y fui a tu habitación para intentar volver a ver a mi niño. Cuando entré, estabas totalmente dormido y fui a arroparte. Estabas sin camiseta y pude verlo con claridad.

—Nunca me habías dicho nada. Yo creía que te ibas a enfadar conmigo por ese tatuaje.

—Es una locura de juventud, hijo. Además, no te has tatuado ninguna de esas locuras militares que tanto se estilan hoy en día. *Vukovi umiru sami.* No está mal… De joven yo estuve a punto de tatuarme una estrella brillante con el nombre de tu madre. Menos mal que al final desistí, porque ahora mismo no me imagino con ese tatuaje —rio Miloš.

—Espero no arrepentirme yo… —contestó Stjepan.

—Eso sí, hijo. Quiero que tengas claro que, a pesar de lo que diga tu tatuaje, nunca estarás sólo.

Se acercó y lo abrazó con todas sus fuerzas. Stjepan terminó de vestirse y se dirigió a la puerta. Estaba muy nervioso. Tenía que recoger a Jelena en su casa y volver a bajar para que su padre los acercara al centro de la ciudad. Salió y, cuando llegó a la puerta de su novia, respiró hondo y tocó el timbre. La puerta se abrió y apareció el padre de Jelena.

—Buenos días, Stjepan. Qué elegante te has puesto para el gran día de Enes. Pareces todo un hombre hecho y derecho.

—Buenos días, señor Željko. ¿Está Jelena preparada? —preguntó mientras estrechaba la mano del señor Nikolić.

—Sí, señor. Está preparada y lista para colgarse de tu brazo. Creo que, aunque la buscara, mi hija no podría encontrar mejor pareja que tú para hoy.

Las lisonjas del padre de Jelena siempre provocaban rubor en Stjepan, pero aquel día no tuvo oportunidad de sonrojarse, porque al fondo del pasillo asomó ella como si de una aparición divina se tratara. Llevaba un vestido largo azul que dejaba a la vista sus hombros. Un fular de gasa fina se enroscaba en sus brazos. La cara de Jelena aparecía totalmente límpida, porque todo el pelo lo tenía recogido en la parte de atrás de su cabeza. El maquillaje hacía que sus ojos brillaran más de lo normal. A cada paso que se acercaba, Stjepan podía notar que su corazón se le aceleraba.

—Estás… preciosa… —acertó a decir Stjepan a duras penas.

—Calla, tonto —bromeó Jelena. Le dio un beso en la mejilla y pasó su brazo por el de Stjepan—. Estamos listos para irnos. Papá, tengo llaves o sea que no hace falta que me esperes despierto.

—Pasadlo bien, chicos. Uy, esperad. Casi me olvido de sacaros una foto.

El padre de Jelena se apresuró a coger la cámara que tenía preparada en el salón. Al volver, los jóvenes se colocaron y el señor Nikolić apretó el disparador de la cámara. Cuando hubieron acabado, se encaminaron a casa de los Župan, abrieron la puerta y Miloš cogió las llaves del coche.

Salieron a la calle y Jelena se acurrucó contra el cuerpo de Stjepan, porque el frescor de la mañana era mayor de lo que habían calculado. Se metieron en el coche y tras unos pocos minutos, pudieron distinguir el minarete de la mezquita Gazi Husrev-Beg. Miloš condujo hasta el Puente Latino y, al llegar, paró el motor. Los dos jóvenes bajaron del coche y Miloš se dirigió hacia donde su hijo. Se puso frente a él y le enderezó la corbata.

—Hijo, recuerda que la elegancia es algo que se lleva dentro. Estás radiante. Me recuerdas a mí durante la primera boda a la que acudí con tu madre. Pásalo bien y no te preocupes por nada más hoy.

—Muchas gracias, papá —respondió Stjepan.

Miloš abrazó a su hijo fuertemente y le habló al oído.

—Te quiero, hijo. Y siempre te querré.

—Lo sé, papá. Y yo también te quiero… —dijo mientras ahogaba una lágrima.

A lo lejos un tranvía que se acercaba tocó la bocina para advertir a Miloš de que estaba en su vía. Al escucharlo, éste tuvo que soltar a su hijo y dirigirse rápidamente al asiento del conductor.

—Pasadlo bien, chicos. Disfrutad —besó a Jelena en la mejilla—. Ya voy, hombre, ya voy. Le vendría bien relajarse un poco… —añadió dirigiendo su mirada hacia el conductor del tranvía.

Se metió dentro del vehículo, arrancó y se alejó por la calle paralela al Miljacka. Mientras tanto, Stjepan seguía pensando en la impetuosa muestra de cariño de su padre. No recordaba la última vez que se habían abrazado de esa manera y, por primera vez en mucho tiempo, había entendido que su padre estaba orgulloso de él. Se estaba poniendo sentimental, por lo que decidió coger de la mano a Jelena y encaminarse hacia el lugar en que se iba a celebrar el casamiento. Un amigo del señor Salihović había acondicionado un almacén que tenía en Baščaršija para la recepción y ambos se dirigieron hacia allí.

Cuando llegaron al local, dudaron durante un momento, porque nada por fuera daba a entender que en aquel sitio fuera a tener lugar la celebración de la boda de Enes y Lejla. Pero al entrar dentro, pudieron ver que el ambiente festivo lo inundaba todo. El colorido de las alfombras colgadas en las paredes dotaba a la estancia de una alegría que hacía algún tiempo no se percibía en las calles de la ciudad. Había multitud de lámparas colgando del techo que iluminaban todo el espacio.

—La verdad es que con menos alfombras también lo podían haber decorado —susurró Jelena a Stjepan al oído mientras reprimía su risa.

—No seas mala —le contestó él—. Además, ya has visto que la casa de Enes también está abarrotada de cacharritos decorativos. Será que les gusta.

—Eso será —rio Jelena.

Stjepan buscó con la mirada a su amigo para poder felicitarlo. Tras unos segundos en que sólo veía amigos del señor Salihović, identificó a Enes en la esquina opuesta del almacén. Cogió del brazo a Jelena y avanzaron hacia aquel lugar. Al llegar, pudieron ver que Enes se había cortado el pelo y se había comprado un traje negro. Nunca habían visto tan elegante a su amigo y, cuando éste se giró, se dieron cuenta de que tampoco habían visto a su amigo nunca tan feliz como en aquel momento. En ese mismo instante, Enes sonrió a Jelena.

Las miradas de los dos amigos se cruzaron y comenzó su eterno ritual. Aquel día, sin embargo, Stjepan no quiso alargar el juego y se lanzó a abrazar a su amigo. Lo estrechó con todas sus fuerzas.

—Vale, vale, Stjepan. Yo también me alegro de verte —dijo Enes—. Si sigues apretando tan fuerte, vas a conseguir que Lejla se convierta en viuda el mismo día de nuestra boda —cuando se separaron, Enes pudo ver el brillo en los ojos de su amigo—. Me alegro de que estés aquí. Te he echado de menos.

Un escalofrío recorrió la espalda de Stjepan. Quería responderle que él también le echaba de menos, pero le daba miedo, si lo hacía, comenzar a llorar de manera inconsolable. En ese preciso instante comprendió que el ejército le estaba pasando factura. Ya no tenía la fortaleza mental de la que solía hacer gala y cualquier detalle, por nimio que fuera, ponía a prueba su capacidad de contención emocional. Estaba mentalmente agotado.

Intentó distraer su mente pensando en otros asuntos. Comenzó a escrutar a su amigo de arriba abajo. De golpe, la imagen infantil que tenía de

Enes se hizo pedazos. Se habían hecho mayores y ni tan siquiera se habían dado cuenta.

—Venid conmigo. Quisiera presentaros a la familia de Lejla. Están deseando conoceros.

Se desplazaron unos pocos metros hacia un grupo de personas que conversaban en torno a una mesa llena de dulces caseros.

—Buenos días, señor Salihović —pronunció Stjepan—. Felicidades por la boda de su hijo.

—Stjepan, querido —expresó Omer mientras se lanzaba a sus brazos—. ¡Hace tiempo que no te veía! Estás hecho todo un hombre… Gracias por hacer el esfuerzo de venir a una ocasión tan especial para todos nosotros.

—Era lo mínimo que podía hacer, señor Salihović —contestó—. No me hubiera perdonado a mí mismo no estar presente en este enlace. Sabe lo especial que es Enes para mí…

—Lo sé, hijo, lo sé. ¡Jelena, pero qué preciosidad estás hecha! —continuó mientras la besaba en la mejilla—. Estás deslumbrante. Creo que a algunas personas de aquí ya las conocéis. Aquí está mi viejo amigo Ajdin, el responsable de mantener en pie nuestra mezquita.

El imán estrechó la mano de Stjepan, pero éste pudo sentir cómo sus ojos lo fusilaban con una mirada de odio difícil de camuflar. Calmó su impulso interior de retirar la mano y le mantuvo la mirada, mientras notaba que el mundo a su alrededor giraba más despacio. Fueron unos breves segundos que le parecieron una eternidad. Sintió todo el odio que los otros pueblos sentían hacia los serbios y se estremeció. El imán notó su resquebrajamiento y una ligera sonrisa de triunfo se dibujó en sus labios.

—Y aquí os presento a la familia de Lejla. El señor y la señora Hasanović, Ahmed y Aminah. Estos son Stjepan y Jelena, los amigos con los que viajo mi hijo a Mostar en la ocasión en que conoció a la dulce Lejla. Es una bendición del cielo que hicieran ese viaje, porque sin quererlo ha entretejido los destinos de nuestras dos familias. Y aquí está el hermano menor de Lejla, Faris.

—Saluda a estos jóvenes, Faris —dijo el señor Hasanović a la vez que estrechaba de manera amable la mano de Stjepan y besaba en la mejilla a Jelena.

—Es un placer, señor Hasanović —replicó Stjepan. Se giró para estrechar también la mano de Faris, pero observó que éste le miraba con desprecio. Advirtió que el imán hacía un gesto apenas imperceptible al joven para que le mostrara su respeto. Cuando le estrechó la mano, Stjepan apenas pudo ahogar un grito de dolor debido a la fuerza que ejercía Faris. No comprendía qué le podía haber hecho a ese joven para que mostrara su desdén hacia él en la boda de su propia hermana.

Una vez saludó a toda la familia, se apartaron un poco del grupo para dejar que prosiguieran con su conversación. Stjepan observó al grupo con detenimiento. El señor Salihović y el señor Hasanović charlaban amistosamente, mientras la señora Hasanović se mantenía al margen. Su actitud recatada le recordó de inmediato a Lejla. Estaba claro a quién se parecía la ya esposa de Enes. Los otros dos miembros del grupo, el imán Ajdin y Faris, seguían sin quitarle ojo de encima. Eso le hizo sentir bastante incómodo, por lo que decidió mirar hacia otro lado.

—Mira, ahí viene Lejla —exclamó Jelena, interrumpiendo sus pensamientos—. Está preciosa.

—Cariño, te estaba buscando —comentó Enes—. Stjepan y Jelena han llegado hace nada y les he presentado a tu familia.

—Gracias por venir —susurró Lejla como si no quisiera que alguien oyera aquello. Se sonrojó cuando Stjepan le besó las mejillas. Olía a romero, como de costumbre—. Enes, ¿puedes acompañarme un momento? Mis tíos quieren darnos un pequeño regalo por nuestra boda.

—No os vayáis muy lejos, chicos —pronunció Enes—. Aprovechad ahora y comed los dulces que ha estado preparando mi padre. Dentro de un rato sacarán algo caliente. Para entonces ya estaré de vuelta espero…

Vieron alejarse a Enes y Lejla cogidos de la mano. Un acto reflejo empujó a Stjepan a hacer lo mismo. Se acercó a su novia y, de pronto, sintió que algo en su interior se rompía en pedazos. Echaba de menos una vida normal, una vida en la que las caras que viera reflejaran algo más que odio y resentimiento. Añoraba tener a Jelena y a Enes a su lado prácticamente todos los días.

—Vamos a sentarnos en esas sillas, *lane moje* —sugirió Jelena—. He visto cómo te miraban esos dos. No te preocupes, cariño. Ahora relájate.

—No puedo, Jelena, no puedo. Lo intento, pero no puedo relajarme. Aunque cierre los ojos, no consigo descansar. E incluso en el silencio más absoluto, escucho sonidos que no conseguiré olvidar jamás.

—No te entiendo, Stjepan.

—Tal vez sea mejor así, Jelena. No hoy —replicó Stjepan casi sin fuerzas.

Avanzaron hacia un par de sillas de terciopelo rojo que había en una esquina y tomaron asiento. Desde allí podían ver a la mayoría de los invitados. Todos iban vestidos con sus mejores galas. Evidentemente se notaban las diferencias sociales en el modo de vestir de algunas personas. Pero todas ellas parecían felices. Al cabo de unos minutos, un grupo de jóvenes pasó por delante de Stjepan y Jelena y les miraron con absoluto desprecio.

—Malditos serbios —murmuró uno de ellos—. Deberían irse a su maldita república y dejarnos en paz al resto.

Tras ver cómo proseguían su camino, Jelena se giró hacia Stjepan y volvió a distinguir una mueca entre la desesperanza y la tristeza más absoluta. Le pasó una mano por el hombro y, al acercarse más a él, pudo vislumbrar una lágrima brotando de sus ojos. Queriendo dejarle un rato a solas, se levantó para ir a por algunos dulces. La mesa no estaba lejos, pero le permitía darle unos instantes de soledad y tranquilidad a la par que no lo perdía de vista. Cogió un pequeño plato y sirvió dulces como para los dos. Volvió y se sentó otra vez en su silla junto a Stjepan.

—He traído algunos dulces para los dos, *lane moje* —rompió el hielo.

—No tengo ganas de comer nada. Gracias de todos modos.

—Deberías hacer un esfuerzo y tomar algo. Sé que algo te pasa y no tengo derecho a preguntarte qué es. Pero quisiera poder ayudarte y hacer que disfrutes del día de la boda de tu mejor amigo desde pequeñito. Enes se merece que sonrías hoy. Dejemos los problemas a un lado y disfrutemos de la fiesta, Stjepan.

—Lo intento, *lutko moja*. No creas que no lo intento. Con todas mis fuerzas. Pero no tienes ni idea… —en ese punto interrumpió la frase, porque no quería preocupar a Jelena con el infierno que estaba pasando en el ejército.

—Déjame ayudarte, Stjepan —le rogó Jelena.

—No puedes hacer nada, Jelena. Lamentablemente, nadie puede hacer ya nada —pareció resignarse él.

Ambos se quedaron mirando hacia el fondo de la estancia sin decir palabra. El silencio se estaba convirtiendo en algo insoportable.

—No está siendo fácil —rompió el silencio Stjepan después de unos interminables minutos—. Creí que todo sería menos complicado.

—¿De qué estás hablando, Stjepan? —preguntó con incredulidad Jelena.

—De los horrores que he vivido, *lutko moja*, de los horrores que he vivido.

—Lo lamento muchísimo. ¿Quieres hablar de ello? —susurró mientras le pasaba el brazo por la cintura—. Sabes que me tienes aquí para lo que necesites.

—Nadie me puede ayudar en esto. Sólo necesito que las imágenes que se alojan en mi mente desaparezcan de una vez. Cierro los ojos y veo una mirada que se clava en mí pidiendo clemencia. Una mirada ante la que lo único que puedo hacer es mantenerme inmóvil.

—No te entiendo, Stjepan.

—Tengo grabada una mirada que ya había visto antes miles de veces y que hoy en día sigo viendo. Es duro mirar a los ojos a tu mejor amigo y tener que revivir una y otra vez uno de los momentos más duros de tu vida.

—Pero… ¿qué me estás intentando decir? —acertó a decir estupefacta Jelena a la par que se aseguraba de que nadie a su alrededor podía escuchar lo que decían. Le preocupaba lo que le pudiera contar Stjepan y no quería que ninguno de los allí presentes lo juzgara por cualquier cosa que se hubiera visto obligado a hacer. Pensaba que sería muy injusto.

—Hace algún tiempo fui destinado a defender la Krajina en Croacia. Se suponía que era una simple operación de apoyo a la policía yugoslava local y los días transcurrían más o menos de manera aburrida. No había excesiva novedad, salvo los ataques de los separatistas. Nos expulsaron de Gospić y tuvimos que irnos a Široka Kula. Era un pequeño pueblo, donde todo parecía más o menos en orden. Pero el último día antes de mi permiso, nos ordenaron a Vukašin y a mí que fuéramos a buscar a una familia serbia que vivía en los alrededores.

Jelena notó que se estaba poniendo tensa. Le parecía que la mayoría de los asistentes les miraban con recelo. Rezaba por favor que nadie pudiera oír lo que le estaba contando en ese mismo instante Stjepan. Tenía la impresión de que estaba a punto de escuchar algo horrible.

—Toda la policía de la Krajina estaba reunida. Salieron en tromba y empecé a temer lo peor. Pero nada más lejos de la realidad. Incluso mis peores pensamientos se iban a quedar cortos ante el infierno que estaba a punto de vivir —Stjepan comenzó a jugar nervioso con sus manos. No sabía si estaba preparado para revivir lo sucedido en Široka Kula, pero sentía que tenía que contárselo a Jelena—. Ya en la calle se unió a ellos un grupo de ciudadanos furiosos que bramaba contra los insurgentes croatas.

Nosotros, en cambio, nos dirigimos a un pequeño pueblo vecino a buscar a una familia que vivía allí. La madre era croata, pero el resto de la familia eran serbios. El teniente Vuković detuvo al padre y me obligó a buscar a sus tres hijos. Todo parecía en orden y no encontrábamos a los niños.

Jelena se percató de que la voz de Stjepan se resquebrajaba con cada recuerdo que revivía. Lo cogió de la mano y se la estrechó con firmeza.

—Mientras estaba inspeccionando el salón, me encontré con un retrato de la familia al completo —prosiguió Stjepan—. Todos ellos estaban resplandecientes, sonrientes, totalmente despreocupados. Me fijé en el más joven de los dos chicos. Milovan Rakić. Así se llamaba el niño. Su mirada esquiva, tímida se me clavó en el corazón —finalizó antes de comenzar a derrumbarse.

Los ojos se le arrasaron en lágrimas y las manos empezaron a temblar entre las de Jelena. Su voz se quebró y le fue imposible proseguir. Jelena puso todo su empeño en intentar calmar a Stjepan.

—No pasa nada, Stjepan. No hace falta que continúes —dijo con voz dulce—. No te tortures con todo eso.

—No lo entiendes, Jelena. Nadie puede entenderlo… Aquel niño, Milovan, aquella mirada… —notó que se ahogaba. Pero algo en su interior le decía que debía continuar con su relato—. Era idéntico a Enes. ¡Aquel niño era igual que Enes! Me quedé mirando el retrato familiar algún tiempo. No podría decirte cuánto, pero un grito del maldito teniente me sacó de entre mis pensamientos. Proseguimos la búsqueda y los encontramos. Hicimos salir a todos los miembros de la familia, menos a la madre, que había huido. Los cargamos en el vehículo y volvimos a la central. Se suponía que no iban a sufrir ningún daño, pero estaban totalmente aterrados.

—No pudiste hacer nada, cariño. No es culpa tuya —comentó Jelena en voz baja, como si no quisiera que les escuchara nadie.

—No, Jelena, no es culpa mía, pero todos contribuimos a ello. No pude hacer nada. Ni tan siquiera pude compadecerme de esa familia, porque mostrar la más mínima muestra de humanidad podría haber supuesto mi ruina. Quería reconfortar al pequeño Milovan, pero no podía. Cuando llegamos a Široka Kula, el infierno que se había desatado en la ciudad hizo mella en nuestros acompañantes. Se vinieron todos abajo y no pude reaccionar. Vieron cómo la policía local ejecutaba a sus convecinos. Pero lo peor estaba por venir. Los acusaron de traidores y se los llevaron a una sima donde, me temo, los ejecutaron.

En ese mismo instante, dos grandes lágrimas saltaron de sus ojos y corrieron por sus mejillas creando dos ríos que parecían no tener fin.

—Era idéntico a Enes, Jelena. Idéntico a él. Con su última mirada parecía estar pidiéndome ayuda y no pude hacer nada —sollozó.

—Lo siento, Stjepan. Lo siento muchísimo. Ha tenido que ser muy difícil para ti guardarte todo esto. Deberías habérmelo contado antes. No estás sólo, cariño.

—Lo sé. Y te lo agradezco —se enjugó las lágrimas con la mano y sacó fuerzas de flaqueza—. Hoy al ver a Enes he vuelto a recordar la mirada de aquel pobre niño que, cual cordero indefenso, se dirigía a una condena inmerecida.

—Es horrible —exclamó Jelena.

—Lo único que espero es que aquí no ocurra lo mismo. El plebiscito celebrado por las ciudades serbias y la formación de la Asamblea del Pueblo Serbio de Bosnia y Herzegovina espero que sirvan como una medida preventiva para evitar todo ese tipo de acciones aquí.

Esas palabras pillaron por sorpresa a Jelena. Creía que haber vivido aquel horrible episodio le habría hecho ver las cosas con mayor claridad. Pero se equivocaba.

—¿No crees que incluso esos movimientos pueden llevar a tensar más la situación aquí?

—No. Es una simple advertencia. Nadie pretende separarse. Lo único que pretenden es mostrar que, en caso necesario, también los serbios deberíamos tener derecho a marcharnos de esos experimentos. Pero tranquila, Jelena. No va a suceder nada.

—Ojalá tengas razón, *lane moje*, ojalá tengas razón —deseó Jelena.

—¿Piensas que puede haber alguien tan tonto como para intentar hacer frente a las fuerzas serbias combinadas aquí? Además los bosnios hemos estado siempre en mayor relación con la Serbia madre que cualquier otro pueblo.

Jelena no daba crédito a lo que escuchaba. Stjepan parecía convencido de que las demostraciones de fuerza de los serbios podían mitigar las crecientes ansias independentistas de algunos sectores de la población. Temía que, a pesar de todos los horrores vividos, el ejército estuviera teniendo un efecto nocivo inimaginable en su novio.

—Bueno, dejemos el tema y disfrutemos de este maravilloso día —concluyó Jelena—. Mira, ahí se acerca Enes.

—Enes, ven aquí —le invitó Stjepan—. Tienes muchas cosas que contarnos. Toma asiento.

—Hola otra vez chicos —saludó de nuevo Enes—. Está siendo agotador este día. Tengo que saludar a bastante gente que no conozco de nada. Creo que muchos son amigos de la familia de Lejla que han venido desde lejos.

—Toma asiento, Enes —sugirió Jelena—. Yo voy a tomar el aire un rato. Tanta vela encendida me está dando un poco de dolor de cabeza.

Jelena no quería admitir que las últimas palabras de Stjepan la habían dejado preocupada y prefería ir un rato fuera a reflexionar. Miles de preguntas le asaltaban la cabeza. Se levantó y cedió su sitio a Enes.

—¿Qué tal te va todo, amigo? —preguntó Stjepan—. A partir de ahora ya sabes que tendrás que hacer caso a lo que te diga tu mujer.

—Ya conoces a Lejla. Ella es muy recatada y creo que le gusta más cuidar de la casa que mandarme a mí hacer nada. Además, vamos a vivir en casa de mi padre.

—Empieza a hacer calor aquí —se quejó Stjepan—. Este traje y esta corbata me están matando. ¿No tienes calor?

—Pues sí, la verdad es que sí —dijo Enes a la vez que se aflojaba el nudo de la corbata.

En ese mismo momento, Stjepan se fijó que, debajo de la camisa, su amigo llevaba puesta la pulsera de cuero que le había regalado hacía algunos años. No lo podía creer. En el que seguramente sería uno de los días más felices de su vida, su amigo no se había quitado su pulsera. Se le encogió el corazón y tuvo que reprimir su emoción.

—Enes, ¿eso que llevas puesto es…?

—Sí, hombre. ¿Realmente pensabas que me iba a quitar esta pulsera hoy? —rio Enes—. No me la he quitado desde que me la diste, como para hacerlo hoy. Te dije el mismo día que me la diste que no me la iba a quitar nunca.

—Ya —prosiguió Stjepan—, pero no me imaginaba que hoy fueras a tenerla puesta.

—Esta tira de cuero para mí significa muchísimo. Y lo sabes —le interrumpió.

—Gracias, Enes. No sabes lo que significa para mí este gesto —agradeció Stjepan.

Se quedaron en silencio durante un rato. Stjepan seguía dándole vueltas al hecho de que su amigo llevara la pulsera durante aquella celebración. Pasó su brazo por los hombros de Enes y lo acercó hacia sí mismo. No hacía falta decir nada entre ellos. Se miraron a los ojos y dibujaron una amplia sonrisa en sus caras.

Se percataron de que Jelena acababa de volver a entrar al recinto. Enes saludó con la mano. Jelena se acercó con un plato lleno de comida. Cuando llegó donde los chicos, todos comenzaron a comer.

—Menos mal que estás aquí, Jelena. Me tienen todo el día sin probar bocado. Y estaba muerto del hambre —protestó Enes.

—Ten cuidado, no revientes el traje —bromeó Stjepan.

Jelena dio gracias al cielo al ver que su novio se había relajado y ya se encontraba mucho más tranquilo. Se unió al coro de risas de los chicos mientras dejaba el plato de comida en una pequeña mesita que había cerca. Se acercó más adonde los chicos y se apoyó en la silla de Stjepan.

Transcurrieron unos minutos antes de que vieran que Lejla se acercaba hacia ellos. Al principio, todos pensaron que se iba a unir a la conversación del grupo. Pero según se aproximaba, observaron con asombro que tenía los ojos llenos de lágrimas.

—Enes, es horrible —balbuceó Lejla.

—¿Qué sucede? —se levantó Enes. Abrazó a Lejla y le limpió las lágrimas con un pañuelo que llevaba en el bolsillo.

—No sé si… —se limitó a decir Lejla. Lanzó una mirada hacia Stjepan y Jelena y decidió no proseguir.

—No pasa nada, Lejla. Sabes que son como mi familia —le interrumpió Enes.

—Es que… Ha pasado algo horrible. Mi hermano acaba de decirme que… —las lágrimas volvieron a brotar en los ojos de Lejla—. Me acaba de decir que…

—Respira, *moj golube*, respira —intentó calmarla Enes. Jelena y Stjepan se mantenían inmóviles sin saber qué decir.

—Mate Boban ha declarado que los croatas de Bosnia-Herzegovina van a formar la Comunidad Croata de Herzeg-Bosnia. Han nombrado Mostar su capital y se han hecho con el control de la ciudad. Creo que la Unión

Democrática Croata está buscando que la guerra se extienda aquí... —rompió a llorar de manera desconsolada—. ¡Qué va a hacer mi familia!

—La guerra se acerca... —musitó Stjepan.

Todos se quedaron totalmente callados ante las malas noticias que acababan de recibir. Una nube negra parecía cernirse sobre el futuro de Bosnia. Stjepan agachó la cabeza para que nadie pudiera ver las lágrimas de sus ojos. Jelena se acercó a Stjepan y éste le estrecho la mano contra su mejilla. Enes tenía a Lejla abrazada, pero soltó una de sus manos para apoyarse en su hombro. Stjepan levantó la mirada del suelo y miró directamente a los ojos a Enes. La mirada de preocupación de los dos amigos se congeló en el tiempo, como si esperaran que ese momento se esfumara y fuera una simple pesadilla.

1 DE MARZO DE 1992

Sarajevo, 1 de marzo de 1992

Llevaba ya dos meses en Sarajevo. Estaba harto de tanto traslado, pero no podía decir nada, ya que iba en contra de las reglas del ejército discutir cualquier orden proveniente de un superior. Desde que volvió, sin embargo, se le estaba haciendo más llevadera la instrucción, porque Vukašin y él habían sido destinados a la división de los acorazados. Estaban aprendiendo a conducir tanques ligeros. Pero, como no, el teniente Vuković había decidido que él no fuera más que el acompañante de Vukašin. A pesar de que era objetivamente mejor que su amigo en cualquier posición del tanque, había sido relegado a un puesto menor. De lo que no se había percatado el teniente Vuković era que, en caso de tener que entrar en combate, el que tendría que manejar el tanque iba a ser él. De todos modos, Stjepan todavía albergaba la esperanza de que la tensa situación que se vivía en Bosnia no fuera a más y todo se solucionara sin ningún intento de secesión. Cada vez parecía menos probable, pero él se repetía una y otra vez para sus adentros que cosas más raras habían logrado los serbios en su historia.

Aquel domingo le habían dado el día libre. Se había levantado bastante pronto por la mañana y acudió a casa de sus padres para poder desayunar con ellos. La relación con su padre había mejorado desde la boda de Enes. Pero ambos habían aprendido que no debían hablar del ejército en presencia del otro, porque, si no, se abría la caja de los truenos y era difícil cerrarla. Tras el desayuno, estuvo cerca de dos horas con su padre en el pequeño estudio de la casa. Buscó con la mirada el ejemplar de 'Un puente sobre el Drina' y lo encontró encima del escritorio. Su padre estaba preocupado, aunque no quisiera confesarlo.

Cuando oyeron el timbre de la puerta, Stjepan se levantó rápidamente para ir a abrir. Ya sabía de quién se trataba. Jelena había sido invitada a una boda de unos amigos de su padre. Estaba radiante.

—Buenos días, *lane moje* —intervino Jelena mientras besaba en la mejilla izquierda a Stjepan—. Hubiera sido maravilloso poder ir juntos. Pero tu querido teniente no te ha dicho que tenías el día libre hasta el miércoles —dijo con cierto deje irónico.

—Lo siento, Jelena —se disculpó él—. Sabes que si lo hubiera sabido antes hubiera pasado encantado el día contigo.

—Lo sé, tonto. Es que me pone muy nerviosa tener que ir sola con mi familia a la boda del hijo del señor Gardović en Novo Sarajevo. Con todo esto del referéndum no es que esté precisamente tranquila.

—No pasa nada, *lutko moja* —respondió Stjepan apartándole el pelo que le caía sobre los hombros—. La ciudad está tranquila y por eso nos ratificaron ayer los permisos. Si algo fuera a ocurrir, todos nosotros estaríamos encerrados en el cuartel.

—Buenos días, Jelena —se escuchó desde la cocina. Božidarka acababa de preparar la comida y se dirigía a descansar un poco—. Estás preciosa. ¿A que sí, Miloš?

—Es como si un ángel se posara en la puerta de nuestra casa —dijo él desde el umbral del despacho—. Chicos, voy a ir al centro a visitar a unos amigos. ¿Queréis que os acerque?

—Sería muy amable, señor Župan. Pero no sé si entramos todos.

—Tendréis que ir un poco apretados detrás, pero llegaréis antes que yendo en tranvía. Hace tiempo que no hablo con el señor Nikolić y podemos aprovechar el viaje para ponernos al día. Además —continuó mientras guiñaba el ojo a su hijo—, seguro que en el ejército Stjepan ha tenido que dormir en sitios más estrechos alguna vez.

Todos rieron con el comentario del señor Župan. Pero inmediatamente Stjepan se asombró al darse cuenta de que, por primera vez en mucho tiempo, su padre decía algo del ejército que no era un ataque directo contra él. Albergó la esperanza de que la percepción que su padre tenía del ejército hubiera empezado a cambiar.

—Está bien, señor Župan. Iré arriba a avisar a mi familia. Ahora mismo bajamos. Pero no debería tomarse la molestia.

—No es ninguna molestia, Jelena. Después de todo lo que haces por mi hijo, esto es lo mínimo que puedo hacer yo por vosotros —replicó Miloš—. Avísalos o llegaréis tarde a la boda.

Cuando se quedaron a solas, Stjepan y Miloš fueron a por sus chaquetas. Al cabo de un par de minutos, la familia de Jelena se encontraba esperando en el descansillo. Tras despedirse de su madre, Stjepan se dirigió hacia el portal a esperar que su padre acercara el coche para que todos pudieran montar.

—Muchas gracias, Stjepan. Es muy amable por vuestra parte acercarnos al centro —dijo el señor Nikolić de manera sincera.

—No es nada, señor Nikolić. Parece ser que mi padre tenía que ir al centro. Y yo pensaba pasar a visitar a Enes, para ver qué tal le va la vida de casado —contestó Stjepan.

Nada más acabar de decir eso, vio que su padre doblaba la esquina con el coche. Stjepan se sentó en la parte de atrás junto a Jelena y su madre, mientras el señor Nikolić se montaba en el asiento del copiloto.

—¡Cuánto tiempo, Željko! —saludó Miloš—. Parece mentira que seamos vecinos.

—Pues sí, la verdad, Miloš —contestó el señor Nikolić—. Algún día deberías subir a casa a tomarte un café. Tenemos un montón de cosas de qué hablar —prosiguió con cierto tono de melancolía.

—A ver si puedo pasarme esta semana —reflexionó Miloš—. Bueno, ¿dónde queréis que os deje? No llevo prisa, o sea que os puedo llevar a cualquier sitio.

—Vamos a la Iglesia de la Santa Transfiguración en Novo Sarajevo, pero podemos caminar desde cualquier sitio.

—Como andamos con tiempo, les dejo a ellos primero y luego volvemos nosotros al Miljacka, ¿vale, hijo? —preguntó Miloš.

Al ver que su hijo asentía, Miloš continuó hablando con el señor Nikolić hasta llegar a la iglesia. Ya se había reunido bastante gente en la iglesia y pudieron distinguir las banderas serbias en los coches allí aparcados. Antes de despedirse, Jelena besó la mejilla de Stjepan y éste le correspondió con una caricia cariñosa.

—Espero que pronto te den otro permiso, *lane moje*.

—Ya sabes, será cuando el teniente quiera, *lutko moja* —respondió Stjepan. Tras eso, salió para cambiarse al asiento delantero.

—No creo que sea una buena idea... —escuchó Stjepan a su padre mascullar mientras entraba al coche.

—¿El qué, papá? —intentó averiguar Stjepan interrumpiendo los pensamientos de Miloš.

—Nada, hijo, nada... —dijo él temiendo que la respuesta que fuera a darle hiciera que su hijo se enfureciera—. Vamos a continuar y te dejo en el Puente Latino.

Continuaron conversando los pocos minutos que duró el recorrido hasta volver al Miljacka. Stjepan se despidió de su padre y bajó del vehículo. Respiró hondo. Aquel olor a frescor del Miljacka le trajo a la memoria recuerdos de su infancia. Las largas horas transcurridas en el pretil del puente sin importarles lo que ocurriera a su alrededor, las interminables charlas sobre los asuntos más variopintos, las sonoras carcajadas de tres inseparables amigos.

Enfrascado en sus pensamientos, pasó la mano por la piedra rugosa del pretil en la orilla del río. Cerró los ojos. Por primera vez en mucho tiempo, no se sentía solo. Allí estaba toda su vida. Estaban todas las personas de su vida.

Justo antes de llegar al puente, abrió los ojos y se topó de bruces con la visión de la esquina desde que Gavrilo Princip había disparado al heredero imperial austriaco Francisco Fernando. Cruzó la carretera y se adentró en Baščarsija. Se dirigió hacia la pastelería de Omer para recoger a Enes.

—Hola, Stjepan —saludó Omer al entrar—. Pensaba que al final hoy no os iban a conceder el permiso.

—Hola, señor Salihović —respondió sonriente Stjepan. Aquel hombre le infundía paz—. Estos días está todo en paz. No creo que vaya a pasar nada. Y si no, ya nos encontrarán a todos. ¿Está Enes por aquí?

Justo en aquel preciso instante Enes salió de la trastienda con un enorme pastel entre sus manos. Aquel día su juego de quedarse quietos duró únicamente unos segundos, porque Enes no quería que su padre pensara que estaban locos.

—Buenos días, Stjepan. Dejo este pastel y nos vamos. ¿De verdad que no necesitas mi ayuda hoy, papá? —preguntó.

—Ve tranquilo, hijo. He estado mucho tiempo trabajando solo en esta pastelería. Por un día más no se me van a caer los anillos. Anda, marcha.

—Gracias, papá.

—Gracias, señor Salihović. Luego se lo devuelvo sano y salvo.

—Eso espero, muchacho. Eso espero —rio Omer mientras se dirigía hacía unos clientes que acababan de entrar en la pastelería.

Los dos jóvenes salieron de la tienda y charlaron amistosamente mientras caminaban por las calles de Baščarsija. Sin necesidad de mediar palabra alguna, ambos se encaminaron de manera inconsciente hacia el que consideraban su lugar privado. Al llegar a la esquina en que Baščarsija se cruzaba con la carretera paralela al Miljacka, una ráfaga de aire fresco les golpeó la cara.

—Hace frío aquí —protestó Enes al sentir un escalofrío.

—No te preocupes. Es sólo la impresión del frescor del río. Ya verás cómo en unos segundos entrarás en calor.

Se sentaron en el pretil del puente con la mirada fija en la corriente del Miljacka, que aquel día bajaba especialmente turbio. La corriente pasaba por debajo de ellos como si nada pudiera perturbar su transcurrir. Minutos después de haberse sentado allí, Enes levantó la mirada del agua.

—Estoy preocupado, Stjepan —rompió el silencio.

—¿Algo va mal con Lejla, Enes? —se sorprendió Stjepan—. Sabes que siempre que lo necesites puedes contar conmigo.

—Lo sé, lo sé. Pero con Lejla las cosas van genial —se apresuró a afirmar Enes—. Son otras cosas las que me tienen inquieto. Mi padre actúa como si no sucediera nada, pero yo no lo veo así…

—¿El qué? —sondeó Stjepan sorprendido.

—Todo lo que está sucediendo, Stjepan —comentó abatido Enes—. Todo está cambiando. Nada volverá a ser como antes.

—Los cambios a veces son bueno, Enes —respondió él—. Demuestran madurez.

—No me estás entendiendo, Stjepan. No me refiero a nosotros. Vivimos tiempos convulsos y tú mejor que nadie deberías saberlo.

La expresión de Stjepan cambió de repente. Por primera vez en su vida, su amigo, el cándido Enes, parecía estar hablando de la situación política que se les presentaba en ese momento ante sí. A pesar de que no cabía en sí del asombro, no quiso interrumpir a Enes.

—¿Es que nadie en esta tierra tiene la suficiente cabeza para parar esta locura? Empezaron los eslovenos con que se querían marchar. Los croatas iniciaron un infierno de fuego y muerte en su propio territorio. Y, por si no fuera suficiente, intentan provocar a todo el mundo declarando que Herzegovina es croata. ¿Pero qué pretendían con ello? —se indignó Enes.

—Son maniobras de provocación, Enes. Y parece que lo están consiguiendo —bajó la cabeza Stjepan.

—Y luego vosotros, los serbios. ¡No podíais dejar pasar la ocasión de haceros más fuertes, no! —se exasperó—. Teníais que aprovechar que los croatas habían revuelto la situación para intentar sacar provecho. Y lo único que habéis hecho es echar una cerilla al polvorín. Convocasteis vuestro referéndum para decir que queríais seguir unidos a Yugoslavia. Bien. Y hace dos días proclamáis la República Serbia de Bosnia-Herzegovina. Además, en vuestra constitución decís que los territorios con mayoría étnica y aquellos con minorías por la limpieza étnica perpetrada en la II Guerra Mundial forman parte de dicha república. Eso es estúpido.

—Enes, cálmate —intentó mediar Stjepan ante el creciente enfado de su amigo. No le gustaba lo que estaba escuchando, pero le daba miedo que Enes tuviera razón.

—No puedo calmarme, Stjepan. Entre todos estamos tensando tanto la situación que nos va a estallar entre las manos. Porque no te voy a ocultar que vuestra declaración de independencia de anteayer es una respuesta comprensible al referéndum que Izetbegović está llevando a cabo entre ayer y hoy —al finalizar la frase, suspiró y hundió su cabeza entre las manos.

—Enes, puede que tengas razón, pero creo que estás dramatizando demasiado —le tranquilizó—. Nadie en su sano juicio desea que aquí se repita lo de Croacia.

—¿Evitarlo? —contestó de manera irónica Enes—. Pero si realmente parece que lo que están buscando entre todos es que se replique ya de una vez algo así aquí mismo.

—Sí, Enes, evitarlo. No estoy loco. Todo lo que está sucediendo ahora realmente creo que es para intentar evitar cualquier conflicto. Las diferentes nacionalidades de Bosnia intentan mostrar su fuerza para que absolutamente a nadie se le ocurra meterse con ellas. Los croatas del oeste parecen querer mostrar que están convencidos que contarán con el apoyo de Croacia. Pero es impensable que nadie piense que, teniendo un conflicto en el seno de su República, se van a aventurar en cualquier otro asunto. Ante esa demostración, no era posible que los serbios nos quedáramos con los brazos cruzados, por lo que Karadžić creyó que era buena idea mostrar que los serbios también tenemos fuerza suficiente. Y, viendo esto, los musulmanes habéis decidido juntaros a los croatas y convocar un referéndum para decir que queréis iros. Como era de esperar, nosotros no vamos a tomar parte en esa chanza. Hoy diréis que os queréis ir y nosotros diremos que no. Los croatas se mantendrán al acecho. Pero como te he dicho, nadie va a dar ningún paso, porque ninguno está convencido del resultado.

—¿Me estás diciendo que no va a suceder nada porque ninguno está convencido de la victoria? —preguntó incrédulo Enes—. ¿Que si alguno pensara que iba a vencer no dudaría en provocar la guerra aquí en Bosnia?

—Eso es, Enes. Nadie va a dar el primer paso, pero todos están preparados por si algún otro lo da. Nosotros los serbios no vamos a separarnos a no ser que otros se separen primero. Mientras no hagáis una estupidez, no pasará nada. Nosotros queremos mantener la unidad de Yugoslavia, por lo que mantenernos todos unidos es imprescindible. Nosotros no votamos para marcharnos, sino para mantenernos unidos.

—¿Aunque eso suponga que no se hace caso a la mayoría? —se sorprendió Enes.

—La mayoría es como un rebaño de ovejas lelas. Si existe alguien con el carácter de un perro pastor, harán todo lo que esa persona quiera. Para bien o para mal. Pero bueno, cambiemos de tema, que suficiente suelo tener en el cuartel —comentó para relajar la situación. Le daba la impresión de que Enes se estaba poniendo cada vez más tenso y no quería discutir con él.

—Perdona, Stjepan. Pero es que estoy preocupado. De hecho, pensaba que hoy al final no ibas a poder venir, por todo lo de la votación.

—Bah, todo está bajo control —afirmó Stjepan—. No se prevé que haya ningún incidente grave. Y en caso de que eso ocurriera, nos localizarían a todos al instante. Me han hecho decirles dónde pensaba estar todo el día, o sea que me tienen controlado.

Ambos rieron con el último comentario. De pronto, el ambiente se destensó por completo y los cuerpos de ambos chicos mostraron una relajación mayor que momentos antes. Se mantuvieron unos segundos en silencio hasta que Stjepan lo rompió.

—¿Qué tal la vida de casado? ¿Ya te ha vuelto loco Lejla?

—No seas exagerado, Stjepan. Ya sabes que Lejla es muy recatada y no se queja por nada. Mi padre y yo no solemos llegar hasta bastante tarde a casa y suele esperarnos con todo preparado para que nosotros no tengamos que hacer nada. Es la mujer perfecta. Pero tengo la impresión de que echa bastante de menos a su familia. Le prometí que iríamos a visitarlos cada cierto tiempo, pero las cosas en Mostar no están extremadamente bien.

—Bueno, todo pasará. ¿Y ya habéis ido de luna de miel?

—Pues la verdad es que no… Pensábamos ir a algún sitio en la costa, porque nunca he visto el mar. Pero no ha podido ser —dijo con melancolía Enes.

—Oye, me acabo de dar cuenta. Mi familia tiene una casa de verano en Sveti Stefan. Creo que Montenegro os gustaría. Incluso, si se ha calmado la cosa, podríais hacer la vuelta pasando por Mostar. Tampoco está tan lejos.

—¿Es donde solíais ir de veraneo, no? —dudó Enes.

—Eso es. La casa es bastante antigua, pero el sitio es maravilloso. Creo que os servirá para desconectar de todo. Eso sí, mejor id cuando vaya a hacer buen tiempo, porque, si no, no es que haya demasiadas cosas para hacer allí y os podríais aburrir. Aunque pensándolo bien, igual podéis aprovechar para encargar algún niño —sonrió Stjepan.

— No creo que por ahora vayamos a tener descendencia —contestó totalmente ruborizado—. Creo que necesitamos algo de tiempo para acostumbrarnos a la situación. No va a ser fácil, porque tenemos que convivir también con mi padre. Lo quiero con locura, pero a veces necesitaríamos poder estar solos Lejla y yo.

—Ya llegarán momentos mejores, amigo mío —percatándose de que esa conversación no hacía que se sintiera mejor, decidió cambiar de tema—. Por cierto —expresó con un tono socarrón—, ¿qué tal va el Željezničar en la liga esta año? Es que no me acuerdo muy bien…

—¡Qué gracioso! —protestó Enes—. Ya sabes que no vamos precisamente muy sobrados de puntos.

—¿Y quién va líder? —bromeó—. Ah, sí… Ese equipo de Belgrado… ¿Cómo se llamaba? Anda, Enes, ayúdame que no me acuerdo.

—Idiota —protestó de manera cariñosa.

—Otra vez más os vais a tener que rendir al poderío del equipo más grande de Yugoslavia. Este año la liga también va a ser para el Estrella Roja, querido amigo —se regodeó Stjepan.

—Bueno, por lo menos me alegra que vayas a disfrutar tú. Eso sí, por lo que más queráis, ganad a esos salvajes del FK Sarajevo —chanceó Enes entre sonoras carcajadas.

Notaron que la gente que pasaba a su lado los miraba. Algunos los miraban con asombro, pero otros no podían disimular el odio que sentían por aquel joven serbio que conversaba con su conciudadano. Enes y Stjepan, sin embargo, no dieron importancia alguna a las miradas de la gente y continuaron conversando como si nada sucediera a su alrededor. Al cabo de unos minutos, escucharon el ruido de un motor totalmente acelerado acercándose hacia ellos. Lo vieron pasar como una exhalación por su lado y luego desapareció doblando la esquina junto a la Biblioteca Nacional de Sarajevo.

—¿Pero dónde irá esa gente con tanta prisa? —protestó Stjepan—. Pueden atropellar a cualquiera a esa velocidad. A ese tipo de gente habría que darle su merecido.

—Desde luego —asintió Enes.

—Me está entrando algo de hambre… Bueno, más bien me apetece algo dulce. ¿Te parece bien si en unos minutos vamos a algún sitio a comprar algo? —propuso Stjepan.

—De acuerdo. Vayamos a Sebilj. Allí encontraremos algo.

—Dame unos minutos para cerrar los ojos y escuchar el murmullo del Miljacka —solicitó Stjepan.

Los dos jóvenes cerraron los ojos e intentaron abstraerse de lo que tenían en derredor. Se centraron en el runrún del agua al pasar bajo ellos. Stjepan se enfrascó en sus pensamientos y voló hacia los recuerdos de su niñez. Recordó la primera vez que había acudido a ese puente con Enes. Algo les sobresaltó y ambos abrieron los ojos de manera simultánea.

—¡Stjepan! —escucharon un grito desesperado que provenía de Baščarsija.

Volvieron sus miradas hacia el lugar de donde provenía el grito y pudieron vislumbrar la figura de Jelena que corría desesperadamente hacia ellos. Cuando llegó donde se encontraban los chicos, se lanzó a los brazos de Stjepan y rompió a llorar.

—No pasa nada, *lutko moja*. Cálmate —le susurró al oído—. Cuéntanos qué ha sucedido.

—Ha sido horrible, Stjepan —sollozó ella—. Horrible.

—No te preocupes, Jelena —intentó consolarla Enes—. Aquí estarás a salvo.

—A ver, respira hondo, cariño —continuó Stjepan—. Respira y cálmate. No sé lo que habrá pasado, pero como dice Enes aquí estás a salvo. ¿Qué haces aquí?

Al cabo de unos segundos, Jelena pareció recobrar la compostura y se secó las lágrimas con un pañuelo que le ofreció Stjepan. A pesar de tener el maquillaje corrido, seguía igual de hermosa que antes. Respiró hondamente un par de veces y se armó de valor para continuar.

—Estábamos en la boda del hijo del señor Gardović, Milan. Todo iba perfectamente. La ceremonia ha sido preciosa y nos hemos preparado todos para ir en procesión hasta la Vieja Catedral Ortodoxa de Baščarsija, tal como dicta la tradición. Algunos asistentes avanzaban cantando y otros lanzaban hurras por los contrayentes al viento —parecía que se iba a emocionar, por lo que aspiró profundamente—. Todo transcurría con normalidad. Pero algunos comenzaron a ondear banderas serbias durante la procesión.

—Oh, no —se lamentó Stjepan en voz baja—. A eso se refería mi padre…

—Hemos hecho nuestro recorrido y estábamos dispuestos a dirigirnos a la Vieja Catedral para el convite que íbamos a ofrecer al Padre Miković. De pronto, ha aparecido de la nada un coche que circulaba a toda velocidad —con ese comentario se les heló la sangre a Enes y Stjepan, porque probablemente se tratara del mismo que habían visto ellos unos minutos antes—. Cuatro jóvenes han bajado del coche y han intentado quitarles la bandera serbia a los invitados. Antes de que ninguno de nosotros pudiera reaccionar, se ha escuchado una ráfaga de tiros. Todos nos hemos lanzado al suelo lo más rápidamente que hemos podido para intentar esquivar las balas. Tras unos segundos de estupor, hemos podido escuchar que el vehículo se alejaba a la misma velocidad que se había acercado y alguien desde dentro vociferaba que ojalá nos pudriéramos todos en el infierno.

Enes no podía creer lo que estaba escuchando. Alguien había atacado la procesión nupcial en que estaba Jelena en pleno corazón de la ciudad vieja de Sarajevo. No hacía falta, además, pensar demasiado para descubrir que los culpables de ese hecho tenían que ser correligionarios suyos. Aquel pensamiento le quebró el corazón.

—Cuando hemos podido reaccionar, se ha producido un desconcierto total. Algunos de los jóvenes que asistían a la boda se han lanzado a perseguir a los atacantes. Han pedido auxilio a unos policías que se encontraban por allí, pero éstos no han movido un solo dedo a pesar de haber presenciado lo sucedido. Algunas otras personas se han mantenido tumbadas boca abajo durante largo rato, temiendo que pudieran volver.

Pero lo peor ha sido escuchar el grito ahogado de la señora Gardović. Mi familia y yo nos hemos levantado y hemos acudido rápidamente hasta el lugar de donde provenía el grito. Nos hemos encontrado a la señora Gardović plañendo con su marido Nikola entre los brazos y su hijo Milan observando la escena con lágrimas en los ojos. Han llamado a una ambulancia, pero el señor Gardović ha muerto antes de entrar en ella. Unos metros más alejado, se encontraba el cuerpo herido del Padre Miković, pero, gracias a Dios, parece que va a recuperarse de las heridas sufridas. ¡Pero esos malditos salvajes han roto una familia en uno de los días más alegres de sus vidas!

Al ver que en ese momento su novia rompía a llorar de nuevo, Stjepan la abrazó y la arrulló para calmarla. Miró hacia donde estaba Enes y comprobó que estaba totalmente blanco ante el relato de Jelena. La furia le sobrecogió, pero tuvo que hacer un esfuerzo sobrehumano para poder contenerse y no explotar en aquel mismo instante.

—Ha sido horrible, Stjepan —lloró Jelena—. Horrible. Por un momento creía que no iba a volver a verte. Cuando todo se ha calmado, mi familia se ha marchado a casa, pero yo les he pedido que me dejaran buscaros para ver que estabais sanos y salvos.

—Tranquila, *lutko moja* —la calmó Stjepan—. Ya todo ha pasado.

—He corrido todo lo depriza que he podido hasta la pastelería de tu padre, Enes, con la esperanza de encontraros allí —prosiguió Jelena—. Pero me ha dicho que habíais salido a pasear. He pensado que estaríais aquí. Y gracias a Dios que os he encontrado. Creía que me iba a volver loca si no os encontraba.

Enes se había girado hacía el río y tenía la mirada perdida en algún punto lejano del horizonte. No quería que sus amigos vieran que el relato de Jelena lo había destrozado e intentó ocultar su desolación.

—No entiendo por qué han hecho eso. Realmente no lo entiendo —se lamentó Enes a la par que agachaba la cabeza totalmente abatido—. ¡Malditos sean!

—El primer paso, Enes… El primer paso —sentenció de manera firme Stjepan con una furia incontenible reflejada en los ojos.

28 DE MARZO DE 1992

Sarajevo, 28 de marzo de 1992

A pesar de que ya había pasado casi un mes desde el incidente en la boda de Milan Gardović, Baščarsija no había recuperado la normalidad por completo y se podía respirar cierta calma tensa. Todo el mundo parecía desconfiar de cualquier persona que tuviera a su alrededor. Por eso, Jelena ni tan siquiera se atrevía a poner un solo pie en la ciudad vieja si no iba acompañada. El día había amanecido soleado, por lo que se encontraba de buen humor. Parecía que iba a ser un día alegre entre tantos otros grises que se sucedían últimamente. De hecho, ella misma se había decidido aquella mañana a superar sus miedos y acercarse sola al Puente de Gravilo Princip, pero, cuando estaba a punto de salir de casa, la congoja se apoderó de ella. Se apresuró a llamar a Enes para quedar en algún otro lugar y decidieron encontrarse en la parada de Zmaja od Bosne, la del Dragón, como solía llamarla Enes con nostalgia de sus juegos infantiles con Stjepan.

Según se iba acercando el tranvía a su destino, Jelena pensó que era el lugar perfecto para reunirse con Enes. Ni demasiado lejos del centro, ni excesivamente cerca. Era el lugar donde edificios altos como el del Holiday Inn dejaban paso a construcciones menores mucho más antiguas. Desde allí, únicamente la moderna calle Maršala Tita le separaba del lugar de los acontecimientos. Sólo de pensarlo, se estremeció de pavor. Por fin se aproximaban a la parada. A lo lejos pudo divisar la figura de Enes. Ese chico de tez morena se había hecho un hueco en sus vidas desde el momento en que lo conocieron. Era adorable y se desvivía intentando hacer feliz a los que le rodeaban. Pero sobre todo a Stjepan. Alguna vez, cuando estaban a solas, Enes le había confesado a Jelena que Stjepan para él era algo más que un hermano, casi su segundo padre.

Cuando el tranvía frenó bruscamente Jelena pudo ver cómo Enes se esforzaba por contener la risa ante los bramidos e improperios de las mujeres mayores que viajaban en él. Se abrieron las puertas y Jelena bajó del vagón.

—Por fin —exclamó exultante Enes—. Ya la pesadilla ha finalizado de una vez por todas.

—No veía el día en que pudiéramos decir estas palabras. ¡Soy tan feliz! Sólo espero que Stjepan vuelva pronto —anheló ella. Abrazó a su amigo para saludarlo.

—Todo se andará a su debido tiempo, Jelena. Venga, cuando tú quieras vamos a la pastelería de mi padre. Tengo todos los ingredientes preparados y pienso hacer para tu cervatillo —comentó con tono de guasa— la mejor tarta que se haya visto jamás.

—Dame un momento para mentalizarme, por favor, Enes. Cada vez que veo la torre de Gazi Husrev-Beg, no puedo quitarme de la cabeza las imágenes de esos bárbaros gritando y disparando al señor Gardović.

—No me extraña. Tuvo que ser terrible. Bueno, tú tómate todo el tiempo necesario. No tengas ninguna prisa.

La actitud tan segura de Enes infundió valor a Jelena y decidieron emprender el camino de inmediato. Se preguntó qué era lo que había cambiado para que su tímido amigo ahora mostrara esa confianza en sí mismo. Pensó que tal vez la boda con Lejla pudiera ser la causa, pero desechó la idea al instante. Decidió que lo que había hecho madurar a Enes tenía que haber sido la situación que vivían últimamente. Jelena se percató de que, probablemente de manera inconsciente, había adoptado el rol de protector de todos los que le importaban. Por supuesto, continuaba ayudando a su padre en la pastelería casi hasta la extenuación. Y, cuando volvía a casa, hacía todo lo posible para que Lejla se sintiera segura y no echara de menos a su familia de Mostar. Pero lo más curioso de todo era que, sin que ella misma se hubiera dado cuenta, desde que Stjepan se alistó también intentaba reconfortarla a ella. Raro era el día en que no la llamara para preguntarle qué tal se encontraba y pasar el tiempo hablando de temas baladíes. Incluso, en numerosas ocasiones, se la habían llevado Lejla y él a pasar el día en alguna de las montañas que rodeaban la ciudad. ¡Cómo era posible que no se hubiera percatado de ello hasta aquel momento!

Comenzaron a avanzar y decidieron caminar en paralelo al río, porque en Maršala Tita había demasiada gente. Cuando llegaron a la altura del puente Ćumurija, Jelena le dijo a Enes que le apetecía callejear un poco. Quería probarse a sí misma que ya había superado todo lo vivido y que era capaz de volver a transitar aquellos lugares que hasta hace poco le eran tan queridos.

—Me alegra que toda la locura que se había desatado aquí en Bosnia haya llegado a su fin, Enes. No puedes imaginarte cuánto he sufrido pensando que Stjepan pudiera tener que entrar en combate en algún momento —obviamente, Jelena omitió lo sucedido en Široka Kula de manera deliberada, porque estaba convencida de que Stjepan no habría sido capaz de contárselo a su amigo.

—Yo también, Jelena, yo también. Pero gracias al plan de esos dos hombres de nombre impronunciable...

—Carrington y Cutileiro —le señaló Jelena entre risas.

—Bueno, esos mismos —rio también Enes—. Total, que gracias a esos dos vamos a evitar una guerra que ya parecía inminente. Aunque el plan de la división territorial por mayoría de población no sea perfecto, ha dado una oportunidad de oro a la paz.

—Y que lo digas —reafirmó ella—. Nadie pensaba que esos dos hombres fueran a conseguir nada. Sobre todo por la dificultad de poner de acuerdo a los intransigentes de Izetbegović, Boban y Karadžić. Aunque realmente todos sabemos quiénes mueven a estos dos últimos —sentenció ella con un deje de enfado evidente.

—Sea como fuere que lo hayan conseguido, es un esfuerzo que deberíamos reconocerles. Hace unas semanas nadie habría apostado un solo dinar por que esos tres aparcaran sus diferencias irreconciliables y tan siquiera se sentaran a una mesa a hablar. Y fíjate ahora donde estamos. De camino a nuestra pastelería para celebrar que Stjepan no va a tener que pegar ni un solo tiro. Es fantástico.

—Parece que por una vez la sensatez ha triunfado —concluyó Jelena—. Pero si ya hemos llegado. Estaba tan entretenida que ni tan siquiera me he dado cuenta de por dónde caminábamos.

Entraron en la pastelería y saludaron a Omer. Éste preguntó a Jelena por su familia, a ver si ya se habían recuperado del susto. Ella respondió que les estaba costando más de lo deseado, pero que poco a poco ya todo parecía estar volviendo a la normalidad. Tras ello, Enes y Jelena pasaron a la trastienda, donde él solía preparar los diferentes pedidos. Se abrieron paso entre los utensilios hasta llegar a la mesa que Enes había preparado al fondo. Jelena le preguntó qué idea tenía para la tarta de Stjepan y Enes soltó una sonora carcajada. Entre risas le confesó que había pensado dibujarle el escudo del Estrella Roja pero que no creía que casara demasiado bien con el mensaje que tenían pensado, 'bienvenido de nuevo a tu mundo'. A Jelena le pareció que tenía razón, pero le gustó la idea de frivolizar un poco con el motivo de la tarta. Se pusieron manos a la obra y Jelena observó sorprendida la destreza de su amigo con la repostería. En poco más de una hora, la base de la tarta ya tenía forma y se disponían a comenzar con la lámina del escudo cuando escucharon la puerta de la entrada a la pastelería abrirse. Una voz familiar saludó a Omer fuera y los dos jóvenes salieron raudos a saludar.

—Buenos días señor Župan —saludó Enes con la cara y las manos llenas de harina.

—Buenos días, Enes. Parece que te he sorprendido con las manos en la masa —bromeó Miloš—. Jelena, querida, me he encontrado con tu padre en la calle y me ha comentado que estabas ayudando a Enes con una tarta muy especial.

—Sí. Y esperemos poder dársela al destinatario en mano bastante pronto —concluyó ella saliendo al otro lado del mostrador.

—Eso esperamos todos —añadió Omer—. Volver a los tiempos en que todos nos mirábamos a los ojos como iguales.

—Es extraño —continuó Miloš— que, cuando estábamos al borde del abismo y justo tras sobreponernos del rechazo inicial serbio, se haya abierto una puerta a la esperanza gracias a Lord Carrington y a José Cutileiro. Es increíble que tengan que venir de fuera para solucionar nuestros problemas.

—Pero es un poco raro ese plan de dividir Bosnia de acuerdo a su población —comentó Enes mientras se intentaba limpiar la harina de las manos—. No entiendo cómo lo piensan hacer, porque la mayoría de nuestras ciudades son una mezcla de nuestras diferentes nacionalidades. ¿Quién se queda con Sarajevo?

—Ese tipo de cuestiones son las que resolvieron en la segunda versión del plan —explicó Miloš—. Seguro que las negociaciones no tuvieron que ser nada fáciles.

—¿Pero cómo hemos podido llegar hasta este punto? —se lamentó Jelena—. ¿Es que nadie ha sido capaz de encontrar esta solución antes?

—No intentes entender la estupidez humana, Jelena —apostilló Omer con una sonrisa—. En este bendito país nos hemos arrojado los trastos a la cabeza los unos a los otros a lo largo de toda la historia. Pero al final siempre nos hemos arreglado.

—Eso es cierto, Omer —rio Miloš—. Esta vez hemos estirado todos mucho la cuerda, pero al final la cordura ha venido de fuera y nos ha hecho frenar.

—¿Todos? —preguntó una voz desde la puerta.

Los cuatro giraron la cabeza para ver quién era la persona que acababa de entrar. Al encontrarse a contraluz, al principio les costó un poco pero todos pudieron reconocer a los pocos segundos al hombre que estaba apostado en el marco de la puerta. Entonces Miloš sintió un escalofrío. Aquel hombre no le gustaba en absoluto.

—Buenos días, Ajdin —saludó Omer.

—Buenos días, amigo mío. Que la paz de Alá vaya contigo. ¿Qué tal te va la vida de casado, Enes? —contestó el imán dirigiéndose a estrechar la mano al joven.

—Bien, señor. Lejla es una gran mujer —respondió Enes a la vez que se acercaba inconscientemente hacia donde se encontraba Jelena—. ¿Qué tal todo por la mezquita?

—Bien, hijo, bien. Seguimos como siempre. Pero bueno —se giró hacia Miloš de nuevo—, volvamos al tema que nos ocupaba antes. ¿Con que todos han tenido la culpa de esta situación?

El tono de condescendencia de Ajdin no le había gustado a Miloš. Parecía que estuviera regodeándose por haberles pillado de improviso.

—Sí, por supuesto, señor —se reafirmó Miloš—. Todos han sido culpables de llevarnos al borde de la guerra. Hemos estado al borde del abismo y nos hemos asomado al acantilado. Puede que hayan sido simples maniobras de demostración de fuerza, pero todos tienen su parte de culpa.

—Curiosa afirmación viniendo del padre de un soldado del ejército yugoslavo —pronunció Ajdin con ánimo de irritar a su interlocutor.

Esa frase cogió por sorpresa a todos. Miloš sintió una punzada en el corazón cuando escucho a Ajdin recordarle a Stjepan. Enes, en cambio, tuvo que reprimir su deseo de contestar. Su padre le reprobó con la mirada el gesto de enojo contenido que mostraba. Entendía que no era sensato llevar la contraria a un hombre santo de su religión.

—Sí. Puede que Stjepan se haya alistado —Miloš reunió fuerzas de flaqueza para poder proseguir—, pero eso no es ningún obstáculo para que yo tenga una visión realista de lo que sucede. Los croatas proclaman su comunidad y los serbios su república, pero los musulmanes tampoco se han comportado como unos auténticos santos.

—¿Ah, no? —preguntó sarcástico Ajdin.

—Pues no, porque Izetbegović sabía perfectamente que no podía convocar ningún referéndum. Era consciente de que la consitutición de la República Socialista de Bosnia-Herzegovina sólo permite convocar referéndums si las tres nacionalidades están de acuerdo. Y era obvio que los serbios se oponían —sentenció Miloš—. Por lo que ese referéndum no es más que una muestra de fuerza para lograr apoyos exteriores. Izetbegović busca el reconocimiento que también han tenido Eslovenia y Croacia. Pero, gracias a Dios, le ha entrado la sensatez y ha firmado junto a las otras nacionalidades el plan que nos traerá la paz.

—Cierto. Nuestro presidente plasmó hace días su firma en ese plan. Bueno, debo irme a atender asuntos de la mezquita. Ya volveré en otro momento en que no tengas visitas —recalcó esas últimas palabras.

—Sabes que tienes mi puerta abierta cuando quieras, amigo —se despidió Omer.

El imán se giró y se encaminó hacia la puerta. Justo antes de cruzar el umbral, se giró y miró a los ojos a Miloš.

—Por cierto —le espetó—, hoy el presidente se ha reunido con el embajador estadounidense Zimmerman. Creía que le podía interesar la noticia… —hizo una pausa consciente y prosiguió—. Sobre todo porque acaba de retirar su firma del plan de esos advenedizos. No cederemos ningún territorio a nadie.

Tras eso, cerró la puerta de la pastelería de golpe, dejando el lugar en el más absoluto silencio. Nadie se movió durante unos interminables segundos. Miloš sintió que el techo de la pastelería se le derrumbaba sobre los hombros. El pecho le oprimía y notaba que le faltaba el aire.

—Pero… pero… no entiendo… —farfulló Enes.

—No hay nada que entender. Por desgracia no —dijo Miloš—. Izetbegović ha obtenido el apoyo exterior que buscaba y se encuentra en la posición dominante para hacer lo que le venga en gana.

—¡Eso no es posible! —protestó Enes—. ¿Qué significa todo esto?

Tras ello, el pecho de Miloš comenzó a apretarle más. Se agachó, apoyó la cabeza en el mostrador y se la tapó con sus dos manos. Nadie se atrevió a pronunciar una sola palabra. El único que se atrevió a romper el silencio fue Miloš.

—La guerra ya está aquí… —masculló.

5 DE ABRIL DE 1992

Sarajevo, 5 de abril de 1992

Durante la última semana, la ciudad parecía un hervidero. Se respiraba una tensión insostenible. Desde la retirada de la firma del plan de paz por parte de los musulmanes, el Ejército Popular Yugoslavo había redoblado los refuerzos alrededor de Sarajevo. Todos eran conscientes de que el ejército se había hecho fuerte en las montañas que rodeaban la ciudad De hecho, se había convertido en algo normal ver convoyes de soldados dirigiéndose a las alturas de Trebević e Igman. Los sarajevitas miraban con una mezcla de recelo y temor a los camiones repletos de soldados que pasaban por sus calles, pero ninguno se atrevía a desafiarlos de manera abierta. El último de ellos había circulado con los primeros rayos del día, aprovechando que la neblina los resguardaba de la vista de los curiosos. En días anteriores se había visto a grupos de soldados yugoslavos entrando por la fuerza en varios edificios del centro de la ciudad. Pero aquella mañana todo parecía más en calma.

Enes se había levantado pronto, como de costumbre, para trabajar en la pastelería de su padre. Estaba inquieto, porque el más que evidente asedio serbio de la ciudad no podía augurar nada bueno. Notaba el cansancio acumulado de varios días sin pegar ojo. Por la noche, cuando cerraba los párpados, sólo podía ver imágenes de Stjepan padeciendo incontables sufrimientos. Se solía despertar por las mañanas más cansado de lo que se acostaba, pero no podía permitirse fallar en el trabajo a su padre. Aquel día, sin embargo, era diferente. Su padre había insistido en que no fuera por la tarde a trabajar. De algún modo, agradeció esa proposición de su padre. Solían aprovechar las tardes del domingo para preparar los productos del día siguiente con mayor tranquilidad, pero aquel día su padre le dijo que podía hacerlo él solo y que hiciera lo que le había dicho. Por lo tanto, después de comer, cuando su padre salió de casa, Enes se preparó para ir a descansar.

—*Moj golube* —avisó desde el primer peldaño de la escalera—, voy a tumbarme un rato a ver si descanso. Ya sabes que últimamente no duermo demasiado bien por las noches.

—Sí, cariño —se escuchó desde la cocina—. No te preocupes. Yo terminaré de limpiar y después iré a casa de Emina a tomar un café. No tardaré demasiado.

—Tómate todo el tiempo que quieras, Lejla.

Subió las escaleras y entró en la habitación que ocupaba desde que naciera. En aquel lugar se sentía seguro y no podía dejarlo por nada del mundo. Se desvistió y se puso la ropa que utilizaba para dormir. Cerró las contraventanas y se tumbó en la cama. Entornó los ojos y comenzó a pensar en todo lo que estaban viviendo. Más que por ellos mismos, estaba sufriendo por Stjepan. Según las últimas noticias, había sido destinado al este de Bosnia. En otras circunstancias se hubiera alegrado de que se encontrara en los lugares donde había crecido sus primeros años. Pero la continua sensación de peligro hacía que entonces la cosa fuera diferente. Desde la declaración de independencia, la situación se había tensado en exceso y únicamente hacía falta una chispa para encender el polvorín en que se había convertido Bosnia. De pronto, la cara llena de barro y sangre de Stjepan se le apareció ante los ojos. Se sobresaltó y notó que un sudor frío le recorría la frente. Se había quedado dormido y había tenido una pesadilla. Se puso en pie y abrió la ventana para sentir el frescor de la tarde. Apenas había pasado una hora desde que se había acostado.

El timbre de la puerta lo sacó de sus pensamientos. Sabía quién era, por lo que no se preocupó en cambiarse de nuevo. Bajó las escaleras y se dirigió a la puerta. Se pasó la mano por el cabello para intentar disimular que había estado dormido. Al abrir la puerta, una sonrisa le dio la bienvenida a la realidad.

—Buenas tardes, Enes —saludó Jelena.

—Hola, Jelena —replicó él—. Estaba intentando descansar un poco, pero se me hace difícil desconectar últimamente.

—Esperemos que a partir de hoy mejoren las cosas —suspiró ella.

—Ojalá. Pasa a la cocina, que te prepare un café mientras me preparo.

Recorrieron el pasillo en silencio y Enes preparó el café para su amiga. No lo preparó tan fuerte como a él le gustaba últimamente, porque Jelena lo prefería algo menos amargo. Tras eso, volvió a subir a su habitación y se enfundó la ropa de los fines de semana. Volvió a la cocina y se sentó junto a Jelena.

—Estás muy callado —rompió el silencio Jelena—. ¿Ocurre algo?

—No, Jelena. Nada en especial. Pero es la sensación de inseguridad de todos estos días. No puedo relajarme, porque tengo miedo de que, si cierro los ojos, todo esto se convierta en un infierno. Todo lo que hemos vivido los últimos meses, no sé, ha hecho que empiece a perder mi fe en el ser humano.

—No hables así, Enes —le consoló Jelena—. No todo está perdido. Todavía quedan buenas personas en este mundo. Como tú.

—No sé, Jelena. Tengo una sensación extraña —dijo llevándose la mano al estómago—. Me parece muy bien que la gente se exprese. Pero no creo que sirva de nada.

—No seas tan pesimista, hombre —expresó ella—. Las previsiones hablan de que hoy nos vamos a juntar muchísimos miles de personas. Es imposible que no nos escuchen. Además, si ven que las diferentes nacionalidades vamos de la mano, probablemente todos den un paso atrás por precaución. Bosnia seguirá siendo independiente, pero con todos nosotros andando el mismo camino.

—Sé que esa es la finalidad de la manifestación de hoy, pero tengo una extraña inquietud que no me gusta.

—Serán los nervios. ¿Y Lejla no viene? —se extrañó Jelena.

—No, ella prefiere no ir. Es todavía más precavida que yo. Hace un par de días yo también estuve a punto de no ir, pero al final mi padre me convenció.

—¿Omer?

—Sí, sí —recalcó él—. El Omer tranquilo que conoces me impulsó a acompañarte. El miércoles pasó por la pastelería una cliente habitual, Suada Dilberović. Es una joven estudiante musulmana proveniente de Dubrovnik. Le insistió a mi padre que deberíamos ir todos a mostrar que estamos en contra de la locura de los políticos. Que el pueblo lo que quiere es poder vivir en paz. Le contó que va a ser una demostración de paz, una demostración de la convivencia entre todos.

—Y tiene toda la razón. Por primera vez en mucho tiempo es una manifestación que no va contra nadie, sino en favor de la paz. Una paz de todos para todos —miró el reloj de pared y continuó hablando—. Deberíamos movernos o se nos va a hacer tarde.

—Está bien. Espera que coja una chaqueta y vayamos.

Se levantó de la silla y cogió una chaqueta negra del salón. Se encaminaron a la puerta y salieron a la calle. Cuando cerró la puerta tras de sí, Enes sintió un escalofrío. Hacía una temperatura agradable, por lo que no era el frío lo que le hizo sentirse así. De pronto notó que se sentía observado. No había nadie en las ventanas de las casas que daban a la calle, pero notaba como si tuviera un par de ojos clavados en la espalda. Se quedó petrificado hasta que Jelena le gritó que se moviera. Avanzaron por la calle, pero la sensación de sentirse observado aumentaba en Enes a cada paso que daban. Aceleró un poco para intentar salir cuanto antes a alguna calle más concurrida. Nada más doblar la esquina hacia el río, ambos se encontraron con una multitud de gente que también se dirigía hacia el punto de encuentro.

—¿Ves cómo no íbamos a estar solos? Toda esta gente también va a la manifestación. Anda, acércate más, Enes, que parece que estuvieras enfadado conmigo —intentó quitar hierro al asunto Jelena bromeando.

Enes se acercó más a ella e inconscientemente le pasó un brazo por el hombro. Ella le miró y agradeció su gesto con la mirada. Avanzaron junto con la multitud en paralelo a la corriente del río. A los pocos minutos ya habían llegado al lugar de inicio de la manifestación. Pudieron observar que había gente que preparaba una pancarta. Enes reconoció entre esas personas a Suada. Tras comentárselo a Jelena, se encaminaron hacia allí para que él pudiera saludarla y excusar la ausencia de su padre.

—Hola, Suada —saludó Enes—. Probablemente no me conozcas, pero soy el hijo de Omer Salihović, de la pastelería. Me ha pedido, por favor, que te transmita sus disculpas por no poder asistir a la manifestación.

—El hijo de Omer —pensó ella en voz alta—. Es verdad. Alguna vez te he visto salir de la trastienda. Esa mirada inocente es inconfundible. Dile a tu padre que no hay problema, que es totalmente comprensible que no pueda venir. Tiene que tener todo preparado para abrir mañana. Porque mañana también amanecerá y continuaremos con nuestras vidas de manera normal. Y no me gustaría no poder comprar mi bollo preferido al volver de clase —bromeó.

Suada sonrió y sus ojos comenzaron a brillar. Hizo un gesto para volver al lugar donde tenían la pancarta, pero, antes de hacerlo, Enes la interrumpió.

—Perdona mi mala educación, Suada. No te he presentado a mi amiga Jelena —las dos chicas se saludaron cordialmente—. Es la novia de mi mejor amigo, Stjepan.

—¿Él no ha podido venir? —preguntó Suada—. Cuantos más mejor.

—Él… eh… —dudó Enes.

—Está fuera de la ciudad —respondió segura de sí misma Jelena. Obviamente no pensaba revelar que era soldado de la JNA. No era el momento, ni el lugar—. Está deseando poder volver, pero algunos compromisos no se lo permiten.

—Lo entiendo —aseguró Suada—. Yo también echo de menos muchas veces a mi familia de Dubrovnik, pero los estudios no me dejan volver tan a menudo como quisiera. Medicina es más difícil de lo que imaginaba.

—¡Vaya! Medicina —exclamó Jelena—. Yo cursaré filología eslava a partir del año que viene.

—Bueno, chicos, dentro de nada vamos a empezar. ¿Os apetece venir con nosotros en cabeza de la manifestación portando la pancarta? —invitó Suada.

—No —contestó rápidamente Enes—. Gracias, pero yo personalmente prefiero ir un poco más atrás. Es la primera vez que vengo a algo así y no me encuentro del todo a gusto.

—Es normal, Enes —lo calmó ella—. No tienes por qué venir tan adelante. Si queréis, al finalizar vamos a tomar algo con mis amigos.

Se despidieron hasta después de la manifestación y Jelena y Enes se dirigieron hacia atrás. Intentaron retroceder, pero la multitud lo hacía muy difícil. Las previsiones hablaban de que iban a acudir unas cien mil personas y, a pesar de que al principio a Enes le pareció demasiado exagerado, en aquellos momentos estaba seguro de que no andarían demasiado lejos. Cuando llegaron a la décima fila, desistieron de seguir retrocediendo, porque la manifestación ya había comenzado su marcha. Enes se llevó, de manera involuntaria, la mano a la muñeca y se tocó la pulsera de cuero que Stjepan le había regalado hacía años. Se preguntó dónde se podría encontrar en aquel momento y pidió a los cielos que lo salvaguardaran de la locura que estaban viviendo en los últimos tiempos.

Un miedo atenazador lo paralizó por completo. Los pasos lentos pero constantes de la marcha, sin embargo, le obligaron a avanzar como si de un autómata se tratara. Según avanzaban, Enes se puso a mirar alrededor. La sensación de estar siendo observado era aún mayor que con anterioridad. Miró a Jelena y ésta le devolvió una sonrisa reconfortante que alivió el peso que sentía. La confianza en sí misma que desprendía le hizo preguntarse por qué él se sentía tan inseguro. Intentó quitarse de la cabeza esas ideas. Decidió abstraerse de todo y centrarse en la manifestación.

La marcha proseguía en silencio. Ese silencio absoluto sólo era interrumpido por algunos gritos con eslóganes en favor de la paz. Enes se convenció de que aquella marcha no podía hacer mal a nadie y se relajó totalmente. Aprovechó uno de esos largos silencios para cerrar los ojos y dejarse llevar por el ambiente. Sabía que no iba a caerse, porque la multitud lo mantendría en el camino. La oscuridad total después de cerrar los ojos le permitió aguzar el sentido del oído. Escuchó el murmullo de la corriente del Miljacka combinado con los pasos sordos de los asistentes a la marcha. Pudo oír el trino de unos pájaros a lo lejos y notó que la brisa le acariciaba la cara. Siguió unos segundos más con los ojos cerrados disfrutando de esa sensación de calma multitudinaria absoluta. Cuando abrió los ojos, reconoció a pocos metros la silueta del puente Vrbanja. Volvió a mirar a Jelena y esa vez fue él el que le regaló una cálida sonrisa. Ella le devolvió un guiño cómplice y volvieron a mirar hacia el puente.

De pronto, un estruendo enorme rompió el silencio. Sin apenas tiempo para reaccionar, ese ruido sordo se repitió varias veces más. Enes se agachó rápidamente y atrajo hacia sí a Jelena. En aquel mismo instante, el tiempo se detuvo por completo. Durante unos segundos eternos, Enes pudo observar que alrededor suyo la gente se había agachado también y escondía la cabeza bajo sus manos. Algunas personas lloraban desconsoladas, mientras otras abrían los ojos en evidente gusto de incredulidad. Nadie parecía entender lo sucedido.

Tras unos segundos de estupor, Enes comprendió lo ocurrido y miró hacia el lugar de donde había procedido el ruido. No cabía duda alguna de que se trataba de disparos. Lo más probable era que proviniera del edificio del Holiday Inn, ocupado por las fuerzas del ejército yugoslavo. Y aquel día habían utilizado sus posiciones para atacar a gente pacífica totalmente desarmada. Aquella situación era de locos, pensó Enes.

En plena vorágine de pensamientos, una imagen sobrecogió a Enes. Un inmenso charco de sangre se había formado en las primeras filas. Los disparos habían alcanzado a alguien. Aguzó la vista y se encontró con los ojos abiertos de Suada. En un primer momento pudiera parecer que estaba tumbada, pero la mirada perdida y la sangre que le salpicaba la frente le hicieron comprender que era una de las personas que habían sido alcanzadas. Enes pensó que era incomprensible que una chica tan llena de vida hacía nada en aquel momento yaciera probablemente muerta en el puente Vrbanja. Unos metros más alejada vio a una chica que sostenía entre sus brazos el cuerpo sin vida de otra joven.

Enes abrazó más fuertemente a Jelena y le ocultó la vista de las chicas muertas con su propio cuerpo. De repente, el caos se apoderó del lugar. Habían pasado sólo unos segundos desde los disparos, pero hasta entonces todo había sido silencio y quietud. En aquel momento, sin embargo, se escucharon los gritos de la gente que huía despavorida. Enes se levantó rápidamente y comenzó a correr agarrado a Jelena en dirección contraria a la del lugar de donde provenían los disparos mortales. No pararon hasta resguardarse tras un puñado de árboles que había al otro lado del río.

Se escondieron tras los troncos e intentaron recuperar el aliento. Jelena rompió a llorar de manera desconsolada. Enes le pasó la mano por el cabello repetidas veces para intentar calmarla. Ella ahogaba sus sollozos en el pecho de Enes, mientras él oteaba el horizonte. Ya no se oía ningún ruido a su alrededor y las pocas personas que quedaban estaban escondidas como ellos mismos.

—Enes, tengo miedo —comentó ella repentinamente.

—No pasa nada —la tranquilizó él—. Parece que ya han terminado. No nos va a suceder nada.

—No es eso lo que más me preocupa —aclaró Jelena.

—¿Entonces qué te preocupa?

—Me preocupa Stjepan.

—¿Stjepan? —se preguntó él—. Pero si ni tan siquiera está aquí. No puede pasarle nada. Todo se arreglará.

—Hoy han disparado aquí —se enjugó las lágrimas—, pero mañana pueden disparar en cualquier otro lugar. Puede ser en cualquier lugar donde se encuentre él.

—Stjepan es demasiado inteligente como para dejar que le peguen un tiro —aseguro en un intento de calmarla.

—El problema es que probablemente sea él el que se vea obligado a pegárselo a alguien —dijo ella justo antes de romper a llorar de nuevo.

Enes comprendió que tenía razón. Si todo se torcía, para Stjepan sólo quedaría matar o ser matado. Y cualquiera de las dos perspectivas le parecía horrenda e inhumana. Acomodó a su amiga en su pecho otra vez para que se desahogara. Volvió la mirada hacia el puente. Varias personas intentaban en vano reanimar a las dos chicas muertas. Más allá pudo divisar la parada del tranvía de Zmaja od Bosne. La parada en la calle del dragón de Bosnia. Un dragón que Stjepan y él habían conseguido dominar y aniquilar cuando eran pequeños. Pero el dragón había vuelto a despertar y se mostraba más furioso que nunca.

12 DE ABRIL DE 1992

Višegrad, 12 de abril de 1992

La noticia de su traslado a la parte oriental de Bosnia lo pilló totalmente por sorpresa. En condiciones normales, hubiera dado saltos de alegría, pero la normalidad había desaparecido de su vida hacía largo tiempo. Los lugares que de pequeño le eran tan familiares iban a volver a formar parte de su vida por primera vez desde que abandonaran su ciudad natal a los pocos años de venir a la vida.

Pero si el traslado le sorprendió, las noticias llegadas desde Sarajevo lo dejaron sin palabras. Varios días atrás les habían advertido de que debían estar alerta por si tuvieran que entrar en acción, pero Stjepan siempre había pensado que era una simple orden para mantenerlos vigilantes. Nunca llegó a pensar que la amenaza de la guerra pudiera convertirse en realidad en aquella su tierra. Por ello, cuando se enteraron de los acontecimientos de la semana anterior en la capital, se estremeció. Lo único que le tranquilizaba era saber que ninguno de sus conocidos estuviera probablemente en la marcha atacada. Pero, si la guerra se desataba, Enes y su padre no estarían a salvo. Quedaban dentro del perímetro asediado por el ejército. Gracias a Dios, su familia y Jelena se encontraban fuera de la zona de peligro, en Lukavica. Si ellos consiguieran al menos convencer a Enes y Omer para que dejaran su casa y se mudaran allí, todo podría ser más fácil.

Al día siguiente al ataque de Sarajevo, coincidiendo con el reconocimiento por parte de algunos países europeos de Bosnia como estado independiente, el ejército yugoslavo lanzó una ofensiva contra Višegrad. Iban a hacerse con el control de aquella ciudad clave en la encrucijada entre Bosnia y Serbia y que tanto simbolismo histórico tenía para ellos. A pesar de los continuos bombardeos, un grupo de bosnios armados se había hecho con el control de la presa Perucac y amenazaba con volarla y destruir por completo la ciudad. Los combates estaban siendo arduos, pero la JNA estaba decidida a finalizar ya con aquella situación. Aquella mañana, con los primeros rayos del sol, todas las unidades se pusieron en marcha hacia Višegrad.

Stjepan y Vukašin habían sido destinados a la retaguardia del ataque, por lo que no preveía que fueran a tener demasiados problemas. A lo lejos escuchaban las ráfagas de las armas que disparaban en lo que previsiblemente estaría siendo una encarnizada lucha por cada centímetro de la ciudad. De pronto, cuando estaban en las calles de las afueras de la ciudad, un silbido surcó los cielos acercándose al lugar donde se encontraba Stjepan. Tras escuchar un grito, les dio tiempo justo para saltar hacia uno de los lados de la calle y ver cómo el mortero lanzado por las fuerzas bosnias hería a uno de sus compañeros en la pierna.

—¿Estás bien, Bojan? —preguntó Stjepan corriendo hacia donde se encontraba su compañero.

—¡Mi pierna! —gritó él—. La metralla me ha alcanzado la pierna. Me arde…

—No te preocupes —lo calmó Stjepan mientras se arrancaba una tira de tela de la manga de la camisa—. Aprieta esta tira para que te pueda parar la hemorragia. Así nos dará tiempo a llevarte a la enfermería.

Los chorros de sangre salpicaban la cara de Stjepan. Él se afanaba en intentar parar la hemorragia, pero no consiguió más que reducirla a un pequeño hilo que continuó cayéndole por el muslo. Bojan estaban perdiendo bastante sangre y no podían tratarlo allí. Desde el impacto había palidecido considerablemente. Tenían que llevarlo rápidamente a la enfermería.

—¡Vukašin! —vociferó—. Ayúdame a llevarlo a la enfermería. Necesita cuidados de manera urgente. ¡Corre!

—Soldado Crnčević —chilló su teniente desde unos metros más adelante—, haga caso a su compañero de una maldita vez. No quiero perder a nadie por su lentitud. ¡Corra!

Vukašin se dirigió hacia Stjepan y agarraron a su amigo por los brazos y las piernas. El teniente Vuković les dio instrucciones sobre dónde se encontraba el puesto de enfermería serbia más cercano. Les conminó a que no dejaran que su compañero feneciera. Justo cuando se iban a marchar, cogió del hombro a Stjepan.

—Bien hecho, soldado Župan. Su rapidez de acción puede salvar la vida de este hombre. Puede que en el fondo sea más útil para la causa serbia de lo que yo estimaba —le expresó.

Stjepan y Vukašin se dirigieron a la enfermería lo más rápido que podían. Al llegar, entraron rápidamente y pusieron a su compañero en una de las camillas libres. Acudieron unos médicos y les invitaron a que se apartaran un poco. Ambos se alejaron y dejaron trabajar a los médicos. Al cabo del rato, uno de ellos se acercó a los jóvenes y les comunicó que habían podido salvar a Bojan gracias a la rapidez en que habían acudido a la enfermería. Los chicos le dieron las gracias y se dirigieron a buscar a su unidad.

La encontraron con relativa facilidad. Estaban apenas a unos cientos de metros de distancia. Tras reagruparse, Stjepan se percató de que apenas se oía ya ruido de disparos y los pocos que se escuchaban estaban muy espaciados en el tiempo. Comprendió enseguida que la batalla por Višegrad había finalizado. Al parecer se habían hecho ya con el control de la ciudad. Cuando comprobaron que la situación estaba dominada, el teniente felicitó a todos los integrantes de su unidad y les dio la tarde libre. Pero les aconsejó que no se confiaran, porque podían quedar focos de resistencia bosnia desperdigados por la ciudad. La mayoría de los miembros de la unidad optaron por ir a brindar a alguna taberna de Višegrad, pero Stjepan le dijo a Vukašin que él prefería pasear por la ciudad para recordar los viejos tiempos. Su amigo le dijo que entonces se reunirían más tarde para poder ir juntos al cuartel.

Sus compañeros se alejaron y doblaron la esquina. De pronto se encontró a solas casi en el corazón mismo de su ciudad. Cerró los ojos y respiró hondo. Era totalmente libre para volver a pasear por los caminos de su niñez. Se encontraba al otro lado del Rzav, el pequeño riachuelo que desembocaba en el Drina, por lo que su casa se encontraba a unos pocos minutos de allí. Recordó que cuando era pequeño su padre no le dejaba ir a esa parte de la ciudad solo porque decía que estaba demasiado lejos de casa.

Cruzó el pequeño puente sobre el Rzav y se adentró por las calles cercanas a su casa. Al doblar una esquina, se quedó mirando la placa con el nombre de la calle. Calle Nikola Tesla. Avanzó unos metros más y llegó a la puerta de su casa. Un escalofrío le recorrió la espalda y lo paralizó por completo. A pesar de que no se habían deshecho de la casa, nunca habían vuelto desde el día en que pusieran rumbo a Sarajevo. Era la primera vez que alguien de su familia iba a poner un pie en esa casa desde hacía más de diez años. No sabía qué se iba a encontrar allí dentro y tuvo miedo de que todo estuviera tan cambiado que no llegara a reconocerlo. Inspiró y golpeó la puerta con los nudillos. Espero algún tiempo, pero la puerta no se abría. Al rato, desistió y decidió dar la vuelta y marcharse. Cuando estaba a unos metros de la entrada de la casa, la puerta se entreabrió y se asomó una figura menuda.

—Perdón por la tardanza, señor —se disculpó ella—. Estoy mayor y ya no tengo la agilidad de antes. ¿Quería usted algo?

—¿Marija? —dudó Stjepan.

—Sí, soy yo —afirmó ella—. ¿Le conozco de algo? Oh, espere… Esos ojos… Son inconfundibles, idénticos a los de su padre… Perdone no haberlo reconocido, señorito Stjepan. Pero está usted tan alto y tan mayor. Además ese uniforme…

—No pasa nada, Marija —rio él—. Hace mucho tiempo que no me veías y he cambiado.

—Dentro de algo menos de un mes hará doce años, señorito Stjepan. Pero he intentado mantener la casa como si fuera hoy mismo cuando se marcharon.

—¿Puedo entrar? —preguntó.

—Por supuesto, señorito Stjepan. Es su casa. Entre, por favor.

La señora Marija se apartó del umbral y ambos se adentraron en la casa. Stjepan tardó unos segundos en acostumbrarse a las penumbras que reinaban, pero enseguida empezó a diferenciar elementos que le resultaban tremendamente familiares. Las escaleras, el pasillo hacia la cocina, el salón. Todo seguía en su sitio. Cerró la puerta y se quedó de pie en la entrada de la casa.

—¿Puedo ofrecerle algo? —interrumpió sus pensamientos—. Café no hay, pero puedo prepararle una taza de cacao caliente. Como le gustaba de pequeño.

El simple pensamiento de una taza de cacao caliente le despertó tiernos recuerdos de su infancia. Se dirigió a la cocina y se sentó a la mesa en el lugar que solía hacerlo años atrás.

—Tal vez quiera usted darse un baño —comentó Marija mientras preparaba la taza de cacao—. Para quitarse las manchas de barro y sangre seca que tiene en la cara.

Stjepan no se había dado cuenta de que no se había lavado desde el incidente del mortero. Debía tener la cara salpicada de la sangre de Bojan. No quería tener que dar más explicaciones de las necesarias a Marija, por lo que le contó de manera somera lo ocurrido.

—Cuando estábamos entrando en la ciudad, nos han atacado las fuerzas bosnias y uno de mis compañeros ha resultado herido. Lo hemos llevado a la enfermería entre otro amigo mío y yo. Supongo que en el camino me habré ensuciado con la herida.

—Si quiere le preparo un baño, señorito Stjepan —sugirió ella.

—No hace falta —respondió él a pesar de que la idea de poder relajarse solo en un baño caliente le tentaba—. No tengo otro uniforme para cambiarme y sería inútil. Pero gracias, Marija, por ser tan diligente.

—Es mi trabajo —replicó ella.

—No, has hecho mucho más que tu trabajo. Mi padre te paga únicamente por cuidar la casa, pero la mantienes impecable. ¿Te importa que suba a mi cuarto a terminarme la taza? —dijo mientras se levantaba de la mesa—. Dentro de un rato voy a tener que marcharme de vuelta al cuartel y quisiera pasar un rato allí arriba.

—Tiene la cama hecha —se apresuró a afirmar ella—. Puede tumbarse si quiere. Luego ya volveré a hacerla.

—No hace falta —sonrió Stjepan—. Sólo quiero estar un rato a solas.

A continuación, se encaminó a su cuarto y abrió la puerta de la habitación en que había dormido sus primeros años. Todo seguía tal como él lo recordaba. Era como si no hubiera pasado un solo día desde la última vez que durmió allí. Vio su rincón entre el armario y la pared en el que se solía acurrucar los días de viento y frío. Se dirigió allí y a través de la ventana pudo ver la corriente del Drina a lo lejos. Cogió el taburete que tenía a mano y se sentó a contemplar las vistas desde la ventana. Aquel día no la abrió, porque le daba miedo que al abrirla el ruido del exterior pudiera hacer que la magia del momento se esfumara.

Se recostó sobre la silla y miró a través de los cristales. Contempló los edificios colindantes y pudo observar que algunos tenían impactos de bala en las paredes. Se alegró de que su casa se hubiera mantenido intacta. Fijó su mirada algo más lejos y divisó los montes que perfilaban el cañón del Drina a su paso por la ciudad. Se quedó absorto mirando el paisaje y dejo pasar el tiempo sumido en pensamientos banales. Al rato, se levantó de la silla y se dirigió a la ventana. Miró hacia la calle que pasaba debajo de ella.

—Buenos días, Višegrad. Buenos días, Drina. Buenos días, Nikola —repitió su ritual de la infancia para sí mismo como si no hubiera pasado ni un día desde el último día que lo hizo.

Sintió una punzada en el corazón, porque se dio cuenta de que no quedaba rastro de aquella vida tan fácil y cómoda de su infancia. Todo era diferente entonces. El calor del seno familiar había sido sustituido por la frialdad del ejército. Y las tardes con Jelena y Enes por interminables horas de guardia en las garitas de entrada a los diferentes lugares a los que había sido destinado. Las historias de Radisav, el Árabe Negro y los dragones habían dejado paso a la cruenta realidad. Un estrépito lo sacó de sus pensamientos. Era el golpeo de una piedra contra el cristal de la ventana. Bajó la mirada hacia la calle y vio una figura familiar. Abrió la ventana.

—¿Piensas quedarte ahí todo el día? —le interpeló Vukašin—. Anda, baja.

—¿Cómo has adivinado que estaba aquí?

—Estábamos en una taberna y he comentado que iba a buscarte. Al oír tu nombre, la camarera ha comentado que tu padre solía ser cliente habitual y me ha dado estas señas. He venido a acompañarte para que no te pierdas por las calles de esta ciudad, Stjepan —bromeó Vukašin.

—Espérame ahí. Dame unos minutos y ya salgo.

Cerró la ventana y echó una última mirada a su habitación. Esperaba poder volver pronto y pasar una noche allí. Salió del dormitorio y cerró la puerta tras de sí. Bajó las escaleras corriendo como antaño y fue a la cocina a despedirse de la señora Marija.

—Marija, eres una buena mujer. Quédate en esta casa todo el tiempo que sea necesario. Trae a tu familia aquí y resguardaos mientras… todo esto dure —vaciló un momento al pronunciar esas palabras. Le besó en las mejillas y, cuando vio que estaba a punto de romper a llorar, prosiguió—.

No va a haber ningún problema. Todo saldrá bien. Pronto vendremos mi familia y yo a visitarte.

Ella lo acompañó hasta la puerta y, antes de despedirse, lo cogió de la mano. Cuando Stjepan se giró, lo abrazó tan fuertemente que él pensó que se iba a desmayar por la falta de aire.

—Cuídate, pequeño. No dejes que la maldad de los hombres envenene tu corazón —le murmuró al oído para que nadie más pudiera oírlo.

Stjepan avanzó un par de pasos, se giró y asintió con la cabeza prometiendo cumplir lo que ella le había pedido. Se acercó a Vukašin y comenzaron a caminar. Pero su pensamiento volvía una y otra vez a la habitación de su infancia y los momentos que en ella había vivido. Decidió volver a la realidad y concentrarse en el camino. Estaban a punto de llegar al puente que había marcado su infancia y quería disfrutar las vistas de nuevo.

Los gritos que se escuchaban a lo lejos Stjepan asumió que eran de celebración por la liberación de la ciudad. Al doblar la esquina, en cambio, el panorama le dejó totalmente petrificado. En el puente Mehmed Paša Sokolović había innumerables soldados de las fuerzas yugoslavas que se jactaban de la victoria sobre los musulmanes. Pero las atrocidades que estaban cometiendo no tenían nombre.

Apoyadas sobre el pretil había varias mujeres en hilera que gritaban intentando pedir auxilio a quien pudiera ayudarles. En torno a ellas, un grupo de soldados estaba violándolas repetidas veces, sin que los jóvenes que tenían arrodillados a punta de pistola pudieran hacer nada más que maldecir el nombre de aquellos serbios. Unos metros más alejados, otro grupo de soldados tenía rodeados a tres rebeldes bosnios y se estaban jugando a suertes quién sería el afortunado que iba a darles el tiro de gracia. La mirada de Stjepan volvió hacia el lugar donde estaban teniendo lugar las violaciones justo a tiempo para ver que mientras algunos de los soldados se abrochaban los pantalones, otros se dedicaban a dar golpes a las mujeres con la culata de sus rifles hasta dejarlas inconscientes. Dos de ellas se resistían, por lo que decidieron lanzarlas al río desde lo alto del puente y ametrallarlas mientras intentaban alcanzar la orilla. Las otras, inconscientes, también fueron lanzadas al río, pero al no poder nadar murieron ahogadas. Sin tiempo para que pudieran alzar la voz, los jóvenes que estaban encañonados cayeron víctimas de la ráfaga de balas que se produjo a su alrededor. La sangre manaba de sus cuerpos y formaba un reguero que se dirigía hacia la parte baja del puente.

Stjepan presenció horrorizado la escena, sin que su cuerpo pudiera moverse. La bestialidad que estaba contemplando a pocos metros hizo que el paraíso que creía estar viviendo antes desapareciera por completo. Era como si Radisav se hubiera levantado de su tumba, pero se estuviera ensañando ante un Árabe Negro totalmente indefenso. Era una lucha totalmente desigual en que ellos, que tenían la posición de fuerza, estaban masacrando a gente desvalida.

Stjepan miró a Vukašin intentando encontrar un apoyo cómplice ante la barbarie del puente. Su amigo, sin embargo, sonreía satisfecho ante la escena. Su mirada refulgía de éxtasis y una amplia sonrisa se había dibujado en sus labios. Al momento una sonora carcajada salió de la boca de Vukašin. Stjepan se estremeció ante tal muestra de indolencia. Quería preguntar a su amigo qué es lo que le parecía tan admirable, pero desistió porque podría iniciarse algún altercado entre los dos y no se encontraba con ganas de discutir. Lo peor de todo, pensó Stjepan, era que aquella no era la primera vez que su amigo se mostraba no sólo impasible, sino deleitado con la violencia que estaba teniendo a su alrededor. Le pareció deleznable. No era posible que cualquier ser humano albergara tales sentimientos dentro de sí. Se movió hacia un lado, como si quisiera dejar a Vukašin que se regocijara solo.

—Estoy algo cansado, Vukašin —profirió Stjepan—. Voy a volver al cuartel a darme una ducha y tumbarme un rato.

—Espera un poco, chico. No tenemos prisa —exclamó Vukašin.

Puede que él no tuviera prisa, pero Stjepan quería alejarse cuanto antes de aquel lugar. No podía quitarse de la cabeza los gritos de las mujeres cayendo a la fuerte corriente del Drina o los lamentos de los jóvenes rebeldes encañonados mientras violaban a sus mujeres. No quería seguir viendo cómo su amigo se jactaba con el sufrimiento de esas pobres gentes que hace muchos años podrían haber sido sus conciudadanos.

—Quédate tú si quieres —le espetó—. Yo me voy.

—¡Cómo te pones! Anda, vamos —respondió con estupor.

Ambos se encaminaron en silencio hacia el cuartel. No distaba demasiado de allí y aceleraron el paso para llegar cuanto antes. Consiguieron salir de la ciudad en unos minutos y desanduvieron el camino que había recorrido aquella misma mañana. A lo largo de todo el camino, ninguno de los dos rompió el silencio. Se identificaron a la puerta del cuartel y accedieron al recinto. De camino al barracón, Vukašin dijo que prefería ir a la cantina un rato y dejó solo a Stjepan.

Éste entró en el barracón y respiró aliviado al ver que ninguno de sus compañeros se encontraba allí. Comenzó a quitarse la ropa despacio y la recogió cuidadosamente en su litera superior. Cuando estuvo totalmente desnudo, cogió una toalla y se dirigió a la ducha que tenían al fondo. De pronto, sintió que el cansancio se adueñaba de todos sus músculos. No había ni uno solo que no le doliera. Abrió el grifo del agua caliente. Stjepan se situó debajo del chorro y observó cómo el vapor se adueñaba del cubículo. El agua le corría por todo el cuerpo, lo que le ayudó a dejar su mente en blanco. Cerró los ojos, pero la imagen que se le apareció fue la de las desgraciadas mujeres cayendo desde la altura del puente. Las lágrimas que comenzaron a brotar de sus ojos se mezclaron con el agua de la ducha. Se jabonó la cara con la intención de quitarse las manchas de barro y sangre. Decidió que no tenía ninguna prisa por salir y se quedó varios minutos allí totalmente inmóvil.

Salió de la ducha y cogió la toalla. Se refregó y secó todas las gotas de agua que todavía quedaban en su cuerpo. Se recogió la toalla en la cintura y fue hacia la litera para volver a vestirse. A medio camino se percató del espejo que colgaba de la pared. Se puso frente a él y observó la figura que reflejaba. Su figura atlética mostraba los rasgos masculinos de una persona que ya se había desarrollado por completo. La incesante actividad física del ejército había provocado que los pectorales y los abdominales se le definieran.

Cualquiera hubiera dicho que tenía un cuerpo perfecto, pero Stjepan se horrorizó ante la imagen que se encontraba ante sí. Le pareció que las manchas de sangre que tenía antes no habían desaparecido por completo y le salpicaban todo el cuerpo. Se pasó la mano por el tatuaje intentando borrar la suciedad que únicamente él intuía. Se percibía sucio, pero no era una suciedad que pudiera verse a simple vista. Sentía que su alma estaba llena de máculas por los horrores que había vivido y contra los que no había hecho absolutamente nada. Era como si una fuerza interior destructiva se estuviera apoderando de sí mismo y un agujero negro se abriera paso en su pecho. Estaba totalmente absorto en sus pensamientos cuando notó una palmada en la nalga derecha.

—Si sigues tocándote así, voy a tener que invitarte a la ducha conmigo —rio Vukašin mientras se dirigía desnudo hacia el fondo.

—Imbécil —balbuceó Stjepan.

—Sabes que estoy de broma, Stjepan. No te querría tener más cerca de medio metro —bromeó otra vez en un intento por romper el hielo entre los dos después del incidente del puente.

—¿No estabas en la cantina? ¿Qué pasa, que no había nada interesante de lo que disfrutar allí? —ironizó Stjepan.

—He estado media hora allí —se extrañó Vukašin. Y mientras guiñaba un ojo en señal de complicidad, continuó—. Pero será que te echaba de menos, cariñito. Bueno, me encantaría seguir aquí de cháchara contigo totalmente desnudo, pero me estoy meando y voy a aprovechar la ducha para eso.

—Eres un auténtico cerdo —sonrió Stjepan.

Parecía que las bromas de su amigo habían surtido efecto y la coraza que había intentado ponerse estaba totalmente abierta. De pronto, se percató de que había dicho que había pasado media hora en la cantina, por lo que él debía haber pasado más de diez minutos delante del espejo. Para él era como si ni tan siquiera hubiera pasado un minuto, pero para el resto del mundo había pasado bastante más tiempo.

Fue hasta la cama y se puso algo de ropa limpia. Se sentó en la litera inferior, la de Vukašin, y esperó hasta que éste hubiera acabado de ducharse.

—¿Puedes girarte para que me cambie? —volvió a mostrarse irónico Vukašin.

—Anda, calla, cretino —contestó Stjepan a la par que se tumbaba en la litera de su amigo—. No voy a ver nada que ya me hayas enseñado miles de veces.

—Cómo te pones, tontorrón —dijo riendo mientras se abrochaba los botones del pantalón—. Ya casi estoy. ¿Qué quieres que hagamos?

—Pues la verdad no tengo demasiadas ganas de ir a la cantina. Casi prefiero sentarnos en las escaleras del barracón a tomar un poco el aire y luego ya veremos.

Cuando Vukašin acabó de atarse los cordones de las botas, Stjepan se incorporó y cogió la chaqueta. Avanzaron los pocos metros que los separaban de la puerta y la abrieron justo a tiempo de ver pasar a un nutrido grupo de personas que no habían visto antes. Se miraron con cara de extrañeza. Ninguno de ellos sabía qué estaba ocurriendo, pero aquel grupo de personas estaba acompañado de algunos de los mandos superiores del cuartel. Aquellos extraños entraron en el barracón que estaba justo frente al suyo. El que parecía el jefe de ellos comenzó a hablar en un idioma que no identificaron. Parecía estar traduciendo las instrucciones de los mandos yugoslavos y transmitiéndolas a sus subordinados. Se preguntaron qué estaría sucediendo.

Se sentaron en las escaleras de su barracón y dejaron que pasara el tiempo charlando sobre asuntos triviales. Al caer el sol acudieron a la cantina a cenar y posteriormente volvieron para intentar descansar. Varios de sus compañeros acababan de llegar. Ellos se prepararon para descansar. Stjepan se desvistió de nuevo hasta quedar únicamente vestido con su ropa interior. Subió a su litera y se tumbó con la esperanza de poder quedarse dormido cuanto antes.

Pero sus deseos no se vieron cumplidos. Comenzó a dar vueltas en su cama mientras los ronquidos de Vukašin y otros compañeros inundaban la estancia. Giró sobre sí mismo durante largo tiempo hasta que al cabo de unas cuantas horas el sueño se apoderó de su ser.

De pronto, las imágenes de las salvajadas cometidas en el puente por sus compatriotas volvieron a su mente. Una larga hilera de soldados serbios apareció en su sueño maltratando y violando a mujeres bosnias en el pretil del puente Mehmed Paša Sokolović. Sin embargo, el horror aumentó al mirar hacia el otro pretil y comprobar que, justo en el lado opuesto a los serbios, había otra hilera de bosnios que repetía los mismos movimientos sobre mujeres de claros rasgos serbios. Stjepan intentaba avanzar hacia aquel lugar para intentar parar esas atrocidades, pero, por mucho que corriera, no avanzaba ya que estaba atado al suelo con grilletes. En aquel mismo instante, todas las personas que había en el puente desaparecieron menos dos. Eran un hombre bosnio y una mujer serbia. Stjepan entrecerró los ojos para intentar distinguir algo más. Se estremeció al comprobar que el supuesto soldado bosnio era Enes y la mujer que estaba siendo vejada no era otra que su querida Jelena.

Se levantó de un salto totalmente empapado de sudor. Había sido una pesadilla. Lo que había vivido aquella tarde le había hecho comprender que los horrores de la guerra llegaban incluso a gente que no se lo merecía. Se sentó en su litera y se abrazó las rodillas con los dos brazos. Creyó que no era posible volver a conciliar el sueño, por lo que decidió esperar así hasta que el día despuntara. No hubo de esperar demasiado, ya que los primeros rayos de sol comenzaron a entrar por la ventana a los pocos minutos. La sirena matutina sonó a todo volumen en el cuartel y todos se vieron obligados a levantarse.

Stjepan se vistió con rapidez con la intención de acudir a desayunar cuanto antes. Se adelantó a Vukašin y entró de los primeros en el comedor. Tomó asiento en una mesa corrida y guardó un sitio para su amigo. A los cinco minutos Vukašin entró por la puerta y se sentó junto a Stjepan. Este último dudó sobre si debía contar algo sobre su sueño, pero decidió guardárselo para sí mismo.

De repente la puerta se abrió de golpe y apareció el mismo grupo de desconocidos que el día anterior. Los vieron coger sus raciones del desayuno y mirar en derredor buscando algún sitio donde sentarse. Stjepan comprobó que el resto de las mesas estaban prácticamente ocupadas y la única en que podían entrar la mayoría de ellos era la suya. Pensó que sería un buen momento para enterarse de quiénes eran, aunque no quería mostrarse demasiado curioso. Se corrieron hacia la esquina de la mesa. El grupo de desconocidos comenzó a sentarse en los sitios libres sin que los dos amigos pudieran quitarles los ojos de encima.

—¿Está este sitio libre? —preguntó el que parecía ser el superior de todos ellos.

—Siéntese tranquilo, señor —contestó Vukašin.

—No me llames señor, compañero. Mi nombre es Dimitris Diamantopoulos —se presentó mientras estrechaba la mano de los dos—. Perdonad mi serbio. Lo aprendí hace algún tiempo y no es fácil practicarlo.

—No pasa nada, se te entiende perfectamente —aseveró Stjepan—. Os vimos entrar ayer en el barracón que está frente al nuestro. ¿De dónde sois?

—Somos vuestros hermanos ortodoxos —respondió Dimitris enseñando la cruz que colgaba de su cuello—. Hemos venido desde la cuna de la ortodoxia a echaros una mano.

—No entiendo —dudó Stjepan.

—Somos parte de la *Elliniki Ethelontiki Froura* o como vosotros la llamáis la Guardia Voluntaria Griega. Hemos venido a apoyar a nuestros compañeros de la *Srpska Dobrovoljačka Garda*.

—¿La Guardia Voluntaria Serbia? —se le iluminó la mirada a Vukašin.

—¿En serio habéis venido en ayuda de los Tigres de Arkan? —intentó disimular Stjepan lo escandalizado que estaba. El salvaje grupo de paramilitares serbios había pedido ayuda a unos voluntarios griegos. Se preguntó de dónde podrían haberlos sacado.

—Exacto. Llamadlos como queráis. Para nosotros son nuestros hermanos ortodoxos —se jactó Dimitris—. Igual que vosotros. No podemos permitir que esos infieles intenten subyugar a uno de los pilares de la ortodoxia cristiana.

—Es perfecto —se mostró exultante Vukašin—. Esta guerra va a servir para unir al mundo ortodoxo en contra de esos indignos. Servirá para borrarlos de nuestra patria de una vez por todas.

—¿Del mismo modo que ayer en el puente, Vukašin? —se molestó Stjepan—. Porque lo que presenciamos ayer no era precisamente una muestra de la caridad cristiana, sino una brutalidad inhumana.

—¿Ayer? —se sorprendió su amigo—. Tampoco exageres, Stjepan. No te muestres sensiblero. Cuando te enrolaste en el ejército ya sabías a qué venías. O sea que ahora no te hagas el digno.

—Me enrolé para defender mi patria, para defender a mi pueblo. Pero no para violar y torturar a civiles desarmados. Entiendo que detengamos a los rebeldes bosnios que se han levantado en armas, pero ¿cuál era el pecado de las mujeres que lanzaron ayer al vacío desde el puente? — se desesperó él.

—Comprendo tus dudas, muchacho —intervino Dimitris—. Pero esas pequeñas acciones no son más que el mal menor para conseguir un bien supremo.

—Un mal menor para conseguir un bien supremo —repitió fascinado Vukašin.

Una vez más, a Stjepan le repugnó la expresión de admiración que mostraba su amigo. Suspiró y decidió no intervenir más en aquella conversación.

—Bueno, contadnos más sobre vosotros —siguió Vukašin.

—Tampoco hay demasiado que contar. Somos miembros de Amanecer Dorado, un grupo de auténticos patriotas que está dispuesto a derramar su sangre por sus correligionarios. Estamos hartos de que no se nos tome en serio.

—¡Vaya! —se admiró Vukašin.

—No sé qué te sorprende, joven. Hace tiempo nosotros salvamos al mundo del dominio de los persas. Os dimos la democracia y os enseñamos la verdadera fe. Llevamos más tiempo del que podríais imaginar cuidando del mundo y nadie nos lo agradece. Desde el valeroso Leónidas, miles de griegos nos hemos sacrificado por el bien del mundo y nadie nos lo ha agradecido. Pero nunca vamos a darnos por vencidos —dijo señalándose el brazo derecho. Se remangó y dejó al descubierto un tatuaje de un casco antiguo con una inscripción presumiblemente en griego—. No pudieron reducirlos a ellos, no podrán con nosotros.

—¿Qué es lo que pone ahí? —inquirió curioso Vukašin.

—*Molon labe*. Venid y cogedlas. Es lo que les dijo Leónidas a los persas antes de morir por la libertad de Grecia en las Termópilas. Y es lo mismo que deberíais hacer vosotros. Si esos malditos musulmanes quieren algún trozo de vuestro territorio, que vengan y lo cojan. Pero que se atengan a las consecuencias. Porque, como nosotros, vosotros estaréis dispuestos a derramar hasta la última gota de sangre por cada centímetro de patria.

—Y yo creía que mi tatuaje era increíble… —exclamó Vukašin.

Tras aquella breve pero intensa conversación, el silencio se adueñó de la mesa. Todos continuaron desayunando. Stjepan continuaba dando vueltas a la serie de estupideces que acababa de escuchar. Unos griegos que actuaban como si fuesen los salvapatrias que necesitaban los serbios. Aquella situación era de locos.

—¡Soldado Crnčević, soldado Župan! —los sobresaltó la voz del teniente Vuković. Stjepan no se había dado cuenta de que la figura de su teniente se erguía a su lado en el borde de la mesa—. Acabamos de recibir órdenes de que la unidad va a ser trasladada el primero del mes que viene a Sarajevo para organizar la retirada de las tropas de la capital. En nuestra unidad estáis varios que sois originarios de Sarajevo y eso facilitara las cosas. Vuestro conocimiento del terreno debería sernos provechoso —repentinamente el teniente se percató de que estaban acompañados por los voluntarios griegos—. Veo que ya han tenido la ocasión de conocer a nuestros compañeros griegos. Teniente Diamantopoulos, es un placer tenerlos con nosotros. Ya sabe que para todo lo que quiera puede contar conmigo y mi unidad.

—El placer es nuestro. Como ya les he dicho a sus soldados, los hermanos ortodoxos debemos ayudarnos de manera desinteresada ante el ataque de los infieles. Por cierto —se dirigió hacia los chicos—, no me habéis dicho cómo os llamáis.

—Mi nombre es Vukašin, Vukašin Crnčević —comunicó. Miró fijamente a Stjepan, pero se dio cuenta de que llevaba largo tiempo ausente. Tenía la mirada perdida en algún punto del horizonte—. Y él… él es Stjepan Župan.

—Encantado de haberos conocido, chicos —sonrió Dimitris—. Espero poder veros de vuelta tras la retirada de Sarajevo.

—Soldados —ordenó el teniente Vuković—, tras el desayuno acudan al punto de reunión para unirse al reconocimiento de la ciudad. Debemos cerciorarnos de que no se haya reavivado ningún foco de resistencia.

—Sí, señor —acataron ellos al unísono.

Se levantaron para llevar las bandejas a su sitio. Stjepan seguía sumido en sus pensamientos. Acababan de recibir el traslado a Sarajevo para un par de semanas más tarde. Iba a volver a su ciudad. No llevaba demasiado tiempo lejos de ella, pero anhelaba poder volver a ver a su familia y sus amigos. Sobre todo tras las atrocidades recién vividas. Necesitaba poder disfrutar de algunos días junto a los suyos y salir de aquel ambiente de locos. Salieron del comedor y sintieron unas finas gotas de lluvia que comenzaba a caer. Acudieron al barracón, cogieron sus respectivos fusiles y se dirigieron al punto de reunión. Pero la mente de Stjepan había volado ya de vuelta a su ciudad de acogida.

3 DE MAYO DE 1992

Sarajevo, 3 de mayo de 1992

Llevaban dos días en la ciudad, pero aquella vez todo era diferente. El ambiente estaba enrarecido y los acontecimientos recientes no ayudaban a mejorarlo. El primer día del mes habían llegado al cuartel que tenía la JNA en Bistrik, justo enfrente de Baščarsija. Cuando se lo comunicaron, le pareció increíble estar a tan pocos metros de Enes y no poder visitarlo. Tan cerca, pero tan lejos. Pero aquel día iban a evacuar todo el cuartel ante el asedio bosniaco.

El día anterior, su unidad fue movilizada para acudir al aeropuerto de la ciudad. El autodenominado presidente bosnio Alija Izetbegović estaba a punto de aterrizar en un vuelo procedente de Lisboa. Cuando el avión tomó tierra, todos salieron de los vehículos y, rifles en mano, rodearon a la comitiva presidencial. Tras un breve forcejeo, lograron reducir a Izetbegović y meterlo en un vehículo acorazado. Lo trasladaron al cuartel y lo retuvieron como garantía para poder llevar a cabo la retirada. Les habían comunicado que no debía sufrir ningún daño, porque lo iban a liberar una vez que el convoy de los vehículos del ejército hubiera superado el cerco al que las fuerzas bosnias les estaban sometiendo. Stjepan y Vukašin fueron seleccionados para llevar a cabo el primer turno de guardia ante la celda del presidente bosnio.

Aquella noche no había conseguido conciliar el sueño, porque el ataque que desde su cuartel se había llevado a cabo contra la ciudad vieja de Sarajevo había alimentado sus miedos. La artillería lanzada contra Baščarsija no tenía un objetivo claro más allá de atemorizar a la población, pero la mera idea de que alguna pieza pudiera haber impactado contra la casa o la pastelería de Enes y haberle causado algún daño le horrorizaba. Estuvo toda la noche dando vueltas en el catre y rogando a Dios que no les hubiera sucedido nada ni a su amigo, ni a su familia.

La sirena sonó como todos los días a las seis de la mañana. Se incorporó raudo y se dirigió al comedor. No esperó a su amigo para desayunar, porque estaba inquieto. Terminó pronto y, justo en el momento en que Vukašin entraba al comedor, se levantó y se dirigió al barracón. Necesitaba estar solo y tener que preparar su equipaje era la excusa perfecta para ello. Puso las pocas cosas que tenía encima de su cama y comenzó a doblar toda la ropa para meterla en su petate. Al finalizar, se sentó en la cama y esperó a que el resto de compañeros acudiera. Iban a abandonar ese cuartel por la tarde y los iban a trasladar a Lukavica, en la parte de la ciudad bajo control total de las fuerzas yugoslavas. Desde el momento en que abandonaran el centro de la ciudad, estaría a unos pocos metros de su familia y de Jelena. Tal vez fuera una de las mejores noticias que había recibido últimamente. Necesitaba el cariño de los suyos para poder continuar con todo aquello. Pasó el resto de la mañana junto a sus compañeros recogiendo todo el material del cuartel y guardándolo en cajas para su posterior transporte.

Aquel día comieron antes de lo habitual para poder acabar todos los preparativos y marchar cuanto antes. De hecho, para las cuatro ya tenían absolutamente todo recogido y listo para la retirada a Lukavica. La megafonía del cuartel comenzó a sonar. Una voz les avisó de que todos aquellos que no hubieran sido notificados de que debían acudir a algún otro punto, acudieran a los autobuses que esperaban a la entrada del cuartel para proceder con la evacuación. Cogió sus pertenencias y se dirigió, junto a Vukašin, a la salida. Subieron en el primero de los autobuses y Stjepan se acomodó en un asiento junto a una ventana. Desde allí pudo observar cómo algunos compañeros suyos introducían a una persona encapuchada en un vehículo especial. Supuso que se trataba de Izetbegović y que lo iban a transportar junto al convoy para evitar cualquier ataque.

El autobús se puso en marcha y salió del recinto acuartelado. Avanzaron durante unos pocos minutos por las estrechas calles de Bistrik, hasta que llegaron a la Plaza del Seis de Abril. Allí se detuvieron todos los vehículos. Stjepan miró por la ventana y comprobó que estaban totalmente rodeados por los insurgentes bosnios. A través de los cristales del autobús podían escuchar los gritos de algunos de esos hombres armados pidiendo su cabeza. Pero se suponía que nada debía pasar porque así se había acordado para proceder a la posterior entrega de Izetbegović. De pronto, Vukašin le señaló la figura de una persona que se dirigía al coche donde estaba retenido el presidente bosnio. Era el comandante en jefe de la Defensa Territorial de Bosnia y Herzegovina, Jovan Divjak. Aquel serbio había decidido traicionar a la JNA y a su propia patria y unirse a los sublevados en Sarajevo contra las fuerzas leales a Yugoslavia. Habló durante un breve instante con los ocupantes de dicho vehículo y luego se montó en su propio tanque. Desapareció en dirección oeste. Stjepan pudo comprobar el rencor con que sus cmpañeros observaban a aquel hombre y lo tachaban de rata traidora y escoria desagradecida.

En aquel preciso instante el autobús y el resto del convoy se puso en marcha de nuevo. Podían sentir las miradas de odio de todos los que los rodeaban en aquella plaza. Miraron el camino que iban a tomar y se percataron de que todo el trayecto estaba repleto de hombres bosnios armados hasta los dientes. Stjepan sintió que el pecho le oprimía. Estaban llegando a las cercanías de la mezquita de Čobanija cuando los hombres armados levantaron repentinamente una barricada frente al autobús. Había cortado en dos la calle Dobrovoljačka. El vehículo que transportaba a Izetbegović había pasado, pero el resto habían quedado tras la barrera creada. El comandante Divjak abrió la puerta y comprobó que el presidente bosnio estaba dentro. Comenzó a hablar por un transmisor y gesticulaba hacia los hombres de la barricada.

De repente, un sonido sordo retumbó en la parte trasera del autobús que trasladaba a los soldados. Todos se refugiaron como pudieron. Vukašin y Stjepan lograron lanzarse al pasillo. Tras un segundo de confusión, se escuchó una ráfaga de tiros que se prolongó durante un par de minutos. Tumbado en el pasillo, Stjepan pudo ver por la luna delantera al comandante Divjak subido encima de un tanque gritando.

—¡No disparéis, no disparéis, imbéciles! —se desgañitaba intentando hacerse escuchar por encima del silbido de las balas—. Parad de disparar de una maldita vez. Ya tenemos al presidente de vuelta y es lo que acordamos. ¡Dejadlos marchar!

El sonido de los disparos cesó y dentro del autobús se escuchó la voz del teniente Vuković preguntando si todos se encontraban a salvo. Stjepan miró hacia la parte trasera del autobús. Observó que la luna había sido agujereada por una bala y que alrededor se encontraba todo manchado de sangre. Dirigió su mirada hacia la parte posterior del pasillo y pudo ver el cuerpo de su compañero Ratko con un agujero de bala en el cráneo. Alguien se lo comunicó al teniente y éste maldijo a los bosnios. Se levantó enfurecido y tomó su rifle, pero no tuvo tiempo de nada, porque la barricada se abrió y dejó pasar a la comitiva en dirección hacia el acuartelamiento de Lukavica.

Todos se incorporaron y se sentaron en silencio en sus respectivos asientos. Stjepan estaba pálido. Llevaban consigo el cuerpo malherido de un compañero y no podían tan siquiera parar para intentar socorrerlo. Si debían llegar al cuartel antes de poder hacerlo, podría desangrarse y morir. El resto de la evacuación se llevó a cabo sin ningún otro tipo de problema. Cruzaron la entrada del cuartel de Lukavica sanos y salvos y se apresuraron a bajar el cuerpo de Ratko para trasladarlo a la enfermería. Pero, cuando fueron a cogerlo, vieron que ya no respiraba. Había fallecido por aquel ataque. Era el primer compañero al que veía caer abatido.

Al vaciarse el resto de vehículos, hicieron un recuento de las bajas. Los muertos por los tiros ascendían a seis, pero eran numerosos los heridos, algunos de ellos de extrema gravedad. El terror se reflejaba en el rostro de los más de doscientos individuos que habían sufrido una inesperada emboscada mortal por parte de los rebeldes bosnios de la Defensa Territorial. Los superiores comunicaron a sus respectivas unidades en qué barracones debían alojarse a partir de ese momento. Todos se dirigieron en silencio a los lugares designados y deshicieron el equipaje que habían preparado pocas horas antes.

Stjepan apenas tardó unos minutos en deshacer su petate y se tumbó boca arriba mirando hacia algún punto indefinido del techo. En su cabeza resonaban todavía los ecos de los disparos. Podía ver las caras llenas de ira de los bosnios armados que les habían tendido la emboscada. En sus miradas recordaba poder distinguir un odio profundo hacia todos ellos, un odio que se había traducido en una masacre de sus compañeros.

Notó la mano de Vukašin en su brazo. Éste le hizo un gesto con la cabeza para preguntarle si le acompañaba fuera. Stjepan le contestó que no tenía demasiadas ganas, que prefería quedarse descansando un rato antes de cenar. Sus compañeros lo dejaron solo y con el sonido de la puerta al cerrarse descansó los párpados. Intentó dejar la mente en blanco y, al contrario de hacía mucho tiempo, aquella vez lo logró. Pasó largo rato de ese modo. Tras eso, se levantó y salió a buscar a su amigo. Lo encontró en un claro del cuartel junto a otros soldados. Se acercó y saludó.

—Hola, chicos. ¿De qué hablabais?

—Comentábamos que de alguna manera deberíamos hacerles pagar a esos malditos cerdos lo que han hecho hoy. No pueden pensar que atacar a las fuerzas de la patria les va a salir gratis.

—¿Y qué pensáis hacer? Estamos de retirada de la ciudad y sabéis que dentro de unos cuantos días la JNA va a abandonar cualquier territorio bosnio —contestó él.

—Sí, pero estará el *Vojska Republike Srpske*. Seremos los mismos con distinto nombre. Por lo que no pensamos olvidar lo sucedido.

—Cierto, formaremos parte del Ejército de la República Srpska. Pero no podremos tomar las decisiones que nos complazcan —apuntó Stjepan.

—Está claro. Pero la diferencia es que hasta ahora las órdenes nos las dictaban desde la lejana Belgrado. A partir de que pasemos a formar parte de la VRS, las tomarán gente que de verdad sabe el infierno en que nos encontramos con esos malditos musulmanes.

Stjepan se estaba empezando a desesperar. Miró el reloj y comunicó a sus compañeros que iba a ir ya a cenar. Estaba cansado y pretendía meterse pronto a la cama. El resto opinaron que era una buena idea y se encaminaron hacia el comedor. Era el más grande que Stjepan había visto en su breve carrera militar. En aquel cuartel convivían miles de soldados y todas las instalaciones eran mayores que las de Višegrad o Gospić. De todos modos, pensó para sí mismo, la comida seguía siendo tan mala como en cualquiera de los otros lugares.

Para cuando salieron del comedor el sol ya se había escondido tras los montes circundantes, por lo que todos anduvieron el camino hacia el barracón. Entre bromas y comentarios despectivos hacia los insurgentes bosnios, todos se prepararon y metieron en la cama. Había sido un día duro, por lo que todos acordaron que sería buena idea apagar la luz a pesar de ser únicamente las nueve de la noche.

No habían transcurrido ni quince minutos cuando Stjepan pudo escuchar los ronquidos de todos sus compañeros de alcoba. Se dijo que debía intentar también él dormir, pero cada minuto que pasaba se le hacía más insoportable. Decidió que aquel lugar le estaba constriñendo demasiado y salió a pasear por el cuartel. Sabía que, si su teniente lo descubría, podría tener problemas porque ya habían decretado el toque de queda en el cuartel. Pero supuso que aquel día no le pondría excesivos problemas. Abrió la puerta con cuidado para no despertar a nadie y salió al exterior.

El frescor de la noche le hizo abrocharse la chaqueta. Caminó sin rumbo fijo durante unos minutos. Para cuando quiso darse cuenta, se encontraba cerca de la entrada al cuartel, por lo que dio media vuelta. Pero en vez de volver directamente al barracón, caminó pegado a la verja metálica que dividía el interior del recinto del resto de Lukavica de su anterior vida sin sobresaltos. No era un sistema demasiado seguro, sopesó, pero era suficiente para tenerlo allí, porque prácticamente todos los vecinos eran favorables a las fuerzas serbias. Siguió ensimismado en sus pensamientos hasta que descubrió que en cierta área la verja parecía forzada por su parte inferior. Cualquier hombre de mediana estatura podría pasar sin ningún impedimento al otro lado con sólo levantar un poco la verja. Se quedó en pie delante de aquel elemento de separación entre la realidad cotidiana y su realidad en el cuartel. Miles de pensamientos se le agolparon en la mente, pero uno de ellos era el que mayor fuerza estaba cogiendo. Como si de un acto reflejo se tratara, se agachó, levantó la cerca y rodó hacia el otro lado.

Una vez fuera, un sentimiento de miedo se apoderó de su cuerpo. Estaba tan cerca y a la par tan lejos de todo lo que significaba algo para él. Una simple verja limitaba ahora su nuevo mundo, un mundo que por momentos le superaba. Al darse cuenta de que ya había salido del recinto y nadie parecía haberse dado cuenta de ello, decidió dejarse llevar por su corazón y comenzó a correr con un rumbo prestablecido.

Corrió como si la vida se le fuera en ello. Si alguien le veía allí fuera, estaba perdido. Había huido en plena noche del cuartel. Dejó de pensar en ese tipo de cosas, porque lo único que conseguía era ponerse más nervioso. Continuó corriendo algunos minutos más hasta que llegó a la puerta. La empujó y comprobó que, aparte del cristal medio roto, también las bisagras de la puerta se habían estropeado. Cuando la puerta se abrió, entró al edificio. Subió hasta el piso adecuado y golpeó la puerta con los nudillos. Se arregló el uniforme a la espera de que alguien apareciera en el umbral.

—¡Hijo! —se sorprendió Miloš al entreabrir la puerta—. ¿Pero qué haces aquí a estas horas? ¿Te han dejado salir?

—Hola, papá —sonrió Stjepan—. Estaba paseando por el cuartel y he encontrado una escapatoria en la verja. Y he venido a veros...

—¿Te has escapado? —se asustó—. Entra, entra. Que no te vea nadie. ¿Estás seguro de que quieres desertar?

—No, papá. Luego volveré al cuartel —respondió Stjepan desabrochándose la chaqueta y colgándola en el colgador—. No he desertado. Eso significaría firmar mi propia sentencia de muerte. He salido un rato para poder veros.

—¡Božidarka, levanta! —comunicó Miloš tratando de ser lo más sigiloso posible—. Stjepan está aquí.

—¿Stjepan? —preguntó ella desde el dormitorio—. Pero si estaba en Višegrad...

—He vuelto, mamá, he vuelto —la besó en la mejilla—. Llegué a Sarajevo hace un par de días, pero no había tenido tiempo de avisaros.

—Anda, pasa a la cocina —dijo ella—. ¿Quieres que te preparé algo caliente?

—Gracias, mamá, pero ya he cenado hace un buen rato y no quiero nada.

—Cuéntanos, hijo —intervino Miloš—, qué haces aquí.

—Bueno... —dudó Stjepan—. Como ya sabéis, nos trasladaron a Višegrad para tomar la ciudad. Cuando acabamos con toda la resistencia bosnia, nos comunicaron que la unidad iba a ser trasladada a Sarajevo para dirigir la retirada ordenada de las tropas del centro de la ciudad. Por cierto, estuve en nuestra casa de Višegrad y vi a la señora Marija. Estuve un rato en mi habitación —decidió no contarles nada de las escenas vividas en el puente, porque no quería escuchar uno de los sermones de su padre.

—¿Cuándo has vuelto, hijo? —preguntó su madre—. Podías habernos avisado y te hubiéramos preparado algo.

—Volvimos anteayer —contestó él—, pero teníamos algunas cosas que hacer...

—Por favor, hijo —intervino Miloš—, dime que no te enviaron a secuestrar al presidente Izetbegović. Por favor, dímelo.

—¿Pero qué problema tienes, papá? —lo interpeló Stjepan—. Estoy aquí sano y salvo. No me ha pasado nada. Además ése tipo no merece ni tan siquiera que se le llame presidente.

—No, no, no, no... Stjepan, no... —suplicó su padre.

—Papá, hemos retenido sólo a Izetbegović para poder evacuar el centro de la ciudad. Cerramos un trato con los rebeldes musulmanes para que el convoy pudiera salir en dirección al cuartel de Lukavica sin problemas, pero esos malditos cerdos no han cumplido su palabra.

—¡Dios mío! —se asustó Božidarka—. ¿Estás bien, hijo?

—Sí, mamá. No pasa nada. Nos han tendido una emboscada en Dobrovoljačka y han comenzado a tirotear los vehículos del convoy —Stjepan notó que el miedo que había sentido durante la retirada se estaba convirtiendo en furia—. Hemos podido reaccionar a tiempo y ponernos a salvo, pero los tiros de esos malnacidos han matado a algunos de mis compañeros. Pero se arrepentirán.

—¡Stjepan, vale ya! —protestó su padre—. Deja de decir sandeces. Estás empezando a hablar como esos tarados... Sabía que tu enrolamiento no podía traer ninguna cosa buena.

—¿Pero qué estás diciendo, papá? —voceó—. ¡No me lo puedo creer! Todavía va a parecer que los malos somos nosotros. ¡Que nos han tiroteado esta tarde!

—No sois precisamente santos, Stjepan. ¿O hace falta que te recuerde lo que pasó en la marcha por la paz de hace unas semanas? No creo que los disparos se generaran de forma espontánea. Me da lo mismo que utilicéis la excusa de que el señor Gardović había sido asesinado en la boda de su hijo. Me da exactamente lo mismo lo que vayas a decir. El ejército yugoslavo está desde la declaración de independencia de Eslovenia y Croacia en una espiral de esquizofrenia sin sentido luchando contra todo y contra todos.

—No luchamos porque sí. Luchamos para defender a aquellos que no se quieren separar de la madre patria y que están siendo obligados a hacerlo. Estamos luchando por miles y miles de compatriotas que se sienten indefensos en sus propias tierras. Vamos a hacer que los compatriotas serbios no tengan que doblegarse ante aquellos que quieren borrarlos del mapa.

—Ya estamos otra vez con esas locuras de la Gran Serbia. Las ideas de ese maldito Milošević han incendiado nuestro país. Ahora todos los Balcanes son un auténtico polvorín por las ideas nacionalistas extremistas de los políticos de todas y cada una de las repúblicas. Cada uno ha convencido a las masas de sus propias paranoias y ahora gente que antes se trataba con la mayor cordialidad se odia a muerte. Y muerte es lo único que nos traen.

—¡Qué fácil es hablar desde la comodidad de casa o desde un despacho! —se enfureció Stjepan—. No tienes ni idea de lo que realmente ocurre. Aunque muchos intenten presentarnos como a unos monstruos inhumanos, ésta es una guerra de defensa. Es una guerra que estamos librando para la supervivencia de los serbios de Bosnia-Herzegovina. Si hubieras visto lo que han intentado hacer con nosotros hoy, comprenderías que lo que dices está errado y que no podemos hacer otra cosa que defendernos de los ataques de esa gentuza.

—¡Cómo puedes estar tan ciego, hijo! —se desesperó Miloš—. Esa gentuza de la que estás hablando utiliza tu mismo discurso pero desde el punto de vista contrario. Para ellos, vosotros sois los agresores y ellos las víctimas. Pero ¿es que no te das cuenta de que en esta guerra no hay buenos ni malos, sino que todos vamos a ser los perdedores? Matar o ser matados, pero todos esgrimiendo parecidos argumentos. Y ninguno tiene la razón…

—¡Basta ya, Miloš! —intervino Božidarka—. No puedes hablar de esa manera a nuestro hijo. Parece que estuvieras hablando con cualquier extraño de la calle y te diera lo mismo lo que le pudiera suceder. ¡Despierta! Es tu hijo. A mí me da igual si tienen que desaparecer los musulmanes o los croatas de nuestra tierra, mientras mi hijo pueda volver sano y salvo de esta dichosa guerra.

—Muy bien —dijo Miloš con las lágrimas a punto de brotarle de los ojos—. Entonces el día en que Stjepan tenga que matar a Enes y Omer lo celebraremos porque no es él el que haya caído.

—No aguanto más —gritó Stjepan. Las palabras de su padre habían sido una auténtica puñalada en el centro de su corazón. Desde que comenzó la guerra había querido obviar esa posibilidad, pero su padre se la había puesto justo delante de los ojos en el peor momento de todos—. Si lo sé, no llego a venir. Mejor me hubiera ido si me hubiera quedando paseando en el cuartel

—No lo entiendes, hijo. No entiendes nada —se resignó Miloš—. Esta estúpida guerra fratricida ya nos ha arrebatado demasiado a todos. No quiero que me arrebate también a mi hijo.

—Por el amor de Dios. ¿Por qué no puedes dejar de ver cosas extrañas donde no las hay? Nosotros seguiremos luchando por nuestros compatriotas hasta que el último de ellos esté a salvo del yugo de todos esos separatistas. Y si hace falta, recuperaremos todos los territorios y los uniremos a Serbia.

—No puede ser… Ya te han cambiado…

—Estoy harto de que todo lo que hago siempre te parezca mal. Desearía que fueras como todos los padres normales de este país y por una vez me apoyaras. Pero siempre seguirás diciendo que estoy equivocado por luchar por mi verdad y por mi país.

—Ya es demasiado tarde —protestó—. Como temía, esta guerra fratricida ya me lo ha arrebatado. Dentro de unos días me voy a ir a la casa familiar de Sveti Stefan. Božidarka, si quieres ven conmigo a la hacienda montenegrina, pero entendería que te quisieras quedar aquí esperando a que vuelva Stjepan. Yo tengo que irme de esta ciudad, porque no aguanto que cada explosión y cada disparo me hagan pensar cuánto le quedará de humanidad a nuestro hijo y si tan siquiera seguirá vivo.

Tras pronunciar aquellas palabras, Miloš se retiró de la cocina y se encerró en el estudio. Madre e hijo pudieron escuchar los sollozos ahogados que provenían de allí dentro, pero ninguno de los dos se atrevía a romper aquel incómodo silencio. Stjepan se giró hacia donde estaba su madre y, al ver que estaba llorando amargamente, la abrazó e intentó tranquilizarla.

—Mamá, tranquila. Ahora tengo que volver al cuartel para que nadie sospeche nada de mi salida. Ve con papá a Sveti Stefan y cuida de él. Creo que la situación le supera —dijo intentando demostrar una fuerza interior que él mismo dudaba que tuviera—. Yo estaré bien. El día doce el ejército yugoslavo se retira, pero nos integramos en las fuerzas serbias de Bosnia. No pasará mucho tiempo hasta que podáis volver a un Sarajevo totalmente libre. Y ese día podremos volver a vivir en paz como una familia normal. Cuídate mucho. Os quiero, mamá.

La besó en la frente y acarició sus mejillas mojadas por las lágrimas. Se encaminó hacia la salida y, cuando pasó delante de la puerta del estudio, dudó un instante. Decidió que no era buena idea entrar en aquel momento a intentar arreglar lo sucedido. Ya tendrían tiempo de arreglarlo la siguiente vez. Cogió la chaqueta que se había quitado antes y abrió la puerta de la calle. La cerró tras de sí y se encontró en la más absoluta oscuridad. Miró la escalera y se quedó un rato observando las escaleras que se encaminaban hacia el piso de Jelena. Pero pensó que no era una buena idea presentarse a esas horas en aquella casa. Se dirigió a la salida, pero antes de salir volvió la cabeza por última vez para ver la puerta de su hogar. Sus pasos se dirigieron apresuradamente hacia el cuartel, pero sus pensamientos permanecieron inmóviles en aquel hueco de la escalera el resto de la noche.

30 DE AGOSTO DE 1992

Sarajevo, 30 de agosto de 1992

El día había amanecido soleado. Cuando se despertaron, abrieron las contraventanas y dejaron que la luz del sol inundara la estancia. Enes besó la frente de Lejla, como cada mañana. Le quitó el cabello de la cara y le dio los buenos días. Desde el inicio de la guerra, la pastelería de su padre apenas tenía clientela y habían consensuado que Enes acudiera más tarde a trabajar para que pudiera estar con Lejla.

Bajó las escaleras y se dirigió a la cocina para preparar el desayuno. Hacía tiempo que escaseaban las cosas más básicas, por lo que Enes preparó un poco de café y sacó de uno de los armarios un bollo duro medio rancio que días atrás su padre había llevado a casa de la pastelería. No podían permitirse grandes lujos, pero solían aprovechar las sobras de la tienda familiar. Dividió el bollo y estaba dispuesto a ponerlo en dos platillos, pero en el último momento decidió que se lo iba a dejar entero a Lejla. Durante los últimos días, se había percatado de que estaba muy cansada y alicaída. Tal vez necesitara alimentarse mejor. Enes puso las tazas con el café en la mesa y el platillo en el sitio de su mujer. Se sentó y esperó a que bajara. Cuando la vio entrar por la puerta, se levantó y le apartó la silla.

—¿Has dormido bien, *moj golube*? —preguntó de manera cariñosa.

—Sí. Hoy sí. Ayer por la noche me quedé dormida antes de que subieras —sonrió dulcemente Lejla—. Y ni te he sentido al subir. Hace tiempo que no descansaba de esa manera.

Era una bendición escuchar a su mujer decir eso. Saber que por fin había podido descansar supuso un verdadero alivio para él. El problema era que él no había podido pegar ojo en toda la noche. Al igual que en los últimos meses, le parecía que en la quietud de la noche se escuchaban tiros lejanos en rincones recónditos de la ciudad. La mayoría de las veces eran sonidos creados por su propia mente, pero otros días podía comprobar que lo que le había parecido escuchar había sucedido realmente. Por desgracia, aquella noche no había sido diferente.

Desayunaron y estuvieron conversando sobre pequeñas cosas de la casa. Enes se tomó el café. Tenía hambre, pero no era capaz de quitarle ni tan siquiera un pequeño trozo de comida a su mujer. Él era más fuerte y aguantaría mejor el hambre que pudiera pasar después. Además, cuando acudiera a la pastelería de su padre, seguro que éste había horneado algo para que compartieran en las largas horas muertas que pasaban allí juntos.

Se levantó de la mesa y recogió los utensilios. Los llevó a la fregadera y rogó que aquel día no hubieran cortado el agua. Abrió el grifo y esperó unos segundos hasta que vio el agua correr. Con las primeras gotas soltó un resoplido de alivio. Utilizó un trozo de jabón que todavía guardaban desde la última vez que pudieron hacer la compra. Fregó todas las piezas de la vajilla que habían apilado durante los últimos días. Al terminar, volvió a la mesa y acarició la mano de Lejla.

—*Moj golube*, ¿te importa que esta vez me duche yo? —preguntó de manera cariñosa Enes—. Llevo casi una semana sin poder lavarme en condiciones…

—Sí, cariño, por supuesto —contestó ella sonriente—. Tenemos que aprovechar los pocos días en que tenemos agua corriente. Y hace tres días tu padre y yo pudimos ducharnos antes de que se acabara el agua.

—Te quiero —la besó en la mejilla.

Subió las escaleras a toda prisa, por si cortaban el agua de repente. Se desvistió y abrió el grifo de la ducha. Esperó para que se templara. El calentador no funcionaba a pleno gas desde hacía una semana, pero era suficiente para que el agua estuviera lo suficientemente tibia como para poder darse una ducha en condiciones. Entró en la bañera y se mojó todo el cuerpo. Se jabonó y se dispuso a aclararse. Dejó que el agua corriera por su cuerpo y una agradable sensación se apoderó de sí. Pensó que era muy agraciado por tener la familia y los amigos que tenía. A pesar de que el mundo se estuviera viniendo abajo, él era afortunado de tenerlos a todos. Le gustaría que Lejla también se sintiera igual, por lo que intentaba llenar su mundo de amor y cariño. Pero estaba claro que ella echaba de menos a su familia.

Se secó, sacó algo de ropa del armario y se vistió. Miró a través de la ventana para ver lo que acontecía en la calle. No había ni un alma. Desde el comienzo del asedio de la ciudad, poca gente salía de casa y las pocas personas que lo hacían solían ir corriendo de un lado para otro. De todas maneras, las calles de Baščaršija resultaban bastante más resguardadas que el resto de la ciudad. Los que se movían por allí no eran un blanco fácil para los francotiradores, pero era imposible deshacerse de la sensación de andar con una diana pintada en la espalda.

Bajó a la planta baja y encontró a Lejla preparada para salir a la calle. Se había puesto una chaquetilla de punto y estaba cogiendo la bolsa de la compra de la parte inferior del armario de la cocina. Cuando se incorporó, pudo ver su expresión de felicidad en el hueco que dejaba el velo que tapaba su cabello. No sabía qué era lo que le sucedía a su mujer, pero se alegró de verla sonreír de nuevo.

—Estás muy guapa hoy —afirmó Enes—. Me encanta volver a ver tu preciosa sonrisa.

—Calla, tonto, que me voy a ruborizar. Esta mañana me he levantado optimista. El sol que entra por la ventana me ha hecho pensar que estas desgracias no pueden durar eternamente.

—Me alegro de que estés tan contenta. Por cierto, ¿dónde vas?

—No tenemos nada en casa, *moj svijet* —dijo señalando los armarios vacíos—. Voy a ir a comprar algo. Hoy hay un mercado en Alipašino Polje.

—¿Piensas ir a… a la parte oeste de la ciudad? —se preocupó Enes.

—Tranquilo, no me va a pasar nada —lo calmó ella con un beso en la mejilla.

—No puedo estar tranquilo, *moj golube*. No con las cosas como están. Bueno, por lo menos, aunque sea más largo, no pases por Zmaja od Bosne. Coge las calles del otro lado del río y no te expongas demasiado. Y a la menor duda, vuelve rápidamente a casa.

—Insisto, Enes, no me pasará nada. Tranquilízate. Con el poco dinero que tenemos, no podemos permitirnos comprar en el mercado negro.

—Está bien… Pero tal vez podrías quitarte el velo para pasar más desapercibida entre el resto de la gente que haya en la calle.

—Voy a ser muy precavida, *moj svijet*. Volveré para la hora de comer.

Cogió la bolsa de la compra y salió por la puerta de entrada. Enes se quedó un rato paralizado. Esperaba que no le pasara nada a Lejla. Reaccionó y decidió que él también iba a salir de casa. Cogió una chaqueta y se encaminó a la pastelería. Abrió la puerta y respiró el aire de la ciudad. La brisa le golpeó la cara y se sintió realmente vivo. Caminó hacia la pastelería y al abrir se encontró a su padre maldiciendo y luchando contra un viejo transistor que tenían en la tienda.

—¡Maldita sea! —protestó Omer—. ¡Funciona de una vez!

—Hola, papá —saludó Enes.

—Hola, hijo. Cuando tengas un segundo, ¿puedes intentar arreglar este viejo cacharro?

—Por supuesto, papá. Ahora voy a cambiarme de ropa y ponerme el delantal para poder empezar a ayudarte.

Entró en la trastienda y encendió la luz. La bombilla que colgaba del techo tintinó antes de encenderse por completo. Habían tapiado la ventana para evitar cualquier posible daño de los disparos de los morteros que de vez en cuando lanzaban las fuerzas serbobosnias desde las montañas de alrededor. Se cambió la camisa por una camiseta blanca llena de manchas de masa seca y se puso el delantal por delante. Se dirigió hacia donde su padre todavía continuaba peleándose con el transistor y lo cogió entre las manos. Una pieza de las pilas estaba floja y la atornilló más fuertemente con un destornillador que tenían en el primer cajón. Se escuchó un ruido y la radio comenzó a funcionar.

—¡Por fin! —festejó Omer—. Gracias, hijo. ¡Qué haría yo sin ti! Intenta sintonizar, por favor, esa estación de radio que emite desde aquí.

Enes sabía perfectamente a qué estación se refería, pero le daba miedo que alguien pudiera entrar en la pastelería y acusarles de subversión. Pero hacía días que no entraba un solo alma a la tienda, por lo que movió la rueda para sintonizar el dial. La voz masculina del locutor sonó como un fantasma enlatado. Un leve toque de miedo podía percibirse en la narración. Aquel hombre anunció que iban a poner una serie de piezas musicales para entretener la mañana de los radioyentes.

Enes se sentó en una banqueta alta junto a su padre. Lo miró y se dio cuenta de que había envejecido. El paso de los años parecía pesarle y ahora las arrugas y las ojeras eran más que evidentes. Hacía tiempo que no había hablado con su padre sobre cómo se sentía, pero en aquel momento se le había hecho más que evidente.

—Hace días que nadie viene por la tienda —declaró Omer—. Se nota que la gente está pasándolo mal. No es que no compren los dulces que antes tanto les gustaban, sino que no adquieren ni tan siquiera pan para acompañar sus comidas.

—Son tiempos duros, padre. Pero no puedo culpar a la gente por dejar de hacer las cosas que hacían antes. Ya nada volverá a ser como antes... Tal vez sería mejor cerrar la tienda y poder resguardarnos en casa hasta que esta tormenta escampe.

—Esa no es una solución, Enes. No pienso cerrar esta tienda mientras quede un solo hálito de vida en mi cuerpo.

Continuaron hablando de cosas cotidianas durante largo tiempo. Vieron un par de personas pasar a toda prisa por delante de la puerta de la pastelería. Los siguieron con la mirada y, cuando estaban a punto de perderlos de vista, un tremendo estruendo sonó en la lejanía. Por un momento, Enes se preocupó por Lejla, pero miró el reloj y comprobó que ya habían pasado un par de horas desde que saliera de casa. Por lo tanto, ya estaría en el mercado hacía algún rato.

La voz quebrada del locutor masculino lo sacó de sus pensamientos. Anunció que iban a retransmitir una noticia de última hora, por lo que los sentidos de padre e hijo se aguzaron repentinamente. El silencio se apoderó de la pastelería hasta que el locutor volvió reanudó la alocución.

—Estimados oyentes, lamentamos tener que comunicarles que acaba de tener lugar un ataque sobre la ciudad de Sarajevo. Un proyectil ha sido lanzado desde las inmediaciones hacia un mercado repleto de gente en las cercanías de Lukavica, en Alipašino Polje. Por el momento, no tenemos noticias del número de bajas que haya podido haber, pero en cuanto tengamos más información, se la ampliaremos. Entre tanto, sigan disfrutando con la música tradicional de nuestro país.

—¿Al... Al... Alipašino Polje? —titubeó Enes. Su tez palideció por completo y la rigidez se apoderó de su cuerpo.

—Eso han dicho —replicó Omer como si no tuviera ninguna importancia—. Has palidecido, Enes. ¿Sucede algo?

—Lejla ha salido hoy a comprar en el mercado… Iba a ir a Alipašino Polje —comentó mientras se quitaba el delantal y la camiseta sucia a toda prisa—. Papá, voy a comprobar que esté bien. Tengo que ir a buscarla.

—Ve, hijo. Ve y tráela a casa. Pero, por lo que más quieras, ten cuidado. —acabó la frase con el tiempo justo para oír la puerta de la salida cerrarse tras su hijo.

Enes se enfundó la chaqueta y comenzó a correr. Callejeó entre las calles de Baščarsija y, para cuando se dio cuenta, se encontraba en el lugar en que la parte antigua se mezclaba con los amplios bulevares que se dirigían hacia el oeste de la ciudad. Estaba cerca de la confluencia de las calles Maršala Tita y Zmaja od Bosne. Se dio cuenta de que debía haber pensado antes de echar a correr, pero la imagen de Lejla yaciendo en el suelo sin vida le hizo no meditar qué camino coger. Desgraciadamente, no tenía tiempo de volver atrás y desandar el camino recorrido. Se encontraba en uno de los sitios más peligrosos de Sarajevo. Él mismo le había aconsejado a Lejla que fuera por Skenderija, pero ahí estaba ahora, en la avenida tristemente conocida popularmente como Snippers Alley, la avenida de los francotiradores. Miró a la izquierda y pudo ver un cartel donde ponía en letras grandes '¡Cuidado, francotirador!'.

El terror lo atenazó. No podía pasar al otro lado sin exponerse a los disparos de los francotiradores. Todos los habitantes de Sarajevo sabían que no podían avanzar por aquella avenida si no era resguardados por el paso de algún blindado o a gran velocidad dentro de algún vehículo. Pero en aquel momento Enes no vislumbró ninguna de las dos opciones en el horizonte. Decidió esperar un poco mientras no podía quitar los ojos del amenazante edificio del Holiday Inn, desde donde los soldados serbobosnios segaban la vida de los ciudadanos de a pie a través de una mirilla.

De pronto notó una presencia a su espalda y se giró rápidamente para cerciorarse de que no se trataba de algún soldado de la VRS. Escuchó el llanto desconsolado de un niño. Una mujer joven se acercaba a toda prisa con un bebé en brazos. Calculó que la joven tendría unos veinte años. Cuando estaba a punto de seguir corriendo, Enes estiró el brazo y frenó en seco a la joven.

—No pases, insensata —susurró como si estuviera intentando no descubrir su posición—. Están esperando a que nos asomemos para poder disparar a matar.

—No puedo detenerme —contestó ella con lágrimas en los ojos—. Me ha avisado mi padre de que han acudido soldados a su vecindario y están inspeccionando las casas. Debo acudir para ayudarle a escapar.

—Aguarda un poco, hasta que aparezca algún blindado de las fuerzas internacionales y poder cruzar resguardados tras él. No creo que puedan tardar demasiado.

—No puedo, no puedo… —gritó mientras salía rauda hacia el otro lado de la calle.

—¡No! —gritó Enes.

Tuvo que reprimir su deseo de salir tras ella justo a tiempo de escuchar un estruendo proveniente del hotel. Supo en aquel mismo momento lo que acababa de ocurrir y vio caer a la joven al suelo. Un charco de sangre apareció en torno a la joven. El silencio se había vuelto a adueñar de los alrededores, pero el llanto agudo del bebé volvió a romperlo.

El corazón de Enes se partió en pedazos. La joven era evidente que había muerto, pero el bebé seguía con vida. Enes comenzó a impacientarse a la espera de que apareciera algún vehículo blindado. Ya no era únicamente cuestión de cruzar al otro lado, sino que tenía que poder moverse para recoger al bebé y ponerlo a salvo antes de que otro disparo lo matara. Estaba inmerso en esos pensamientos cuando oyó un segundo disparo dirigido a la pequeña criatura. El llanto no cesó, por lo que seguía con vida.

Sin apenas darse tiempo para recapacitar, Enes comenzó a correr en dirección hacia el cuerpo de la mujer. Corrió todo lo rápido que pudo y llegó a la altura del cadáver. Se agachó para recoger al bebé y lo refugió entre sus brazos. Continuó corriendo en dirección hacia los edificios de enfrente. Escuchó un disparo y notó que algo le ardía en el brazo. No se permitió parar a mirar lo que había sucedido, porque un instante de duda podía suponer la muerte. Avanzó lo más rápidamente que pudo para cruzar el puente Vrbanja y resguardarse en las casas que allí había.

Los segundos que tardó en llegar a los edificios y poder resguardarse en ellos se le hicieron eternos. Dobló la esquina y paró al sentir que estaba seguro tras un bloque de casas. Miró su brazo y pudo observar una herida de bala. Le había rozado y ahora la herida le ardía. El llanto del bebé se había ido apagando poco a poco. En aquel momento, Enes sólo escuchaba los sollozos del bebé. Dirigió su mirada hacia abajo y vio que el niño estaba lleno de sangre. Rezó para que la sangre fuera de la madre, pero a los pocos segundos una herida en un costado del bebé se hizo evidente. Enes miró a los ojos del bebé justo a tiempo para verle cerrarlos por última vez. De su garganta salió un grito de rabia incontenida que retumbó en los edificios circundantes. Las lágrimas que le recorrían la cara le dolían más incluso que la propia herida del brazo. No había podido salvar la vida de aquel bebé. Maldijo al dragón que tantas veces había conseguido dominar de pequeño, un dragón que ahora se personificaba en los francotiradores asesinos del ejército serbobosnio. Se enjugó las lágrimas y decidió continuar su camino hasta Alipašino Polje.

A partir de ese momento, corrió por las calles más estrechas que se encontraba a lo largo del camino. Tras unos minutos, notó que el brazo derecho se le empezaba a dormir. Se llevó la mano al mismo y la separó llena de sangre. Al remangarse, pudo comprobar que la herida se le había abierto y de ella manaba abundante sangre. De todas maneras, no parecía nada grave, por lo que continuó con la carrera.

Al cabo de un rato pudo distinguir los edificios que rodeaban el mercado al que había acudido Lejla. El perímetro exterior no mostraba ningún daño, por lo que por un momento albergó esperanzas de que la noticia que había escuchado no fuera cierta. Cuando se acercó más, sin embargo, pudo ver un sinfín de cascotes desperdigados en el lugar donde presumiblemente había impactado el proyectil. Hasta aquel momento no había detectado el desconcierto que reinaba en aquel sitio. Los chillidos de horror de los heridos se entremezclaban entre los gritos de familiares de gente que había allí buscando a sus allegados. Varios cuerpos yacían en el suelo cerca de los restos de los edificios con heridas mortales. Enes comenzó a temblar ante lo incierto que podía encontrarse. Se acercaba temeroso s los cuerpos de las personas que estaban tumbadas en el suelo. Giraba a las mujeres para comprobar si se trataba de su esposa. Examinó algunos cadáveres y varias personas heridas. Estaba a punto de perder la fe en el momento en que escuchó un leve lamento.

—Enes, aquí. *Moj svijet*, por favor, ayúdame —cerró los ojos tras pronunciar esas palabras.

—¡Ayuda! —gritó él desesperado—. Por favor, que alguien me ayude. Mi mujer está malherida. Necesitamos ayuda —se giró y miró hacia el cuerpo de Lejla—. *Moj golube*, no te preocupes por nada. Todo saldrá bien. Pero, por favor, quédate conmigo. ¡Que alguien me ayude!

—Tranquilo, señor —lo calmó una voz femenina—. Soy miembro de la Cruz Roja y he venido a ayudarle. Déjeme sitio, por favor.

Enes se apartó del lado de su mujer, pero le agarró la mano tan fuerte como pudo. La voluntaria de la Cruz Roja tomó el pulso a Lejla y le limpió las heridas. Cuando le quitó la sangre, Enes pudo observar que las heridas puede que no fueran tan graves como a él le había parecido a primera vista. La mujer voluntaria le comentó que Lejla sólo había recibido el golpe indirecto de algunos escombros sueltos y las heridas no eran más que cortes superficiales. No corría peligro alguno, pero le aconsejó que la trasladara cuanto antes a la seguridad de un techo donde cobijarse. Él dio gracias al cielo por que su mujer no hubiera sufrido peores males, pero no pudo sino sentir lástimas por las innumerables personas que yacían muertas o malheridas a su alrededor. En medio de aquella auténtica locura, intentó buscar ayuda. Un hombre se le acercó.

—He escuchado sus gritos, señor. ¿Necesita algo?

—Muchas gracias. No sé. Me acaban de decir que traslade a mi mujer a casa, pero no tengo cómo hacerlo. Está medio inconsciente y no puedo caminar con ella hasta Baščarsija. Hoy ya me han disparado en Zmaja od Bosne y no quisiera que volvieran a repetirlo —se preocupó Enes.

—¿Baščarsija? —palideció el hombre—. Bueno, espere un momento…

El hombre se alejó y Enes sintió que no volvería a verlo. Sabía que era demasiado peligroso trasladar a Lejla hasta allí. Pero él debía hacerlo. Se arrodilló al lado de su mujer y rompió a llorar. Las lágrimas de Enes cayeron sobre el rostro magullado de Lejla.

—¡Por aquí! —escuchó de pronto. Se giró y vio al hombre que se le había acercado hacía un par de minutos—. Debemos meterla en el coche y llevarla hasta Baščarsija. ¡Ibro, Anto, ayudadme a trasladarla hasta el coche!

Un par de hombres se acercaban abriéndose paso entre los escombros y los heridos. Entre los cuatro cogieron a Lejla y se dirigieron hacia un vehículo estacionado con el motor en marcha. La metieron en el asiento trasero y el hombre le indicó a Enes que se sentara en el asiento delantero.

—No se preocupe. Mi amigo Antonije te llevará hasta casa. Pasaréis a toda velocidad por Zmaja od Bosne y no será fácil que os alcancen.

—No tengo palabras para agradecer sus acciones, señor —pudo articular con los ojos llenos de lágrimas Enes—. Por favor, dígame cómo se llama para tenerle presente en mis plegarias. Yo me llamo Enes.

—Me hubiera gustado conocerlo en otras circunstancias, Enes. Pero espero haberle sido de ayuda. Mi nombre es Emir. Pero dejémonos de conversaciones. ¡Anto, llévalos y vuelve para ayudar a más gente! — ordenó Emir cerrando la puerta y golpeando el techo del vehículo.

El conductor asintió y comenzó a conducir a toda velocidad. A los pocos segundos ya se habían incorporado al gran bulevar que se dirigía en una recta hacia la ciudad antigua. No había circulación, por lo que Antonije aceleró y se saltó todos los semáforos que se encontraron en el camino. La imponente figura del Holiday Inn se alzaba frente a ellos como si de una amenaza real se tratara. Enes sintió una punzada de temor en el corazón y le pareció incluso ver una sombra moverse en la azotea del hotel.

—¡Agáchese y agárrese a lo que pueda! A partir de ahora aceleraré a fondo hasta que las casas de Baščarsija nos protejan.

Enes obedeció y adoptó la postura que le había ordenado el conductor. Sintió el acelerón del coche y contuvo la respiración. Los segundos le parecían horas, porque ni tan siquiera podía ver a qué altura de la ciudad estaban. Repentinamente el coche dio un volantazo y tras un par de segundos deceleró.

—Ya puede incorporarse. Estamos a salvo. ¿Dónde quiere que le deje?

Enes levantó la cabeza y, tras un momento de confusión, distinguió que estaban en paralelo al Miljacka, a unos cien metros del Puente Latino.

—Si puede dejarnos a la altura del Puente Latino, se lo agradecería. Desde allí puedo llevar yo a mi mujer a casa solo.

—Está bien. Pararé allí, pero le ayudaré a llevarla a casa.

El coche se detuvo en la esquina y entre Enes y Antonije bajaron a Lejla. La colocaron entre los dos y, apoyada en sus hombros, comenzaron a caminar. Avanzaban lentamente y tardaron algunos minutos en llegar a casa de Enes. Cuando abrieron la puerta, Enes se giró y miró a aquella persona a los ojos.

—La existencia de gente como usted es lo único que me hace mantener la fe en la raza humana. Es casi un milagro encontrar personas como usted en esta situación de locura.

—Somos muchos los que no entendemos esta situación. Intento ayudar en todo lo que puedo, pero me temo que no es suficiente.

—Para mí hoy han salvado ustedes el mundo entero. No sé cómo agradecérselo —declaró abrazando al hasta hacía poco extraño con la mano que tenía libre.

Ambos se despidieron y Antonije emprendió el camino de vuelta hacia el vehículo. Enes se dirigió hacia la planta superior cargando con Lejla.

Cuando llegaron arriba, la acostó en la cama y la tapó con una manta para que descansara.

—Te pondrás bien, *moj golube* —susurró Enes—. Ahora sólo descansa y no te preocupes por nada.

Él se sentó en una silla que tenían en la esquina de la habitación y la estancia quedó en silencio total.

20 DE NOVIEMBRE DE 1992

Sarajevo, 20 de noviembre de 1992

La neblina hacía que el sol no luciera en todo su esplendor en las calles de la ciudad antigua. Había pasado un par de meses desde el ataque al mercadillo en que Lejla había sido herida y, desde entonces, era Enes el que salía a comprar lo que fuera necesario. Las reservas de harina para la pastelería se habían agotado hacía unos días. Aunque no tuvieran clientes, su padre se dedicaba a producir pan para los pocos vecinos que todavía se encontraban en sus casas.

Pero aquel día no había tenido suerte. No había encontrado a nadie que vendiera harina, aunque fuera a cambio de un precio desorbitado, por lo que volvía cabizbajo a la pastelería familiar. Las familias que dependían de sus suministros de pan para poder alimentarse tendrían que pasar otro día de hambre con la esperanza de que el próximo tuvieran más fortuna. Eso le partía el alma. Él se consideraba lo suficientemente fuerte como para poder aguantar varios días sin comer. Pero la mayoría de las familias que acudían a ellos en busca de ayuda tenían hijos pequeños cuyos cuerpos no estaban hechos para tener que pasar un hambre extremo.

Dobló la esquina y se encaminó directamente a la pastelería. Al igual que a lo largo de todo el recorrido, avanzó pegado a la pared para no ofrecer un blanco fácil a los francotiradores apostados por toda la ciudad. Cuando se situó delante de la puerta, vio una figura de espaldas y a su padre totalmente horrorizado. Por un momento, temió que fuera algún voluntario que apoyaba a las fuerzas rebeldes que hubiera ido a pedirles cuentas. Abrió de golpe la puerta y entró al negocio.

—¡Papá, ya he vuelto! —gritó para dar a entender al visitante que había alguien más allí.

—Hola, hijo —respondió con la voz totalmente calmada Omer—. Estaba hablando con Ajdin.

En aquel momento descubrió Enes que la persona de la que había temido que fuera un enemigo no era otro que el viejo amigo de su padre, el imán de la mezquita de Baščarsija. De todos modos, un presentimiento oscuro se apoderó de su ser. Se acercó hacia el imán y le mostró sus respetos. Se dirigió hacia la trastienda. No estaba muy seguro de para qué, porque no tenía materia prima para comenzar a trabajar, pero la figura del imán le obligó a intentar buscar refugio en la parte de atrás. Se cambió de ropa con parsimonia, mientras escuchaba la conversación entre su padre y su amigo.

—Omer, estamos en una situación inigualable. Ninguno de nosotros podía haber pensado que todo esto pudiera suceder y poner a la opinión internacional tan a nuestro favor.

Lo escuchado estremeció a Enes. No podía creer que el imán estuviera pronunciando aquellas palabras. Parecía que realmente se alegrara del sufrimiento de la ciudadanía y no llegaba comprender el porqué de aquello. Se dirigió hacia la puerta que conectaba con el mostrador. Avanzó hasta ponerse al lado de su padre. Estimó que necesitaba su apoyo, porque no podía creer que a su padre le pareciera bien lo que estaba aconteciendo frente a él.

—Ajdin, el pueblo está sufriendo. Miles y miles de sarajevitas no tienen qué llevarse a la boca. Por no hablar de los jóvenes que estamos perdiendo ambos bandos en esta lucha sin sentido —le rebatió Omer.

—¿Sin sentido? No debemos mirar únicamente a nuestro alrededor, amigo. Existe un bien superior para el que esos sufrimientos no son más que un mal necesario.

—No puede usted hablar en serio — interrumpió iracundo Enes. Su padre le echó una mirada de desaprobación, porque no debían llevarle la contraria al imán de manera abierta. — ¡Estamos hablando de seres humanos!

—Entiendo tu preocupación, pequeño —dijo con un deje de desprecio Ajdin—. Pero por encima de las personas está nuestra religión, Enes.

—¿La religión? —mostró su extrañeza Omer.

—Sí. Esta guerra es algo más que una simple guerra de independencia. Es una oportunidad inigualable para mostrar nuestra supremacía en esta tierra. Debemos luchar por convertir el Islam en la única religión de Bosnia. Se nos ha presentado una oportunidad de oro para erradicar a todos los infieles de nuestra patria.

—Ajdin —insistió Omer—, llevamos siglos conviviendo tres religiones. Puede que hayamos tenido nuestras épocas de tensión, pero no creo que nunca nadie haya querido exterminar al resto por el simple hecho de profesar una fe diferente.

—No te equivoques, Omer. Desde que se retiró el Imperio Otomano de estas tierras, nosotros, los musulmanes, no hemos parado de sufrir vejaciones por parte de las otras nacionalidades. Crearon un reino y nos marginaron. Cuando finalizó la Segunda Guerra Mundial, crearon su Yugoslavia y no nos dieron el espacio que exigimos.

—No es del todo cierto —intervino Enes de nuevo—. Tengo entendido que cuando se creó Yugoslavia, no se indicó ninguna religión oficial, pero se toleraron todas. Nadie tuvo ningún problema para poder mostrar su adhesión al catolicismo, la ortodoxia o el islam. Y tal vez por eso ha funcionado hasta ahora.

—Nos permitieron mantener nuestra fe. Tal vez debamos darles las gracias, ¿no? —miró de reojo a Enes—. Despierta, muchacho. Nos dejaron continuar con nuestra religión porque entre ellos tampoco tenían una común. Si todos ellos hubieran profesado la misma religión, ten por seguro que nos hubieran hecho desaparecer. Pero ahora las tornas han cambiado y nosotros tenemos la mano ganadora.

—Es difícil ver una mano ganadora en esta situación, Ajdin. Es muy difícil —se desesperó Omer.

—Es mucho más fácil de lo que tú te piensas, Omer. Tenemos una oportunidad inigualable para llevar a cabo una Guerra Santa contra todos los infieles que ensucian esta nuestra tierra. Tenemos miles de voluntarios muyahidines extranjeros que han acudido a la llamada de la fe en nuestra tierra y se encuentran entre nosotros.

—¡Pero eso es de locos! —protestó Enes—. ¡Una Guerra Santa! No tenemos suficiente con las tensiones nacionalistas de las tres partes como para añadirles un componente de fanatismo religioso.

—¡Enes! —le reprochó su padre—. Déjanos a solas un rato. Ve a la parte trasera a limpiar los utensilios.

Enes entendió lo que acababa de suceder. Su padre no quería que el imán se molestara por el hecho de que alguien le dijera la verdad sin rodeos. Aquel hombre, que se suponía debía velar por la seguridad de todos los musulmanes, pretendía utilizar aquella guerra para eliminar a los infieles de su territorio. Había llamado a la Guerra Santa y algunos voluntarios extranjeros habían acudido con el único propósito de matar a cualquier persona de alguna de las otras nacionalidades. Tal vez fuera mejor que su padre le hubiera sugerido que se fuera a otra parte. Si escuchaba alguna otra estupidez como aquella, podía explotar y decirle cuatro improperios a aquel fanático vestido de hombre santo.

—Ajdin, perdón por la actitud de mi hijo. Desde el ataque en que hirieron a Lejla, está preocupado por todo esto. Sólo quiere que llegue la paz, sin importarle el precio —se disculpó Omer. Su hijo sabía por el tono vacilante que sus disculpas únicamente eran de cara al imán. Enes sabía que su padre ansiaba la paz tanto o más que él, pero en aquel momento no podía mostrarlo ante su amigo—. Los jóvenes de hoy en día no dan demasiada importancia a los asuntos religiosos.

—No pasa nada, Omer. Sé que Enes tiene amigos… —vaciló sobre la palabra adecuada a utilizar para no herir la sensibilidad de su interlocutor— digamos, no creyentes. Está por la labor de la convivencia. Pero como ya te he dicho, por primera vez en mucho tiempo, los musulmanes estamos en una posición inigualable. Hemos conseguido que la opinión internacional esté de nuestra parte.

—¿Nuestra parte? ¿Cuál es nuestra parte? —preguntó Omer.

—Hemos conseguido que la comunidad internacional se posicione a favor de la independencia de Bosnia-Herzegovina. Nadie desde ninguna otra parte podrá decidir por nosotros. Con la independencia, los musulmanes seremos mayoría y podremos imponer nuestras leyes y creencias. Volverán los días en que los musulmanes éramos los dueños de todo esto. Y todo aquél que se oponga a nosotros deberá pagar.

—Ajdin, hemos conseguido el reconocimiento internacional de numerosos países, pero eso ha conllevado mucho sufrimiento. Ha muerto ya mucha gente y lo único que hemos conseguido es estar enfrentados entre nosotros. Pero si casi matan a mi nuera —recalcó al borde de las lágrimas Omer.

—Lo sé, amigo mío. Y lo siento —se disculpó Ajdin—. Pero nosotros no tuvimos nada que ver con eso. Nuestras acciones son más estudiadas y meticulosas.

—Todas las acciones son iguales, Ajdin. Todas traen consigo muertes indiscriminadas.

—Pero algunas muertes son inútiles y otras… —volvió a vacilar. Miró alrededor como si estuviera comprobando que nadie les escuchaba—. Otras muertes tienen un sentido que escapa al común de la ciudadanía. No es lo mismo un ataque a un mercado repleto de gente que el ataque contra los provocadores de una boda o incluso un ataque contra una muchedumbre que signifique la chispa que haga volverse a la opinión pública internacional a nuestro favor.

—¿Estás insinuando que…? —no pudo acabar Omer.

—No insinúo nada, Omer. No insinúo nada. Sólo digo que, si alguno de los nuestros hubiera provocado un percance que se achacara a otros y que signifique que la mayoría de países se alineen con nuestros intereses, lo tendría en mis oraciones como un auténtico luchador por la fe verdadera.

Se hizo un silencio absoluto en la tienda. Enes, en la parte trasera, contuvo la respiración. Pidió por favor que lo que le parecía haber entendido no fuera verdad. Se movió hacia un costado de la trastienda, desde donde podía observar a su padre. Vio su expresión aterrada, como si él también hubiera entendido lo mismo. Pudo distinguir cómo las manos de Omer temblaban bajo el mostrador, pero estimó que no sería buena idea salir de donde se encontraba.

—Vamos, Omer —rompió el silencio el imán—. No pensarás que esas acciones surgieron de manera espontánea, ¿no? El asesinato de aquellas dos jóvenes en la manifestación fue el espaldarazo que nos hacía falta para tener la sartén por el mango. Y es mejor no dejar nada al albur de las circunstancias. Hay que asegurarse de que nada estropee el plan prestablecido. No seremos ni los primeros, ni los últimos. Bueno, se me está haciendo tarde y tengo una reunión con unos fieles —dijo con un énfasis especial. Todos entendieron a qué se refería con ese término—. Despídeme de tu hijo y dile que, si algún día quiere discutir cuestiones religiosas o políticas conmigo, tiene la puerta de la mezquita totalmente abierta. Que la paz y la gracia de Alá sean contigo.

—Y contigo.

Ajdin giró sobre sí mismo y salió por la puerta. La tienda volvió a quedarse en silencio. Únicamente se escuchaban las respiraciones entrecortadas de Omer y Enes. La situación se había vuelto excesivamente tensa tras la confesión del imán y Enes no tenía demasiado claro cómo actuar. Tras un minuto de dudas, se dirigió hacia el mostrador y se situó al lado de su padre totalmente pálido.

—Papá, ¿estás bien? —preguntó Enes—. Sé que no ha sido fácil para ti. ¿Pero qué diablos estaba diciendo, papá?

—Lo has entendido perfectamente, hijo —dijo cabizbajo Omer.

—Realmente es una situación de locos. Nos matamos los unos a los otros y al imán sólo le preocupa limpiar Bosnia de infieles. Una auténtica locura.

—Enes…

—No, papá. He tenido que aguantar demasiado mientras él estaba aquí, pero ahora ya no me oye y necesito desahogarme.

—Enes…

—¡Pero han provocado una guerra! —protestó él.

—¡Enes, calla un momento! —se quejó Omer—. Tengo algo que decirte… Hace algún tiempo, no me encuentro bien.

—Si estás cansado, puedo hacerme yo cargo de la pastelería, papá. Casi no viene gente y me las apañaré. Incluso, podríamos cerrar la tienda por unos días para descansar.

—No quiero cerrar nada, hijo —balbuceó Omer apesadumbrado—. No es que esté cansado. Hace algún tiempo, vengo orinando sangre. No quería decirte nada para no preocuparte. Me han hecho varios análisis y hoy me han dado los resultados.

—Creo que con un poco de descanso podrás curarte, papá —intentó sobreponerse Enes—. Será alguna infección sin importancia. El reposo te vendrá bien.

—No te engañes, hijo. Lo que tengo es muy serio. Quisiera poder decirte lo contrario, pero me temo que no tengo buenas noticias. Me han diagnosticado cáncer renal.

—Se han tenido que confundir. No puede ser —negó.

—Enes, no te preocupes. No sufras por mí —le pasó la mano por el hombro a su hijo—. Eres un gran hombre y sé que no te faltara nada cuando yo ya no esté aquí.

—No hables así, papá. Por favor.

—Hijo, yo ya he vivido bastante. Fui muy feliz con tu madre. Y, antes de dejarme, ella me dejó el mejor regalo que la vida me pudiera dar. He sido afortunado de verte encontrar a la mujer de tu vida. ¿Qué más puedo pedirle a esta vida? Mi dicha ha sido completa.

—Pero todavía tienes mucho por lo que seguir luchando, papá —se secó las lágrimas de los ojos con la mano.

—A veces es mejor dejar de sufrir y quedarse con los buenos momentos. Además, aunque no tuviera esta maldita enfermedad, podría caer mañana mismo bajo los disparos de algún soldado de cualquiera de las facciones.

—No hables así, papá. No hables así.

Los dos callaron. Se hizo un silencio sepulcral y Enes hundió la cabeza entre sus manos. El mundo que lo rodeaba se había venido abajo en un solo momento. Todo lo que le sostenía había desaparecido. La esperanza de una vuelta a una vida de normalidad se desvanecía por completo. Tras un rato en que ninguno de los dos se movió, Enes le dijo a su padre que iba a ir a casa para ver qué tal se encontraba Lejla. Quería descansar un poco. Se cambió de ropa y abandonó la pastelería en silencio.

Cerró la puerta y se dirigió a casa. Entró y, tras saludar a su mujer, subió al dormitorio. Se encerró allí y cerró las contraventanas. En la oscuridad de la habitación, rompió a llorar de manera desconsolada. No podía comprender por qué le tenía que suceder eso a él. El mundo se desmoronaba a su alrededor y no podía hacer absolutamente nada para evitarlo. Estuvo allí encerrado durante horas, hasta que escuchó la puerta de la entrada de casa abrirse. Se serenó y bajó a recibir a su padre. Charlaron de cosas insustanciales, como si nada hubiera pasado. Lejla estaba en la cocina preparando la cena y les pidió que acudieran a cenar. Se sentaron a la mesa, pero ninguno pronunció una sola palabra. Aquella noche Lejla había preparado un caldo caliente, que acompañaron con unos trozos duros de pan. Enes agradeció poder tomar algo caliente, porque parecía que la noche estaba refrescando.

Al finalizar la cena, Enes se levantó y se despidió de su mujer y su padre. Cogió la chaqueta y se encaminó hacia la puerta de la salida. La abrió para comprobar que ya era noche cerrada y salió a la calle. Se abrochó la chaqueta y se tapó el cuello para intentar no sentir el frío que hacía. Tocó los billetes que llevaba en el bolsillo y echó a correr por las calles de Baščarsija. Mientras avanzaba, una y otra vez las palabras de su padre resonaban dentro de su cabeza. Cruzó el Puente Latino y se adentró en Bistrik.

Prácticamente sin darse cuenta, había llegado a su destino. Golpeó la puerta con los nudillos y le abrió la puerta un hombre de aspecto bastante siniestro. Sin apenas mediar palabra, el señor sacó una bolsa de papel que contenía una cantidad considerable de harina. La abrió delante de Enes y le pidió cincuenta mil dinares. Él protestó por la elevada suma que le pedía, pero sabía que en ningún otro lugar iba a poder encontrar harina. Era el inconveniente de tener que acudir al mercado negro en busca de lo más básico. Sacó los billetes necesarios para cerrar aquella transacción y se dispuso a volver a casa. Nada más girarse, la puerta se cerró tras él haciendo un ruido espantoso. Aquel estruendo sobresaltó a Enes, porque por un momento pensó que se trataba de algún mortero que explotaba a su lado. Se apresuró a tomar el camino de vuelta y a los pocos minutos pudo entrar en casa.

Todo estaba en silencio, porque Lejla y su padre ya se encontraban descansando. Dejó la harina encima de la mesa y pensó que, por fin, podrían volver a ayudar a sus vecinos. Subió las escaleras, se desvistió y, tras besar la frente de Lejla, se tumbó en la cama. Cerró los ojos y sintió cómo el cansancio hacia que su mente desconectara por completo de su cuerpo.

8 DE ENERO DE 1993

Sarajevo, 8 de enero de 1993

La mañana había amanecido despejada. El frío del invierno se notaba incluso dentro de los barracones. Stjepan y Vukašin habían estado de guardia la noche anterior, por lo que fueron de los primeros en ir a desayunar. Necesitaban tomar algo caliente para templar sus cuerpos. Cogieron entre sus manos los tazones con café caliente y se sentaron en uno de los bancos corridos del comedor.

Los pensamientos de Stjepan se habían dirigido durante toda la noche a un lugar poco alejado del propio cuartel. Hacía tiempo que no había visto a sus padres. Desde el día en que discutió con su padre y su familia decidió trasladarse a la casa familiar montenegrina, no había vuelto a hablar con ellos. Se arrepentía de lo sucedido, pero no podía dar marcha atrás. Durante el desayuno se mantuvo en silencio absoluto, mientras se entretenía en pensamientos sobre un futuro común con Jelena.

Nada más terminar de desayunar, se dirigieron al barracón con la intención de poder descansar un rato antes de los ejercicios rutinarios. No tenían mucho tiempo, por lo que Stjepan se tumbó vestido encima de la manta de la litera. Sólo pedía poder descansar unos minutos, pero parecía muy complicado. A pesar de que cerrara los ojos, a su alrededor se oían los ruidos producidos por sus compañeros de unidad que iban y venían al comedor. Algunos, incluso, hacían comentarios jocosos desde la ducha.

Stjepan pedía interiormente que por favor el silencio se adueñara de la estancia aunque fuera por unos pocos minutos. Al cabo de unos pocos minutos, el deseo de Stjepan pareció hacerse realidad. Estaba a punto de conciliar el sueño, cuando la puerta del barracón se abrió de golpe y entró el teniente Vuković.

—¡Soldados, prepárense! —gritó desde el umbral de la puerta—. Tenemos una misión de patrulla. Reúnanse conmigo en cinco minutos en el punto de encuentro del cuartel. ¡Ni un minuto más, ni un minutos menos, zánganos!

Giró sobre sí mismo y se alejó. Stjepan se había incorporado en cuanto escuchó la puerta abrirse. Bajó de la litera superior y esperó hasta que Vukašin se levantara también. Un grupo de otros cinco compañeros se unieron a ellos, tomaron sus armas y acudieron al punto estipulado. El teniente Vuković ya se encontraba allí. Tenía una sonrisa complaciente, por lo que no soltó ninguno de sus habituales improperios. Stjepan temió que algo no fuera del todo bien, pero las cosas estaban más o menos tranquilas allí en Sarajevo. Pensó que la aparente felicidad del teniente se debería a alguna otra cosa. Esperaron a que el resto de la unidad se uniera a ellos.

—¡Les había dicho cinco minutos, panda de inútiles! Debemos ser precisos con el tiempo o echarán todo a perder. En fin, nos han ordenado que establezcamos un control de carreteras en la vía que une el aeropuerto de la ciudad con la parte controlada por las fuerzas insurgentes.

Una sensación de alivio se apoderó de Stjepan. Era una simple maniobra rutinaria de control de carretera. Todo estaba en orden. Era una de esas maniobras que solían llevar a cabo de vez en cuando para simplemente molestar a los sarajevitas. Pararían unos cuantos coches, les pedirían innumerables documentos y, tras un buen rato de preguntas incómodas, los dejarían marchar.

Se dividieron en varios vehículos y se dirigieron al lugar que les había sido encomendado. No tardaron demasiado en llegar. El teniente ordenó que Stjepan y otros dos compañeros inspeccionaran los alrededores para cerciorarse que no existía ningún peligro. Querían ser concienzudos, sobre todo teniendo en cuenta que era su propia vida la que estaba en juego. Los habitantes de las casas les abrían la puerta con evidentes muestras de temor, pero ellos actuaban con calma para evitar males mayores. Estuvieron reconociendo los edificios de alrededor cerca de una media hora antes de regresar a la zona en que sus compañeros ya estaban totalmente apostados en sus puestos. Esperaron las órdenes del teniente y se colocaron cada uno en el puesto que les había sido asignado.

La primera hora de control se le hizo especialmente pesada a Stjepan. No circulaba prácticamente ni un coche desde el estallido de la guerra en Sarajevo. Aquel día tampoco parecía que fuera a ser diferente. A lo lejos apareció un vehículo que avanzaba despacio. Según se acercaba, pudo distinguir que se trataba de una familia musulmana con dos pequeños hijos. Pensó que no lo pararían, porque parecían totalmente inofensivos. Pero el teniente dio la orden y tres compañeros cerraron por completo la carretera.

El coche se detuvo y el padre abrió la ventanilla para entregar la documentación pertinente. Stjepan observaba la escena desde un lugar algo apartado. Supuso que comprobarían los papeles y los dejarían ir. De pronto, el teniente abrió de golpe la puerta del conductor y sacó al padre de la familia a la fuerza. Lo lanzó contra el suelo y apuntó su fusil hacia él. El pobre hombre miraba con ojos llorosos hacia dentro del vehículo, donde sus hijos gritaban para que lo dejaran marcharse. Vukašin sonreía de manera descarada. Disfrutaba de la escena. A un gesto de su teniente, Vukašin obligó a la madre a salir también a la intemperie. Le arrancaron el abrigo y la camisa, dejando al descubierto la raída ropa interior de la mujer. A punta de fusil, le obligaron a quitarse el velo de la cabeza. La pobre mujer tiritaba del frío debido a las bajas temperaturas de aquel día. Pero no se atrevía a pronunciar ni una palabra por miedo a que tomaran represalias contra sus hijos. Las lágrimas afloraban en los ojos de ambos progenitores. Tras varios minutos de vejaciones, decidieron que ya es hora de dejarlos marchar. El padre se apresuró a levantarse del suelo y la madre recogió la ropa arrancada. A los pocos segundos, el coche arrancó y comenzó a alejarse del lugar, entre la algarabía de los soldados compañeros de Stjepan. Intuyó que él era el único que no había disfrutado de lo acontecido, por lo que rogó con todas sus fuerzas que no volviera a aparecer ningún coche más durante ese turno de control de carretera.

—¿Habéis visto? —rio Vukašin—. No ha sido capaz de decir ni una palabra. Parecía que iba a empezar a lloriquear el muy bastardo.

—Buen trabajo, soldado Crnčević —intervino el teniente Vuković—. Debemos hacerles ver quién manda aquí. El resto podrían aprender de su compañero — miró a Stjepan.

Stjepan decidió ignorar el desplante del teniente. Comenzó a contar los minutos esperando que llegara el momento de volver al cuartel, pero el tiempo pasaba excesivamente lento. Estaba inmerso en sus pensamientos, cuando vislumbró una hilera de coches acercándose desde el horizonte. Entrecerró los ojos y pudo distinguir que la comitiva estaba formada por vehículos que lucían las inconfundibles banderas azules distintivas de la Organización de la Naciones Unidas. Resopló sin que ninguno de sus compañeros se percatara, porque eso querría decir que dejarían pasar al convoy sin oponer resistencia.

—¡Soldados! —aquel grito sobresaltó a Stjepan—. ¡Ahora comienza la verdadera misión que nos ha sido encomendada hoy! Esto no es un control de carreteras corriente. Se nos ha ordenado detener ese convoy de la ONU que se dirige hacia nosotros y detener a uno de sus pasajeros. Ese convoy traslada a un terrorista bosnio que planea atentar contra objetivos serbios. No dejaremos que eso ocurra, cueste lo que cueste. ¡Hagan lo mismo que yo y no duden!

No daba crédito a lo que acababa de oír. Iban a detener los vehículos de una organización internacional bajo la acusación de que estaban protegiendo a un terrorista. Le parecía una cosa de locos. Era inevitable tener que obedecer la orden de su teniente, pero temía la posible reacción de los integrantes del convoy. Comenzó a rezar para sus adentros para que nada sucediera durante la detención del terrorista, porque aquel hecho podría ponerlos a todos en una situación delicada.

El teniente se puso en medio de la carretera con el fusil cruzado delante del pecho. El resto de soldados imitó a su superior y se colocó en fila. Stjepan optó por colocarse en una de las esquinas de la fila para intentar pasar desapercibido. El convoy se acercaba lentamente y paró a pocos metros de donde se encontraba la hilera de soldados. Stjepan apretó el fusil contra el pecho. El primero de los coches estaba a escasos metros de donde él se encontraba y podía distinguir las caras de todos sus ocupantes. Intentó identificarlos, pero los dos ocupantes de los asientos delanteros no le resultaban conocidos. Estaba a punto de cejar en el empeño, cuando vio al ocupante del asiento de atrás. Palideció por completo, pero no pudo ni moverse, porque el teniente Vuković comenzó a hablar en aquel mismo momento.

—En nombre de la República Srpska, les ordeno que abandonen sus vehículos de manera pacífica. Depositen todas sus armas dentro de los vehículos y salgan de ellos con las manos en alto. No les va a ocurrir nada si nos entregan al terrorista que transportan sin oposición alguna.

—Está usted equivocado, teniente. Acaba de detener usted un convoy de la ONU y no trasladamos a ningún terrorista —le interrumpió un hombre de mediana edad con un acento extranjero en su manera de hablar.

—¡Silencio! —protestó el teniente Vuković—. Nuestros servicios secretos nos han indicado de que han ido a recibir a un muyahidín que tiene planeado atentar contras nuestras fuerzas armadas y nuestras instalaciones. Les instamos a que lo entreguen y les dejaremos continuar la marcha.

—Eso es absurdo. Usted sabe tan bien como yo que este hombre no se trata de ningún muyahidín —señaló al hombre al que Stjepan había reconocido—. Déjese de paparruchas y abra paso a nuestros vehículos.

—No me ponga a prueba, señor. Tengo órdenes muy claras y ni mis soldados, ni yo pensamos movernos de nuestras posiciones hasta cumplirlas. Por lo tanto, no me haga perder más tiempo, amigo.

—No pienso dejar que se lleve a este hombre. ¡Deberá hacerlo sobre mi cadáver! —vociferó el extranjero.

—Si ese es su deseo… —comentó el teniente Vuković con voz gélida.

El teniente apuntó su fusil hacia su interlocutor y los soldados debieron hacer lo mismo. Stjepan apuntó su arma hacia un funcionario de la ONU que tenía una expresión de terror indescriptible. Pensó que probablemente aquel joven también se hubiera enrolado en aquella organización pensando que todo iba a ser más fácil de lo que era. La situación era tensa. Los fusiles del ejército apuntaban a todos los integrantes del convoy. Nadie se movía por temor a que un mal gesto pudiera desatar un desastre de impensable magnitud. Se podía oír la respiración de los presentes. Pasaron unos minutos interminables sin que nadie se inmutara.

De repente, el teniente apuntó el fusil hacia el cielo y descargó una ráfaga. Stjepan miró fijamente a su teniente sin comprender por qué había hecho eso. Tras unos segundos de asombro, fijó su mirada en Vukašin y, tal como se temía, pudo distinguir la satisfacción en su expresión. Inmediatamente miró a los integrantes del convoy y observó la palidez de sus rostros. Se habían quedado petrificados por el movimiento del teniente.

—Creo que ya nos hemos divertido un buen rato —espetó el teniente Vuković—, pero no me hagan perder más el tiempo, por favor. Entreguen al terrorista y continúen con sus quehaceres cotidianos.

—Señor —se acercó el joven al que apuntaba hacia el que parecía ser el líder del convoy—, tal vez deberíamos…

—¡Silencio! —se enojó el líder extranjero—. No podemos entregarlo…

—Sabe perfectamente que no se van a mover de aquí hasta que lo entreguen —apostilló el teniente Vuković—. Y les advierto que se me está acabando la paciencia.

—Está bien —resopló el extranjero—. Pero quiero que conste que se va a realizar la entrega del señor Hakija Turajlić en contra de mi juicio y voluntad. Además exijo que el trato que se va a dispensar al Adjunto al Primer Ministro de Bosnia-Herzegovina que trasladamos se ajuste a lo dictado por la Convención de Ginebra. O me veré en la obligación de denunciarlos ante los tribunales internacionales.

—No se preocupe —sonrió de manera maliciosa el teniente Vuković. Stjepan pudo distinguir con claridad el horror que reflejaba la cara de Turajlić—. ¿O acaso se piensa que los serbios somos animales? Soldado Crnčević, soldado… Župan —lo miró de reojo—. Traigan al prisionero ante mí.

—Señor, sí, señor —respondió convencido Vukašin.

—A la orden, señor —titubeó Stjepan.

Stjepan miró a Vukašin y ambos se dirigieron hacia el político bosnio. Stjepan temblaba de manera imperceptible según se acercaban. Apretó el fusil contra el pecho lo más fuerte que pudo. No quería que nadie escuchara el sonido metálico del arma al temblar. Las lágrimas en los ojos de Turajlić denotaban el terror que sentía en aquel momento. Un escalofrío recorrió la espalda de Stjepan, porque él también fue consciente de lo que iba a ocurrir. No podía impedir lo que temía que iba a suceder, pero sentía un miedo indescriptible. Cuando llegaron a la altura del prisionero, lo agarraron de los brazos y lo condujeron ante la presencia del teniente Vuković. Éste sonreía abiertamente.

—Hakija Turajlić —proclamó el teniente Vuković—, sus planes terroristas han sido descubiertos por nuestros servicios secretos. Se le acusa de ser un muyahidín al servicio de los insurrectos y las pruebas son concluyentes. En nombre de la República Srpska, le declaro culpable de alta traición y le condeno a muerte. La sentencia será ejecutada de manera inmediata.

—¡No! —gritó el extranjero—. Está contraviniendo la Convención de Ginebra. No puede ejecutar al prisionero.

—Silencio, si no quiere unir su destino al del prisionero. Soldado Špirić, soldado Petrović, encárguense de que nuestros invitados internacionales no nos molesten durante la ejecución de la sentencia. El resto formen una hilera junto a los soldados Crnčević y Župan y esperen mis órdenes —el teniente se acercó al extranjero y le susurró al oído—. Estamos en mi país, aquí se aplican mis leyes.

Sus compañeros se posicionaron junto a ellos dos antes de que Stjepan pudiera siquiera asimilar lo que estaba sucediendo. Todos apuntaron con sus fusiles hacia el lugar donde se encontraba Turajlić, excepto los dos compañeros que vigilaban a los integrantes de la ONU. El teniente se acercó al prisionero y lo obligó a dar la espalda a los soldados armados. Se apartó unos metros y miró a sus subordinados.

—Ha sido sentenciado a morir delante de este pelotón de fusilamiento, prisionero Turajlić —proclamó el teniente—. ¡Soldados, preparen las armas! Apunten —hizo una pausa larga premeditada. El prisionero temblaba ostensiblemente y los soldados sonreían descaradamente. Todos menos Stjepan—. Fuego.

Las descargas de los fusiles retumbaron en los oídos de Stjepan. El cuerpo sin vida de Hakija Turajlić se desplomó sobre el asfalto y un enorme charco de sangre tardó escasos segundos en formarse alrededor del cadáver. Las sonrisas de sus compañeros adoptaron un carácter más macabro. Todos se miraban orgullosos por una faena bien hecha. Stjepan no pudo más que sentir pena. Bajó la mirada y comprobó que su dedo había apretado el gatillo. No era consciente de haberlo hecho, pero el miedo se debía haber apoderado de su cuerpo con la orden de disparar de su teniente. La sangre de aquel hombre ahora pesaba también sobre su conciencia.

—Señores —se dirigió con tono irónico el teniente a los miembros del convoy de la ONU—, pueden ustedes proseguir la marcha. Tendremos en cuenta su predisposición a la colaboración. Que tengan un buen día.

Los soldados se apartaron al costado de la carretera y abrieron camino para que el convoy pasara sin problemas. Mientras se alejaban, Stjepan notó la mirada enfurecida del interlocutor extranjero del teniente clavándose en ellos. El convoy se perdió en el horizonte y los soldados lanzaron innumerables vítores. Stjepan forzó una sonrisa para que sus compañeros no se dieran cuenta de que a él no le satisfacía tanto haber asesinado a un hombre desarmado. El teniente permitió unos minutos de algarabía, pero después ordenó una rápida recogida del punto de control para poder volver al cuartel. Se subieron en sus vehículos y abandonaron el lugar.

Stjepan no dijo una sola palabra en todo el camino. Iba totalmente ensimismado. Era una sensación desagradable que sorprendentemente no era la primera vez que sentía. La había sentido también en Višegrad, tras presenciar las barbaridades del ejército tras la toma de la ciudad. El agujero negro que sintió aquella vez había vuelto a abrirse un hueco en su interior. Le ardía el pecho y temía sucumbir ante tanta angustia. No quería romper a llorar delante de sus compañeros, por lo que decidió intentar dejar la mente en blanco.

—Espabila, atontado —golpeó el cristal Vukašin—. Ya hemos llegado. No pensarás quedarte a dormir en el coche, ¿no?

—No me había dado cuenta de que ya estábamos aquí. Menos mal que me has avisado. No me gustaría tener que aguantar alguna impertinencia del teniente.

—Anda, vamos a reunirnos con el resto en el punto de encuentro.

Salió del coche, cogió el fusil y avanzó junto a su amigo hacia el lugar estipulado para volver a formar con el resto de la unidad. Según se acercaban, pudieron ver al teniente hablando con sus superiores. La unidad estaba ya formada cuando la conversación llegó a su fin y el teniente volvió hacia ellos. Stjepan supuso que habría pasado informes de la acción que habían llevado a cabo hacía escasos minutos y habría recibido los parabienes de los altos mandos del ejército. No llegaba a comprender tanta locura descontrolada.

—Soldados, descansen —intervino el teniente—. En primer lugar, quisiera manifestarles mi satisfacción por el éxito de la misión que acabamos de finalizar. Del mismo modo, los mandos superiores me han retransmitido sus felicitaciones. — Los soldados se miraron satisfechos. — Pero también quiero transmitirles las nuevas órdenes que acabamos de recibir. La situación en Sarajevo está más o menos bajo control y el Alto Mando ha decidido disminuir el contingente. Por lo tanto, toda la unidad va a ser trasladada de nuevo al frente oriental. Nos integraremos en el Cuerpo del Drina y a partir de la semana que viene nos trasladaremos a su cuartel general en Han Pijesak. Ahora descansen y tómense el día libre.

El teniente se alejó hacia los barracones. A Stjepan le iba a estallar la cabeza. Los iban a trasladar cerca de Višegrad una vez más. Tal vez tuviera la oportunidad de volver a visitar su ciudad natal. Pero junto a aquel pensamiento le sobrevino una inmensa tristeza. Desde el incidente del puente Mehmed Paša Sokolović había dejado de sentir aquella ciudad como propia. Sarajevo, sin embargo, tampoco era ya la ciudad en la que había crecido felizmente. Sus padres se habían marchado, hacía muchísimo tiempo que no veía a Jelena y apenas había vuelto a Baščarsija desde el principio de la guerra para poder pasar las horas muertas con su amigo Enes. Aquella maldita guerra lo había dejado sin ninguno de sus hogares. La ciudad en la que se había hecho un hombre ahora no parecía más que una serie de calles entrelazadas sin apenas significado para él. Se había vuelto un completo extraño en las ciudades de su infancia, un extraño en las calles de su propia vida.

Una lluvia copiosa comenzó a caer sobre Sarajevo, por lo que sus compañeros se apresuraron a ir al barracón a resguardarse. Stjepan se quedó sólo en medio del patio. La lluvia arreciaba con fuerza, pero él no se movió de su sitio. Lo único que podía sentir era las gotas de lluvia mezclándose con sus propias lágrimas.

15 DE ABRIL DE 1993

Sarajevo, 15 de abril de 1993

Llevaba varias horas sentado a oscuras en la cocina. Habían tenido que cenar a la luz de las velas, porque la electricidad se había ido en la parte antigua de la ciudad aquella misma tarde. Lejla y su padre se habían acostado hacía ya un buen rato. La oscuridad de la estancia le ayudaba a dejar la mente en blanco. Aquella tarde la había pasado junto a su padre en la pastelería escuchando el viejo transistor. Siempre esperaba que aquel viejo aparato les diera una buena noticia, pero la situación no tenía visos de solucionarse en un futuro próximo. El silencio que lo rodeaba le permitió dirigir sus pensamientos a su mejor amigo. Hacía tiempo que no tenía noticias de Stjepan y lo echaba muchísimo de menos. No se atrevía a preguntar a Jelena, porque ella debía estar sufriendo tanto como él por la distancia que había entre ellos. Cerró los ojos e intentó recordar los tiempos felices. Pero la guerra había destruido todas las buenas vivencias y le costaba recordar incluso que hubiera sido dichoso alguna vez. Maldijo aquella guerra por haberle quitado la vida que tanto quería. Maldijo a todos los hombres que la habían provocado.

Se levantó de golpe de la silla y se dirigió hacia la entrada de la casa. Se aproximó a la ventana del salón para intentar ver la hora que era con la claridad de la calle. Pasaban pocos minutos de la medianoche. Se apresuró a coger la chaqueta negra y comprobó que todas las prendas que tuviera

253

visibles fueran de color oscuro. Cogió las llaves, abrió la puerta de la entrada y miró alrededor para cerciorarse de que no había ningún peligro. Se ajustó la chaqueta para intentar protegerse del frescor de la noche. Volvió a echar una mirada a ambos lados de la calle antes de iniciar el camino.

Corrió en dirección al Miljacka al resguardo de los edificios antiguos de Baščarsija. Cuando llegó a la esquina enfrente del Puente Latino, se paró a tomar aire, porque el corazón se le había acelerado del esfuerzo. No es que hubiera corrido demasiado, pero la debilidad de no haber ingerido una comida en condiciones desde hacía tiempo estaba haciendo mella en su condición física. Inspiró hondo tres veces y se preparó para cruzar lo más rápidamente que pudiera la distancia que separaba las dos orillas del río. Al otro lado estaría más a salvo que si corriera en paralelo a la corriente del Miljacka. De repente, una figura oscura apareció al otro lado del puente. Como si de una señal imperceptible se tratara, ambos comenzaron a correr en dirección al otro en cuanto se miraron. La trayectoria de los dos hombres se cruzó al llegar a la parte más alta del puente. Pero no se detuvieron, sino que aceleraron para llegar cuanto antes a sus destinos en barrios opuestos de Sarajevo. Enes se adentró en las calles de Bistrik y volvió a parar a descansar. Descansó durante algunos minutos y reemprendió la marcha.

No se despegó de la pared a lo largo de lo que quedaba del recorrido y las intersecciones de calles las cruzaba a toda prisa. Le empezaban a fallar las fuerzas, pero no podía permitirse retrasarse más. No quería que tuvieran que esperarle. Aceleró el paso, intentando olvidarse de los pinchazos que notaba en el costado. Sus piernas se movían de manera autónoma. Continuó corriendo durante unos minutos más hasta que al fondo divisó dos figuras apoyadas contra la pared de un edificio. Aceleró el paso para llegar cuanto antes.

—¡Por Dios, Enes! —exclamó Jelena con su dulce voz—. Si no supiera que eres tú no sería capaz de reconocerte.

—Si sólo hace dos semanas que no me ves, Jelena… —articuló él.

—Pero tus manos… —Jelena dirigió su mirada hacia las manos de Enes. El hambre había hecho mella en el joven. Los huesos de las manos se le marcaban sobremanera y las facciones de su cara eran más duras por la extrema flaqueza que mostraba—. Anda ven a mis brazos, pobre diablo.

Aquella dulce expresión de Jelena quitó hierro a la situación y Enes se abalanzó a los brazos de su amiga. Hacía tiempo que no sentía el cariño de nadie ajeno a su propia familia. La había echado de menos muchísimo desde la última vez que se vieron en aquel mismo lugar. Sobre todo extrañaba sus palabras cuando la ausencia de Stjepan se hacía un hueco en sus pensamientos. Y en aquel momento la tenía entre sus brazos. Era un segundo que no quería que finalizara nunca, pero sabía que no debían pasar demasiado tiempo allí.

—Buenas noches, señor Nikolić —estrechó la mano del padre de Jelena—. Siento importunarles tanto, pero saben que no es fácil la vida en el centro de la ciudad…

—No digas tonterías, hijo. Ayudamos lo que podemos. Ojalá pudiéramos hacer más —respondió con gesto afable.

—Enes —interrumpió Jelena—, te hemos traído lo que podíamos de casa. Harina, huevos, arroz, leche, legumbres y un poco de pasta. Ah, y unas botellas de agua potable. Lo tengo todo en esta pequeña mochila. Tómala.

Jelena extendió la mochila hacia Enes y éste la cogió con cuidado como si se tratara de un precioso tesoro delicado. Era increíble todo lo que su amiga estaba haciendo por él y su familia. Desde hacía algún tiempo ella era la única opción que tenían de aprovisionarse. Era peligroso tener que ir hasta aquel punto para poder recoger la mercancía, pero merecía la pena arriesgarse con tal de que Lejla y su padre pudieran llevarse algún alimento a la boca.

—¿Habéis tenido algún problema? —preguntó con miedo Enes. Esperaba que la respuesta fuera negativa, pero cada vez que se encontraban allí el corazón se le encogía pensando que Jelena y su padre estaban poniendo también en peligro sus propias vidas.

—Nada, lo habitual. Hemos conducido con las luces apagadas por calles poco transitadas y lo hemos dejado aparcado a unas cuantas manzanas de aquí para no levantar ninguna sospecha —al ver el gesto de preocupación de su amigo, prosiguió—. Pero tú estate tranquilo, Enes. El ejército no nos haría ningún daño a nosotros. Más nos preocupa vuestra situación…

—Nosotros estamos bien, dentro de lo que cabe —la intentó tranquilizar Enes—. Escasean las cosas, pero si nos movemos con cuidado de casa a la pastelería y vuelta, no habrá gran problema.

—Pareces cansado, Enes —inquirió el padre de Jelena—. Es una pregunta estúpida, pero ¿ya comes lo suficiente?

—Intento alimentarme cuando puedo, señor Nikolić. Pero debo atender a mi familia. Mi padre está enfermo y mi mujer es bastante más débil que yo. Si no llega para comer —se notó la resignación en su tono de voz—, a veces tengo que sacrificarme por el bien de todos. No es fácil. Pero ya me he acostumbrado, diría yo.

—No es verdad, Enes —protestó Jelena—. Pareces un alma en pena. Mira tus manos. No quiero ni pensar en el cuerpecillo que se te habrá quedado debajo de esa ropa. Necesitas comer. Te lo digo por tu bien.

—Pero, Jelena… —intentó intervenir Enes.

—No hay peros que valgan, Enes. Piensa que si no te cuidas tú y te pasa algo, los problemas de tu familia serían todavía mayores. Hazme el favor. Por cierto, hay una cosa que mi padre y yo queríamos decirte.

—¿El qué? —mostró curiosidad Enes—. Sabéis que haría cualquier cosa por vosotros…

—Pensamos que tanto tú como tu familia estaríais mejor fuera de Baščaršija —dijo el señor Nikolić.

—Pero no tenemos dónde ir, señor. Las únicas propiedades de mi familia son la tienda y la casa familiar. Y no creo que sea una buena idea viajar a Mostar. La situación allí no parece ser mucho mejor que aquí. Lejla está muy preocupada por su familia.

—No nos referimos a que os marchéis a Mostar, tonto —sonrió ella—. He estado hablando con mi padre y creemos que lo más seguro para vosotros sería que os trasladarais a nuestra casa.

—¿A… vuestra casa? —preguntó incrédulo Enes.

—Sí. Ya sabemos que no es demasiado grande, pero es suficiente para que los tres podáis estar más tranquilos. Cuando acabe esta guerra ya volveréis a vuestro hogar.

—No quisiéramos molestar, Jelena. Además, no creo que sea una buena idea. Pondría en peligro a tu familia.

—Enes —comentó el padre de su amiga—, no sería ninguna molestia. Sería más fácil para vosotros. No tendríais que salir de noche a por provisiones. No haría falta que arriesgarais vuestra vida para poder conseguir un plato de comida caliente.

—No es eso, señor. Si algún día el ejército llamara a la puerta, ¿cómo podría estar seguro de que no pagarían las consecuencias de habernos refugiado allí? He visto demasiadas barbaridades ya y no quisiera que nada de eso les sucediera a ustedes. Sería demasiado peligroso. Y si algo les pasara, no me lo perdonaría en toda mi vida.

—Enes, escucha a mi padre, por favor. No va a haber ningún peligro. El ejército patrulla las calles de Lukavica, pero no entra a inspeccionar las casas. Será que para ellos somos... buenos serbios —ironizó Jelena.

—Es más —añadió el señor Nikolić—, podría hablar con el señor Župan para, si preferís, que os resguardéis en su casa. Desde que se fueron a Montenegro, nadie ha entrado en esa casa. Y no creo que le moleste que el mejor amigo de su hijo se ponga a salvo de la barbarie bajo su techo.

La idea de poder vivir tranquilos, sin el temor de que algún artilugio explotara en su calle y sin necesidad de jugarse la vida para poder obtener alimentos era atractiva. El único inconveniente sería que no podrían salir de la vivienda mientras durara la guerra. Pero, comparado con el peligro de perder la vida, le pareció incluso un lujo poder elegir. Enes estuvo tentado de aceptar la oferta, pero se contuvo.

—No puedo permitirlo, señor. No creo que fuera una buena idea que una familia de musulmanes se resguardara en casa de un soldado del ejército enemigo. Si alguien se enterara, pondría en peligro a Stjepan. No creo que sus compañeros del ejército se mostraran demasiado comprensivos.

—Lo entiendo, Enes —prosiguió el padre de Jelena—. Tal vez no haya sido una buena idea lo de refugiarse en la casa de los Župan. Pero estate seguro de que a nuestra casa no vendrá ningún soldado a registrarla.

—No quisiera contrariarle, señor, pero no puedo aceptar su generosa oferta.

—¡Estás siendo tan testarudo como Stjepan! —protestó Jelena—. Por Dios, Enes, recapacita.

—Lo siento, Jelena. No puedo... —rompió a llorar Enes.

Jelena se dio cuenta de que había sido demasiado dura con su amigo. Se acercó hacia él y lo abrazó con fuerza. Ella sólo quería poder salvar la vida de su amigo y su familia. Pero Enes sabía que dar aquel paso que le pedían podía poner en peligro a otras personas. Rogó con todas sus fuerzas que por una vez en su vida su amigo dejara de pensar en el resto del mundo y pensara por una vez en él mismo.

—Lo olvidaba —dijo Jelena llevándose la mano al bolsillo—. Tengo una nota de Stjepan para ti, Enes. Me llegó en este pequeño sobre con la última carta.

—¿De Stjepan? —se alegró Enes. Cogió la nota entre sus manos y se dispuso a abrirla. Titubeó un momento y decidió guardársela en el bolsillo.

—¿No la lees? —preguntó Jelena.

—No, ahora no —quería conservar esa pequeña nota para poder leerla en la intimidad de su casa. Las palabras que le iba a decir su amigo las iba a guardar sólo para él—. Veo que sigue escribiéndote cartas. Espero que le vaya todo bien. Hace tiempo que no sé nada de él. Lo echo tanto de menos….

—Prácticamente cada semana recibo una carta. Está bien —dudó Jelena. Sabía que probablemente su novio no pudiera contarle toda la verdad, porque revisaban todo el correo que enviaban los soldados a casa—. Nos echa de menos y tiene ganas de volver pronto. Me ha dicho que espera poder encontrar tiempo algún día de estos para poder escribirte a ti también —mintió a su amigo. Sabía que no era posible que mandara una carta a Enes porque su dirección generaría suspicacias entre sus superiores. Por eso únicamente había podido meter una breve nota sin receptor en la carta dirigida a ella—. Pero entre tantos ejercicios y patrullas insulsas apenas le queda tiempo.

—Oh, no hace falta que me escriba. Sé que no me ha olvidado. Pero en esta situación no es conveniente que muestre su amistad con una persona de nacionalidad musulmana como yo. Sólo espero que no tenga que mezclarse en los macabros acontecimientos que oímos cada día en el viejo transistor que tiene mi padre en la pastelería.

—Tranquilo, Enes. De acuerdo con todas las cosas que me cuenta, Stjepan únicamente toma parte en cuestiones rutinarias que no conllevan ningún peligro. Desde su alistamiento no ha tenido ni tan siquiera que entrar en combate —mintió de nuevo. Esperaba que las dudas no se le hubieran notado en el tono de voz. Estaba escondiendo deliberadamente a su amigo el capítulo de Široka Kula para evitarle el sufrimiento de pensar que Stjepan también era partícipe de aquellas atrocidades—. Además, parece que más que en el ejército estuviera en un grupo de exploradores. No dejan de moverlos de un lado para otro. Estuvo en Croacia, lo mandaron a Višegrad, lo trajeron de vuelta y ahora lo han vuelto a destinar a Bosnia oriental. Cuando acabe todo esto, por lo menos habrá conocido el país a fondo — bromeó.

—Es verdad —sonrió Enes.

Todos suspiraron aliviados tras ver que la tensión previa había desaparecido por completo. Durante unos breves segundos, incluso llegaron a olvidar que se encontraban en medio de una guerra fratricida. Jelena pudo ver en los ojos de su amigo un brillo que hacía tiempo no percibía. Se sintió incómoda por haber tenido que mentirle, pero era mejor que ignorara ciertas cosas. Porque no quería que sufriera pensando en que algo le pudiera pasar a Stjepan. Para eso ya se bastaba ella sola.

—Me quitas un peso de encima —rompió el silencio Enes—. Saber que Stjepan no ha tenido que tomar parte en ninguna acción de guerra es lo mejor que me podían decir. Porque me parece que la situación ya se les ha ido completamente de las manos.

—Se les fue desde el momento en que se declararon la guerra los unos a los otros, Enes —aseguró el señor Nikolić—. Porque estaba claro que la situación iba a devenir en lo que está sucediendo.

—Lo único que están consiguiendo es que personas que antes vivían en armonía lleguen a odiarse —afirmó con evidente tristeza Jelena—. Estoy convencida de que si nos hubieran dejado en paz, habríamos solucionado nuestros problemas sin mayores dificultades.

—Y ahora cada uno se ha enrocado en sus posiciones intransigentes —se quejó de manera amarga Enes—. La barbarie ya se ha hecho un hueco en los corazones de la mayoría de los combatientes. No sólo los serbios están cometiendo atrocidades. El avance croata ya ha llegado hasta el valle de Lašva y, según las últimas noticias, desde hace unos cuantos días están llevando a cabo matanzas indiscriminadas entre la población musulmana del lugar. Se escudarán en que son combatientes enemigos, pero ¿qué excusa tienen para haber asesinado a sangre fría a un bebé de tres meses en su cuna? —las lágrimas asomaron a los ojos de Enes.

—Pero hoy han conseguido frenar su ofensiva en Jablanica y les han obligado a aceptar un alto el fuego —comentó el padre de Jelena—. Esperemos que con eso se termine el sufrimiento de la gente de esa área. Bueno, cariño, creo que es hora de irse. Llevamos ya un buen rato aquí y el coche aparcado ya puede levantar sospechas.

—Esta bien, papá —asintió ella. Volvió a abrazar a Enes y le susurró al oído—. Cuídate mucho, Enes. Y avísame de cualquier cosa que necesites.

—Sí, Jelena. Me cuidaré.

—Y, por favor, piensa en lo que te hemos dicho mi padre y yo. Si cualquier día decidís que queréis venir a vivir en nuestra casa, sabes que tendréis la puerta abierta de par en par —dijo antes de acariciarle la mejilla.

Enes se colgó la mochila y se aprestó a marcharse. Antes de alejarse, se giró para echar una última mirada a su amiga.

—Muchas gracias, Jelena. Muchas gracias, señor Nikolić. No sabría cómo pagaros.

—No tienes que agradecernos nada, Enes. Y te he dicho mil veces que no me llames señor Nikolić. Así se hacía llamar mi difunto padre. A mí llámame simplemente Željko —bromeó el padre de Jelena.

Enes giró sobre sus talones y se aproximó a la esquina que había en dirección a Baščarsija. Miró hacia atrás con el tiempo justo para ver a Jelena y su padre desaparecer a toda prisa doblando la esquina contraria. Una punzada le atravesó el corazón. Estaba de nuevo solo ante la oscuridad y la barbarie. Resopló y se preparó para la carrera. Se ajustó la mochila para que no bamboleara durante el trayecto.

Arrancó con velocidad y no paró hasta haber recorrido unos cuantos bloques de edificios. Estuvo descorriendo el trayecto durante unos minutos. Otra vez sus piernas realizaban los correspondientes movimientos de forma autónoma y lo llevaron hasta la esquina desde donde se vislumbraba el Puente Latino y la ciudad antigua de Sarajevo. Apenas le quedaban unos cientos de metros para poder volver a la seguridad de su casa.

Miró alrededor y comprobó que no había ningún peligro aparente. Reemprendió la marcha y se dirigió a toda prisa hacia Baščarsija. Cuando estaba a punto de llegar al puente que tantas veces le había visto pasar las horas muertas, comenzó a notar unas molestias en los gemelos. Pero se dijo a sí mismo que no era momento de quejas. Se adentró en el puente y ascendió la pequeña cuesta que cubría la mitad de la longitud del mismo. Desde aquel momento el camino ya sería fácil.

Nada más empezar a descender la suave pendiente, en cambio, el gemelo izquierdo de Enes pareció romperse y tuvo que lanzarse al suelo. El dolor era insoportable, por lo que no podía dar un paso más. Se arrastró a duras penas hacia el pretil occidental del puente para resguardarse de las miradas de los francotiradores. Tenía ganas de gritar de dolor, pero no era una buena idea. El más mínimo ruido podía advertir de su presencia a los efectivos del ejército que vigilaban los alrededores de Sarajevo. Se quitó la mochila y se la puso frente al pecho. Apoyó la espalda contra la piedra y golpeó suavemente su cabeza contra el puente. Su vida corría peligro, pero no podía seguir avanzando.

Intentó encontrar recuerdos felices entre sus pensamientos. Si tenía que morir, esperaba que fuera tras algún momento de felicidad. Repasó las tardes pasadas en compañía de sus amigos en aquel lugar. Se acordó de la nota que le había dado Jelena hacía un rato. No era el momento adecuado, pero decidió leerla. Sacó el sobre y lo abrió. Sonrió al reconocer al instante la minúscula letra manuscrita de Stjepan. Siempre le había hecho gracia que, con lo grandilocuente que era, tuviera una letra tan pequeña. Notó que se iba a emocionar, por lo que comenzó a leer la breve nota.

"Querido amigo,

Hace tiempo que no he podido hablar contigo. Pero sabes que nunca vas a dejar de tener un sitio en mi mente y en mi corazón. Me acuerdo de todos esos momentos que hemos pasado juntos en nuestro puente. De todas las veces que hemos jugado a nuestro juego íntimo. Te recuerdo que te llevo una ventaja considerable.

Te echo de menos. Puede que, si pudiera, cambiara muchas cosas de mi pasado. Pero tú no eres una de ellas. No renunciaría a ni uno solo de los momentos que hemos pasado juntos. Quisiera pedirte perdón por todas las veces que te he hecho daño. Cuando todo esto acabe, pienso recompensártelo. Porque siempre has estado a mi lado, sin importar lo que pasara o lo que yo te hubiera hecho.

Antes de tener que despedirme, quería pedirte un favor. Te agradecería que cuidaras de Jelena. Sé que ella me echa de menos más de lo que diga. Por favor, estate a su lado igual que has estado siempre al mío.

Amigo, cuídate hasta mi vuelta. Y recuerda que el primero que sonría, pierde.

Stjepan"

Dobló la nota y la volvió a guardar en su bolsillo. Las palabras de su amigo le habían llegado al alma. A pesar de todo lo que pudiera estar pasando, su amigo le había escrito para decirle que él también lo echaba de menos. Cada palabra que había leído se le había grabado a fuego en el corazón. De pronto, un pensamiento le vino a la cabeza. Debía cuidar de Jelena pasara lo que pasara. Se lo había pedido su amigo y no pensaba defraudarle. Pero para ello debía primero llegar sano y salvo a su casa.

El dolor en su gemelo no había remitido. Se volvió a ajustar la mochila a la espalda y se preparó para un último esfuerzo. Se levantó y emprendió la última parte del camino a pesar del intenso dolor. No era el dolor físico el que más le hacía sufrir. Era el vacío repentino que sentía después de haber leído las palabras de su único verdadero amigo en aquel mundo. Corrió hacia el refugio de la ciudad antigua con los ojos arrasados en lágrimas.

16 DE ABRIL DE 1993

Han Pijesak, 16 de abril de 1993

El día había amanecido nublado. El color gris plomizo de las nubes hacía que el cuartel pareciera más lúgubre de lo normal. La débil pero incesante lluvia que caía desde primera hora de la mañana había encharcado el suelo.

Se levantó a la hora habitual y se cambió de ropa. Miró alrededor y vio el barracón medio vacío. Empujó a Vukašin para que se desperezara y se dirigió hacia el baño para lavarse la cara. Se miró en el espejo y pudo observar que las ojeras se hacían cada vez más evidentes. Llevaba semanas sin dormir bien y el cansancio empezaba a hacer mella en su anteriormente juvenil rostro. Se pasó la mano por la tez y notó las arrugas secas que se empezaban a dibujar en las comisuras de su cara.

—Anda, no seas presumido —rio Vukašin al entrar al baño.

—Calla, idiota —le espetó Stjepan—. Desde luego, si me van a comparar contigo, tengo todas las de ganar...

Tras pasar por el urinario, volvió a encaminarse hacia su litera para coger la chaqueta. Abrió la puerta del barracón y sintió la bofetada del frescor de la mañana en su cara. Se ajustó más el cuello de la chaqueta y esperó a que su amigo saliera del barracón. Estuvo pensando en los últimos días y la suerte que él mismo había tenido.

—¡Vamos, me muero del hambre! — dijo Vukašin al situarse a su lado.

—Pues, si te hubieras levantado antes, ya podríamos estar desayunando. Aunque hoy no tenemos demasiada prisa.

Aligeraron el paso para intentar mojarse lo menos posible de camino al comedor. Cuando entraron, pudieron ver que la mayoría de sus compañeros de cuartel se estaban preparando ya para marcharse. Miraron alrededor y dejaron las chaquetas junto a una mesa que estaba prácticamente vacía.

—Me parece que hoy va a ser un día muy largo —afirmó con tedio Vukašin—. Nos tienen aquí encerrados sin poder salir a ninguna parte mientras nuestros compañeros se divierten por ahí.

—Buenos días, chicos —interrumpió su compañero Boris Šestić a la par que les servía el desayuno en la bandeja—. Parece que hoy tampoco sale vuestra compañía, ¿no?

—Buenos días, Boris —contestó Stjepan—. Esto parece una epidemia, la verdad. Esta gripe ha afectado ya a tres cuartas partes de la compañía. Parece que por ahora yo me libro, pero el resto ha ido cayendo como moscas.

—Ese maldito Marko nos contagió a todos. Y por su puta culpa estamos encerrados como ratas entre estas alambradas mientras el resto pueden luchar por nuestra patria allí fuera —comentó Vukašin señalando con rabia a través de la ventana del comedor—. Estamos cerca de hacernos con el control de todo Central Podrinje. Sólo nos quedan tres enclaves por controlar y no quiero perderme ese momento.

—Pero no seas insensato, hombre —apostilló Boris—. ¿Acabas de recuperarte de una gripe y ya piensas en volver al combate?

—Vukašin, no seas lerdo. Sabes tan bien como yo que, si la unidad saliera allí fuera ahora mismo, no haríamos más que molestar al resto. Tenemos cinco bajas por gripe y Marko y tú os recuperasteis anteayer. No podríais aguantar una marcha kilométrica y mucho menos largas horas de combate a cara de perro contra los rebeldes musulmanes. Guárdate tu valor para cuando no estemos en cuadro y podamos salir con todas las garantías.

Stjepan cogió la bandeja con virulencia y se dirigió a la mesa. A veces no soportaba la insensatez de su amigo. Había estado postrado en la cama durante cuatro días y ya quería salir a luchar en la intemperie sin pensar en que podía ponerlos en peligro a todos. Ponerlo en peligro a él mismo. Por el rabillo del ojo pudo ver que su amigo lo seguía cabizbajo. Se sentaron a la mesa y comenzaron a desayunar en silencio.

—No pretendía enfadarte con mi comentario, Stjepan —se disculpó tras un par de minutos Vukašin—. Pero es que otro día más aquí y me volveré loco de atar.

—No pasa nada. Yo también estoy un poco harto ya de estar aquí, pero es lo mejor para todos hasta que la mayoría de la compañía pueda cumplir con su cometido.

Continuaron desayunando en silencio mientras veían a sus compañeros partir hacia el campo de batalla a través de la ventana. La lluvia parecía haber remitido y se habían abiertos claros entre las nubes. Al cabo de un rato, recogieron las bandejas, pero decidieron que era mejor seguir allí que volver al barracón. No tenían nada que hacer hasta la tarde, por lo que podían quedarse allí charlando tranquilamente. Conversaron sobre temas intrascendentes intentando liberar sus mentes de la rutina del ejército.

Al rato salieron a pasear por el cuartel. El sol calentaba, por lo que abrieron sus chaquetas, dejando a la vista las placas identificativas que colgaban de sus cuellos. Merodearon sin rumbo fijo por todo el cuartel. Cuando se acercaron al barracón donde se encontraban los voluntarios griegos, identificaron la figura de Dimitris en las escaleras.

—¿Qué pasa, chicos? —dijo espirando una bocanada de humo.

—Buenos días, Dimitris —contestó Vukašin—. ¿Vosotros también estáis recluidos aquí por la maldita gripe?

—No, hombre, no —replicó él—. Hablé con vuestros superiores para que hoy nos dieran el día libre… Esto de matar musulmanes también cansa.

Los dos comenzaron a reír ante la mirada cansada de Stjepan. Dimitris se incorporó de un salto y lanzó la colilla al suelo. La pisó y se quedó oteando el horizonte. Stjepan pensó por un momento que buscaba algo con la mirada, pero su pensamiento quedó interrumpido por la voz grave de Dimitris.

—Paseemos, chicos. Hace un día estupendo —comentó con la mirada perdida en algún punto lejano.

—Está bien —respondió Stjepan—. Hasta la hora de comer no tenemos nada más interesante que hacer. Y yo paso de volver al barracón. Todos esos moribundos no han conseguido contagiarme hasta ahora y no pienso darles una nueva oportunidad.

Los tres volvieron a reír antes de emprender la marcha. El cuartel era lo suficientemente extenso como para poder pasear un buen rato por el perímetro. Estuvieron caminando al lado de la verja mientras charlaban de manera distendida.

Tras una media hora de paseo, unos nubarrones asomaron tras las colinas que circundaban el recinto vallado. No tardarían demasiado en llegar hasta donde se encontraban ellos.

—Vayamos a nuestro barracón, chicos —comentó Dimitris—. No me apetece mojarme, porque con el frío que hace aquí de vez en cuando la humedad se me mete hasta los huesos.

Se dirigieron hacia donde solía descansar el grupo de voluntarios griegos y vieron que la puerta del barracón estaba abierta. Cuando se acercaron, Dimitris echó un vistazo dentro y gritó alguna orden que ni Stjepan, ni Vukašin comprendieron. Al punto, uno de los voluntarios cogió su chaqueta y se dirigió hacia las oficinas del cuartel. Ninguno de los dos quiso preguntar adonde había enviado Dimitris a su súbdito, pero se dirigieron una mirada de extrañeza. Al ver que Dimitris se sentaba en las escaleras de entrada, Stjepan lo imitó y se puso a mirar hacia el horizonte.

—¿Cuándo narices empieza a hacer calor en este país? —protestó Dimitris—. Cuánto echo de menos el sol y las playas de mi Kardamyli querido.

—¿Es tu pueblo? —preguntó Vukašin—. Nunca había escuchado ese nombre.

—Es un pequeño pueblo al sur del Peloponeso. Es precioso y alrededor tenemos unas playas increíbles. Cuando acabe todo esto os invitaré a mi casa familiar allí. Tendréis la oportunidad de conocer el lugar del que procedemos los verdaderos hombres de Grecia, los auténticos descendientes de los espartanos. Nunca nos rendimos ante la dominación turca y nunca dejaremos que vosotros os rindáis a esos putos traidores musulmanes —concluyó con rabia Dimitris—. Nosotros no os fallaremos…

Tras esas palabras, el silencio se adueñó del lugar. Los tres miraban hacia adelante, como si estuvieran esperando algo. Stjepan se puso a pensar en lo extraña que resultaba la vida en el ejército. Hacía unos meses ni tan siquiera conocían a aquel griego. Pero tener que compartir con él las veinticuatro horas del día lo había convertido en una parte importante de sus vidas. De habérselo encontrado en su vida cotidiana, Stjepan estaba convencido de que apenas le habría prestado atención. Era fanfarrón, orgulloso y a veces sus comentarios destilaban un odio profundo hacia lo que fuera contra sus creencias. En aquel momento, en cambio, era una de las pocas personas con las que podían hablar con franqueza. Además, siempre que lo habían necesitado, Dimitris los había protegido de la furia de su propio teniente. Era lo más parecido a una familia que podían encontrarse en ese lugar. Dejó su mente en blanco y continuó mirando hacia el horizonte. Las largas horas de espera en el ejército le habían enseñado a abstraerse de todo.

—Aunque vosotros sí que lo hicierais... —esas palabras sacaron a Stjepan de su ensimismamiento tras un largo rato de silencio.

—¿Cómo? —preguntó extrañado Vukašin—. ¿Te has vuelto loco, Dimitris?

—Estaba pensando en lo de ayudaros. Siempre nos habéis tenido a vuestro lado, pero vosotros no siempre nos habéis sido fieles.

—Estoy totalmente perdido —resopló Vukašin—. No sé si será la fiebre o que hoy no hay Dios que te entienda Dimitris, pero no pillo nada de lo que estás diciendo. ¿Cuándo os hemos traicionado?

—Tú todavía no habías nacido, chaval. Ni tú, ni la mayoría de los que estamos aquí. Pero vosotros, aprovechasteis nuestra debilidad para intentar darnos una puñalada trapera. Tras haber expulsado a los nazis de nuestra tierra, los yugoslavos os alineasteis con los malditos comunistas eslavos que había en nuestra patria.

—¿Tuvisteis una guerra civil y los yugoslavos se entrometieron? —se sorprendió Vukašin—. Bastantes problemas teníamos aquí como para meternos en asuntos externos...

—Anda, no seas ingenuo. La mayoría de vosotros se había rendido al carisma de vuestro querido camarada Tito y hacía lo que él dijera, tuviera o no razón. Y es obvio que soñabais con una Gran Yugoslavia...

Stjepan no pronunció una sola palabra en todo ese tiempo. Pero escuchaba atentamente cada una de las palabras que salía de boca de Dimitris. Le costaba articular incluso du propio pensamiento, aunque le empezaba a sonar familiar todo aquello.

—¿Pero eso en qué os molestaría a vosotros, los griegos? —continuó preguntando Vukašin.

—En esa idea vuestra, necesitabais una salida al mar Egeo. Y ahí es donde nosotros os molestábamos. Decidisteis que era hora de sacar ventaja de que algunos eslavos que vivían en nuestra tierra se mostraban partidarios de vuestras ideas y los ayudasteis en su lucha contra el gobierno legítimo griego. Vosotros y los rusos os aliasteis con el maldito bando comunista.

Los armasteis. Pero eso no era suficiente para Tito —pronunció con rabia Dimitris. Vukašin lo miraba con cara de sorpresa—. Era la oportunidad ideal para robarnos parte de nuestro territorio. Pensasteis que si se llamaba igual, podríais anexionaros parte de nuestro país. Y rebautizasteis como Macedonia lo que hasta entonces se llamaba...

—Vardarska Banovina —interrumpió de manera sorprendente Stjepan.

Las miradas de sus dos amigos recayeron sobre él. Stjepan intentaba mantener la compostura, pero se le hacía difícil contener las lágrimas que amenazaban con saltar de sus ojos. Clavó la mirada en el horizonte intentando abstraerse de todo cuanto le rodeaba.

—¡Stjepan! —se sorprendió Vukašin—. ¿Pero qué coño dices? ¿Qué nombre es ése?

—Un chico inteligente —señaló Dimitris—. Parece que al fin y al cabo todavía hay gente que no se creía a pies juntillas lo que les intentaban vender sobre el régimen anterior. ¿Quién te ha hablado de esa historia, Stjepan?

—Alguien me habló de todo eso hace algún tiempo. Alguien con el que hace tiempo que no hablo... Pero nunca me había creído esa historia.

—Bueno, tal vez deba explicárselo yo a Vukašin. Tito renombró la Vardarska Banovina como Macedonia para poder reclamar todo el territorio norte de Grecia. No lo consiguió, pero esa maniobra nos ha generado un montón de quebraderos de cabeza, porque hoy día esos bastardos hijos de puta de Skopje se creen descendientes del Gran Alejandro y quieren robarnos la historia —finalizó Dimitris. Nada más acabar, lanzó la palma de su mano izquierda hacia el horizonte en un gesto de maldición que ya habían presenciado los dos jóvenes en algún otro momento.

—¡Ah! —asintió Vukašin. Intentó hacer ver que había comprendido lo que acababa de escuchar, pero era obvio que no había entendido una sola palabra. Stjepan pensó que entre las cualidades de su amigo, desde luego, no estaba la inteligencia.

El silencio volvió a adueñarse del lugar. El pensamiento de Stjepan voló hacia su familia, a la que hacía ya demasiado tiempo que no veía. Los echaba de menos, pero no quería demostrarle a nadie su fragilidad interior. Recordó con tristeza el rostro sonriente de su madre. Esperaba que las preocupaciones no hicieran mella en su hermosura. Su siguiente pensamiento, en cambio, fue para su padre. Se lo imaginó en su estudio con su libro de Ivo Andrić abierto. No quería confesarlo, pero era una de las personas a las que más echaba en falta. Incluso añoraba las discusiones que solían tener. Tal vez su padre estuviera en lo correcto con lo que le había intentado enseñar. Pero él había sido tan terco y orgulloso que nunca había querido escucharle. Sólo esperaba que en Sveti Stefan no estuvieran teniendo que sufrir las consecuencias de la guerra.

—Bueno, lo mejor será que olvidemos historias pasadas y centremos nuestros esfuerzos en ganar esta interminable guerra —volvió a romper el silencio Dimitris.

—Yo también estoy empezando a hartarme de esos malditos musulmanes. Además han cometido el grave error de abrir otro frente contra los croatas —afirmó Vukašin.

—Exacto. En vez de concentrar sus esfuerzos en un solo frente, ahora tienen que luchar en dos. Dentro de poco veremos a los musulmanes arrinconados en los alrededores de Sarajevo —continuó Dimitris.

—Y tendrán que suplicar para que no acabemos con ellos. La llevan clara —se jactó Vukašin—. Los pobres desgraciados caerán ante nuestras armas y nos repartiremos el territorio entre esos cerdos croatas y nosotros sin discusión.

—Sí, la verdad es que yo era algo escéptico cuando Milošević y Tuđman firmaron los acuerdos de Karađorđevo —confesó Dimitris—. Pensé que era papel mojado y que en cuanto pudiera alguien iba a romper el acuerdo. Pero al ver que Karadžić, y Boban ratificaban en Graz el reparto de Bosnia entre ambas facciones, empecé a creérmelo.

—Pronto brindaremos en una Serbia unida —celebró Vukašin.

Stjepan escuchaba en silencio. Todavía estaba demasiado aturdido por el recuerdo de su familia como para mezclarse en conversaciones estériles de una victoria que a él todavía le parecía extremadamente lejana.

Siguió oteando el horizonte mientras sus acompañantes estaban enfrascados en una conversación de exaltación del honor patrio y el fervor religioso. De pronto, divisó la figura del voluntario griego que había partido antes acercándose a paso ligero. A los pocos segundos se encontraba justo enfrente de ellos. Comenzó a farfullar algo entre jadeos, pero ni Vukašin ni él comprendían una sola palabra. Dimitris interrumpió a su subordinado.

—Habla en serbio, Anastasios. Nuestros anfitriones se merecen que al menos hagamos ese esfuerzo.

Stjepan pensó que era extraño que Dimitris hablara tan bien serbio. Desde que se conocieron no les había sido necesario utilizar ningún otro idioma.

—Intentaré hacerlo lo mejor que pueda —protestó Anastasios. Se notaba que no se encontraba tan cómodo como su superior hablando en serbio. Tras titubear un poco, comenzó a hablar—. Acabo de estar en las oficinas centrales del cuartel, tal como me has pedido. Me han comunicado que podemos abandonar este cuartel de Han Pijesak y volver a nuestro cuartel general en Vlasenica. La Fuerza de Protección de las Naciones Unidas se ha hecho con el control de Srebrenica, Goražde y Žepa y las ha declarado zona segura bajo mandato de las Naciones Unidas. Las fuerzas serbias han decidido acatar la orden sin oponer resistencia.

—Está bien. Gracias por la información, Anastasios —dijo Dimitris—. Puedes volver dentro con el resto. Preparad vuestras cosas para volver a Vlasenica, según lo previsto.

Anastasios entró a toda prisa al barracón y cerró la puerta tras de sí. Dimitris ni tan siquiera se inmutó, por lo que Stjepan pensó que tal vez fuera mejor no interferir en sus pensamientos. Pero notaba la inquietud en Vukašin. Sabía que su amigo no iba a digerir con facilidad lo que acababan de escuchar.

—¿Qué demonios ha querido decir tu compañero, Dimitris? —preguntó azorado Vukašin—. Está claro que no sabe hablar bien el serbio…

—Lo habla perfectamente, Vukašin —interrumpió Dimitris bruscamente—. Lo que ha dicho es correcto. La UNPROFOR ha recibido un mandato del Consejo de Seguridad para que se hagan con el control del área de Srebrenica, Goražde y Žepa y la declaren zona segura.

—¿Cómo? ¿Qué cojones pasa aquí? —se sobresaltó aún más Vukašin—. ¿Cómo que se van a hacer con Srebrenica, Goražde y Žepa?

—A ver, chico, relájate. No vas a conseguir nada gritándome —replicó resignado Dimitris. Parecía que estaba haciendo un gran esfuerzo por no soltar algún improperio a Vukašin—. Que nos traslademos a Vlasenica no significa que nos desentendamos de la situación, sino que podemos centrar nuestros esfuerzos en otros frentes.

—¡Pero qué otros frentes ni qué ocho cuartos! —volvió a protestar él—. El control de Central Podrinje es clave para poder mantener todos los territorios serbios unidos. Si cae en manos de esos cabrones, cortarán en muchos puntos las comunicaciones entre las diferentes partes de la República Srpska.

—Ahora mismo existen otros frentes abiertos igualmente importantes. Está el asedio a Sarajevo. Estamos luchando en Bosnia Occidental y en los alrededores de Tuzla. No podemos dispersar nuestros esfuerzos, Vukašin —intentó explicar Stjepan—. Tal vez esto sea una oportunidad para no agotar nuestros recursos en luchas estériles.

—Un chico inteligente —sonrió Dimitris—. Por fin, alguien que hace un análisis de la situación con la cabeza y no con el corazón. Poder focalizar nuestros esfuerzos conjuntos en menos frentes nos hará más fuertes. Sólo nos vamos a retirar unos kilómetros… Y no os preocupéis. Vlasenica no está tan lejos. Algún día vendremos de visita para que no nos echéis de menos — ironizó.

—No entiendo qué le veis de positivo a tener que retirarnos de los alrededores de todos esos enclaves —se enfadó Vukašin—. Además, por una decisión que han tomado unos imbéciles que lo único que quieren es destruir a la nación serbia.

Durante unos interminables minutos el silencio volvió a adueñarse del lugar. De pronto, Stjepan se sorprendió a sí mismo alegrándose por la declaración de zona segura en los enclaves de Central Podrinje. A veces dudaba de la idoneidad de la guerra. Había visto demasiadas atrocidades como para creer en ella del mismo modo que hacía Vukašin. En aquel momento sólo esperaba que les pudieran dar un permiso para volver a Sarajevo y ver a Jelena y a Enes. Te echo de menos, *lutko moja*, pronunció para sus adentros. Imaginaba que no lo estarían pasando demasiado bien con el asedio, pero esperaba que no tuvieran problemas. Recordó los momentos que habían pasado todos juntos en el Puente de Princip, el juego que mantenía con Enes desde que lo conoció y los planes que habían hecho antes de que estallara la guerra. Stjepan quería haberlos llevado a Višegrad, pero, después de lo que había presenciado allí, tenía miedo. Recordó las palabras de advertencia de su padre. Y sintió cómo se le rompía el corazón en pedazos.

—Ha quedado un buen día —dijo él mismo para interrumpir sus propios pensamientos—. Parecía que iba a llover, pero las nubes están dejando paso a un cielo azul precioso. Por cierto, Dimitris, ¿tú no tienes que preparar la maleta como tus compañeros? —se extrañó Stjepan.

—Parece que nos ha salido espabilado el joven —rio Dimitris mientras daba una palmada amistosa a Stjepan en el hombro—. Yo ya tengo preparada la maleta desde ayer.

—¡Pero qué…! —comenzó a gritar Vukašin. Su cara se había vuelto roja de ira.

—Eh, tranquilo, fiera —lo detuvo Dimitris—. Que la culpa no es mía.

—O sea que tú sabías ya que esto iba a suceder —dedujo Stjepan.

—Eso es —confirmó Dimitris—. Nuestros informadores nos habían avisado de que las Naciones Unidas estaban dispuestas a tomar esa decisión, por lo que era cuestión de tiempo que se comunicara de manera oficial. De hecho, nuestra unidad ya había comenzado a organizar los preparativos para regresar a Vlasenica. El frente se va a retirar unos kilómetros desde Srebrenica a la espera de una ocasión más propicia para hacernos con el control de la ciudad. No penséis que es una renuncia — comentó mirando fijamente a Vukašin. — Simplemente a veces hay que echarse un paso hacia atrás para poder avanzar luego dos hacia adelante.

Vukašin resopló. Dimitris lo miró de reojo, sacudió la cabeza y se levantó de las escaleras.

—Bueno, chicos, tengo que entrar para asegurarme de que esa panda de ahí dentro se mueva o no llegaremos a nuestra base antes de que anochezca.

Los tres se saludaron. Stjepan y Vukašin se alejaron mientras Dimitris los observaba desde el vano de la puerta. Se dirigieron hacia su propio barracón en silencio.

—De verdad no lo entiendo —insistió de repente Vukašin—. Cuatro pelagatos nos dicen que nos rindamos y ni tan siquiera somos capaces de alzar la voz. ¿Merece la pena luchar así?

Stjepan no quiso verbalizar la respuesta que tenía en mente. En su opinión, aquella guerra había perdido toda razón de ser desde que incluso sus propios compatriotas habían comenzado a comportarse como auténticos animales. Las dudas habían crecido en él, pero no podía decirle algo así a su amigo. Y menos en ese momento que él consideraba como una traición a la propia patria. Para él, no obstante, se abría una puerta a la esperanza y no pudo evitar que una sonrisa se dibujara en su rostro mientras caminaba al lado de su cabizbajo amigo.

9 DE MAYO DE 1993

Sarajevo, 9 de mayo de 1993

Llevaba allí desde el alba. Se le hacía extremadamente difícil tener que pasar así las horas sin poder moverse a ningún sitio. Nadie pasaba por allí, pero él sentía que no debía moverse. Era su cometido. Parecía una estatua a la espera de nada.

La luz del sol entraba por las rendijas en los tablones que protegían la puerta de la pastelería. No se atrevía a abrir la puerta, por miedo a que algún mortero pudiera entrar y explotar allí mismo. El asedio se estaba convirtiendo en una auténtica pesadilla y la ciudad poco a poco parecía estar vaciándose de vida. Baščarsija, antes tan alegre y repleta de gente, se había convertido en un barrio casi fantasma en que los impactos de proyectiles en cada esquina recordaban de manera constante el conflicto que sufrían.

Todo aquello entristecía sobremanera a Enes y había días en los que preferiría no salir de casa. Pero debía cuidar de la pastelería y de los pocos vecinos que se acercaban a por algo de pan. Se lo había pedido su padre antes de empeorar de su enfermedad. Últimamente Enes se había dado cuenta de que su padre se cansaba más de lo normal, por lo que había decidido hacerse cargo él solo de las tareas de la pastelería.

Se sentía cansado. Llevaba varios días sin poder dormir bien y la escasez de alimentos empezaba a hacer mella en sus fuerzas. Cogió un taburete y se sentó tras el mostrador a la espera de la llegada de alguna persona. Tras un par de minutos, apoyó la cabeza sobre sus manos. Cerró los ojos para intentar descansar un poco, pero los pasos rápidos de alguna persona que pasaba por delante del local le volvieron a poner en alerta.

Se sobresaltó y, tras levantarse, se dirigió a la puerta. No alcanzó a ver a la persona que acababa de pasar, pero supuso que era alguien que intentaba no aparecer en los puntos de mira de los francotiradores que los asediaban. Se desperezó y miró alrededor. La oscuridad reinante en la pastelería dotaba todavía de un aspecto más lúgubre a las estanterías vacías. La pesadumbre se adueñó de su alma. Se quitó el delantal manchado y se aprestó para volver a casa.

Sabía que a su padre no le quedaba mucho, por lo que intentaba pasar el mayor tiempo posible en casa con él. Pero Omer solía insistir en que su hijo abriera la pastelería por si algún vecino acudía a por algo que poder llevarse a la boca. Él acudía resignado a un trabajo que era totalmente en vano. Aquel día, sin embargo, había decidido que iba a volver a casa antes de la hora de comer. No se encontraba con fuerzas para seguir luchando contra la soledad que reinaba en el negocio familiar.

Cogió las llaves y cerró la puerta desde fuera. Los tablones cruzados apenas dejaban hueco para poder ver el interior de la pastelería. Sacó las llaves de la cerradura y resopló antes de dirigirse a la carrera hacia su hogar. Llegó a la puerta de su casa en menos de un minuto. Abrió la puerta y se refugió en la seguridad de aquella vivienda.

No había luz en la planta baja, pero se dirigió al salón. Entró en la estancia y divisó la figura de una persona sentada en el sillón. Se acercó y besó la frente de Lejla.

—Ya he vuelto, *moj golube*. Como siempre, no ha pasado nadie. Hace tiempo que salir a la calle se ha convertido en un acto heroico —suspiró—. ¿Qué tal ha estado?

—Creo que está muy cansado. No ha querido bajar a comer nada y apenas sale de su cuarto nada más que para ir al baño.

—¿Ha tenido que ir muchas veces? —preguntó desesperado.

—Desde que te has ido, cada quince minutos. Enes... —le tembló la voz.

—Lo sé, *moj golube*, lo sé —se resignó él.

Le pasó la mano por el pelo y volvió a besarle la frente antes de salir del salón. Se dirigió a las escaleras. Una tos seca se escuchó desde la planta de arriba. Enes respiró profundamente y subió los peldaños. Se asomó a la habitación de su padre tras golpear con los nudillos el cerco de la puerta. El silencio absoluto de aquel cuarto únicamente se quebraba con cada respiración de Omer.

—Hola, papá —dijo Enes en voz baja. No quería que, si su padre se había dormido, se despertara. Observó que el bulto que se percibía debajo de las sábanas se movía. Se encontró con la mirada cansada de su padre.

—Hola, hijo. Qué bien que hayas vuelto ya… —al finalizar estas palabras, tosió sin apenas fuerzas—. Perdona que no me levante, pero estoy muy cansado…

—No pasa nada, papá —dijo a la par que en el piso de abajo sonaba el teléfono.

Ambos se extrañaron, porque hacía tiempo que nadie llamaba. La comunicación que tenían con el exterior se ceñía únicamente a las conversaciones furtivas con Jelena y a las escasas cartas que la familia de Lejla enviaba desde Mostar. La voz entrecortada de su mujer apenas era perceptible desde allí arriba.

Avanzó hacia la cama de su padre y se sentó en la esquina. Cogió la mano de Omer con cariño y apoyó la cabeza sobre su pecho. Le parecía increíble lo rápido que la vida parecía escapar del cuerpo de su padre en los últimos días. Dejó la mente en blanco y se concentró en la respiración de su padre. Cuando era pequeño había repetido ese gesto miles de veces. Lo reconfortaba.

—Hace tiempo que no hacíamos esto —rio Omer con gran esfuerzo.

—A partir de ahora deberíamos repetirlo más a menudo… —Enes notó una lágrima cálida resbalándole por la mejilla.

—Podríamos… —intentó que no le temblara la voz Omer.

Escucharon a Lejla colgar el teléfono. El silencio absoluto volvió a apoderarse de la casa, pero Enes seguía concentrado en la respiración de su padre. Pasaron unos cuantos minutos y Lejla continuaba sola en la planta baja.

—Deberías ir con tu esposa, hijo. Tal vez te necesite.

Nada más acabar la frase, el crujido de la madera les alertó de que ella estaba subiendo las escaleras. Enes se incorporó y esperó. La figura de Lejla apareció en el vano de la puerta. Comprobaron con asombro que ella estaba llorando de manera desconsolada, pero era incapaz de articular una sola palabra de angustia. Enes se levantó rápidamente y la abrazó con todas sus fuerzas. Le pasó la mano por el cabello y se lo besó con cariño.

—¿Qué ocurre, *moj golube*? —preguntó cuando Lejla consiguió calmarse un poco—. Respira tranquila.

—Me ha llamado mi familia —sollozó. Omer y Enes se extrañaron—. Algo horrible está sucediendo… —rompió a llorar ella.

—Tranquila, hija —dijo Omer apoyando la espalda en el cabezal de la cama—. Cuéntanos qué es y te intentaremos ayudar.

—No podéis hacer nada… Nadie puede… Es horrible…

Enes pensó que era mejor no atosigarla y dejar que les contara lo sucedido una vez se calmara. Continuó acariciando suavemente su cabeza y sintió que la respiración se le calmaba poco a poco.

—Han atacado —comentó por fin Lejla—. Han atacado la ciudad.

—¿Cómo? —se extrañó Enes—. ¿Quiénes? ¿Cuándo?

—Tranquilízate, Enes —le reprochó su padre—. Con esa actitud no ayudas para nada, hijo.

—Perdón —se disculpó él. Miró a su mujer a los ojos y percibió el miedo que ella sentía.

—Nadie se lo esperaba y los croatas han decidido atacar Mostar. Hoy mismo han lanzado un ataque masivo y la ciudad ha quedado totalmente dividida en dos.

—¡Maldito Boban! —exclamó Omer. Enes miró con cara de sorpresa a su padre. En toda su vida no había escuchado nunca a su padre proferir un improperio—. Ha aprovechado la ocasión para intentar hacerse con el control de la ciudad.

—Pero entonces, ¿están luchando en Mostar? —volvió a preguntar Enes a Lejla.

—Mi padre me ha dicho que han lanzado tal ataque que sólo el río ha sido capaz de frenarlos. Mi familia ha quedado del lado bosnio, pero no puedo decir que hayan tenido suerte, porque el asedio de las fuerzas serbias desde las montañas los tiene totalmente acorralados —explicó Lejla mientras las lágrimas le brotaban de los ojos—. Han quedado totalmente aislados de todo lo que les rodea. Temen que la situación empeore y ni tan siquiera puedan salir a conseguir alimentos…

—Están como nosotros — susurró Enes. Bajó la mirada y la clavó en el suelo.

—¡Tengo tanto miedo, Enes! —volvió a romper a llorar. La abrazó con fuerza e hizo un esfuerzo por no desmoronarse él también.

Durante unos interminables minutos, el silencio se apoderó de la estancia una vez más. A Enes le pareció que el mundo se paraba a su alrededor. Intentó encontrar la mirada reconfortante de su padre, pero comprobó que éste también había clavado sus ojos en algún punto perdido en el horizonte.

—Tal vez debería bajar a preparar algo caliente para comer —comentó Lejla tras enjugarse las lágrimas—. Necesito un poco de calma…

Tras decir esas palabras, ella se giró y abandonó la habitación. Enes y Omer oyeron el crujido de los escalones. Se mantuvieron en silencio y Enes se sentó en el borde de la cama de su padre totalmente absorto. Sintió la mano de su padre en la espalda y no pudo evitar romper a llorar.

—Hijo, sé que es injusto, pero no podemos hacer nada contra esta situación. Es algo que nadie quería que ocurriera pero que entre todos provocamos.

—No, papá. No puedo resignarme a pensar que todos somos culpables —refunfuñó Enes enjugándose las lágrimas con la manga—. Las ansias de poder de algunas personas nos han llevado al desastre total. Ya no podemos vivir en paz. Los serbios quieren acabar con nosotros. Y ahora los croatas también. ¿Es que merecemos algo así?

—Nadie merece tener que padecer una guerra. Ni tan siquiera aquellos que la han iniciado…

—¡Eso no es verdad! Los que están de acuerdo con luchar que lo hagan, pero dejen vivir en paz a los demás. Nosotros no tenemos por qué pagar las consecuencias de que unos cuantos desquiciados quieran liarse a tiros. Que hagan lo que quieran en el campo de batalla, pero los ciudadanos no deberíamos sufrir.

—No te confundas, Enes. Ni tan siquiera aquellos que piensas que disfrutan con todo esto realmente querían que la situación se les fuera de las manos. Los horrores que ves en ellos no los han elegido ellos mismos. Son fruto de una larga tradición entre todos nosotros que no hemos sido capaces de superar.

—Algunos no han querido superarla… Ése es el problema —se quejó amargamente—. Y desgraciadamente son los que están arriba del todo. Y los pobres peleles que empuñan un fusil han sucumbido a los cantos de sirena de supremacía de todos ellos. Pero lo que les suceda se lo merecen. ¡Por estúpidos!

—No seas tan duro, Enes. Recuerda que uno de sus peleles ha sido tu amigo inseparable desde hace tiempo. Ha estado a tu lado sin importarle lo que sucediera, incluso cuando Vukašin se mostraba reacio.

—Pero no por eso me parece menos estúpido lo que hace —agregó con un deje de melancolía.

—Muchos de esos jóvenes que están empuñando las armas ahora mismo son gente como Stjepan, hijo. Son personas que probablemente tuvieran amigos de cualquiera de las otras religiones, pero que no han podido hacer nada contra los acontecimientos. No debes pensar que la situación es fácil para ellos. Stjepan estoy seguro de que está sufriendo lo indecible pensando en lo que puede estar ocurriendo en su ciudad con sus seres queridos. Por mucho que te parezca difícil de creer, todos ellos son las mayores víctimas de esta guerra fratricida. Pueden creer que están luchando contra el enemigo, pero aquél al que tienen enfrente no es otro que un conciudadano suyo. No se dan cuenta de que en esta guerra de supervivencia incluso el vencedor habrá perdido mucho más de lo que pueda llegar jamás a imaginarse.

Enes se mostraba sorprendido por la calma con la que le estaba hablando su padre. No había torcido el gesto en ningún momento y no parecía que le costara respirar como de costumbre. Parecía haber recobrado la vitalidad que tenía hacía algún tiempo. Enes, sin embargo, estaba devastado por la dureza de las palabras de su padre. Nunca había pensado de esa manera, pero podía ser que tuviera razón.

—Es muy triste ver que el enemigo lo tenemos entre nosotros mismos —murmuró Enes—. Ojalá todos los que están en el frente se dieran cuenta de ello y dejaran de matarse mutuamente.

—Tienes razón, hijo. Es muy triste. Pero como te he dicho, también ellos son víctimas de toda esa situación. Son los que más ferozmente están luchando. Pero no con las armas. Están luchando contra el monstruo que algunos se han empeñado en despertarles dentro. Recuerda cómo era Stjepan antes de todo esto y piensa si crees que es posible que odie tanto a alguien como para intentar acabar con su vida.

Las lágrimas corrieron por las mejillas de Enes. Observó su propio reflejo en un pequeño espejo que tenían en la esquina de la habitación y pudo ver el reguero que manaba de sus ojos. Por un momento sus propias lágrimas se convirtieron en un recuerdo del Miljacka, en que tanto buenos momentos había pasado con sus amigos Stjepan y Jelena. Un recuerdo que tan rápidamente como había aparecido se había esfumado.

Sintió a su padre sentado a su lado intentando ponerse en pie. Se levantó de un salto y lo asió por los brazos. Su padre había adelgazado tanto que ya incluso él sería capaz de bajarlo en brazos si hiciera falta. Se le marcaban los huesos de los brazos y las piernas. Enes lo miró a la cara y vio que la expresión se le había apagado de nuevo.

—Vamos abajo a tomar algo caliente, hijo. Necesitas reponer fuerzas.

Omer se ató a la cintura la bata roída que tenía. Enes empezó a avanzar lentamente a su lado para que no tropezara y cayera.

—Pero antes de bajar, Enes, prométeme una cosa —miró fijamente a los ojos llorosos de su hijo—. Prométeme que vas a intentar ayudar a todos aquellos que te sea posible durante este infierno. — Enes asintió y su padre prosiguió. — Pero, sobre todo, prométeme que vas a conseguir salir de todo esto con vida.

Esa frase resonó en la cabeza de Enes como si se tratara de una despedida prematura de su padre. Sintió un pinchazo en el pecho, como si el corazón le hubiera estallado en pedazos. Quería prometérselo, pero era incapaz de articular una sola palabra ante la mera posibilidad de perder a su padre.

Omer pareció entender lo que le pasaba a su hijo, por lo que se acercó a él y lo abrazó con las pocas fuerzas que tenía. El abrazo apenas duró unos segundos, pero Enes rezaba por que ese momento no finalizara nunca.

Cuando al transcurrir aquellos instantes se separaron, se encaminaron lentamente a las escaleras y bajaron a la cocina, donde Lejla les esperaba con algún caldo hecho de sobras del día anterior. Enes sentó a Omer a la mesa y dirigió una mirada cariñosa a su mujer. Ambos tenían los ojos rojos de haber llorado, pero ninguno quería hablar del asunto. Se acercó a ella y le acarició su mejilla sonrosada antes de sentarse a comer algo.

Lejla les acercó un plato hondo lleno de caldo con pan duro a los dos. Enes suspiró de manera imperceptible, porque hacía tiempo que no podían llevarse a la boca nada que no fuera esa sopa insípida. Miró con cariño a su mujer y le sonrió agradeciéndole que, a pesar de todo, hubiera sacado fuerzas de flaqueza para cuidar de ellos. Comieron totalmente en silencio.

Al finalizar, Omer hizo ademán de levantarse, pero notó que las fuerzas le abandonaban y tuvo que volver a sentarse. Enes ayudó a su padre a incorporarse y le dijo a Lejla que iba a acompañarlo arriba. Lo tomó del brazo y salieron de la cocina. Avanzaron lentamente por el pasillo y tuvieron que pararse antes de subir las escaleras. Tardaron un par de minutos en poder llegar al piso superior. Enes notó que a su padre le costaba respirar más de lo normal. Lentamente llegaron a la habitación y Omer volvió a meterse en la cama. Cuanto Enes se preparaba para despedir a su padre y volver a la pastelería, su padre le cogió de la mano.

—Hoy por la tarde no vayas, hijo. Quédate conmigo, por favor.

Cada una de esas palabras se le clavó en el corazón a Enes como un puñal. Tenía miedo de que su padre fuera a abandonarlo. Cogió una banqueta de la esquina y se sentó pegado al borde de la cama. Dejó que su padre le cogiera la mano. El apretón anteriormente firme de Omer había dejado paso a un gesto dulce. Los ojos de Enes se llenaron de lágrimas que intentaba reprimir.

—Padre, ¿quieres que llame a Ajdin para que venga? —dijo entre sollozos.

—No, hijo, no. Prefiero pasar mis últimos momentos a solas contigo —sonrió débilmente Omer.

—No digas eso. No es…

—Hijo, mi cuerpo está ya muy cansado. No he podido vencer a esta enfermedad, pero al menos me ha dado tiempo para ver que puedes valerte por ti solo. Eres todo un hombre, Enes, y sé que cuidaras a la perfección de Lejla. Me voy en paz con el mundo.

—Papá —lloró Enes—, te quiero.

—Yo también, hijo. Yo también —respondió Omer.

Enes se levantó de la banqueta con los ojos arrasados en lágrimas. Se sentó en la esquina de la cama de nuevo y apoyó suavemente la cabeza sobre el pecho de su padre. Escuchó su lenta respiración. Cerró los ojos y sintió las lágrimas recorrer sus mejillas.

Dormitó durante unos momentos, pero se despertó de golpe al notar que la mano de su padre perdía toda la fuerza. Se concentró en los latidos del corazón de su padre. Respiró aliviado al escucharlos. Pero poco a poco el intervalo entre latidos se fue haciendo más largo. Enes contuvo la respiración. Intentó volver a escuchar algún latido más, pero no lo consiguió.

Su padre, la única persona con la que había podido contar toda su vida, acababa de fallecer. Pensó que no le quedaba nada más que perder. Pero no tenía fuerzas ni tan siquiera para gritar de dolor. Volvió a derramar sus lágrimas sobre el cuerpo inmóvil de su padre. En silencio, Enes quedó allí, en la oscuridad de la habitación, con la cabeza apoyada en el pecho de Omer.

29 DE MAYO DE 1993

Sarajevo, 29 de mayo de 1993

Asomó la cabeza por la esquina y corrió como alma que llevaba el diablo hasta el siguiente edificio. Jadeaba de cansancio, pero no podía detener la carrera en ese momento. Debía llegar cuanto antes para evitar que cualquier francotirador acabara con su vida. En los últimos tiempos, muchos conciudadanos habían caído bajo el fuego de cualquiera de los dos bandos. Sentía que se le clavaba en la nuca la mirada de los desconocidos que vigilaban desde las montañas de los alrededores los movimientos de las personas que todavía se atrevían a salir a la calle en la ciudad. Al final de la calle podía divisar el Miljacka y sobre su corriente el arco del Puente Latino. Había llegado a la parte más peligrosa del recorrido, pero no podía volver atrás. Espiró una gran bocanada de aire y comenzó la carrera. Llegó al puente e inició la subida. Los últimos metros hasta alcanzar el refugio de los edificios de Baščarsija se le estaban haciendo eternos y temía que las fuerzas se le agotaran antes de llegar a su destino. Apretó los dientes y recorrió esa distancia a la mayor velocidad que sus piernas le permitían.

Al alcanzar la esquina del primer edificio de la ciudad vieja, se apoyó contra la pared y resbaló lentamente hasta sentarse en la acera. Sentía que la cabeza le iba a explotar y la hundió entre sus manos. Quería refugiarse en su habitación y poder dormir hasta que todo pasara, pero se había prometido que iba a hacer todo lo posible para que recuperara la alegría que solía mostrar antes de que todo aquello comenzara. Se puso de pie de un salto y, tras inspirar, reanudó la marcha. Callejeó hasta llegar a la puerta de cristal resquebrajada de la pastelería. Miró adentro antes de abrir la puerta y pudo distinguir a Enes entre penumbras.

—¡Jelena! —gritó con alegría Enes—. ¿Qué haces aquí? ¿Estás loca? Has tenido que cruzar toda la ciudad a plena luz del día. Podrían haberte…

—Calla, tonto —dijo ella mientras lo abrazaba—. Estoy aquí, que es lo que cuenta.

El abrazo se prolongó durante unos minutos. Jelena notaba a su amigo temblar entre sus brazos. A pesar de que al principio pensó que era producto de la emoción, al poco pudo comprobar que los temblores se debían a la fragilidad y debilidad de Enes. Cuando aumentó la presión del abrazo, los huesos de su amigo se marcaron todavía más. Estaba totalmente esquelético.

—Enes —preguntó ella preocupada—, ¿hace cuánto tiempo que no te alimentas como Dios manda?

—No importa, Jelena —se enjugó las lágrimas él—. Lejla y yo sobrevivimos con lo que podemos llevarnos a la boca. No podemos quejarnos, porque es bastante más que lo que pueden procurarse algunos de nuestros vecinos.

—Enes, de hecho, he venido para hablar contigo sobre ese tema —expuso Jelena separando su cuerpo del de si amigo—. La situación no es fácil aquí en Baščarsija. El asedio dura ya demasiado… Escasean los alimentos. ¡Mira alrededor, Enes! Lo poco que conseguís Lejla y tú lo empleáis en hacer pan para vuestros vecinos. No podéis seguir así…

—Jelena, la situación no es tan trágica como parece —intentó convencerla él—. De hecho, Lejla y yo estamos mejor que muchos de nuestros conciudadanos. Por lo menos podemos comer lo que produzco yo aquí.

—Pero, de todos modos, deberías pensar en la oferta de veniros a vivir con nosotros. O al piso de los Župan. Estoy segura de que el señor Župan estaría encantado de que os cobijarais allí hasta que esta maldita guerra acabe. Lukavica está desde el principio en el sector serbio y las fuerzas musulmanas no tienen la capacidad de lanzar un ataque global para recuperarlo. Si os trasladáis allí, nosotros podríamos cuidaros.

—Te lo agradezco, Jelena —sonrió Enes—. Pero sabes perfectamente que no puedo poneros en peligro. Nuestra mera presencia en el piso de los Župan haría recaer todas las sospechas sobre vosotros. Podrían apresaros.

—Nadie tendría por qué saber quiénes sois. Podríais ser algunos familiares lejanos de los Župan. A Lejla no la han visto nunca y tú hace demasiados años que no vas por allí como para que alguien te recuerde.

—Puede que tengas razón y no se acuerden de mí. Pero, Jelena, mírame —rio él—. No hay duda de que soy musulmán.

—Cierto —rio ella también. Era la primera vez que veía esa expresión de alegría en la cara de su amigo y se sintió reconfortada por un instante—. A veces olvido que no todo el mundo te ve del mismo modo en que lo hago yo.

—Eres un cielo. No puedo imaginar una bendición mayor que teneros como amigos —abrazó Enes a Jelena.

—Ay, casi lo olvido —dijo ella apartándose rápidamente. Al ver la sorpresa de Enes, se apresuró a proseguir con lo que quería decirle—. He aprovechado que venía a veros para traer algo de comida. Si no me llego a dar cuenta, nos quedamos sin ella.

Introdujo la mano en los bolsillos interiores de su chaqueta y comenzó a sacar huevos, patatas, tomates, unos trozos de carne envasados y varias bolsitas con arroz y pasta. Los ojos de Enes se humedecieron al instante. No tanto por la visión de una comida que hacía tiempo que no había probado, sino por el mero hecho de que Jelena se hubiera acordado de ellos incluso en el momento de jugarse la vida cruzando la ciudad. Una vez terminó de poner todos los productos sobre el mostrador, ella abrazó con fuerza a su amigo y éste rompió a llorar como si se tratara de un niño pequeño.

—Gracias, Jelena. No deberías…

—Calla, tonto. No me cuesta nada. Sabes que nosotros no lo estamos pasando tan mal como vosotros y es lo mínimo que puedo hacer para ayudaros en estos momentos — susurró mientras acariciaba los cabellos de Enes.

Ambos quedaron en esa posición durante unos minutos, hasta que una explosión sorda en la lejanía los arrancó de sus respectivos pensamientos. Se miraron a los ojos con temor, pero una sonrisa casi imperceptible de Enes provocó que Jelena se sintiera segura.

—Creo que voy a tener que ir a casa a calmar a Lejla —sonrió él—. A veces se pone un poco nerviosa con las explosiones…

—Es comprensible, Enes. No es fácil reponerse a lo que vivió ella. Y cada explosión lejana tiene que ser un recordatorio constante de lo cerca que estuvo de la tragedia.

—La pobre está sufriendo mucho. Más que lo que nos pueda pasar a nosotros, teme lo que pueda pasarle a su familia en Mostar. El no tener noticias de ellos durante largos periodos de tiempo es una tortura. Bueno, déjame quitarme esta ropa y vayamos a casa. Lejla se alegrará de verte —dijo mientras se pasaba por la cabeza la tira roída del delantal.

Recogieron todas las cosas y se dirigieron hacia la puerta. Ambos sabían lo que tenían que hacer, por lo que, tras una mirada cómplice, Jelena echó a correr en dirección a la casa de Enes. Escuchó el ruido de la puerta de la pastelería cerrándose y respiró aliviada al poder oír los rápidos pasos de Enes tras de ella. Avanzaron sin echar la mirada atrás y al cabo de un rato llegaron a la entrada del hogar de Enes. Éste extrajo las llaves del bolsillo y se apresuró a abrir la puerta para poder cobijarse en la seguridad de esas paredes. Entraron e intentaron recuperar el aliento antes de dirigirse hacia la tenue luz que se percibía al fondo del pasillo.

—¿Eres tú, *moj svijet*? ¿Has vuelto a casa? —se escuchó la dulce voz temblorosa de Lejla desde la cocina—. Todavía es pronto. Espero que no haya sucedido nada. He oído una explosión…

—No, *moj golube*, no ha pasado nada. De hecho, vengo con una visita —interrumpió Enes mientras avanzaban hacia la luz.

La cabeza de Lejla asomó por el umbral de la puerta y sus ojos se llenaron de lágrimas de emoción. Corrió por el pasillo y abrazó a Jelena con fuerza.

—Yo también me alegro de verte, Lejla —dijo Jelena con una amplia sonrisa.

Tras enjugarse las lágrimas, Lejla se retiró un poco e intento recomponerse antes de empezar a hablar. Estaba temblando y Jelena no era capaz de discernir si era por la emoción o por el cansancio y la mala alimentación que ya hacían mella incluso en su semblante antes tímido pero risueño.

—Pero, Enes, podías haberme avisado de que Jelena iba a venir hoy a casa. Apenas tenemos unos mendrugos de pan y algunos huesos para preparar un caldo. ¡Qué vergüenza! —se ruborizó Lejla—. ¿Qué le vamos a ofrecer ahora para comer?

—Esa es otra parte de la buena noticia, *moj golube* —sonrió Enes complacido a la par que sacaba los productos que les había traído su amiga de debajo de la chaqueta—. Tenemos más provisiones de las que hemos tenido en los últimos meses. Podemos preparar algo más sustancioso para comer los tres.

—No, no —respondió Jelena—. No quiero que utilicéis esa comida para darme algo a mí. Yo suelo comer bastante más a menudo que vosotros todo eso. Sabéis que mi padre tiene amigos que nos proveen de todo esto cada cierto tiempo. Prefiero que guardéis todo esto para cuando podáis disfrutarlo los dos. Pero agradecería ese caldo del que hablabas, Lejla —guiñó el ojo.

—Por supuesto, todavía no está preparado, pero en breve si queréis podemos tomarlo.

—Con tu permiso, cariño, Jelena y yo esperaremos en el salón. Quisiera saber qué tal se encuentra Stjepan —intentó contener la emoción al pronunciar el nombre de su amigo. Quería mostrarse fuerte a pesar de que supiera que tanto su mujer como su amiga sabían que sufría por lo que pudiera pasarle a Stjepan.

Se encaminaron hacia el salón y al instante Jelena se percató de que nadie había accedido a aquella estancia en largo tiempo. Las persianas estaban entrecerradas, el polvo se acumulaba en los muebles y el olor a rancio y cerrado era más que evidente. Pero nada de eso importaba, porque se sentían reconfortados de poder estar juntos de nuevo. Una nube de polvo se levantó alrededor de ellos al sentarse y ambos rompieron a reír.

—¿Qué tal está? —preguntó Enes de pronto sin necesidad de tener que expresar a quién se refería.

—Stjepan está bien, Enes. No te preocupes por él. Probablemente nosotros estemos escuchando más tiros que él —intentó tranquilizarlo ella. Le dolía tener que mentirle así, pero lo conocía y sabía que iba a empezar a preocuparse si le contaba que a veces le tocaba luchar en primera línea—. Ahora los permisos no se los conceden con tanta facilidad. Además suelen obligarles a quedarse por allí cerca por si surgiera algún imprevisto.

—Me alegro de que esté bien… aunque le echo muchísimo de menos —replicó Enes con un deje de melancolía—. A veces incluso me despierto en mitad de la noche soñando con él. Espero que toda esta pesadilla termine pronto de alguna manera. Me gustaría poder recuperar nuestra vida anterior a esta maldita guerra.

—La situación no tiene fácil solución, Enes. Y tú y yo sabemos que probablemente pocas cosas vuelvan a ser como antes. Pero, aunque todo el mundo cambie alrededor, nosotros seguiremos estando ahí.

El silencio volvió a adueñarse de la estancia. Enes recorrió en su memoria los recuerdos de juventud. En su cabeza se agolparon las imágenes de los tres amigos en el Puente Latino, su viaje a Mostar, la primera vez que vio a Stjepan con su uniforme de soldado. Pero poco a poco los recuerdos se iban volviendo más oscuros. La niebla de la guerra se había apoderado de sus vidas últimamente y ya era incapaz de evocar los recuerdos felices sin que esa oscuridad se hiciera presente.

—La comida ya está lista —notó una mano sobre su hombro. Estaba tan ensimismado que ni tan siquiera había notado que su mujer había entrado en el salón hacía unos segundos—. Me da vergüenza no poder ofrecerte algo mejor, Jelena —se disculpó totalmente ruborizada Lejla.

Se encaminaron por el estrecho pasillo a la cocina. Jelena observó que en esa estancia apenas había luz. La luz de la bombilla que colgaba del techo parpadeaba cada poco tiempo, pero a los pocos minutos se había acostumbrado. Tomaron asiento alrededor de la pequeña mesa circular. Las sillas eran viejas y hacían ruido cada vez que se movían. Jelena comprendió que esos muebles no habían sido renovados desde hacía años y el tiempo ya había hecho mella en ellos.

Lejla sirvió un plato de sopa humeante a cada uno y comenzaron a charlar de manera distendida. Todos evitaron hablar de la situación que vivían, pero las consecuencias de la misma se notaban en su tono apesadumbrado. Enes y Lejla parecían cansados. Jelena intentó animar a sus dos amigos.

—A pesar de todo lo que estamos viviendo, parece que hay pequeñas señales de normalidad en la ciudad —dijo. No sabía por dónde empezar, pero se había empeñado en que sus amigos le acompañaran ese día—. Debemos intentar que el miedo no nos venza.

—Por eso intento abrir todos los días la pastelería. No viene nadie la mayoría de las veces, pero pensar que puedo ayudar a alguien es lo que hace que mantenga la esperanza.

—Lo que haces por tus vecinos es impagable. Pero creo que vosotros también tenéis que empezar a disfrutar un poco. No podéis estar todos los días encerrados en casa y saliendo únicamente por si alguien necesita algo de pan.

—Es lo máximo que podemos hacer —interrumpió Enes—. Incluso cuando únicamente tengo que salir a comprar algo de harina en el mercado negro, rezo para poder volver sano y salvo a casa.

—Todo esto podría cambiar si como ya te he dicho, vinierais a vivir con nosotros a Lukavica. El señor Župan no tendría inconveniente…

—No, Jelena, no podemos —pronunció Lejla—. Agradecemos todos vuestros esfuerzos, pero no podemos ir allí a vivir. Dos musulmanes como nosotros pondrían a todo el barrio en vuestra contra.

—Nadie estaría en peligro, Lejla —insistió ella—. Además, sé que no ibais a venir conmigo. Lo he intentado numerosas veces como para saber que no ibais a acceder. Pero esta vez no he venido para esto.

—¿No? —se extrañó Enes. Sus ojos se abrieron de par en par por lo sorprendente de la frase de su amiga.

—El propósito de mi visita hoy no era que vinierais conmigo. Si lo hubiera logrado, me habría alegrado —sonrió ella—, pero espero que hoy sí que me acompañéis a un lugar.

La respuesta cogió por sorpresa a todos. Enes y Lejla cruzaron sus incrédulas miradas intentando encontrar una explicación lógica. Sin apenas tiempo para reaccionar, Jelena continuó hablando.

—Quiero creer que esta pesadilla va a acabar pronto. No es posible que nos pasemos toda una vida viviendo de espaldas y odiándonos los unos a los otros. Pero mientras esto ocurra, pienso que va siendo hora de que recuperemos parte de la vida que todo este sinsentido nos ha arrebatado. No os lo había contado hasta ahora, pero llevo algún tiempo colaborando con otros conciudadanos para poder traer cuanta más normalidad posible a Sarajevo, mejor.

—No lo entiendo, Jelena —los ojos de Enes reflejaron un asombro inimaginable—. ¿Nos estás diciendo que eres parte de uno de esos grupos clandestinos de resistencia?

—No, Enes, no —respondió ella. Al punto, una expresión de alivio se apoderó de la cara de su amigo—. No pienso colaborar con ninguno de esos grupúsculos que nada hacen por mejorar la situación —añadió con desprecio—. Todos esos por lo único que luchan es por sus propios intereses. Y si las fuerzas serbias están intentando adueñarse de parte del territorio de nuestro país, esos malditos muyahidines lo único que buscan es borrar del mapa cualquier rasgo no musulmán de nuestra tierra. Pero no es a ese tipo de grupo al que me he unido, no os preocupéis.

—¿Entonces? —preguntó una cariacontecida Lejla.

—Lejla, querida —prosiguió Jelena—. Algunos habitantes de la ciudad creemos que la única manera de vencer a todos esos descerebrados de una vez es mostrarles que no nos van a quitar lo único que verdaderamente tiene importancia. Nuestra vida normal. No estoy hablando sólo de sobrevivir a este infierno, no. Sé que en una situación como la vuestra puede sonar extraño, pero debemos vivir sin miedo al qué pasará. Debemos plantarles cara y continuar con todo lo que hacíamos antes de que estallara esta locura. Por ello, mi grupo ha decidido intentar impulsar una serie de actos de normalidad en medio de esta barbarie y quería invitaros a uno muy especial esta tarde.

—¿Un acto en la calle? —preguntó Lejla con nerviosismo—. Yo no creo que pueda ir. No he conseguido salir de la puerta desde… —no pudo terminar la frase porque un nudo de terror se le formó en la garganta.

—No es en la calle, Lejla —explicó Jelena—. Intentamos traer la normalidad a la ciudad, pero somos muy conscientes de que todas nuestras cabezas tienen un precio. Hoy vamos a reunirnos en el Teatro Đuro Đaković y vamos a celebrar un certamen de belleza para elegir a la joven más hermosa de la parte sitiada de la ciudad.

—¿Un… certamen de belleza? —se extrañó Enes.

—Sé que puede sonar un poco frívolo e incluso algunos de los miembros del grupo no están del todo convencidos, pero al final hemos decidido llevarlo a cabo. ¿O es que acaso existe un tiempo específico para sentirse bella? —añadió ella—. Hemos encontrado unas cuantas jóvenes que están encantadas de poder participar. Algunas incluso han estado cosiendo sus mejores prendas para esta tarde. Ha sido maravilloso ver a muchachas musulmanas a las que se les iluminaba la mirada con el mero hecho de imaginarse desfilando ante un puñado de gente.

—Vaya —se extrañó Enes—. Pensándolo de esa manera parece una idea mejor de lo que parecía en un principio.

—Y tú, Lejla, ¿no te animas a participar? —sorprendió Jelena—. Todavía recuerdo la hermosa muchacha que conocimos en el viaje a Mostar. Esa belleza no se ha podido marchitar así sin más en tan poco tiempo. Estoy convencida de que si te arreglaras un poco podrías…

—No sigas, por favor —interrumpió ella—. Respeto vuestra iniciativa, pero no va conmigo. Soy demasiado tímida para poder andar mostrándome delante de un puñado de desconocidos —de pronto se ruborizó y se disculpó—. Perdón si he sido demasiado franca. No quería ofenderte.

—Tranquila, mujer —rio Jelena—. Nos conocemos hace tiempo. No me puedo enfadar contigo —la abrazó—. Simplemente era una sugerencia. Creía que podría ayudarte a evadirte de todo esto. Pero entiendo perfectamente que necesites algo más de tiempo... Por cierto —añadió cambiando de tema—, la sopa está buenísima.

—No seas exagerada —se turbó Lejla.

—Jelena, por favor, ve a descansar al salón mientras nosotros recogemos todo esto —dijo Enes—. No sería una buena idea salir a la calle a plena luz del día.

—Os lo agradezco a los dos —respondió ella entendiendo que realmente lo que quería su amigo era poder conversar con Lejla.

Se levantó de la mesa y caminó hasta el salón. Dejó caer el peso de su cuerpo sobre el sillón y pudo percibir cómo una ligera nube de polvo ascendía a su alrededor. Contuvo un estornudo. El silencio de la habitación tan sólo lo perturbaba el murmullo sordo de la conversación entre Enes y Lejla en la cocina.

—Tal vez deberíamos considerar la posibilidad de ir con ella. Nos vendría bien despejarnos un poco. No podemos pasarnos todo el tiempo encerrados entre estas cuatro paredes.

—Lo sé, *moj svijet* —interrumpió Lejla en voz baja—. Pero no estoy preparada para salir ahí fuera. Todavía no.

—No llores, *moj golube*. No quiero forzarte a hacer nada. Era una oportunidad de salir e intentar hacer algo diferente, pero puede que no sea el mejor momento...

Jelena intentó escuchar más atentamente lo que hablaban en la cocina. No quería dormir, pero la pesadez de sus párpados era cada vez mayor. Decidió seguir escuchando con los ojos cerrados.

— Eh, Jelena —escuchó un susurro—. Despierta.

Ella abrió los ojos y pudo ver la cara sonriente de Enes enfrente. Se desperezó e irguió la espalda. Notó que le dolía un poco el cuello, por lo que la postura en que había estado no debía haber sido la mejor.

—Siento despertarte, pero está a punto de anochecer —insistió él.

—¿Anochecer? Pero...

—Llevas dormida varias horas —rio Enes—. Me daba pena despertarte antes. Estabas tan… en paz.

Jelena sonrió. Volvió a estirarse para intentar desentumecer los músculos. Respiró hondo y se levantó de un salto del sillón. A través de las rendijas de la persiana pudo comprobar que las pocas farolas que todavía funcionaban ya estaban encendidas.

—Gracias por vuestra hospitalidad. Ha sido un verdadero placer poder pasar este día con vosotros… aunque me haya pasado toda la tarde dormida —comentó Lejla mientras buscaba con la mirada la chaqueta que había llevado por la mañana.

—El placer ha sido nuestro, Jelena —respondió agradecido Enes—. Lejla estaba cansada y ha subido a echarse un rato. Debemos apresurarnos antes de que se haga de noche y no podamos ver dónde pisamos.

—No hace falta que me acompañes, Enes. Conozco el camino de sobra. No te pongas en peligro sólo por asegurarte de que no me pierdo por el camino —guiñó un ojo.

—Estoy convencido de que llegarías sin problemas, pero voy a ir contigo. Lo he discutido con Lejla y creo que me vendría bien poder despejar mi mente con algo fuera de lo habitual.

Jelena notó que su discurso no sonaba nada convincente, pero no quiso llevarle la contraria. Aunque ella también pensaba que salir y ver cómo otras personas hacían frente a la situación podría ayudarle, sabía que a Enes le estaba constando mucho dar ese paso. Se acercó y abrazó a su amigo.

—No te pongas ñoña, Jelena. O vamos a llegar tarde —bromeó Enes a la par que cogía su chaqueta negra raída.

Los dos rieron y se dirigieron a la puerta de salida. Enes la abrió y una bocanada de aire fresco inundó la casa. El frescor les golpeó la cara y los espabiló de repente. Miraron hacia ambos lados de la calle, comprobaron que parecía no haber nada que les obstaculizara el camino y echaron a correr con determinación.

Al llegar a la esquina de la calle, Enes se frenó de golpe. Jelena pudo frenar justo a tiempo de no chocar contra su amigo. Éste se giró, le hizo un gesto con el dedo sobre los labios para que no emitiera ningún ruido y señaló al otro lado de la calle. Una pareja de jóvenes se hallaba en la esquina opuesta. Los cuatro se miraron con asombro. Enes hizo un gesto casi imperceptible con la cabeza señalando a la otra pareja la dirección que ellos iban a tomar. El joven de enfrente asintió y respondió con otro gesto.

—Van en nuestra misma dirección —tradujo Enes—. Les voy a decir que pasen ellos primero y nosotros esperaremos unos segundos para reanudar la marcha.

Volvió a gesticular hacia la pareja del otro lado de la calle. El chico asintió de nuevo. Se giró hacia su acompañante y comenzaron a correr. Enes esperó un par de segundos, agarró de la mano a Jelena y tomaron la misma dirección que la pareja de desconocidos. Tras unas cuantas esquinas dobladas, Enes y Jelena se dieron cuenta de que probablemente los dos jóvenes también fueran al certamen de belleza. Desde que habían coincidido al comienzo del camino, su recorrido había sido idéntico.

Al cabo de unos minutos Enes y Jelena divisaron al fondo de la calle su destino. Divisaron a la pareja de desconocidos y pudieron ver cómo entraban por el portón ligeramente abierto. Jelena agarró del brazo a Enes y señaló hacia la izquierda. Pudieron ver más gente que esperaba para poder lanzarse a la carrera hacia el lugar de la celebración. Enes decidió que esperar a que toda esa gente pasara sería ponerse ellos mismos en mayor peligro, por lo que cogió de la mano a Jelena, la apretó y tiró de ella. Ambos corrieron como alma que lleva el diablo hasta estar a escasos centímetros de la puerta entreabierta. Enes paró en seco y dejó que su amiga entrara primero.

Tras mirar hacia atrás y ver que un grupo de unas cinco personas se dirigía corriendo hacia él, entró en el recinto. Tuvo que frotarse los ojos debido a la luz que había allí dentro. Tardó un par de minutos en acostumbrarse, porque hacía mucho tiempo que había aprendido a vivir casi en penumbras. Aprovechó para recuperar el aliento.

Cuando sus ojos recuperaron su visión normal, Enes no pudo más que resoplar con todo lo que encontró ante sí. Habían preparado una especie de escenario con muchísima iluminación. Distinguió al fondo un cartel que rezaba Miss Opkoljenog Sarajeva 93. Querían dejar claro que se trataba de la muchacha más bella de la ciudad sitiada de Sarajevo. Justo frente al escenario se encontraba un gran número de asientos. Calculó rápidamente que en aquel recinto podrían entrar unas doscientas personas. Pensó que no era probable que acudiera demasiada gente, pero al mirar en derredor pudo comprobar que ya había varios grupos de persona dispuestos a tomar asiento. Incluso le pareció ver a algunas personas con cámaras de grabación y escuchar diferentes idiomas. Todo le parecía de lo más irreal.

—No pensaba que fuera a venir tanta gente, la verdad —comentó sorprendido Enes.

—Sabía que te iba a sorprender, Enes. Llevamos tiempo preparándolo todo. Venga, tomemos asiento y descansemos un rato antes de que empiece el certamen.

Avanzaron unos metros y se sentaron en medio de una de las filas delanteras de butacas. Enes miró a su derecha y pudo ver a la pareja de jóvenes que les había precedido durante todo el camino. Les saludó educadamente y pudo ver que estaban agarrados de la mano. Lo que más le extrañó es que él llevaba un colgante con una cruz ortodoxa y ella llevaba el cabello cubierto por un pañuelo. En plena carrera no se había fijado en ese detalle, pero ahora no podía quitárselo de la cabeza. Parecían felices y hablaban de manera despreocupada con algunos otros asistentes que se habían sentado justo en la fila de delante.

De pronto las luces se apagaron y únicamente quedó iluminado el escenario. Apareció el presentador del evento y comenzó a hablar, pero sus palabras no podían distraer a Enes. Sus pensamientos seguían rondando la imagen de aquellos dos jóvenes de mundos tan aparentemente diferentes que se aislaban de todo lo que les rodeaba.

Una decena de muchachas comenzó a salir poco a poco al escenario. Las iban presentando de una en una. Algunas eran rubias, otras morenas, algunas altas, otras más bajas. Pero la mirada de todas desprendía un brillo especial que ocultaba por momentos la desesperación que reflejaban constantemente. Por un momento Enes esbozó una sonrisa recordando los días en que incluso la propia Lejla tenía ese brillo especial en la mirada. Le pareció que eran ya días demasiado lejanos, pero el mero hecho de estar celebrando ese certamen en ese centro cultural en pleno corazón de Sarajevo le infundió cierta esperanza en un futuro mejor.

Para cuando se dio cuenta, ya habían presentado a todas las candidatas a hacerse con la corona. Se había quedado absorto en sus pensamientos y ya había pasado un buen rato desde que comenzara el certamen.

—No pasa nada —le susurró Jelena—, ahora vuelven a salir a desfilar. Esta vez en bañador.

—Estaba distraído y no me he enterado de nada.

—Ya me había dado cuenta. Tenías una expresión de felicidad en la cara que hacía tiempo que no veía. No sé en qué estabas pensando, pero me alegro de verte así.

El presentador del evento explicó que las chicas iban a volver a desfilar en bañador para que el jurado pudiera elegir a la chica más bella del Sarajevo sitiado. Fueron saliendo una a una otra vez más. En esa ocasión Enes estuvo más atento y le pareció contar trece participantes. Todas le parecieron preciosas. No tenía que ser fácil decidir cuál de ellas era la más bella.

Sus ojos, sin embargo, volvían una y otra vez sobre la pareja con la que habían coincidido durante el recorrido. Parecían encantados de encontrarse allí y no dejaban de dar muestras de cariño. Una idea empezó a tomar cuerpo en la cabeza de Enes.

De pronto, el presentador anunció que estaban preparados para comunicar la decisión del jurado. Nada más acabar de pronunciar dichas palabras, una nube de periodistas subió al escenario y tomó posiciones para captar el momento de la coronación. En aquel momento, en cambio, aparecieron de nuevo todas las participantes en el concurso y se prepararon para colocarse en línea al frente del escenario. Portaban algo que Enes no llegaba a distinguir muy bien. Desplegaron un trozo de plástico con algo escrito en una lengua que él no conocía.

—Jelena, ¿entiendes lo que pone? ¿En qué idioma está?

—*Don't let them kill us*, Enes. Eso es lo que pone… —contestó ella con la voz quebrada.

—¿Pero qué significa? —volvió a inquirir él.

—No dejéis que nos maten.

La audiencia congregada en la sala se levantó y prorrumpió en aplausos. Las cámaras enfocaban los rostros sonrientes de las participantes en el certamen mientras numerosos espectadores se enjugaban las lágrimas. Las chicas estuvieron un par de minutos con la pancarta desplegada.

No dejéis que nos maten. La frase retumbaba en la cabeza de Enes. No dejéis que nos maten. Era un grito de socorro que parecía retumbar por toda la sala. No dejéis que nos maten. La idea de Enes iba tomando fuerza.

Las jóvenes se apartaron al fondo del escenario. El portavoz del jurado subió al escenario y entregó un sobre cerrado al presentador. Éste lo abrió y se preparó para anunciar la ganadora del certamen y sus damas de honor. Llamaron a dos muchachas y las coronaron como damas de honor. El resto de chicas no podían disimular su nerviosismo.

—Y la ganadora del certamen Miss Sarajevo Sitiado 1993 es… —continuó el presentador, dándole suspense a la proclamación— ¡Inela Nogić!

La muchacha avanzó hacia el frente del escenario con un gesto de emoción incontenida. Le entregaron un ramo de flores y le colocaron la banda y la corona que certificaba que ella era la muchacha más hermosa de aquella ciudad devastada.

—Me alegro de que haya ganado esa joven —le dijo Jelena con una amplia sonrisa—. La vida en Dobrinja no tiene que ser nada fácil y esta muchacha necesitaría algo que le ayude a liberar un poco su mente.

—¿Es… de Dobrinja? —se sorprendió Enes—. ¿Esta joven vive en el pequeño Hiroshima?

—Por eso me alegro por ella. Vivir en plena línea de fuego, rodeada de tanta destrucción, no tiene que ser nada fácil. Espero que todo esto sirva para algo.

La emoción de las participantes estaba todavía en plena ebullición. Las tres recién coronadas posaron para los fotógrafos, que durante todo el certamen habían utilizado chalecos antibalas. Los ojos verdes de Inela desprendían una felicidad que también reflejaba su amplia sonrisa. Todo parecía perfecto.

Enes seguía dándole vueltas a la idea que había empezado a tomar cuerpo durante todo el evento. Puede que, en el fondo, no fuera una mala idea.

De pronto, mientras algunos de los asistentes al certamen se marchaban, un periodista se acercó a la vencedora para hacerle una entrevista. Enes agarró de la mano a Jelena y se acercó al escenario con intención de escuchar lo que decían.

—Jelena, por favor, tradúceme lo que dicen —le pidió Enes.

El periodista comenzó a hablar y Jelena se preparó para traducir cuanto pudiera.

—Es un periodista de la CNN americana. Le acaba de preguntar qué ha sentido al escuchar su nombre como ganadora del certamen.

La joven Inela estaba exultante. Una intérprete que tenía cerca le dijo que si quería hablara en bosnio y ella traduciría.

—La verdad es que no lo esperaba —contestó ella—. Fue mi madre la que me apuntó a este certamen y nunca pensé que podría llegar a ganarlo.

Tras la traducción de la intérprete, el periodista volvió a tomar la palabra y le hizo una segunda pregunta.

—Ahora le ha preguntado qué planes tiene para el futuro —tradujo Jelena.

Enes aguzó el oído para intentar escuchar lo que iba a responder la recién coronada reina de la belleza.

—No tengo planes. Podría estar muerta mañana —fue tajante Inela.

La breve entrevista finalizó con dicha afirmación, que cayó como una losa ante todos los que estaban presentes. De pronto fueron conscientes de la fragilidad de esa sensación de normalidad que reinaba en ese momento. Se encaminaron hacia la puerta.

Enes decidió que ya era hora de poner en práctica la idea que le rondaba desde el principio del certamen. Si los sarajevitas eran capaces de celebrar actividades como la que acababa de tener lugar, tal vez fueran capaces de acabar con todo el sinsentido que los rodeaba. Puede que hubiera lugar para la esperanza. Un nuevo horizonte podía estar abriéndose ante ellos. Lo tenía decidido. Tenía que intentar que la familia de Lejla abandonara Mostar y se trasladara con ellos a su casa. En cuanto tuviera todo arreglado, viajaría allí y volvería con ellos.

Llegaron a la puerta. Las direcciones que iban a tomar Jelena y él eran distintas, por lo que se despidieron y se prepararon para recorrer a toda la prisa la distancia hasta sus hogares. Enes cerró su chaqueta, respiró hondo y echó a correr. Desde el umbral de la puerta Jelena pudo ver a su amigo perderse en la oscuridad de la noche.

5 DE NOVIEMBRE DE 1993

Sarajevo, 5 de noviembre de 1993

Cogió la chaqueta de la silla que había al lado de la puerta. La abrió con sigilo para no hacer ruido alguno. Se dirigió a las escaleras y bajo intentando que no crujieran bajo sus pies. Se acercó a la puerta de la entrada. Echó una mirada hacia las escaleras y notó que el corazón se le encogía en el pecho. Era peligroso, pero debía hacerlo.

Abrió la puerta y, tras comprobar que no había nadie en la calle, se abrochó la chaqueta. Espiró y comenzó a correr. El frío de la madrugada se le clavó en los huesos. Todavía era noche cerrada. Las nubes cubrían prácticamente todo el cielo, pero algunas estrellas asomaban por los claros. En cualquier otro momento se hubiera parado para poder contemplar la belleza de esa estampa. En aquel caso, sin emabrgo, la prudencia no le permitía tomarse esa libertad.

Continuó corriendo sin tan siquiera parar en las esquinas para comprobar que nadie se cruzara en su camino. Era altamente improbable que hubiera nadie más por la calle a esas horas. De pronto, frenó en seco, porque estaba a punto de llegar al lugar de encuentro. Le faltaba la respiración. Hacía tiempo que no recorría una distancia tan larga sin parar y parecía estar pasándole factura en ese momento.

Miró el viejo reloj de pulsera que le había dejado Jelena. Había llegado unos minutos antes de la hora acordada, pero lo agradeció. Así podía recuperar un poco el aliento. Se pegó a la pared para pasar desapercibido a los ojos que pudieran estar vigilando, pero a esas horas de la mañana no creía que fuera para nada visible. Las luces de la calle no funcionaban hacía tiempo. La oscuridad de la noche se fusionaba con sus ropajes y su pequeña mochila negra. Era una sombra que se movía en el abrigo de la negrura de aquella hora del día.

Miró hacia su izquierda y pudo ver el Puente Latino a pocos metros. Pasara lo que pasara, su puente seguía allí. Su esquina, su pretil, su pasado seguía allí a pesar de que todo a su alrededor se desmoronara.

Tuvo que reprimir unas lágrimas que asomaban al balcón de sus ojos, porque a lo lejos escuchó el ruido de un motor que se acercaba por la carretera paralela al Miljacka. Prestó atención a aquel rugido y notó que, a medida que el vehículo se acercaba, parecía reducir la velocidad. Calculó que ya le faltarían pocos metros para llegar y tomó una bocanada de aire. Salió corriendo hacia el coche, abrió la puerta trasera y saltó adentro.

—Justo a tiempo —se escuchó una voz ronca desde el asiento delantero—. Si no llegas a estar aquí, me hubiera tenido que ir sin ti.

—Lo sé —contestó Enes con la respiración entrecortada—, lo sé...

—Ahora agáchate ahí detrás mientras intento llegar a nuestro destino sin que esos cerdos nos acribillen.

Enes se acurrucó en el hueco que había entre los asientos delanteros y el trasero y se cubrió con una manta raída que le tendió el conductor. En el momento en que el coche tomaba la curva hacia la izquierda que iba a ponerles en la dirección correcta, tomó una amplia bocanada de aire para intentar recuperar la respiración. Hacía tiempo que no había corrido casi sin parar una distancia tan larga y sus pulmones se estaban resintiendo.

Notó que tiritaba y se cubrió mejor, pero la tiritona no paraba. Se dio cuenta de que lo que sentía no era frío, sino miedo. Un miedo atroz a lo que estaba a punto de llevar a cabo. No estaba del todo convencido, pero tenía que hacerlo. Aunque ella no lo entendiera, lo hacía por el bien de Lejla.

—Agárrate —oyó—. Vamos a entrar en Sniper Alley y tengo que acelerar todo lo que pueda. Reza lo que sepas para que sobrevivamos a esto, chaval.

—¿Sniper Alley? — preguntó Enes incrédulo.

—¿Cuánto tiempo llevas encerrado en una cueva chico? —rio el conductor—. Desde que comenzaron los asesinatos, a Zmaja od Bosne se la conoce como la Avenida de los Francotiradores.

Definitivamente, el dragón que habían imaginado Stjepan y él cuando eran pequeños había tomado cuerpo. Los disparos de las armas de los soldados serbios habían reemplazado las llamaradas del dragón, pero habían convertido el terror en algo más real. Los ojos almendrados de su dragón imaginario se habían convertido en cientos de miradas de odio que esperaban el más mínimo resquicio para poder sesgar la vida a alguien por el mero hecho de transitar dentro de su campo de visión.

El acelerón provocó que Enes se tuviera que agarrar con ambas manos al asiento trasero para no golpearse contra la puerta del coche. Cerró los ojos con fuerza y aguanto la respiración en un acto reflejo para intentar pasar desapercibido a los ojos de los francotiradores. Sabía que eso no iba a servir para nada en caso de que su coche apareciera en el visor de alguno de los soldados apostados en los altos edificios que circundaban la avenida. El rugido del motor hacía evidente que el coche avanzaba a la velocidad máxima que su destartalado sistema le permitía.

Avanzaron sin aminorar la marcha durante unos minutos que se le hicieron interminables. Al notar que la velocidad había disminuido, Enes se destapó.

—Ya puedes salir de ahí abajo, amigo —dijo el conductor mirando hacia atrás con una sonrisa—. Ya hemos pasado esa maldita avenida. Ya puedes relajarte hasta que lleguemos a Ilidža.

Enes forzó una sonrisa de respuesta. Pero no se sentía para nada tranquilo. Tras eso intentó cerrar los ojos para descansar un rato, pero su mente no dejaba de preguntarse si lo que iba a hacer era una buena idea en el fondo. No tuvo tiempo para abstraerse demasiado, porque el coche frenó en seco.

—Ya hemos llegado, muchacho. A partir de aquí, estás solo —le tendió la mano para desearle suerte.

Enes abrió la puerta del coche, asió la mochila y salió a la oscuridad de la noche. El frío y la humedad se le clavaron en los huesos y sintió una punzada de dolor en el costado. Cerró la cremallera de la chaqueta hasta arriba y sopló entre sus manos para intentar calentárselas.

Miró hacia atrás y divisó la silueta del coche alejándose en la oscuridad de la noche. Avanzó unos pocos pasos y se detuvo ante un cartel que la maleza estaba empezando a ocultar. "Bienvenidos a Vrelo Bosne, lugar de nacimiento del río Bosna". El agradable murmullo del agua hizo que Enes se relajara unos instantes. Le hubiera gustado poder quedarse allí un rato más, pero la premura de tiempo le azuzaba. Debía desaparecer de allí y avanzar antes de que los primeros rayos de sol le hicieran visible a cualquier soldado apostado en la cumbre de los montes cercanos.

Introdujo la mano en la mochila que llevaba con él y sacó un papel doblado. Lo extendió y comenzó a escudriñar el mapa. Debía seguir unos cientos de metros por el camino en que se encontraba y luego ascender el monte Igman por los senderos de su ladera septentrional hasta Lokve. Eran algo menos de diez kilómetros, pero en su mente parecía una inmensidad.

Examinó durante algunos segundos la grandiosa mole que se situaba frente a él. Le pareció inmensa. Pero lo que más le aterraba no era su altura, sino saber que en su cumbre había un destacamento del ejército serbio que estaba dispuesto a aniquilar a cualquier persona que osara acercarse sin permiso. Por ello tenía que ser raudo en esa primera parte del recorrido. Había calculado que llegaría a Lokve poco después del amanecer, cuando todavía su sombra se mezclara con las de los árboles cercanos. Pero si quería llegar a tiempo, no podía entretenerse más de la cuenta.

Ajustó un poco más las cintas de la mochila para que ésta se ciñera a su espalda y no se balanceara en su avance. Miró alrededor para cerciorarse de que nadie le observaba y echó a correr en dirección a los árboles que marcaban el inicio de la ladera del Igman. Una empinada pendiente se encontraba ante sí. No había ningún sendero en aquel lugar, por lo que empezó la ascensión zigzagueando entre los árboles que le iban a servir de cobijo. Sabía que la primera parte del camino iba a ser dura, pero no quedaba más remedio que avanzar por allí para esconderse a los ojos de los destacamentos de los soldados serbios apostados en el monte.

Tras avanzar unos metros, se apoyó contra uno de los árboles. Se le acababa de soltar el cordón de la zapatilla derecha. Se agachó y se lo ató lo más rápidamente que pudo. Pero cuando estaba a punto de reanudar la marcha, escuchó un crujido en los árboles cercanos. Se quedó totalmente inmóvil esperando que lo que hubiera provocado el ruido se marchara. Contuvo la respiración y clavó la mirada en el lugar de donde procedía chasquido de ramas. No conseguía distinguir nada en la oscuridad de la noche, pero el ruido se repitió esta vez bastante más cerca. Enes pegó el cuerpo al tronco del árbol intentando pasar desapercibido. Dos pequeños ojos brillantes aparecieron frente a él. El causante del ruido no era más que un pequeño conejo que buscaba comida. Enes le hizo un gesto con la mano para espantarlo y el conejo huyó asustado.

Se repuso del susto y continuó el camino. Aceleró el paso y continuó esquivando los árboles que se encontraba a su paso. Le pareció volver a escuchar otro chasquido de ramas, pero esa vez no disminuyó la velocidad. Apenas le faltaban unos cientos de metros para alcanzar el punto más alto de esa primera etapa del camino y quería alcanzarlo antes de que los rayos de sol despuntaran en el horizonte. No quería convertirse en un blanco fácil para las balas de los soldados. Apretó el paso. Respiraba con dificultad por el frío que sentía, pero no se podía permitir volver a parar. Quedaba algo menos de una hora para que amaneciera.

Corrió como alma que llevaba el diablo hasta llegar al camino que debía cruzar antes de llegar a Lokve. Frenó en seco para no ponerse en peligro al cruzar el camino. No era demasiado ancho, pero estaba totalmente descubierto. No tendría el cobijo de los árboles durante unos pocos segundos, pero serían los suficientes para llamar la atención de cualquier francotirador que estuviera vigilando esa zona desde lo alto de la ingente mole del Igman.

Había recorrido más o menos la mitad del recorrido de esa primera parte, cuando se enfrentaba a uno de los momentos más peligrosos desde que había abandonado el coche en la fuente del Bosna. Aspiró hondo y reanudó la marcha. Cerró los ojos de nuevo intentando convertirse en alguien invisible a los ojos de cualquiera que pudiera estar mirándole. Tras unos breves segundos, notó que la gravilla del camino volvía a convertirse en hierba, por lo que abrió los ojos y pudo esquivar el árbol que tenía delante en el último instante. Paró durante un par de segundos para recobrar el aliento. Apoyó la mano sobre el costado. Volvió a sentir las punzadas de dolor.

De pronto, escuchó unos pasos acercarse. Se escondió tras la segunda hilera de árboles y se mantuvo inmóvil. Al cabo de unos momentos divisó un grupo de tres soldados que se acercaban por el camino en dirección hacia la cumbre. No había contado con que realizaran rondas de inspección por aquel lugar. Contuvo la respiración y aguzó el oído para intentar oír lo que decían. Sin embargo, parecía que los soldados caminaban en silencio. Uno de ellos empezó a silbar una canción infantil y los otros dos rieron a mandíbula batiente. Ni tan siquiera se percataron de la presencia de Enes entre los árboles.

Cuando las figuras de los tres soldados se perdieron en el horizonte, volvió a ajustarse la mochila y arrancó la carrera hacia su destino. Calculó que apenas llevaba recorridos unos quinientos metros cuando se percató de que a pocos metros se abría un claro entre los árboles.

—¡Maldita sea! —masculló—. Tendré que rodear este paso para que no me vean.

Cambió de rumbo y rodeó el claro. Suspiró porque ese rodeo iba a retrasarlo. Apretó más el paso para intentar llegar cuanto antes a su destino. Sentía el cansancio en sus piernas, pero no podía permitirse flaquear. No a esas alturas. Prosiguió durante unos minutos más hasta que distinguió a su izquierda algunas casas. Se detuvo y se apoyó en un árbol. El cansancio estaba haciendo mella, pero debía llegar a su destino.

Observó los edificios que se veían desde donde estaba. Era un pueblo pequeño. Demasiado pequeño para tratarse de Lokve. Creyó que se había equivocado de camino con el rodeo que se había visto obligado a dar. Se sentó en el suelo, sacó el mapa de la mochila e intentó averiguar dónde se encontraba. Respiró aliviado al comprobar que se encontraba cerca de Crepljani. Eso quería decir que estaba a punto de llegar. Justo a tiempo, porque la oscuridad estaba empezando a disminuir para dar paso a la luz del día.

Se incorporó de un salto con las fuerzas recobradas y comenzó a correr de manera desaforada. Avanzó sin miedo aparente hasta que en el horizonte aparecieron otras edificaciones. Atisbó un alminar, por lo que no había duda de que se trataba de Lokve. Se acercó con cuidado al pueblo, mientras los primeros rayos del día dibujaban las siluetas de las casas.

Enes se detuvo de golpe aterrorizado. Apenas quedaban un par de casas en pie. El fuego cruzado entre los ejércitos había convertido el pueblo en un conjunto de ruinas que a duras penas recordaba lo que había sido aquel lugar tiempo atrás. Las casas presentaban boquetes gigantes que los pocos ciudadanos que quedaban allí se habían afanado en tapar con tablones de madera.

Se le rompió el corazón al verlo y dos lágrimas cayeron de sus ojos. Se secó y prosiguió el camino. Cruzó el pueblo lo más rápidamente que pudo y entró en la última casa del mismo. Estaba casi totalmente en ruinas, pero le serviría de cobijo durante un día. Buscó un rincón y se acurrucó tembloroso. Metió la mano en la mochila y sacó un mendrugo de pan que se llevó a la boca. Acto seguido, rebuscó en la pequeña mochilita y extrajo una pequeña manta que se había traído para no pasar frío.

Cuando los rayos del sol entraron por una de las ventanas rotas, Enes oyó de fondo una serie de explosiones que denotaban que la lucha continuaba en los alrededores. Estaba demasiado cansado como para seguir pensando en esas cosas, por lo que cerró los ojos e intentó descansar. Ni tan siquiera le dio tiempo a bostezar, porque el sueño se apoderó de él.

Una explosión cercana lo sobresaltó. No supo calcular dónde se podía haber producido la deflagración, pero calculó que era a unos cuantos kilómetros de donde él se encontraba. Se desperezó y echó un vistazo al reloj de pulsera. Tuvo que frotarse los ojos, porque lo que estaba viendo le parecía increíble. Había pasado casi todo el día dormido. Calculó que quedaba poco más de una hora para que la oscuridad empezara a hacer acto de presencia.

Comió otro cacho del chusco de pan y se levantó para empezar a prepararse. Inspeccionó la casa en busca de algún grifo del que poder conseguir agua. Subió con cuidado las escaleras de madera de la casa y halló un lavabo que todavía funcionaba en el baño. Se lavó la cara y sorbió un poco de agua. Volvió a refrescarse antes de bajar.

Recogió la manta en la mochila y se sentó a esperar que la luz bajara algo más. La etapa que le esperaba iba a ser más dura que la que ya había recorrido, pero iba a tener bastante más tiempo que el día anterior. Aprovechó el tiempo que le quedaba para reflexionar y, de repente, se sorprendió a sí mismo rezando. Hacía tiempo que había dejado esa práctica, porque la inhumanidad de la situación que todos estaban viviendo le hacía dudar de la existencia de cualquier poder supremo que permitiera tanta barbarie. Pero el inconsciente le empujó en aquel momento a pedir de nuevo ayuda.

Al terminar sus rezos, comprobó que la luz ya era lo suficientemente tenue como para salir y pasar desapercibido entre las sombras alargadas de edificios derruidos y árboles. Se acercó al umbral de la puerta y, tras cerciorarse de que no había nadie alrededor, salió raudo a emprender el camino. A sabiendas de que tenía tiempo suficiente para llegar al destino, decidió hacer la primera parte del recorrido algo más lento. No quería llegar excesivamente rápido a los pies de la montaña Bjelašnica. Necesitaba que la oscuridad total de la noche se adueñara de esos lugares antes de exponerse. Las nubes parecían estar de su parte, porque cubrían por completo la luna y las estrellas.

Anduvo a paso ligero durante algo más de una hora resguardándose en la espesura de los árboles de las laderas del Igman. De vez en cuando se paraba a recuperar el aliento, pero no se demoró en exceso. El camino era más seguro que el de la noche anterior, porque la cercanía de lugares poblados era menor.

De manera inesperada, la gran mole rocosa de Bjelašnica apareció a su izquierda. Era como una gran piedra casi pelada desde el punto en que se encontraba. Debía estar atento para mantenerse más abajo, en la parte más frondosa de la montaña. Paró a comer otro trozo de pan y descansar un rato antes de volver a emprender el camino.

Se sentía mucho más seguro que en la etapa anterior. La oscuridad de la noche y el color oscuro de su ropaje le hacían pasar desapercibido en ese paisaje boscoso. El camino se había vuelto más abrupto y las constantes subidas y bajadas se estaban haciendo notar en sus piernas. Pero no podía abandonar a esas alturas.

Siguió caminando durante algunas horas más hasta que calculó que ya se encontraba próximo a las zonas habitadas cercanas a la montaña. Miró el reloj y calculó que todavía quedarían unas tres horas antes de que la luz del día lo hiciera más visible. Podía tomarse un descanso para recuperar fuerzas. Se sentó en el suelo, se quitó la mochila y se apoyó contra el tronco de un árbol. Lanzó una mirada hechizada hacia la cumbre de Bjelašnica. Todavía no estaba cubierta de nieve, pero era hermosa. Se preguntó cómo era posible que hacía poco menos de veinte años en esos parajes se estuvieran celebrando pruebas de esquí alpino de los Juegos Olímpicos de Invierno y en aquel preciso momento fuera escenario de una matanza indiscriminada entre sus conciudadanos.

Suspiró con resignación y sacó el mapa para comprobar lo que le quedaba por recorrer. Supuso que se encontraba ya sólo a algo más de cinco kilómetros de Konjic. Pero tal vez fueran los kilómetros más peligrosos de esa etapa. Se incorporó para proseguir el recorrido.

Marchó con decisión durante algún tiempo hasta que oteó a lo lejos, en el fondo del valle, las sutiles luces de Konjic. Miró a su espalda y vio amenazante la silueta de la montaña. Enfrente tenía el destino de la etapa de aquella noche, pero, antes de llegar, tenía que evitar otro foco menor de luz que se interponía en su camino. Se trataba de Zagorice, una pequeña aldea donde la mayoría de la población era de ascendencia serbia. A pesar de ser improbable que nadie estuviera despierto a esas horas de la noche, le pareció más prudente no seguir el sendero y avanzar por la arboleda que se encontraba alrededor de la pequeña aldea.

Caminó cuesta abajo durante una media hora. El trayecto era lo más cómodo que se había encontrado hasta el momento y aprovechó para relajarse un poco. Cuando dejó a la izquierda Zagorice, respiró con tranquilidad y aceleró algo el paso. Iba a amanecer en algo menos de media hora y quería encontrar cobijo antes de que eso sucediera.

A los pocos minutos, las luces de Konjic se hicieron más intensas y pudo distinguir las siluetas de los edificios destruidos de la ciudad. Apenas le separarían unos cientos de metros de las casas, cuando vio que una sombra se dirigía corriendo hacia él. El miedo hizo que su cuerpo quedara totalmente petrificado, por lo que no pudo huir a esconderse tras ningún árbol. El desconocido se acercaba a toda prisa y, cuando estaba a escasos metros, se paró.

—¡Menudo susto me has dado, amigo! —dijo el desconocido al descubrir a Enes parado en medio de la arboleda—. Supongo que no serás ningún soldado, porque, si no, ya estaría tumbado boca abajo. Bueno, te dejo, que tengo que llegar a Kanjina antes del mediodía —el desconocido se preparó para salir corriendo, pero, antes de desaparecer, se giró y aconsejó a Enes—. Si buscas un lugar donde descansar, la tercera casa por la derecha que vas a encontrarte al llegar a la ciudad está totalmente abandonada.

— Gracias — hizo el esfuerzo por decir Enes.

Tras saludarse con un gesto de la mano, cada uno siguió su camino. En unos minutos Enes se encontraba ya a escasos metros de los edificios. Comprobó que realmente la casa que le había dicho el extraño estaba medio en ruinas y no parecía que nadie viviera en ella. En cualquier otra circunstancia, hubiera tenido miedo de seguir el consejo de un desconocido, pero en aquella ocasión estaba demasiado cansado para tan siquiera desconfiar.

Corrió hacia la entrada de la casa y entró en ella. Era un edificio de grandes dimensiones con agujeros de balas en las paredes. Eran como las cicatrices que esa guerra fratricida dejaba incluso en las mudas piedras. A mano izquierda encontró una amplia estancia que le pareció que tenía que haber servido de salón en otro tiempo. De hecho, todavía se encontraban allí los muebles. Le pareció increíble que con todo el pillaje que había, el sofá siguiera en aquella casa. Se acercó y, al sentarse, sintió que su cuerpo agradecía encontrar algo mullido donde poder tumbarse a descansar. Pero antes de ello, decidió comer lo que quedaba del primer mendrugo de pan que llevaba en la mochila. Tras acabar de alimentarse, buscó el baño para orinar y se preparó un cómodo lecho donde pasar el día durmiendo. El cansancio hizo que, en cuanto se tumbó, sus ojos se cerraran.

Se despertó cuando el sol todavía lucía en el cielo. Había descansado como un bendito. Incluso, a pesar de encontrarse totalmente despejado, se permitió el lujo de quedarse un rato más tumbado descansando. Echó la mano a la mochila y sacó el mapa. Era el momento de tomar una decisión complicada. Tras dejar Konjic iba a tener que elegir qué camino tomar para rodear el macizo de Prenj. Podía seguir a cierta distancia el curso del Neretva. Era un camino más quebrado, pero había algo más de cobertura por parte de los árboles. El mayor problema era que se trataba de primera línea de combate entre las fuerzas serbias, musulmanas y croatas, porque el enclave de Jablanica se encontraba a escasos kilómetros de allí. Había oído, además, que los serbios habían sembrado los senderos de minas para que nadie pudiera transitar por ellos.

La otra opción tampoco es que fuera demasiado segura. Rodear Prenj por el lado oriental suponía que la cobertura de las arboledas se iba a reducir al mínimo. Tendría que ser más cauteloso, pero apenas tendría que evitar zonas pobladas salvo al principio del trayecto. Además, al ser una zona en manos de las fuerzas serbias, no estaba tan plagada de minas como la que transcurría paralela al río. Sólo tenía que evitar las aldeas de Bijela, Borci, Jezero y Kula

Lo decidió rápidamente. Iba a seguir el camino paralelo al sendero oriental del macizo. La primera parte iba a ser la más sencilla. Pero debería esperar algo más para poder emprender el segundo tramo del trayecto.

Se sentó en el borde del sofá y comenzó a picar el segundo mendrugo de pan que tenía en la mochila. No estaba nada seguro de si la decisión que había tomado sobre la ruta a seguir era la correcta, pero no podía dudar. Al acabar de comer un pedazo de pan, subió al baño a lavarse la cara y espabilarse por completo. Se miró en el espejo roto que había allí arriba y vio que las arrugas estaban empezando a hacer acto de presencia en su rostro. Se pasó la mano por su seca piel y sintió pena de sí mismo.

Bajó a la planta baja, guardó todo en la pequeña mochila y se encaminó a la puerta. El sol estaba terminando de esconderse en el horizonte y las sombras se adueñaban de las despobladas calles de la ciudad. Bajó la cuesta que conducía hacia el río pegado a las paredes de los edificios. De pronto se topó de frente con la corriente del Neretva y el puente por el que iba a cruzar al otro lado.

La sangre se le heló por completo al ver la estructura de piedra que se alzaba frente a él. Los arcos del enorme puente se alzaban majestuosos sobre el agua. Las dos vertientes del puente se unían en el punto más alto en el centro de la corriente. Esa imagen le trajo a la mente recuerdos de su infancia en el puente Latino de su ciudad natal. Lo único que diferenciaba a su puente con el que tenía enfrente era una enorme placa de piedra que había en el punto donde ambas pendientes se unían. Una lágrima recorrió la mejilla de Enes.

Se enjugó y corrió hacia la otra parte del río. Lo imbricado de las pequeñas casas antiguas le serviría de refugio hasta llegar a los límites de la ciudad. Pudo permitirse no correr mientras estuviera en esas calles. Avanzó con paso ligero y llegó a las últimas casas de Konjic. A partir de ese momento tendría que avanzar entre los árboles hasta llegar a Polje Bijela. Eran algo menos de dos kilómetros y los recorrió sin apenas dificultad.

Desde aquel instante, debía intentar evitar las aldeas cercanas y caminar a través del campo aprovechando los pocos árboles que se encontraría por el camino. Anduvo durante horas sin parar para intentar llegar cuanto antes a su destino. Apenas se detuvo un par de veces para recobrar el aliento, por lo que supuso que su cuerpo ya estaba acostumbrándose a esas caminatas. Pero cuando calculó que llevaba caminado ya más de la mitad del trayecto de aquella etapa, decidió tomarse un descanso. Se sentó y observó desde lejos el lago de Jezero. Antes de que estallara esa maldita guerra, ese lago era un lugar idílico. Pero en aquel momento parecía un lugar totalmente fantasmagórico.

Miró hacia el otro lado y vio que delante de sí se extendía una extensión casi totalmente compuesta de piedra desnuda. Era la parte del recorrido donde iba a estar más al descubierto. Un escalofrío le recorrió todo el cuerpo. No supo distinguir con certeza si se trataba de frío o de miedo, pero intentó abrigarse más cerrando hasta arriba la cremallera de la chaqueta. Cogió el mapa de la mochila. Se situó y observó que realmente el camino más seguro era el que había escogido. Lejos de los núcleos habitados y de las miradas de cualquier extraño.

Pensó que ya había descansado lo suficiente y reemprendió el trayecto. Tras varios kilómetros de caminata, las piedras del camino empezaban a hacerle daño en la planta de los pies. Sin embargo, darse cuenta de que por fin había conseguido rodear el macizo de Prenj le insufló fuerzas para proseguir. Desde aquel punto debía volver hacia atrás por la otra vertiente de las montañas hasta llegar a Podgorani para poder descansar. Todavía faltaban varias horas para que amaneciera, pero prefería llegar cuanto antes.

Corrió sin descanso hasta que divisó unos centenares de metros más adelante una tenue luz en una casa. Estaba a punto de llegar. Se dirigió hacia la luz y en menos de un minuto se encontraba delante de una puerta de madera con una señal imperceptible para cualquiera que no la buscara. Inspiró hondo y golpeó con los nudillos.

—¿Quién llama a estas horas de la noche? —preguntó una voz masculina desde dentro.

—Soy Enes Salihović, de Sarajevo. Me dijeron que acudiera a esta casa en busca de refugio —susurró.

—Entra —respondieron desde dentro mientras entreabrían la puerta—. Te estaba esperando, hermano.

Un joven de edad parecida a la de Enes abrió la puerta y le dio la bienvenida. Enes entró y observó una pequeña estancia levemente iluminada por el fuego que ardía en la chimenea.

—Toma asiento —le señaló su anfitrión. Se acercó para estrecharle la mano—. Por cierto, mi nombre es Almir Mehmedović.

—Encantado de conocerte. Aunque hubiera sido mejor haberlo hecho en alguna otra ocasión.

—Mi habitación está en el piso superior. Descansa en mi cama para recuperar fuerzas. Duerme todo lo que necesites. Hoy no partiremos.

—Me vendrá bien algo de descanso. Los dos últimos días han sido muy duros. Antes de que vayas a dormir, toma un poco de esta sopa. Se ve que necesitas alimento —dijo Almir ofreciendo un cuenco humeante.

Enes agradeció el alimento y notó que su cuerpo por fin entraba en calor. Se sintió reconfortado y aliviado. Los ojos le pesaban, por lo que, tras despedirse de su anfitrión, se dirigió a su aposento. Se acurrucó en la mullida cama. La piedra de la pared estaba caliente por el fuego de la chimenea. La estancia presentaba una temperatura agradable en comparación con la gélida noche que hacía en el exterior. Su mente quedó en blanco de repente y pudo dormir sin preocupación alguna.

—Despierta, dormilón —lo sobresaltó de pronto una voz—. Es media tarde ya. Deberías volver a comer algo.

Enes se desperezó y tomó entre las manos el plato de pasta que le estaba ofreciendo Almir. Comió como si no lo hubiera hecho en años. La verdad era que hacía tiempo que no comía con tanto fundamento.

—No sé cómo podré pagarte todo esto que estás haciendo, Almir —dijo con voz agradecida él.

—No seas tonto. No hace falta que me agradezcas nada. Es lo mínimo que puedo hacer por Faris.

¿Su cuñado? ¿Qué le podía deber aquella persona al hermano de Lejla? No comprendía qué estaba pasando, pero tampoco quería hacer preguntas incómodas. Ya se lo preguntaría él mismo a Faris cuando lo viera. Terminó de comer y se levantó para limpiar el plato.

—Déjalo, no hace falta que lo limpies. Mejor baja y sal un poco al exterior a que te dé el aire. Aquí no hay peligro de encontrarse con ninguno de esos malditos serbios. Estamos en un pueblo limpio. Además, tengo unas vistas envidiables sobre el valle del Neretva.

Enes no estaba muy seguro de que fuera buena idea, pero no quería llevar la contraria a alguien que se había portado tan bien con él. Bajó las escaleras, abrió la puerta y la luz del sol le golpeó la cara de lleno. Segundos después sintió la presencia de Almir a su lado. Vio que le ofrecía un cigarro, que rechazó educadamente.

—Dime que no es preciosa esta vista —rompió el silencio Almir.

—Es espectacular. Recuerdo la primera vez que visité el valle del Neretva. Vine en tren con dos amigos míos… —llegó a decir antes de que la voz se le quebrara.

El recuerdo de ese viaje con Stjepan y Jelena hizo que el dolor y la impotencia que sentía hace tiempo rompieran su interior. Su entereza se venía abajo y no quería romper a llorar delante de un extraño. Todo esfuerzo resultó en vano.

—No te preocupes, Enes —lo consoló—. Todos tenemos malos días. Pero cuando todo esto acabe, podrás volver a visitarnos con tus amigos.

Enes no creía que a Almir le gustara la idea de que volviera a visitarle con Stjepan y Jelena. Sobre todo si se enterara de que Stjepan servía en el ejército que se afanaba en atacarlos.

—Mejor entremos dentro —dijo Enes a la vez que entraba en la casa.

—Mañana por la mañana partiremos poco antes del amanecer. Te despertaré antes para que te dé tiempo a prepararte.

No hacía mucho que se había despertado, pero notó que el cansancio se estaba adueñando de su cuerpo de nuevo. Volvió a subir a la habitación de Almir y se tumbó. Nada más taparse, se sumió en un profundo sueño.

El frescor de la mañana lo despertó cuando Almir abrió la ventana de la habitación. No hizo falta que le dijera nada, porque entendió que era hora de prepararse y marchar. Se levantó de un salto, metió todas sus cosas en la mochila, se lavó la cara en el baño y bajó al piso de abajo. Una taza de leche humeante le esperaba en la pequeña mesa que estaba al lado de la chimenea. La bebió en apenas un par de sorbos y cogió la chaqueta para salir al exterior.

El rugido del motor de un coche viejo le sobresaltó. Almir estaba dentro del vehículo con la ventanilla abierta fumándose un cigarrillo. Las luces estaban obviamente apagadas. Le hizo un gesto con la mano para que subiera. Enes obedeció, abrió la puerta del copiloto y se sentó en el asiento.

—No hace falta que intentes ponerte el cinturón de seguridad. No funciona. Además no es conveniente en caso de que tengamos que saltar del coche en marcha.

Esa última afirmación espantó a Enes, haciendo que la mueca de su rostro se tornara indescifrable. Almir rio de manera socarrona. Tras quitar el freno de mano, el coche comenzó a descender la pendiente. Los acelerones constantes hacían que el descenso fuera incómodo, pero todo iba a ser más rápido que si hiciera el trayecto a pie.

—A partir de aquí voy a acelerar a fondo. Será un poco peligroso, pero lo sería más si fuera a la velocidad normal. Seríamos un blanco fácil para los serbios y los croatas que nos vigilan desde cada lado del río. Agárrate —dijo Almir cuando tomaron la carretera adyacente al Neretva en las afueras de Potoci.

No había nadie en la carretera. De repente se escuchó un disparo que procedía de las montañas. La bala chocó en el lugar en que estaba el coche un instante antes. Se habían librado por los pelos. Almir aceleró más. A lo lejos divisaron los primeros edificios de Mostar. Si lograban entrar entre ellos, estarían a salvo. Cosa que lograron en apenas un minuto.

—Ahora atiende, amigo —espetó con voz seria Almir—. Te voy a dejar en la mezquita de Koski Mehmed-Pašina. Desde ahí estás solo hasta llegar a Kujundžiluk. Mañana os recogeré en el mismo lugar a las diez de la mañana en punto a todos. El que no esté, se queda en tierra. ¿Ha quedado claro?

Enes asintió con la cabeza. Almir escupió por la ventanilla y dibujó una sonrisa en sus labios. El coche giró a la derecha un par de veces. Disminuyó la velocidad y llegaron a su destino en apenas un minuto. Enes abrió la puerta del vehículo, bajó del mismo y, tras agradecerle el transporte a Almir, se despidió hasta el día siguiente.

Rebuscó de manera apresurada en la mochila algo. Apenas quedaban cien metros hasta su destino, por lo que no se demoró en ajustarse la mochila. Corrió la escasa distancia que le separaba del final del trayecto. Al llegar al portón, lo abrió con las llaves que acababa de sacar de la mochila. Entró a la casa, donde la oscuridad se mezclaba con el más absoluto silencio.

—Señores Hasanović, ¿están ustedes en casa? —dijo sin gritar pero con un tono de voz lo suficientemente alto como para que si había alguien allí lo oyera.

Comenzó a avanzar por el pasillo hasta las escaleras que se dirigían al piso superior. Según se acercó a la escalinata, pudo distinguir una figura en total quietud en la parte alta. La visión le sobresaltó sobremanera.

—¿Cuántas veces te he dicho que no me llames señor Hasanović, Enes? Llámame Ahmed —dijo a la par que bajaba de manera lenta las escaleras para abrazar a su yerno—. Me alegro de que hayas venido. Os hemos echado tanto de menos.

Enes sintió los marcados huesos del señor Hasanović durante el abrazo. La figura de su suegro era fantasmagórica debido a lo mucho que había adelgazado desde la última vez que lo había visto. Si ellos estaban sufriendo en Sarajevo, no quería imaginar lo mucho que tenían que estar padeciendo allí en Mostar con las tres fuerzas combatientes en lucha por el control de la ciudad.

—No te esperábamos. Nos tenías que haber avisado para que hubiéramos podido preparar algo para comer ahora mismo.

—No os preocupéis. Estoy bien servido gracias a un amigo —respondió Enes—. Por cierto, ¿dónde está la señora Hasanović?

—Está dormida todavía. Anoche se acostó muy tarde —dijo con un tono lleno de melancolía—. Pero tranquilo, ahora se levantará.

—No hace falta que la despierte, no tengo prisa.

—Vayamos al sótano, muchacho. Lo hemos acondicionado para poder pasar la mayor parte del tiempo allí a salvo.

Recorrieron el pasillo y abrieron una pequeña puerta que los condujo a la estancia segura. El señor Hasanović accionó el interruptor y un ruido eléctrico precedió al alumbrado de una vieja bombilla que colgaba del techo. La titilante luz dejó a la vista una mesa y unas sillas de madera, así como dos sillones ajados y rasgados. Tomaron asiento en silencio. Enes comprobó que a su suegro se le cerraban los ojos. El cansancio de los innumerables meses de lucha que tenían que haber soportado estaba haciendo mella en él.

Enes aprovechó para poner en orden sus pensamientos. Parecía que había pasado una eternidad desde que abandonara su hogar en Baščaršija, aunque apenas habían transcurrido un par de días. Estaba muy cansado, pero esperaba que no fuera todo en vano. Decidió descansar él también un rato.

—Ahmed, ¿eres tú? —preguntó una voz femenina cansada.

Enes y el señor Hasanović abrieron los ojos de golpe. Enes giró la cabeza y pudo ver en las pocas escaleras de bajada una figura que descendía lentamente. Por sus movimientos pudo adivinar el cansancio que acumulaba aquella mujer. Era como si cada pequeño escalón le supusiera un esfuerzo titánico.

—Buenos días, señora Hasanović —se levantó Enes.

—¡Querido! —se alegró ella corriendo a sus brazos. Lloró de la emoción—. ¡Qué alegría tenerte aquí con nosotros!

—Bueno, ya vale, Aminah. Tampoco atosiguemos al pobre chico.

—No pasa nada, señor Hasanović… digo, Ahmed —corrigió Enes con rubor—. Hace tiempo que no nos veíamos y yo también os echaba mucho de menos.

El silencio se adueñó de la estancia. Pero un estallido lejano terminó con el ensimismamiento en que estaban enfrascados los tres.

—Voy a ir arriba a preparar algo para comer. Creo que todavía nos queda algo de arroz — interrumpió ella a la par que se encaminaba hacia la cocina de la planta que tenían sobre ellos mismos.

Los dos hombres quedaron en silencio. Enes sentía que ocurría algo extraño, pero no era capaz de descifrar qué es lo que podía estar sucediendo. Los ojos de su suegro reflejaban algo más que el cansancio lógico provocado por la guerra. Su rostro, sin embargo, se afanaba en evidenciar que todo marchaba con normalidad. Decidió que no era el momento de indagar en ello.

Transcurrieron varios minutos en silencio total antes de que otra explosión perturbara la calma. Aquella vez la deflagración provenía de un sitio más cercano. La mirada de asombro del señor Hasanović inquietó a Enes.

—Vayamos arriba. Creo que Aminah se sentirá más segura si le hacemos compañía. Además, en breve ya estará preparada la comida.

Enes miró el reloj que llevaba con él. Era todavía pronto, aunque entendía que en aquella situación comieran en cualquier momento. Ninguno sabía qué podía suceder en el minuto siguiente. Desde luego, no iba a discutir la decisión de comer, ya que tampoco sabía cuándo iba a poder volver a comer algo con fundamento.

Se levantaron de los sillones y se encaminaron hacia el piso superior. Entraron en la cocina. El olor a arroz cocido hizo que le entrara apetito de inmediato. El ruido de su estómago hizo que todos rieran. Se sentaron a la mesa en silencio y comenzaron a disfrutar del plato humeante que tenían delante.

—Bueno —rompió el silencio el señor Hasanović—, ¿se puede saber a qué debemos tan grata visita?

—Vaya, no esperaba una pregunta tan directa… —se sorprendió—. La verdad es que desde Sarajevo oímos noticias horribles de todo lo que está pasando por aquí y…

—Como si en Sarajevo estuvierais en el paraíso, chico —bromeó Ahmed.

—Cierto. Nosotros sufrimos el asedio de los serbios, pero aquí tenéis también a los croatas. La ciudad está totalmente partida y vuestra casa está en primera línea. A pesar de que ella no dice nada, sé que Lejla sufre por vuestra situación y que estaría muchísimo más tranquila si todos vinierais a vivir con nosotros.

—No podemos —apostilló Aminah.

—La casa es lo bastante grande para todos —intentó convencerla Enes.

—No es eso —intervino el señor Hasanović—. No es cuestión de comodidad. Es que no podemos abandonar Mostar. Ahora no.

—¿Por qué? —se extrañó él.

—Faris volverá en cualquier momento y mientras tanto tenemos que seguir esperándole aquí —intervino ella—. Mi niño no puede llegar y encontrarse la comida sin preparar.

La respuesta extrañó a Enes. Su cuñado se había ido no se sabía muy bien adónde y lo único que preocupaba a su madre era que al volver se encontrara la comida caliente. Miró al señor Hasanović, pero éste intentaba esconder su mirada. No entendía nada. Algo se le escapaba.

—La comida estaba muy rica, Aminah —expresó el señor Hasanović—. Hacía tiempo que no disfrutaba tanto. Ahora creo que es momento de retirarnos a descansar todos un rato. Enes, puedes echarte en la cama de Faris. No está tan expuesta como la de Lejla.

—¡No! —gritó la señora Hasanović—. Puede que llegue hoy mismo y querrá descansar en su cuarto. Lo tengo preparado para que cuando entre en casa no tenga que hacer nada. Mejor que Enes descanse en la habitación de Lejla. No va a pasar nada si mantiene las ventanas cerradas.

—Pero, mujer…

—¡He dicho que no! —aseveró ella.

Lo que estaba viviendo le parecía totalmente surrealista, pero no quiso intervenir. Ayudó a recoger los platos de la mesa. Los apilaron en la fregadera e intentó abrir el grifo. Ni una sola gota de agua cayó por él. Le explicaron que llevaban con cortes de agua desde el inicio del conflicto. Se las apañaban como podían y fregar los platos no estaba entre sus prioridades, por lo que los depósitos de agua los utilizaban para el aseo personal.

Se despidió cortésmente de sus suegros y se dirigió a la habitación de su mujer. Hacía muchísimo tiempo que no entraba allí, pero al abrir la puerta recordó la primera vez que vio a Lejla mirando a través de la ventana entreabierta. Aquellos eran todavía días felices. Se tumbó en la cama y cerró los ojos con intención de descansar.

Al cabo de unos cinco minutos, sin embargo, la puerta de la habitación se abrió con cuidado, como si la persona que entraba quisiera pasar desapercibido. Enes se incorporó y respiró aliviado al ver que se trataba del señor Hasanović.

—Vengo a disculparme por lo de antes, Enes. Aminah, no debería haberse puesto así.

—No pasa nada. Es entendible que, si esperáis a Faris de vuelta hoy, ella prefiera que no entre en su habitación.

—Enes, Aminah no entiende que Faris no va a volver hoy. Ella piensa que se ha ido de excursión con unos amigos suyos.

—¿De excursión? ¿En plena guerra? —se sorprendió Enes—. Pero, ¿está loco o qué le pasa?

—Lo cierto es que ella no asume que nuestro pequeño ha crecido y ya toma sus propias decisiones. Yo creí haberlo educado de manera adecuada, pero me debí equivocar en algo.

—¿Qué pasa? —comentó Enes ante el evidente nerviosismo de su suegro.

—Faris no se ha ido de excursión con unos amigos. Es el cabecilla de un grupo de guerrilleros de la fe —rompió a llorar.

—¿Me estás diciendo que Faris es un muyahidín? ¡Pero qué le pasa en la cabeza a ese chico!

—La situación aquí ha sido mucho más difícil de lo que te puedas imaginar. La crispación entre todos se elevó a niveles inimaginables. Todos desconfiaban de todos. Incluso nuestros conciudadanos croatas empezaron a mirarnos con desconfianza. Como si nosotros fuéramos el enemigo.

No hacía falta que se lo explicara. Enes había vivido lo mismo en Sarajevo. Sabía lo que era sentir el odio de sus vecinos de toda la vida en propias carnes. Lo que era ver una ciudad fracturada por la desconfianza.

—Faris sintió que nos estaban robando la vida, nuestra existencia —continuó el señor Hasanović—. Las malas compañías con las que se juntó lo acercaron al mundo de los paramilitares. El odio fue creciendo en él y al final se alistó en no sé qué unidad para combatir a los croatas. Desde ese momento, sólo lo hemos visto un par de veces.

—Tranquilos, volverá cuando menos os lo esperéis —intentó calmarlo Enes.

—Aminah piensa que Faris se dedica a llevar turistas de excursión. No quiere entender que nuestro hijo ya no es el pequeño del que cuidábamos hace no mucho. Desde que se marchó, vive enfrascada en su mundo de fantasía. No deja que nadie toque nada en la habitación de Faris, por si casualmente vuelve cualquier día.

—Entonces me temo que mi viaje ha sido en balde. Pensaba que si os ofrecía la posibilidad de salir de este infierno, sería mejor para todos. Pero no puedo hacer que una madre no espere la vuelta de su hijo. Tenía la esperanza de poder irnos mañana por la mañana todos juntos de aquí. Faris incluido.

—Siento que hayas tenido que venir hasta aquí. Pero tampoco quería contarle a Lejla lo que estaba sucediendo. No quiero que se preocupe por nosotros más de lo que seguramente ya lo haga —balbuceó mientras las lágrimas corrían por sus mejillas.

Enes abrazó a su suegro intentando consolarlo. Ambos quedaron en silencio. Algo más tarde, el padre de Lejla se fue de la habitación, dejando solo a Enes. Los pensamientos se le arremolinaban en la cabeza y no sabía por dónde empezar a ordenarlos. Quiso intentar pensar en lo que le iba a contar a Lejla, pero no fue capaz.

Pasó el resto de la tarde en la penumbra de la habitación. Cuando la señora Hasanović entró en su habitación a avisarle de que bajara a cenar con ellos, no pudo más que sentir compasión por aquella mujer. Bajó a la cocina y estuvieron hablando de cosas intrascendentes durante la cena. Antes de retirarse a descansar, Enes les dijo que al día siguiente por la mañana iban a pasar a recogerle sobre las diez.

La noche se le hizo eterna. No dejaba de darle vueltas a lo que iba a tener que decirle a Lejla. No podía mentirle, pero tampoco quería contarle la verdad y que sufriera más de lo necesario. Pasó la noche prácticamente en vela. Cuando rayaba el alba, se levantó de la cama y preparó la mochila. Le atemorizaba el camino de vuelta. Antes de que pudiera salir de la habitación, el señor Hasanović entró en ella.

—Buenos días, Enes —saludó—. Antes de que te vayas, quisiera hablar algunos minutos contigo —Enes se extrañó, pero todavía tenía algo de tiempo antes de tener que marcharse—. Ayer, cuando te hablé de lo de Faris, no te dije toda la verdad. Es cierto que se enroló en una unidad de paramilitares y que hace tiempo que no viene por aquí. Pero hay una razón.

—¿Una razón? —preguntó con temor Enes. Una imagen terrorífica pasó por su mente.

—Hace un par de meses, Faris se internó en la otra parte de la ciudad para atacar un convoy. Pero resultó ser una emboscada —añadió con voz quebrada—. Tanto él como todos sus compañeros murieron en ese ataque.

—Faris… ¿ha muerto? —susurró Enes—. No puede ser.

—Déjame acabar, chico. Esto no es fácil para mí, pero creo que tienes derecho a saberlo después de todo lo que has intentado hacer por nosotros. Tras el ataque, nos dieron la noticia de la muerte de Faris. Aminah pareció entrar en estado de shock y desde entonces vive la ilusión de que nuestro querido hijo va a volver. He intentado hacérselo ver innumerables veces…

—Si pudieras convencerla, nos podríamos marchar los tres a Sarajevo ahora. Estar con Lejla puede ayudar a que paséis este mal trance.

—Te lo agradezco, Enes. Aunque no va a ser posible. La esperanza en el regreso de Faris es lo único que mantiene viva a Aminah. No puedo quitarle lo único que le queda de golpe. Pero vosotros no os preocupéis por nosotros. Estaremos bien aquí. Eso sí —dijo tras besarle la frente—, por favor, cuida de mi hijita como si en ello te fuera la vida. Es lo único que me queda.

Enes se quedó totalmente petrificado. No era el final de la visita que él había imaginado. No podía creerlo. Vio la figura del señor Hasanović abandonar la habitación. Notó que todo se tambaleaba a su alrededor. A pesar de que nunca se había llevado excesivamente bien con Faris, al enterarse de su muerte una punzada le había atravesado el corazón.

Miró el reloj y vio que casi era la hora de marchar. Bajó las escaleras y echó un rápido vistazo hacia el piso superior. Se secó la lágrima que caía de su ojo derecho y salió de la vivienda por la puerta de atrás. Había demasiado movimiento en la orilla de enfrente y no quería tener ningún problema en el último momento. Abrió la puerta posterior y salió al exterior. Corrió los pocos metros que lo separaban de la mezquita.

Llegó cuando el reloj marcó las diez. Se dio cuenta de que el reloj también marcaba el día en que se encontraban. El número nueve lucía en el pequeño círculo. Se sentó en una esquina desde la que se veían el río y el Puente Viejo. Los soldados croatas iban y venían del puente. Enes se estaba empezando a impacientar. No quería pasar más tiempo del necesario esperando allí a la intemperie.

Miró el reloj de nuevo. Había pasado casi un cuarto de hora desde la hora acordada. Su mirada se fijó en Kujundžiluk y la casa de los padres de Lejla. Sintió nostalgia de los tiempos felices.

Divisó el coche de Almir a lo lejos. Llegaba un cuarto de hora tarde. Almir abrió la puerta del copiloto. Él se levantó y se dirigió hacia el vehículo. Cuando estaba entrando en él, unos gritos en la orilla de enfrente captaron la atención de Enes. Un soldado croata corrió desde el centro del deteriorado puente hasta la orilla opuesta. Un estruendo precedió a una nube de polvo que se alzó desde el Stari Most. Enes se estremeció y abrió los ojos de par en par. Otra deflagración mayor retumbó en sus oídos. Vio la estructura del puente resquebrajarse por completo y los bloques de piedra caer a la corriente imparable del Neretva entre los vítores de los soldados croatas congregados en la esquina opuesta de lo que antes era el símbolo de la ciudad.

5 DE FEBRERO DE 1994

Sarajevo, 5 de febrero de 1994

El frío todavía era evidente a esas alturas del año. Era sábado por la mañana y apenas se veía gente en las calles. Un par de personas pasaban a toda prisa por delante de sus ojos. Todavía no había tenido la oportunidad de arreglar el cristal roto de la puerta de la pastelería. Tuvo que abrigarse con la vieja chaqueta que había llevado, porque un escalofrío recorrió todo su cuerpo.

Empezó a escudriñar los escasos productos que todavía acumulaba en las estanterías. Suspiró al ver que no tenía nada que pudiera cubrir sus necesidades más inmediatas. Unas lágrimas de impotencia asomaron a sus ojos, pero logró contenerlas. Se acercó al mostrador donde antiguamente su padre y él dispensaban pasteles y panes a sus vecinos. Miró con cariño a la vieja silla raída en que se solía sentar Omer.

Se acomodó en ella y dejó su mente en blanco durante unos minutos. El silencio y la tranquilidad se apoderaron de sus pensamientos y fue feliz durante unos instantes. De pronto, sintió que alguien le tocaba el hombro y abrió los ojos esperando encontrar allí a su padre. Miró alrededor y no divisó a nadie. Una brisa fría volvió a acariciarle el cogote. Giró la cabeza y vio que el plástico que cubría la pequeña ventana rota se había desgarrado dejando entrar el frío por aquel hueco.

Suspiró brevemente y se levantó de la silla. Aunque no le apeteciera demasiado, tenía que hacerlo. No quedaba otro remedio. Las barricadas que dividían la ciudad y la voladura del puente en Mostar le habían convencido de que no podía permitir que Jelena pasara a ese lado de la ciudad. No podían arriesgarse a que cualquier acción aislara a su amiga en el lado equivocado de la ciudad. Iba a ser duro separarse también de ella, pero no quería ponerla en peligro de manera innecesaria. Iba a tener que armarse de valor y acudir él mismo a por las provisiones necesarias para poder subsistir.

Un escalofrío le recorrió la espalda. No supo discernir si tiritaba de frío o por el temor que le producía tener que salir a enfrentarse a la incertidumbre de las calles desiertas. Intentó cerrar la cremallera rota de la chaqueta antes de dirigirse a la puerta, pero uno de los dientes de metal estaba torcido. Tiró con fuerza y se quedó con el tirador en la mano.

—¡Mierda! —gritó a pleno pulmón lanzando el trozo de metal contra la puerta de la pastelería.

Avanzó hasta la puerta y lanzó una mirada rápida a ambos lados de la calle. No se acercaba nadie, por lo que tomó una bocanada de aire y se apresuró a salir afuera. Podría haber recorrido el camino con los ojos cerrados. Se había acostumbrado a callejear en vez de tomar el camino más corto. Cuando estaba a punto de iniciar la carrera, una sensación de tranquilidad se apoderó de su mente. Era como si una calma absoluta se hubiera adueñado de la ciudad. No había absolutamente nadie en la calle y la sensación de estar siendo vigilado había desaparecido por completo. Por un momento se preguntó si no habría despertado por fin de aquella pesadilla que parecía estar viviendo en los últimos años. Respiró profundamente y comenzó a andar con un paso pausado.

Miró a su alrededor con detenimiento. Era el primer momento en años en que podía disfrutar de la belleza que le rodeaba sin tener que centrarse en algún punto indefinido del horizonte al que se dirigiera. El aire fresco le inundaba los pulmones. Se dio cuenta de que era una mera ilusión. La sensación de que alguien les observaba seguía presente, pero al parecer ya se había acostumbrado por completo.

Metió las manos en los bolsillos agujereados de la chaqueta para intentar entrar en calor y caminó con parsimonia por las calles de la ciudad antigua. Giró a la derecha y continuó callejeando durante unos minutos. Según se acercaba, empezó a distinguir el alboroto de la gente.

Sonrió de manera fugaz con la visión de las destartaladas tejavanas. La verdad era que Markale nunca había sido un mercado tan elegante como el antiguo edificio municipal del mercado, pero en aquella época era el mejor lugar para poder comprar cosas de primera necesidad. A precios exorbitados, eso sí.

El bullicio aumentaba a cada paso. Los puestos de los vendedores estaban alineados y exhibían la mercancía que cada uno había llevado para intentar vendérselo a clientes desesperados. Enes tenía muy claro lo que tenía que comprar, pero decidió pasear entre los diferentes puestos para volver a notar el pulso de una ciudad que parecía recobrar la normalidad poco a poco. Frutas, verduras y otros productos se apilaban en las mesas sin orden aparente alguno.

Unas campanadas lejanas hicieron saber a Enes que ya era mediodía. Por primera vez en años estaba totalmente despreocupado, pero debía volver a casa con Lejla antes de que ésta se preocupara demasiado. Se apresuró a acercarse a uno de los puestos por los que había pasado antes. Pidió un par de kilos de harina y se aprestó a pagar la cantidad convenida cuando se escuchó un pequeño alboroto a unas mesas de distancia. Parecía que el vendedor intentaba aumentar el precio del género una vez cerrada la compra. Enes volvió a sonreír ante esa escena de aparente normalidad.

Cogió una pequeña bolsa de plástico que le extendía el vendedor y giró sobre sus talones. Comenzó a caminar hacia la salida del mercado con la sensación de que tal vez en medio de aquel infierno todavía existía la posibilidad de tener un día medianamente normal de vez en cuando. De pronto, se detuvo en seco. Un silbido surcaba el cielo. Alzó su vista y distinguió un objeto que se acercaba volando a gran velocidad hacia Markale.

—¡A cubierto! —gritó casi desgarrándose las cuerdas vocales. Como si de un resorte se tratara, saltó bajo una de las mesas más cercanas para intentar ponerse a salvo.

Cerró los ojos y se tapó los oídos en un vano intento de escapar de la inevitable explosión. El tiempo pareció detenerse por completo justo antes de que una deflagración precediera a una oleada de calor insoportable. Todo se volvió negro a su alrededor.

Un griterío frenético parecía provenir de algún lugar cercano, pero un intenso zumbido en sus oídos apenas le dejaba entender lo que sucedía. Le pesaban los párpados y notó que una gran pesadez se estaba adueñando de su mente. Intentó abrir los ojos, pero no pudo. Su mente se fundió a negro.

Unos golpes en la mejilla izquierda le sacaron de ese estado de sopor. Con gran esfuerzo consiguió entreabrir sus ojos, pero no distinguía nada más que figuras borrosas que se agolpaban a su alrededor.

—Señor, señor —acertó a distinguir—, ¿me oye? ¿Está usted bien? Por favor, abra los ojos y diga algo.

Cuando sus pupilas se acostumbraron a la luz, consiguió enfocar las figuras que le rodeaban. No conocía a nadie, pero había un joven que era el que se estaba encargando de golpearle suavemente para intentar espabilarlo. Intentó hablar, pero un nudo en la garganta le impedía articular palabra.

—No haga esfuerzos, señor —le conminó el joven—. Varias ambulancias se dirigen hacia aquí y vamos a hacer todo lo posible para trasladarlo al hospital operativo más cercano.

Los ojos le pesaban demasiado para mantenerlos abiertos. Cedió al peso de sus párpados y volvió a sumirse en la oscuridad más absoluta. Concentró todas sus fuerzas en mantener el ritmo de la respiración, pero un fuerte dolor en el pecho se reproducía cada vez que intentaba ensanchar sus pulmones. Nunca había sentido tanto dolor. Sin embargo, era incapaz de proferir grito de dolor alguno. Un fuerte sopor se adueñó de sus pensamientos y perdió la consciencia.

No era capaz de discernir cuánto tiempo llevaba inconsciente cuando volvió en sí. No debía haber sido excesivo, porque el griterío incesante continuaba. Unas manos lo zarandeaban e intentaban levantarlo con suma rapidez. Consiguió abrir los ojos una vez más justo a tiempo para ver cómo depositaban su cuerpo en una camilla.

Tuvo que ahogar un grito de dolor y rabia. La impotencia de Enes por lo que estaba viendo a su alrededor era incluso mayor que el dolor que sentía en las heridas que el explosivo le había provocado. Sus ojos se llenaron de lágrimas. Cuerpos retorcidos ensangrentados se situaban alrededor de las antes ordenadas mesas del mercado. Algunos tenían los miembros descoyuntados. Otros presentaban graves heridas en el pecho. Los más impactantes tenían la cabeza reventada y sus entrañas se esparcían por el suelo.

La camilla echó a andar a toda prisa hacia la ambulancia. El brazo inerte de Enes rozó el cuerpo muerto de un hombre al que la explosión había lanzado contra una valla y que se hallaba totalmente doblado sobre ella. Un par de lágrimas rodó por sus mejillas. No entendía aquel infierno.

—Llora tranquilo —le susurró en un burdo serbio uno de los voluntarios de la Cruz Roja que dirigía la camilla—. Pero, por favor, no nos abandones ahora.

Le pesaba la cabeza casi tanto como los párpados. Cerró los ojos y volvió a adormecerse hasta que un bache lo sobresaltó. Volvió a abrirlos y la ensordecedora sirena de la ambulancia se mezcló con el incesante zumbido interno que le había provocado la deflagración. Ni tan siquiera se había dado cuenta del momento en que le habían subido a la ambulancia. Se sentía demasiado desorientado. Necesitaba descansar.

Estaba seguro de que apenas habían pasado unos segundos desde que había abierto los ojos por primera vez en la ambulancia, pero se encontraba entubado en una cama del hospital. Giró la cabeza para mirar alrededor. Sintió una punzada en el cuello y profirió un gruñido de dolor.

—No te muevas, cariño —escuchó que decía una voz que provenía de su izquierda.

Volvió a intentar girar el cuello. Lo consiguió, pero la luz que entraba por la ventana lo cegó momentáneamente. Una figura femenina estaba sentada en la silla que se encontraba frente a él. Se estaba levantando y se dirigía hacia la cama. Todavía no era capaz de identificar con nitidez sus rasgos y el zumbido del oído, a pesar de que había disminuido de manera considerable, tampoco le dejaba escuchar con claridad la voz. Pero no le cabía duda alguna de que aquella mujer era Lejla.

—Pero ¿cómo has podido llegar... tan rápido? —sonrió con dificultad.

—Enes, llevas tres días dormido en el hospital —dijo Lejla mientras le agarraba a mano con ternura. Rompió a llorar—. Desde que fuiste al mercado...

—No te preocupes, *moj golube* —intentó consolarla—. Estoy aquí y eso es lo que importa. No pienso irme de tu lado.

—Siento molestarles —interrumpió una voz desde la puerta—. Veo que se ha despertado usted, señor... Salihović. Me alegro.

—Gracias —contestó Enes—. La verdad es que no recuerdo prácticamente nada desde la explosión.

—Es normal —dijo el señor que Enes supuso era el médico—. Ha tenido una fuerte conmoción. Además, tuvo usted suerte. El mortero explotó relativamente cerca de usted. Las heridas que hemos tenido que curarle, a pesar de que eran importantes, no eran tan graves como podían haber sido. Es usted afortunado.

—Doy gracias al cielo —se regocijó Lejla.

—Pero, bueno, no he venido por eso —cambió de tema el médico—. Siento tener que comunicarles que no tenemos suficiente sitio en el hospital para todos los heridos que nos están llegando. Se va a quedar usted hoy en observación, señor Salihović, y, si no hay ninguna complicación, mañana le daremos el alta.

—Pero... —se sorprendió Lejla.

—Tranquila, Lejla —dijo Enes besándole la mano—. Es lógico, señor. Si no tengo nada grave, será mejor que deje este sitio a otra persona que lo necesite más.

—Lo siento de verdad —respondió el médico al irse.

El silencio se apoderó de la habitación. Ninguno de los dos quería romperlo hasta que Enes habló.

—No te preocupes, *moj golube*. Estoy bien. Y la verdad es que prefiero volver a casa antes que tenerte aquí encerrada haciéndome compañía.

Lejla intentó disimular sus lágrimas mirando por la ventana. Enes sintió sueño, por lo que cerró los ojos y se dispuso a descansar.

El zumbido del oído parecía ir desapareciendo poco a poco, pero, al cerrar los ojos, el griterío del mercado se volvía a reproducir en su cabeza. Revivió el momento en que escuchó el silbido del proyectil como si fuera real. Pero no le daba tiempo a ponerse a cubierto y la explosión le lanzaba contra una de las columnas de metal de Markale. Intentaba moverse, pero parecía estar pegado. Sólo podía girar la cabeza a un lado y a otro para comprobar la masacre que se había producido a su alrededor. De pronto, creyó reconocer a uno de los heridos. Abrió la boca para intentar gritar, pero no conseguía emitir ningún sonido. Aquel cuerpo desmembrado era Lejla, que agonizaba entre estertores. Giró la cabeza para alejar su vista de aquella imagen, pero al otro lado le recibió la figura descuartizada de una mujer que se parecía a Jelena. Tenía el cráneo totalmente abierto y estaba ensangrentada de los pies a la cabeza. Tras ella, un cuerpo se doblaba sobre la valla que delimitaba Markale. Se estremeció al ver a Stjepan agonizando en aquella postura antinatural.

Se despertó totalmente sobresaltado. Había sido una terrible pesadilla. Un sudor frío le recorría todo el cuerpo. Miró hacia la ventana y comprobó que Lejla estaba dormida. Los rayos del sol eran débiles, por lo que debía estar atardeciendo. Estiró la mano con cuidado y escudriñó la mesilla. Los muelles del viejo colchón chirriaron. Lejla saltó de la silla acongojada.

—Tranquila, tranquila… —intentó calmarla Enes—. Vuelve a descansar. Mañana vamos a tener un largo día por delante.

—¿Mañana? —preguntó asombrada Lejla mirando el viejo y descascarillado reloj de muñeca que se había puesto para ir al hospital—. ¡Pero si son las siete y media de la mañana!

—Llevo toda la noche durmiendo —se sorprendió él—. Pensaba que no había descansado más que unos minutos. Bueno, da lo mismo… Vamos a preparar todo para cuando venga el médico.

—Si por todo te refieres a la ropa desgarrada que traías del mercado… —rio Lejla. Una sensación reconfortante se adueñó de Enes. Hacía mucho tiempo que no oía reír a su mujer—. Menos mal que tu mujer piensa en todo y te ha traído ropa limpia.

La ternura de esas palabras conmovió a Enes, que intentó levantarse. Pero la vía que le habían tomado no le permitía moverse demasiado. Decidió llamar a la enfermera de turno para que le retiraran la vía y poder prepararse para marcharse a casa. Tenía unas ganas increíbles de poder volver a su hogar, al hogar donde había vivido sus momentos más felices desde su más tierna infancia. Un hogar que era su resguardo particular ante el infierno que los rodeaba.

Se preparó y esperó hasta que el médico pasó a darle el alta. Tardó algo más de una hora. Una hora que se le hizo eterna a Enes. Cuando salieron del hospital, les esperaba una ambulancia. La visión de ese vehículo paralizó a Enes, pero Lejla lo tranquilizó con una caricia. Subieron a la parte de atrás de la ambulancia. La preocupación era evidente. Esperaban no ser el blanco de ningún proyectil lanzado por las fuerzas serbias que asediaban la ciudad. La ambulancia arrancó y recorrió a toda velocidad las calles. Tras unos minutos de conducción desenfrenada, les comunicaron que no podían acercarse más a su casa. Enes lanzó una mirada a Lejla, abrió el portón posterior de la ambulancia y echaron a correr los pocos metros que los separaban de su hogar.

Enes se cansó a medio camino, pero continuó corriendo con todas sus fuerzas hasta alcanzar el portón de su casa. Lejla lo abrió rápidamente en cuanto llegó y entraron a la seguridad de la vivienda.

—Voy a preparar algo para comer, cariño —dijo Lejla—. Tenemos pasta en la despensa. La coceré y pondré algo de tomare.

Mientras Lejla se quitaba la chaqueta y recorría la distancia que separaba la entrada de la cocina, Enes notó que una tenue luz tintinaba en el salón. Pensó que Lejla se la podía haber dejado encendida antes de ir al hospital, pero el crujido de un tablón hizo que se pusiera alerta. Alguien estaba en el salón. Lanzó la chaqueta a una percha y avanzó con sigilo hacia la puerta de la estancia. Intentó no hacer ruido al asomarse por el marco. Temblaba por la sensación de peligro, pero debía hacer frente a cualquier posible amenaza antes de que Lejla volviera. Miró a través del umbral y distinguió una silueta sentada en el viejo sillón. Palpó a su alrededor en busca de cualquier cosa que pudiera usar como arma, pero perdió el equilibrio y tuvo que adelantar el pie izquierdo para no caer. El tablón crujió ante la pisada y la figura del sillón se levantó de un brinco.

—Dios mío, Enes —dijo con voz femenina la figura misteriosa—, casi nos matas del susto.

Enes entornó los ojos para intentar adivinar quién le hablaba. Le costó unos segundos acostumbrarse a la oscuridad. Cuando lo hizo no pudo más que correr a los brazos de aquella figura femenina.

—¡Jelena! —se alborozó. Una lágrima recorrió su mejilla—. ¿Qué haces aquí? Pero... espera. Has dicho que os he asustado. ¿No has venido sola?

—¿Crees que iba a dejar que viniera ella sola a recibirte, querido Enes? —contestó con un tono alegre el señor Nikolić desde una esquina del salón—. Me alegra que estés bien, Enes.

—Señor Nikolić, no hacía falta que vinieran... No es seguro andar por la ciudad... —se preocupó.

—¡Cuántas veces te he dicho que no me llames señor Nikolić! —bromeó—. Ése era mi padre. Llámame Željko, hijo.

—Gracias... Željko —respondió avergonzado Enes—. Pero insisto en que es demasiado peligroso cruzar la ciudad. Mirad lo que me ocurrió a mí en Markale...

En aquel mismo momento Lejla entró en el salón y se dirigió a saludar a los invitados. Abrazó a Jelena y estrechó con timidez la mano del señor Nikolić.

—Espera un momento —comentó Enes—. ¿Por qué no estás tan sorprendida como yo, *moj golube*?

—Perdón, Enes —se disculpó Lejla—. Con todo el ajetreo de estos días en el hospital se me había olvidado decírtelo. Yo estaba en casa durante el ataque. No sabía nada acerca de lo ocurrido hasta que alguien llamó a la puerta. Abrí con precaución y me encontré con Jelena y el señor Nikolić. Habían oído la noticia y venían para ver si estábamos todos bien. Cuando me dijeron lo que sucedía, me derrumbé —Lejla rompió a llorar y Jelena la abrazó para consolarla.

—Al rato, unos voluntarios de la Cruz Roja nos avisaron de que te habían trasladado al hospital inconsciente —aclaró el señor Nikolić—. Entre los jirones de ropa habían encontrado tu cartera. El proyectil explotó a unos pocos metros de donde te encontrabas, pero parece ser que tuviste el tiempo suficiente para resguardarte en algún sitio. Dijeron que habías tenido mucha suerte, porque el resto de personas que se encontraban alrededor de ti no fueron tan afortunadas.

—Lejla estaba destrozada, por lo que mi padre y yo entendimos que lo mejor que podíamos hacer era hacerle compañía hasta que estuviera preparada para poder ir al hospital —continuó Jelena—. Al cabo de unas horas, acompañé a Lejla a verte. Pero no podíamos dejaros así y papá y yo nos trasladamos a esta casa para intentar ayudaros. Trajimos los víveres que teníamos en casa y nos acomodamos aquí.

—¿Cómo… cómo… —balbució Enes— cómo habéis sido tan insensatos de andar por la ciudad con la que está cayendo?

—No te preocupes, Enes —comentó el señor Nikolić—. Hace tiempo que trabajamos junto con las fuerzas bosnias en un proyecto para hacer más fácil el paso de una parte de Sarajevo a otra. Hemos construido un túnel subterráneo que conecta Butmir y Dobrina para poder pasar de un lado al otro a salvo del fuego enemigo.

—A partir de ese lugar, es algo más fácil avanzar al cobijo de las casas, por lo que no hemos tenido excesivos problemas para llegar, Enes —lo tranquilizó Jelena.

—¿Un túnel? —preguntó él—. ¿Y no lo han destruido todavía las fuerzas serbias?

—Creemos que todavía no tienen conocimiento de su existencia. Y eso nos ha permitido a Jelena y a mí poder movernos libremente por él gracias a nuestros contactos.

—Llevan varios días aquí, Enes —prosiguió Lejla, que ya se habían tranquilizado—. Han cuidado de la casa los días que yo he estado contigo —una especie de silbido proveniente de la cocina se escuchó de fondo—. La comida ya está preparada. Vayamos todos a comer antes de que se enfríe.

Los cuatro se encaminaron hacia la cocina. Enes todavía se sentía algo cansado, por lo que Jelena se acercó a él para que se apoyara en su brazo. Una sonrisa reconfortante apareció en la cara de su amiga. Avanzó decidido hacia la luz de la cocina y se sentó a la mesa al lado de Lejla y Jelena. Comenzaron a degustar la comida y continuaron charlando de manera distendida. Enes había echado mucho de menos esos momentos. Lo único que faltaba para que todo fuera perfecto era que Stjepan también estuviera junto a ellos.

—Bueno —habló el señor Nikolić—, visto lo que ha sucedido, siento ser un poco pesado pero me gustaría insistir en la posibilidad de que vengáis a vivir con nosotros en Lukavica. Tal vez tengáis que cambiar algunas costumbres de manera temporal, pero es mucho más seguro.

—No podemos poneros en peligro —se enfurruñó Enes.

—Enes, tranquilo —interrumpió Jelena—. Ya hemos hablado con el señor Župan e insiste en que os trasladéis a su piso hasta que acabe la guerra. Nadie va a enterarse. Somos prácticamente los únicos que quedamos viviendo en todo el bloque.

—Miloš es un buen hombre, Enes —continuó el señor Nikolić—. No quiere que os pase nada...

—Pero Stjepan... —susurró Enes.

—Stjepan no tendrá ningún problema —aseveró Jelena—. Sabes que es un poco cabezón, pero también tiene uno de los corazones más grandes que conozco. Puede que refunfuñe al principio, pero nunca te va a dejar en la calle sabiendo el peligro que corres. Te quiere, Enes. Y tú lo sabes.

Una lágrima recorrió su mejilla. Sabía que lo que le decían era verdad, pero su conciencia le impedía poner en peligro la vida de sus amigos. No quería pensar en qué es lo que podría pasar si el ejército serbio se enteraba de que Jelena y su padre ayudaban a unos bosnios. O lo que podrían hacer sus compañeros si Stjepan dejaba entrar en su casa familiar a dos enemigos.

—Lo entiendo... —respondió Enes— y os lo agradezco de corazón. Pero no podemos hacerlo. No podría perdonarme poner vuestras vidas en peligro.

—Sabía que ibas a decir eso —sonrió el señor Nikolić—. Creo que no sorprende a nadie. Pero Sarajevo ya no es seguro. No desde los últimos acontecimientos. Creo que lo más sensato sería que abandonarais temporalmente la ciudad. Por ello, he estado pensando en algunas otras opciones.

—¿Abandonar Sarajevo? —se sorprendió Lejla.

—Déjale acabar, cariño. Prosiga, señor… digo, prosigue, Željko.

Una carcajada sonora salió de las bocas de sus amigos.

—Está bien, Enes. No te preocupes —continuó el señor Nikolić—. Lo que iba diciendo. No es algo que se me haya ocurrido de repente. He estado estudiando el asunto con Jelena y ambos creemos que lo mejor, si no queréis venir con nosotros, es que os retiréis a algún sitio más seguro de Bosnia.

—Es cierto, Enes —comentó Jelena—. Sarajevo ya no es lo que era y puede que esta situación se alargue más de lo deseado. Sé que se os va a hacer duro tener que abandonar todo, pero me comprometo a cuidarlo hasta que volváis. La situación no es fácil en ninguna parte del país, pero existen un par de lugares donde estaréis más a salvo de las atrocidades que se cometen aquí.

—¿Más a salvo? —se extrañó Enes—. ¿Estás segura de eso?

—Sí, hijo —prorrumpió el señor Nikolić—. He estado hablando con mis contactos entre las fuerzas bosnias y me han asegurado que existen dos ciudades a las que podrían ayudaros a llegar.

—Dos ciudades —musitó Lejla.

—La primera opción —prosiguió— es que os desplacéis a Tuzla. Es verdad que las fuerzas serbias también quieren tomarla, pero es la única ciudad donde esta esquizofrenia nacionalista no está tan arraigada. El hecho de que ninguna facción de cualquiera de los nacionalismos esté en el gobierno de la ciudad hace que la convivencia entre las comunidades sea de las más pacíficas que hay hoy en nuestro país. Salvo alguna escaramuza esporádica en las afueras de la ciudad, parece que la vida sigue más o menos igual allí.

—Salvo por la escasez de alimentos, como en todos lados, papá —lo interrumpió Jelena—. Tampoco os vayáis a pensar que Tuzla es el paraíso en la tierra en estos momentos. Es verdad que sufren los rigores de la guerra, pero parece ser un lugar seguro todavía para vivir.

—¿Y la segunda opción? —preguntó Lejla. La firmeza con la que hizo la pregunta su mujer extrañó sobremanera a Enes. Parecía dispuesta por primera vez en todo el conflicto a abandonar su vida e intentar buscar la seguridad de algún otro lugar. Eso le hizo comprender lo que tenía que haber sufrido al enterarse de que él había resultado herido en Markale.

—La segunda opción es Srebrenica —comentó Jelena—. Es una ciudad mucho más pequeña que Tuzla y se encuentra muy cerca de la frontera con Serbia.

—¿Entonces por qué pensáis que vamos a estar más seguros allí? —se sorprendió Enes—. Es como meternos en la boca del lobo... Seguro que las fuerzas serbias estarán deseando controlar la ciudad y echar a todo musulmán de allí.

—Sí, tienes parte de razón, Enes —respondió el señor Nikolić—. Srebrenica está muy cerca de Serbia y las fuerzas rebeldes quieren hacerse con su control a toda costa por su posición estratégica. Aunque con lo que ellos no contaban es con la presencia de las Fuerzas de Protección de las Naciones Unidas. Desde el año pasado, la UNPROFOR ha declarado el área de Srebrenica Zona Segura para intentar evitar la violencia entre las comunidades. Hay un destacamento permanente allí y no creo que ningún bando se atreva a cometer ninguna locura.

—Estaríais seguros —añadió Jelena.

—Zona segura... —susurró Enes.

Jelena y su padre continuaron describiendo la situación intentando que Enes y Lejla decidieran dónde trasladarse. Las palabras zona segura se repetían en su cabeza como un mantra continuo. De pronto, su mente pareció desconectarse de su cuerpo y volar hacia un futuro más seguro.

10 DE ABRIL DE 1994

Goražde, 10 de abril de 1994

Las órdenes eran claras. Debían avanzar todo lo que pudieran para tomar Goražde cuanto antes. Acabar con aquel maldito enclave que les impedía controlar por completo Bosnia oriental y todo el valle del Drina. Habían declarado esa área Zona Segura, pero a ellos les daba lo mismo. Estaban dispuestos a barrer a esos malditos rebeldes del mapa.

Habían pasado ya varios días desde que habían dejado atrás el cuartel y el tanque avanzaba lentamente rumbo a Goražde. El viaje se le estaba haciendo tedioso hasta el extremo. Lo único que veía desde hacía algunos días era una franja de tierra a través de la abertura que tenía ante él. Había intentado cambiar la posición con Vukašin varias veces, pero el teniente Vuković se lo había prohibido. Aquel mal bicho lo odiaba profundamente y únicamente quería hacerle la vida imposible. Pero daba gracias por que al menos no le habían destinado a avanzar con cualquier otro grupo al descubierto. Todavía hacía un frío que punzaba los huesos.

—Eh, ¿qué tal se ve la vida desde allí arriba, imbécil? —gritó Stjepan intentando desperezarse. Los párpados le pesaban del aburrimiento y el café de la mañana parecía no haberle hecho efecto.

—¡Joder, cuánto amor! —respondió Vukašin—. La verdad es que veo exactamente lo mismo que tú desde allí abajo.

—Tú por lo menos puedes girar el cañón de vez en cuando... —refunfuñó Stjepan—. Estar aquí abajo mirando por estas rendijillas es un auténtico coñazo.

—Eso te pasa por no caerle bien al teniente, amigo —se carcajeó Vukašin.

—Pero es que ese tío es gilipollas...

—Calla, idiota, que, como nos estén vigilando, nos la cargamos.

—¿Y qué me va a hacer? —protestó Stjepan—. ¿Ponerme a hacer guardia en la garita del cuartel? ¡Anda ya!

Ambos rieron a mandíbula batiente. Stjepan ya se había espabilado, por lo que volvió a concentrarse en el camino. Delante de ellos iba un furgón con algunos de sus compañeros sentados en la parte trasera. Algunos se frotaban las manos y otros intentaban cerrar lo más posible sus chaquetas. A pesar de que el sol lucía entre las nubes, no calentaba lo suficiente como para que los cuerpos entraran en calor.

Se concentró en el camino para no perder la ruta que debían seguir. Fijó su mirada en el furgón que circulaba a unos pocos metros. Volvió a pensar en la suerte que tenía de no ir en él. En la parte inferior del tanque, por lo menos, podía estirarse de vez en cuando. Además, se había llevado una manta que le calentaba las piernas. Por primera vez en mucho tiempo se sentía afortunado.

De pronto, unos metros más adelante, pudo divisar la silueta del Drina a un costado de la hilera de vehículos. Parecían una marabunta que se dirigía lenta pero implacablemente hacia su destino. Estaban bordeando la corriente del río para evitar tener que ascender las montañas que salpicaban el entorno.

Su mirada se clavó en la corriente de agua que avanzaba sin descanso hacia el norte, hacia su querida Višegrad. Esa imagen hizo que su mente volara a la ciudad de su infancia. En un instante se imaginó sentado en el alfeizar de su ventana, mirando fijamente a su querido puente. Los imponentes once arcos que se alzaban sobre el río le transportaron a una época en la que era un joven despreocupado. Una sonrisa se dibujó en la comisura de sus labios.

Poco a poco el puente comenzó a transformarse en su imaginación. Se estrechaba y se hacía más pequeño. Las aguas verdosas del Drina disminuían y cambiaban a un color parduzco. La corriente de agua se concentraba ya en sólo cuatro arcos. Su mirada imaginaria se desplazó hasta una esquina del puente y pudo distinguir a dos personas que charlaban amistosamente. Una de ellas alzó la mano y saludó efusivamente para captar su atención.

Enes. Había vuelto a la ciudad de su juventud. Una ciudad donde había sido feliz con su mejor amigo. Un amigo al que había encontrado de manera casual en el lugar más inesperado. Un amigo del que sabía que, pasara lo que pasara, siempre estaría a su lado. La sonrisa franca de Enes hizo que recordara que su verdadero hogar estaba junto a esas personas que tanto lo amaban.

Junto a Enes se encontraba su querida Jelena. Su larga cabellera se movía al ritmo de la ligera brisa que soplaba. Sonreía de manera dulce y su mirada transmitía el cariño que Stjepan había notado desde hacía años.

Esos recuerdos hicieron que una sensación reconfortante se adueñara de sus pensamientos. Era una sensación que no sentía desde hacía tiempo. Prácticamente desde que había abandonado su hogar en Sarajevo para enrolarse en esa causa que le tenía ocupado en aquellos momentos.

Un bache en el camino hizo que el tanque se tambaleara durante un instante. Esa sacudida hizo que Stjepan volviera en sí de golpe. La sensación que había sentido hacía escasos momentos había sido remplazada súbitamente por el frío de aquel día. Un día más en su anodina existencia reciente. Unas lágrimas de rabia asomaron a sus ojos. Echaba de menos su vida anterior. No quería renunciar a ser feliz, pero no era algo fácil en aquella situación.

—Eh, ¿qué quieres, matarnos o qué? —protestó entre risas desde arriba Vukašin.

Stjepan forzó una sonrisa para intentar disimular sus lágrimas. Pero se dio cuenta de que nadie podía verlo allí donde estaba. Respiró hondo y se enjugó los ojos con las mangas del uniforme.

—No te va a pasar nada por un pequeño bamboleo —contestó—. Además, así consigo que no te adormiles. Porque últimamente no haces más que holgazanear. ¡Zángano!

—Es que como me metas otro meneo más como éste, voy a acabar saliendo despedido por el cañón, macho —bromeó Vukašin—. Por cierto, ¿te has acabado tu botella de agua?

—Pues no lo sé —contestó Stjepan—, pero ¿a ti ya no te queda agua o qué?

—El problema es que todavía me queda algo de agua —rio.

—Entonces no entiendo… —se detuvo antes de acabar la frase, porque acababa de comprender para qué quería su amigo una botella vacía—. Eres un auténtico puerco, tío.

—Venga anda, no me seas mojigato. Seguro que tú también has meado alguna vez en una botella vacía —aseguró Vukašin—. Esto de que nos tengan durante horas y horas encerrados aquí dentro como conejillos sin poder tan siquiera parar a mear es inhumano. Necesito aliviarme pronto o voy a explotar, colega. Igual si abro un poco la escotilla…

—Como se te ocurra sacar ese colgajo de carne, te juro que te lo corto, pedazo de cerdo —gritó desde abajo Stjepan haciendo un gesto con dos dedos simulando una tijeras—. Un corte limpio y sanseacabó.

—Ya vuelves a hacerte el remilgadito. Anda que no me la has visto veces, pichoncito —le vaciló él.

—Sí, demasiadas para mi gusto. Además no es que sea una visión muy agradable verte mear en la ducha…

Los dos comenzaron a reír de una manera cómplice. La tensión del momento se había visto rebajada gracias al comentario de Vukašin. Poco después el silencio volvió a adueñarse del interior del carro de combate. El pensamiento de Stjepan volvió a volar hacia su querido puente sobre las aguas del Miljacka. Tras sopesarlo durante unos segundos, rompió el silencio.

—Vukašin… —dijo con voz trémula al temer que la conversación que iba a comenzar no acabara como él quería— ¿alguna vez has pensado qué es lo que hacemos?

—¿Qué hacemos? —respondió extrañado—. Pues en estos momentos conducir un tanque para recuperar el control de Goražde. Pero realmente no entiendo tu pregunta, Stjepan.

—No me refiero a ahora mismo —puntualizó Stjepan—. Me refiero a lo que llevamos haciendo estos años. ¿Te has parado a pensar si todo esto tiene algún sentido?

—Sigo sin entenderte…

—Hay momentos en que dudo de todo lo que llevo haciendo estos últimos años —se entristeció Stjepan—. Estamos luchando en nuestra propia tierra, contra los que hace algún tiempo eran nuestros vecinos. ¿Estás seguro de que estamos haciendo bien las cosas?

—¿Hacer bien las cosas? —se exasperó Vukašin—. Los insurgentes nos están intentando echar de nuestras propias tierras. ¿Te parece poca razón para hacer lo que hacemos? Esos malditos musulmanes y croatas quieren que renunciemos a la patria de nuestros ancestros. ¿Por qué? ¿Porque algunos han decidido que les interesa que no haya un pueblo serbio fuerte aquí? Pues me niego a eso.

—Hay días en los que lo veo todo bastante claro, pero otros se me hace más cuesta arriba aceptar que lo que nos ordenan hacer sea lo correcto. No creo que nadie nos quiera echar de ningún sitio.

—¿Que no? —gritó malhumorado Vukašin—. Están deseando echarnos de aquí. Si hasta han pedido ayuda fuera para poder aguantar nuestro avance. Estamos solos, Stjepan. Solos.

—Creo que…

—¡Déjame acabar! —protestó—. Los únicos que nos están ayudando son unos compañeros voluntarios de países amigos como Rusia y Grecia. El resto los tenemos en contra. Nos describen como si fuéramos bárbaros inhumanos. Y ellos están haciendo exactamente lo mismo que nosotros.

—En eso puede que tengas algo de razón, pero es que no comprendo lo de tener que desangrarnos todos para que alguien lejos de aquí se sienta satisfecho.

—No olvides que nos han masacrado en muchísimos sitios. Nos odian. Lo llevan haciendo tiempo. Los croatas se aliaron con los nazis para exterminarnos en Jasenovac. Y desde entonces no han parado. Ahora se han aliado con los musulmanes para hacer lo mismo. Si nos rendimos aquí, dentro de poco vendrán a la propia Belgrado a intentar hacernos desaparecer. Nos odian todos ellos y por eso hay que borrarlos del mapa cuanto antes mejor.

—¿Pero a cuántos hace falta que matemos para que todo esto acabe? —exclamó preocupado Stjepan—. ¿Según el plan de los jefes qué debemos hacer, exterminarlos a todos?

—Maldita sea, Stjepan —se enfureció Vukašin—. Es que no has entendido absolutamente nada de todo esto. Es una lucha a vida o muerte. O acabamos con sus aspiraciones o ellos acabarán con las nuestras. Y si para acabar con sus exigencias hay que exterminarlos, que así sea.

—Esa no es una solución, Vukašin —suspiró resignado Stjepan—. No podemos aniquilar a un pueblo entero. Además, habrá gente entre los musulmanes y los croatas que lo único que quieran es vivir en paz, sin importarles lo más mínimo lo que hagamos nosotros.

—No seas ingenuo —rio—. No vamos a necesitar matarlos a todos. Dentro de unos pocos meses van a tener que ceder a nuestras pretensiones y doblegarse a lo que les ordenemos. Pero no te engañes, todos ellos quieren que los que nos rindamos seamos nosotros. Me apuesto lo que sea a que no eres capaz de nombrarme a ninguno que no nos odie profundamente como nosotros a ellos.

—¡Pero si hasta tú mismo conoces a uno! —protestó Stjepan.

—¿Yo? ¡Ja! Permíteme que lo dude… —protestó con aires de soberbia Vukašin.

—Enes. Tú conoces a Enes, Vukašin —arguyó Stjepan.

—Bueno… —balbuceó Vukašin—. Éste… Enes.

—Sí, Enes, sí. Sabes perfectamente que Enes ha vivido siempre sin hacer daño a absolutamente a nadie. Nunca le ha importado nada más que intentar vivir en paz y hacer feliz a los que le rodean. No creo que realmente pienses que puede hacer daño a absolutamente nadie.

—Eso es cierto, pero… —dudó—. Bueno, que Enes no va a tener problema alguno seguro, porque él sí que no nos molesta para nada. Pero es una excepción. Sabes perfectamente como yo que la mayoría no son como él.

—Seguro que hay muchísimas personas que, como Enes, sólo quieren ser felices, sin importarles la bandera que ondee en su nombre. Y, dime, ¿cómo vamos a ser capaces de distinguirlas? Una cosa es enfrentarme al ejército enemigo. Todos sabemos a qué nos exponemos. Pero, a veces, no sólo dañamos al enemigo… como en Široka Kula —dijo Stjepan con un deje de tristeza en la voz.

—Como decía mi tío, hasta el mejor escriba echa algún borrón de vez en cuando —intentó distender el ambiente—. Además, no te preocupes por Enes. Él es un chico listo y sabrá cuidarse de cualquier peligro.

—Es que a menudo pienso en por quién estoy luchando. Sé que a mi padre esta guerra no le hace ninguna gracia. Le parece un sinsentido. Y empiezo a pensar que tiene razón… —ahogó un lastimero quejido—. Jelena también intentó convencerme de que no me alistara. Ahora siempre que la necesito está a mi lado, pero sé que sufre por mi seguridad en silencio cada día. Y Enes… No quiero ni pensar lo que estará pasando el pobre a causa de esta lucha que nada tiene que ver con él. En serio, Vukašin, no sé por quién sigo poniéndome en peligro.

—Lo haces por mí, amigo. Lo haces por mí —intentó convencerle él.

—Esto es demasiado duro, Vukašin —sollozó Stjepan—. No estoy hecho para esta vida. Todas las noches, antes de dormir, siento el peso de toda la sangre derramada sobre mi cabeza.

—Tranquilo, Stjepan. No es fácil para nadie. Pero tú eres más fuerte de lo que piensas.

—No lo soy... no lo soy —suspiró Stjepan—. Estoy pensando en abandonar. Cada mañana intento encontrar fuerzas dentro de mí para enfrentarme a todo esto. Y lo único que encuentro es un vacío inmenso que me consume por dentro. Me siento...

—No pasa nada, Stjepan. Estás pasando un mal momento. Pero ten en cuenta que siempre me vas a tener a tu lado para ayudarte a levantarte.

—Gracias, pero creo que tras esta campaña voy a pedir permiso para poder irme a casa y...

—¡Shhh, calla! —interrumpió Vukašin.

—No, Vukašin —contestó él—. No voy a cambiar de opinión por mucho que...

—Que no, idiota. Calla y escucha.

Stjepan dejó de hablar y aguzó el oído. Al principio no escuchó nada, pero pasados unos segundos percibió un leve zumbido lejano. Poco a poco el ruido fue acercándose.

—¡Qué hijos de puta! Al final han cumplido sus amenazas. Pues que sepan que no les tenemos miedo —vociferó Vukašin.

Stjepan tardó un momento en entender lo que acababa de decir su amigo. La coalición que apoyaba a los musulmanes les iba a atacar como represalia por no respetar la Zona Segura que habían creado en torno a Goražde. El ruido del motor de los aviones se sentía cada vez más cercano.

Stjepan miró por las aberturas que tenía enfrente y vio cómo sus compañeros que estaban en los furgones se pertrechaban para intentar refugiarse del inminente ataque. No tenían prácticamente escapatoria. El río por una parte y las montañas por la otra suprimían cualquier posibilidad de huida. Los vehículos frenaron en seco.

—Voy a derribarlos a todos —proclamó Vukašin. Acto seguido, ordenó a voz en cuello—. Stjepan, frena para que pueda apuntar.

El ruido metálico del cañón delató que Vukašin ya estaba enfilando hacia el lugar del que provenía el ruido de los motores de la aviación enemiga. Stjepan se ciñó el casco y se agarró fuertemente a su puesto.

—¡Joder! —protestó Vukašin—. Son bastantes más de los que calculaba. Espero que Dragan, Bogdan y los demás también estén preparados para machacarlos.

El estruendo de los aviones se hizo tan desagradable que Stjepan pensó en taparse los oídos. Pero optó por dejar ambas manos libres por si surgiera cualquier imprevisto. De pronto se acordó de los auriculares insonorizados que tenía colgados a mano derecha. Al ir a cogerlos, el tanque se sacudió bruscamente.

—Avísame cuando vayas a disparar, Vukašin —gritó desde los mandos Stjepan—. Casi me tiras del asiento, imbécil.

—Lo siento, pero se me había puesto a tiro uno de ellos —replicó él—. Prepárate porque tengo a otro en el punto de mira.

Otra sacudida movió el tanque de lado a lado. Pero esta vez Stjepan estaba preparado y se asió a los mandos del blindado. El estallido de un proyectil sonó cerca.

—Nos atacan —dijo Stjepan con tono de preocupación—. Nos han atrapado como a ratas en este punto. Lo tenían todo pensado…

—No te preocupes. Ya se han ido —respondió Vukašin—. Tenemos que darnos prisa y salir de aquí antes de que puedan volver y… ¡Espera! —gritó con voz temblorosa—. Vienen más por detrás. ¡Maldita sea, prepárate!

Stejpan notó que el ruido de varios rotores se acercaba desde la retaguardia. En su fuero interno pidió que ese ataque pasara tan rápido como el anterior. Tenía ganas de poder llegar a un refugio seguro y poner fin a esa pesadilla. Las dudas que podía haber albergado antes se había disipado en los últimos minutos. No aguantaba más aquel infierno.

Se aferró todo lo fuerte que pudo a su asiento y cerró los ojos en un acto reflejo. Aguzó el oído y distinguió el sonido de algunos reactores que se alejaban. Respiró profundamente con la sensación de que el peligro ya había pasado.

Un silbido agudo provocó que Stjepan abriera los ojos justo a tiempo de poder ver desde la abertura frontal un proyectil acercándose hacia ellos. Se agarró el casco y gritó.

—¡Agárrate, Vukašin! —se desgañitó—. ¡Somos su blan…!

El proyectil impactó justo delante de ellos. La explosión hizo que el tanque se elevara por los aires durante unas fracciones de segundo que a Stjepan se le hicieron interminables. Notó que el vehículo perdía la horizontalidad. El pánico se adueñó de él. Al chocar contra el suelo, su cabeza golpeó contra la pared lateral del habitáculo. Se le nubló la vista y el peso que sentía en la cabeza le obligó a cerrar los párpados. Un estado de inconsciencia se apoderó de su cuerpo.

Cuando volvió a abrir los ojos, le dolía la cabeza. Calculó que habrían pasado sólo unos pocos segundos desde el impacto, porque el humo de la explosión todavía estaba vivo. De repente se dio cuenta de que aquel humo procedía del propio tanque. Algo había prendido y el calor se estaba convirtiendo en algo insoportable. Miró hacia fuera y divisó en la lejanía las furgonetas que transportaban a la infantería. Se tendrían que haber alejado hasta algún lugar seguro tras el ataque y todavía no podían volver. El estruendo de los motores y las bombas cayendo del cielo no había cesado. Intentó moverse para salir de allí cuanto antes, pero un dolor intenso en la pierna se lo impedía.

—¡Vukašin! —gritó desesperado. Pero un silencio sólo roto por el crepitar del fuego del exterior fue todo lo que obtuvo por respuesta.

Reptó por la pared que en aquel momento hacía las veces de suelo y sintió un fuerte pinchazo en su pierna derecha. Miró hacia abajo y vio que tenía el pantalón desgarrado por completo. Su muslo presentaba un gran corte, por el que la sangre manaba de manera continuada. Stjepan respiró hondo. Tuvo que hacer un gran esfuerzo para no marearse y volver a perder la consciencia.

— Puta mierda —se quejó Stjepan amargamente—. Lo que me faltaba.

Siguió arrastrándose hasta alcanzar el hueco que comunicaba con la parte superior y la escotilla. Se miró la pierna y comprobó que la hemorragia ya se había detenido. La herida tenía muy mala pinta, pero al menos sabía que no iba a morir desangrado. No al menos en aquel momento.

Se agarró fuertemente a la barandilla que servía para descender a la parte inferior del tanque. Se impulsó con todas sus fuerzas y arrastró su cuerpo hacia la escotilla. El cuerpo de Vukašin taponaba la salida. Stjepan empujó a su amigo con suavidad para ver si reaccionaba, pero el cuerpo inerte de éste no se movía.

El fuego avanzaba lentamente por el interior del tanque, por lo que no les quedaba demasiado tiempo antes de que el humo lo inundara todo. A pesar del dolor en la pierna, siguió reptando y consiguió meterse en el hueco que el cuerpo de Vukašin dejaba en ese pequeño espacio superior. Stjepan miró la cabeza de su amigo y vio una brecha en la parte superior derecha.

—Maldita sea, Vukašin —protestó Stjepan—. Tenía que haberte quitado esa manía de no ponerte el casco —acercó su cabeza al pecho de su amigo inconsciente—. Bien, todavía respiras, cabezón. Ahora vamos a salir de aquí como podamos.

Stjepan apartó suavemente a su amigo para abrir la escotilla. Se retorció de dolor al rozarse la herida con las botas de Vukašin, pero ahogó el grito que intentaba salir de su garganta. Estiró las manos hacia la escotilla y notó que el fuego comenzaba a calentar el hierro. Empujó con fuerza dos veces, pero el tanque no se abría. Respiró dos veces y percibió que el humo empezaba a viciar el aire. Volvió a empujar con todas sus fuerzas. Gritó de dolor al sentir que la herida de su pierna comenzaba a abrirse de nuevo. De pronto la escotilla cedió y la luz del día lo cegó por un momento.

Cuando se acostumbró a la claridad, resopló al darse cuenta de que no cabían los dos por el hueco de la escotilla. Soltó el cuerpo inconsciente de Vukašin y se acercó a rastras hasta la abertura que conducía afuera. Sacó las manos del interior del tanque y se impulsó hasta sacar medio cuerpo del vehículo. Un grito de dolor salió de su garganta. La herida de la pierna se había vuelto a abrir de par en par y un hilo de sangre comenzó a manar lentamente. Volvió a impulsarse y, dejando caer su cuerpo hacia el suelo, salió por completo. Se tumbó sobre su espalda para intentar recuperar el aliento. Vio un par de aviones pasar por encima, pero ya no temía que volvieran a atacarles. La parte baja del tanque estaba en llamas.

De pronto se dio cuenta de que o sacaba a su amigo de dentro del vehículo, o éste moriría abrasado. A pesar del dolor que sentía en su pierna herida, se levantó asiéndose a la escotilla abierta. Miró dentro del tanque y comprobó que Vukašin seguía allí sin moverse. Estiró los brazos mientras hacía equilibrios para no perder la verticalidad. Lo agarró por debajo de los hombros y tiró con todas sus fuerzas. El esfuerzo hizo que volviera a caer al suelo. El cuerpo inerte de su amigo colgaba en aquel momento a medio camino del suelo. Stjepan tuvo que volver a reunir todas sus fuerzas para levantarse y sacar a Vukašin de allí.

Cuando al fin los dos estaban ya fuera del tanque, se sentó en el suelo con la cabeza de su amigo entre las manos. Miró en derredor y divisó en la lejanía a algunos compañeros que se preparaban para acudir en su ayuda. Los aviones seguían pasando por encima de sus cabezas, pero parecía que ya no tenían intención de seguir bombardeando su convoy. Suspiró al pensar que ya estaban a salvo.

—Stjepan… —escuchó de repente. Vukašin continuó hablando con un hilo de voz casi imperceptible—. Gracias por sacarme de ahí dentro…

—Calla. No te canses —respondió él intentando contener las emociones que intentaban salir a flote—. Ya se están preparando para sacarnos de aquí.

—No creo… que puedan… sacarme de aquí —continuó hablando Vukašin a duras penas—. Quiero decirte algo…

—No malgastes tus fuerzas —replicó Stjepan.

Las lágrimas asomaron al balcón de sus ojos. Miró las manos que sujetaban la cabeza de su amigo y vio cómo la sangre no paraba de manar de la herida abierta de Vukašin. Se percató de que la herida era más profunda y grave de lo que había creído en un principio. Quiso maldecir, pero optó por guardar silencio para que su amigo no fuera consciente de la gravedad de su situación.

—Ya verás cómo con unos días de reposo los dos nos ponemos bien —aseguró Stjepan intentando distender la situación.

—Calla ahora tú —le interrumpió—. Quiero decirte algo… y no creo que me quede demasiado tiempo… Ya no siento mi cuerpo —la tos interrumpió sus palabras—. Sólo quería decirte que has sido un buen amigo. Te quiero, Stjepan. Siempre has estado a mi lado y nunca me has fallado. Y sé que nunca me vas a fallar. Pase lo que pase, sé que puedo contar contigo.

Stjepan cogió la fría mano de Vukašin y la apretó contra su pecho.

—Déjate de sentimentalismos, idiota. No hables como si no fuéramos a salir de aquí. Sabes que no te voy a abandonar nunca —replicó Stjepan—. Nunca.

—Ahora debes hacerlo, amigo —se mostró tajante Vukašin—. Yo ya no tengo… esperanza. Pero tú debes salir de aquí para poder salvarnos a todos nosotros… Vete, Stjepan. Sálvate y lucha por mí…

—No te voy a dejar aquí, Vukašin —insistió Stjepan—. *Samo Sloga Srbina Spašava*. Sólo unidos los serbios sobreviven.

Vukašin sonrió. A duras penas podía respirar ya, pero sacó fuerzas de flaqueza para poder hablar.

—*Vukovi umiru sami*. Los lobos mueren solos…

Tras decir esas palabras, Vukašin exhaló un último suspiro y su cabeza se ladeó. Stjepan soltó la mano de su amigo y con dos dedos le cerró los ojos. Las lágrimas brotaron de sus ojos y cayeron sobre el rostro de Vukašin. Una sensación extraña se apoderó de su interior. No sentía nada.

Un agujero negro se adueñaba de su ser. Era la más absoluta de las nadas la que había anidado en su alma. Levantó la mirada al cielo y soltó un grito de rabia aterrador. Era como si algo se hubiera roto en su interior.

Sin tiempo para poder ahogar ese grito, algunas manos lo agarraron y lo subieron a la camilla.

—No te resistas, Stjepan —le aconsejó Predrag—. Lo principal es sacarte de aquí. Nosotros te pondremos a salvo y luego volveremos a por... a por el cuerpo de Vukašin. Lo siento mucho...

Stjepan se separó del cuerpo de su amigo. Estaba prácticamente sin fuerzas y no tenía ganas de discutir con sus compañeros de la unidad sanitaria. Dejó caer su cuerpo sobre la lona de la camilla. Los rápidos pasos de sus compañeros provocaban breves sacudidas en el transporte. A pesar de que le costaba mantener los ojos abiertos, levantó la cabeza y dirigió una mirada fugaz al tanque volcado. El cuerpo de su amigo yacía abandonado cerca de la cuneta del camino.

Notó una chispa en su interior. La nada que había invadido su interior momentos antes había prendido de golpe. Sentía un calor incontrolable por todo su cuerpo. Los ojos volvieron a llenársele de lágrimas. Cerró el puño con todas sus fuerzas.

—Más lo van a sentir ellos —bisbisó entre dientes—. Más lo van a sentir ellos...

22 DE SEPTIEMBRE DE 1994

Srebrenica, 22 de septiembre de 1994

El día había amanecido más frío de lo habitual para aquella época. Los cristales todavía estaban empañados a pesar de que el sol ya lucía en lo alto del cielo. Se ajustó el abrigo que llevaba puesto aquel día. Un escalofrío recorrió todo su cuerpo. Miró a través de los cristales de la ventana que se encontraba a su espalda y únicamente pudo distinguir los árboles de la ladera de la colina. Echaba de menos aquel pequeño rincón a orillas del Miljacka que había llamado su hogar hasta hacía nada. Echaba de menos a todas las personas que había dejado atrás en aquel pequeño rincón de su vida. Su pensamiento voló hacia su antiguo hogar hasta que el tintineo de la puerta lo sacó de su ensimismamiento.

Por la puerta entró Emir Kasun, uno de los clientes habituales de la panadería que había abierto Enes en Srebrenica al poco de llegar. La verdad era que muchas veces escaseaba la comida en la ciudad, pero sorprendentemente él conseguía todos los ingredientes necesarios para poder hornear pan cada tres o cuatro días. A partir del segundo día, los mendrugos se solían poner duros, pero los habitantes de Srebrenica los seguían utilizando para sus caldos.

—Buenos días, señor Salihović —dijo.

—Buenos días, Emir —dijo Enes sonriendo—. Pero te he dicho mil veces que me llames por mi nombre de pila. El señor Salihović era mi padre —agregó con un deje de melancolía.

—Ya lo sé —rio Emir—. Lo hago porque sé que te hace sentir mayor.

Ambos rieron durante unos breves segundos. Emir no era mucho mayor Enes, aunque aparentaba más años de los que tenía a causa de las innumerables canas que poblaban su cabeza. Las arrugas en los ojos y la comisura de los labios insinuaban que hacía algún tiempo era un tipo alegre. Pero su mirada no reflejaba chispa alguna. Más bien transmitía una sensación de vacío y tristeza que apenaban a cualquiera que lo mirase fijamente a los ojos.

—¡Otra vez más vienes el día exacto de la hornada, eh, Emir! —bromeó Enes.

—Las ventajas de vivir enfrente de la mejor panadería de la ciudad… Oh, espera, que es la única —guiñó el ojo él.

Enes se acercó al horno encendido y se sintió reconfortado por el calor que desprendía la puerta de cierre del mismo. Cerró los ojos y acercó las manos desnudas al hierro fundido. Un suspiro de placer escapó de sus labios. Se avergonzó y giró para ver si su acompañante se había dado cuenta. Pudo ver la mirada de Emir y distinguió un deseo incipiente de poder acercarse al foco de calor.

—Creo que el pan puede esperar un rato más —rompió el silencio Enes—. Voy a coger un par de sillas. Lo mejor será que nos sentemos aquí un rato para disfrutar del espectáculo del fuego del horno.

Por primera vez desde que lo conocía, los ojos de Emir comenzaron a emitir un brillo especial. Enes se sorprendió de que un pequeño gesto como ése pudiera suponer tanto para cualquier persona. Pero la dureza de los últimos tiempos hacía que las muestras de humanidad y felicidad escasearan. Se dirigió a la trastienda y cogió la silla que tenía allí guardada para cuando Lejla iba de visita.

Acercó su silla y la que acababa de coger al horno. Las colocó lo suficientemente cerca como para poder disfrutar del calor, pero a una distancia prudencial para no correr peligro de quemarse. Hizo un gesto a Emir para que se sentara a su lado. Las sillas no eran demasiado cómodas, pero servían para la finalidad que las querían.

—Extraño tiempo, ¿verdad?

Enes se extrañó con la repentina pregunta de su compañero.

—La verdad es que los últimos días son más fríos de lo que esperaba, pero todavía no han comenzado las tan molestas lluvias incesantes. Espero que tarden algún tiempo en llegar.

—Creo que el tiempo ha leído nuestras almas y ha decidido mimetizarse con ellas —suspiró Emir.

—Pero el sol luce en el cielo en todo su esplendor —contestó Enes.

—Es un sol que nos engaña, Enes. Ilumina, pero no calienta.

—Te veo bastante pesimista. ¿Ha sucedido algo, Emir? —preguntó.

—No… Lo que pasa es que esta situación ya dura demasiado y estoy muy cansado. Me cuesta levantarme cada mañana.

—Anda, no digas eso, hombre —lo consoló Enes—. Tienes una mujer preciosa y las dos pequeñas están creciendo sanas.

—Y ellas son lo que me mantienen cuerdo en esta situación. Es que todavía no logro entender la razón de todo este caos que nos rodea. Hermanos y vecinos que se matan entre ellos por saber quién se queda con un trozo de tierra.

—No te voy a negar que la situación no es buena —dijo simulando una confianza y un entusiasmo que realmente no sentía—, pero esto no durará eternamente. Ya verás cómo todo se arregla antes de lo que imaginas.

—Claro que terminará. Y con un poco de suerte nosotros lo veremos. Pero cualquiera que gane no será un vencedor. Heredará una tierra llena de cicatrices que evocarán durante largo tiempo las heridas que ahora mismo estamos creando entre todos. Personas que hasta ahora convivían se situarán en diferentes lados de esas cicatrices y nada volverá a ser como antes.

—Creo que te equivocas, querido Emir. En este país hay muchísima gente que cuando pase esta locura volverá a aprender a convivir —pausó su discurso durante unos breves segundos. Lo que iba a decir a continuación le costaba mucho—. Yo mismo tengo un amigo que ahora mismo seguro que está luchando por unos ideales que, aunque no comparto, él piensa que son los correctos. Estoy seguro de que, gane o pierda su bando, volverá a Sarajevo y seremos como antes. Volveremos a hacer las cosas que hacíamos antes de que quienquiera que fuera iniciara esta guerra fratricida. Puede que todo esto deje alguna cicatriz como tú decías, pero nos servirá para recordarnos cómo no debemos comportarnos en un futuro. Será una lección de vida que nos habrá costado demasiado aprender, aunque nos abrirá la puerta a un futuro esperanzador.

En su fuero interno Enes sabía que lo que acababa de decir era muy poco probable. Cuando hablaba de Stjepan, sin embargo, solía mostrarse esperanzado en poder recuperar la vida anterior que los primeros disparos les habían robado. Tuvo que hacer un gran esfuerzo para contener las lágrimas de emoción que acudían a poblar sus ojos.

—¡Que el cielo te escuche, Enes, que el cielo te escuche! —deseó Emir sin percatarse de la emoción contenida de su acompañante—. Bueno, hablemos de cosas más alegres. ¿Qué tal todo por casa? Lejla es una buena mujer. Ya estaréis pensando en tener hijos, ¿no?

—No creo que estemos preparados todavía para eso. El trabajo…

—Déjate de pensar esas cosas. Tienes una panadería que permite que os alimentéis con asiduidad. No necesitas nada más. El resto vendrá rodado cuando la criatura nazca.

Ambos quedaron en silencio durante unos breves instantes. Emir acercó las palmas de las manos al horno para calentárselas. Acto seguido volvió a apoyar todo el peso de su espalda en el respaldo de la silla. Una figura se acercaba a la puerta de cristal de la panadería.

—Bueno, creo que ya va siendo hora de que me retire a mis aposentos —bromeó haciendo un gesto lleno de majestuosidad—. Mis pequeñas reinas me esperan en casa. Y tú deberías empezar a pensar en hacer algo al respecto con la que va a entrar.

—¿Eh? —Enes no entendía a qué se refería hasta que al abrirse la puerta vio a Lejla entrar en la panadería. —¡Cómo eres!

Emir saludó a Lejla y se preparó para volver a su casa. Justo cuando iba a salir por la puerta abierta, Enes gritó desde donde estaba.

—¿Vienes a por el pan y te vas a marchar sin él? —abrió el horno y sacó dos hogazas recién hechas.

—Sólo tengo dinero para pagarte media hogaza, Enes. Siento…

—No digas nada, amigo. No hace falta que las pagues. La compañía que me has hecho hoy es impagable.

—Sois una buena familia —intervino Lejla—. Guarda el dinero para comprar algo de comida para esos dos soles de hijas que tienes. Me alegran el día cada vez que me cruzo con ellas. Nunca pierden la sonrisa. Por favor, cuida de que siempre sigan así.

—Gracias a los dos, de verdad. Fue una bendición que llegarais aquí a vivir. Sois el soplo de aire fresco que necesitábamos —confesó Emir—.

Ahora sólo falta que nos dejen en paz esa panda de indeseables que nos rodean.

—Bueno, aquí tampoco es que nos traten demasiado mal. Tenemos a esos extranjeros que nos defienden —comentó Lejla.

—¿Los holandeses? ¡Ja! —ironizó Emir—. Ésos no nos salvarían ni de una panda de monos con fusiles. Creo que son lo más inútil que ha pasado por aquí.

—Algo harán —apostilló Enes—. A mí por lo menos me dan sensación de seguridad.

—Esperemos que yo esté equivocado… Tengo que irme ahora. En serio, no creo que deba llevarme los dos panes… No voy a poder pagároslos en bastante tiempo.

—Anda, calla. Corre a casa antes de que se enfríe. Así tus hijas pueden aprovechar y comerlo calentito —dijo Enes mientras Emir abría la puerta del local—. Ah, y ven de vez en cuando aunque no sea a comprar pan. Una buena charla ocasional al calor de la lumbre suele venir bien.

Emir se giró y sonrió ante el comentario. Al cerrar la puerta, Enes distinguió que Lejla se dirigía a la trastienda. Fijó su mirada en la puerta. A través del cristal rayado divisó a Emir frenando en seco al ir a cruzar la calle porque un pequeño vehículo pasó a toda prisa por delante de él. Enes pudo ver que aquel vehículo estaba rotulado con las letras UN.

Tal vez Emir tuviera razón y esos soldados extranjeros no sirvieran de mucho. Pero la escasez de alimentos y su presencia allí eran lo único que les recordaba que allí afuera se libraba una batalla por la supervivencia. Enes se convenció de que aquél no era un mal lugar para resguardarse mientras la guerra durara. Tenía todo lo que necesitaban y esa sensación de seguridad que solía experimentar en Sarajevo antes del comienzo del conflicto volvía a anidar en su pecho. Por fin podía considerar que había encontrado su hogar más allá de su casa de nacimiento. Era lo más parecido a la felicidad que había sentido en mucho tiempo.

3 DE DICIEMBRE DE 1994

Han Pijesak, 3 de diciembre de 1994

Al abrir los ojos, la luz de la mañana inundó sus pupilas. Hacía mucho tiempo que no había tenido la ocasión de dormir a esas horas del día. Se había despertado pronto, a la misma hora de siempre, y había desayunado con toda la parsimonia del mundo. No tenía prisa alguna. Después volvió a tumbarse en su cama y no tardó ni un minuto en caer dormido de nuevo. El cansancio psicológico había empezado a hacer mella en él y se sentía inusualmente cansado.

Calculó que habría pasado alrededor de una hora desde su adormecimiento. Se desperezó y se dirigió hacia el baño. Llevaba tiempo sin disfrutar de la compañía de la soledad. Se desvistió con calma y observó su imagen en el espejo rajado que colgaba de la pared. La figura que le devolvió el reflejo le pareció bastante deplorable.

Dio un par de pasos más y abrió el grifo del agua caliente en la ducha. Ese maldito mecanismo fallaba cada día y estaba seguro de que aquél tampoco iba a ser diferente. Estiró el brazo para comprobar la temperatura del agua. Obviamente estaba helada, pero a los pocos segundos empezó a templarse. Parecía ser su día de suerte. En menos de un minuto el agua estaba tan caliente que tuvo que regularla un poco para no escaldarse.

Con un último paso todo su cuerpo se situó bajo el inconsistente chorro. Cerró los ojos con la intención de disfrutar del momento. Sintió el reguero de agua caliente caer por su cabeza, deslizarse por su cuello, resbalar por sus pectorales y abdominales y, tras recorrer sus ingles y muslos, acabar en las baldosas a través de sus pies descalzos. Dejó la mente en blanco.

Tras algunos minutos, se jabonó dos veces y cerró el grifo. Esperó unos segundos hasta que las últimas gotas de agua resbalaron por su cuerpo. Cogió la toalla y se secó de manera enérgica. No quería que su gripe se agravara y lo tuviera postrado en la cama más tiempo del necesario. Agradecía aquel día de descanso, pero no podría soportar la soledad durante muchos más días. Una vez seco, se ciñó la toalla alrededor de la cintura y se dirigió hacia su cama.

La visión de la hilera de literas totalmente vacías era algo que raras veces podía disfrutar. Se tendió a lo largo en su colchón con las manos entrelazadas bajo la cabeza. Su mirada se fijó en un punto indefinido del horizonte. Intentó relajarse durante algunos minutos, pero se sentía inusualmente inquieto. Se levantó de un salto, se desenrolló la toalla y se preparó para vestirse. Tuvo que rebuscar un poco en su macuto para encontrar muda limpia. Se enfundó el uniforme y se dirigió a la vieja mesa que tenían en la esquina del barracón.

Suspiró profundo y abrió el cajón. Cogió unas hojas y un bolígrafo. Hacía tiempo que no escribía a Jelena y quería aprovechar la oportunidad que se le había presentado gracias a la soledad del momento. Una de las ventajas de estar enfermo era que, mientras el resto tenían que sufrir las inclemencias del tiempo en interminables marchas, él podía disfrutar de un poco de descanso. Volvió a centrarse para poder enfrentarse al papel en blanco que tenía enfrente. Cerró los ojos, visualizó la imagen de una sonriente Jelena y suspiró.

'Lutko moja,

No puedes imaginar cuánto te echo de menos. Sé que hace tiempo que no tienes noticias mías pero me cuesta encontrar las fuerzas para poder contarte cómo me encuentro. No pasa un solo día sin que piense en ti. Pensar que todo esto sólo tiene sentido porque llegará el día en que estemos juntos otra vez es lo único que hace que me pueda levantar todos los días. Pensar en ti es lo que me da fuerzas para seguir.

Pero a veces dudo. Dudo de todo. Dudo de mí mismo. No comprendo por qué estamos haciendo todo esto. Veo a la gente sufrir por una causa que no entiende. Morir por un cacho de tierra que no vale nada. Mi padre tenía razón. Todo esto no tiene sentido alguno. No me atrevo a decirle que llevaba razón y que yo estaba equivocado. Durante todo este tiempo he comprendido que yo no era más que un niño malcriado que nunca hacía caso a los consejos de su padre. Me arrepiento, pero no puedo dar marcha atrás a todo esto.

¡Ay, si le hubiera hecho caso cuando me dijo que dejara el enrolamiento! Ahora mismo podríamos estar todos juntos en Sveti Stefan lejos de todo esto. Tú y yo, nuestros familiares... Enes.

Demasiadas veces me atormentan pensamientos horrendos sobre Enes. Veo familias que lloran al perder todo lo que tienen y pienso en que Enes nunca se ha quejado por nada. Cuando lo necesitaba siempre ha estado ahí. Sólo te pido que ahora, por favor, seas tú la que cuida de él. Necesito decirle demasiadas cosas cuando todo esto termine y no me perdonaría que le pasara nada entretanto. Cuídalo mientras yo regreso. Necesito que nada cambie y poder volver a mi hogar tal como lo dejé."

En ese momento dos inmensas lágrimas cayeron en la esquina del folio. Stjepan se enjugó las lágrimas y despidió un suspiro. Una punzada en el pecho lo sacó de su ensimismamiento. Quiso pensar que era un reflejo de la enfermedad, pero en su fuero interno sabía que ese dolor era más anímico que físico. Decidió distraer su pensamiento escribiendo sobre otros asuntos.

"Tengo la sensación de que todo esto va a terminar pronto. Estamos haciendo importantes avances y no les va a quedar más remedio que aceptarlos. Puede que no contemos con demasiado apoyo externo, pero tenemos claro nuestro objetivo. Nos atacarán una y otra vez, nos golpearán. Pero no podrán apagar nuestra lucha. Asesinarán a grandes hombres como Vukašin, pero otros retomarán su lugar.

Echo mucho de menos a Vukašin. No hay día en que no piense en él. Cada noche al acostarme, siento su presencia en la litera vacía. Sé que está conmigo y que vela para que no me pase nada. El dolor de su pérdida no disminuye cada segundo que pasa. Pero estoy decidido a cumplir la promesa que le hice mientras agonizaba en mis brazos. Sus asesinos pagarán por lo que hicieron. Tarde o temprano, pagarán por ello y podré volver contigo tras cumplir mi promesa a mi amigo.

Sólo puedo decirte que te quiero y que cuento los días para poder volver a juntarme contigo. Siempre tuyo, Stjepan."

Cogió los folios y releyó en silencio lo que había escrito. Cuando terminó, no supo muy bien cómo sentirse. Agarró la carta y la estrujó entre sus manos antes de lanzarla a la papelera que tenía a unos metros. El papel no alcanzó su objetivo y Stjepan tuvo que levantarse para ir a recogerlo.

—Deberías estar descansando, Stjepan —oyó una voz a su espalda. Se giró y distinguió la figura de Dimitris en el umbral de la puerta—. Has pasado demasiado últimamente y tu cuerpo te está pidiendo que le des un respiro.

—Buenos días —respondió intentando no mostrar sus emociones—. Creía que hoy también saldríais de maniobras con nuestra unidad. Además Vlasenica no es que esté a la vuelta de la esquina, precisamente.

—No se tarda tanto en llegar —apostilló él—. Además tenía unas cuantas cosas que tratar aquí con tus superiores.

—Te diría que pasaras y te acomodaras —ironizó Stjepan—, pero ya ves que no es precisamente lujo lo que nos rodea aquí. Estoy harto de estas cuatro paredes. A ver cuándo podemos trasladar el campamento a algún otro lugar que no esté perdido en medio de la nada.

—Stjepan, quiero que me escuches como al amigo que te considero —comentó Dimitris—. Sé que lo que te voy a decir puede que no te guste. No es fácil superar lo que tú has pasado. Viste morir a tu amigo entre tus brazos…

—¡No hables de Vukašin! —gritó encolerizado—. Nadie tiene derecho a darme lecciones sobre lo que pasó aquel día.

—Cálmate, muchacho —intentó tranquilizarlo—. Ninguno de nosotros puede tan siquiera imaginar lo que tuviste que sentir. Pero todos queremos ayudarte en lo posible

—Pues ayudadme no volviendo a hablarme de todo esto.

—Ahí te equivocas, Stjepan. La solución no está en meter la cabeza bajo la tierra como si fueras un avestruz. Quisiera poder decirte que todo esto va a pasar y volverá la normalidad. Pero no puedo mentirte. Vukašin se ha ido y ese dolor que sientes no desaparecerá de un día para otro. Es probable que nunca desaparezca.

Al oír estas palabras, Stjepan tuvo que recostarse en la silla en la que había estado sentado hacía un rato. Estaba a punto de derrumbarse cuando sintió la mano de Dimitris en su hombro en un inútil intento de reconfortarlo. Contuvo las lágrimas, pero sus palabras se entrecortaban.

—Yo… Lo echo tanto de menos… —sollozó—. A veces, por la noche… Me parece que va a estar a mi lado cuando abra los ojos.

—Entiendo cómo te sientes —lo consoló Dimtiris—. Pero aferrarte a su recuerdo… No sé… Puede que no te esté ayudando demasiado.

Ambos miraron la litera en que solía dormir Vukašin. Las sábanas estaban completamente estiradas.

—Me han dicho que te niegas a que nadie más pueda dormir en vuestra litera y que cada día te levantas cinco minutos antes para poder hacer la cama de Vukašin también. — Stjepan bajó la mirada para que Dimitris no viera el brillo que se estaba apoderando de sus ojos. — Deberías dejar de hacerlo. Crees que eso mantiene vivo el recuerdo de tu amigo, pero no son más que gestos inútiles que en nada te ayudan. Al contrario, te estás mortificando tú mismo.

—He sido un tonto —se disculpó Stjepan—. Creo que mantenía la esperanza de que volviera y por eso mantengo su sitio en perfecto estado. No sé qué hacer, Dimitris, no sé qué hacer.

—Como tú has dicho antes, no puedo darte ningún tipo de consejo, porque yo no he estado en tu situación. Lo único que puedo decirte es que Vukašin dio su vida por la causa y murió como un auténtico héroe. Para cualquiera de nosotros sería un honor derramar nuestra sangre por la patria. ¿Recuerdas cuando os conté que mi tatuaje quería decir que, si querían nuestras armas, vinieran a por ellas? La muerte de Vukašin es la máxima expresión de ese tatuaje. Morir por tu patria antes que rendirse es todo lo que cualquier buen patriota desearía. Él regaló su vida por el bien supremo de la causa serbia. Por eso tienes que pensar que su sacrificio debe ser la luz que te guíe y no un obstáculo en ese camino. La decisión está en tus manos. Honrar su muerte como a él le gustaría o seguir martirizándote por algo que no puedes cambiar por más que lo intentes.

De pronto, Stjepan sintió que una fuerza interior se encendía. De un impulso se levantó de la silla y abrazó a Dimitris con todo el vigor recuperado.

—Gracias, Dimitris —respondió—. Gracias por hacerme ver todo lo que me hacía falta. Acabo de comprender que la única manera de honrar a Vukašin es cumpliendo la promesa que le hice en sus últimos momentos.

Al soltarse, Dimitris se dirigió a la puerta. Stjepan lo miró alejarse y se mantuvo inmóvil durante unos segundos. Cuando se quedó solo en el barracón, dirigió su mirada al papel retorcido que todavía estaba fuera de la papelera. Lo recogió y rasgó en cientos de pedazos que depositó en la basura. Se acercó a su litera, pero aquella vez decidió tumbarse en la que había ocupado Vukašin hasta el día fatídico de su muerte. Se acomodó las manos bajo la cabeza y cerró los ojos.

LAS AGUAS DEL MILJACKA

25 DE MAYO DE 1995

Cercanías de Panjik, 25 de mayo de 1995

Llevaba ya un par de días fuera de aquel lugar en que en los últimos tiempos había comenzado a sentirse seguro. Todos los días, con los primeros rayos del alba, se desperezaba y se preparaba para avanzar unos cuantos kilómetros hacia el norte. Los constantes cambios de localización de los últimos días lo estaban volviendo loco. Echaba de menos levantarse en la comodidad que había descubierto recientemente.

La comitiva avanzaba a una velocidad pasmosamente lenta. Afortunadamente, la brisa de la mañana no era tan gélida como normalmente y le golpeaba suavemente las mejillas a la par que continuaban la marcha. El furgón tenía la lona trasera recogida en la parte superior y el sol de las primeras horas iluminaba las copas de los árboles. Los rayos se filtraban entre las ramas, por lo que el juego de luces y sombras conferían al camino un carácter misterioso pero atractivo a la vez. Miró alrededor y vio las expresiones somnolientas de sus compañeros de batallón.

Hacía algún tiempo que habían puesto sus ojos sobre Tuzla. Era una ciudad que había quedado en manos de los reformistas, que no se habían alineado con ninguno de los bandos combatientes. De hecho, corrían rumores de que allí gentes de diversa procedencia convivían sin mayores problemas. Stjepan no acababa de creérselo, pero le daba lo mismo, porque el sitio al que llevaban sometiendo la ciudad daría sus frutos tarde o temprano. Caería en sus manos y la limpiarían de elementos indeseables.

El frenazo del furgón lo sacó de manera brusca de su ensimismamiento. Se asió de una barra lateral y se asomó para ver lo que sucedía. Distinguió a numerosos compañeros en un claro unos cuantos metros más adelante. Algunos charlaban de modo distendido y otros se hallaban apostados en sus puestos de vigilancia.

Un grito lejano ordenó a los recién llegados descender de los furgones y acudir a relevar a sus compañeros. Los suspiros y quejas del resto de los pasajeros del furgón sacaron de quicio a Stjepan, por lo que bajó con rapidez, cogió sus bártulos y se dirigió hacia el claro. Acomodó las pocas cosas que había llevado consigo en uno de los barracones prefabricados que habían montado allí sus compañeros y se dispuso a acudir al punto de reunión, cuando distinguió a lo lejos a la unidad de Dimitris. Corrió asombrado a su encuentro.

—¿También aquí te voy a encontrar? —bromeó Stjepan.

—No te esperarías que te iba a dejar la diversión sólo para ti, ¿no? —respondió entre risas Dimitris antes de abrazarlo con fuerza.

Desde la muerte de Vukašin, Dimitris se había convertido en su mayor sustento. Había estado junto a él en los peores momentos para intentar ayudarle a superarlos. No soportaba a sus propios compañeros de batallón, pero con Dimitris había conseguido congeniar sin problemas. Podía ser extranjero, pero era un hermano ortodoxo, como hubiera dicho su difunto amigo.

—Además —continuó Dimitris—, he solicitado a tu teniente que en adelante nos deje acompañaros en vuestras acciones. Voy a ser tu sombra, te guste o no, compañero —agregó con un guiño cómplice de su ojo derecho.

La noticia hizo que el humor de perros que se le había puesto con las quejas de sus compañeros mejorara sustancialmente. Por fin, iba a poder pasar los días con alguien al que realmente apreciaba. Sentía que eso no había ocurrido desde aquel fatídico día en que perdió a su amigo. Sonrió levemente y se encaminó hacia el arsenal que habían construido allí en el monte Ozren.

Comprobó que todo estaba en orden y salió de allí justo a tiempo para oír la señal que los llamaba a comer. Se sorprendió al darse cuenta de que había pasado más de dos horas allí dentro. Había estado tan absorto con las armas que había perdido la noción del tiempo por completo. Pero la verdad era que tenía hambre, por lo que se dirigió a la cantina improvisada. Al entrar, Dimitris le hizo un gesto para que se sentara con ellos. No estaba demasiado seguro de cómo les caía al resto de los griegos que estaban con Dimitris, pero le daba exactamente lo mismo. Él se sentía a gusto.

—Espero que estés gozando de nuestra exquisita gastronomía —ironizó Stjepan al ver la masa informe que le habían servido en la bandeja.

—Desde luego —contestó Dimitris—. Además supongo que hoy se habrán esmerado algo más de lo normal.

—¿Hoy? —preguntó extrañado Stjepan—. Pero si sólo es... Oh, 25 de mayo...

—Exacto. La celebración del supuesto día de nacimiento de Tito.

—Ese cabrón —musitó Stjepan intentando que nadie lo oyera.

—¿Cómo? —preguntó el griego confundido.

—Perdón —se disculpó Stjepan—. Pensaba que nadie me oía y estaba pensando en voz alta. Es que mi padre siempre hablaba mal de Tito y ahora me parece que tenía razón.

—¿Tu padre? ¿El mismo que te contó lo de Macedonia? —se regocijó Dimitris—. Un sabio, sí, señor. Pero será mejor que tus compañeros no se enteren de que piensas así.

—¿Tú tampoco crees que sea un gran hombre Tito o qué? Por lo que acabas de decir...

—Hizo una cosa bien y mil mal. A nosotros nos tenía en su punto de mira, como ya te comenté. Pero incluso a vosotros, los serbios, os hizo flaco favor igualándoos al resto de pueblos yugoslavos. Ese maldito croata es el que creó todo este conflicto. ¡Con lo fácil que hubiera sido dejar que surgiera una Serbia grande y unida sin intentar subyugarla a croatas o musulmanes!

—Creo que es más bien a ti a quien no deben oír mis compañeros —se asustó Stjepan—. Aunque no te falte razón.

—Pues comamos a la memoria de ese malnacido. Aunque las malas lenguas dicen que ni tan siquiera nació tal día como hoy.

Ambos ahogaron una sonora risa que los hubiera delatado. Stjepan miró en derredor y lo único raro que vio fue a un puñado de combatientes griegos brindando con un licor blanquecino. Le ofrecieron un poco, pero el olor anisado de aquel brebaje hizo que se le revolviera el estómago.

Comió con rapidez para intentar huir del olor de ese licor. Se despidió del resto de griegos y se encaminó con Dimitris a la salida. Justo cuando iban a abandonar la cantina, el teniente Vuković apareció en el hueco de la puerta.

—Vaya, a ti andaba buscándote, soldado Župan —Stjepan no esperaba la interpelación directa, por lo que se puso en alerta. Nada bueno podía venir de boca de su superior—. A las ocho y media de la tarde te espero en tu puesto de artillería. Tengo una misión para ti. Mientras tanto, puedes tomarte la tarde libre. Camarada Dimitris, como siempre un placer.

Acabó la frase y se alejó de aquel lugar con paso ligero. Dimitris echó una mirada de asombro a Stjepan.

—¿Qué pueden querer? —se preguntó Stjepan en voz alta—. No creo que sea para invitarme a celebrar el cumpleaños de Tito con los superiores.

—Bueno, no te preocupes —intervino—. No parecía estar de demasiado mal humor. Además, yo apareceré también por allí como quien no quiere la cosa. Ahora, con tu permiso, voy a ir a descansar un rato. Y tú deberías hacer lo mismo.

Se despidieron por el momento y Stjepan caminó en dirección hacia el barracón improvisado que habían montado hacía unos días allí. Le dolía la parte baja de la espalda de los baches del recorrido en furgón y estaría bien tumbarse un rato. Al entrar, vio a algunos compañeros en sus respectivas literas. Su compañero Nemanja le indicó que compartía litera con él. Stjepan, resignado por tener que compartir su espacio con otros, le preguntó si le importaba que se tumbara en la litera inferior. Ante la conformidad de su nuevo compañero, se desvistió y se tumbó en ropa interior en su cama.

Cerró los ojos e intentó dejar la mente en blanco. Se sentía inquieto, pero el cansancio hizo que el sueño se apoderara de él en cuestión de segundos. Su mente voló en un instante a su Sarajevo natal. Sobrevoló las aguas del Miljacka y su pensamiento se posó en el Puente de Princip. Se relajó mirando el correr de las aguas marronuzcas hasta que una voz le espetó a sus espaldas.

—En nombre del Ejército de la República de Bosnia-Herzegovina, le condeno a morir ante un pelotón de fusilamiento.

Stjepan se giró y distinguió a cinco soldados vestidos con un uniforme donde se podía leer con claridad ARBiH. Cargaron el fusil y apuntaron hacia el pretil donde se hallaba apoyado. Se estremeció y cerró los ojos con fuerza para intentar disipar esa imagen.

Al no escuchar los disparos mortales que iban a acabar con su vida en los siguientes segundos, entreabrió los ojos y divisó al pelotón de fusilamiento unos metros más alejado. En aquel momento él se encontraba en la esquina donde solía encontrarse con Enes y el pelotón apuntaba a otra persona. Le resultaba familiar, pero no conseguía distinguir de quién se trataba. Avanzó unos pocos metros hasta que el condenado a muerte giró la cabeza y le miró fijamente. Su cuerpo convulsionó de espanto. Era Vukašin, que lo observaba con una mirada gélida.

—Ya sabes lo que tienes que hacer —pronunció su amigo instantes antes de que una lluvia de balas saliera de las armas de los soldados musulmanes.

Observó las expresiones de frenesí delirante de los combatientes al ver el cuerpo sin vida de Vukašin golpeaba el suelo del puente. Corrió hacia el cuerpo de su amigo y se arrodilló ante él. Agarró su cabeza entre las manos y comenzó a llorar. Cuando la primera lágrima acarició la mejilla de Vukašin, éste abrió los ojos de golpe.

—Debes cumplir tu promesa, Stjepan. Lucha por mí hasta el final —comentó con voz profunda—. No puedes fallarme ahora.

Stjepan se despertó totalmente sudado y tembloroso. Había tenido una pesadilla. Miró el reloj y vio que eran las siete y veinte. Tenía todavía tiempo suficiente para relajarse antes de acudir a la cita establecida por su teniente. Cogió una toalla, se dirigió hacia las duchas y se desnudó. Tuvo suerte, porque ninguno de sus compañeros estaba allí en aquel momento.

El agua no estaba del todo caliente, pero consiguió liberarse de todas las tensiones. La sensación de inquietud había dejado paso a un sentimiento de irritación y encono. Se limpió el sudor y salió de la ducha. Tras secarse, se vistió y volvió al barracón para dejar las cosas. Todavía le sobraban unos quince minutos, por lo que salió a la soledad del bosque y se concentró en los sonidos de la naturaleza para intentar relajarse por completo. Los minutos pasaban, sin embargo, y su desasosiego no disminuía. Miró el reloj. Faltaban cuatro minutos para la hora fijada por el teniente. Se levantó y se encaminó hacia su puesto en artillería.

Al llegar, vio a su teniente de espaldas hablando de manera distendida con Dimitris. Desde luego era hombre de palabra aquel griego. Podía tener muchos defectos, pero la insinceridad no era uno de ellos. Se alegró de ver una cara amiga allí. Se acercó sigilosamente hacia ellos y pudo oír el final de la conversación.

—Sé que no ha sido fácil para él y que yo no le caigo demasiado bien —explicitaba el teniente Vuković—, pero es el mejor que tenemos con diferencia. Antes no le dejaba encargarse de esto, porque…

El teniente calló ante un casi imperceptible gesto de Dimitris. Se giró y, tras un protocolario breve saludo a Stjepan, se alejó en dirección a un cañón remolcado que estaba situado a unos pocos metros. Hasta ese momento no se había percatado de la presencia de aquel armatoste. Escrutó las inmediaciones en busca de sus compañeros, pero sólo vio a tres o cuatro por allí. Miró extrañado a Dimitris y preguntó.

—¿De qué hablabas con el teniente?

—No te preocupes, dentro de nada te enterarás.

Stjepan se resignó a no saber nada por el momento. Dimitris era igual de terco que sincero, por lo que no iba a sacarle ninguna información que él no quisiera que supiera.

—Soldado Župan —oyó una voz desde el lugar en que se encontraba el cañón—, venga a su puesto.

Stjepan miró con asombro a Dimitris, que sonreía levemente. Ambos caminaron hacia la pieza de artillería. Stjepan aún estaba sorprendido y no comprendía nada.

—Eres el mejor tirador que tenemos, por lo que te corresponden a ti ocupar este puesto —comentó el teniente Vuković ofreciéndole un casco metálico de protección—. Hazlo como en las prácticas y habrás cumplido con tu misión.

Stjepan sabía que ésas eran las palabras más amistosas que iba a escuchar salir de la boca de su teniente en su vida, pero se sintió reconfortado. La mano amiga de Dimitris le apretó levemente el hombro en señal de apoyo y él se pertrechó con todos los elementos de seguridad pertinentes.

—Soldado Župan —prosiguió el teniente—. tu objetivo es claro. Debes disparar el proyectil hacia Tuzla. Daremos un buen susto a esos subversivos. Cuando el equipo de inspección esté lo suficientemente cerca como para comprobar el éxito de la acción, procederemos.

Stjepan cogió el mapa con las coordenadas que habían designado para el impacto. Tomó asiento en el cañón y cerró brevemente los ojos. Una sensación de calor incipiente se abría paso en su pecho. Las palabras que había escuchado de su amigo Vukašin en sueños retumbaban en su cabeza.

Ese sentimiento de su pecho se fortalecía cada vez que Vukašin le repetía que debía cumplir su promesa. Abrió los ojos y volvió a escrutar el mapa con las coordenadas. Tras sopesarlo unos segundos, se armó de valor.

—Teniente Vuković, solicito permiso para hablar —el teniente se extrañó, pero asintió con la cabeza—. Creo que deberíamos cambiar levemente las coordenadas del objetivo. Unos pocos segundos sexagesimales hacia el este.

Stjepan contuvo el aliento a la espera de la respuesta de su teniente. Examinó el rostro de Dimitris y pudo identificar una expresión de estupefacción y admiración mezclada con miedo. La cara del teniente mostraba simplemente el estupor y la incomprensión por lo que estaba sucediendo.

—Teniente —susurró Dimitris—, es veinticinco de mayo y las celebraciones se multiplican a lo largo de toda Bosnia.

Los ojos del teniente se abrieron de par en par al comprender lo que Stjepan estaba intentando hacer. Cogió el transmisor por radio y accionó el botón para iniciar la comunicación.

—Aquí el teniente Vuković. Equipo de reconocimiento, identifique su posición.

—Estamos a unos cien metros del lugar designado para la comprobación, teniente —sonó la voz de Nemanja al otro lado del transmisor. En aquel momento Stjepan comprendió por qué habían hecho que compartiera litera con él. Uno ejecutaba y el otro comprobaba. Querían que se convirtieran en un equipo de ataque.

—Cambio de planes —contestó el teniente—. Deben avanzar un kilómetro más hacia el este para poder evaluar el éxito de la acción en el nuevo objetivo prefijado.

—¿Puede repetir? —se escuchó la voz metálica llena de extrañeza de Nemanja—. Hemos entendido que ha habido un cambio de objetivo. Por favor, confirme órdenes.

—Lo ha entendido bien, soldado Novak. Deben corregir su posición y avisar al llegar al nuevo destino.

—Entendido, señor —se entrecortaba la voz—. Modificamos destino. Tiempo estimado para alcanzar nueva localización quince minutos.

Todos contuvieron la respiración en el claro del monte Ozren. Desde donde se encontraban no se distinguía ni el objetivo inicial, ni el nuevo. Nadie parecía entender nada, excepto Dimitris y el teniente Vuković. Y por supuesto, Stjepan, que había sido el impulsor del cambio de objetivo para el ataque. Nadie habló durante los siguientes minutos hasta que el transmisor del teniente Vuković crepitó de nuevo.

—Teniente Vuković, el equipo de reconocimiento ha llegado al nuevo destino. Visión de la ciudad clara.

—Procedemos con el ataque —espetó el teniente.

Hizo un gesto a Stjepan. Éste ajustó todos los mandos y fijó el nuevo objetivo. Resopló y dio la orden de cargar el cañón. Su compañero Branko introdujo el proyectil. Stjepan cerró los ojos un segundo para centrar su atención en la tarea que le habían encomendado. Cuando volvió a abrirlos, asió los mandos del cañón y pulsó el botón para eyectar el proyectil. Un estruendo rompió el silencio que había imperado en el lugar. El retroceso provocado por el disparo hizo que Stjepan se diera un golpe en la espalda. Pero no se quejó, porque esperaba que su idea tuviera éxito o iba a enfrentarse a una represalia en forma de largas y solitarias guardias nocturnas.

—El equipo de reconocimiento ya divisa el proyectil —se escuchó desde el otro lado de la línea—. Si no pierde la trayectoria se dirige a… —unos segundos de insoportable silencio se adueñó de la línea.

—Confirme objetivo, equipo de reconocimiento. Repito, confirme objetivo —ordenó el teniente a voz en cuello.

—Si no se desvía de la trayectoria actual, el proyectil alcanzará en unos segundos Kapija.

Un grito ahogado se escuchó en todo el claro donde se encontraba Stjepan. Él respiró con tranquilidad. Sus cálculos no habían fallado y estaban a punto de golpear donde más podía doler. Los habitantes de Tuzla, tan amigos de confraternizar con los enemigos, no iban a olvidar aquel día en mucho tiempo. De eso estaba seguro.

—Impacto en breves segundos, teniente —intervino Nemanja—. Los transeúntes que se encuentran en Kapija acaban de divisar el proyectil e intentan resguardarse —un par de segundos de silencio más tarde, continuó—. Objetivo alcanzado. Hay multitud de cuerpos retorcidos en el suelo. Hora del impacto veinte cincuenta y cinco.

Los vítores de los compañeros de Stjepan se multiplicaron, mientras éste se bajaba del cañón. El teniente lanzó una mirada benevolente a Stjepan y sonrió profusamente.

—Una gran idea la de atacar la plaza de Kapija en medio de las celebraciones por el nacimiento de Tito, soldado Župan —lo felicitó el teniente Vuković—. Siga así y llegará lejos en nuestro ejército. En adelante esto va a facilitar más las cosas con esos malditos musulmanes. No creo que se atrevan a enfrentarse a nosotros a partir de ahora.

Dimitris se había acercado a Stjepan y le había tendido la mano en señal de felicitación. Stjepan se giró y contestó a su teniente.

—Y esto sólo es el principio de su particular infierno.

Tras pronunciar esas palabras se quitó el casco, lo lanzó a la parte trasera del cañón y se encaminó en soledad hacia el barracón. Una fuerte sensación de calor en su interior hizo que tuviera que llevarse la mano al pecho. Suspiró y avanzó sin detenerse hasta la puerta el barracón. Se giró a tiempo para poder divisar cómo sus compañeros todavía celebraban el éxito del ataque a Tuzla.

6 DE JULIO DE 1995

Srebrenica, 6 de julio de 1995

La inquietud no le dejaba pegar ojo. A pesar del cansancio que arrastraba, llevaba toda la noche escrutando la oscuridad de la estancia. Echaba de menos su cama en Sarajevo. Pero no era eso lo que lo inquietaba. Los acontecimientos se habían precipitado y la solución a todo aquello parecía estar cada vez más cerca.

Calculaba que sería poco más de medianoche y la tenue luz del cielo estrellado nocturno de julio entraba por las ventanas. Se desperezó y unió las manos bajo su cabeza. Ya no merecía la pena intentar volver a dormir. Sabía que no lo iba a conseguir, por lo que optó por sumergirse en sus pensamientos. Fijó su mirada en un punto indefinido a través de los cristales de la ventana.

Se encontró en Sarajevo, la ciudad de su inocente infancia. La ciudad donde esperaba poder volver dentro de poco. Avanzaba lentamente en paralelo a las orillas del Miljacka. Bajaba con poco agua y se podían ver las piedras del fondo. Era una vista que pocas personas apreciaban, pero que él echaba mucho de menos. Una voz lejana hizo que su atención se centrara en el puente de Princip.

Desde allí, un niño de unos cinco años gritaba para que se acercara con mayor celeridad. Era un niño menudo y risueño que movía su mano para que acelerara su paso. Sonrió y aumentó la velocidad hasta que aquel pequeño se lanzó a sus brazos.

Tras estrujarlo contra su cuerpo, miró por encima del hombro del niño y en la lejanía pudo ver a su mujer con su hija recién nacida en brazos. Allí estaba Jelena con Marija, mientras él abrazaba con todas sus fuerzas a Aleksandar. Continuó con su hijo en brazos durante los últimos metros antes de besar en la mejilla a su esposa. Los ojos de Jelena brillaban con una expresión incontenible de felicidad.

Sentó a su hijo en el pretil y él se apoyó junto a Aleksandar. Se agachó y señaló hacia Baščaršija. Su hijo abrió los ojos de par en par ante la visión de la gigantesca bandera de la República Federal de Yugoslavia que ondeaba en el lugar en que anteriormente se encontraba la mezquita de Gazi Husrev—beg. Donde antes se escuchaban las llamadas a la oración de los adoradores de la media luna, ahora se izaban orgullosa una bandera con tres franjas azules, blancas y rojas con un escudo con el águila bicéfala en el centro. Les había costado un gran esfuerzo y numerosas pérdidas humanas, pero al fin habían podido librar a Bosnia de los indeseables rebeldes que habían intentado destruir su país. Una sonrisa se dibujó en sus labios pensando en lo feliz que hubiera sido Vukašin al poder disfrutar por fin de una Sarajevo libre y totalmente serbia.

Una alarma sacó a Stjepan de su ensimismamiento. Se levantó de un salto y se enfundó los pantalones para salir corriendo mientras se intentaba abrochar la chaqueta del uniforme. Sus compañeros todavía estaban intentando espabilarse, por lo que fue el primero en llegar al punto de encuentro.

En los breves segundos que estuvo en soledad le dio tiempo a inspeccionar el entorno. En la caseta prefabricada de los voluntarios griegos la luz estaba encendida, pero la puerta permanecía cerrada. Supuso que Dimitris les habría ordenado que no acudieran a la llamada de aquel día. El teniente Vuković acudió al punto de reunión justo a tiempo para saludar a Stjepan antes de que llegaran sus compañeros.

—Bien hecho, soldado Župan, no como los zánganos de sus compañeros —le espetó el teniente.

Cuando sus compañeros formaron, se fijó en que las otras unidades también habían formado algunos metros más lejos. Estaban todos reunidos, por lo que aquel no iba a ser un día más en la cotidianidad. Tras haber formado todos, el teniente Vuković se paseó por delante de ellos en silencio. De pronto, comenzó a vociferar a sus tropas.

—¡Soldados! Ha llegado el día que llevábamos esperando tanto tiempo.

Los ojos de los compañeros de Stjepan expresaban la extrañeza, pero él entendió a la perfección el mensaje que acababa de lanzar su teniente.

—Nos han comunicado que nuestra táctica ha tenido éxito —continuó con su arenga el teniente Vuković—. Llevamos meses aquí apostados esperando este gran momento. Nuestros líderes han sabido moverse con la inteligencia suficiente para dejar sin argumentos a esos malditos extranjeros. Por fin vamos a poder unir las tierras que nos corresponden a nosotros con la gran madre patria serbia.

Un grito de júbilo y aprobación resonó alrededor de Stjepan. Él se limitó a sonreír de manera casi imperceptible. Cada vez sentía más cerca el final de aquella guerra de liberación. Iban a ser libres de nuevo y podría volver a Sarajevo.

—Acabamos de recibir el mandato de adentrarnos en la Zona Segura de Srebrenica. Hasta ahora ha estado bajo protección de las fuerzas holandesas de la ONU, pero varias fuentes fidedignas nos aseguran que se han comprometido a no oponer resistencia alguna si no les atacamos directamente. Sobre todo, porque no tienen con qué hacernos frente —una expresión victoriosa se dibujó en su rostro—. Dos unidades van a avanzar unos cuantos kilómetros para poner cerco a la ciudad desde cerca. Saben que estamos decididos a retomar el control de la zona y reforzar nuestro espacio vital. Preparen sus armas y equipajes porque en unas horas partimos hacia nuestro brillante destino. El Drina Corps está a punto de reescribir la historia de esta nuestra patria serbia. Y vosotros, Lobos del Drina, sois parte de los elegidos.

Una algarabía retumbó en el claro en el momento justo en que todas las unidades reunidas allí recibían la noticia del avance sobre la ciudad. Los abrazos efusivos entre compañeros se multiplicaron en los siguientes segundos, pero Stjepan se mantuvo al margen de esa efusividad. Con la mirada buscaba a la unidad de voluntarios griegos. A pesar de que la luz de su barracón seguía encendida, nadie había salido de él. Se quedó pensativo hasta que sintió una mano sobre su hombro izquierdo.

—¿Pasa algo, Stjepan? —preguntó Nemanja—. Te veo algo preocupado.

— Bah, no es nada…

—Sé que no soy precisamente la persona con la que más te apetecería estar, pero si pudiera ayudarte en algo —se mostró resignado al girarse para abandonar el lugar.

—Siento mucho que pienses eso, Nemanja —se apresuró a desdecirle él—. Nunca he sido un tipo demasiado sociable. Me cuesta abrirme a los demás y desde… —tuvo que contenerse para no romper a llorar— desde lo de Vukašin se me hace más difícil poder llevar todo esto.

—No te preocupes —contestó Nemanja pasándole la mano sobre el hombro—. Puedo entender por lo que estás pasando. Además, yo tampoco es que sea un dechado de simpatía y sociabilidad. Pero quería que supieras que puedes contar conmigo para lo que quieras.

—Te lo agradezco —sonrió Stjepan con el guiño de ojo de su compañero—. Aunque no te lo haya dicho nunca, siempre he sabido que puedo contar contigo para cualquier cosa y es algo que nunca podré agradecértelo lo suficiente. Pero no es eso lo que me preocupa…

A continuación el silencio se abrió paso ante las miradas perdidas en el horizonte de los dos compañeros. Stjepan oteó los alrededores y, cuando distinguió a su teniente a la distancia, se encaminó hacia él. Nemanja lo miró con un gesto de evidente extrañeza, pero decidió seguirlo a una distancia prudencial.

—Teniente Vuković —llamó cuando se encontraba a escasos metros—. Tengo un par de preguntas acerca del asedio de Srebrenica.

—No hay demasiado que aclarar, soldado Župan —se giró evidentemente molesto el teniente—. Y menos a soldados rasos como ustedes.

—Stjepan —susurró Nemanja ya a su lado—, no creo que sea buena idea.

—Haga caso a su nuevo compañero.

—Señor, hay cosas que no entiendo de este ataque. Se supone que puede ser un golpe casi definitivo para finalizar la guerra, ¿no? —preguntó Stjepan.

—Exacto. Cuando nos hagamos con la ciudad, el final de la guerra estará más cerca de lo que pueda imaginar. Vamos a reunir prácticamente toda Bosnia oriental bajo nuestro poder y podremos centrarnos en hacernos con Sarajevo. Con la caída de Sarajevo, esos malditos musulmanes vendrán a pedirnos de rodillas la paz. Y entonces podremos devolver todos esos territorios robados a la madre patria serbia.

—El final de todo —suspiró Nemanja—. Podremos regresar a casa triunfantes por fin.

—Pero para todo eso hace falta que nos hagamos con el control de Srebrenica cuanto antes —proclamó el teniente Vuković.

—Exacto —se exasperó Stjepan—. Todos los contendientes saben de la situación estratégica del enclave. Y por eso me extraña tanto la aparente pasividad de los holandeses. ¿Los llamaron para defender esa zona y se rinden sin tan siquiera oponer resistencia? No me entra en la cabeza, la verdad.

—Parece que te he subestimado todo este tiempo, Župan —se jactó relajado el teniente Vuković—. Eres bastante más listo de lo que aparentas. Parece que te han enseñado a rascar más allá de lo evidente para buscar respuestas.

—Me complace que se dé cuenta de mis cualidades después de tanto tiempo — se mostró irónico Stjepan—, pero todavía no ha contestado a mi pregunta, señor.

La expresión desencajada de Nemanja ponía de manifiesto lo desconcertante de la situación. Nadie se había atrevido nunca a hablar así a su teniente, pero éste parecía no haberse molestado en absoluto. Por el contrario, parecía que se divertía con todo aquello.

—Parece que nos ha salido espabilado el mosquita muerta, eh, Nemanja —se carcajeó el teniente Vuković.

La situación era totalmente nueva tanto para Stjepan como para Nemanja, ya que el teniente les tuteaba e incluso había utilizado el nombre de pila de éste último para dirigirse a él. Algo había cambiado con la interpelación de Stjepan y se mostraba ya más como un compañero que como un superior.

—Está bien. Si queréis saber el porqué de todo esto, acompañadme a la cantina. No me apetece estar de pie. Prefiero guardar mis fuerzas para dentro de un rato.

Stjepan y Nemanja se miraron perplejos, pero decidieron que era mejor no chistar y siguieron en silencio a su teniente. Cuando entraron en la cantina, el teniente se dirigió a una mesa en la esquina opuesta a la entrada e hizo un gesto a sus dos subordinados para que le acompañaran a la mesa.

—De acuerdo —espetó una vez se sentaron los tres—. Preguntad lo que queráis. Es vuestra oportunidad.

—Mi pregunta está clara, señor —se desesperó Stjepan—. No entiendo por qué nos van a dejar hacernos tan fácilmente con Srebrenica si esto puede suponer que la balanza se incline ya de manera casi definitiva a nuestro favor. No es que las fuerzas extranjeras nos tengan precisamente un cariño especial.

—Me gusta esa incisividad irónica que muestras, Stjepan. Pero tienes que entender que esta guerra es como una gran partida de ajedrez. Cada movimiento provoca una reacción en otro lugar del tablero.

—No entiendo nada —reconoció Nemanja—. Pero si estabais diciendo hace nada los dos que si nos hacemos con Srebrenica tenemos prácticamente ganada la partida. Es como un suicidio que nos abran las puertas.

—Los movimientos no son evidentes muchas veces, Nemanja —continuó el teniente Vuković—. Y lo que en un momento dado puede considerarse una derrota, a la larga puede mejorar los resultados en otros lugares —ante la cara de asombro de Nemanja, el teniente prosiguió—. Si no puedes afrontar todos los frentes que tienes abiertos, tal vez lo mejor sea dejar algunos de lado y centrarte en los más factibles.

—Y en ese sentido, perder Eslavonia Occidental ha hecho que reforcemos nuestra posición en esta parte —comentó a media voz Stjepan.

— Cuánto tienes que aprender de tu compañero, Nemanja —se mostró pletórico el teniente—. Al perder el control de Eslavonia Occidental, nos dimos cuenta de que no tiene sentido prolongar mucho más la lucha contra los croatas, por lo que desde ahora los movimientos más importantes los vamos a llevar a cabo aquí.

—O sea que las fuerzas ocupantes saben que el grueso de nuestro ejército está aquí —comprendió al fin Nemanja.

—Además, al tener la zona cercada, no se han podido aprovisionar de manera apropiada —apuntó Stjepan.

—Una vez más, has dado en el clavo —se congratuló el teniente Vuković—. Voy a tener que escribir una recomendación para que te promuevan a algún puesto de mayor responsabilidad. Las últimas semanas de asedio a Srebrenica no tenían sentido para la mayoría de vosotros. Ni avanzábamos, ni tan siquiera amagábamos con hacer nada. Pero lo que no sabéis es que durante este tiempo hemos interceptado armamento que debía llegar a manos del contingente holandés. Incluso, hemos impedido que los relevos de soldados fluyan con normalidad, por lo que el grueso del contingente holandés apostado dentro en los alrededores de la ciudad es menor que antes de que viniéramos. Ellos saben que no tienen nada que hacer ante nuestro ataque conjunto. Lo único que harían sería alargar el tiempo de combate y multiplicar sus bajas para nada.

—Vale —interrumpió Nemanja—, a ver si lo he entendido. Hemos estado ahogando poco a poco a las unidades que protegen Srebrenica para que ahora no opongan resistencia. Pero para ello hemos tenido que renunciar a defender la Eslavonia Occidental. Pero —se enfureció Nemanja ante los gestos afirmativos del teniente—, ¿nadie se ha dado cuenta de que los croatas han asesinado y desplazado a muchos de nuestros conciudadanos allí? ¡Se jactan de haber limpiado la zona de serbios!

—No te sulfures, soldado —volvió a adoptar una actitud más seria el teniente Vuković—. En una guerra siempre hay daños colaterales. Y esos mártires serbios han dado su vida por el bien común. Además, los croatas y todos sus aliados bien se arrepentirán de haber abierto esa puerta...

Una vez más, la expresión del bien común revolvió las entrañas de Stjepan. Parecía que se asumía con naturalidad que algunas personas murieran con tal de conseguir un objetivo. Esa idea le parecía totalmente descabellada, porque seguro que muchas de esas personas hubieran preferido seguir viviendo aunque fuera bajo una bandera extraña para ellos.

Este pensamiento hizo que Stjepan volviera a recordar a su amigo Vukašin. Él sí que parecía tener claro que prefería morir derramando su sangre por la causa serbia que tener que vivir bajo el dominio croata y musulmán. Odiaba a todos los que habían matado a su amigo. Tuvo que contenerse para no golpear la mesa de la cantina con el puño cerrado. Pero se juró a sí mismo que pagarían por ello. Fueran quienes fueran, lo pagarían con creces.

—¡Creo que ya está bien de chácharas, soldados! —el rictus serio del teniente indicaba que la conversación había llegado a su fin y cada uno volvía a su rol prestablecido—. Dentro de una hora quiero verlos a todos en sus puestos preparados para la incursión.

Stjepan y Nemanja se quedaron solos en la mesa de la cantina unos segundos antes de levantarse y dirigirse al barracón a recoger las pocas cosas que tenían. De camino, Stjepan pudo ver a Dimitris en el umbral de la puerta del barracón de los griegos. Éste saludó desde la distancia con un gesto triunfante.

—Stjepan —rompió el silencio Nemanja—, ¿de verdad crees que después de esto vamos a poder volver pronto a casa? No se lo he dicho a nadie, pero estoy un poco cansado de todo.

—No te preocupes, Nemanja, no te preocupes por nada. Cuando tomemos Srebrenica ya poco faltará para ganar esta guerra —Stjepan inspiró profundamente antes de continuar—. Pero ten por seguro que, antes de que acabe, todos los que nos han hecho sufrir van a pagarlo caro. Muy caro.

La mirada de Stjepan se perdió en el horizonte por última vez antes de entrar en el barracón. El fulgor ardiente de su mirada escrutó el paisaje para identificar el lugar de su victoria final. Una victoria para honrar la memoria de Vukašin.

7 DE JULIO DE 1995

Srebrenica, 7 de julio de 1995

El bochorno de aquellos primeros días de verano se dejaba notar. La ventana provisional que habían colocado hacía poco tiempo no se había acoplado bien al marco y el calor sofocante entraba por las pequeñas rendijas que quedaban. Además, la concentración de gente no ayudaba en absoluto a disminuir la sensación de agobio. Pero, a pesar de la gente que se agolpaba a su alrededor, podía oír incluso sus propios pensamientos. Todo el mundo esperaba su turno en el más absoluto de los silencios.

Giró sobre sus talones y se dirigió hacia la puerta del horno encendido. Antes de abrirlo, echó una mirada a la miríada de gente que se arremolinaba dentro de la tienda. Se había corrido la voz de que ellos todavía hacían pan a cambio de nada, por lo que muchos vecinos suyos habían acudido para ver si podían obtener algo.

Enes suspiró y desvió su mirada hacia Lejla. Tenía una mueca totalmente desencajada y se estaba deshaciendo en lágrimas. Por la mañana, al ir a abrir, se habían encontrado con demasiada gente y habían tenido que pedir que se fuera a más de la mitad de ella. Con el ejército merodeando la ciudad, no querían tener la puerta abierta. Además, no tenían demasiada harina para amasar suficiente pan para todos. Lejla no había podido resistir las súplicas y lloros de algunos de sus conciudadanos y se había venido abajo. En aquel momento se encontraba sentada en una banqueta en una esquina con el rostro cubierto con las manos para que nadie pudiera ver las lágrimas de impotencia que brotaban de sus ojos.

Enes había estado trabajando todo ese tiempo solo. Las miradas languidecientes de los presentes se clavaban en sus manos mientras él intentaba estirar la masa al máximo para intentar hacer el mayor número de pequeños panes posible. Hombres y mujeres; niños, jóvenes y ancianos. Todos reflejaban el cansancio y el sufrimiento en sus rostros huesudos. Enes escudriñó todas las caras y reconoció a algunos amigos que les habían ofrecido su ayuda cuando llegaron hacía algún tiempo a Srebrenica desde Sarajevo. Otros, en cambio, formaban parte de una masa informe de personas que más se asemejaban a muertos vivientes que a seres humanos. Todos, sin embargo, mostraban una brizna de esperanza de poder volver a casa con algo que llevarse a la boca.

Había horneado los primeros panes hacía un rato, pero creía que no debía empezar a repartirlos antes de acabar con todos, porque, de lo contrario, podía formarse un tumulto incontrolable. Aunque realmente necesitara la ayuda de Lejla, no podía pedirle que dejara su momento de debilidad y encontrara fuerzas de flaqueza, por lo que estaba empezando a notar que el ritmo frenético de la mañana comenzaba a hacer mella. La mirada se le nublaba durante unos segundos cada cierto tiempo, pero no quería mostrar ningún signo de fragilidad para que no se preocupara nadie. Había aprendido a ocultar el dolor bajo una expresión serena que disimulaba la agonía que estaba padeciendo.

Miró a través del cristal del horno y contó veinte pequeñas hogazas de pan. Sumadas a las trece anteriores, estimaba que podría dar una a casi la mitad de los que allí se habían congregado. Fijó su mirada en el bol con la masa que todavía restaba por ser cocida y calculó que podría sacar otras diez pequeñas hogazas. Con eso no podría dar una a cada uno, pero era lo máximo que podían hacer. Además, se habían quedado sin provisiones, por lo que en los próximos días no podría volver a hacer más pan para intentar paliar las carencias de sus conciudadanos. A muchos ni tan siquiera los conocía, pero algo en su interior le decía que debía ayudar sin atender a quién. De pronto, se dio cuenta de que, repartiendo esas hogazas, incluso Lejla y él no tendrían qué llevarse a la boca con el paso de los días.

Suspiró ante el desesperante panorama que se les presentaba delante y cogió los guantes para poder abrir la puerta del horno. Antes de poder ponérselos, sin embargo, se escuchó un murmullo ahogado que hizo que girara rápidamente la cabeza hacia su mujer. Al ver que ésta estaba bien y que ella también había levantado la vista para intentar ver lo que sucedía, sintió alivio durante un segundo. Intercambió una mirada de extrañeza con Lejla y ambos se dirigieron al otro lado del mostrador. El gentío que les rodeaba hacía difícil avanzar. Un sollozo silencioso era lo único que se escuchaba, porque todos los congregados contenían la respiración. Enes pudo distinguir que un pequeño corro se había abierto en el lugar desde el que provenía el sollozo y se abrió paso como pudo hasta allí.

Al llegar al lugar, la sangre se le heló por completo. Cruzó una mirada horrorizada con Lejla antes de poder avanzar. En medio del espacio abierto entre las personas, una mujer yacía en el suelo con los ojos cerrados. Era una mujer de mediana edad, pero la extrema delgadez hacía que las duras facciones de su rostro le confirieran el aspecto de una anciana. Las huesudas manos de la mujer se encontraban abiertas contra el frío suelo del lugar. Su boca permanecía medio abierta, confiriendo una apariencia cuasi momificada a la mujer.

—Mamá, mamá, despierta —suplicaba un niño.

Aquel pequeño era lo más descorazonador de todo. Se encontraba de rodillas con las manos sobre el pecho de su madre. Estaba zarandeando el cuerpo de la mujer de un lado a otro, intentando que ésta despertara. Enes se arrodilló a su lado y apartó las manos del muchacho del cuerpo de su madre. El niño lo miró con extrañeza, pero Enes le hizo un gesto casi imperceptible acompañado de una ligera sonrisa. Cuando el crío se apartó un poco de la mujer caída, Enes tomó su brazo e intentó encontrarle el inexistente pulso. Acercó también su oído al pecho para comprobar que la mujer había muerto. Buscó fuerzas en su interior y negó con la cabeza al volverse hacia Lejla. Un gemido de dolor se extendió por toda la estancia.

Enes sintió que le tiraban de la parte de atrás de la camisa. Al girarse vio al pequeño huérfano tras de sí.

—Señor, ¿cuándo va a despertar mamá? —preguntó de manera inocente.

No sabía qué debía decir. No estaba preparado para decir a ese muchacho que su madre no iba a despertar nunca más. Por eso, Enes agradeció que fuera Lejla quien tomara la iniciativa en aquel momento.

—Hola, querido —interpeló al niño—. Tu mamá se ha quedado dormida. Muy profundamente dormida. Y no va a despertar.

—¿Me está diciendo que está… muerta? —sorprendió a todos los presentes el niño.

—¿Quién te ha explicado lo que significa eso, cariño? —prosiguió Lejla.

—Mamá me contó que papá se había ido a un viaje del que no iba a volver hace un año. Le dije que quería ir de viaje con él y me tuvo que explicar que había muerto. Eso es que se ha ido a vivir con los ángeles, ¿no es cierto, señora?

—Sí, cariño. Eso es —sonrió dulcemente ella—. Mamá seguro que echaba mucho de menos a papá y ahora se ha ido a vivir con él entre los ángeles también. Pero no te preocupes, porque allí arriba todo estará perfectamente. Por cierto, mi nombre es Lejla y éste es mi marido, Enes. Hacemos pan. ¿Quieres ayudarnos?

—Sí, señora Lejla. Me encantaría —comentó inocente el niño. Todos fueron conscientes de que el pequeño no entendía el alcance de lo que acababa de ocurrir, porque se mostraba indolente y abstraído.

—Perfecto entonces. Y, por favor, no me llames señora. Llámame solamente Lejla. Pero todavía no nos has dicho cómo te llamas tú —intentó averiguar ella.

—Mi nombre es Adnan. Y mi madre se llama Ajla Tahirović —comentó mientras se levantaba y cogía la mano de Lejla.

—O sea que tu nombre es Adnan Tahirović. Nosotros somos la familia Salihović. Acompáñame —dijo Lejla.

Enes se levantó y se encaminó junto a ellos hacia el otro lado del mostrador. Sugirió a Lejla y Adnan que se sentaran en las banquetas que se encontraban en la esquina mientras él acababa de hornear el pan.

Cuando abrió el horno se dio cuenta de que un poco más y las hogazas se habrían quemado. Menos mal que había vuelto a tiempo, porque, si no, habrían desperdiciado gran parte de las pocas provisiones que les quedaban. Pero ése no era el mayor problema que tenían en aquel momento. No sabía qué iban a hacer con el huérfano. Tenía que pensar algo, porque no podían dejarlo a la intemperie en la situación en que se encontraban.

—Lejla, tengo hambre —la voz de Adnan interrumpió el silencio que se había vuelto a adueñar de la panadería.

—No te preocupes, cariño. Ahora te daremos un poco de pan —respondió Lejla. Antes de que una queja generalizada se extendiera entre los presentes, ella preguntó a Adnan—. ¿Hace cuánto que no coméis tu mamá y tú?

—Yo como todos los días. Pero mamá decía que no tenía hambre. Y eso que las sopas que preparaba estaban buenísimas.

Se escuchó un murmullo que entremezclaba asombro y protesta.

—¡Maldita sea! —protestó un señor de avanzada edad que se encontraba cerca del mostrador. — El asedio serbio no deja que entren provisiones. ¡Nos van a matar de hambre!

—Esta pobre mujer ya es la octava persona que muere de hambre en los últimos días —replicó otra señora que se encontraba algo más alejada—. ¡Ocho! Poco a poco vamos a caer todos.

—Señores, por favor —imploró Enes a pleno pulmón—, compórtense. Entiendan que todas estar protestas no ayudan en la situación que acabamos de vivir. Necesitamos serenarnos todos y continuar como lo hacíamos hasta ahora. De nada sirve quejarse.

Lejla sonrió a Enes por el intento de éste de mantener el control antes de que pudiera estallarles entre las manos. No podría soportar tener que echar a más gente de la panadería aquel día. Enes, en cambio, estaba más preocupado por lo que pudiera pasar a partir de aquel momento. En su cabeza se libraba una batalla entre las dudas sobre cómo actuar en el caso de Adnan y sobre qué podían hacer en la situación que vivía la ciudad.

—Pero, señor Salihović —interrumpió sus pensamientos otra voz femenina—, lo único que hacemos ahora es intentar sobrevivir para que dentro de nada vayan a venir los soldados serbios y acabar con nosotros.

—No tiene por qué ser así —comentó Enes a la par que introducía las hogazas restantes al horno—. Podríamos rendirnos todos e intentar vivir en paz con ellos. No olvidéis que todos los que están ahí fuera eran nuestros vecinos. Incluso algunos puede que fueran vuestros amigos. Yo también tengo uno de esos en alguna parte de nuestro país. Y sé que todos ellos en el fondo lo único que quieren es poder vivir en paz.

Las palabras de Enes parecieron convencer a los presentes, porque nadie más volvió a abrir la boca. Él, en cambio, no estaba demasiado convencido de lo que había dicho. Era verdad que lo mejor que les podía pasar era que una rendición pusiera fin a ese infierno, pero no creía que las fuerzas internacionales que se congregaban en la ciudad fueran a aceptar una solución como esa. Ojalá les abrieran las puertas y todo se solucionara.

Mientras andaba en esas cavilaciones, Lejla se acercó para susurrarle algo.

—Dame dos hogazas para que pueda ir a casa con Adnan, *moj svijet* —le dijo.

Enes se alegró porque hacía demasiado tiempo que Lejla no utilizaba esa expresión cariñosa. Parecía que tener que hacerse cargo de Adnan le había devuelto la vitalidad que había perdido desde que todo comenzara. Sin embargo, no entendía que se quisiera llevar tanto pan con ella.

—Pero si te doy dos hogazas, habrá más gente que no pueda comer de los que están aquí, *moj golube* —repuso él.

—Lo siento por todas estas personas. De verdad que lo siento. Pero ahora que tenemos a Adnan a nuestro cargo —dijo señalando al niño que todavía estaba sentado en la banqueta—, debemos empezar a cuidar también de nosotros mismos.

—No podemos quedarnos con el crío —se sorprendió él.

—Ya has oído que no tiene ni padre, ni madre —continuó Lejla—. Como comprenderás, no voy a dejar que muera de hambre como acaba de hacerlo su madre. Puede vivir con nosotros. Sabes que tenemos sitio de sobra en casa.

—No es por eso, Lejla —se lamentó Enes—. Es que no tenemos casi comida suficiente para los dos, como para tener que alimentar otra boca más.

—¡Por el amor de Alá, Enes! —protestó ella—. ¿Desde cuándo tienes una piedra en lugar del corazón? ¿Esta mierda de situación te va a convertir en un monstruo?

El hecho de que esas palabras salieran de boca de su mujer sorprendió a Enes. No sabía qué responder, porque ella tenía razón, por lo que simplemente asintió avergonzado y ruborizado ante Lejla.

—No se hable más, querido Adnan —dijo ella dirigiéndose al niño—. Nos vamos a tu nueva casa. Espero que te guste.

Todos los presentes vieron cómo ella cogía dos hogazas recién horneadas y las metía en su bolso. Nadie se atrevió a protestar por miedo a que los echaran de allí sin la posibilidad de hacerse con algo de alimento que les ayudara a sobrevivir aunque fuera unos pocos días más. Abrieron un estrecho pasillo para que pasaran Lejla y Adnan. Enes vio alejarse a las personas que desde aquel momento le iban a estar esperando en casa cada vez que volviera.

Volvió a sumergirse en sus pensamientos. Unos pensamientos que oscilaban entre el miedo al futuro que le deparaba la nueva adopción de

Adnan y la ínfima esperanza de que una posible rendición les permitiera recuperar la normalidad. Miró a través del cristal del horno y se centró en la cocción de las hogazas de pan que estaba preparando para repartir a algunos pocos afortunados que se encontraban allí.

9 DE JULIO DE 1995

Srebrenica, 9 de julio de 1995

Llevaba ya horas en esa espera solitaria y aburrida. Las estrellas del cielo habían sido su compañía durante las últimas horas. No se podía permitir ni tan siquiera dormitar, por lo que se entretenía con cualquier cosa que pasara frente a sus ojos. Miraba el reloj nervioso cada poco tiempo. Se suponía que iban a llegar hacía algunos minutos, pero la espera continuaba sin novedad alguna. Se empezó a impacientar. A través de los cristales los primeros rayos del día habían entrado hacía ya algún tiempo. Miró hacia afuera y percibió que el trasiego de personas ya volvía a empezar. Se desperezó y se puso en pie.

Tres golpes secos en la ventana lateral de la caseta prefabricada de guardia lo sacaron de su ensimismamiento. Era Nemanja. Él no se suponía que era el relevo. Llevaba un buen rato esperando a Branko para echarle la bronca por llegar tarde a su turno de guardia.

Antes de que pudiera tan siquiera refunfuñar, Nemanja le hizo un gesto para que saliera de la garita. Stjepan abrió la puerta.

—¿Para qué me haces salir, si no ha venido mi relevo? —preguntó extrañado Stjepan—. Sabes que no puedo salir de aquí hasta entonces.

—Ya lo sé, pero traigo órdenes del teniente. Todas las personas que estén disponibles deben dejar lo que estén haciendo y acudir rápidamente al punto de reunión.

—Pero eso será para el resto, idiota —enseguida se arrepintió de haber utilizado ese adjetivo—. Lo siento, llevo todo un día sin dormir y ya sabes que me pongo de muy mal humor.

—No pasa nada, Stjepan —rio a mandíbula batiente Nemanja—. Ya sé que eres un poco cascarrabias. En cuanto a lo de abandonar tu puesto, no te preocupes. Ya he preguntado al teniente y me ha dicho que puedes salir de la garita aunque no venga nadie. Pero me ha insistido en que no tardemos más de cinco minutos o literalmente ha dicho que nos pondrá a pelar patatas hasta que no nos queden fuerzas ni para morir.

A la vista del tono de la amenaza de su teniente, Stjepan entendió que el breve momento de complicidad que habían tenido hacía algunos días había desaparecido por completo. Volvía a ser el grosero con aires de superioridad que había sido toda su vida. Por eso, se apresuró a coger la chaqueta y todas sus cosas para salir hacia el punto de encuentro designado.

—Puto Branimir —se quejó en un momento—. Siempre igual…

—Eh, tío, ya sabes que a Branko no le gusta que le llamen así —protestó Nemanja en defensa de su amigo.

—¡Por eso lo hago! Estoy hasta las narices de que siempre se salga con la suya. Se libra de todo y parece que tiene bula para hacer lo que le dé la puta gana —se mostró ofendido Stjepan—. Y todo por ser hijo de quien es. Es que no es justo, joder.

Un silencio incómodo los acompañó durante unos cuantos metros del camino. Cuando ya se estaban acercando al punto de encuentro, Nemanja cogió a Stjepan del brazo.

—No creo que tengas que ser tan injusto con el resto, Stjepan —le espetó—. Muchos lo estamos pasando mal, pero no lo pagamos con nuestros compañeros. Además hoy Branko no se ha librado por influencia de su padre. Hoy todos estamos convocados. Sin excepción.

—Tienes razón. Me ha podido la mala leche —resolló Stjepan—. Menos mal que todo esto tiene pinta de acabar pronto. Creo que necesito unas vacaciones y volver a ver a mi gente.

Llegaron antes de lo previsto, por lo que todavía faltaban muchos de sus compañeros. Stjepan estaba pensando en la reprimenda que les iba a caer después por culpa de sus compañeros. Empezó a cabrearse otra vez cuando divisó a la unidad de voluntarios griegos a pocos metros. Saludó a Dimitris y éste se acercó.

—¡Hace tiempo que no nos cruzábamos, eh Stjepan! —dijo Dimitris dándole un golpecito en el hombro.

—Pues sí. Será que os da miedo un poco de acción —bromeó él.

—Da lo mismo, no te preocupes. A partir de hoy, seguro que no nos pierdes de vista.

—¿Por? —se extrañó Stjepan.

—Ya verás dentro de nada. Anda, vete a formar, que por ahí viene vuestro teniente.

Stjepan se apresuró a volver a su sitio justo a tiempo. El teniente Vuković se paseó por delante de la formación en silencio durante un par de minutos. Al cabo, frenó en seco y giró sobre sus talones para mirar a sus subordinados a los ojos de manera desafiante. De pronto, un vehículo apareció en el horizonte y el teniente se agitó.

Cuando el coche frenó en seco a unos pocos metros de las unidades formadas, de su interior salió un hombre de unos cincuenta años con el pelo canoso. A Stjepan le costó unos segundos, pero al punto reconoció al señor del vehículo. El teniente Vuković y todos los demás mandos que se encontraban al frente de sus respectivas unidades se cuadraron al instante. Los soldados rasos imitaron a sus superiores.

Stjepan se sorprendió al ver que el recién llegado tenía una cara bastante redonda y compacta que estaba adornada con una agradable sonrisa que hacía que se sintiera reconfortado. Esa expresión le inspiraba una confianza indecible. Se sintió extrañado, porque nunca hubiera pensado que ése sería el sentimiento que iba a generar en él la presencia del Jefe del Estado Mayor del Ejército de la República Srpska, Ratko Mladić.

—Queridos compatriotas —comenzó a gritar Mladić—, hemos llegado lejos, muy lejos. Nadie pensaba que nos íbamos a encontrar aquí, pero hemos demostrado una vez más que los serbios somos un pueblo de luchadores y supervivientes.

Un grito de entusiasmo recorrió las filas de las diferentes formaciones. Stjepan seguía con la mirada totalmente clavada en la cara del general. Los ojos claros de Mladić irradiaban serenidad. Una serenidad que se iba adueñando poco a poco de Stjepan.

—A nadie le gusta la situación que estamos viviendo. Todos preferiríamos seguir viviendo en paz como lo hacíamos hasta que esos malditos turcos y croatas decidieron que querían desangrar nuestra patria. Pero no se lo vamos a permitir. Ni hoy, ni nunca.

Los hurras se multiplicaron entre los compañeros de Stjepan, mientras éste se limitaba a sonreír de manera tímida.

—Es una guerra de liberación nacional para la protección y la defensa de la tierra que ha sido nuestra durante siglos —prosiguió Mladić—. Somos conscientes de que la guerra no es el único medio para defender nuestros valores. Pero, si estos valores están fundamentalmente en peligro, como es el caso hoy en día, entonces la guerra es el único camino para defenderlos. Cualquier cosa que nos impida defendernos a nosotros mismos es una auténtica injusticia. No queríamos esta guerra, nos han empujado a ella, igual que han hecho siempre. Y defender a nuestro pueblo es un deber sagrado.

Stjepan no pudo sino asombrarse de la increíble oratoria del general Mladić. Acababa de resumir miles de años de injusticias contra el pueblo serbio en apenas unos segundos. El asombro de Stjepan iba en aumento ante la figura de aquel hombre.

—He recibido órdenes de nuestro presidente de la República Srpska, el compatriota Radovan Karadžić, para que iniciemos la toma de la ciudad. Srebrenica volverá antes de lo que podéis pensar a manos del pueblo legítimo de cuya madre patria nunca debió ser cercenada. Os prometo que no vamos a dejar ni un solo centímetro de tierra serbia fuera de nuestro control. Vamos a reunir toda la tierra que nos corresponde en el seno de la Gran Serbia que va a ver la luz gracias a nuestras acciones de hoy. Y cuando yo garantizo algo, es como si os hubiera dado su palabra el Todopoderoso.

Un rugido eufórico salió de las gargantas de absolutamente todos los presentes. Stjepan coreó junto a sus compañeros vítores en honor a la patria serbia. Cuando se calmaron los ánimos, Stjepan volvió a clavar su mirada en los ojos serenos y la sonrisa calmada de Mladić. Por primera vez en mucho tiempo, sintió que podía confiar su vida y el futuro de su pueblo en manos de alguien, de aquel hombre. Sonrió plácidamente y se dirigió a preparar su armamento tras la orden del teniente. Antes de entrar en el arsenal, cruzó una última mirada con Dimitris, que lucía una amplia sonrisa en su cara. Stjepan contuvo el aliento y alzó la mirada hacia el cielo, intentando buscar el beneplácito de su amigo fallecido.

11 DE JULIO DE 1995

Srebrenica, 11 de julio de 1995

La mañana había amanecido con menos luz de la habitual. No sabía si era por el tiempo o por su estado de ánimo, pero se sentía más cansado de lo normal. Llevaba ya un par de días sin poder pegar ojo y el cansancio había empezado a hacer mella. Lo único que hacía era otear el horizonte para intentar ver si se había producido algún cambio sustancial que les fuera a afectar. Él tenía claro que la situación únicamente iba a solucionarse mediante una rendición incondicional de Srebrenica. Ni tan siquiera las fuerzas internacionales que supuestamente defendían la ciudad iban a ser capaces de parar el ataque que ya había comenzado.

Se quedó con la mirada clavada en la calle a través de la ventana del salón. Lejla y Adnan todavía estaban descansando. A ellos el cansancio sí que les permitía descansar. Enes sentía una envidia sana, porque los días se le hacían eternos. Cada vez que cerraba los ojos, creía oír algún ruido que podía indicar que el ataque al centro de la ciudad era inminente. Por si acaso, él había obligado a su mujer y al recién adoptado niño a dejar preparadas unas pequeñas mochilas con las cosas imprescindibles en caso de una huida imperiosa. Según Lejla, desde las primeras noticias de la incursión serbia en la zona segura, se había vuelto un poco paranoico. Poco le importaba, porque sabía que tarde o temprano iban a tener que abandonar temporalmente aquel lugar hasta que se restableciera mínimamente el orden.

Subió a la habitación para comprobar que Lejla estaba bien. Abrió la puerta con sumo cuidado y se tumbó junto a ella. Intentó relajarse y cerrar los ojos, pero su cuerpo seguía en tensión. Alargó un brazo para rodear el cuerpo cálido de su mujer. Enes pensó que la pobre dormía como una bendita debido a la debilidad que ya se hacía patente tras tanto tiempo ingiriendo pocos alimentos. Respiró profundo un par de veces antes de levantarse lentamente. Quería que al menos ella pudiera descansar.

Tras echar una breve ojeada al cuarto donde dormía Adnan, decidió bajar de nuevo a la cocina a prepararse un poco de té que le despejara. Puso el agua a hervir antes de tomar entre sus manos el tarro con las hojas de té negro que guardaban. Ya se les estaban acabando, por lo que tomó menos cantidad de la habitual. Pasaron un par de minutos antes de que el agua empezará a bullir. La vertió en la taza que había preparado con las hojas de té y se dirigió con cuidado hacia el salón.

Nada más llegar, dirigió su mirada al exterior. Se quedó petrificado al instante. La taza se le escurrió de entre las manos y estalló al golpear el suelo. Al final de la calle, una marabunta de personas incontroladas corría en dirección norte. Parecían almas perseguidas por el diablo. En aquella ocasión, en cambio, puede que fuera mejor que las persiguiera el propio demonio en vez del enemigo que Enes sabía que aparecería en unos minutos tras ellos. Se escucharon unos disparos lejanos. El sitio había finalizado. El ataque final a la ciudad ya estaba teniendo lugar. Sus peores presentimientos se estaban cumpliendo.

Saliendo del salón se clavó un trozo de la porcelana de la taza en el pie. Tuvo que parar para extraerse ese pedazo de loza. Apenas sangraba, por lo que no se demoró demasiado en reanudar la marcha. Corrió escaleras arriba hacia la habitación.

—Lejla, cariño —gritó desde el umbral de la puerta—. Levanta. Tenemos que marcharnos ya. Adnan, despierta. Coge tu mochila. Nos vamos.

Las palabras se le entrecortaban. No sabía si le costaba recuperar la respiración por el esfuerzo de subir las escaleras corriendo o por el sobresalto de ver a sus conciudadanos huir despavoridos. Lejla se levantó de un salto, se calzó rápidamente y cogió tanto su chaqueta como la de

Enes. Ambos corrieron a la habitación contigua y vieron que Adnan todavía se estaba desperezando.

—Rápido, muchacho —se desesperó Enes—. ¡Que no tenemos todo el día! Debemos ser lo más rápidos que podamos.

—Pero —preguntó el niño—, ¿dónde vamos a ir si ya están en la ciudad?

—No te preocupes por eso ahora —replicó Enes—. Vamos a ir al mismo sitio que nuestros vecinos. Tenemos que llegar hasta Potočari y pedir a los soldados holandeses que están allí que nos dejen entrar en su recinto. Ahí seguro que los serbios no nos hacen nada.

Adnan terminó de estirarse y se levantó de la cama bostezando. Al ver que tardaba más de lo previsto, Enes cogió la mochila del crío también. Los tres corrieron escaleras abajo. Lejla corrió a la cocina para recoger provisiones.

—No te entretengas, *moj golube* —dijo Enes—. Coge lo primero que haya a mano y vámonos. Ya nos darán algo los holandeses.

—Cogeré la última hogaza de pan que nos queda y el trozo de queso que hay encima de la mesa —comentó con tristeza Lejla—. ¿Pero no deberíamos pasar por la panadería a asegurarla?

—Cuando todo esto se calme, volveremos a la panadería, no te preocupes. La aseguremos o no, a la vuelta nos la encontraremos del mismo modo —argumentó sin explicar que estaba seguro de que cuando volvieran la panadería estaría probablemente destrozada.

Tras coger todas las cosas necesarias, los tres se dirigieron a la puerta. Enes la abrió para comprobar que no había peligro aparente en el horizonte antes de echar a correr en dirección norte. Avanzó lo más rápido que pudo durante unos cien metros antes de echar la vista atrás. Tuvo que parar en seco, porque ni Lejla ni Adnan conseguían seguir su ritmo. El pequeño y su mujer se habían agarrado de la mano y avanzaban a paso ligero, pero sin correr.

—¡Vamos! —se exasperó—. Si no avanzamos más rápido, no vamos a llegar a ningún lado.

—Enes, por favor —se quejó ella—. Entiende que estamos cansados y Adnan no puede dar zancadas más grandes. Es un niño, por amor del cielo.

Enes contempló que no había un solo alma a la vista tras ellos. Se tranquilizó un poco, pero hizo un gesto a Lejla y Adnan para que intentaran acelerar el paso lo más que pudieran. Estaba claro que no iban a poder correr. Tendrían que avanzar a paso ligero para llegar cuanto antes a la base de Potočari. Si los serbios se decidían a seguirles, cuanto más avanzaran en aquel momento, más cerca estarían de poder salvarse de cualquier atrocidad. Calculó que únicamente unos cinco kilómetros les separaban de la seguridad de la defensa del contingente internacional. Intentó apretar un poco más el paso con el fin de llegar cuanto antes.

A los pocos metros, su calle confluyó con la carretera principal que unía Srebrenica con Potočari. Si antes habían avanzado en soledad, en aquel punto se sumaban todos los ciudadanos de la ciudad que habían tenido la misma idea que Enes. En un primer vistazo, no supo calcular de cuántas personas se trataba, pero estimó que serían unos cuantos miles. El abrigo de esa muchedumbre informe provocó que se relajara en cierta medida, porque no creía que el ejército atacara a unos civiles desarmados. Aminoró el paso y se situó a la par de Lejla y Adnan. Cogió al pequeño de la mano que tenía libre e intentó transmitirle la confianza que él en ese momento sentía.

Miró alrededor y únicamente vio caras languidecientes que acompañaban a los movimientos de los cuerpos mortecinos que avanzaban junto a ellos. El cansancio, la desesperación y las incontables noches en vela se reflejaban en los rostros de todas y cada una de las personas que habían emprendido esa marcha hacia zona segura. Reconoció a algunos vecinos y amigos, pero ninguno prestaba atención más allá de sus propios acompañantes. El objetivo era llegar cuanto antes a Potočari y nadie se podía permitir perder el tiempo en saludos infructuosos. Así, los tres avanzaban en silencio, intercambiando miradas que entremezclaban el miedo, el agotamiento y la esperanza en un nuevo comienzo.

Caminaron sin mediar palabra hasta alcanzar Gostilj. Enes frenó y consiguió que Lejla y Adnan también pararan con él. Se apartaron unos metros de la muchedumbre.

—Podemos descansar un par de minutos, si queréis —comentó Enes a la vista de la expresión de fatiga de Adnan—. Ya hemos hecho algo más de medio camino y no veo que nos persiga nadie por ahora. Además —añadió señalando la corriente de gente que continuaba avanzando por la carretera principal—, estaremos a salvo entre tanta gente.

—Ven, vamos por aquí —le dijo Lejla al pequeño Adnan—. Hay una fuente justo ahí y nos vendrá bien refrescarnos con el calor que hace ahora mismo.

Los tres se encaminaron hacia la dirección que señalaba Lejla y encontraron la fuente a los pocos segundos, tal como ella había predicho. Había una cola de gente esperando a poder beber un poco de agua de aquel mínimo chorro que manaba de una fuente vieja y destartalada. Mientras esperaban su turno, un temor asaltó a Enes.

—*Moj golube* —interpeló cariñosamente—, sabes que siempre he respetado y compartido todo lo que has hecho. Pero ahora no crees que… no sé… que tal vez fuera mejor…

—¿Quieres acabar la frase de una vez?

—Quizá fuera mejor que te quitaras el pañuelo para intentar pasar desapercibidos —explicó Enes visiblemente avergonzado con la mirada clavada en el suelo.

—¡Lo que nos faltaba! —se quejó Lejla—. Sabes y siempre has sabido cómo soy, qué pienso… y en qué creo. Sabes perfectamente que no es una opción. No me lo voy a quitar. Es fácil decirlo para ti, que nunca le has dado tanta importancia a nuestra religión. Pero no todo el mundo somos como tú, Enes.

—Tal vez nos diera más oportunidades en caso de que el ejército serbio nos alcanzara.

—Pero ¿tú te oyes? —se enfadó Lejla—. Mira a tu alrededor. Daría lo mismo que yo me quitara el pañuelo. ¿Has visto la de mujeres que tenemos alrededor con él puesto? ¿De verdad crees que harían diferencias entre ellos y nosotros o tomarían decisiones indiscriminadas? Además, aunque me quitara el pañuelo, podrían distinguir a qué bando pertenecemos por nuestra piel, Enes.

—Tienes razón… —confesó él aún avergonzado.

—¿Y no eras tú el que creías que una rendición de la ciudad nos iba a librar de cualquier venganza de esos bárbaros? —preguntó con ironía Lejla.

En ese momento Enes levantó la cabeza de golpe. No se había esperado esa reacción de su mujer. Sintió que tal vez no debería haber sacado ese tema, porque ella se lo había tomado como una ofensa personal casi imperdonable.

—Es cierto que yo creía que la rendición era la única opción para librarnos de cualquier represalia. Pero lo que ha sucedido no es una rendición. Sabes tan bien como yo que ha habido algunos soldados o simpatizantes del ejército bosnio que han intentado hacer frente a las unidades que habían entrado en el área segura de la ciudad. Incluso las fuerzas internacionales han intentado frenar su avance con algún que otro conato de enfrentamiento. Nada serio, claro, porque saben que tienen las de perder. Pero suficiente para que no sea una rendición pacífica. — En ese instante paró de hablar y tomó aire. — Bueno, da lo mismo. No es algo que podamos arreglar tú y yo. Perdona por el comentario de antes. Es que ahora estoy más preocupado que hace unos días por nuestro futuro y no quisiera que nos pasara nada.

Ella le besó la mejilla en señal de reconciliación. Los dos se fundieron en un abrazo ante la mirada estupefacta del pequeño Adnan. Justo en aquel momento les tocó el turno. Bebieron los tres y reanudaron la marcha en silencio junto al resto de personas de avanzaban hacia Potočari.

Se puso a contemplar a los compañeros de viaje que les habían tocado en suerte. Numerosas mujeres llevaban en los brazos a sus hijos. Algunos lloraban, otros simplemente dormitaban por los movimientos de vaivén al andar. Los hombres de mediana edad se habían colocado, de manera inconsciente, en los laterales de la marcha, como si su mera presencia pudiera defender al resto de la comitiva. El silencio era casi cortante.

Al cabo de casi una hora, Enes divisó una muchedumbre que se arremolinaba cerca de una verja. Ya habían llegado prácticamente. Enes aceleró el paso y en menos de un par de minutos estuvieron junto al resto de sus compañeros de marcha a escasos metros de la valla delimitadora de la base de las fuerzas de las Naciones Unidas.

—Esperadme aquí —dijo Enes—. Yo voy a intentar acercarme a la entrada para que nos dejen entrar.

Intentó abrirse paso entre la gente. Todos se apretaban para intentar alcanzar la valla. Él zigzagueó y consiguió llegar a escasos metros de la puerta. Allí dos soldados rubios guardaban la entrada del recinto desde dentro. No tenían cara de muchos amigos. Agarraban sus fusiles con fuerza, como si alguien fuera a quitárselos. Un murmullo incomprensible se extendía entre los hombres que se habían agolpado delante de la valla.

—¡Por favor! —rompió finalmente el silencio un vecino de Enes en Srebrenica—. Abran la puerta para que podamos entrar. Sólo queremos refugiarnos ahí dentro hasta que se estabilice la situación.

—Lo siento, señor —respondió uno de los soldados en serbio con un marcado acento extranjero—. Tenemos órdenes de proteger la entrada para evitar cualquier tipo de altercado. Nadie ajeno a las unidades aquí apostadas tiene permiso para ingresar en el recinto.

—Pero somos seres humanos, no perros —protestó otro—. No podéis dejarnos aquí a merced de lo que quieran hacernos esos serbios.

—Serbobosnios —replicó el otro soldado—. No se olviden de que son conciudadanos suyos. El problema no es nuestro. Es suyo. Nosotros hemos venido a ayudar, pero no pondremos en peligro nuestra integridad por nada.

—Entonces, ¿para qué coño estáis aquí? —gritó uno que estaba al lado de Enes.

—Estamos para cumplir órdenes —insistió el segundo soldado—. Ni más, ni menos. Y no tengo ganas de discutir más. ¡Dispérsense! ¡Es una orden!

La desesperación iba en aumento. Algunos hombres parecían estar enojándose, mientras otros estaban llorando desconsoladamente. Enes experimentaba una mezcla de sentimientos que no sabía cómo describir.

—Por favor, señor —suplicó Enes por encima del murmullo generalizado—, al menos dejen que nuestras mujeres y niños puedan resguardarse en la base. Nosotros nos buscaremos la vida, pero ellos necesitan su ayuda, por favor.

Estaba al borde de las lágrimas. Esperaba que al menos esos soldados tuvieran compasión de sus acompañantes. Él se escondería en el bosque todo el tiempo que hiciera falta, pero necesitaba saber que Lejla iba a estar a salvo.

—Ni niños, ni mujeres, ni nadie —se irritó el soldado enfurecido—. ¡Aquí no va a entrar ni Dios!

El holandés había utilizado la expresión con alevosía. Eso, unido a la terquedad en no dejar entrar a nadie en el campamento, hizo que los ánimos de los más jóvenes se exacerbaran. Algunos, enardecidos, corrieron hacia la valla y se agarraron a ella. Comenzaron a tirar de la alambrada con fuerza, como si quisieran echarla abajo. No era más que un acto de protesta, pues sabían que si la derribaban tampoco esa zona les serviría para ponerse a salvo. Los soldados holandeses, en cambio, no lo entendieron así y, tras cargar las armas, las dirigieron hacia la muchedumbre a la vez que gritaban cosas ininteligibles a pleno pulmón. Otros soldados acudieron corriendo en ayuda de sus compañeros.

Enes se sintió totalmente descorazonado. Volvió al lugar donde había dejado a Lejla y Adnan. Todavía continuaban allí. Su mujer hablaba de manera distendida con el pequeño. Enes no sabía qué les iba a decir.

Esperaba poder encontrar las palabras adecuadas. Pero no le hizo falta, porque Lejla leyó su expresión e intentó reconfortarlo con una mirada llena de ternura y dulzura.

Se escuchó una voz lejana que gritaba. Era la llamada al rezo del mediodía. Por primera vez en mucho tiempo, Enes acompañó a su mujer y el nuevo miembro de su familia a un rincón más tranquilo. Identificaron dónde quedaba oriente y se arrodillaron para llevar a cabo el Dhuhr.

11 DE JULIO DE 1995

Srebrenica, 11 de julio de 1995

Debía mantener los ojos bien abiertos. Probablemente no fuera a pasar nada. Sin embargo, no quería ponerse en peligro por nada. La silueta de las casas de la ciudad se erguía imponente frente a él. Debían darse prisa para alcanzar aquel mismo día su destino. Resopló cansado y continuó avanzando totalmente concentrado en el camino que se extendía delante de ellos.

Un disparo se escuchó a cierta distancia y Stjepan agudizó su atención. Unos cuantos combatientes musulmanes parecían haberse adueñado de algunas armas. No podían parar el avance del ejército, pero lo estaban ralentizando.

En ese mismo instante, se escuchó el ruido de unos motores de avión acercándose. Stjepan se quedó paralizado. Era el mismo zumbido que había escuchado el fatídico día en que murió Vukašin en el ataque a Goražde. El pánico le atenazó todos los músculos. Sus compañeros corrieron a resguardarse, pero él se quedó completamente petrificado. El estruendo de los motores se escuchaba cada vez más cerca. De pronto, una mano agarró su brazo y tiró de él con fuerza hacia una casa con el portón abierto. Era Nemanja haciendo todo lo posible por poner a salvo a su compañero. Entraron en ella justo a tiempo para escuchar a los aviones sobrevolar esas primeras casas de las afueras de Srebrenica. A lo lejos se escuchó una explosión que estremeció a Stjepan.

Cuando hubieron dejado de escuchar el rugir de los motores de los aviones de las fuerzas internacionales, el resto de sus compañeros regresó a sus puestos, pero Stjepan no pudo moverse durante unos segundos. Nemanja volvió a su lado.

—¿Estás bien, Stjepan?

—Los motores de los aviones... No sé... Me ha recordado... —balbuceó Stjepan.

—Entendido —cayó en la cuenta Nemanja—. No te preocupes. Intenta sobreponerte ahora, amigo. Tenemos que seguir avanzando antes de que el teniente nos sancione.

Se levantó de la esquina en que se había acurrucado y se dirigió hacia la calle de nuevo. Siguieron avanzando hacia el centro de la ciudad. Caminaban poco a poco con el fusil en la mano. Oteaban el horizonte y escudriñaban cada esquina a la espera de ver aparecer algún enemigo. En la ciudad, en cambio, reinaba un silencio imponente. Parecía una ciudad fantasma en que nunca hubiera vivido nadie.

Poco más de media hora más tarde llegaron a las cercanías de la mezquita. Un aullido eufórico se extendió entre las filas de la unidad de Stjepan. Habían retomado el control de la ciudad haciendo frente a unos sublevados en desbandada y unas fuerzas internacionales totalmente inanes. Stjepan alzó el fusil al aire y gritó mirando hacia el cielo.

—¡Por la Madre Serbia! ¡Por nuestros mártires! —dos lágrimas rodaron por sus mejillas. Al momento bajó el tono de voz y susurró—. Esto va por ti, Vukašin, esto va por ti.

La algarabía de sus compañeros iba en aumento. Algunos lanzaban sus cascos al aire, mientras otros continuaban con la tarea de asegurar el perímetro y cerciorarse de que no hubiera ninguna amenaza en las casas circundantes. Pero para Stjepan era obvio que prácticamente todos los musulmanes del área habían huido. Miró en derredor y contempló que parecía un lugar normal. Estratégico, pero normal.

De pronto, el vocerío disminuyó hasta casi detenerse. Stjepan se extrañó, pero escucho otro tumulto distinto acercándose. Las voces resultaban más confusas que las de sus compañeros. Todos se giraron y al poco vieron aparecer un grupo de personas uniformadas tras de ellos. Stjepan no pudo más que sonreír. A los pocos segundos, tres de los integrantes del grupo se encaramaron a otra mezquita menor que se encontraba cerca de allí y ondearon su bandera. Una bandera con nueve franjas azules y blancas y una cruz.

—¡*Molon labe*! —gritó Dimitris desde abajo.

—*Molon labe* —repitió Stjepan en voz baja.

—Viva la solidaridad ortodoxa. ¡Larga vida a Grecia! ¡Larga vida a una Serbia pura! —jaleó en serbio Dimitris.

A los gritos de la unidad de voluntarios griegos se unieron los vítores de los soldados serbios. La euforia descontrolada se apoderó de todo el lugar. Dimitris se dirigió hacia donde se encontraba Stjepan con una amplia sonrisa dibujada en los labios.

—Ya está, amigo mío —comentó Dimitris mientras se lanzaba a sus brazos—. Lo hemos conseguido. Vamos a purificar Serbia.

—Casi hemos acabado, Dimitris. Casi hemos acabado —pronunció como si fuera un deseo Stjepan.

Una vez más, el jolgorio disminuyó considerablemente. El rugir de unos motores volvió a irrumpir en escena. Tras unos instantes de incertidumbre, tres todoterrenos descapotables hicieron su entrada triunfal en Srebrenica. En el primero de ello, un hombre saludaba eufórico de pie en los asientos traseros del primer vehículo. Stjepan lo reconoció al momento. Su sonrisa plácida y su mirada serena no se olvidaban fácilmente. Era el general Mladić. Los soldados entraron en éxtasis al ver la escena.

En el segundo coche, los generales Živanović y Krstić se mostraban más calmados. Estaban sentados el uno al lado del otro en los asientos traseros, mirando exultantes a la multitud. En el tercer coche, el teniente Vuković y otro par de oficiales asistían al espectáculo entusiasmados.

Al llegar al cruce de caminos que se encontraba cerca de la mezquita, los tres todoterrenos pararon el motor. Los pasajeros del segundo y el tercer vehículo bajaron de ellos, pero Mladić se mantuvo de pie en el suyo. Miraba a los soldados a los ojos y ofrecía una sonrisa sincera a todos ellos.

—Queridos camaradas —gritó a pleno pulmón el general—, hoy es un gran día. Aquí estamos, en el once de julio de este año 1995, en la Srebrenica serbia. En la víspera de otra gran fiesta serbia entregamos esta ciudad a la nación serbia, recordando el levantamiento contra los turcos. Ha llegado el momento de vengarse de los musulmanes

Estas últimas palabras las pronunció en un tono que destilaba el odio profundo que sentía el general por los musulmanes que habitaban aquellas tierras desde la dominación turca. Ese deje, sin embargo, exaltó más los ánimos de la multitud que se había congregado en torno a los vehículos.

Mladić por fin bajó del todoterreno. Los oficiales que habían ido en los otros vehículos se cuadraron ante su presencia. Stjepan observó que hablaban entre ellos. El último en hablar fue el teniente Vuković. Tras eso, la comitiva de gerifaltes se encaminó hacia donde estaban Stjepan y Dimitris, que se miraron con cara de asombro.

—Con que usted es el dirigente del grupo de nuestros hermanos griegos —afirmó sonriente Mladić estrechando la mano de Dimitris—. Han hecho un gran trabajo.

—Gracias, señor —respondió Dimitris a la vez que se cuadraba—. Es un honor para nosotros ayudar a nuestros hermanos ortodoxos. Un ataque al pueblo serbio es un ataque al pueblo griego también.

—La nación serbia tiene una deuda con ustedes que nunca olvidaremos.

Tras pronunciar esas palabras, dirigió su mirada hacia Stjepan. A éste se le heló la sangre. Todos los músculos de su cuerpo se agarrotaron y las rodillas empezaron a temblarle. Tragó saliva a duras penas al ver que la mano del general se dirigía hacia él.

—¿Cómo se llama, soldado? —preguntó con voz firme.

—Župan, señor. Soldado Župan —contestó a duras penas Stjepan.

—¿Es éste el chico, teniente Vuković?

—Sí, señor —contestó su teniente.

—Perfecto —pronunció mientras la sonrisa de su cara se hacía más profusa—. Un trabajo magnífico.

—Gracias, señor —contestó Stjepan sin saber realmente a qué se refería Mladić.

—Lo que hiciste en Tuzla fue un gran acierto, muchacho —en aquel momento comprendió de qué hablaba—. Haber disparado a Kapija durante una celebración les hizo mucho daño. Todavía no se han recuperado de él y, mira, ahora huyen como cobardes de nosotros. Esa acción nos va a allanar mucho el camino al tratar con los rebeldes musulmanes a partir de ahora.

—Gracias de nuevo, señor, pero simplemente hacía mi trabajo —apostilló Stjepan—. Es un honor para mí poder servir a mi patria. Si hubiera que volver a hacerlo, lo haría sin pestañear siquiera.

—Muy bien, soldado Župan. No te preocupes, que habrá más oportunidades cercanas para que puedas servir a nuestra gran patria serbia.

Es una seguridad poder contar con soldados como tú entre mis filas —Mladić se giró hacia el teniente Vuković y prosiguió—. Da gusto. ¡Tienes bien enseñados a tus soldados, eh, Goran!

—Así lo intento al menos, general —repuso el teniente.

El resto de oficiales profirieron una sonora carcajada ante el comentario. Parecía que todos estaban de muy buen humor. Todos volvieron a subir a sus vehículos. El teniente Vuković dirigió una mirada cómplice a Stjepan según se sentaba en el asiento del copiloto del tercer todoterreno. Stjepan se cuadró e intentó controlar el sonrojo que sentía que iba a empezar a hacerse evidente.

—Destrozad esa bandera —dijo el general Mladić en dirección hacia unos soldados que se habían encaramado a un mástil para arriar una bandera bosnia—. Destrozadla para que no vuelva a ondear nunca más. Bajadla. Eso es. ¡Bravo! —felicitó—. Y ahora, chicos, vamos hacia Potočari. Avancemos hacia Potočari y Bratunac. Sin parar, avanzad en cabeza todo el camino.

Acababan de tomar el centro de Srebrenica y el general Mladić estaba ordenando que continuaran con el ataque hasta arrinconar a todos los enemigos. Ni tan siquiera les dejaba un rato de tranquilidad. Aquello a Stjepan le parecía casi inhumano, pero no podía quejarse sin arriesgarse a que le juzgaran en un consejo de guerra.

Llevaba dos días prácticamente sin poder pegar ojo. El cansancio hacía que su mal humor se hubiera hecho más evidente a lo largo de las últimas horas. Necesitaba urgentemente una cama para descansar. Pero tenía que seguir avanzando por culpa de esos malditos sublevados musulmanes. Si no llega a ser por ellos, hubiera podido seguir con su vida tal cual era antes de que intentaran desintegrar su país. No entendía por qué lo habían hecho. Es más, los odiaba por la manera torticera en que lo habían hecho.

Cogió su fusil y se lo colgó del hombro. Se despidió de Dimitris, emplazándole a reunirse de nuevo cuando llegaran a su nuevo destino. Él tenía que ir con sus compañeros de unidad. Hubiera preferido poder ir con los voluntarios griegos, porque de sus compañeros únicamente soportaba a Nemanja. El resto le parecían unos soberbios petulantes que no hacían nada más que jactarse de su valentía cuando siempre se mantenían en la retaguardia.

Comenzó a avanzar lentamente por la carretera que se dirigía hacia el norte junto al resto de su unidad. El resto cantaban canciones patrióticas e himnos por la gloria de la nación serbia. Pero él se mantuvo en silencio, inmerso en sus pensamientos. Siguió dándole vueltas a la idea de que los sublevados musulmanes eran los verdaderos culpables del infierno en que se habían convertido su patria y su vida. No iba a perdonárselo fácilmente a esos cerdos rebeldes. Iban a pagar por cada día en que Vukašin no había podido estar a su lado. Por cada día que había pasado lejos de la comodidad y la seguridad de su hogar. Lejos de su familia y sus amigos. Iban a pagar con creces todas esas afrentas.

Mientras continuaba absorto en sus cavilaciones, el sol empezaba a descender para desaparecer lentamente tras las montañas y los bosques que rodeaban el camino por el que transcurría Stjepan de forma casi inconsciente.

11 DE JULIO DE 1995

Potočari, 11 de julio de 1995

La luz el sol ya casi había desaparecido por completo del cielo, pero la claridad todavía iluminaba el lugar. Ya apenas se escuchaban tiros o detonaciones, por lo que el ataque parecía haber finalizado por completo. Tal vez era ya el momento de poder descansar un poco del ajetreo de los últimos días. Suspiró al mirar alrededor y ver las caras de sufrimiento de sus compañeros de marcha.

De pronto, el rugido de unos motores se escuchó acercándose por el camino que habían recorrido hacía un rato. Todos dirigieron sus miradas hacia el lugar de donde procedía el sonido y Enes pudo divisar una columna de soldados serbios que se dirigían hacia allí a un ritmo trepidante. Todos avanzaban con sus fusiles en ristre oteando los alrededores. La columna de soldados seguía avanzando hacia la base de los soldados holandeses. A la cabeza de la columna, uno de los militares hablaba a través de un megáfono.

—Manténgase todos donde están —gritaba la voz rasgada del soldado por el altavoz—. Si no se mueven de donde están y no crean ningún tumulto, no les pasará nada. No intenten retroceder, porque nuestras tropas están inspeccionando cada rincón de Gostilj y cualquier movimiento sospechoso tendrá la respuesta que merece. Repito, manténganse todos donde están.

El soldado continuó repitiendo el mensaje una y otra vez a la par que la columna avanzaba hacia donde estaba Enes. De pronto, tres vehículos descapotados tomaron la curva que se encontraba en la entrada sur de Potočari. Enes intentó distinguir a las personas que estaban montadas en ellos. Escrutó las caras de todos, pero se convenció de que no conocía a ninguno de ellos. Probablemente fueran algunos oficiales que iban a inspeccionar la situación. De hecho, esperaba que fueran algunos enviados de las fuerzas internacionales para asegurar su integridad. Sus esperanzas, en cambio, se vieron truncadas al identificar los uniformes del VRS también sobre esos oficiales. Cogió de la mano a Lejla y Adnan y avanzó hacia los árboles que se extendían a su izquierda.

Los soldados se desplegaron en una línea que abarcaba la anchura total del espacio que ocupaban los ciudadanos que habían huido de Srebrenica y taponaron cualquier lugar que pudiera permitir escaparse a cualquiera. Un temblor recorrió toda la espina dorsal de Enes. Los habían acorralado como a ratones y a saber cuál era el propósito de aquel movimiento envolvente.

Los todoterrenos pararon a unos metros de la multitud. Los ocupantes de los vehículos se mantuvieron en sus sitios. Como si estuvieran esperando a alguien. En un momento dado, una furgoneta apareció desde la retaguardia. No era una furgoneta militar, sino que llevaba incorporada una gran antena. Tal vez eso les diera alguna oportunidad, pensó Enes. Si algún canal de televisión estaba presente, no creía que los mandos serbios fueran tan imprudentes como para llevar a cabo alguna atrocidad. Por primera vez en los últimos minutos, notó que su respiración se normalizaba.

Unos soldados se acercaron desde atrás adonde estaban y les hicieron un gesto para que descendieran a reagruparse con el resto. Sin soltar la mano de Lejla y el pequeño Adnan, caminaron los pocos metros que les separaban de la verja del campamento holandés en un silencio perturbador. A pesar de la presencia de las cámaras, no las tenía todas consigo.

Cuando hubieron reunido a todos en la parte más próxima al cuartel general holandés, los soldados serbios se retiraron y dejaron unos metros de espacio entre ellos y los huidos de Srebrenica. A Enes le extrañó lo acontecido, pero lo comprendió enseguida al ver que las cámaras de televisión se dirigían hacia ellos a la par que alguien bajaba del primer todoterreno. Fijó su mirada en el recién llegado. Era un hombre de pelo algo canoso, pero que tendría alrededor de unos cincuenta años. Su mirada desprendía un halo de seguridad y dulzura que provocó que Enes se sintiera totalmente reconfortado durante un instante. La sonrisa que acompañaba a aquella mirada, además, reforzaba el carácter bonachón de la expresión de aquel oficial al que Enes no reconocía.

Un revuelo se extendió entre las personas que se encontraban alrededor de Enes. Éste cruzó una mirada de ignorancia con Lejla. A cada segundo que pasaba, la agitación se iba haciendo cada vez mayor, pero nadie se movía por la amenaza implícita de la presencia de miles de fusiles a su alrededor. El oficial se dirigía con paso parsimonioso hacia donde se encontraban. Al ver que los ánimos de sus compañeros no amainaban, decidió preguntar.

—Perdón —tocó en el hombro a un joven de edad parecida a la suya que tenía delante—, ¿a qué viene tanto revuelo?

—¿No lo ves? —respondió desesperado y al borde del llanto su interlocutor—. ¿Es que acaso no sabes a qué nos enfrentamos?

—Pues la verdad es que no conozco a ese señor. Pero su expresión serena me transmite una calma que no he sentido en mucho tiempo —contestó inocentemente Enes.

—¡Expresión serena! —espetó irónicamente otro hombre mayor que se encontraba junto a ellos—. Será que ya se está relamiendo por habernos podido retener a todos aquí. Somos ratones que hemos caído en su trampa. Y está disfrutando el momento, seguro —ante la mirada atónita de Enes, decidió sacarlo de la ignorancia—. ¡Se trata de Mladić!

—¿Mladić? ¿El general Ratko Mladić? —intentó constatar horrorizado Enes.

Su expresión pasó al punto a expresar el incontenible pavor que ese nombre le provocaba. En la pequeña radio que solía tener de compañía cuando Lejla no estaba en la panadería había oído miles de veces aquel nombre. Se decía que era una auténtica pesadilla para los combatientes enemigos de los serbios y que había estado sitiando Sarajevo durante mucho tiempo. Era el causante de su marcha y la de Lejla de su ciudad natal. Ahora lo tenía casi justo enfrente. Y lo peor era que al principio había creído que se trataba de algún oficial generoso que no pensaba hacerles daño alguno.

—Veo que vas entendiendo la agitación, muchacho —continuó el hombre mayor—. Nada bueno nos va a deparar la presencia de este tipo aquí. Ya podemos rezar todo lo que podamos, porque nos va a hacer falta toda la ayuda posible y más.

Enes no sabía qué contestar. Se había quedado petrificado. No se explicaba cómo una persona con aquella cara y aquella mirada podía ser el monstruo que la gente decía. Agarró con tal fuerza la mano de Lejla que ella soltó un casi inaudible quejido. Él le hizo un gesto imperceptible para que se quedaran quietos. Ella seguramente no supiera quién era aquel general que tenían frente a ellos y él estimó que era mejor que aquello se mantuviera así.

Las cámaras de televisión se desplazaron rápidamente hacia donde se encontraba el general Mladić. Éste se encontraba todavía al lado del todoterreno. Cuando los cámaras estuvieron lo suficientemente cerca, avanzó hacia la aglomeración de personas con una sonrisa complaciente dibujada en los labios. A la vista de que las televisiones iban a seguir cada uno de sus movimientos, el general se hinchió. Hizo un gesto a algunos de sus acompañantes, que le entregaron una bolsa.

Enes pudo distinguir que Mladić miraba de reojo para comprobar que la cámara estuviera grabando lo que sucedía. El general se estaba acercando cada vez más hacia el lugar donde se encontraban ellos. La tensión de sus músculos aumentó hasta tal extremo que Enes pensaba que se iba a romper en pedazos.

Cuando Mladić y las cámaras estaban a menos de un metro de ello, el general estiró la mano y comenzó a atusar el pelo de Adnan. Enes y Lejla contuvieron la respiración. El general Mladić entreabrió los labios dibujando una sonrisa más amplia. Metió la mano en la bolsa y entregó un caramelo al pequeño para estupor de todos los presentes y regocijo de los medios de comunicación. Al cabo de unos segundos, que a Enes se le antojaron interminables, Mladić repitió la acción con otros niños que se encontraban allí cerca. El general se situó en el centro de la muchedumbre e hizo un gesto a uno de sus subordinados para que le pasara un megáfono.

—¡Atención! Escuchen atentamente lo que les voy a decir —tras pronunciar esas palabras, volvió a comprobar que las cámaras se encontraran a la distancia óptima para grabarlo todo—. Quiero ayudarles. Pero quiero absoluta cooperación de la población civil, porque su ejército ha sido derrotado. Su gente no tiene por qué morir, ni sus esposos, hermanos ni vecinos. Sólo decidan qué quieren hacer; yo les digo, podrán sobrevivir o desaparecerán. Ustedes deben entregar sus armas, y a aquellos que lo hagan, yo les garantizo su vida.

Un murmullo se extendió entre los asistentes como la espuma. Enes frunció el ceño. Se suponía que si deponían las armas, no harían ningún daño a nadie. Pero la mayoría de los que estaban allí no estaban armados. Es más, estaba casi seguro de que muchos como él ni tan siquiera habrían visto un arma en toda su vida.

—No teman nada, simplemente cálmense, cálmense —continuó él—. Dejen pasar a las mujeres y a los niños primero. Treinta autobuses están de camino, les vamos a enviar hacia Kladanj. No teman nada, nadie les va a hacer nada.

La incredulidad se apoderó de toda la audiencia que estaba presente en el discurso del general Mladić. Les estaba ofreciendo una salida segura a territorio controlado por las autodenominadas fuerzas bosnias. Enes pensó que tal vez no se hubiera equivocado al juzgar a aquel hombre la primera vez que lo había visto. Quizás su sonrisa serena y su mirada calmada significaran que lo que se contaba de él no era cierto. O que la guerra transformaba a las personas, pero que él había conseguido recuperar su humanidad. Aflojó la mano de Lejla y con la otra se quitó el sudor de su frente perlada.

—Gracias, gracias. Gracias, cuídense —seguía estrechando las manos de los presentes y repartiendo caramelos entre los niños el general—. Alá no puede ayudarles... pero Mladić, sí.

Al escuchar el tono con que había pronunciado esas últimas palabras, un escalofrío recorrió todo el cuerpo de Enes. Desgraciadamente, se convenció de que la expresión bonachona de aquel hombre poco tenía que ver con la verdadera actitud que éste no estaba dejando que trasluciera. La inquina hacia los musulmanes que destilaban las palabras de Mladić se le clavó como un puñal en todo el pecho.

Lo que más le escamaba, sin embargo, es que el general mantenía su compostura y su talante afable con sus presuntos enemigos. No se quería ni imaginar la imagen que podrían obtener de aquella persona que se encontraba ante ellos las personas que vieran esas imágenes si las retransmitían los canales de televisión. Podrían cometer el mismo error de valoración que había cometido él.

Pasaron unos pocos minutos más de apretones de manos, reparto de caramelos y carantoñas de Mladić a los niños antes de que las cámaras de televisión que se habían congregado en Potočari se aburrieran de grabar la escena y comenzaran a recoger los bártulos. Todos los operarios se montaron en las furgonetas y desaparecieron dejando detrás a toda la muchedumbre que se agolpaba ante la verja del cuartel holandés. Cuando las furgonetas desaparecieron por la carretera, el general Mladić perdió la sonrisa y adoptó un gesto más duro y distante. Su mirada se tornó fría y desafiante. Giró sobre sus talones para alejarse unos metros de donde estaban. A un gesto suyo, los soldados volvieron a formar una barrera infranqueable que impedía cualquier escapatoria de las personas que habían huido en vano de sus casas en busca del refugio de las fuerzas internacionales.

—Juntaos, chusma —exclamó uno de los soldados apuntando su fusil hacia la muchedumbre.

Todos se apretujaron al instante. No era una señal de respeto, sino de miedo. Enes agarró fuertemente del brazo a Lejla y la atrajo hacia sí, mientras ésta pasaba el brazo sobre los hombros del pequeño Adnan. Al cabo de unos diez minutos, una hilera de autobuses apareció por el camino que conducía hacia el norte. Parecía que no había mentido con lo de la evacuación de los refugiados. Enes dio gracias al cielo por aquella escapatoria y pensó que tal vez su pesadilla estuviera a punto de finalizar

Cuando los autobuses aparcaron a unos cuantos metros del lugar donde se encontraban, vieron que los soldados formaron un pasillo por el que conminaban a los refugiados a dirigirse a los vehículos. Enes agarró a sus acompañantes y se dispuso a avanzar por el espacio abierto entre ambas filas de los combatientes. Al cabo de dos pasos, las manos de uno de los soldados estiraron de él hacia fuera del perímetro defendido. Enes miró estupefacto, mientras Lejla y Adnan frenaron en seco. Pero ninguno se atrevió a preguntar.

—Vamos a comprobar que los hombres no sean criminales de guerra —respondió el soldado antes de que ninguno pudiera mostrar más signos de duda. Prosiguió vociferando por el megáfono—. Los hombres deben salir de la columna. Hasta la comprobación de que todos los hombres estén desarmados, sólo podrán abandonar el lugar mujeres y niños.

Enes no pudo reaccionar al ver que otro soldado tiraba de Adnan hacia donde se encontraba él.

—¡Pero si no es más que un niño! —protestó—. Apenas tienen ocho años. Muestren algo de compasión, por el amor de…

—¿Por el amor de quién, cerdo musulmán? ¿De aquél que no os ha salvado? —se jactó el soldado—. Este niño está en edad de empuñar un arma, por lo que vamos a tener que comprobar que no se trate de uno de esos mocosos indeseables que se lanzan al ataque cuando nos ven acercarnos.

—¿En edad de luchar? ¿Están ustedes todos locos? —gritó totalmente fuera de sí Lejla.

Enes nunca había visto así a su mujer. No supo discernir si la causa era el hecho de que los hubieran sacado a ellos de la columna o la incertidumbre de tener que avanzar ella sola hacia el autobús que ya tenía la puerta abierta.

—¡Calla, puta! —respondió el soldado propinándole una bofetada en la mejilla.

Otros de los hombres que habían sido sacados fuera de la columna tuvieron que agarrar fuertemente a Enes para evitar que éste se lanzara contra el soldado como si estuviera poseído. Lejla lloraba desconsolada ante las risotadas de los soldados que tenían cerca. Enes estiró la mano y la tocó en el hombro.

—Cálmate, *moj golube* —intervino con voz dulce y aparentemente serena—. Tú ve en ese autobús que nosotros montaremos en los que vengan tras el reconocimiento. El pequeño Adnan y yo no tenemos nada que esconder y estos soldados lo podrán comprobar pronto.

—Pero no puedo hacer esto yo sola, *moj svijet* —sollozó Lejla—. No me puedes abandonar ahora.

—No te voy a abandonar, cariño. Eso nunca. Cuando llegues a Kladanj, intenta coger algún otro autobús hacia Tuzla. Nos reuniremos allí en cuanto Adnan y yo salgamos de aquí en los siguientes autobuses.

—Pero...

—No te preocupes, *moj golube* —le secó las lágrimas que le recorrían las mejillas.

—O avanzas, o abandonas la columna, perra —espetó el soldado que había sacado a Enes de la fila.

La ira iba adueñándose de Enes a cada palabra que pronunciaba el soldado. Temía explotar en cualquier momento y empeorar las cosas, por lo que intentó calmar a Lejla.

—Querida, hazme caso. Si seguimos las órdenes que nos den, no nos va a pasar nada a ninguno. Por favor, avanza y sube a ese autobús.

Nada más acabar de pronunciar esas palabras, el soldado que se interponía entre Lejla y él lo empujó hasta hacerlo caer al suelo. Enes se levantó rápidamente e hizo un gesto a Lejla para que avanzara. Rompiendo a llorar de manera desconsolada, ella obedeció y se dirigió hacia el autobús.

—Y todos vosotros —se giró con mirada amenazante el soldado—, os estáis aquí quietecitos sin hacer ningún ruido. Estoy harto de tener que repetir las cosas, o sea que al siguiente que se mueva, lo acribillo al instante.

Justo antes de que subiera al autobús, Lejla miró hacia donde estaba Enes y susurró.

—Te quiero, *moj svijet*.

—Yo también te quiero, *moj golube* —respondió él en un tono prácticamente inaudible.

Tuvo que hacer un gran esfuerzo para reprimir las lágrimas al ver cómo Lejla se metía en el autobús que iba a dirigirle hacia una zona más segura. Esperaba poder verla pronto. Pero algo en su interior le decía que, si querían que eso fuera así, debían intentar abandonar aquel lugar. El miedo a caer bajo una lluvia de balas, sin embargo, lo estaba paralizando por completo.

Repentinamente, un bullicio procedente del otro lado de la columna hizo que todos los soldados de la zona de Enes se soltaran y corrieran para comprobar qué sucedía. Él no lo dudó ni un momento. Cogió la mano de Adnan, tiró fuerte de él y corrió hacia los árboles que se extendían colina arriba. Los hombres que se encontraban alrededor los miraban con incredulidad. Incluso, Adnan, que se esforzaba por no perder el paso, parecía no estar entendiendo nada en absoluto.

—No te entretengas, Adnan —dijo Enes sin parar de correr ante el temor de que los soldados volvieran antes de tiempo—. No te detengas, ni mires atrás hasta que lleguemos a los árboles de ahí delante.

A pesar de que se habían adentrado en la arboleda algunos metros más atrás, continuaron corriendo cuesta arriba durante algo más de un minuto. El espesor de los árboles les permitió parar a recuperar el aliento. Desde donde estaban se escuchaba el rumor procedente del cuartel de Potočari. Era posible que ya se hubieran dado cuenta de que habían huido. Podía ser que salieran a intentar capturarles, aunque lo dudaba, ya que eso supondría dejar desprovistos a los soldados que vigilaban a la muchedumbre abajo. Por lo tanto, Enes pensó que, al menos por el momento, estaban a salvo.

Se dejó caer sobre uno de los árboles y, haciendo resbalar su espalda por el tronco, se sentó desesperado en el suelo. Se tapó la cara con ambas manos para esconder el llanto. No sabía qué hacer, pero tenía claro que tenían que intentar llegar hacia territorio no controlado por los serbios. Debían ir al norte recorriendo caminos entre las arboledas y vadeando las ciudades para reunirse cuanto antes con Lejla en Tuzla. Lo había hecho antes cuando intentó convencer a los padres de Lejla de que lo acompañaran a Sarajevo. Se convenció de que si lo había logrado entonces, lo lograrían también en aquella ocasión. En aquel momento, sin embargo, no se encontraba con fuerzas para avanzar.

—¿Qué hacen ellos aquí? —preguntó en voz baja Adnan, que se había sentado junto a Enes.

Quitó las manos de su cara y Enes pudo contemplar que varios refugiado más salían de detrás de los demás árboles. Parecía ser que más gente había conseguido huir de la encerrona del ejército serbio. Si pudieran avanzar todos juntos, tal vez tuvieran más opciones de llegar a su destino.

La noche había caído ya y la oscuridad se había adueñado de la arboleda. Decidió que hablaría con sus nuevos compañeros de viaje y emprenderían el camino al día siguiente por la mañana. La noche les podía dar cobijo, pero el espesor de aquel lugar no dejaba que ni tan siquiera un haz de luz iluminara su camino. Se arriesgaban a perderse o a acabar dándose de bruces con algún miembro del ejército. Determinó que sería mejor recorrer el camino con la ayuda de la luz del día.

Arrulló a Adnan y él mismo cerró los ojos para descansar. Intentó dejar su mente en blanco, pero la imagen de Lejla en la puerta del autobús no parecía querer salir de su cabeza. Empezó a rezar para sus adentros con todas sus fuerzas cuando el cansancio se apoderó por completo de su ser y cedió a la somnolencia.

12 DE JULIO DE 1995

Potočari, 12 de julio de 1995

Acababa de rayar el alba cuando Enes abrió los ojos. No había pasado una buena noche. Se había despertado varias veces creyendo escuchar sonidos extraños cerca de ellos. Pero no era más que el ir y venir de los refugiados que, como él, habían tenido la idea de intentar esconderse en los bosques circundantes para llegar a territorio no controlado por los serbios. Cuando por fin se desperezó, pudo comprobar que algunos de los compañeros que había visto por la noche ya no estaban y que su lugar era ocupado por algunos otros nuevos. No importaba quiénes fueran, porque sus caras denotaban la misma desesperanza en cualquier caso.

Sin mediar palabra, Enes zarandeó suavemente a Adnan para que despertara. Se había dormido la noche anterior apoyado en su pecho y apenas se había movido en toda la noche. Enes lo había tapado con una chaqueta que había metido en la mochila antes de huir de casa. Él no necesitó ningún abrigo porque las noches de verano en aquel lugar eran lo suficientemente cálidas como para dormir a la intemperie sin problema alguno. Por lo menos en eso habían tenido algo de suerte. Si el ataque hubiera tenido lugar en invierno o en la época más lluviosa del año, las dificultades se hubieran multiplicado.

Adnan se estiró mirando extrañado alrededor. Durante unos segundos pareció no recordar dónde se encontraban. Cuando miró hacia arriba y vio la cara amable de Enes, sin embargo, se acordó de todo lo acontecido el día anterior y sollozó. Enes le pasó la mano por la cabeza para reconfortarle a la par que rebuscaba en la mochila algún pequeño pedazo de pan que poder darle para engañar al hambre matutina.

Una vez hubieron comido el pequeño mendrugo de pan, se levantaron para emprender el camino con el resto de las personas que también se estaban preparando para lo mismo. Sin necesidad de decir nada, todos iniciaron la ruta en un silencio mortificante. Las miradas se habían fijado en el suelo desde el primer paso y, salvo los momentos en los que algún ruido inesperado los sacaba de su ensimismamiento, nadie levantaba la cabeza para observar qué les podía esperar más allá de la corta distancia que divisaban sus ojos. Los suspiros y sollozos se convirtieron en el acompañamiento de los desganados pasos de todas aquellas personas que caminaban sin rumbo fijo claro.

Habían caminado apenas un par de minutos cuando hasta sus oídos llegó un ruido lejano que Enes identificó como un grito desgarrador. Corrió cogido de la mano de Adnan unos metros más, hasta que ante ellos se abrió un pequeño claro que dejaba a la vista una panorámica del pueblo. Enes reaccionó y apretó la cara de Adnan contra su pecho. No quería que presenciara aquello. El resto de compañeros que se habían acercado hasta el lugar hicieron exactamente lo mismo con sus hijos, en un inútil intento de que los pequeños todavía conservaran parte de la inocencia que aquella maldita guerra ya les había robado.

El silencio total se adueñó del lugar. A los asistentes les costaba respirar ante la escena dantesca que estaba teniendo lugar unos cientos de metros más abajo. A cada segundo que pasaba, el griterío proveniente del pueblo aumentaba.

Enes fijó la mirada en unos soldados que avanzaban hacia unas casas al trote con una botella en la mano. La velocidad a la que los soldados se aproximaban a los edificios aumentaba a cada paso que daban. En un instante, el primero de ellos lanzó el artefacto incendiario contra una casa destartalada, de cuyas ventanas salieron tres hombres de mediana edad. El resto de combatientes repitieron el gesto en otros edificios cercanos. Sin apenas tiempo para asimilar lo que estaba presenciando, Enes vio cómo parte del pueblo de Potočari ardía pasto de las llamas.

Ante el horror de dicha imagen, el estupor crecía al presenciar los gritos eufóricos de los soldados serbios. Lo que para los congregados en lo alto de la colina era un paisaje de desolación y frustración, para los integrantes del ejército serbio era motivo de alborozo y aclamación. Ya más de una decena de propiedades eran pasto de las llamas. De una de ellas salió por la puerta una mujer envuelta en llamas gritando en busca de ayuda. En medio de las risas de los soldados, uno de ellos cogió su fusil en ristre y la acribilló ante la mirada espantada de otros conciudadanos que se encontraban en las inmediaciones.

Enes intentó evitar aquel espectáculo desviando la mirada hacia otro punto de la ciudad. Pero se topó con otro grupo de soldados que tenía cogido a un niño por las cuatro extremidades. Éste se retorcía para intentar zafarse. Un quinto soldado se acercó al grupo con un cuchillo en la mano. El niño gritó con más y más fuerzas, pero nadie se atrevía a ir a ayudarle por miedo a las represalias que podrían tener que afrontar. Cuando el soldado con el cuchillo se situó junto al grupo, el niño cedió a la desesperación y dejó de contorsionarse. Una carcajada se extendió entre los miembros del grupo cuando el soldado del cuchillo rajó la camiseta raída del pequeño dejando su pecho al aire. Enes rogaba que todo aquello acabara ya. El horror, sin embargo, aumentó cuando el soldado empezó a jugar con la punta del cuchillo sobre el abdomen del niño. Se estaba entreteniendo dibujando una cruz para regocijo de los demás.

Volvió a recorrer con la mirada otros puntos de la ciudad. De pronto, vio que unos autobuses se acercaban por el camino del norte hacia Potočari. Al menos podían mantener la esperanza de que algunas mujeres y niños pudieran escapar de aquel infierno en que se había convertido la ciudad. Desde la megafonía del cuartel holandés, se emitieron mensajes ordenando a los refugiados que repitieran el mismo proceso que el día anterior para poder evacuar la ciudad. Sin mayor dilación, se formó una fila, con la diferencia que aquella vez los soldados no vigilaban al grueso de los refugiados, sino que se divertían con la violencia gratuita a su alrededor.

De hecho, por desgracia, Enes pudo comprobar cómo algunos soldados sacaban de la fila a hombres y mujeres contra su voluntad. Una pareja de jóvenes fue arrancada de su sitio en la fila por un grupo de seis soldados. Los condujeron a la parte trasera de un edificio para esconderse de las miradas del resto de refugiados. Los que se habían refugiado en lo alto de la colina, sin embargo, podían ver todo lo que pasaba allí sin problema alguno. Aunque ellos hubieran agradecido no ver nada. Tres soldados hicieron arrodillarse al hombre y lo agarraron por los brazos para inmovilizarlo.

Mientras tanto, los otros tres echaron a la mujer al suelo y, tras rasgarle el vestido y arrancarle el pañuelo de cuajo, uno de ellos comenzó a violarla. Su pareja intentaba librarse de las manos de los soldados, pero el tercero apoyó el fusil sobre su cabeza. Gritó algo inaudible para Enes, pero dedujo que se trataba de una amenaza, porque dejó de forcejear y comenzó a llorar desconsoladamente. Los otros soldados se turnaron para continuar violando a la pobre mujer, que gritaba inconsolable con cada embestida. A Enes se le formó un nudo en la garganta pensando en el sufrimiento que los de allí abajo estaban viviendo. Un nudo que pareció explotar de golpe cuando, tras aburrirse de la violación, dejaron a la muchacha tendida en el suelo y descerrajaron un tiro en la nuca a su pareja. Al comprobar que la mujer se arrastraba hacia el cadáver del otro joven, el soldado del fusil disparó también contra ella para regocijo de sus compañeros.

Las lágrimas brotaron incontenibles de los ojos de Enes. Corrieron por sus mejillas y cayeron sobre la cabeza de Adnan. Éste levantó la mirada y se encontró con la expresión compungida de Enes. Ninguno de los dos pronunció palabra alguna. Simplemente mantuvieron la mirada fija en los ojos del otro tratando de encontrar algo de esperanza en aquella situación.

En un intento desesperado por mantener a Adnan al margen de todo lo que sucedía abajo, Enes giró sobre sus talones y comenzó a caminar hacia el norte. La mayoría de los que habían estado presenciando el panorama dantesco junto a Enes caminaban en aquel momento también junto a él hacia un futuro que esperaban que fuera mejor que lo que acababan de observar. Caminaron cogidos de la mano y con la mirada fija en el horizonte poblado de árboles. Las lágrimas de los ojos dejaron paso al convencimiento de que debían mantenerse unidos para poder llegar a territorio seguro. Tenían que dejar atrás toda la maldad y la vileza de aquella guerra. Cuando se juntaran con Lejla, pensó Enes, deberían huir a algún otro país para poder comenzar una nueva vida sin toda esa muerte y destrucción que en aquel momento les rodeaba.

Todos avanzaban ensimismados, inmersos en sus pensamientos, sin articular palabra. El silencio más absoluto únicamente era roto por las plegarias de algunos compañeros de camino que oraban pidiendo mejor suerte que los conciudadanos que habían dejado atrás en Potočari.

12 DE JULIO DE 1995

Kamenica, 12 de julio de 1995

No estaba de buen humor. Llevaban toda la mañana andando sin rumbo fijo y tenía hambre. Además, se le estaba haciendo realmente duro mantener la concentración para detectar cualquier peligro. Los árboles que los flanqueaban constituían un escondite perfecto. Pero también un lugar donde podía esconderse cualquier peligro latente. Esa sensación de peligro lo mantenía despierto y atento a pesar del cansancio acumulado que sentía.

Un chasquido aguzó sus sentidos. Echó mano del fusil y lo apretó contra su cuerpo fuertemente. Notó una mano en el hombro y se giró.

—Tranquilo, Stjepan —dijo con voz calmada Dimitris—. Ha sido uno de los nuestros que ha pisado unas ramas secas. Relájate, anda.

Forzó una sonrisa y relajó todos los músculos de su cuerpo. Tal vez Dimitris tuviera razón y fuera mejor no dejar que la tensión se apoderara de su ser. Desde el día anterior tenía la sensación de que todo le estaba saliendo mal. Primero, su unidad tuvo que quedarse rezagada para comprobar que no había ningún rastro de peligro en Gostilj y llegaron a Potočari de noche, cuando ya los autobuses habían partido y muchos de los que habían huido se habían desperdigado por los montes circundantes. Para cuando entró en el pueblo, todo parecía calmado. Lo que hizo que pudiera controlar su frustración fueron las palabras del general Mladić.

416

—¡No os preocupéis! —les instó—. ¡Todavía hay muchos de ellos por ahí! Va a ser un auténtico festín. La sangre os va a llegar hasta las rodillas.

Tras decir aquello, los altos mandos serbios dieron la orden de perseguir y atacar a todos los que hubieran huido. Aquellos que se encontraran en los bosques cercanos eran considerados combatientes peligrosos y armados, por lo que no tenían que dejar ninguno libre.

Pero aquel mismo día, cuando repartieron las zonas de vigilancia, a su unidad la mandaron a las cercanías de Kamenica. Hubiera preferido mantenerse cerca de Srebrenica o Potočari, pero, no, tuvieron que mandarlos allí. Se encontraban a tantos kilómetros del foco de acción, que era poco probable que encontraran a nadie por aquellos lares.

Desde luego, era totalmente injusto. Se habían perdido la diversión del día anterior, pero también se iban a perder la que pudiera haber aquel día. Por eso se mostraba tan irascible. Al menos la unidad de voluntarios griegos estaba con ellos y podría pasar el día junto a Dimitris.

—Oye, Dimitris —se le ocurrió de pronto a Stjepan—. Hagamos una apuesta. El que menos musulmanes cace esta semana, paga.

—¿Estás proponiéndome una cacería? Perfecto. Te voy a machacar, pequeño —respondió riendo—. Pero, ¿a qué me vas a invitar cuando te gane?

—Vas un poco embalado, eh forastero —añadió Stjepan—. Pues la verdad es que no había pensado qué te iba a sacar con esto. Bueno, cuando vaya a visitarte a Grecia, tendrás que llevarme a comer al mejor restaurante tradicional que conozcas.

—Está bien —replicó Dimitris—. Pero como sé que no vas a poder conmigo, me tendrás que invitar tú a comer.

—En ese caso, vas a probar las mejores *ćevapčići* que hayas comido en tu vida —rio dándole unas palmadas en la espalda a su compañero griego.

Aquella conversación logró que Stjepan se relajara por completo. Esbozó una sonrisa y continuó caminando junto al resto de su unidad. Su mente voló hacia los momentos de su infancia en que disfrutaba comiendo ćevapčići junto a su padre en Baščaršija. Una profunda sensación de felicidad se abrió camino en Stjepan. Esperaba poder volver a disfrutar de esos recuerdos en breve.

Caminaron en silencio durante algún tiempo más. Los árboles de alrededor dificultaban la visión, por lo que decidió centrarse en otras cosas y dejarse llevar por los pasos de los miembros de su unidad. De vez en cuando, Stjepan miraba alrededor intentando atisbar el ánimo de sus compañeros. El cansancio había hecho mella en los rostros de la mayoría. Podía parecer egoísta, pero le alegraba saber que no era el único que parecía estar al límite de sus fuerzas. De hecho, se fijó en que algunos de sus compañeros de unidad parecían todavía en peor estado del que él creía estar. Branko tenía la mirada totalmente perdida. Stjepan sintió miedo por un momento. Pensó que a su compañero se le podía haber ido la cabeza. Otros reflejaban una expresión que daba a entender que estaban totalmente devastados.

Intentando abstraerse de aquel ambiente deprimente, Stjepan avanzó hacia los primeros puestos del pelotón, donde se encontraba Nemanja. Cuando se encontraba a su lado, vio que su compañero levantaba la mano derecha para que todos pararan de golpe. A ese gesto le siguió otro para que todos guardaran silencio. Señaló los árboles que se encontraban unos cuantos metros más arriba en la ladera.

Al instante, el teniente Vuković se puso al frente de la comitiva y gesticuló dando órdenes a todos sus subordinados para que se escondieran tras los árboles. Una vez hubieron llevado a cabo la orden, el teniente evaluó la situación con la mirada. Tras unos breves segundos de incertidumbre, los gestos del teniente reaparecieron en escena. Señaló a Stjepan y a Nemanja e indicó que avanzaran por el flanco izquierdo junto a él para situarse más cerca de la cabeza de la marcha.

Caminaron durante unos cuantos metros al abrigo de los árboles sin perder de vista el avance silencioso y sigiloso de los huidos. Stjepan pudo observar que los voluntarios griegos también se habían situado junto a ellos. Se tranquilizó al observar la expresión calma de Dimitris. No pasaron más que unos minutos hasta que el teniente ordenara sin palabras que tuvieran a punto sus fusiles.

—¡Fuego! —gritó de pronto el teniente Vuković.

Ante las explosiones, los gritos se multiplicaron en la parte alta de la ladera. Al instante, sin embargo, los disparos tuvieron respuesta desde allí arriba, por lo que tuvieron que resguardarse con mayor cautela tras los árboles. Las astillas del árbol golpearon en la cara a Stjepan. El impacto le escoció, pero se volvió a erguir y disparó contra la columna de rebeldes.

Pudo ver cómo algunos cuerpos rodaban por la ladera y se golpeaban contra los troncos de los árboles de enfrente. Algunos de ellos estaban evidentemente muertos, mientras que otros cuantos agonizaban ante la atenta mirada de todos. Varios de ellos vestían el uniforme del ejército bosnio, pero la mayoría de ellos parecían ser civiles que se habrían unido a la columna con la esperanza de poder contar con algún tipo de defensa en caso de ataque.

El tiroteo no cesaba. Las réplicas se repetían en ambas laderas. El estruendo era casi insoportable. Stjepan sostuvo el fusil contra su hombro y se apoyó contra el tronco del árbol para poder apuntar mejor. Cerró el ojo derecho y apuntó a una persona que intentaba huir entre los árboles por el objetivo. Apretó el gatillo y, entre el humo del disparo, vio caer al hombre al que había apuntado. Sus labios esbozaron una sonrisa complaciente.

Sin tiempo para reaccionar, Stjepan notó un latigazo de fuego en su brazo derecho. Dejó caer el fusil al suelo y se llevó la mano izquierda a la zona dolorida. Sentía que le ardía el brazo como si le hubieran acercado una barra de hierro incandescente. Cerró los ojos del dolor. Palpó para descubrir que tenía el uniforme totalmente rasgado. Comenzó a notar que la mano que acababa de poner en la zona dolorida se impregnaba de un líquido viscoso. No le hacía falta mirar para saber que le había rozado un balazo y la sangre manaba de la herida. Apretó los dientes para reprimir un grito de dolor y rabia.

Nada más apartar la mano de la herida, escuchó una última deflagración hueca, seguida de unos gritos que se perdían en la distancia. Levantó la mirada y divisó a una masa informe de gente intentando huir entre los árboles. Apoyó su pie en el suelo y se levantó en un instante. Agarró el fusil con ambas manos y se dispuso a salir corriendo tras los huidos cuando notó una mano que lo sujetaba por el hombro izquierdo. Giró la cabeza de sopetón.

—No hagas una locura, Stjepan —le conminó Dimitris.

—¡No me digas lo que tengo que hacer! —protestó él con los ojos inyectados en odio.

Volvió a sentir un pinchazo en el brazo y tuvo que llevarse la mano a la herida. Dimitris se la apartó con cuidado.

—Salir tras ellos ahora mismo no es una buena idea —replicó Dimitris mientras intentaba frenar la hemorragia de la herida de Stjepan atándole un pañuelo alrededor del brazo—. Están cansado, llevan horas de marcha sin descanso y estoy convencido de que no tienen provisiones para lo que les espera. Piensan que van a poder llegar al otro lado, pero les vamos a cerrar cualquier camino que piensen que pueden coger. Está bastante claro que no van a poder librarse de nosotros. Pero ahora no es el momento de ir a por ellos. Y menos en este estado.

—No es nada —intentó tranquilizarlo Stjepan—, no te preocupes. Es sólo un rasguño… Eso sí, escuece de cojones.

—Ya sé que no es nada, idiota —bromeó Dimitris—. Y si te escuece, te jodes. Haberte escondido mejor detrás del árbol, pedazo de tarugo.

Los dos profirieron una sonora carcajada. Dimitris dio una palmada cómplice en la espalda a Stjepan antes de continuar hablando.

—He venido a pararte porque te conozco —prosiguió el griego—. Es probable que los hubieras alcanzado y hubieran caído algunos. Pero hubiera sido un auténtico suicidio ir a luchar tú solo contra una piara de musulmanes.

Stjepan no pudo responder nada porque sabía que tenía toda la razón. Pero no podía refrenar las ganas indecibles que tenía de acabar con todos ellos para poder irse de una vez por todas a su casa. Miró en derredor y distinguió que sus compañeros se estaban levantando.

—¡Soldados! —gritó el teniente Vuković—. Aseguremos la zona. Y si encontráis a alguno con vida, ya sabéis qué hacer.

Un aullido salvaje se apoderó del lugar. Todos cogieron sus fusiles con ambas manos y comenzaron a acercarse a la ladera contraria. Stjepan iba al lado de Nemanja. Avanzaban poco a poco entre los árboles. En los primeros metros apenas había nadie, pero un poco más arriba se podían ver los primeros cuerpos retorcidos. Stjepan y Nemanja se abrieron paso entre los cadáveres. Tras haber apartado unos cuantos a puntapiés, Stjepan escuchó un discreto gruñido de uno de los cuerpos que se encontraban a su derecha. Lo giró para comprobar que de la herida abierta de su pecho brotaba sangre a borbotones. El herido seguía con vida.

Stjepan se apretó la culata del fusil contra el hombro. Los ojos del herido estaban a punto de salirse de sus órbitas. Intentaba articular alguna palabra, pero la sangre que le manaba de la boca hacía que se atragantara al hablar. Stjepan apuntó por el objetivo. Sin dudar ni un solo instante, presionó levemente el gatillo. Al percibir el gesto de terror del herido, accionó por completo el mecanismo. Una mezcla de sangre y piel le salpicó la cara. Se limpió las salpicaduras con la manga antes de levantar la mirada. Oteó el horizonte entre los árboles. Volvía a tener los ojos inyectados en sangre. El odio se hizo más intenso en él. Escrutó los alrededores para comprobar si algún otro cuerpo se movía con una sonrisa taimada. Recorrió los metros que le separaban de Nemanja a paso ligero. Sin mediar palabra, continuó avanzando junto a su compañero por entre los árboles.

16 DE JULIO DE 1995

Baljkovica, 16 de julio de 1995

Llevaban ya días marchando sin rumbo fijo. Avanzaban y retrocedían sin un orden prestablecido claro. El agotamiento se hacía cada vez más presente a cada paso que daban. Ya creía caminar por inercia, como si los pasos de sus compañeros fueran los que le forzaban para que él continuara con los suyos. Incluso el petate parecía pesar más de lo normal debido al cansancio acumulado. Se frotó los ojos en un intento desesperado por desperezarse. Estaban demasiado cerca del objetivo como para darse por vencidos. Miró alrededor y contempló los rostros inexpresivos del resto de la comitiva.

Asió la mano de Adnan con mayor fuerza, porque la cantidad de personas que se había unido aquel día a la columna había aumentado de manera considerable. Dirigió su mirada hacia el pequeño y éste le respondió con una sonrisa dulce y una mirada amable. Ese pequeño gesto enterneció a Enes.

De pronto, sintió una punzada en el estómago. El mediodía debía haber pasado hacía un rato y tenía hambre. Las provisiones empezaban a escasear, pero todavía les quedaba algo que llevarse a la boca durante el siguiente par de días. Luego tendrían que empezar a comer las cosas que encontraran por el camino. No le apasionaba la idea, pero era mejor que pasar hambre.

Se acercaron a un árbol y, tras sentarse, apoyaron las espaldas. Enes introdujo la mano en la mochila. Hurgó entre las cosas que todavía guardaba. Cogió un mendrugo de pan que les quedaba y el trozo de queso curado que había podido comprar pocos días antes del ataque a Srebrenica. Partió el pan en dos, al igual que hizo con el queso. Dio los pedazos más grandes a Adnan para que éste devorara la comida en un santiamén. Él, en cambio, decidió paladear sus raciones. Cerró los ojos e intentó recordar sus comidas con Lejla. Una lágrima asomó al balcón de sus ojos, pero no se podía permitir dejar que sus emociones afloraran. No en ese momento. No con Adnan a su cargo. Ya tendría tiempo suficiente de mostrar lo que sentía cuando estuviera con su mujer en Tuzla. Tras degustar las últimas migas de pan, pasó su brazo sobre los hombros y se dispuso a descansar un rato. Nada más entrecerrar los ojos, se sintió aliviado.

Calculó que no habrían pasado ni quince minutos cuando un murmullo creciente los comenzó a rodear. Se desentumeció antes de abrir los ojos. La gente corría a su alrededor en dirección al destino hacia el que avanzaban. Enes se sobresaltó pensando que los perseguían los soldados serbios, pero vio que los rostros de sus compañeros de marcha no reflejaban terror, sino un halo de esperanza. No entendía nada. Se levantó poco a poco para no despertar a Adnan. Su pequeño acompañante dormía plácidamente como si nada sucediera en torno a ellos. Lo tapó con su chaqueta, a pesar de que la temperatura era lo suficientemente agradable como para no necesitarlo.

—¿Pero estás loco o qué? —le increpó un joven de su edad que se frenó en seco a unos cuantos metros de donde se encontraban.

—¿Perdón? —preguntó sorprendido Enes.

—No es momento de pararse a echar una cabezadita —continuó el extraño—. No si queréis salir de este infierno, al menos.

—El pequeño está cansado y no creo que le haga ningún mal a nadie que descansemos un rato —protestó airado.

—Vosotros veréis —comentó con indiferencia mientras se preparaba para reemprender la marcha.

—Al menos, me puedes decir por qué corre toda esta gente… —replicó todavía contrariado Enes.

—¿Es que no os habéis enterado? —preguntó el extraño mientras se rascaba la cabeza con incredulidad—. Ahora entiendo todo…

—¿Y bien?

—Algo más tarde del mediodía, nuestras fuerzas han abierto una brecha en las líneas del ejército serbio hoy mismo y han pactado abrir un corredor seguro protegido por nuestros soldados hasta las cinco de la tarde. Todo el que pase ese corredor estará ya en territorio libre, lejos de este maldito infierno. Por eso corremos todos.

De pronto, un panorama esperanzador pareció abrirse camino frente a ellos. Tenían que llegar a ese paso protegido y cruzar al otro lado. Iban a ser libres en poco tiempo. Zarandeó suavemente a Adnan para que se despertara. Mientras el pequeño abría los ojos y se desperezaba, Enes comprobó que el extraño que le había dado la noticia estaba hablando con otro tipo. Se iba a acercar a intentar escuchar de qué hablaban. No le hizo falta, sin embargo, porque el extraño se volvió hacia ellos y, con una amplia sonrisa en sus labios, se acercó.

—Estamos de enhorabuena. Parece ser que el corredor va a permanecer abierto hasta las seis, en vez de las cinco. Anda chico —gritó en dirección hacia Adnan—, prepárate, que nos vamos todos juntos camino a la libertad. Por cierto —se giró hacia Enes tendiéndole la mano—, me llamo Mirsad.

—Encantado. Yo soy Enes. Este pequeño es Adnan —respondió al tiempo que éste llegaba a su lado—. Y muchas gracias por la información. De no ser por ti, seguiríamos descansando y dejando pasar esta oportunidad de ser libres por fin.

—No es nada, compañero. Pero prosigamos, porque todavía tenemos un pequeño trecho hasta el corredor. Al otro lado ya nos está esperando la libertad.

Al otro lado no sólo le esperaba la libertad. También estaba allí su mujer. Su tranquila vida anterior parecía estarle esperando a tan solo unos kilómetros de distancia. En Tuzla intentaría proseguir con el negocio de la panadería. Al menos hasta que esa maldita guerra acabara y pudiera regresar a su casa natal en Sarajevo. O a lo que quedara de ella.

En un intento de mitigar la nostalgia que se había apoderado de él, Enes agarró la mano de Adnan y comenzó a caminar a paso ligero junto con Mirsad en dirección de lugar donde decían que se había abierto la brecha. Sólo tenían que avanzar algo más de tres kilómetros en dirección este y podrían respirar tranquilos.

La idea de tener la compañía de una persona adulta durante el camino resultó sumamente reconfortante para Enes. Además, Mirsad había cogido de la mano a Adnan también y le estaba contando pequeñas historias de la región. Había nacido en Srebrenica y nunca se había alejado de allí, por lo que conocía a la perfección todos esos parajes. Le contó historias de pequeños duendes y genios que le habían contado a él de pequeño.

El recorrido se estaba haciendo más ameno y llevadero para todos. Apenas les quedaba algo más de un kilómetro y aún tenían algo más de una hora de margen para llegar al paso protegido. A pesar del cansancio, no iban a tener demasiados agobios para alcanzar su destino. Por fin la situación parecía sonreírles después de unos días de auténtica desesperanza e incertidumbre.

De pronto, un golpe secó acompañado de un breve grito tiró de Enes hacia Adnan. Instintivamente fijó su mirada en el pequeño, pero pudo comprobar que estaba bien, aunque con cara de estupor. Acto seguido, sus ojos se clavaron en Mirsad. Estaba tendido en el suelo agarrándose el pie derecho con ambas manos.

—¡Maldita sea mi suerte! —bramó a pleno pulmón.

Todas las personas que pasaban a su alrededor miraron sorprendidas, pero ninguna se paró a comprobar qué sucedía. Se agachó junto a su nuevo compañero de camino y le palpó la zona dolorida.

—¿Te duele mucho? —pregunto con lástima Enes.

—Sí —suspiró Mirsad—. Espera que me ponga de pie para poder continuar.

Se levantó con evidentes muestras de dolor que intentaba ocultar. Enes le ofreció su mano para asirse. Tras tirar de él, Mirsad se puso de pie y apoyó el pie. Al instante, se trastabilló y estuvo a punto de volver a caer al suelo. Enes lo agarró con ambas manos.

—Agárrate a mí, amigo. No quiero que vuelvas a caerte —le guiñó el ojo.

—Gracias, pero no es nada —intentó parecer convincente Mirsad.

—Anda, no seas cabezón y apoya tu mano sobre mi hombro para poder avanzar. Todavía tenemos tiempo suficiente para llegar. Adnan, anda —dijo al pequeño que se había puesto a jugar con una rama rota—. Cógeme la otra mano, que vamos a seguir nuestro camino.

Justo al pasarle la mano por el hombro, Mirsad agradeció a Enes su ayuda con una mirada cómplice. Comenzaron a andar bastante más despacio que antes de la caída. Aunque Adnan y Enes caminaban con normalidad, Mirsad avanzaba a pequeños saltitos.

El tiempo pasaba de manera inexorable y Enes era consciente de que no podían permitirse ningún contratiempo más. El resto de personas pasaban a su lado a toda prisa. Apenas se giraban para mirarlos. Evidentemente, Enes no esperaba que ninguno se fuera a parar a ayudar, pero esa sensación de invisibilidad le molestaba sobremanera. Quería gritar de rabia ante aquella situación.

De pronto un sentimiento de temor profundo se adueñó de él. Si no llegaban a tiempo al corredor, se quedarían encerrados de nuevo en aquella cárcel al aire libre. Tendrían que seguir viviendo con miles de ojos para intentar no caer en manos del enemigo. Por ello, apretó el paso para llegar cuanto antes a su destino. Un nuevo tirón, sin embargo, le hizo parar en seco.

—Seguid sin mí, Enes —dijo Mirsad ahogando el llanto en un nudo en la garganta—. No quiero entreteneros más de lo necesario.

—No digas sandeces, Mirsad —replicó Enes agachándose al lado de su nuevo amigo.

—Si no os marcháis ahora mismo, tal vez perdáis la oportunidad de pasar a territorio libre. Y no me lo perdonaría nunca…

—Mira, voy a ser sincero —le interrumpió—. Para empezar, si no nos llegas a haber avisado tú, no nos habríamos enterado a tiempo de la apertura de la brecha en el frente y seguiríamos descansando. Por lo que, si estamos aquí, es gracias a que nos hemos encontrado contigo.

—Pero eso no tiene que obligaros a ir más despacio. No soy más que un estorbo ahora mismo. Y es lo último que te hace falta en este momento.

—Mi padre me enseñó cuando era un crío que lo que nos hace humanos es la medida en que estamos dispuestos a hacer un sacrificio personal para ayudar al prójimo. — El recuerdo de su padre volvió a mortificarle como ya había sucedido otras veces. — Por lo tanto, no me pidas que te abandone aquí a tu suerte mientras nosotros nos marchamos despreocupados. No me lo pidas porque, te digo desde ya mismo, que eso no va a suceder.

—Te lo agradezco, Enes —respondió con lágrimas en los ojos—. Pero apenas queda un cuarto de hora y tenemos que recorrer algo menos de medio kilómetro. Si me tengo que parar cada poco tiempo por este tobillo — seseñaló la zona inflamada—, no vamos a llegar.

—Tú no te preocupes por eso —sentenció Enes—. Yo me encargo de que todos lleguemos a tiempo. Adnan —se giró hacia el pequeño—, por favor, ¿puedes hacerte tú cargo de la mochila durante un rato?

El joven asintió sonriente. Enes se descolgó la mochila y se la colocó a Adnan con cuidado. Acto seguido, volvió al lado de Mirsad.

—Ahora tú. Sube —dijo agachándose.

—¿Estás hablando en serio? —se mostró sorprendido.

—No me obligues a tener que repetírtelo, cabezón —insistió Enes en tono jocoso—. Monta, que yo te llevo.

Entre incrédulo y divertido, Mirsad se incorporó y se encaramó a la espalda de Enes.

—De acuerdo, tú ganas. Pero si ves que te cansas, paramos y vosotros dos seguís adelante —aseveró Mirsad.

Con un guiño de ojos, Enes aceptó la condición de su compañero. Estaba decidido a no parar hasta llegar a territorio libre. Pero sabía que para ello no debía dar muestra alguna de cansancio. Indicó con la cabeza a Adnan que prosiguiera la marcha junto a ellos.

Tras los primeros pasos, Enes comenzó a sentir el cansancio en sus brazos. Había creído que iba a poder llegar hasta el paso seguro con Mirsad en brazos sin problemas, pero la fatiga ya hacía mella. Se recolocó el peso de su compañero y por un instante pensó que todo estaba bajo control. No tenía intención de mostrar signo alguno de agotamiento. Con lo que no contaba, sin embargo, era con que también empezaran a fallarle las piernas. Habían avanzado un par de cientos de metros cuando le empezaron a temblar las rodillas. Dio unos cuantos pasos antes de que le fallara la pierna derecha y se trastabillara.

—¿Estás bien? —preguntó Mirsad desde atrás.

—No pasa nada. He pisado una piedra suelta en el camino, nada más —disimuló Enes.

—Enes, no quiero ser pesado —insistió su compañero—. Pero sería mejor que me dejarais aquí y continuarais vuestro camino sin pesos muertos.

Enes hizo como que no oyó lo que acababa de decirle. No podía demostrar que estaba a punto de desfallecer o Mirsad se empecinaría en quedarse allí. No tenían tiempo para enzarzarse en una discusión que no les iba a llevar a ningún sitio. Por lo que apretó el paso para poder descansar más adelante. Bajó la cabeza para ocultar el sudor que perlaba su frente por el esfuerzo.

De pronto, sintió unos golpes en el hombro. Giró la cabeza y dirigió la mirada hacia el lugar que señalaba el dedo de su compañero. En la lejanía divisó una hilera de personas a los lados del camino. Allí estaba. Era su destino. Apenas cien metros les separaban de la libertad. Una sonrisa se dibujó en sus labios mientras observaba a cientos de personas cruzar a territorio libre. Miró a Adnan y le dirigió una mirada entrañable. Aceleraron para llegar cuanto antes. Muchas personas les acompañaban en esa última parte del camino. La felicidad reprimida se reflejaba en cada uno de los rostros que tenía alrededor.

Les faltaban cincuenta metros cuando Enes sintió que todo el peso de Mirsad se le venía encima. No era por cansancio o porque su compañero hubiera cambiado de postura. Frenó en seco ante lo que sus ojos contemplaban. Más abajo, donde antes estaba la fila de gente que pasaba hacia el otro lado, las hileras de soldados serbios volvían a cerrar el paso. Miró alrededor para comprobar que no estaba soñando. Todas las personas que antes avanzaban a toda prisa se habían quedado de piedra también. El ejército serbio estaba levantando una barrera para impedir el paso de cualquier persona a la otra parte.

Habían llegado tarde. No se lo podía creer. Habían tenido tan cerca el paso a la libertad. Y en ese momento estaba tan lejos. Al otro lado le esperaba una nueva vida. No exenta de penurias, pero probablemente sí de tener que mirar a todos los lados antes de dar cualquier paso. Pero lo más importante de todo, lo esperaba Lejla. Un presentimiento nefasto anidó en su pecho. Había montado a su mujer en un autobús hacía unos días, pero realmente no sabía dónde se podía encontrar.

Adnan tiró de la camisa de Enes llamando su atención. Los ojos incrédulos del pequeño escrutaban el rostro de Enes buscando algún gesto cómplice. Éste intentó que el niño no se percatara de las lágrimas que asomaban a sus ojos. Forzó una sonrisa y, soltando un momento una mano de la pierna de Mirsad, le acarició con cariño la cabeza. Tras hacerle un gesto, se giraron y emprendieron el camino de regreso hacia el espesor de los árboles. A los pocos metros, las rodillas volvieron a fallarle. Estuvieron a punto de caer rodando, pero tuvo suficientes reflejos para apoyarse en un tronco.

—Déjame en el suelo, Enes —ordenó Mirsad descorazonado—. Ahora ya no tenemos prisa y tú necesitas descansar.

Los dos se sentaron en el suelo. Mirsad se exploró la zona dañada y, tras arrancar un trozo de tela de la camisa, se la vendó. Enes, mientras tanto, permanecía absorto en sus pensamientos.

—Siento haberos hecho perder la oportunidad de pasar al otro lado. De verdad que lo siento, Enes —se disculpó Mirsad.

El silencio se adueñó del paraje. Adnan miró tiernamente a Enes y se abrazó a él. Enes hundió su cabeza entre las manos y sollozó desconsolado.

17 DE JULIO DE 1995

Pobuđe, 17 de julio de 1995

Todavía continuaba dándole vueltas a lo sucedido el día anterior. Había sido un duro revés que les iba a costar mucho olvidar. Habían tenido que retroceder unos cuantos kilómetros. No entendía cómo podía haber sucedido, pero lo que estaba claro era que para todos los que se encontraban allí había sido un golpe tremendo. Prácticamente nadie había pegado ojo. Estaban totalmente alicaídos y avanzaban a duras penas. Además, el calor pegajoso con que habían amanecido no ayudaba demasiado. Tenía la ropa pegada a causa del sudor que le corría por la espalda. El olor de los días que llevaba sin poder ducharse se unía a esa sensación tan desagradable. Esperaba que todo eso finalizara cuanto antes o se volvería loco.

El sol de las primeras horas de la tarde provocaba que las sombras alargadas de los árboles se reflejaran en el sendero que seguían. Miró alrededor y vio las expresiones alicaídas de sus compañeros de marcha. Siguió escrutando los rostros de los demás hasta que unos segundos más tarde encontró una cara amiga. Se acercó para entablar conversación con él.

—Te recuerdo que nuestra apuesta de caza sigue en pie —dijo Stjepan apoyando su mano en el hombro izquierdo de Dimitris.

—Tranquilo, que no se me va a olvidar que te voy a desplumar sin piedad —sonrió.

Stjepan hizo un gesto a Nemanja para que se uniera a ellos en la marcha. Estaba convencido de que estando al lado de los voluntarios griegos iba a ser todo más llevadero que entre sus aburridos compañeros serbios. Hacía tiempo que cada vez que podía se refugiaba en la compañía de aquellos extranjeros. No sabía por qué, pero se sentía más cerca de ellos que de sus propios compatriotas. Tal vez fuera por lo bien que se habían portado con él tras la pérdida de Vukašin.

Apenas habían comido ese día. Sintió que las rodillas le flaqueaban, pero tenían la orden de batir el terreno en busca de refugiados. Últimamente no hacían más que vigilar los caminos. Eso lo aburría en extremo. A veces, incluso echaba de menos los días en que se encontraban en primera línea, en pleno fragor de la batalla. Hacía tiempo que se sentía fuera de lugar hiciera lo que hiciera, pero al menos tener la mente ocupada le hacía que sus días fueran más llevaderos.

Habían avanzado sin mayores sobresaltos durante un largo rato, cuando el teniente Vuković alzó el puño derecho y señaló ladera arriba. Aunque intentaban esconderse tras los árboles, se podían distinguir las sombras de las personas que se encontraban en silencio allí arriba. Todos los soldados se prepararon fusil en ristre a la espera de las órdenes de su teniente. Dimitris se dirigió hacia el lugar donde se encontraba éste y le susurró algo al oído. El teniente asintió antes de que el extranjero se dirigiera al trote hacia uno de los vehículos motorizados que se encontraban en la retaguardia de la columna de inspección. Stjepan observaba la escena con curiosidad desde la distancia, pero, cuando vio lo que portaba Dimitris a su vuelta, no pudo más que reír.

—Ahora verás —comentó al llegar al lado del serbio—. Te voy a machacar en la apuesta. Lo sabes, ¿verdad?

—Claro, con eso ya habremos solucionado todos nuestros problemas —sonrió de manera pícara Stjepan—. Menos mal que se te ha ocurrido, porque, si no, estaríamos perdidos.

Ambos rieron. Stjepan pensó que realmente podría funcionar, aunque no estaba seguro de que lo pudiera llevar a cabo Dimitris. Su acento lo delataría. Así que se dirigió hacia él y le arrebató el megáfono que éste había cogido del vehículo de la retaguardia. Dimitris no se resistió.

—Creo que tu acento puede hacer que no funcione.

—Tú lo que quieres es apuntarte la caza de hoy —bromeó el griego.

—Entiendo tus reticencias —guiñó el ojo Stjepan—, pero todo sea por la causa. Hagamos un trato. Las primeras diez piezas de caza para ti y el resto para mí. Es algo justo, ¿no crees?

—Joder, menudo regateo el tuyo. Ya veo que todavía conserváis algún gen de la dominación turca —se burló Dimitris.

—Anormal —se solivantó Stjepan.

Dimitris le pasó la mano por la cabeza despeinándole. Tal vez se hubiera pasado, pero quería destensar el ambiente ante las miradas atónitas de todos los presentes. Al final Stjepan cedió al empuje de su compañero y volvió a sonreír.

—Estimados conciudadanos —se escuchó por el altavoz del megáfono tras un chasquido—. Quisiéramos que nos escucharais con mucha atención. Como desde el principio, nuestro objetivo es encontrar una solución pacífica a todo esto. No queremos haceros ningún daño.

El resto de sus compañeros le miraban totalmente ensimismados. Sabían que lo que estaba diciendo no era cierto, pero a todos les estaba sonando totalmente convincente. Algunos incluso tenían la boca entreabierta por la sorpresa. Dimitris y Stjepan, sin embargo, cruzaron una mirada cómplice.

—No os dejéis asustar por las cosas que hayáis podido escuchar. Son sólo paparruchas inventadas por los que no saben nada de nuestra querida patria compartida, Bosnia.

Ante tales afirmaciones, los ojos de sus compañeros se abrieron como platos. Pero no se movía nada tras los árboles. Los refugiados continuaban escondidos, sin dar señales de vida.

—Tal vez sepáis que ayer abrimos un corredor seguro para dejar que miles de vuestros colegas pasaran al otro lado —continuó Stjepan. En aquel preciso instante, se escuchó un ligero murmullo en la parte alta de la ladera—. Hoy os ofrecemos a vosotros la misma oportunidad. Aquellos que se entreguen ahora serán escoltados hasta el otro lado para que no sufran ningún daño.

Se comenzó a percibir algo de movimiento entre los árboles. Stjepan miró a Dimitris henchido de orgullo. Parecía que estaba funcionando.

—No tenemos nada contra los ciudadanos inocentes desarmados. Ya bastante habéis tenido que sufrir —prosiguió con voz firme y convincente. — Todo aquel que no tenga nada que ver con los ataques sufridos por nuestro ejército puede bajar aquí tranquilamente. No le sucederá nada. Insisto. No le sucederá nada.

De pronto, algunas figuras emergieron entre los árboles y caminaron con pasos dubitativos ladera abajo. Al principio sólo fueron un par de ellos. Con el paso de los segundos otros tres se les unieron. Todos avanzaban con las manos entrelazadas detrás de la cabeza.

—Cinco —le susurró sonriente Dimitris al oído—. Me quedan otros tantos.

—No temáis —insistió Stjepan por el megáfono—. No es nuestra intención haceros daño alguno. Los ciudadanos pacíficos de Bosnia van a ser respetados. Todo aquel que no esté armado y no tenga causas pendientes con el ejército legítimo de nuestra patria no debe tener miedo. Nosotros lo acompañaremos hasta más allá del frente sin que sufra mal alguno.

El movimiento entre los árboles volvió a reproducirse al ver que los primeros que habían salido ya estaban a la altura de los soldados y no les había sucedido nada. Dos hombres y una mujer avanzaron para unirse a ellos. Stjepan lanzó una mirada a Dimitris. No les hizo falta decir una sola palabra, porque ambos irradiaban satisfacción. Si se esforzaban un poco, podrían detener a más gente que en todos los días anteriores. En un par de minutos ya habían caído ocho personas. Stjepan se preguntó cuántos más lo harían. De pronto, dos niños aparecieron al trote de detrás de los árboles. Apenas levantaban metro y medio del suelo.

—Y con estos dos, diez —dijo Stjepan.

—No me convence, éstos igual deberían contar como medio —se regodeó Dimitris—. Pero me siento generoso, o sea que a partir del siguiente son todos tuyos. Anda, dale al megáfono.

Stjepan se disponía a acercar el altavoz a su boca para volver a hablar por él, cuando un chasquido de ramas secas se escuchó en lo alto de la ladera. Todos dirigieron la mirada hacia aquel lugar, justo a tiempo de ver a alguien rodar cuesta abajo. Tras varios segundos en que aquel cuerpo no paró de girar sobre sí mismo, se frenó a escasos metros de donde se encontraban Dimitris y Stjepan. Los soldados serbios ahogaban sus risas ante la escena que acababan de presenciar. Cuando aquella persona se levantó del suelo y se irguió, los ojos de Stjepan se abrieron como platos y se le heló la sangre.

17 DE JULIO DE 1995

Pobuđe, 17 de julio de 1995

Corría como alma que persigue el diablo. Cualquiera que lo viera pensaría que le iba la vida en ello. Se le había escapado y tenía que darle caza antes de que nadie se diera cuenta. No podía creer lo que había sucedido. Lo había perdido de vista durante unos breves segundos y, para cuando se percató, estaba a punto de desaparecer de su vista. Tenía que volver a alcanzarlo.

Mientras avanzaba a grandes zancadas, maldijo su suerte. Tendría que haberlo tenido a su lado todo el rato, pero al cargar con la camilla, no pudo reaccionar a tiempo. Junto con otro compañero de marcha había improvisado una angarilla para poder transportar a Mirsad. Gracias a aquel invento, habían sido capaces de seguir el ritmo de los demás y poder recorrer unos treinta kilómetros desde el fiasco del día anterior en el paso seguro. No habían parado ni tan siquiera de noche a descansar.

Cuando oyeron que se acercaba una patrulla de reconocimiento, todos intentaron esconderse tras los troncos de los árboles. Ellos tuvieron que maniobrar rápidamente para posar la camilla en el suelo y ocultarse. Adnan y él se situaron tras un tronco bastante ancho como para los dos. El sonido seco de una rama partiéndose bajo el peso del avance de un hombre de mediana edad llamó la atención de Enes. Giró la cabeza para comprobar que era uno de sus compañeros que se alejaba de donde estaban en un intento desesperado por huir. Cuando volvió a dirigir su mirada al frente, comprobó que Adnan había desaparecido de su lado y se distanciaba junto con otro amigo que acababa de conocer.

En un suspiro, se levantó y echó a correr tras él. Esperaba poder alcanzarlo antes de que asomara más allá de la línea de árboles para exponerse a la mirada de todos los que se encontraban abajo. Corrió a toda prisa mientras las ramas de los árboles le arañaban los brazos. Podía ver a Adnan a unos cuantos metros agarrado de la mano de su nuevo amigo. Tal vez llegara a tiempo. Sólo un par de metros separaban a Enes del pequeño cuando éste corrió ladera abajo.

Desaceleró intentando no sobrepasar él también esa línea protectora de árboles. Pudo frenar en seco justo poco antes de acabar asomándose a la ladera. Su pie derecho, sin embargo, se trabó con una raíz medio levantada del suelo. Estuvo a punto de perder el equilibrio. Pero tuvo tiempo para agarrarse a una pequeña rama que sobresalía de uno de los troncos. Se asió a ella con ambas manos mientras su cuerpo giraba sobre sí mismo. Antes de que pudiera hacer nada, la rama a la que se había agarrado se partió con un fuerte chasquido.

Los ojos de Enes se abrieron como platos al ver que nada le podía salvar de la caída. Cuando su cuerpo golpeó el suelo, intentó aferrarse a cualquier cosa que tuviera a mano, pero no encontró nada alrededor. Comenzó a rodar sobre sí mismo ladera abajo. Las piedras del suelo le golpeaban de manera incesante. Las hojas se le iban pegando a la cara en cada vuelta que daba. Intentaba frenarse, pero continuó rodando hasta quedar a pocos metros de la línea de soldados. Enes sabía que sólo habían pasado unos segundos, aunque la caída se le había hecho eterna.

Escuchó las risas ahogadas de los soldados. Aparte de magullado, se sentía humillado. Durante un segundo meditó quedarse tumbado en el suelo como si estuviera moribundo para no tener que ver las caras jocosas que le observaban. Pero dedujo que no sería buena idea, por lo que se levantó. Al alzar los ojos, su corazón se saltó un latido. Se quedó totalmente petrificado.

Frente a él, a un metro escaso, se encontraba Stjepan con un megáfono en la mano. No era difícil concluir que había sido él el que hablaba con esa voz metálica del altavoz. Pero en aquel momento estaba allí, a un paso de distancia con los ojos abiertos de par en par. Los dos se encontraban frente a frente sin poder mover ni tan siquiera un músculo. Un terror indescifrable se reflejaba en los ojos de Stjepan. Se mantuvieron totalmente inmóviles, como si de esa manera el tiempo no pudiera tocarles. Permanecían mudos. Aunque en aquel momento ninguno riera, sabían que habían perdido los dos.

Enes era incapaz de calcular el tiempo que transcurrió hasta el momento en que sintió que dos brazos fornidos lo agarraban y tiraban con fuerza de él. El calor de la mejilla le indicó que una lágrima caía por ella.

—Basta ya de toda esta farsa —gritó malhumorado que parecía ser la persona al mando de todo aquello—. Dejémonos de jueguitos con el megáfono. Soldados, suban ahí arriba y detengan a todo el que se encuentre escondido tras los árboles. ¡Y háganlo ya!

Las fuerzas abandonaron por completo a Enes, que se dejó caer en los brazos de sus captores. No podía despegar su mirada de los ojos aterrorizados de su amigo. La fuerza con la que los soldados tiraban de él hizo que tuviera que moverse del lugar donde parecía haberse quedado clavado. No tenía fuerzas ni tan siquiera para forcejear, por lo que se dejó llevar. Al pasar al lado de Stjepan, sus hombros chocaron de manera involuntaria. Enes hubiera querido estrecharlo entre sus brazos, pero, aunque pudiera, no hubiera sido una buena idea.

—Conduzcan a todos los prisioneros a Bratunac. Hay más furgonetas en camino para poder trasladarlos a todos allí —volvió a gritar el hombre al mando.

Enes fue conducido hacia el lugar en que divisó a Adnan y el resto de compañeros que poco antes estaban escondidos tras los árboles. Todos habían caído en la trampa que les había tendido Stjepan. Los fusiles de los soldados que se situaban al lado de la primera furgoneta apuntaron al grupo y los conminaron a avanzar hacia ella. Todos acataron la orden sin protestar. Enes se dirigió hacia el furgón, no sin antes volver a echar una mirada furtiva a su amigo. Al girar la cabeza, distinguió la silueta de Stjepan en la misma posición en que lo había dejado antes. Cabizbajo, se enjugó el reguero de lágrimas que recorría su cara al volver a cruzarse con la mirada de aquel amigo al que había perdido de vista tiempo atrás.

17 DE JULIO DE 1995

Bratunac, 17 de julio de 1995

Miraba el cuenco con desgana desde hacía ya unos minutos. Removía el agua sucia que les habían servido para cenar. El sonido de la cuchara golpeando el fondo del cuenco medio roto era bastante irritante, pero él ni tan siquiera lo percibía. No tenía ganas de comer nada. Se alejó a una esquina para apartarse del resto. Necesitaba pensar para intentar encontrar una solución a esa situación. No iba a ser fácil, pero no se podía dar por rendido.

Miró alrededor y pudo comprobar que los otros compañeros dibujaban sonrisas de satisfacción en sus rostros. Al final habían conseguido detener a algunos soldados del ejército enemigo junto con unos cuantos civiles. Y entre ellos a Enes. Se sentía culpable de ello. Decidió aislarse para que nadie pudiera intuir su desolación. Eligió el rincón menos iluminado de la cantina e intentó pasar desapercibido. El nudo que tenía en la garganta desde hacía tiempo amenazaba con asomar por sus ojos. Sentía una mezcla de rabia, dolor y remordimientos.

—Come algo o vas a sucumbir al agotamiento, colega —interrumpió la voz de Dimitris.

—No tengo hambre —contestó con tono desabrido Stjepan.

—No sé qué te pasa, pero estás raro de cojones, chaval —protestó. Al cabo, viendo que su interlocutor no reaccionaba, intentó distender el ambiente—. Bueno, relájate. Lo de esta tarde ha estado muy bien. Y todo gracias a ti, Stjepan.

—Yo no he hecho nada. Los hubiéramos detenido de todas maneras aunque yo no hubieran hecho nada —intentó engañarse Stjepan. Sabía perfectamente que su triquiñuela había facilitado la labor, pero no quería admitirlo en público para no derrumbarse—. Y no me pasa nada, no te preocupes. Sólo estoy un poco cansado. Es la primera vez en días en que dormiremos en una cama de verdad. Llevamos días de marchas interminables sin poder descansar. Es normal que la fatiga aparezca en algún momento.

—Si tú lo dices… —añadió Dimitris sin estar convencido.

—En serio, Dimitris. No me pasa nada. Eres un buen amigo, pero ahora te preocupas por nada. Lo único que quiero es dormir algo —procuró sonar convincente Stjepan.

—Está bien —sentenció el griego—. Si necesitas algo, ya sabes dónde estoy.

—Muchas gracias, amigo.

—Y quiero que sepas que, pase lo que pase, siempre estaré a tu lado vigilando para que no te ocurra nada —añadió Dimitris girándose mientras se alejaba hacia la mesa en que se habían sentado sus compatriotas.

Al quedarse solo de nuevo, Stjepan hundió la cara en sus manos. Estaba al borde de volverse loco. Nunca había imaginado encontrarse en aquella situación. En un arrebato de rabia, golpeó la mesa con su puño, provocando que la bandeja de la comida hiciera un ruido metálico muy desagradable. El resto de comensales de la sala callaron de golpe y volvieron sus miradas hacia él. La mirada inquisitiva de Dimitris se clavó en sus pupilas. Consciente de que, si volvía a preguntarle, no le sería tan fácil evadir las respuestas en aquella ocasión, decidió retirarse al barracón a intentar descansar.

Recorrió la distancia que le separaba de su cama con pasos pesados. Estaba totalmente desganado. Entró al barracón ansiando que no hubiera nadie. Suspiró aliviado al comprobar que se encontraba solo allí. Se dirigió a su litera con la intención de tumbarse para descansar, pero en el último momento decidió que una ducha caliente podría ayudarle a relajarse.

Se desvistió y, cuando se puso debajo del chorro de agua, dio rienda suelta a las lágrimas que se mezclaron con las gotas que resbalaban por su cara. Era el primer momento en que podía expresar lo que sentía desde lo acontecido unas horas antes. Por su culpa, habían apresado a Enes. Tras desahogarse un largo rato, se secó antes de echarse en su litera en un vano intento de descansar. Cada vez que cerraba los ojos, volvían a aparecer frente a él los ojos abatidos de su amigo.

Intentó conciliar el sueño, pero le resultó imposible. Al cabo de un rato, sus compañeros comenzaron a llegar al barracón. Sabiendo que Nemanja iba a preguntarle qué le sucedía, decidió hacerse el dormido. Se mantuvo inmóvil durante largo tiempo hasta que el último apagó la luz. Entonces abrió los ojos y, tras cruzar las manos tras la nuca, fijó su mirada en un punto indefinido de la estancia.

De pronto, el corazón le dio un vuelco. Dio un respingo en la litera a la par que su respiración se aceleraba. Procuró calmarse para no despertar a sus compañeros. Se incorporó lentamente en un intento de que los muelles no sonaran. Tras comprobar que todos sus compañeros seguían durmiendo, se abrochó la chaqueta y se dirigió a la puerta. Echó un último vistazo al barracón y vio que ninguno se había movido de su sitio. Incluso Nemanja, que tenía un sueño bastante ligero, ni se había inmutado. Por primera vez desde esa tarde, Stjepan sonrió de manera casi imperceptible.

Al salir del barracón, se cercioró de cerrar la puerta con sigilo para no despertar a nadie. Oteó el horizonte para comprobar que no había nadie. Todos los barracones estaban a oscuras, por lo que supuso que todo el mundo estaría durmiendo ya en aquel instante. Suspiró profundamente y levantó la mirada hacia arriba. Las estrellas titilaban despreocupadas en el firmamento despejado. Stjepan se quedó embelesado ante tanta belleza. Podría haberse quedado toda la noche admirando aquel manto estrellado entre los árboles, pero tenía algo más importante que hacer sin dilación.

Arrancó a correr tras volver a comprobar que no había ni un alma cerca. Eran apenas doscientos metros y unos pocos segundos, pero se le hicieron eternos. Al llegar a la puerta, miró a través del cristal de la misma. Una sonrisa volvió a dibujarse en sus labios. Dio gracias a Dios por haberle traído a la cabeza aquello. Abrió la puerta y entró en silencio.

—Sabía que el imbécil de Branko iba a estar roncando como un puto cerdo —dijo para sí mismo mientras se acercaba a su compañero dormido.

Escrutó a su compañero con todo el sigilo del mundo para que no despertara. Se suponía que tenía que tener las llaves colgadas del pantalón, pero no parecía que fuera así. Se aproximó al escritorio para comprobar que tampoco estaban allí. Justo cuando iba a darse por vencido, se le ocurrió mirar en el cajón. En un primer intento no pudo abrirlo, porque estaba atascado. Al probar por segunda vez, levantó un poco el cajón para no hacer ruido con los rieles. Estiró fuertemente del asidero y casi perdió el equilibrio. Cuando recobró una posición estable, confirmó que las llaves se encontraban allí dentro. Tras cogerlas, percibió que su compañero se revolvía en la silla. Contuvo la respiración durante unos segundos. Branimir no volvió a moverse, por lo que Stjepan sintió que estaba a salvo.

Se encaminó hacia el largo pasillo que se retorcía sobre sí mismo hasta llegar a la celda donde teóricamente tenían que estar encerrados los detenidos aquella misma tarde. Avanzó a la velocidad más rápida que el sigilo necesario le permitía. El corazón parecía que se le iba a salir por la boca debido a sus latidos desbocados.

Nada más llegar al final del pasillo, se acercó a los barrotes. Se agarró a ellos e intentó acostumbrar su vista a la oscuridad reinante. No era capaz de identificar a nadie. Todo eran bultos que se arremolinaban al fondo de la celda. Se suponía que allí estaba su amigo, pero era incapaz de identificarlo.

—Enes —susurró con voz queda.

Entrecerró los ojos. Únicamente seguía viendo bultos inmóviles en las sombras. Estaba empezando a desesperarse. Se jugaba mucho.

—Enes —volvió a repetir esa vez algo más fuerte.

Sus ojos ya se estaban acostumbrando a la oscuridad cuando pudo distinguir que en la esquina izquierda algo se movía. Su corazón volvió a latir con fuerza desmedida al ver que se trataba de su amigo. Distinguió a uno de los niños que habían apresado aquella tarde apoyado en su brazo. Enes se separó de él y lo colocó junto al tullido que también habían apresado. Lo hacía todo con tanto cariño que durante un instante Stjepan pensó que el crío podría ser el hijo de su amigo. Pero al hacer una cuenta rápida basada en la apariencia del crío, llegó a la conclusión de que era imposible.

A los pocos segundos, un tambaleante Enes se situó a escasos pasos de Stjepan. La mirada de los dos amigos volvió a cruzarse como aquella misma tarde. Pero esa vez las expresiones de terror habían dejado paso a un pequeño haz de esperanza. Stjepan tuvo que enjugarse las lágrimas que estaban a punto de brotar de sus ojos. Apoyó los brazos sobre el sobre la barra horizontal de la celda. Enes no tardó ni un instante en acercarse tanto como pudo y coger con sus manos las de su amigo. La ternura del gesto hizo que Stjepan rompiera a llorar de manera desconsolada.

—Te he echado de menos, Enes —dijo al calmarse un poco.

—Yo también, Stjepan. Yo también —respondió él con la voz entrecortada por la emoción.

—Estás… —se detuvo Stjepan pensando qué decir— diferente. Has cambiado desde la última vez que te vi.

—Demacrado es la palabra que estás buscando —repuso él con resignación—. Hasta yo puedo ver cuando me miro en un espejo que doy pena.

—Lo siento —se disculpó Stjepan—. No pretendía…

—No te preocupes, hombre. No creo que la mayoría esté mejor que yo —comentó señalando al resto de compañeros de celda que dormían de manera plácida a sus espaldas—. Es el reflejo de todo lo que nos ha tocado vivir.

—Tienes razón. Pero, ¿qué haces aquí? Esperaba que estuvieras en Sarajevo. Tenía la esperanza de que Lejla y tú os hubierais mudado a nuestra casa en Lukavica. A veces pensaba que Jelena y el señor Nikolić os estarían manteniendo a salvo de toda esta… —dudó— locura.

—Lo intentó un montón de veces. Es una buena mujer, Stjepan. No la dejes escapar. Pero sabes que no hubiera sido una buena idea. Os hubiéramos puesto en peligro a todos.

El silencio se adueñó del lugar durante unos breves segundos. Stjepan sabía que Enes tenía razón, pero no iba a admitirlo. Los acontecimientos habían colocado allí delante a su amigo, pero él seguía esperando despertar y que todo se tratara de un mal sueño. El tacto de las manos de Enes retirándose, en cambio, hizo que esa sensación desapareciera rápidamente.

—Lo que no entiendo es cómo has acabado aquí, Enes —se extrañó.

—La verdad es que vine hace pocos meses. Pero ha sido una eternidad —comentó con un deje de nostalgia—. Desde que murió mi padre, la situación no ha hecho más que empeorar. El asedio nos estaba dejando sin provisiones y no nos quedaba más remedio que salir a comprar al mercado. Dos veces nos atacaron, Stjepan. ¡Dos veces! —alzó la voz—. La primera vez pensé que iba a perder a Lejla. La segunda, me mandaron al hospital.

—Yo… —interrumpió Stjepan.

—No pasa nada, no te preocupes —intentó calmarlo—. Salimos de casa para venir a refugiarnos a Srebrenica. Se suponía que era Zona Segura —suspiró. Al reponerse, continuó—. Pero ahora no parece tan buena idea. Echo tanto de menos el tiempo que pasamos en nuestra ciudad, Stjepan.

—Y yo, Enes, y yo... —contestó mientras una lágrima recorría su mejilla—. Aunque no lo parezca, yo también quisiera poder volver a casa.

De pronto, un escalofrío cruzó la columna vertebral de Stjepan. Irguió el cuello y oteó las figuras que se encontraban acurrucadas al fondo de la celda. Volvió a recorrer el cubículo con la mirada con el mismo resultado.

—¿Y Lejla? —preguntó con miedo.

—Cuando tomasteis la ciudad, la subieron a un autobús con rumbo a territorio no controlado por vosotros.

—Si subió al autobús —cortó Stjepan intentando sonar convincente al escuchar la temblorosa voz de su amigo—, no le va a pasar nada. Estará ya esperándote en algún pueblo. Ya lo verás.

—Ojalá sea así —suspiró Enes—. Que el cielo te oiga, amigo.

—Mierda, parezco imbécil —se golpeó en la frente Stjepan—. Por el amor de Dios, no sé dónde tengo la puta cabeza.

Tras sacar las llaves del bolsillo, se movió dos pasos hacia la izquierda e insertó la más alargada de todas en la cerradura. Girándola con cuidado, los dos pudieron escuchar el ruido metálico de la puerta abriéndose. Stjepan contuvo la respiración con la esperanza de que ninguno de los otros detenidos se hubiera despertado. Tras unos breves segundos de zozobra, los amigos se miraron fijamente a los ojos. Quietos como estatuas, pasaron los segundos sin que ninguno moviera un solo músculo. Cuando Enes mostró una tímida sonrisa, Stjepan se arrojó sobre él y lo abrazó con toda la fuerza del mundo.

—Me has vuelto a ganar —bromeó Enes entre sollozos.

—Creo que deberíamos volver a empezar de cero —repuso Stjepan—. Pero anda, muévete.

Se dio la vuelta dispuesto a dirigirse a la puerta de salida. Un par de pasos después, escuchó la voz de su amigo a sus espaldas.

—¿Irme adónde? ¿Estás loco o qué? —replicó con firmeza Enes.

La dureza de la voz de su amigo hizo que Stjepan girara sobre sus talones para clavar sus pupilas en el rostro de Enes. Tras escrutar la expresión helada de su amigo, comprobó que no había avanzado ni tan siquiera unos centímetros fuera de la celda.

—Tenemos que irnos, Enes —apremió él—. Salgamos de aquí antes de que nos descubran.

La mueca desencajada de Enes se combinó con una mirada pasmada ante lo que acababa de oír.

—No nos podemos ir, Stjepan. Es una locura… —gimió.

—Si tardamos demasiado, seguro que vendrá alguien y entonces será demasiado tarde. Tenemos que salir de aquí cuanto antes. Anda, muévete —inquirió.

—Pero, ¿qué pretendes hacer?

—Irnos de aquí, joder. ¿Qué quieres que haga si no? —se mostró irritado.

—¿Así, sin más? ¿Y luego qué?

—Lo tengo todo pensado, no te preocupes —se impacientó.

La cara de incredulidad y la quietud de Enes desesperaron a Stjepan. Esperaba que su amigo le hiciera caso sin preguntar como cuando eran pequeños. Pero la sensación de peligro que parecía experimentar había inmovilizado todos sus músculos.

—A ver, no te preocupes —prosiguió Stjepan—. No es la primera vez que salgo en plena noche de un campamento. Iremos andando hasta el primer pueblo y allí requisaremos un coche. No creo que tardemos más de un par de horas. Y desde allí vamos a ir a Višegrad. La última vez que estuve allí encargué a la señora Marija que mantuviera la casa en buen estado, por lo que no habrá ningún problema.

—¿Višegrad? —se extrañó Enes.

—Sí… No es la manera en que quería enseñarte mi pueblo, pero bueno… —comentó—. Bueno, a lo que íbamos. La zona está totalmente controlada por nuestro ejército, por lo que no habrá ataques ni nada por el estilo. Nos esconderemos en nuestra casa. La señora Marija se encargará de todo hasta que venga mi padre a buscarnos y nos lleve a Sveti Stefan. Desde allí a Bar no hay más que una hora, por lo que podremos coger un barco que nos deje en Italia sin problemas. Mi padre conoce a mucha gente allí y seguro que alguien nos echa una mano —concluyó orgulloso Stjepan.

Enes se quedó pensativo durante unos segundos antes de comenzar a hablar.

—Es demasiado arriesgado, Stjepan. Te estás poniendo en peligro también tú.

—Estoy en peligro por el mero hecho de estar aquí. O sea que más nos valdría movernos de una puta vez.

Al instante se arrepintió de haber utilizado ese lenguaje con su amigo. Pero estaba desquiciado. No podían perder más tiempo si querían llegar a Višegrad antes de que nadie se diera cuenta de que no estaban allí. Enes no parecía entender la mirada apremiante de Stjepan, porque seguía sin poner un pie fuera de la línea imaginaria que marcaba la puerta abierta de la celda.

—No puedo… —susurró de manera casi imperceptible—. No puedo dejar a Lejla sola vete tú a saber dónde. Ella ha pasado al otro lado y me está esperando allí. No me puedo ir sin ella.

—Eso lo solucionaremos cuando estemos a salvo en casa, Enes. No te preocupes.

—Stjepan, ¿de verdad estás dispuesto a dejar toda tu vida atrás? ¿A no volver a ver a Jelena?

No había pensado en eso. Jelena estaba todavía en Sarajevo. No iba a ser fácil que saliera de allí. Tendría que planear algo para poder convencerla de que su familia se fuera con ellos al extranjero. Sabía que había un túnel que pasaba de un lado al otro de la ciudad, pero no se le ocurría ninguna manera de hacer que pudieran llegar hasta Montenegro para unirse a ellos. Una punzada de tristeza se abrió paso en su pecho. No quería tener que decirle adiós, pero era eso o la vida de la persona que nunca le había fallado desde que se conocieron. Decidió que sería más fácil salir primero ellos del país.

—No me seas tan dramático… —intentó convencerse a sí mismo mientras se enderezaba—. Cuando estemos a salvo, le mandaré una carta con instrucciones para que se unan a nosotros. Jelena se las apañará fácilmente para reunirse con nosotros. Ya sabes cómo es —un suspiro casi imperceptible salió de los labios de Stjepan—. Pero dejémonos de chácharas y vámonos de aquí, por el amor de Dios, Enes.

Éste giró la cabeza hacia el fondo de la celda. Un par de segundos después volvió a mirar a los ojos a Stjepan. Aquella vez tenía un brillo especial en su mirada, por lo que Stjepan entendió que lo había convencido. Justo a la par que Enes volvía a girar su cabeza, él dio media vuelta dispuesto a comenzar a andar hacia la salida. Al escuchar el sonido metálico de la puerta tras de sí, se relajó y una sonrisa mezcla de satisfacción y esperanza se dibujó en sus labios. Al punto se dio cuenta de que una lágrima de alegría recorría su mejilla, a pesar de que su vida fuera a cambiar por completo a partir de aquel preciso instante.

18 DE JULIO DE 1995

Bratunac, 18 de julio de 1995

Había avanzado un par de pasos desde que se había cerrado la puerta de la celda cuando una sensación extraña le impelió a volver su mirada atrás. El chasquido metálico tras de sí le había generado una sensación de sosiego que hacía demasiado tiempo que no sentía. Pero al voltear la cabeza, la imagen que encontró tras los barrotes que acababa de dejar atrás le heló la sangre por completo.

Al cerrar la puerta, Enes había quedado dentro de la celda. Stjepan corrió hacia la puerta con las llaves en la mano para reparar aquel contratiempo. No entendía cómo había podido cerrarse la puerta sin que a su amigo le hubiera dado tiempo a salir de allí dentro. Cuando estaba a punto de introducir la llave en la cerradura, la mano de Enes atravesó los barrotes y lo agarró de la muñeca. Stjepan alzó la vista y comprobó que Enes le miraba fijamente negando con la cabeza.

—Pero… —gimoteó sorprendido.

—No, Stjepan. No puedo permitirlo —expresó con una voz inusualmente serena Enes.

—No seas idiota, joder —protestó él intentando librarse del agarre de su amigo—. Déjame abrir la puta puerta y vámonos de una vez de aquí, Enes.

—Lo siento, Stjepan. No voy a irme de aquí —dijo bajando la mirada—. No puedo permitirlo, no puedo permitirlo.

447

—Pero déjate de decir chorradas —insistió Stjepan—. Tenemos que…

—No insistas. Me voy a quedar aquí —balbuceó con la mirada gacha—. Te lo agradezco, pero no tiene sentido.

Stjepan miró con los ojos abiertos como platos. No acababa de entender lo que estaba pasando. Era como si Enes se negara a salir de aquel lugar a pesar de lo que pudiera ocurrir. Notó que un sudor frío comenzaba a recorrerle la frente. Se pasó la mano por la piel perlada intentando secarse las gotas para que su amigo no percibiera su inquietud.

—No te preocupes, Stjepan, y vuelve a la cama —interrumpió Enes—. Estaré bien. En serio.

—No puedo dejarte…

—Sabes que nunca podríamos ir a buscar a Lejla. Y yo no quiero irme dejándola dondequiera que esté —sonó convincente—. Además, Stjepan, seamos sinceros Si consiguiéramos salir de aquí sin que nos descubrieran, ¿qué haríamos? Tengo que confesar que ha habido un momento en que casi me has convencido. Hasta parecía fácil cuando lo contabas tú. Pero al ir a salir de la celda, me he dado cuenta de que, si lo hacía, tu vida iba a cambiar por completo. Te hubieras convertido en un proscrito y no hubieras podido volver nunca. Te hubiera arrancado de tu tierra, de la tierra de tu familia. Imagínate lo que hubiera sido vivir toda tu vida lejos de esta tierra, Stjepan. Lejos de tu patria… —hizo una pausa para tomar aire antes de continuar. Tras un breve suspiro, continuó—. Y no tengo derecho a hacerte eso. No lo tengo Lo siento.

Stjepan sintió que se derrumbaba al oír esas palabras de su amigo. Incluso en aquella situación, Enes estaba pensando en él antes que en cualquier otra cosa. Lo estaba sacrificando todo por él. Como siempre había hecho.

—Yo sí que lo siento. Todo ha sido culpa mía… —susurró totalmente roto—. Después de todo lo que has pasado por mi culpa, irme de este país es lo mínimo que puedo hacer por ti.

—No te tortures, no tienes la culpa de nada —corrigió él.

—Es todo culpa mía, Enes. Lo sé —dijo entre sollozos—. Nunca debí enrolarme en el ejército. Tenía que haberme quedado vigilándote. Tenía que haberte obligado a que vinierais a nuestra casa a vivir con mi familia. Tenía que haber… —se le entrecortó la voz— escuchado a mi padre.

Nada más acabar de decir eso, escondió la cara tras sus dos manos.

—Sabes que no hubiera aceptado ir a vuestra casa. No os hubiera puesto en peligro por nada del mundo.

—Tenía que haber escuchado a mi padre —repitió totalmente conturbado—. Hubiéramos podido evitar todo esto. No estaríamos aquí.

—Stjepan, escúchame —insistió con repentina brusquedad Enes—. Nadie podía haber evitado todo esto. Aunque tú no te hubieras alistado, otros lo hubieran hecho. La locura que se ha apoderado de este país viene de largo y nadie podría haberla detenido. Nadie tiene la culpa de lo que sucede. Pero todos la tenemos. Es verdad que el ejército serbio pudo echar la cerilla en el polvorín, pero incluso los musulmanes han avivado las llamas. ¿Recuerdas a Ajdin, el imán amigo de mi padre? Él debía ser un hombre piadoso, pero una vez le escuché decir que lo que había que hacer era acabar con todos los infieles.

Los ojos de Stjepan se abrían como platos con cada palabra que su amigo pronunciaba. En vez de reproches, sólo era capaz de escuchar tanta calma en la locución de Enes que lo desconcertaba. De pronto, una sensación de quietud se apoderó de Stjepan y sus lágrimas se secaron.

—Esta guerra es un monstruo que hemos creado entre todos —prosiguió Enes—. Tú no tienes la culpa de nada, Stjepan. Ni tú, ni ninguno de tus compañeros. Puede que algunos realmente nos odien, pero estoy convencido de que la mayoría no.

—Hemos cometido demasiadas atrocidades, Enes. No te las puedes ni imaginar —confesó con un deje de vergüenza—. Sin duda, todo esto es culpa nuestra.

—Eres de las mejores personas que conozco. Siempre has tenido buen corazón. Pero te has dejado manejar con facilidad por otras personas, Stjepan. Ése ha sido tu único error. Te has dejado llevar por toda esta locura colectiva y al final, el monstruo que hemos creado entre todos ha anidado en el pecho de demasiados hombres de bien.

—Yo... —balbuceó—. Lo siento tanto.

—No tienes que disculparte por nada. En serio. Todos hemos sido víctimas en esta espiral de odio y rencores enquistados durante demasiado tiempo. Quiero que vivas en paz contigo mismo.

Stjepan se compadeció de su amigo. Era increíble que todavía pudiera mantener la serenidad.

—Gracias por el consuelo, Enes. Pero la verdad es que voy a seguir sintiéndome culpable el resto de mi vida. No voy a conseguir mitigar este dolor por más que lo intente —tomó aire para poder descansar unos segundos. Volvió a acercarse a la puerta antes de comenzar a hablar—. ¿Sabes? Si lo que te preocupa es lo que me pueda pasar a mí, puedes escapar tú solo. Has estado muchos días a salvo en los bosques de por aquí. Podrías hacerlo otra vez y llegar hasta Tuzla sin ser detectado. Nadie se dará cuenta de que faltas. Entre tanta gente nadie se habrá fijado en ti. Yo sólo te abro la puerta y tú desapareces en la oscuridad de la noche. Y cuando acabe todo esto, nos reuniremos en tu Puente Latino como hace años.

—No insistas. No voy a irme de aquí —le sorprendió la respuesta—. ¿Crees que todo será tan fácil como salir y ponerme a andar? No, por el amor del cielo. Ni tan siquiera sé si Lejla ha conseguido pasar a territorio libre —estaba empezando a sulfurarse, por lo que decidió sincerarse—. Stjepan, estoy cansado de huir. Hace tiempo que no encuentro mi sitio en todo esto. No sé adónde tengo que ir. No sé qué tengo que hacer. Y tengo miedo a no encontrar mi lugar nunca más, Stjepan.

—Si huyes solo seguro que llegas al otro lado antes de que puedas tan siquiera darle vueltas a esos pensamientos, Enes. Y allí te estará esperando Lejla. Te lo prometo.

—Te lo agradezco. Pero no voy a marcharme. Lo peor del miedo es la soledad y no quiero volver a estar solo ni un segundo más.

—Pero si te quedas aquí… —se le quebró la voz a Stjepan.

—Lo sé. Soy consciente de lo que me va a pasar quedándome aquí. Pero lo he asumido —ante la mirada horrorizada de Stjepan, Enes se acercó y puso su mano cariñosamente en el hombro de su amigo—. Tenemos miedo a morir, porque somos incapaces de imaginarnos un futuro sin nosotros mismos. No conseguir vislumbrar el mundo sin nuestra presencia. Pero creo que yo ya he visto demasiado. Si éste es el mundo que el futuro nos depara —dijo Enes señalando hacia el resto de prisioneros dormidos—, no tengo fuerzas para seguir imaginando cómo será lo que nos espera.

Enes sintió que Stjepan comenzaba a temblar. Se estaba empezando a derrumbar.

—Anda, no te retrases más —pronunció—. Vuelve al barracón antes de que alguien te descubra. Te quiero, Stjepan.

Stjepan asintió con la cabeza gacha y agarró la mano que su amigo había posado en su hombro. Levantó la mirada para contemplar la media sonrisa que acababa de dibujar Enes. Contuvo las lágrimas que amenazaban con arrasar sus ojos e intentó sin éxito devolver la sonrisa a su amigo. Éste soltó su mano y le acarició la cara. Stjepan posó su mejilla sobre la palma de Enes. Sintió un roce cariñoso que lo enterneció y una lágrima brotó de sus ojos recorriendo su rostro hasta la mano de su amigo. Al punto, Enes se retiró un par de pasos en total silencio hacia la oscuridad del fondo de la celda.

Stjepan se mantuvo un momento más frente a los barrotes con la esperanza de que volviera a aparecer. Tras desistir, retrocedió hasta el lugar donde el pasillo torcía hacia la negrura de la noche. Echó un último vistazo hacia la celda antes de encaminarse hacia la salida. Pero a medio camino tuvo que apoyarse contra la pared porque rompió a llorar en silencio desconsoladamente. Resbaló su espalda por la pared y se sentó en el suelo. Estrujó su rostro contra las palmas de sus manos para ocultar su llanto. Se quedó allí sentado mientras la luz de la luna llena que entraba por la ventana alumbraba su rostro.

Más allá, justo en el umbral de la puerta, una figura se mantenía totalmente inmóvil. Oculto por la oscuridad, Dimitris había sido testigo mudo de todo lo sucedido.

18 DE JULIO DE 1995

Bratunac, 18 de julio de 1995

Se había pasado toda la noche en vela. Tras los acontecimientos de anoche, no había sido capaz de buscar una posición adecuada para poder echar una cabezadita. Después de un par de horas de intentos infructuosos, decidió clavar la mirada en un punto indeterminado de la pared de enfrente. Le dolía la cabeza de tanto pensar.

Ya entraban los primeros rayos de sol por la ventana cuando una estridente sirena sonó por la megafonía de todo el recinto. Se sobresaltó. Aquello no podía ser una buena señal. Se levantó de un salto para desperezarse. Debía estar totalmente alerta para tener bajo control todo lo que sucediera.

Había intentado descansar con el uniforme puesto, por lo que sólo tuvo que calzarse las botas. Estuvo preparado antes que cualquier compañero suyo, por lo que fue el primero en llegar a la entrada. Un escalofrío le recorrió todo el cuerpo cuando fue a asir el pomo de la puerta. La última vez que había oído esa alarma había sido para iniciar el ataque a Srebrenica. Y las consecuencias que estaban pagando por ello no eran las que él había esperado.

Abrió la puerta y salió al agradable frescor de la mañana. Estaba convencido de que luego el calor volvería a hacer que aquel fuera un día insoportable. Pero por el momento, las pocas nubes que había en el cielo tapaban de vez en cuando el sol. Se dirigió con celeridad al punto de encuentro y llegó de los primeros. Branko fue de los primeros en llegar a su lado.

—¿Se te ha hecho muy larga la noche? —preguntó con ironía cuando lo tuvo a escasos dos metros.

—Ha sido una noche dura. Ya sabes, vigilar sin poder echar ni una cabezadita —respondió su compañero—. Estoy bastante cansado, por lo que espero que esta alarma no sea nada y poder ir a descansar un ratillo.

—Dentro de nada lo sabremos… Y entonces, con suerte, podrás ir a la cama a recuperar el sueño perdido —contestó disimulando su enfado. Aquel imbécil le había mentido a la cara sin tan siquiera pestañear. No se había enterado de nada de lo que había pasado en la cárcel la noche anterior y todavía tenía la desfachatez de decir que no había podido pegar ojo.

Estaba a punto de estallar de ira cuando el resto de sus compañeros llegó al punto de encuentro. Por primera vez desde que se alistó, los miró y no pudo ver más que gente infeliz que estaba luchando por una causa que hacía tiempo que había dejado de tener sentido. Observó sus expresiones risueñas a la vez que somnolientas y se le revolvió el alma. Lanzó una mirada de odio a todos ellos.

Sólo el leve roce de la mano de Dimitris sobre su hombro logró sacarlo del ensimismamiento. Cuando éste le sonrió de manera ladina, se obligó a devolverle una sonrisa forzada. Lo siguió con la mirada cerca de una cincuentena de metros para ver cómo se colocaba al frente del resto de voluntarios griegos.

Al poco tiempo todos estaban ya colocados en su sitio esperando a sus respectivos mandos. El teniente Vuković apareció junto al resto de mandos superiores y se situó a escasos metros del grupo de Stjepan. La tensión se había apoderado por completo del cuerpo de Stjepan. Sentía como si los músculos se le fueran a resquebrajar por la rigidez. Respiró de manera pausada intentando calmar sus acelerados latidos del corazón.

—¡Soldados! —vociferaron todos a la vez. El teniente se acercó más a la primera fila del grupo de Stjepan, por lo que éste centró su atención en las palabras de su superior—. Durante los últimos días hemos hecho grandes avances. Los mandos superiores están muy satisfechos.

Un murmullo entusiasta se extendió entre los soldados. Todos contuvieron su euforia al ver que su teniente no había acabado de hablar. Stjepan, en cambio, se mantenía impertérrito ante la tensión del momento.

Creía estar viviendo una pesadilla de la que quería despertar. Volvió a escrutar con aversión las caras de sus compañeros de filas.

—Pero se nos están colapsando las instalaciones —prosiguió el teniente Vuković—. Las órdenes son claras. Tenemos que vaciar nuestras celdas. Debemos evitar cualquier riesgo de motín. Vamos a trasladar a los detenidos al bosque para solucionar el problema. Y a partir de ahora no vamos a detener a nadie más.

Los vítores jubilosos de los soldados retumbaron en el claro del campamento. Stjepan, sin embargo, estaba mudo. Sintió los gritos de sus compañeros tronar dentro de su cabeza como si del estallido de un proyectil se tratara. Mientras sus colegas se abrazaban en una muestra desmesurada de regocijo, él se mantuvo inerte, con la mente en blanco y los ojos abrasándole.

En el mismo momento en que una gran nube se situaba frente al sol de aquella mañana de julio, su estado anímico se tornó más oscuro de lo que lo había estado nunca. Lo único que acertó a hacer fue cerrar el puño izquierdo. Se clavó las uñas con tanta fuerza, que una gota de sangre golpeó la tierra seca del suelo a los pocos segundos.

18 DE JULIO DE 1995

Bratunac, 18 de julio de 1995

La parte trasera de la furgoneta era bastante incómoda. Estaban sentados en los bancos adosados a los laterales de tela sin dejar prácticamente espacio entre ellos. Hacía un calor horrible en la calle, agravado por la lona de plástico con que se cubría esa parte del vehículo. Se limpió el sudor de la frente con la palma de la mano.

Un bache en el camino los hizo saltar por los aires. Chocó sin querer con uno de sus compañeros. Pidió perdón con una tímida sonrisa. Desde el día anterior por la noche apenas había cruzado unas pocas palabras con ellos, pero se encontraba ya demasiado cansado de todo aquello. Haber visto a su amigo en aquella situación había sido excesivo.

Miró hacia su derecha y se encontró con la trémula mirada introvertida de Adnan. Él le devolvió una mirada cómplice.

—¿Adónde vamos ahora? —preguntó el niño incapaz de comprender nada de lo que estaba sucediendo durante los últimos días.

—No te preocupes, nos llevan al bosque para soltarnos allí y que sigamos nuestro camino hacia territorio bajo control de nuestro ejército —mintió Enes. Al ver que el resto de la furgoneta los miraba con extrañeza, los fulminó a todos con una mirada cargada de reproche. Ante esa escena, nadie se atrevió a abrir la boca.

—Jo, estoy cansado de tanto andar. Además, nos han separado de Mirsad —protestó Adnan.

—No te preocupes, Adnan, no te preocupes. Ya pronto terminará todo y podremos descansar —sentenció él con resignación.

Le pasó las yemas de los dedos por el pelo en un intento cariñoso de que la tensión del ambiente no llegara al niño. Se sentía miserable por mentir al pequeño Adnan, pero era la mejor manera de intentar abstraerlo de aquel ambiente lúgubre. Las miradas afligidas y apagadas de sus compañeros de viaje eran señal evidente de que todos entendían lo que estaba a punto de suceder. Adnan, en cambio, era demasiado joven para comprenderlo. Desde que había tenido uso de razón, el pequeño había vivido en medio de aquella situación de locos.

Sintió una pena indescriptible mezclada con el agotamiento habitual. No estaba cansado por el esfuerzo de los últimos días. Lo que le tenía al borde de la extenuación era la carga psicológica de los acontecimientos. Se había despedido de Lejla apenas hacía unos días, pero se le estaba haciendo una eternidad. Y en aquel momento fue consciente de que ya no volvería a verla para decirle una última vez que la quería.

Un frenazo en seco indicó que ya habían llegado a su destino. Algunos de sus compañeros vertieron lágrimas de aflicción. Enes hizo un último esfuerzo por mantenerse entero por el bien del niño. La verdad era que desde el encuentro con Stjepan la noche anterior sentía una especie de relajación interior que hacía que ni tan siquiera se perturbara ante lo que el futuro más próximo les deparaba a todas luces.

Con un ruido de plástico, la lona trasera de la furgoneta se abrió de par en par. La repentina luz que entró cegó a los allí presentes. Todavía no debía ser ni mediodía, pero la claridad era extrema.

—Bajen todos sin rechistar y agrúpense a un lado de la furgoneta —ordenó una voz desconocida—. ¡Avancen!

—Moveos de una puta vez, piara de cerdos —gritó totalmente fuera de sí alguien que parecía estar al mando de todo aquello—. ¿Dónde cojones se ha metido el otro convoy? ¡Que no tenemos todo el día joder! ¿Y vosotros que miráis, panda de desgraciados? — volvió a vociferar mirando hacia dentro de la furgoneta. — ¡Que os mováis he dicho!

Todos comenzaron a levantarse de sus sitios. Enes dio la mano a Adnan y se dirigió hacia el exterior. Tras pasarle al niño a un compañero de viaje para que lo bajara, él descendió del vehículo de un salto. Volvió a asir de la mano a su pequeño compañero y se reagrupó junto al resto de pasajeros. La mayoría temblaba y algunos pocos oraban en voz baja pidiendo serenidad y perdón por sus pecados. Los soldados que los rodeaban, por su parte, parecían estar divirtiéndose con la situación.

Una vez que todos estuvieron en tierra, sus guardianes les indicaron con los fusiles que comenzaran a caminar por el sendero que se internaba en el bosque. Enes agradeció la sombra de las ramas de los árboles. El bochorno de aquel día provocaba que estuviera sudando como no recordaba en toda su vida. Había olvidado la chaqueta en la furgoneta y, sin embargo, seguía teniendo calor. Tal vez tuviera fiebre, pero poco importaba ya.

Decidió intentar hacer frente a ese pegajoso calor remangándose la vieja camisa que llevaba puesta. Se desabrochó una de las mangas y la dobló con cuidado hasta algo más arriba del codo. Tomó el otro brazo y se dispuso a repetir la operación. Pero al soltar el botón, algo le impelió a detenerse. Su mirada se topó con la pulsera que Stjepan le había regalado cuando todavía eran unos críos. Tocó aquel trozo de cuero retorcido por el tiempo con cariño. Comenzó a girarlo lentamente.

El tacto de aquella vieja pulsera hizo que Enes se conmoviera. Recordó los días pasados con su amigo. El día en que se perdió en el estadio y se encontraron por casualidad. El día en que celebraron por primera vez juntos su cumpleaños. El viaje de su juventud que hizo que él conociera a la mujer de su vida. Los innumerables momentos pasados en su puente. Aquel puente sobre el Miljacka que todavía seguiría esperando su regreso. Sus interminables juegos para comprobar quién sonreía primero.

Pero también le vino a la mente la noche anterior. Cuando su amigo arriesgó su integridad para intentar que él escapara a su fatal destino. La amarga expresión de Stjepan al ver que Enes se rendía a la evidencia se le había quedado marcada a fuego. Había sentido auténtica lástima al ver cómo el mundo que rodeaba a su amigo se desmoronaba y no podía hacer nada por remediarlo. Le hubiera gustado poder hacer algo para reconfortarlo.

Al recordar todo aquello, una cálida lágrima se deslizó por su mejilla. Pero lejos de ser una lágrima de pena, entendió que era de júbilo. No podía dejar de sentirse bendecido por el mero hecho de haber conocido a Stjepan. Que aquel pequeño niño se hubiera cruzado en su camino había sido una especie de milagro que había dotado de sentido a su vida. No sólo Stjepan le había ayudado en sus momentos más difíciles, sino que toda la familia se había volcado con él cuando más lo necesitaba. Nunca iba a poder agradecerles lo suficiente todo lo que aquellas personas habían hecho por él.

Se sintió colmado de todo lo que hubiera podido desear. Una sensación de paz se adueñó de su ser. Incluso aquel día, se sintió agraciado de haber tenido la vida que le había tocado vivir. El calor que antes sentía se vio reemplazado por un sentimiento de cálida serenidad plácida que lo reconfortaba. Nada iba a poder perturbarlo ya. Estaba preparado.

—Pase lo que pase, Adnan —interpeló Enes—, no te sueltes de mi mano, ¿vale? Ya pronto vamos a llegar a nuestro destino.

Continuaron avanzando junto con el resto del melancólico grupo. Se dirigían hacia un destino inevitable, pero una sonrisa perenne se había dibujado un momento atrás en los labios de Enes.

18 DE JULIO DE 1995

Bratunac, 18 de julio de 1995

El agotamiento hacía que le pesara la cabeza y los músculos le dolieran como si le estuvieran pinchando mil agujas a la vez. Tenía que sacar fuerzas de flaqueza, pero ya no sabía de dónde. Caminaba como si fuera un fantasma junto al resto de sus compañeros. Durante unos breves instantes sintió la tentación de correr y huir de allí. Pero sabía que no llegaría demasiado lejos.

Los rayos de sol que se filtraban entre las ramas de los árboles le golpeaban la cara. Tuvo que ponerse la mano a modo de visera para poder ver. Resopló al ver lo que le esperaba adelante.

—¡Queréis moveros de una vez, cojones! —bramó el teniente Vuković moviendo los brazos como si fuera un poseso—. Por vuestra puta culpa ya vamos con retraso. Os esperábamos hace diez minutos.

Stjepan no soportaba a aquel tipo. Sólo quería perderlo de vista de una santa vez. Todo aquello había acabado por sobrepasarlo.

—Señor, la furgoneta se ha metido en un bache y hemos pinchado. Hemos tenido que cambiar la rueda para poder seguir —se defendió Branko.

—¡Pedazo de inútil! —insistió el teniente—. A ver si aprendes a conducir. Que no estamos aquí para perder el tiempo porque seas incapaz de mantenerte en la carretera, imbécil.

A Stjepan le sorprendió la reacción de su teniente, pero por primera vez en varios días esbozó una sonrisa sincera. Disfrutó del momento hasta que su superior volvió a abrir la boca.

—Movámonos, que no tenemos todo el día —insistió.

Stjepan no quería avanzar, pero sabía que no tenía otra salida. Las órdenes eran claras y no iban a permitir ningún tipo de insubordinación. Tuvo que volver a luchar contra la fuerza interior que tiraba de él hacia el otro lado. Sabía que era totalmente imposible, pero las entrañas le pedían correr a contracorriente. Quería volver hacia atrás. Volver hacia atrás y desandar el camino recorrido. No sólo para alejarse de allí. Quería volver atrás a cualquier época pasada, donde sin duda en aquel momento había comprendido que había sido más feliz.

Se dejó llevar por la corriente formada por sus compañeros de unidad. Caminaron por un sendero casi impracticable. Estaba lleno de guijarros sueltos y raíces de los árboles que sobresalían de la tierra seca. Nemanja estuvo a punto de perder el equilibrio tras trastabillarse en un agujero del suelo. Stjepan lo cogió del brazo y le ayudó a erguirse. Ante la mirada de agradecimiento de su compañero, esbozó una tímida sonrisa meliflua.

—Déjense de jueguitos y carantoñas y muévanse, coño —volvió a protestar el teniente.

Stjepan resopló de manera imperceptible y continuó la marcha. Apenas tuvieron que caminar durante unos segundos más hasta llegar a un claro en el bosque. Comprobó que el resto de compañeros ya se encontraban allí. Algunos charlaban de manera animada, mientras otros vigilaban al grupo de prisioneros. Estaba a punto de derrumbarse ante la visión cuando el hombro de Nemanja chocó de manera involuntaria contra su espalda sacándolo de su ensimismamiento.

Luchando con todo su ser contra la fuerza que tiraba de él, dio unos pocos pasos más para acercarse al grupo de soldados que charlaba distendidamente. Se había calzado el arma al hombro e intentaba disimular el temblor de sus manos ocultándolas en los bolsillos. Los pensamientos bullían en su cabeza. Notó un molesto pinchazo en el cráneo. Intentó distraerse con el canto de las aves hasta que un grito enfurecido volvió a interrumpir su paz interior.

—¡No tenemos todo el día! —vociferó el teniente Vuković. El corazón de Stjepan perdió un latido—. ¡Coloquen a los prisioneros en fila!

El grupo que se encargaba de la custodia de los detenidos comenzó a gesticular con sus armas. Empujaban a los que se resistían. Uno de los prisioneros perdió el conocimiento un breve instante y los soldados aprovecharon para emprenderla a patadas contra él. Otros miembros del grupo alzaron del suelo a su compañero entre los gritos de odio de los compañeros de Stjepan. A éste las entrañas se le estaban revolviendo ante semejante imagen inhumana. Sentía ganas de vomitar, pero tenía que seguir intentando mostrar una imagen de templanza y entereza.

—Ustedes —ordenó el teniente con voz firme señalando hacia donde se encontraba Stjepan—, cuando todos estén en fila, sitúense por parejas detrás de los prisioneros.

El corazón le dio un vuelco a Stjepan. El hormigueo de sus piernas le incitaba a huir de aquel lugar, pero ya era demasiado tarde para hacer cualquier cosa. Un sudor frío le recorrió la espalda. No quiso tan siquiera mirar hacia el grupo de prisioneros que ya estaba en fila.

—Si no te importa, Nemanja —susurró Stjepan—, me gustaría colocarme aquí en la esquina. No quiero que las deflagraciones me revienten el tímpano.

Se inventó una excusa para intentar convencer a su compañero. Supo que no le hubiera hecho falta cuando con un gesto casi imperceptible Nemanja asintió. Dejaron que sus compañeros se colocaran. Aprovechó para escudriñar los alrededores. Al instante descubrió que la unidad de voluntarios griegos también estaba allí. Su mirada se cruzó con la de Dimitris. Éste saludó con la mirada, mientras Stjepan intentaba enterrar el sentimiento de temor que estaba seguro se reflejaba en su mirada.

Nemanja y él se colocaron en la esquina de la larga hilera de soldados. Stjepan tenía la mirada clavada en el suelo para no tener que observar lo que sucedía frente a sí.

—Soldado Župan —se escuchó la voz del teniente en el claro—. Usted y su compañero cambien de lugar. Colóquense detrás del prisionero con el niño.

Un pinchazo indescriptible se materializó en el pecho de Stjepan. Los ojos se le abrieron como platos. Hizo lo imposible por contener las lágrimas que amenazaban con rodar por sus mejillas. Levantó la cabeza y dirigió la mirada hacia su teniente. Al punto, comprobó cómo Dimitris se acercaba al teniente para susurrarle algo al oído. Durante unos segundos contuvo la respiración. Su amigo griego lo miraba directamente a los ojos mientras continuaba cuchicheando.

—No voy a permitir tanta chorrada, Dimitris —se giró el teniente Vuković indignado—. Os agradezco la ayuda que nos habéis prestado hasta ahora, pero el que manda aquí soy yo. Lo detuvimos gracias a su artificio. Y, por mucho que supliques, no voy a permitir que ninguno de los tuyos interfiera en esto. — Volvió a girarse hacia Stjepan y ordenó. — Soldado Župan, obedezca de una vez y colóquese tras el prisionero indicado.

—Vamos, Stjepan —masculló Nemanja—. No quiero que el teniente se mosquee y nos mande al calabozo o algo peor.

Nemanja cogió con disimulo del brazo a Stjepan y tiró de él hacia el lugar indicado por su teniente. Stjepan sintió el peso muerto de su cuerpo avanzar hacia allí, pero no era consciente de estar caminando. Sentía que estaba a punto de desvanecerse. La mirada se le estaba nublando. Todo le daba vueltas cuando llegaron al puesto asignado.

—Soldados, carguen sus armas —gritó el teniente.

Todos tomaron sus fusiles con ambas manos. Stjepan no podía controlar las suyas. Las veía moverse de manera mecánica, como si no respondieran a las órdenes internas que enviaba él diciéndoles que se detuvieran. Cuando el resto de compañeros ya hubieron preparado sus armas, las manos temblorosas de Stjepan todavía continuaban luchando por finalizar todo el proceso.

—Muévase, sodado Župan —protestó el teniente—. Estamos esperando todos a que se decida a acabar de una puta vez. ¡Que no tenemos todo el día, por Dios!

—Lo siento, señor —se disculpó él. A los pocos segundos ya tuvo el fusil preparado. Contestó con voz trémula—. Listo, señor.

Stjepan sentía como si alguien se hubiera hecho dueño de su cuerpo. Por más que había intentado parar, no lo había conseguido.

—Preparen —se escuchó.

Las manos de Stjepan temblaban de manera ostensible. No conseguía mantener el arma recta. Miró alrededor y encontró la mirada incrédula de Dimitris.

—Apunten.

El temblor de las manos era excesivamente evidente. Stjepan temió que el teniente se diera cuenta de las sacudidas de su fusil. Intentó agarrarlo con más fuerza. Pero se dio cuenta de que su teniente tenía los ojos clavados en la fila de prisioneros. Él también dirigió su mirada hacia ellos. Algunos parecían rezar. Otros simplemente temblaban de terror. Uno de ellos se mantenía impertérrito.

—¡Fuego!

Las manos de Stjepan temblaron de manera incontrolada. Los ojos le ardían, pero había conseguido contener las lágrimas que amenazaban con arrasar con su rostro.

Los pájaros huyeron en desbandada en el mismo momento en que la fila entera de prisioneros se desplomaba como pesos muertos. Algunos cayeron de cara. Otros de espalda. Pero uno de ellos se encontraba encima del cuerpo del pequeño niño que había entre ellos, como si quisiera proteger al crío de algo.

—Buen trabajo, soldados —se congratuló el teniente—. Se ve que no hace falta más que un disparo para acabar con los problemas de raíz. No necesitábamos cargar más. Ahora volvamos a por la siguiente remesa.

El teniente lucía una sonrisa macabra en su rostro. Hizo un gesto al aire con la mano ordenando volver a los vehículos para recoger más prisioneros. Se acercó adonde se encontraba Stjepan inmóvil y adoptó un gesto adusto. El teniente apoyó la mano con fuerza en su hombro acercándose lo suficiente como para susurrarle al oído.

—No me vas a volver a joder, soldado. Como me vuelvas a hacer perder el tiempo, te unes a la fila de prisioneros. En el fondo nunca me has gustado…

Stjepan ni tan siquiera reaccionó ante la amenaza de su teniente. Tenía la mirada fija perdida en algún punto entre los árboles. Notó que algunos de sus compañeros celebraban lo que acababa de pasar mientras se preparaban para marcharse. Nemanja se encontraba con algunos de esos compañeros.

Dimitris se separó de su grupo de voluntarios con la mirada fija en Stjepan. Se acercó lentamente. Cuando estuvo a un metro escaso, cruzaron durante un segundo la mirada. Un extraño brillo estaba presente en los ojos del griego. Dimitris apoyó la mano suavemente en su hombro antes de continuar la marcha.

—Lo siento, amigo. Lo he intentado.

Al ver alejarse a su amigo, Stjepan sintió que las palabras de Dimitris habían sido sinceras. No había entendido por qué le había dicho eso, pero se sintió reconfortado momentáneamente. En aquel mismo instante, algunos pájaros volvieron a posarse en las ramas en que habían estado antes. Stjepan pudo divisar a Nemanja volver a su lado.

—Vamos, Stjepan. Vámonos. Ya has oído al teniente. Tenemos que volver a la furgoneta. Iremos a por munición para la siguiente tanda.

—¡Que ya voy, hostias! —se enfadó él—. Dejadme en paz de una puta vez.

La cara de asombro de Nemanja pilló desprevenido a Stjepan. Intentó disfrazar lo que sentía para que no lo descubriera su compañero.

—Perdona —se disculpó—, ve hacia allí. Que yo ahora voy.

Cuando se quedó solo en el claro, miró por primera vez a la masa de personas que yacían sin vida pocos metros más adelante. Centró su mirada en el cuerpo que se encontraba justo enfrente. Estaba totalmente inmóvil. Stjepan se fijó en que una de sus manos se aferraba a algo en el otro brazo. Se adelantó un paso más para intentar ver lo que era. Al estar lo suficientemente cerca, el corazón se le paró al distinguir que estaba agarrando una vieja pulsera de cuero raída por el tiempo. En aquel momento, todas las lágrimas que había estado conteniendo hasta entonces brotaron de sus ojos. Tras secarse el rostro, notó un ardor en el pecho. Se abrió la camisa y posó su mirada en el tatuaje de su pectoral. Lo acarició brevemente con su mano.

Oteó el horizonte comprobando que sus compañeros estaban de camino a la furgoneta. Un sonido sordo rebotó por todo el valle. Los pájaros levantaron el vuelo. Y de pronto, el más absoluto de los silencios. En el suelo se forma un reguero de sangre. Un reguero que recuerda a las aguas del Miljacka.

AGRADECIMIENTOS

Quiero agradecer a todas las personas que han estado a mi lado a lo largo de la escritura de este libro. A todos aquellos que, sin saberlo, me han dado el espacio suficiente para poder dedicarle el tiempo necesario a este proyecto. A todos los que me han sostenido anímicamente en los momentos en que me tocaba redactar los fragmentos más duros de esta historia. A todos aquellos que han esperado pacientemente a que acabara esta locura de proyecto. Algunas de esas personas han servido de inspiración para ciertos personajes de este libro.

Pero, sobre todo, quisiera como siempre mostrar mi agradecimiento a mi familia. A pesar de no tener ni idea de lo que estaba haciendo, han sido la piedra angular sobre la que he podido descansar en todo momento. Este libro es lo que es porque me habéis permitido vagabundear por el mundo solo en busca de inspiración. Eskerrik asko!

ÍNDICE

www.ingramcontent.com/pod-product-compliance
Lightning Source LLC
Chambersburg PA
CBHW051430260626
47162CB00001B/27